茅盾文学奖
获奖作品全集
典藏版
The Mao Dun Literature Prize

白门柳

壹　夕阳芳草

刘斯奋　著

人民文学出版社

图书在版编目(CIP)数据

白门柳:全3册/刘斯奋著.—北京:人民文学出版社,2023(2023.8重印)
(茅盾文学奖获奖作品全集:典藏版)
ISBN 978-7-02-017705-9

I.①白… II.①刘… III.①长篇历史小说—中国—当代 IV.①I247.5

中国版本图书馆 CIP 数据核字(2022)第 246947 号

责任编辑　黄彦博
责任印制　宋佳月

出版发行　人民文学出版社
社　　址　北京市朝内大街 166 号
邮政编码　100705

印　　刷　涿州市京南印刷厂
经　　销　全国新华书店等

字　　数　1400 千字
开　　本　890 毫米×1290 毫米　1/32
印　　张　53.75
印　　数　5001—9000
版　　次　2004 年 5 月北京第 1 版
印　　次　2023 年 8 月第 2 次印刷

书　　号　978-7-02-017705-9
定　　价　179.00 元(全三册)

如有印装质量问题,请与本社图书销售中心调换。电话:010-65233595

出 版 说 明

一九八一年三月十四日,病中的中国作家协会主席茅盾致信作协书记处:"亲爱的同志们,为了繁荣长篇小说的创作,我将我的稿费二十五万元捐献给作协,作为设立一个长篇小说文艺奖金的基金,以奖励每年最优秀的长篇小说。我自知病将不起,我衷心地祝愿我国社会主义文学事业繁荣昌盛!"

茅盾文学奖遂成为中国当代文学的最高奖项。自一九八二年起,基本为四年一届。获奖作品反映了一九七七年以后长篇小说创作发展的轨迹和取得的成就,是卷帙浩繁的当代长篇小说文库中的翘楚之作,在读者中产生了广泛的、持续的影响。

人民文学出版社曾于一九九八年起出版"茅盾文学奖获奖书系",先后收入本社出版的获奖作品。二〇〇四年,在读者、作者、作者亲属和有关出版社的建议、推动与大力支持下,我们编辑出版了"茅盾文学奖获奖作品全集"。此后,伴随着茅盾文学奖评选的进程,我们陆续增补新获奖作品,力求完整呈现中国当代文学最高奖项的成果,使其持续成为读者心目中"茅奖"获奖作品的权威版本。现在,我们又推出"茅盾文学奖获奖作品全集(典藏版)",以满足广大读者和图书爱好者阅读、收藏的需求。

在"茅盾文学奖获奖作品全集(典藏版)"的编辑过程中,我社对所有作品进行了版式统一以及文字校勘;一些以部分卷册获奖的多卷本作品,则将整部作品收入。

感谢获奖作者、作者亲属和有关出版社,让我们共同努力,为当代长篇小说创作和出版做出自己的贡献,为广大读者提供更多的优秀作品。

人民文学出版社编辑部

红日又西沉,白浪长东去。

——辛弃疾《生查子·题京口郡治尘表亭》

时缤纷其变异兮,又何可以淹留!
兰芷变而不芳兮,荃蕙化而为茅。

——屈原《离骚》

主要人物表

钱谦益　　字受之,号牧斋,东林党后期领袖,曾任礼部右侍郎
柳如是　　名是,字如是,号河东君,明末盛泽名妓,钱谦益之宠妾
陈夫人　　钱谦益之妻
钱孙爱　　钱谦益之子
陈在竹　　钱谦益妻舅
钱　曾　　字遵王,明末诸生,复社成员,钱谦益族孙兼学生
顾　苓　　字云美,明末诸生,复社成员,钱谦益学生
冯　班　　字定远,明末诸生,复社成员,钱谦益学生
瞿式耜　　字起田,号稼轩,东林派官员,曾任户科给事中,钱谦益之门生
冒　襄　　字辟疆,明末诸生,复社四公子之一
董小宛　　名白,字小宛,明末秦淮名妓
冒起宗　　明衡、永兵备使者,冒襄之父
董子将　　青楼篾片,董小宛之父
张明弼　　字公亮,时任浙江按察司照磨,复社成员,冒襄之盟兄
刘履丁　　字渔仲,明末贡生,复社成员,冒襄之盟兄
黄宗羲　　字太冲,明末诸生,东林党人黄尊素之子,复社成员

陈贞慧	字定生,明末诸生,复社四公子之一
吴应箕	字次尾,明末诸生,复社重要成员
侯方域	字朝宗,明末诸生,复社四公子之一
方以智	字密之,时任翰林院编修,复社四公子之一
梅朗中	字朗三,明末诸生,复社成员
顾杲	字子方,明末诸生,东林党领袖顾宪成之侄孙,复社成员
周钟	字介生,明末诸生,复社成员
余怀	字淡心,明末诸生,复社成员
张岱	字宗子,明末诸生,复社成员
郑元勋	字超宗,明末诸生,后中进士,复社扬州地区社长
熊明遇	字良孺,东林派官员,时任南京兵部尚书
史可法	字道邻,东林派官员,时任漕运总督兼凤阳、淮安、扬州巡抚
周镳	字仲驭,东林派官员,曾任南京礼部主事
徐石麒	字宝摩,东林派官员,时任刑部左侍郎
冯元飙	字尔弢,东林派官员,时任兵部左侍郎
吴伟业	字骏公,号梅村,复社成员,时任詹事府谕德
龚鼎孳	字孝升,号芝麓,复社成员,时任兵科给事中
周延儒	字玉绳,时任内阁首辅
马士英	字瑶草,曾任宣府巡抚
阮大铖	字集之,号圆海,魏忠贤阉党余孽,曾任光禄寺卿
顾眉	字眉生,明末秦淮名妓
李十娘	名湘真,字雪衣,明末秦淮名妓
徐青君	明中山王徐达后裔,南京巨富
计成	字无否,明末著名园林建筑师

李　宝	钱谦益亲随仆人
冒　成	冒襄亲随仆人
黄　安	黄宗羲亲随仆人
毕石湖	浙东帮商人头领
陆卖婆	女帮闲
张　秀	苏州土豪
郝思平	苏州讼棍

引 子

在幽深的山谷里,有一株被人遗忘的梅树。

这株山南常见的红梅,是在一个雷电交加的暴风雨之夜,被猝然暴发的山洪冲到谷底来的。同它一块冲下来的其他梅树,都压在坍塌的岩层底下了。只有这一株,因为长得特别粗大硕壮,侥幸地活了下来。不过,它受到的伤残是如此厉害,以至整个躯干像从当中挨了一斧头似的,可怕地劈裂开来。伤口的部位,结痂累累,永远无法重合了。它的半爿已经死掉,剩下黝黑朽烂的一段木橛,另外半爿艰难地扭曲着,又挣扎着坐了起来,却再也直不起身子。于是,它就这么弓着腰,坐着,过了一年又一年……

渐渐它变得很衰老了,连南方吹来的熏风,也不能使它恢复一点活力,一年到头似乎都沉浸在冥思默想当中。它在想什么呢?是回忆无忧无虑的儿时光景?是重温辛酸而甜蜜的少年春梦?还是追抚凌霜傲雪的壮岁情怀?这些都无从知道。只是,它的枝干一天天地干枯下去,它的花朵和叶子也一年比一年稀少了。

有一阵子,它好像已经死掉。不过,冬至过后,山南的梅花纷纷开放,它那粗糙僵硬的枝桠上,冷不丁又开出一朵憔悴的小花。看上去,就像一个奄奄待毙的老人,忽然睁开了一只发红的、黏滞的眼睛……

当年洪水滔天、山崩地裂的可怕一幕,想必还时时浮现在它的眼前。它无法理解,那一场埋葬了它的理想、青春和最优秀伙伴的奇祸巨变,是受着什么样一种力量主宰?又为什么偏偏降临在自己的头上?! 这终古难平的怨愤,像利爪揪扯着它的心。每逢风雨之夜,它就会转侧难眠,巍巍颤颤地抖动着那只瘦骨嶙嶙的独臂,发出凄厉的呼啸,咒骂命运的不公和天地的无情……

有一天,一位踽踽独行的旅人经过这里,这株悲惨的老梅树引起了他的惊异。他绕着它反复端详了半天,最后坐下来,抚摸着老梅巨大而支离的躯干,默默地用心声同它交谈了很久、很久。直到红日西沉,徐徐升起的暮霭使山谷变得一片苍茫,他才站起来,抖一抖衣服上的泥土,背起行囊,大步走去。

自此之后,老梅树安静了,它更加沉默。有好几年,它不再开花,也不再长叶,仿佛打算就此长眠下去……可是,一种缓慢的转机终于来临——那已经死掉、铁石般坚韧的表皮,有如一领沉重的护甲,本来紧紧地裹住老梅树的躯体,竟无声地坼裂了。开始是不显眼的一道缝,不久,裂缝扩大了,接着又出现了第二道、第三道……看来,老梅树正从身体内部拼命向外挤迫。它在力图摆脱老死的皮层对于剩余生命的窒息,摧毁与生俱来的这一部分身体对另一部分身体的横蛮禁锢! 这真是一场惊心动魄、悲壮绝伦的自我搏杀。夜深人静时,山谷里老远就听见那发自心肺的沉重喘息和含泪的嘶喊。最后,老梅树被自己弄得皮开肉绽,遍体鳞伤。有一次,它偶然在月光下看见自己丑恶不堪的影子,竟害怕得浑身发起抖来。

终于,又硬又厚的坚甲瓦解了,剥落了!

而它,这梅树,仍旧是蜷曲受苦的姿态,仍旧是残缺支离的躯体,可它已经获得了新生。几年后,它出乎意料地抽出数十桠粗壮碧绿的新枝,接着,小骨朵似的蓓蕾就密密麻麻地爬满了枝头。在一个凄清微冷的冬晨,它终于开出了满树璀璨的繁花。

瞧,它如今有多美啊! 山南的梅花浓艳如火,山北的梅花晶莹如雪,它呢? 既不是红色,也不是白色,而是一种恬静柔和的绿色。

无疑这绿很轻,很淡,骤眼一看,你会错认这是一株白梅,须得把它同真正的白梅放在一起,才会分明显出它其实是绿的。更为特别的是,阳光下看,它还不怎样,而当天色昏暗,或是在夜里,它的每一片花瓣,都会幽幽地发出光来。这时,它仿佛不是一株梅花,而是一位美丽的精灵。轻风吹过,微光颤颤,它便轻盈地舞蹈起来……它的香气也不寻常,细细的,凉凉的。在满山红梅浓烈的香气包围中,仿佛一下子就消失了。可是,你仔细嗅嗅,那凉凉的香气又冒出来,愈久,愈烈,愈鲜明。末了,你就只嗅到这一种凉凉的细香了。

消息很快传扬开去。人们成群结队来观看这株幽谷奇葩。荒凉寂静的山谷顿时热闹起来。丛生的杂草之间,不久便踏出一条一条的路径。风雅之士们甚至在花下排开筵席,疏疏地点上几盏灯烛,作长夜之赏。它成了诗中的佳题,画中的尤物,以至香闺中的腻友。人们经常地提起它,再三地宣扬它,把它说得出类拔萃,超凡绝俗,神而又神……

可怜的梅树是多么激动呀!它吃惊,怀疑,不知所措,终于快活得哭起来了。

从此,它变得十分辛苦忙碌。络绎不绝的来客令它简直应接不暇。为着不使每一个人失望,它一天到晚殷勤地微笑着,尽量舒展开繁密的新枝,毫不吝惜地把异彩和奇香奉献给四方八面。只怕不够表达自己的感激和热诚,第一次花朵凋落后,它紧接着又开出了第二次繁花。这下,引起的轰动更大。游客们纷纷去而复来,都要躬逢这梅开二度的难得盛事。山谷里愈加熙来攘往,挨挤不开。各式各样的茶寮、货摊、食担、杂耍乃至戏棚,都竞相出现,热闹的景象赛过盛大的庙会。到后来,连远近的达官贵人们也不惜降贵纡尊,携眷而至,说是"与民同乐"。于是,又有人竭力凑兴,悬出厚赏,为梅花征求名号品题。据说,由于争议纷坛,始终悬而未决……

花团锦簇的日子过得飞快。渐渐,梅树又感到了一种寂寞,一种美中不足。不知为什么,它越来越经常地想起了过去,想起它走过的那一条苦难的、坎坷的道路。它忽然觉得,它有好多好多故事,准备向人们述说。这些故事无疑并不美丽,甚至也不动听,但一个一个都那样真实,那样亲切,那样重要!与眼前的一切相比,似乎实在得多,也有意思得多。梅树很奇怪自己竟会把它忘却了这么长久。现在每回想一次,它都止不住心头发颤,热泪盈盈。啊,应当向人们一一讲出来,讲出来!

于是,它这样做了。但人们的反应却如此冷淡!他们一个劲儿地盯着美丽的花朵,露出不胜倾倒的神情,然后,以突然爆发的喝彩,打断了梅树用微弱、发抖的声音说开了头的故事……

梅树又一次地吃惊、迷惑,无可奈何地沉默了。但没有灰心,它忍耐着,等待着,年复一年地开出更盛更美的花朵。它的名气传得更远了,慕名者从千百里外不绝涌来,以一瞻风采引为毕生幸事。然而看客如云,流年似水,它所期待的、愿意倾听它的心声的知音者,却始终没有出现……

哦,也许这样的人是有的?也许他只是不了解梅树的心思?也许他混杂在众多的围观者当中,梅树没能辨认出来?也许他根本挤不进密密层层的人墙,只好站在远处看上几眼,就走了……谁知道呢!

梅树明显地憔悴了。它变得心灰意冷,闷闷不乐,一天到晚像失魂落魄似的,连一年一度的花期,也没有心思料理了。

在又一个冬天来临的时候,它静悄悄地死了。

震惊的游客深为失望,痛惜不已!他们流连凭吊了许久,依依不舍地散去,从此不再来。

古老的山谷渐渐又恢复了昔日的荒凉冷寂。待到游人踏出的路径重新长起离离的芳草,梅树的遗骸也朽败、霉烂,化为尘土之后,一切便像从来没有发生过,也没有存在过一样。

然而,心上的痕迹是不容易抹平的。慢慢地,在当地居民中间,传出了一种说法——

那株梅树其实还在。只要遇上天阴下雨的时节,或者月色朦胧的夜晚,山谷中迟归的樵夫和狩猎的山民常常会看见,那株梅树忽然又在老地方出现了。他们甚至看得清枝头上淡绿的花朵,嗅得着那凉凉的幽香。当他们试着走近去,一切便像烟雾似的消逝了。

于是,当地的人们说:这是那株梅树的影子,是它的灵魂。它不肯死心,还在守候着,要将它的故事告诉一个愿意把它写下来的人……

第 一 章

一

偏西的早春阳光,透过窗外竹树丛的间隙,把斑斑驳驳的影子,铺洒在梅花暖帘上。每当轻风摇动翠竹,那一帘碎影,便像溪水般来回流淌。地板上厚厚的红氍毹,衬托着褐色的雕花窗棂和紫檀木桌椅,使这房间的基本色调显得十分和谐;而华美的泥金描花草围屏,映衬着大铜火盆里通红的炭火,又增加了寝室的温暖和宁帖;粉壁上那帧独一无二的北宋院画人物,颇有分量地暗示出主人的趣味和家世;在画的下面,还摆着一张式样素雅的古琴,两架收拾得纤尘不染的线装书;一只装饰着走兽图形的景泰蓝博山炉,正袅袅地吐出沉檀的烟缕,淡薄的、若有若无的幽香在房间里浮荡……这间小小的、整洁舒适的闺房,虽然是用绫罗锦绣和金玉器皿布置起来,显得奢华而富丽,却依然保持着高雅的气息。这里看不见一样多余的摆设,也没有一样是可以缺少的,即便是一根雀翎、几片绿叶,都经过精心的挑选,反复的比较,被安插到最恰当的位置上。

躺在悬着流苏锦帐的月洞式门罩架子床上的柳如是,靠着白缎红花软枕,斜睨着那一帘竹影,渐渐觉得目眩起来。她重新把眼睛闭上一会儿,从大红云缎被底下,慢慢地伸出来一只雪白的胳膊,然后,又伸出另外一只,悠悠地舒展了一下身子。

十四岁的丫环红情,听见响动,踮着小脚儿从围屏后面转出来。她长着一张苹果样的小圆脸,和一双灵活的眼睛。看见女主人打算起床,她就走近前去,轻轻地把柳如是扶起来,又从暖笼上取下一件绿绒女衣,替女主人披在身上;然后,走到靠门内侧的一张八仙桌旁,用一只仿成化斗彩葡萄纹茶盅,细细地沏了一杯酽茶,送到柳如是手中,含笑请安道:

"夫人,您醒了,睡得可好?"

柳如是没有回答。她远远地瞟着窗前的一张紫檀木书案。那上面不知什么时候放了一张诗笺。她心不在焉地揭开茶盅的盖子,凑在嘴边轻轻地吹着热气,问道:

"老爷——又作诗了?"

"啊,老爷又作了两首七律,真好!早一阵子着人送进来的。婢子见夫人正睡着,没敢惊动,就搁在书案上了——夫人您这就看?"

柳如是摇摇头,啜了一口茶。这是她平日爱喝的兰雪茶,泡冲时又加进一点松萝茶叶,使茉莉的香味稍煞,而茶味更酽。她含着茶,就在红情捧来的唾壶中漱了口,抱着膝盖,又出了一会子神,终于掀开锦被,把两条腿儿垂落在床沿上。等红情服侍她穿好衣裳,裹好了脚,又把一双瘦才半指的红绣鞋儿替她套上之后,她就扶着红情的肩膀,踩着花梨木脚踏,款款地走下地来。

她是一个二十五岁的标致女人,因为长得娇小玲珑,看上去还要年轻一点——一头又黑又亮、缎子似的丰厚柔软的长发,椭圆形的、异常白净细嫩的脸蛋,一双顾盼含情的细长眼睛,在远山般弯曲的眉毛下,流动着美妙动人的波光。光洁平整的前额,使她的脸容显得高雅;微微张开的鼻翼和紧闭的小巧的嘴唇,又使她有一种果决的、桀骜不驯的神情。她生性耐冷,虽然正是春寒料峭的天气,也只穿了一身薄薄的暗花紫绒衣裙,越发见得轻盈俏丽。去冬以来,她一直都在闹病,举止之间,时时显出娇弱不胜的样子。

她不慌不忙地走到窗下的紫檀木书案前,拿起了那页诗笺,看见上面写着:

献岁书怀二首

香车帘阁思葱茏,旋喜新年乐事同。
兰叶俏将回淑气,柳条刚欲泛春风。
封题酒瓮拈重碧,嘱累花幡护小红。
几树官梅禁冷蕊,待君佳句发芳丛。

香残漏永梦依稀,网户疏窗待汝归。
四壁图书谁料理?满庭兰蕙欲芳菲。
梅花曲里催游骑,杨柳风前试夹衣。
传语雕笼好鹦鹉,莫随啁哳羡群飞。

诗后有一则附注:

辛巳冬,河东君①赴姑苏疗疾,越岁未归,不胜蒹葭之思。诗以促之。越三日,谦益舣舟姑苏,迎返常熟。眷眷此情,耿耿是心,河东君当能察之也。

下署:谦益,崇祯十五年壬午元旦

柳如是的目光在最后几句附注上逗留着,终于哼了一声,把诗笺放在一边,随即在书案前坐了下来。她先歪着脑袋,对镜子端详一下自己的影子,特别仔细地察看了眼角和嘴边。直到证实这些地方依旧滑嫩光洁,并没有出现哪怕一丝皱纹,她才放下心来,伸出两根纤长的手指,在脸上的一小块枕衾压出来的嫣红痕迹上轻轻揉搓着,一边转动着脖颈,使自己的面影以各种不同的角度和表

---

① 河东君是柳如是的号。

情,反映在镜子里。末了,她似乎被自己依然娇艳动人的风韵逗弄得快活起来,便把头一仰,对红情说:

"嗯,来吧!"

红情起初听见女主人"哼"的一声,止不住心头一跳,捉摸不透是吉是凶,正有点惴惴不安。这会儿她连忙答应一声,把几上一只镶嵌着螺钿和玛瑙的梳妆匣子移过来,开始动手替女主人把睡乱了的发髻拆散,小心翼翼地把瀑布般倾泻下来的丰厚长发揽在怀里,然后拣起一把象牙大梳,梳理起来。她生怕把女主人扯痛了,下梳很轻,很慢,一边梳,一边笑着说:

"不是婢子又爱说嘴,夫人这头头发,真是越来越漂亮好看了,又黑,又密,又匀净。梳子下去,像到了水里似的,自自然然就顺溜了,半点儿劲也不费。婢子见的人也不少,可从来没见过夫人这样的好头发!"

说着,她偷眼觑了觑镜子,发现女主人半眯着眼睛,像在沉思,对她的恭维讨好似乎根本没有留意。红情于是揣摩刚才那一声冷笑,大约不是冲自己来的。她暗暗松了一口气,闭嘴不说了。

然而,当她打算移开眼睛,却忽然发现,女主人威严的目光,正从镜子里怀疑地盯着她。

"嗯,你做什么?"柳如是问。

红情的脸顿时涨红了,"没、没做什么呀!"她惊慌地说。

"刚才,你说什么来着?"

"刚才?哦,刚才婢子是说,夫人这头头发……好看……"于是,她把刚才的话,连忙又重述一遍。

柳如是默默地听着,脸色这才渐渐平和下来。可是只一忽儿,她又重新皱起眉毛。

"嗯,这也罢了。"她说,"我问你,我叫你去打听的事,你去了么?"

"啊,婢子已经打听回来了,正要向夫人禀告。"红情赶紧说道。

"怎么样?"

"听说朱姨太还在闹,今儿吃罢午饭,她就把少爷叫到后楼上去,又哭又叫的,骂了许多难听的话,还摔了好些家伙。"

"她都骂些什么?"

"这……婢子可就、可就不知道了。"

"哼!"柳如是眼睛一瞪,猛地回过头,却不提防带动了头发,慌得红情连忙跟着踉跄了一步。不过,当她重新站稳之后,柳如是已经把自己控制住了。她醒悟到,朱姨太骂她的话,其实不用问也可想而知是些什么内容,难怪红情不敢当她的面复述出来。

"那么,还有其他的人呢?他们怎么说?"她悻悻然问道。

红情惊魂初定,她生怕女主人责怪,不敢再隐讳,便把打听到的消息一五一十都禀报出来。她说,由于最近柳如是同三房朱姨太的争宠愈演愈烈,特别是前些日子,柳如是到姑苏"治病"期间,向老爷——前礼部右侍郎、现罢官在家的钱谦益——提出一定要把朱姨太驱逐出府之后,钱府上下,如今已经分成了两派。一派支持朱姨太,一派支持柳如是,此外,谁也不帮,站在一旁瞧热闹的也还不少。自然,老爷是一心护着柳如是的,老爷的那班子门客,以及府里那些同朱氏有仇怨的人也一样。不过由于朱姨太进府的日子长,人熟地熟,加上又是钱家唯一的少爷的生母,所以总的来说,眼下还是支持她的人居多。像大总管何思虞两口子、侄孙少爷钱曾、大丫环月容这些人,都是朱派。大太太陈氏,表面上不偏不倚,据说也是支持朱氏的。在她的影响下,陈家的那一伙亲戚,也都成了朱派。正因为有这些倚仗,朱姨太才敢扯破脸皮大吵大闹。此外,还有消息说,常熟城里那些同钱谦益一向有矛盾,而对钱谦益与柳如是的结合尤其不以为然的乡绅,如今都在盯着钱府内的这一场争斗,扬言倘若钱谦益敢驱逐朱氏,他们就要联名写状,声讨钱谦益伤风败俗,不顾廉耻,把他弄个名声扫地……

在红情这一次述说的当儿,柳如是始终静静地听着,再也没有打断她。不过,她仍然不止一次竖起了眉毛,瞪大了眼睛,脸蛋也一次一次因发怒而憋得通红。直到红情说完了好一会儿,她仍然咬着牙,现出恶狠狠的神色。

看见女主人这样子,红情又害怕起来。她十分清楚女主人脾气急躁,担心会迁怒自己,正想说上几句赔小心的话。然而,没等她说出口,柳如是已猛地站了起来。这一次,红情有了准备,等柳如是使劲夺回头发时,她就连忙松了手。

柳如是把头发紧紧攥在手里,开始像一只被困在笼子里的野兽似的,急速地走来走去,嘴里忿忿地问:

"那么老爷呢?老爷他怎么样?"

"哦,老爷,老爷……"

"算了!"红情讷讷的样子,愈加激起柳如是的怒火。她咬牙切齿地说,"什么'眷眷此情,耿耿是心'。哼,说得好听!亏他还有脸写在纸上,巴巴地送来给我!也不打听打听,老娘是什么人,会信这一套!去——"她一把抓起案上那张诗笺,用力朝地下一摔,"把这破纸片儿给他退回去,就说本夫人不要!"

"是!"红情连忙答应,但是却迟疑着。

"去呀!"柳如是瞪大眼睛喝叫。

红情哆嗦了一下,不敢再违拗。她赶紧捡起诗笺,急急忙忙地向外走去。

红情穿过花木扶疏的庭院,刚走到月洞门前,却意外地发现钱孙爱少爷——一个十四岁的少年,不知为什么没有人跟随,正独自一人探头探脑地朝里张望。一见红情,他那焦急的脸上顿时现出获救的神情。

"哎,柳太太——起来了么?"他急匆匆地问。

这位钱孙爱少爷,是柳如是的对头朱姨太所生,也是钱家惟一的少爷。平日锦衣玉食,百般宝爱自不必说。按理,他应当长得又肥又壮;但是偏不,这位少爷自幼便羸弱多病,长大后,那张还算清秀的脸上,总是血气不足,一双肩膀又窄又小,身子还仿佛有点佝偻。不知为什么,每当瞧见他那又细又长的脖子上,支着一个晃晃悠悠的小脑袋,红情就忍不住想笑。不过,她此刻却没有这种心情。

"咦,少爷,你怎么还敢到这儿来?你不怕朱姨太知道?"红情站住脚,吃惊地问。她很清楚朱姨太对于儿子到我闻室来,是多么的深恶痛绝,更何况是眼前这种时候。

"你别管!"钱孙爱摇一摇头,"我只问你,柳太太起来没有?"

"嗯,你要见她?"

钱孙爱点一点头。

"干什么哩?"

"有事!"钱孙爱不耐烦地说。

要在往常,红情就替他通报了。可是今天她看见钱孙爱身边没有人跟着,胆子就大起来:

"先告诉我!"

"不!"

"那我不给你报!"红情傲然地把手中的诗笺一扬,"夫人派我去干事哩!"

"哎,别,你别……"看见红情要走,钱孙爱慌了,连忙拦住她,随即低下头去,犹疑了一阵,终于低声说:

"我、我想求她,别、别把我娘赶出去……"

红情本来已经摆出一副捉弄人的样子,听了这话,神情顿时变了。她怔怔地瞅着钱孙爱,半天,轻轻地叹一口气,说:"只怕、只怕她不会答应。"

"啊,为什么?"

红情动了动嘴巴,但临时又改变了主意。"好吧,我替你去报!"她说,转身向里走去。

钱孙爱呆呆地目送着,渐渐又变得紧张起来。他大瞪着眼睛,脸色也更加苍白;随后,就开始神经质地来回走动……

好大一会儿,从那间垂着梅花暖帘的闺房里传出了柳如是可怕的吼声:

"不见,不见!谁也不见,让他滚!"

钱孙爱浑身一抖,像一只受惊的兔子似的呆住了。他那双圆溜溜的眼睛渐渐现出一种恐惧的神色。突然,他抱着脑袋,逃也似的跑了开去。

二

钱孙爱急急忙忙地走着,出了东偏院的门,向左一拐,走进备弄里来。直到我闻室那边的声响完全听不见了,他才如释重负,舒了一口气,放慢脚步。

长长的备弄从后楼一直伸向前门,两边都是高出屋脊的黑瓦白粉墙,把宅第的正院同右边的一爿院落分隔开来。墙上每隔几步就有一个漏窗,漏窗外,正院的高堂华屋和左院的亭轩花树历历可见。这宅子又大又深,尽管住着老幼尊卑数十口人,仍旧十分幽静。特别是这条备弄,主要是供夜间巡逻和防火用的,白天走的人本来就不多,这会儿更是连个人影也看不见。钱孙爱听着自己的足音在青石板上橐橐地回响着,不由得害怕起来。他赶快从最近的那个侧门往里一钻,回到正院里头。

刚才在我闻室所受的惊吓,一直不曾消失,而且愈来愈变得像一团破布似的堵塞在心头。这使钱孙爱感到伤心、困惑,摆脱不开。说实在话,这一次,他虽然是为朱氏求情而来,而作为生母,朱氏对儿子也一向极其钟爱,百般纵容,但奇怪的是,他对朱姨太却始终缺乏亲近之感。而且,朱姨太越是把他当成心头肉、掌上珠,她在儿子心目中的地位反而越低。特别是当钱孙爱逐渐懂事之后,朱氏的专横、鄙俗、愚蠢和唠叨,都叫他感到受不了。仅仅由于纲常礼教的训诲和约束,才使他从理智上觉得应当尊敬她、维护她,站在她的一边。

诚然,钱孙爱还有另外一位看着他长大的女人,那就是大太太陈夫人。陈氏对于钱家的这位惟一的少爷,自然也十分疼爱。按照钱氏的家规,陈夫人才是钱孙爱名正言顺的"母亲"。不过,这位老太太是个秉性懦弱的女人。她过去受二房的王姨太欺负,王姨太被朱姨太逼回娘家之后,她又受朱姨太的欺负。无可奈何之余,陈夫人迷信上了佛法,一心一意地埋头诵经、吃素,还招了一个名叫解空的老尼姑来家里住着,一天到晚讲经参禅,对家里的事情不闻不问,同钱孙爱也慢慢疏远了。今年元旦过后,陈夫人知道钱谦益到苏州去把柳如是接回常熟来,她就领着解空回娘家去,说是打算在那边多住些日子——已经走了好几天了。

如果说对这两位母亲,钱孙爱都缺乏强烈的亲近感的话,那么,他对于住在我闻室的这一位"母亲"柳如是,却怀有一种莫名其妙的好感。尽管柳如是蛮横地要把朱姨太赶出府去,刚才又是那样粗暴地对待他,但是钱孙爱仍然感到对她恨不起来,这一点使他十分苦恼。这位柳如是,听说本是苏州府盛泽镇一位很有名的妓女,半年前,才由他的父亲把她娶回家里来。钱孙爱清楚记得,当他第一次看见这位新母亲时,她的年轻,她的美丽,她笑眯眯地瞧着他时那种又高傲又挖苦的神情,都叫他害臊得不得了,以至赶忙低下头去,不敢再看她。几天之后,他在好奇心的驱使之下,到东偏院那一幢小小的、特地为柳如是新盖的我闻室去,想再看一看这位美丽而又神秘的女人。柳如是仍旧用那种又高傲又挖苦的神气瞅他,还不客气地说他像个小痨病鬼。可是,当钱孙爱又害臊又生气,打算立即逃出去时,柳如是却笑眯眯地捉住他的手,态度又变得十分亲昵,并把他留下来玩耍。在随后的一个多月里,钱孙爱在柳如是那儿学会了许许多多有趣的玩意儿——射覆啦,投壶啦,猜枚啦,掷骰子啦,唱小曲啦,用墨把脸抹黑跳胡旋舞啦,钱孙爱又惊又喜,越玩越着迷。从此,只要父亲不在家,他就跑到我闻室去,缠着柳如是玩这玩那。由于笨拙和怯懦,他常常遭到柳如是的嘲骂和捉弄,还挨过她打。但是,钱孙爱毫不怨恨,他怕的是柳如是不理睬他,把他赶出去,不准他再来。事实上,很快地,钱孙爱就被禁止到我闻室去了。不过并不是柳如是这样做,而是他的亲娘朱姨太。当朱姨太发现她的宝贝儿子竟然也被那骚狐狸"迷"上了,登时又惊又气。她立即率领仆婢气势汹汹地赶到"我闻室",把钱孙爱"抢"了出来,还同柳如是大吵大闹了一场。不用说,自从那一次之后,钱孙爱的快活日子便宣告结束了。

　　钱孙爱叹了一口气,他弄不明白,在他看来应当和睦相处的这两个女人,何以竟会变得像仇人冤家似的势不两立,一天到晚争吵不休,恨不得把对方一口吞下去。如果不是这样,该有多好!不过,他明白这是不可能的。他从朱姨太的口中知道,柳如是现在正千方百计要把他亲娘挤出去,她已经向父亲声言,要是朱氏不走,她宁可重回盛泽!钱孙爱为这事忧心忡忡,焦虑不已。刚才他摆脱了身边的跟随,私下去求见柳如是,谁知却碰了一鼻子灰!钱孙爱觉得,凭着朱氏是自己的生母这一点,父亲最终大概不会把她驱逐出府,也不会放柳如是走;但是指望这两个女人和好起来,只怕是比登天还难了。

　　钱孙爱感到了一种悲哀,如同被人遗弃了似的,没有一个人关心他、明白他。他心头一酸,几乎掉下泪来。他停住脚步,站在悬着"半野堂"横匾的大厅前,瞅着屋檐上啁啾营巢的一双燕子,怔了半天,终于没精打采地折回来,朝西偏院走去。

通往西院的门影里,坐着几个上了年纪的妇人,她们是些看守门户的女仆,也有个把寄食的穷亲戚。她们闲日没事,照例坐到这地方来,一边摆弄着手里的活计,一边喊喊喳喳地起劲谈论着什么。看见钱孙爱走来,这伙人都一齐住了口,纷纷站起,向小主人亲热地问好。钱孙爱心里正烦恼,低着头只管走过去。

钱孙爱一踏进西院,就听见有人叫他。抬头一看,原来钱谦益的贴身仆人李宝,还有自己的书童张卉儿正沿着复廊急急地朝他走过来。

"少爷,你上哪儿去了?找得小人好苦——老爷叫你去呢!"李宝一边说,一边站住行礼。

听说父亲传唤,钱孙爱有点意外。不过他也懒得打听,点点头,一声不响地跟着李宝走。

当钱孙爱登上荣木楼的二楼,来到他父亲的书房——匪斋里的时候,钱谦益正低着头,在看一封信。他用威严的鼻音"唔,唔"地答应着儿子的问安,随手指一指靠窗的几张花梨木椅子,让他坐下,眼睛始终没有离开手里的信件。

这是钱谦益的妻舅陈在竹从京师带回来的一封信。信的内容是如此重要,如此令钱谦益错愕为难,以至他已经反复看过四遍,仍旧拿不定主意该怎么办。这会儿他又仔细地从头再看一遍。

信是一位正在朝廷做官的朋友写来的。一个多月前,钱谦益派陈在竹带了七千两银子到北京活动,希望能获得复官起用的机会。陈在竹找到这位朋友,承他帮忙,与内阁首辅周延儒搭上了线。陈在竹把银子花了个干干净净,最后就带回来这样一封信。

在明朝后期,人们写信的习惯,除了一份正文之外,还有所谓"副启"。副启是一种不具名的信,用以请托办事或谈机密事宜。本来只通行于官场,后来就成为一种繁文缛节,不管有没有特别的话要说,一律都要有副启,否则就会被认为不恭、不厚,副启甚至有多至三四封的。现在钱谦益手里的这封信,也有三封副启。不过,这一次倒不是那位做官的朋友故意多礼,而是因为他要谈的事情确实涉及许多机密,不可告人,也不便署名的缘故。

信的正文照例是些寒温起居的客套话,钱谦益也懒得再看。他拿起了第一份副启。

这上面的内容,谈的是关于明王朝当时抵御"建虏"——山海关外清兵的进攻,以及对"流寇"——李自成、张献忠等部的农民起义军作战的一些最新消息。大意是说:自从山海关外的门户重镇锦州遭到清军的大举围攻,朝廷派蓟辽总督洪承畴率八总兵步骑十三万出关拒敌,于松山至杏山一线大败,几乎全军覆没以来,洪承畴率残兵万余退守松山城内,被清军重重围困已达三月有余,形势日见危殆。现在惟一的希望是前往救援的军队能够尽快突破重围。否则松山一失,锦州亦势难支撑,如果锦州也落入清军之手,那么山海关的形势就岌岌可危了。

钱谦益看到这里,不由得冷笑一声,心里说道:"做梦!"驰援的军队开赴松山已有一两个月,他们的将领徘徊不前、畏敌如虎的情况,钱谦益屡有所闻。如果真能突破重围,也不会拖到今天了。他算定松山的陷落只不过是早晚的事。于是,他不由得大为感慨地想起,早在两个月前,他曾经上书当道,建议从援军当中分出一半兵力,乘船从海路分进合击,形势就会不同。可惜竟不能用!

信中接下去谈到南方流寇日益猖獗,朝廷自去年督师杨嗣昌畏罪自杀,总督傅宗龙战死,剿寇军事一再受挫。继襄王、福王死难之后,唐王也于南阳殉国。李自成连陷许州、禹州等十余城,再度进围开封。幸而最近朝廷重新起用孙传庭为兵部侍郎,令他督京师军驰援开封,保定总督杨文岳亦发兵会剿,闯贼大败,死伤过半,现已溃散南窜,相信不日可望剿平云云。

钱谦益又不禁摇摇头,他根本不相信李自成会很快被"剿平"。据他所得的消息,李自成主动解围后,已南克襄城,复攻西华,正包围左良玉于郾城。想到这些在朝大臣,竟然如此盲目乐观,轻信前方送去的虚假捷报,钱谦益不禁又好气又好笑。他丢下这份副启,拿起下面一封。

这一封写得比较简略,主要是说,自从周延儒重新进入内阁,当上首辅之后,颇思振作有为,举措处事,能够顺从众意,对于东林党旧人,也想捐弃前嫌,倾心相结。现在他位高权重,很受皇上信用。

信到此便终止了,但友人的用意不难理解。他是在暗示钱谦益,现在确实存在着一个机会,而成败的关键则操在周延儒的手中。钱谦益如果想获得重新起用,对于这位周相公的要求是不能不认真加以考虑的。不过,钱谦益却明白,周延儒现在之所以愿意捐弃前嫌,并非由于此公有什么恢宏大度,实在是由于他的这一次东山再起,全赖朝廷中东林、复社一派的人,暗中给他帮了忙、出了力的缘故。

第三封副启,钱谦益看过的次数最多,也看得最仔细。他不必再看,信中的字句也还记得清清楚楚。

在这封副启中,友人代周延儒向钱谦益提出一项政治交易——周延儒愿意在钱谦益复官起用的事情上帮忙;不过,作为回报,钱谦益必须设法运用自己在东林党人和复社成员当中的强大影响,停止对一个名叫阮大铖的人的激烈攻击,并且不再在政治上与之为难。信的最后几句是这样写的:

> 阮圆海虽名在逆案,第念彼尚无大过。今闻复社诸生,日夕

汹汹，必欲置之死地而后快。圆海惶惶不可终日，情殊可悯。语云：君子不念旧恶。足下又何惜反掌之易，不放彼一线生路耶？

信中的这个"圆海"，就是阮大铖的别号。此人在天启皇帝朱由校在位时，做过光禄寺丞，因为阿附大宦官魏忠贤的"阉党"，参与迫害反对宦官专政、主张开明政治的东林党人。所以到了崇祯皇帝朱由检即位，严厉究治魏忠贤，阉党之徒纷纷遭到斥逐，阮大铖也名列"逆案"，被革去官职，灰溜溜地跑回家乡怀宁。后来家乡闹农民暴动，安身不住，他只好又跑到当时称为"留都"的南京去当寓公。可是此人不甘寂寞，仗着有的是钱，在南京库司坊内建了一座雕梁画栋的"石巢园"，天天在那里大排筵席，清歌艳舞，招揽宾客；还组织了一个名叫"中江社"的小集团。他眼见明王朝内忧外患日益严重，急需懂得军事的人才支撑危局，于是也装模作样地说剑谈兵，吹得天花乱坠，希图博得"知兵"的名声，东山再起。没料到这一来，可就激怒了聚集在南京城里的一批"复社"的士人。

复社是继东林党之后出现的又一个江南士大夫以文会友的团体，成立于崇祯五年，由太仓人张溥、张采合并江南若干文社组成。复社名义上是"兴复古学，将使异日者务为有用"，实际上是继承东林党的开放言路、改良政治的主张。复社中的不少骨干成员，就是东林党人的子弟，他们与东林党人士互相呼应，在江南一带造成了极大的政治势力。这些人气愤不过阮大铖的嚣张放肆，曾在崇祯十一年，由顾杲、吴应箕、陈贞慧、黄宗羲等一百四十人联名起草了一份《留都防乱公揭》，历数阮大铖的罪状，揭露其阴谋野心，满城张贴分派，鸣鼓而攻，弄得阮大铖在南京安身不住，只好逃到郊外的牛首山下躲起来。但他仍然不甘心，这一次，瞅准周延儒再度入阁拜相，花费应酬甚多，他一家伙就送了一万两银子。周老头儿受了这一份厚礼，当然不能不有所报答，于是也乘着钱谦益有求于他，提出了这样一桩政治交易。

钱谦益慢慢地把信叠整齐、折好,重新装回封套里。以他的老于官场世故,对于这一类的弄权纳贿、私相授受的勾当,早已熟悉得很,所以并不特别吃惊。不过,他仍然感到有点气愤:周老头儿这一次重新上台,明明是靠的东林的力量,谁知他却不知感恩,仍然向自己提出这样狠辣的条件。钱谦益深知此事非同小可,虽说他现在是东林党仅存的几个领袖之一,在士林中享有很高的声望,但是阮大铖是东林公敌、逆案罪人,要复社那一班士子放弃对他的攻击,让他能够东山再起,真是谈何容易!弄不好,自己就有可能身败名裂,连老本都会赔个精光。想到这里,钱谦益不禁烦躁起来。他站起身,背负着手,开始在屋里来回走动。

钱谦益是个瘦高个儿,黝黑的脸膛,高耸的鼻梁,一部威仪凛凛的花白胡子。他去年刚做过六十大寿,头发是全白了,而且左耳背得厉害,听人说话时,总是侧起脑袋。不过,他身子骨还相当硬朗,一双细眯眼睛也尖利有神。头戴方巾,脚下珠履,大概是为着显得年轻些,他穿了一身藕色莽绒阳明衣。

钱谦益在室中来回踱了一阵,突然站定,用洪亮的嗓门喊道:

"来人!"

仆人李宝应声出现在门口。

"你去,马上把陈在竹、钱养先两位老爷给我请来。"

"是!老爷。"因为怕主人听不清,李宝大声答应着,然后将一叠拜帖呈了上来。

钱谦益翻了翻,一共有五六份之多,看名字都不认识,估计是些慕名进谒的士子,便说道:"我知道了。这会儿没工夫见他们,帖子留下,告诉他们过些日子再来吧。"

李宝答应了,又大声说:"工部严老爷从姑苏来,说是专程来拜望老爷,现住在馆驿里,刚才派人来打听老爷什么时候得空,严老爷要亲自趋府拜候。"他不等钱谦益发问,又补充说:"严老爷的拜帖刚才也呈给老爷了。"

钱谦益倒没留意有这样一份拜帖。他把那叠帖子重新翻了翻,果然找到了。他轻轻摇着拜帖,沉吟了一下,说道:"你告诉来人回禀严老爷,就说不敢有劳严老爷车驾,明早我亲自上馆驿拜望他。"

李宝答应了,但仍旧不走。钱谦益皱着眉头问:"还有什么?"

李宝又禀告说:"崇明县盐户孙振南前两日派人送赆仪来,布政张老爷也派来送礼的人,现还在客房里住着,等老爷示下。"

钱谦益一听,不觉生起气来:"混账东西,叫何总管打发他们就完了。这些小事也值得拿来禀告!"

等到李宝退出去之后,钱谦益转过脸来,眼光这才落到了儿子的身上。

钱孙爱斜靠在椅子上,呆呆地望着窗外尚未返青吐芽的小树林,脸上现出一派茫然的神气,对于父亲刚才的举动,根本就没有留意。

钱谦益默默地瞅着儿子。近半年来,因为筹划起用的事情——请托、应酬、措置款子、打听消息,花去他不少精力和时间;待到腾出身来,又忙着去陪伴新婚的如夫人柳如是,所以,他实在有好长时间没有仔细打量过儿子。现在,他发现儿子好像又消瘦了些,脸色更苍白了,身子还有点儿佝偻……一阵莫名的悲戚之感,忽然涌上了钱谦益的心头。他想到,自己今年已经六十一岁了,早年也生过三个儿子,但都没能养下来,好容易到了四十八岁那一年,才由朱氏替他生下这么一个儿子。常熟钱姓他们这一房,几代都是一子单传,看来轮到自己,也仍然改变不了这种命运。本来,只要有一个儿子,就可以不必再担忧将来祖宗祠墓无人祭扫,自己也不至于成为"若敖之馁鬼"。但是,还得想到,钱家眼下这偌大产业,将来就要全部压在儿子这一副又软又嫩的肩膀上,他,能承受得起么？这孩子自幼单弱多病，性情又怯懦，完全不像个"克绍箕裘"的人物……

钱谦益不禁暗暗叹了一口气，觉得"命运"这个东西真是难以捉摸。自己一生营营役役，机心用尽，总算弄到今天这样一个"东林领袖""文坛祭酒"的显赫地位；而且，把父祖辈传下来的一份家业，又扩大了好几倍，满以为上可无愧钱氏列宗之灵，下可振兴子孙于后世了。但是，命运给自己安排的继承人，却偏偏是这样一个角色。自己一生枉自逞强，到头来又安知不是为他人做嫁衣裳！一刹那间，他心灰意冷，感到从未有过的疲倦和衰弱。他摇摇头，竭力想摆脱这种不愉快的思绪，于是勉强打起精神，提高声音问道：

"你——来了么？很好。嗯，这会子你觉得身子好些了么？可吃的什么药？"

仿佛从遥远的思路上被呼唤回来似的，钱孙爱转过脸来，呆呆地望着父亲，好一会儿，才清醒过来。他站起身，重新向钱谦益行礼、请安。

"嗯，问你觉着身子可好，吃的什么药哩！"钱谦益发觉儿子显然没有听清他刚才说的话，于是又重复了一遍。

"孩儿觉……觉着好些了。不敢有劳爹爹挂心。孩儿这会子吃的是三清一气丸。"钱孙爱恭恭敬敬地回答。他一向很畏惧他的父亲。虽然父亲对儿子并不特别严厉，可是钱谦益那种旺盛的精力，那种咄咄逼人的气势，却使钱孙爱同他相对时，总受到莫名的威胁，有一种被压倒的感觉。

"什么丸？"钱谦益没有听清。

钱孙爱又重复一遍药丸的名字。

钱谦益皱着眉毛说："怎么取这么个刁钻古怪的名字！唔，你可要仔细着，有些个庸医没本事，专靠弄这些名堂骗人。银子花得不少,其实呢,全是白费!"

"这是俞先生开的方子。要是爹爹觉着不妥,回头孩儿就对他们说不吃了。"

"嗯,吃着吧,先吃着吧!真的不好,再换不迟。"停了停,他又补充说,"若是俞嘉言开的方子,怕倒是有效的。"

"是。"钱孙爱恭敬地应诺着。

这样说过之后,有好一阵,父子二人谁也没有再开口。钱孙爱低头站着,钱谦益又开始在屋子里走来走去。他瞥见家人李宝在窗外的走廊里朝这边张望,可是没有理他。

"你——今天见过你三娘么?"终于,钱谦益打破沉默,换了一个话题。

"孩儿每天都向娘请安的。"

"唔,很好,很好。"钱谦益心不在焉地点着头,管自考虑着。"可是——"他突然说,"你三娘不好,很不好!"他的语气有一点急促,同时迅速地看了儿子一眼。

钱孙爱低着头,没有吱声。

也许因为看不出儿子的表情反应,钱谦益有一点着急。他咳嗽一声,加重了语气:"听说她这几天尽在闹,闹!闹得很不成话,还骂出许多极其难听的话。我真不明白她怎么会变成这种样子!我们这样的人家,岂能让她一个劲地胡闹,这成何体统!"

钱谦益一边说,一边目不转睛地盯着儿子,希望能看出他对这件事的态度。可是钱孙爱还是低着头,闭着嘴,身子又开始神经质地颤抖起来。

看见儿子这个样子,钱谦益有一点失望,也有点生气。但他仍旧隐忍着,又说道:"我乃念你三娘服侍我许多年,又有抚育你长大成人这份功劳,本不想与她多计较,更不想为难她。只要她能安分克己,和衷御下,虚心敬诚,不惹是生非,让我这把老骨头安安稳稳再活上几年,我也就心满意足了。可是她却不识大体,不知通变——嗯,我听说这些年来,她背着我弄权揽财,徇私纳贿,跋扈凶悍,做了许多不好的事,大大辜负了我对她的信赖和厚望!今天又放肆到连我都敢骂,这还了得!"钱谦益把桌子一拍,生气地瞪着钱孙爱,"而你——你是她的儿子,年纪也不小了,怎么就不规劝于她!你平日读的圣贤训诲,都读到哪里去了?嗯?"

没想到父亲突然把怒火倾泻到自己的头上,钱孙爱吓得一抖,"扑通"跪在地上。

"爹、爹爹息怒,孩儿知、知罪了。"他惊惶地一瞥,不敢接触钱谦益严厉的目光。

"我膝下就只你这么一个孩儿,钱氏的家业将来就全靠你来承担。可是你如此不长进,教为父怎样放心得下!又何以告慰列祖列宗于九泉?"钱谦益怒气不息。

"启、启禀爹爹,孩儿其、其实也劝过三娘……"

"劝过她,你?那么——你是怎么说的?"

"孩儿请三娘不要再生气,不要骂……"

"唔,她呢?她可听从?"钱谦益的语气中不无期待。

钱孙爱苦恼地摇摇头。

钱谦益露出失望的神色。他又开始急速地走来走去,喃喃地说:"这个悍妇,这个悍妇!"他忽然停下来,望着钱孙爱,"所以,为父现在决定:把你三娘搬出半野堂,到城东旧宅去住些时候,让她闭门思过。什么时候改过了,什么时候再搬回来。你——可听明白了?"

钱孙爱大吃一惊,顿时觉得心里像钻进了一群耗子似的乱得很。好半天,他才嗫嚅地问:"那、那么孩儿?"

"你当然不必跟着你三娘!"

"可,可孩儿宁愿跟着三娘去的!"钱孙爱忽然伛下身去,哭起来。

"胡说!"钱谦益厉声呵斥道,"你年纪也不小了,该明白事理。你要跟她去,那么,我问你,你打算置为父和你母亲于何地?再者,"他停了停,稍稍缓和了口气,"你是钱家的惟一传人,也该跟在我身边经些历练才是。"

钱孙爱眼泪汪汪地瞧了父亲一眼,不敢再坚持了。其实,真的让他迁出半野堂,去终日陪伴他的那位恣睢暴戾的三娘,钱孙爱也是不愿意的。他只是觉得三娘很可怜,父亲也忒狠心。他张了张嘴,还想说几句什么,但一触到父亲冰冷的目光,所有的勇气便都消失了。他像泄了气的皮球似的伏在地上,哽咽着说:"但凭爹爹做主……"

"嗯,这就很好!"钱谦益满意地点点头,"这样才像我的儿子。识大体,知通变,不因私爱而惑其心志,很好。起来吧!"说着,他走前两步,把钱孙爱扶起来。

由于终于说出了几天来一直困扰着他的这个艰难的决定,钱谦益觉得有一种解脱般的轻松。特别是得到了儿子的理解,使他很高兴。由于某种说不清的,然而又是强有力的原因,他认为,在这种事情上,儿子的理解和支持,对于他来说是重要的。尽管钱孙爱站起来时,脸上分明地表露出痛苦的神情,眼睛还含着泪,可是钱谦益却装做没看见。现在,他觉得应当用什么方式抚慰一下儿子,兼以表示父亲的慈爱。他做了个手势,让儿子等着,然后,转过身向隔壁的一个房间走去。

这是一间很大的藏书室,堆满了各种各样的图书典籍,有装在书套中的,也有保存在木匣子里的。钱谦益曾经花了大半辈子光阴,不遗余力地搜求各种珍本和善本书籍。在这些藏书中,有不少属于宋版和元版的稀世珍品。对于这批财富,钱谦益一向十分自豪,极为宝爱,轻易不让人参观借阅。现在,他一边在排列得过于拥挤的书橱之间困难地转动着身子,一边想着:这房子太小,该建一座新的藏书楼了。他弯下身子,从专门收藏珍本和善本典籍的那几口书柜里,小心翼翼地搬出一套用楠木匣子装着的宋版《倚松老人集》,才走出几步,又折回去。他踌躇了一下,终于把这套宋版的放回原处,改换了一套元刻大字本的《韩诗外传》捧到外面来,又从紫檀木书案上拿起一只古玉簪瓶,一并放在儿子面前,说:"这是为父心爱的两件宝物,现在传授与你。今后,你须刻苦自励,潜心学问,虚怀敏求,慎终如始,将来'采芹''入泮',克绍箕裘,方不负为父的一番训育深心——听明白了么?"

看见儿子垂手聆诲,眉宇之间似乎有悚然之色,钱谦益暗暗感到满意。他相信,经过自己这一番恩威并施,钱孙爱内心纵有不满,也必然消解,而且会感奋努力,自强上进。他停了一下,终于说道:

"去吧!"

然而,当钱孙爱叩谢了父亲,费力地捧着那一部《韩诗外传》和那只古玉簪瓶,转过身慢慢走出去的时候,钱谦益目送着儿子那瘦削、佝偻的背影,心里不由得又一次涌起了先前那种忧心忡忡的感觉:将来,他当真能够"克绍箕裘",光宗耀祖么?

…………

"启禀老爷,钱、陈两位老爷已经来到,在外间等候多时了。"家人李宝的声音在他的耳边响起来。

钱谦益定了定神,立即想起眼前还有更为要紧得多、也棘手得多的事情,正亟待作出决断。于是,他把思绪从儿子身上收回来,虽然已经有点疲倦,但仍旧振作起精神,略为整理一下衣冠,说道:

"请!"

三

客人们很快就出现了。

走在前面的是陈在竹。他身材矮胖,方脸,大嘴,小小的眼睛,淡淡的眉毛,无论什么时候都摆出一副乐呵呵的样子。在一般人眼里,他性情爽直,胸无城府,只有钱谦益等少数几个人才知道,此人其实计智深沉,精明强干,含而不露。他是钱谦益正室夫人陈氏的同胞兄弟,曾经替钱谦益办过几件极其棘手的大事,所以钱谦益对这位妻舅一向十分倚重。

走在后面的,是钱谦益的同族兄弟钱养先。他有着与钱谦益同样的黑脸膛和高鼻梁,只是更高更瘦,一双眸子滴溜溜地转个不停。早些年,他也常替钱谦益跑码头,近年因为犯了很重的风湿症,少出去走动了。现在,他扶着一根藜杖,一边走,一边习惯地用手背捶打着腰眼。

因为是至亲常客,钱谦益也不多礼,彼此揖了一揖,就分宾主坐下。老仆钱升奉上茶来,钱谦益知道陈在竹在品茶上十分讲究挑剔,问明是"毛尖",便摆摆手,吩咐换过三两银子一斤的"芥片"。陈在竹点着头,一边从钱升手里接过茶,一边笑嘻嘻地问:

"钱升,你孩儿入了学,你如今便是秀才的老爹了。你不回家去享清福,还在这儿穷忙做甚?"

钱升正把一杯茶送到钱谦益手里,听了这话,就偏过平扁多皱的脸,不高兴地说:"舅老爷,旁人想赶我走还罢了,连你老也赶我?若早知到头来会这样子,当初我一准不叫他去读什么书!"

"咦,这可奇了!"钱养先插进来,"这可是你前世修得的福气,多少人都巴望不来哩,你倒不高兴!"

"是嘛,没准儿你那孩儿今年便考上个举人,明年再中个进士。到其时,你可就是老太爷了。只怕我们巴结都巴结不上哩!"陈在竹依旧笑嘻嘻的,也不知他是挖苦还是真心。

"由他举也罢,不举也罢,反正我老钱升还是老钱升,还是在这儿服侍老爷太太!"钱升涨红了脸,固执地说,随即转过身,噔噔噔地走出去了。

"嗬,好家伙!"陈在竹倒惊奇起来,"瞧样子他还真是王八吞秤砣——铁了心哩!"

钱谦益靠在椅子上,本来一直没吱声,这会儿抬了抬眼皮,发现陈在竹在瞅着他,便含糊地说:"自从去年,我替他孩儿落了籍之后,就没再拿他当奴仆看待。可他自小伺候我惯了,所以……"

"哎,似他这等忠心不贰的,如今世上是越来越少了。"钱养先显得颇有感慨,"倒是到处听说奴婢得势,便翻脸不认主子的,哪怕你于他恩义再重,也全不中用,甚至有恣意殴詈、操戈入室的。所以嘛,这老钱升,你别说,还真算是难得喽!"

这样说过之后,两位客人便一齐沉默下来。因为他们知道,钱谦益急急忙忙地把他们呼唤来,决不会无缘无故,必定有什么要紧的事情。所以,现在他们都望着主人,等待他开口。

可是钱谦益尽自沉默着。因为一来,钱升和李宝还在进进出出地张罗茶点;二来,钱谦益觉得要谈的这件事,实在非同一般。尽管眼前这两个人都是追随自己多年的心腹,他也不打算立即和盘托出,但是该怎么向他们谈,谈到什么程度,他都未曾考虑清楚,所以始终还在迟疑。

看见主人的这副神气,陈在竹和钱养先知道他还需要时间考虑,也就不去催促他。钱养先拿起杯子,慢悠悠地呷了一口茶,忽然笑着说:"方才,有个客人从姑苏来,说起一件时闻,倒是有些意思。"

陈在竹乐呵呵地瞅着他,蛮有兴趣地问:"噢?愿闻其详。"

钱养先又呷了一口茶,看看钱谦益,又看看陈在竹:"嗯,不知二位——可听说过陈圆圆?"

"怎么不知道!"陈在竹快活地眨巴着小眼睛,"陈圆圆么,姑苏城里烧得红半边天的小娘!色、艺、才,堪称三绝!前年在虎丘山塘,我还见过她一面。嘿,一出弋阳腔《红梅记》,演得是'如云出岫,如珠在盘,令人欲仙欲死'!……嗯,对了,这几句还是如皋冒辟疆的品评。听说,辟疆同圆圆已经有约,早晚要把她娶回去——冒辟疆,凭心而论,也算得翩翩浊世佳公子,配圆圆嘛,倒是还配得起——可是,怎么了,她?"

钱养先把茶杯往几上一放,叹息说:"闹出大乱子了!"

在一旁拈着胡子,似听非听的钱谦益,眼皮儿跳动了一下,转过脸来。

钱养先接着说:"这——说来只怕也是一场冤孽。正因那陈圆圆自恃容华绝代,歌舞无双,架子拿得挺大,名头也愈来愈响,不料就犯上了煞星。这煞星不是别人,乃系当今国丈爷田弘遇。前些日子,田皇亲派人到姑苏采买女孩子,闻得圆圆之名,就指定要买她。吓得圆圆东躲西藏,多亏有几个相好的孤老,甘愿为她效力,鼓噪起好几百个闲汉泼皮,日日守护着圆圆,还揎拳捋袖,舞枪弄棒,要同田府的人厮拼。如今这事闹到苏州府里,那田府的门客天天上衙门逼着要人,把知府大人急得斗昏鸡似的,团团乱转。这事还不知如何了局哩!"

陈在竹把脑袋摇得像个拨浪鼓:"哎,哎!那田皇亲可是好斗的?他的女儿是皇上最宠爱的妃子。圆圆这一回,只怕是劫数难逃了。"

"这倒也难说。"钱养先眨眨眼睛,"想那陈圆圆既以色、艺、才自恃,只怕一入田府,便立蒙眷爱,宠夺专房,从此享不尽的荣华富贵。此番小劫,又安知非福？"

"可是那田弘遇是个粗蠢不过的俗物。"钱谦益忽然开口说,"纵然权倾朝野,富可敌国,其奈不解情趣何！只怕圆圆到底还是明珠暗投。"

他的口气透着烦恼,没有瞧客人,神情越来越阴暗。末了,他站起来,在屋子里转了一圈,意兴萧索地负手低吟道:

"侯门一入深如海,从此萧郎是路人……"

陈在竹眨巴着眼睛,忽然哈哈地笑起来:"罢罢罢,这可真是'多情却被无情恼'了,其实,'圆圆'也罢,'方方'也罢,萧郎也罢,冒辟疆也罢,我们又怎管得着人家被窝里的事情？来,还是喝茶正经。待会儿,我也有一件时闻,只怕姐夫更有兴趣哩！"

钱养先眼珠子一转,也说:"正是正是,还是喝茶,喝茶。"

在他们说话的当儿,钱升和李宝已经在八仙桌上摆出来一席茶点：两把宜兴砂壶,分别泡着重新换过的毛尖、芥片,三只极细的成窑杯子,在桌上摆成了品字形；当中是七八个小碟子——水饺、烧卖、馅儿饼、扁豆糕、蜜橙糕、韭盒、春卷摆了一桌。这时,钱谦益也回过神来,于是请两位客人入席,又对钱升和李宝说:"你们到外间侍候着吧,有事我会叫你们。"

钱升、李宝退了出去。席上这三个人喝着茶,各自吃了一两件点心。钱养先催促说:"竹翁,你到底又有什么好时闻？"

陈在竹嘴巴里正塞满了蜜橙糕儿。他啊啊呜呜地点着头,眨着眼,好容易把糕儿咽下去,又呷了一口茶,这才说道:"不是大得不得了的事,不过,却也可骇可叹——我去岁在京里时听说,前年孟冬祭太庙,群臣先至殿外候驾,其时殿门未开,忽闻内有异响,众人正惊疑间,只见殿门大开,十余位龙袍帝冕的伟丈夫,从内徐徐走出,转眼不见；再看殿门,又复紧闭如故。当时见者,俱惊骇不敢言。及至皇上驾到,行礼之时,忽然殿内怪风卷起,灯烛全灭,陪祭群臣，无不失色俯伏；皇上亦因此惊悸成疾，下体软麻，不能行立，治理百余日方始痊愈。及至去岁周阁老再相，祭庙之日，却是天气晴和，亦无异象，闻得龙颜甚喜，对左右叹道：'周阁老毕竟是有福之人！'"

陈在竹说完，啜了一口茶，又夹了半块蜜糕放进嘴里嚼着，脸上仍旧乐呵呵的。他故意不加注解，知道钱谦益必定领会他的意思。

果然，钱谦益变得沉思起来。他转着手里的成窑杯子，仿佛在研究上面的纹理，好一会儿，终于慢慢地说："在竹说得不错，这一次，只怕非得打通周老头儿的关节，不过……"他沉吟起来，又顿住不说了。

"不过什么？"陈在竹含笑盯着他，"是不是周老头儿出下了难题儿？而这道难题儿，又与那个'裤子裆里'的老兄有点关系？"——因为阮大铖住在南京的库司坊内，当时痛恨他的人便取了个谐音，把他叫做"裤子裆里阮"。

听陈在竹一语点破底细，钱谦益不禁有点愕然。他迟疑地说："……嗯，在竹，你竟是都知道了？"

陈在竹哈哈一笑："我也是瞎猜！临离京时，贵友再三叮嘱我说：'周相公的意思是，希望东林方面不念旧怨，请牧翁千万玉成此事。'当时，我就猜到几分。现在阿兄这样一问，我竟是猜对了哩！"

钱谦益眨眨眼睛，叹了一口气："在竹真是奇才！有你们二位相助，我复何忧？不过，此事成功之望甚微，我看不提也罢。"

他顿了一下，看看陈在竹和钱养先，又缓缓说道："我知道老周一向对我疑忌甚深，现在他说愿意捐弃前嫌，汲引于我，只怕其实并无诚意。只是碍于他的这次复出，是靠了东林之力，不得不敷衍情面，却又故意提出这么一道难题，使我知难而退罢了！"他捋着垂到胸前的花白胡子，脸上现出嘲讽的神色，"我同这位周大相公打交道,也不自今日始,可以说是知己知彼喽!总而言之,只要他周延儒在朝廷一日,我钱某便安分守己管领山林一日就是。"

陈在竹和钱养先对望了一眼,不明白钱谦益何以忽然说起丧气话来,诚然,钱周之间,素来存在私怨。这种私怨,一直可以追溯到崇祯二年,当时东林党的一些重要人物如顾宪成、高攀龙、李三才、杨涟、左光斗、邹元标、黄尊素等人,已经在激烈的党争中相继死去,钱谦益作为幸存下来的有声望成员,便被推出来争夺内阁的职位。谁知遭到心怀嫉妒的礼部尚书温体仁和礼部右侍郎周延儒的敌视,他们二人联起手来,翻出天启元年钱谦益在浙江主持乡试时,被人指控与举子内外串通,纳贿舞弊的糊涂旧账,在皇帝面前参了一本。结果,钱谦益不但入阁拜相的好梦成空,连礼部右侍郎的乌纱帽也被革掉,一个跟头跌回老家常熟来。到如今,已经整整一十三年了。相反,在此期间,温体仁和周延儒却相继入阁,高居首辅。这些年来,他们对钱谦益一直非常注意,压制打击不遗余力,深恐他有复出的机会……这些情况,陈在竹和钱养先是知道的。不过,官场当中的关系本极复杂,敌我恩怨之间,原没有永久不变的格局。譬如周延儒过去同东林作对,这一次,却因东林的推荐而重新入阁。何况,钱谦益的克星温体仁,已于崇祯九年引疾辞职。如今朝廷上,起用钱谦益的呼声日益高涨。为什么事到临头,钱谦益反而变得如此消极犹疑,畏葸不前呢?这确实使两位心腹族人迷惑不解。特别是陈在竹,他满心以为自己这一次进京,虽然多花了些银子,但总算不辱使命,应当大大记上一功,现在被钱谦益兜头浇了一瓢冷水,心中颇不服气。他于是干咳了一声,清了清嗓子,说:

"姐夫所虑,莫非是复社那一班士子不易对付?那么,小弟已筹之熟矣。依小弟愚见,复社的那班书生真正恨阮圆海的,其实也就是那十个八个爱闹事的角儿。其余的人,有一多半是随大流、瞎起哄罢了。何况,据我所知,便是复社当中,不赞成将阮圆海逼得太甚的,也大有人在……"

"谁?"钱谦益问。

"广陵的郑超宗是一个,还有云间的李舒章、夏彝仲那一班人,为数并不少。"

钱谦益摇摇头:"嗯——说下去。"

"此外,我们常熟,复社中人也不少。只要姐夫一句话,谁敢不遵?"陈在竹急急补充一句,然后,把身子更倾向钱谦益,压低声音接着说,"现在,已经知道,三月二十八那天,复社要在虎丘重开大会。这一次大会的主盟,刚好就是郑超宗和李舒章两个。我们何不借此机会,联络郑、李和上面那些人,嗯,自然还可以再多——只要我们派人去游说。到时,就在大会上,揭出值此国家多难之秋,亟宜消除朋党门户之见,和衷共济的大义,连带把阮圆海的事情提出来。只要多数人赞成,做出公议,上闻朝廷,那几个爱闹事的刺头儿再要强项,也无济于事了!"

陈在竹一口气说完,目不转睛地看着钱谦益。他由于心情紧张,连经常挂在脸上的乐呵呵表情也不见了。

有好一阵,钱谦益拈须不语,似乎在考虑,然而,终于还是摇摇头。他抬起眼睛,正要说话,忽然看见李宝站在窗外探头探脑,就顿住了。他生气地把桌子一拍,呵斥说:"混账东西,你在那儿干什么?"

李宝连忙走进来,呈上一个拜帖。

钱谦益没好气地接过,瞥了瞥,正想朝李宝直掼过去,仿佛想起了什么,又朝帖子看了一眼,忽然微微变了脸色。他目光朝陈、钱二人一闪,慢慢把拜帖袖在手里,站起来,用漫不经心的口气说:"二位请稍待,我出去片刻便来。"

陈在竹和钱养先目送着钱谦益匆匆走出的背影,有点莫名其妙,只好慢慢地喝着茶,一边谈些没关紧要的事情,一边等候。

谁知足足等了一个时辰,天都快要暗下来了,钱谦益还不回来。两人等得心烦意乱,坐立不安。好不容易才看见李宝匆匆走进来,说:"启禀二位老爷,我家老爷说,他眼下有件要紧的事情绊住了,回不来送二位老爷。请二位老爷先回府去,我家老爷改日当面谢罪。"

陈在竹和钱养先听了,不禁面面相觑,虽然觉得颇为扫兴,但也无可奈何,只好怏怏地一齐起身,出门下楼而去。

四

不知是由于钱孙爱的意外求见,还是别的缘故,柳如是终于在最后一刻里改变了主意,没再让红情把诗笺退给钱谦益。虽然她的怒气仍未平息,但是已经不再像先前那样大发雷霆。她站在大铜火盆前,目不转睛地朝哗剥作响的通红炭火瞅了很久。当她重新转过脸来的时候,那表情又变得安闲而自信了。

她在梳妆台前坐下来,让红情继续替她梳妆。现在,她似乎完全忘记了刚才发生的事,显得特别的愉快,她不停地同红情说着笑话儿,还教她念了两首诗。末了,她随手捡起刚才那张诗笺,把玩了一下,又微微一笑:"光顾着教你念诗,倒差点忘了老爷这两首诗。这是我在姑苏治病那阵子,他写了寄给我的。如今改了几个字,又巴巴地送来给我看。不过,这第一首,结句改做'待君佳句发芳丛',是点着要我酬他。我本来要动笔,这些日子正病着,想了几句,又搁下了。趁着如今有点兴头,不免要还了这笔债。嗯,这里不用你了,给我张罗纸墨去吧。"

说着,柳如是就从红情手中接过梳子,对着镜子自己装扮起来。她依着当时流行的"雅装"式样,把头发像男子那样,直梳上去,挽成一个堕马髻,垂在后边,两旁插上一对金玉梅花,前面则用金绞丝、灯笼簪,再用两对西番莲花簪,分插两边。由于头发丰厚,又拿了两枝犀玉大簪,横贯在发股上,后面则用点翠卷荷一朵。妆戴好之后,她对着镜子想了想,又在鬓边再加插一朵巴掌大小的珠翠,最后,挑一串珠嵌金玉丁香耳坠戴上。对着镜子又端详了两三遍,她终于觉得满意了,才盈盈地站起来。

红情趁这会子,已经在长几上安排好了宣纸、湖笔,又用那一方有着七颗鹳鸰眼的端州老坑古砚,浓浓地磨了一砚香墨。柳如是径直走过去,拈起一支鸡狼小楷毛笔,在砚台上调弄了一会儿,又仔细拂去落在锦笺上的一点灰尘,略一沉吟,先写出诗的题目——

牧斋夫子见示献岁书怀之作,次韵奉答

她歪着头,端详一下自己瘦长遒劲的书法,觉得还满意,正打算把已经拟好腹稿的一篇七言律诗写上去。忽然,她感到起句中有一个字还欠工稳,于是停了笔,又沉吟起来。

她本以为要换一个字并不难,谁知一连想了七八个字,仍然觉得不妥,便有点焦躁。正思索间,听见有人"嗤——"地一笑,她气恼地回头瞪了一眼,蓦地发现,原来是钱谦益老爷站在身后,正偷偷地瞧她写诗哩!

钱谦益抚摸着花白胡子,呵呵地笑着,催促说:"咦,写呀,写呀,我这儿正等着拜读哩!"

"你偷看人家,你坏,我不嘛!"柳如是扔下笔,像个小姑娘似的噘着唇儿,扭着身子。

"啊啊,啊啊,夫人生气了,这可不得了啦!"钱谦益故作惊慌地说,"哎,我这厢给夫人赔个礼,好不好?"他笑嘻嘻地说,果真作下

揖去。

"不行!"柳如是鼓着腮帮子。

"那——就再添一个礼。"钱谦益说着,又作了一个揖。

"不行!"

"哈哈,莫非夫人要为夫三下其礼?那也未尝不可——"

"不,我要——罚你!"柳如是故意绷着脸儿。

"罚我?嘻嘻,好,好,我打断夫人的诗思,原该受罚!只不知夫人如何罚法?"钱谦益涎着脸,挨了过来。

"哼,我要,我要——对了,我要拔你一根胡子!"

钱谦益蓦地一惊,忙不迭地后退。他用袖子护着胡子,结结巴巴地说:"这,这可使不得!请夫人另出题目,另出题目!"

可是柳如是不由分说,她伶俐地赶上去,按住钱谦益,飞快伸出手,待到钱谦益再想躲闪时,一根长长的白胡子,已经拔了下来。

柳如是用两根纤美的手指,高高举着她的战利品,跳开去,兴高采烈地舞弄着,哈哈大笑。

钱谦益尴尬地眨着眼睛,无可奈何地退到靠墙的一张椅子上坐下来。这时,红情早已知趣地退了出去。钱谦益等柳如是闹够了,笑乏了,才招呼说:"如是,你且坐,我有话要跟你说。"

柳如是闭着眼睛,"嗳"的一声,倒在旁边的一张椅子里。经过刚才这一闹,她已经有点气喘吁吁,胸脯起伏着,略觉苍白的脸颊上,升起了两朵娇艳的红晕,微闭的眼睑上粉光流动,越发显得俏丽迷人。钱谦益呆呆地瞅着她,一时忘记了说话。

"哎,你倒是快说呀!"柳如是催促说。

"啊,"钱谦益定了定神,又瞧了柳如是一眼,不知为什么,轻轻叹了一口气,说,"如是,你又该高兴了。我刚才已经对孙爱说,要把老三迁出半野堂,让她到城东旧宅子去住。往后,这儿再也没有人跟你捣乱了。"

柳如是的眉毛跳动了一下，张开眼睛说："啊，这么说相公到底拿定主意了？"

钱谦益的脸色变得有点阴沉。他默默地点点头。

"嗯，你告诉了孙爱，他怎么样？"

钱谦益冷冷地说："他还能怎样？莫说他还是个孩子，就是再长几岁，难道还敢违抗父命不成！"他停了停，又补充说："起初嘛，自然是不愿意的，老三毕竟是他的生母。不过，后来经我一番开导，他倒也能体察为父的苦衷。"

柳如是轻轻地摇着头，仿佛在考虑什么。她忽然回过头来："要是——要是我改变主意了呢？"

"嗯，你说什么？"钱谦益似乎没有听清，他把右边那只耳朵侧了过来。

"我说，我要是改变了主意！"柳如是提高声音。

钱谦益盯着柳如是，目光闪动。他忽然放声大笑起来，摇着头说："罢了，夫人又来作弄我了！刚才，我已经领教过你的雅罚，这会儿，腮帮子还疼得慌哩！"

"不，"柳如是认真地说，"刚才我反复思量过了，决意暂且饶过那悍妇，让她留在府里再得意几天。"她站起来，在室内走了几步，"相公这一阵子正在筹划起用的事，妾身不想在这节骨眼儿上，招来外间的物议，耽误了相公的前程。"

钱谦益不再笑了。柳如是的这几句话，正说中了他心中的隐忧。他本是个功名事业心极重的人，早年也曾满怀匡济澄清的雄心大志，只是由于宦途坎坷，迭遭大挫，才变得消沉颓废起来，终日在秦楼楚馆中厮混，结果得了个"东林浪子"的外号。近几年，他因为年纪大了，再像当年那样，到风月场去打滚征逐，已经没有那份精力。对于他来说，最理想的，是有一位既年轻貌美，又多少有点学识才情的女人，整天在身边陪伴他，侍候他，让他可以惬意地消受晚年的"无双艳福"。所以,一年前,当柳如是女扮男装,方巾儒服,亲访半野堂,表示有意委身相嫁的时候,钱谦益的惊异和狂喜,是难以形容的。何况,柳如是的那一份仪容、那一份才智、那一份风情,又绝非寻常风尘女子所能企及。为着报答柳如是的情意,钱谦益决定置原配夫人陈氏于不顾,公然同柳如是举行正式的婚娶大礼;他还吩咐家人称呼柳如是为"夫人",而不是按常礼称为"姨太";至于他自己,则称柳如是做"河东君"。这种越轨的行为,引起了盛泽、常熟两地士绅们的大哗。结果去年六月,当钱谦益亲乘彩舟,大吹大擂,把柳如是接回半野堂时,便受到两地卫道之士们的围攻嘲骂,甚至赶着彩船掷砖头,飞瓦片,弄得狼狈不堪。虽说钱谦益毫不在乎,照旧喜滋滋作他的《催妆词》,不过近半年来,外界舆论却于他颇为不利,说他"亵渎朝廷之名器,伤败士大夫之体统"。倘若这一次因为驱逐朱氏,在缙绅中再度引起公愤,闹将起来,传到皇帝耳朵里去,那么,他辛辛苦苦地等待、钻营了十三年的东山再起的机会,就很可能化为泡影。此后,也许就未必再有此机缘了。这种情况,钱谦益事前并非没有考虑过。但是,眼前的这个美丽的女人,在他生活中已经变得如此重要,如此不可缺少,他不忍,也不敢拂逆她的意愿。何况,对于周延儒所提出的那个条件,他又疑惧重重,毫无把握。所以,犹豫再三,钱谦益还是横一横心,决定把朱姨太逐出府去。不过,当他这样做的时候,内心仍旧未能坦然无愧,因为朱姨太毕竟是他惟一的儿子的生母。刚才,他就是怀着这么一种苦恼的心情,把消息告知柳如是的。现在,忽然听见柳如是说出如此知心体贴、顾识大体的一句话,钱谦益不禁深为感动。他沉默了一会儿,点着头说:"你——过来。"

柳如是莫名其妙地走到他的跟前。钱谦益伸出一双多皱的、长着老人斑的大手,把柳如是纤弱温馨的小手握住,用深沉的声调说:"我很高兴!钱谦益得到你这样的闺中知己,不虚此生了!"

柳如是心中一动,这才恍然领悟钱谦益的心思。她勉强地笑着,眼圈儿却不由得红了,半晌,才慢悠悠地说:"只要相公永远记着今日这句话,我就是明儿死了,也是心甘情愿的!"

钱谦益点着头,叹息道:"你快别这么说。我知道,我已经是垂暮之年,可你往后的日子还长着呢。不过,你放心,我自会安排得妥妥帖帖,决不会让你这一辈子受委屈的!"

柳如是瞪大眼睛,呆呆地望着钱谦益,忽然"哇"的一声,扑在他的怀里,哭了起来。钱谦益也颇觉恻然。他喃喃地劝慰着,可是柳如是反而哭得更伤心了。她其实是个极不幸的女子,多年的风尘沦落、青楼卖笑的生涯,使她早已看透了人世的丑恶、凶残、冷酷和欺诈。她十二岁那年,被卖到吴江县一个退职内阁大学士家去当婢女,不久就遭到男主人的蹂躏,成为那个行将就木的老头儿的玩物。两年后,因为受到其他姬妾的嫉妒,她几乎被谗害致死。主人把她卖到盛泽的归家院,给一个叫徐拂的名妓做养女,从此正式操起了卖笑生涯。她聪明美貌,很快就走红起来。为了保护自己,也为了报复,她开始变得又刁蛮又放肆,经常把那些色迷迷的狎客捉弄得团团乱转,哭笑不得。因了这股狂劲儿,她的名声反而更响了,所到之处,引得那些自命风流的公子名士趋之若鹜,为了获得她的一诗一画,不惜一掷多金。至于为着博取她的青睐而展开的角逐争夺,就更加激烈了。不过柳如是也知道,这种状况是不可能维持太久的,于是,便开始在那些慕名而来的客人当中,物色自己可以托付终身的人。几经挫折和痛苦之后,她选中了钱谦益。钱谦益有的是名望、金钱,而且盛传他很快就会被重新起用,入阁拜相。这对于饱尝卑贱的滋味,因而强烈渴望往上爬的柳如是来说,确是一个理想的从良对象。钱谦益是老了一点,但老年人听话,心眼儿不是那么活,而且懂得疼惜人……事实上,自从嫁到常熟来之后,这大半年,钱谦益对她百依百顺,宝贝得不得了,为着讨她的欢心,老头儿甚至一再牺牲自己的社会名誉而在所不惜。对此,柳如是是十分感激的。正为着不使老头儿过于为难,也为着自己的更高目标——当一个纵无其名也有其实的"宰相夫人"——不致成为泡影,她才断然决定暂时放弃把朱姨娘赶出府去的要求。现在,终于从老头儿口中,得到了这样一个郑重其事的许诺,她怎能不私心大慰。只是想到过去十几年中,自己所付出的种种辛酸的代价,她才又不禁百感交集,悲从中来……

柳如是的这种复杂心情,钱谦益自然是不会理解的。他只把柳如是的眼泪,当作是感激自己的表示。于是他不胜爱怜地抚着柳如是的肩背。等她哭够了,才轻轻地把她扶起来,让她到紫檀木长几前坐下,又替她打开梳妆匣子。他一边看着柳如是重新化妆,一边用了快活的声调说:"哈,我倒忘了告诉你一件稀奇事儿,还要借重你这位'女元龙'替我出出主意——"他正想说下去,忽然看见红情擎着一盏斗色晶灯走进来,就住了口。

红情把灯放在案上,敛衽说:"老爷、夫人,夜饭已经开上来了。请老爷、夫人过去用膳。"

柳如是望望窗外,天色果然不早了。她沉吟了一下,说:"这会子,我觉得身子怪乏的,也没有胃口,懒得再走过去了。你侍候老爷去用膳吧,回头盛一碗粥,再把小菜也给我送来,就完了。"

钱谦益一听,连忙说:"这么着,我也不过去了,你们索性全搬了过来,我就在这屋里同夫人一块儿吃。"

红情答应着,退了出去。

柳如是微微一笑,表示领会到钱谦益的体贴之意。她眼睛一转,提醒说:"噢,相公刚才有什么稀奇的事儿要说?"

"哦,是这么回事——刚才,我在西院,正同在竹、养先商议周阁老那封信的事,忽然来了个求见的,我一瞧帖子,倒吃了一惊。你猜那人是谁?竟是阮圆海家的一个清客,叫臧亦嘉,余姚人,是个戏曲班子的教习,不知你可认识?几年前,我在南京见过他一面,差点儿忘记了。这一次,他奉了阮圆海之命,专程到常熟来,喏,给我带来这一封信。"钱谦益说着,从袖子里掏出来一封信,放在桌上,笑着说,"阮圆海在信里说什么他也是进士出身,素知忠君爱国的大义,他过去依附魏阉是不得已,也不曾反对东林,全是一篇鬼话!不过,最后那几句说得倒真切,竟是信誓旦旦,说是'所不改心以相事者,有如此水!'哈哈,这胡子急着重新出头,只怕快急疯了哩!"

柳如是看了一眼那封信,问:"相公同陈家老爷他们商议得怎样了?"

像忽然咬着一只苦果子似的,钱谦益的表情变得懊丧起来。他紧紧皱着眉毛说:"还没个头绪。在竹出了个主意,说是可以利用三月二十八复社在虎丘举行大会之机,联络一帮子人,在会上提出消除门户朋党之见,共扶社稷,并作出公议,上达朝廷。本来么,也不失为一策。只是这一次虎丘大会,两浙的士子估计会来得不少。浙西倒还罢了,浙东的慈溪、甬上那一帮书呆子,却是难轧得很。何况,你也知道,自从天启元年,我主试浙江,闹了那一场公案之后,浙人之于我,已势成水火,又怎能指望这一次他们肯同我联手呢?"钱谦益说完,又连连叹气。

柳如是已经梳妆完毕。她拿着一根玉簪,在案上轻轻地敲着,说:"阮圆海既然急急地派人送信来,此事看来不像是周相公有心推搪,只怕有几分真!陈家老爷的献策,也是可用的。至于浙人作对,嗯,确实是一道难题。不过……只要他们并非全都主张对阮圆海赶尽杀绝,事情就有可为……"

钱谦益心中一喜,连忙问:"呵,莫非夫人已有良策?"

柳如是摇摇头。她笑起来:"瞧相公的着急劲儿,只怕并不在阮圆海之下哩!我一个妇道人家,哪能有什么良策?不过闲着无事,我倒是可以替你想想。"

钱谦益被她打趣,毫不着恼。他喜滋滋地说:"我知道夫人不只是个'女元龙',还是个'女诸葛',必有奇计妙策,为我分忧!"

这时,红情和另外一个长得又瘦又小的十二岁丫环绿意,已经把晚膳搬进寝室里来。于是,他们中止了谈话,站起来,一齐朝饭桌走去。

第 二 章

一

　　钱谦益与柳如是谈话一个月后的一天下午,在远离常熟数百里之外的南京城里,一乘两人抬的轿子,从秦淮河房转出来,匆匆过了贡院,顺着热闹繁华的街道,一直向西行去。

　　天气晴朗。温暖的阳光从蓝澄澄的天空中斜照下来,把左边一排房屋的阴影,投在宽敞的、青石板铺成的路面上,投在行人的头上、肩上;右边一排店铺的铺面,则沐浴在耀眼的阳光里。这些密密麻麻的店铺,房檐不高,门面挺宽;写着"绸绒老店""京式小刀""网巾发客""画脂杭粉名香官皂""川广杂货""西北两口皮货发售""东西两洋货物俱全""内廊乐贤堂名书发兑""万源号通商银铺"等类字样的招牌,琳琅满目。街道上,乘轿子的、跨驴的、步行的人,熙来攘往;来自四面八方的客商,麇集在官廊内,高声叫卖,讨价还价;门前挂着灯笼、供着时鲜花朵的茶社里,座无虚席,生意兴隆;酒楼上人声鼎沸,笙歌盈耳,随风飘散着咻咻的艳笑和酒肴诱人的浓香……虽然北有"建房",南有"流寇",国家的局面一天乱似一天;江南各府又连年遭灾,"哀鸿遍野""饿莩载道"一类的消息不断风闻;而且南京城里的米价,也涨到了三两六钱银子一石,为大明开国以来所仅见。但是,这一切似乎都未曾给这个江南最大的都会,投下一丝一毫的阴影。它依旧是那般容光焕发,巧笑迎人,金迷纸醉……

其实,令人不安的影子也不是没有——街上的流民乞丐明显增多了,而且有越来越多的趋势;米铺里,因为无人食用,过去很少出售的大麦、荞麦,现在忽然成了热门货,五千钱一石,仍然供不应求;酒筵歌席之上,那些哗笑哄饮的豪客,会因突如其来的一声悲叹,而举座为之失欢;甚至那些并无事实根据的谣言,也不止一次地使城中的居民们惊慌失措起来……不过,这些看来都无伤大体。正如向巨大的生活漩涡投下了几片枯叶,虽然多少使人感到惨淡和萧瑟,但是随即就被吞没、被包容,成了这个都市光怪陆离的日常生活必不可少的组成部分,一种很自然的色彩,不再引起人们的注目和惊诧了。是啊,天空这么晴朗,春光如此明媚,满城的柳树都开始吐芽了——这些被骚人墨客艳称为"白门①秀色"的柳树,有的已经十分古老,其中几株,也许还是太祖皇帝营建应天府城的时候种下的。经历了二百七十余年的漫长岁月,它们依然青青如昔。如果竟然说大明的一统江山不迟不早,偏偏注定就在他们这一辈人的面前彻底坍塌,眼前这无限的繁华将连同这满城柳色一道灰飞烟灭,这是多么荒唐、愚蠢和不可思议!

是的,这也许就是崇祯十五年早春,南京城里大多数居民的心理。虽然有关"建虏"蹂躏京畿和"流寇"暴虐豫楚的消息不断传来,但在他们的感觉中,那毕竟是遥远的、隔膜的。而且,"建虏"一次一次地来,结果不是一次一次地又退走了吗?至于"流寇",更是时起时仆,只怕也成不了大气候。尤其重要的是,"建虏"也好,"流寇"也好,哪怕仅仅是他们的影子,都从未在南京城下出现过。这说明南京是可靠的、安全的,纵然真有危险,也还远得很……

然而,也并非一切的人都这样想。譬如说,正沿着繁华热闹的大街匆匆北行的轿子当中,这位默然端坐的青年公子,就完全是另

---

① 白门:古代南京的别称。

外一种心情。

他名叫冒襄,表字辟疆,是复社的一位重要成员。他出生于如皋县一个数代做官的人家,自幼饱读诗书,才情早发,加上祖辈、父辈在政界、文坛多年积累下来的基础以及各种联系,当他还很年轻的时候,就受到有影响的父执们的称誉和汲引,在同辈中崭露头角;加入复社之后,名气就更大了。他今年才三十一岁。如同那个时代绝大多数的读书人一样,冒襄也把科举入仕,看做人生的根本出路。这些年来,他一直在应考乡试,但都没有取中,到如今,仍然是一名秀才。不过,无论是同辈还是长辈都毫不怀疑,他之平步青云,飞黄腾达,只是早晚的事。目前,他与桐城方以智、宜兴陈贞慧、商丘侯方域并称为"复社四公子"。

冒襄受着这些推崇赞誉,事实上他自己也颇为自信,不过,他绝不是那种头脑容易糊涂的人。凭着这些年来他周游各地的所见所闻,以及与高官显宦们周旋交往所了解到的情况,他不仅十分清楚国家的局势已坏到什么样的程度,而且,他拿这些情况同历代王朝兴亡的历史对比印证,已经不怀疑,大明的江山正处于风雨飘摇的极险境地,随时都有覆没的可能。他根本不相信,在这场端倪已露的亡国大祸中,南京城会是一只能逃过劫难的"乐土"。别看它目前似乎还很安宁、可靠,一旦风暴来临,那将是一场席卷一切的惨变——"蔽日旌旗,连云樯橹,白骨纷如雪!"这已经是重复了多少次的历史图景。所以,当轿子走在从三山街到内桥这一段店铺更集中、气象更繁华的街市时,冒襄隔着帘子默默注视着摩肩接踵、嬉笑自若的来往行人,他的眉头不由得皱得更紧了。

不过,最近冒襄心情阴郁的原因,还不仅仅在于此。发生在半年前的父亲调职襄阳的那件事,一直在深深困扰着他,使他感到屈辱、痛苦,却不知道怎样才能摆脱。冒襄的父亲冒起宗,本来在湖南担任衡永兵备使者,是个不大不小的三品官。去年秋天,冒起宗忽然接到命令，调他到湖北的军事重镇襄阳，担任总兵官左良玉部的监军。左良玉是临清人，出身行伍，早年在辽东对清军作战，以骁勇受东林党人侯恂提拔。后来在镇压农民军的战争中，以凶悍残暴著名，势力亦日渐增强。他自恃重兵在握，十分骄横跋扈，连朝廷的命令也不大服从。就在冒起宗接到调令之前几个月，襄阳城被张献忠的农民起义军攻破，督师杨嗣昌十万火急调左良玉驰援，可是左良玉为着保存实力，九调九不至，杨嗣昌绝望之余，畏罪自杀身死。现在朝廷竟派冒起宗去监督他。冒起宗明知左良玉决不会轻易就范，弄不好，自己随时随地都有性命之虞，但是格于上命，不敢违抗，只好匆匆赴任。消息传来，急坏了冒襄一家。尤其是冒襄的母亲，日夜哀哭，逼着儿子一定要设法营救。为了这件事，近半年来，冒襄到处奔走投诉，托人疏通说情，请求朝廷把冒起宗调离襄阳。到如今，凡是可能利用的关系，他几乎都跑遍了，银子也花了万把两万，可是事情却有如石沉大海，毫无下文……现在，冒襄又到南京来了。但是他实在不知道，这种请托求告，到底还有没有作用……

轿子轻微地震动一下，停下了。冒襄蓦地惊觉过来。他隔着帘子往外看去，映入眼中的是一道长长的幽静的街巷，一扇黑漆兽头衔环大门，门前踞着一对石狮子。一个年老的门公正坐在台阶前晒太阳。看见来了轿子，他就眯缝着昏花的老眼，偏过脸来。

在长班拿着拜帖上前通报的当儿，冒襄坐着没有动弹。这座年深日久，外观已经略微显得破旧的府第，近半年，他已经来过三次了。主人是个温厚长者，每一次都给予接待，而且答应帮忙。冒襄并不怀疑他的善意和许诺，不过，由于种种缘故，事情尚未办成。自己再三再四地上门催问，会不会使主人感到为难和不快？会不会出现在类似情况下常常会遇到的那种难堪的场面？这种顾虑，冒襄上轿之前就有过，此刻又重新变得浓重起来。他是一个自尊心很强的人,多年来生活上的顺境,使他习惯于别人的礼遇和褒扬,哪怕是一个轻视的眼色,一句暗示的讽辞,都会令他气恼、难受,心里老半天不舒坦……

"启禀少爷,主人有请!"长班的声音在耳边响起来。

冒襄怔了一下,才听清这句话。他松了一口气,点点头,等轿夫打起帘儿,就微微弓起腰,走下轿来。

他是一位异常俊美的儒生,中等身材,衣饰雅致,风度潇洒。他先站在轿旁,转动着一双黑白分明的眼睛,矜持而又冷淡地向周围打量了一下,这才不慌不忙地朝大门右侧那扇便门走去。

"我家老爷请相公书房相见。"已经在门前迎候的门丁行着礼说,随即引着冒襄,经过门厅,从天井里向右一拐,进了一道小门,沿着回廊曲曲折折地走了一阵,来到一处幽静的庭院。庭院里,是一明两暗的三开间书房;沿着墙根莳着些花木,西边角上还有一方水池,围着碧瓦栏杆,池中立着两片姿态奇古的石山,绿竹森然。冒襄无心细看,他匆忙地整理一下衣巾,等院子通报之后,就低着头,拱着手,放轻脚步,从院子揭起帘子的那扇门走了进去。

南京兵部尚书熊明遇,已经在屋里等着他了。

熊明遇是个须眉皓白的矮胖老头儿,圆圆的、常带微笑的脸上,有一种乐天知命的神气。他是万历二十九年的进士,做过几任京官,也不止一次遭到贬谪和罢免。大半生的宦海沉浮,已经磨掉了他的一切棱角。他最得意时曾做到北京的兵部尚书。十年前,崇祯帝嫌他办事糊涂,革了他的职,直到最近才重新起用,但也无非是让他到南京来坐冷板凳。南京在明代,曾经是开国初年的首都。直到永乐十九年,明成祖朱棣为了抵御北方蒙古族的进攻,才把首都迁到了北京。迁都后,南京原有的一套中央机构形式上仍然保留,称为"留都"。除了没有皇帝外,也同北京一样有皇宫,有吏、户、礼、兵、刑、工等六部,还有国子监等其他部门。不过,北京的六部有实权,所有的事情都集中在北京办;南京的这些官只是闲职,虽然地位很高,但是国家大事轮不到他们拿主意。他们多是一些政治失意,或者被认为年老无用的人。熊明遇也属于这一类。不过,这老头儿倒是个好好先生,同复社一班年轻士子也很谈得来。在冒襄请托的人当中,他是属于真心愿意帮忙的一个,所以冒襄这次到南京,首先就来拜访他。

冒襄撩起直裰的下摆,双膝跪倒,叩下头去:

"老伯在上,小侄给老伯请安!"

"啊啊,贤侄,何必多礼!"熊明遇满脸堆笑,趋前一步,把冒襄扶起来。两人重新作揖之后,熊明遇做了一个让坐的手势,便移动着肥胖的身体,向朝南的一张铺着锦褥的紫檀木炕床走去。

冒襄有礼貌地挨延着。等熊明遇坐定之后,他先告了坐,这才在对面的一张硬木如意椅上坐下来。

以往,熊明遇这当儿就会立即开始寒暄。可是今天,不知什么缘故,直到家人送上茶来之后好一会儿,熊明遇仍然只管默默地、小口地呷着茶,甚至没有看客人一眼。冒襄心里又不安起来:莫非主人对自己的不断来访已经感到腻烦,甚至讨厌,只是格于情面,才不得不勉强接待,所以故意摆出这样的脸色,好让客人自觉难堪,知趣而退?顿时,屈辱羞惭的感觉涌上心头,冒襄的脸又红了。他暗暗打定主意:稍坐片刻,就起身告辞,并且绝口不提请托的事。他觉得,惟有这样,才能多少保持自己的尊严,也等于告诉主人,这只是一次纯粹出于礼貌的例行拜谒,客人本无他求,摆出拒人于千里之外的面孔,其实没有必要……

"哎,贤侄,这一向,你是怎么回事啊?"熊明遇开口了,语气是随便的、愉快的,"怎么许久都不来啦?还有定生、朝宗他们也不来,莫非讨厌我糟老头儿啰唆不成?"

"啊,不敢!只因小侄不来留都已有两月,以致久疏趋候,更兼百事缠身,音书亦稀,不知竟辱老伯挂望,不胜悚愧,尚祈恕罪!"冒襄拱着手回答。

熊明遇点点头:"这就是了。我说呢,我这老朽可没得罪你们复社,怎么一个一个都不见影儿了?抛撇得我老头儿好不冷清!"他继续用开玩笑的口吻说着,同时热切地瞅着冒襄,仿佛在抚慰他:别丧气,小老弟,我很喜欢你,你来了我真高兴!

"定生、朝宗他们也是前几日才回到南京来。还有,太冲也来了。"

"太冲?"熊明遇捋着白胡子,微微仰起脑袋,"莫非就是故世了的余姚黄公尊素的令郎,名叫宗羲的?嗯,知道,知道!"

"太冲兄虽身在江湖,却心忧国事,近日颇思将数年潜研默讨之所得,著为一论,上书朝廷。又欲于秉笔之前,与海内贤达,广为奉商。老先生泰山北斗,望重群伦,且久赞中枢,倘能于报最之余,赐以教言,尤为太冲所深望呢!"

"噢,不敢。倒是我学生甚欲一聆太冲兄之匡济宏谋。他既来了,就烦贤侄务必请来一见。"

"老伯传唤,小侄想太冲必定是欣喜趋谒的。"冒襄又拱着手回答。

现在,他的心情渐渐松弛下来。"嗯,主人看来不像是讨厌我。"他想,于是对这位身为高官显宦、脾气却好得出奇的老世伯,忽然变得感激和亲近起来。

二

熊明遇眯缝着眼睛笑着,也在打量冒襄。这位年轻士子虽然来访的次数不多,给他的印象却很好。冒襄的俊美温文、谦恭儒雅,他有求于人时所表现出来的羞赧和不安,都令熊明遇感到满意,对他另眼相看。熊明遇同复社的士子们虽然时有接触,外间甚至把他说成是复社的后台之一,不过,老头儿对于这班年轻人那种锋芒毕露、激烈好名的行为举止和处事态度,却颇不以为然。特别是他们肆无忌惮地议论朝政,讥评人物,得罪的人越来越多。熊明遇担心这样闹下去,总难免有一天要闯出祸来。他知道无法劝说他们,所以近一两年,已经采取了逐渐疏远的态度。他觉得在这一点上,冒襄与他的社友们不同,这个年轻人端庄稳重,沉得住气,也比较听话,正合于自己此时此地的心境。

　　熊明遇今年六十六岁了。十年前,当他从官宦生涯的高峰跌落下来的时候,他就已经明白,这一生的好运气,算是到此为止。他早就看出来,年轻的皇帝是一位独断多疑、刻薄寡恩的人。自己这种一团和气,事事想当老好人的性格,绝不会得到皇上的欢心。崇祯五年,他仅仅因为说错了几句话,触怒了皇帝,就被勒令"解任候勘",最后落得个削职还乡。事隔多年,如今又被重新起用,熊明遇心里明白,无非是朝廷临时找不到更合适的人选,才让他出来顶替一下,别说想重新回到昔日的位置上去根本不可能,就是现在这张南京兵部尚书的冷板凳,也说不上能坐多久。好在他乐天知命,抱定做一天和尚撞一天钟的宗旨,日子过得倒也蛮惬意。不过,他却没有失掉保护自己的本能,同大多数正在地位和权势的斜坡上向下滑落的老官僚一样,他对于官场上的同僚们往往怀有一种隔阂和戒备的心理,就像一只行动迟缓但感觉仍然清醒的老猫,时刻都在提防着同类的鬼脸和算计。尽管有时候他的应酬也很忙,可是内心是孤独而寂寞的。在这种情况下,他喜欢同一些尚未涉足官场的年轻士子们交往,找他们谈谈,听听他们对时局的看法,接受他们对自己的趋奉的敬意,这往往能使他获得一种快乐和满足。不过,话又说回来,他却不想因此惹来横祸,以致把身家性命都赔上去。他记住了十年前的教训:更谨慎一点做人没有坏处。所以,最近他对复社成员的接待,已经变得更有选择,说话也更加小心。复社的年轻头儿如陈贞慧、侯方域等人觉察到了这一点,渐渐便不来了。

刚才,冒襄跨进屋子的时候,熊明遇正苦苦思考着一个问题。这个问题是前几天去牛首山春游的路上,才在他的脑子里突然清晰、尖锐起来的。这个念头一经揭示,竟变得如此狂暴、可怕、无情,以至他几乎再也无法平静下来。他很想找一个人来商讨一下,但是问题的性质非比寻常,必须十分慎重。他打算找一个饱学卓识,具有政治头脑,而且是可靠的、与自己并无利害冲突的人。冒襄的突然来访,正合他的心意,这便是他特别高兴接待冒襄的原因。

"嗯,贤侄来往各地,最近,可听说什么新闻?"熊明遇换了一个话题,问。

"这……也并无特别新闻。老伯想亦知道,各地的灾情愈加重了。山东、河南不必说,此二地已成鬼蜮世界,到处以人肉为粮。听说虽至亲好友,亦不敢轻入人室。安分守己之家,老少男女,相让而食;强梁者,搏人而食;甚至有父杀其子而食……临清米价涨至二十四两银子一石;即如江南各府县,号称富庶之苏杭二州,去岁以来,亦饿死居民无数。每日移葬郊外者,络绎于道。杭州太守刘公是汴梁人,于是便有好事之徒,改古诗以为讽刺……"

"噢?怎么说?"

"这——也无非是些轻薄无根之语,徒逞口舌之快,安知不是有诬长上。"

"但说来听听不妨。"

"是!闻得是改的南宋林升'山外青山楼外楼'一诗,道是:'山不青山楼不楼,西湖歌舞一时休,暖风熏得死人臭,还把杭州送汴州!'"

熊明遇听了,点着头没有做声。这两年,江南各府灾情严重是事实。但他认为,主要原因还是天时不正造成的,况且各衙门正在设法赈济,然而,立即就出现这种意图煽惑的歌谣,把矛头指向了府尊,足见民心之可虑。这样一想,熊明遇的忧虑心情又增加了几分。

"还有,听说松山已经失陷了。"冒襄见熊明遇不表示态度,猜想是他对那首诗感到不悦,便换了话题。

"松山尚未失守。"熊明遇摇摇头,口气很肯定。他的消息自然是准确的。不过,虽则如此,熊明遇也并不认为松山能守得住。甚至毋宁说,近日来困扰着他的那个可怕的问题,多少正与松山的战局有关。他看了看冒襄,解释似地说:"洪经略尚在死守孤城,建虏以倾国之师,围攻数月,至今未能得逞。不过,"他皱起眉头,"倘使诸镇的援兵继续徘徊不进,松山的陷落,只怕也是迟早而已。"

冒襄对主人已经不再存有猜惧之心。听说松山并未陷落,他精神不禁为之一振。但主人接下去的话,又使他颇为泄气。有片刻,他很想说:"对于此等贪生畏死、误国误民之辈,朝廷就当严加惩处,以儆效尤!"可是话到嘴边又缩了回去。不错,要是在一年以前,他或许可以问心无愧地这样大声疾呼。可是如今,他替父亲奔走求告,请求调离剿"贼"的前线襄阳,在别人眼中,又何尝不是贪生怕死的行为呢!

"以往建虏数度入寇,蹂躏京师,而终于不敢久留,全仗山海关遏制其后。而松山、锦州乃是山海关之屏障,二城一旦不守,虏骑便可直逼关前,倘有不测,京师岌岌可危了!"熊明遇继续说。

"难道驰援诸镇当中,竟无一忠义敢死之人,肯奋然而前,直撄犬羊之锋,以解松山之危乎?"冒襄终于还是忍不住,忧形于色地问了一句。

熊明遇望了冒襄一眼,又没有做声。因为目前的事实就是如此,令他无从解说。此外,他还不完全同意冒襄的说法,似乎松山陷落之最终不可挽回,责任就在驰援诸镇。熊明遇明白,造成这场惨败的原因和背景要复杂得多。譬如说,当初如果不是皇上密诏洪承畴速战前进,以解锦州之围,兵部也不一再催战,而是坚持洪承畴最初采取的步步为营、以守为战的方略,形势可能就会大不相同。现在到了主力精兵全军覆没以后,再让驰援诸镇以羸弱之师,去进击建虏乘胜之众,正不啻驱群羊入于虎口,除了徒然送死之外,其实无济于事。不过,这已经关涉军事机密,而且直接触及皇上的个人威信,熊明遇觉得不便,也不敢同这位年轻士子深谈下去。所以,他只是含糊地摇摇头,就把话题从松山的战事移开了。

"建虏固然可虑,但本朝心腹之患,只怕实在流寇。"他慢吞吞地说,胖圆的脸上现出深深的忧虑神色。像当时相当一部分官僚士绅的看法那样,在熊明遇的心底里,其实觉得关外的清兵虽然可怕,至少还可以通过议和输款,求得一个时期的苟安。但是,面对变得越来越强大的农民起义军,他们却感到束手无策。不管是用"剿"还是用"抚"的办法,都已经越来越不奏效。农民军就像一股刚猛无情、飘忽不定的旋风,冲决一切,扫荡一切,正在从王朝大厦赖以矗立的最底一层、也是最根本的一层的基础上,不折不挠地破坏着、轰击着,使他们这些高高在上的老爷们也已经很分明地感到大地的剧烈震动,听到殿基塌陷、梁柱摧折的可怕声响,以致心惊肉跳,再也无法安枕。事实上,自上一年以来,位于河南的重镇开封,就一直受到以李自成为首的农民军的猛烈进攻,几乎失陷。现在李自成虽然暂时解围而去,但随时随地都可能卷土重来。至于以张献忠为首的另一支农民军,则同革里眼、左金王等部联合起来,正在凤阳府境内横冲直撞,摧州陷县,杀死守官。最近一次,竟攻下了离南京不远的盱眙。他们的图谋已经很清楚,就是准备打过江南来。现在熊明遇虽然一面全力防备,但另一面却不知道明早一觉醒来,周围的世界是否还会是今天这个样子。正是这样一种焦虑,近日来把熊明遇弄得不寒而栗,苦恼不堪。他犹疑了一下,终于压低声音问:

"贤侄,依你之见,大明中兴,尚有希望否?"

"哦,老伯是说——"

"嗯,嗯!"熊明遇不等冒襄说完,就急急忙忙地点着头,还做了一个手势,仿佛害怕他说出那个可怕的字眼似的。

冒襄沉吟了一下,谨慎地说:"老伯所虑,小侄亦曾想来。只是浅陋之见,恐怕……"

"哎,贤侄只管直抒所见。"

"是!"冒襄应诺着。他低下头去,沉默了片刻,这才开口:"小侄冒昧胡言,请老伯指教。时至今日,此事只怕已在两可之数!"他顿了顿,似乎要增加这句判断的分量,"其间大患,自然在于建虏与流寇。建虏自天启元年以来,以沈阳为巢穴,内修制度,外行侵伐,十余年间,已骎骎然雄有辽东以北广袤之地;且东降朝鲜,西收蒙古,羽翼之势已成。彼对我朝佯示就抚之意,实则鹰扬虎视,无日不图南进。天启七年至于今,已三度入寇,京畿以及燕、赵、齐、鲁之地,悉遭蹂躏,杀掠极惨。如今更举倾国之师,专攻松、锦,其意在夺取山海关甚明。山海关为京师门户,虎狼之心,意欲何为,实已昭然若揭!至于流寇,崇祯元年,贼众不过万数,地不出陕西一境,而且各股不相隶属;七年之后,已经居然拥众二三十万,扰地遍及秦、晋、川、楚,然官军尚能制之。尔后凶岁连年,饥民大起,兼之朝廷剿抚之策不定,遂致贼势蹶而复振,日渐坐大,竟成今日难以制御之局面。且闯、献二贼,尤为悍猾而强,狂悖之志,曾不下于建虏,令人可惊可虑。况且——"冒襄说到这里,微微叹了一口气,"自古以来,未有国乱于内而能攘夷狄于外者。时至今日,国势之危殆,实为历代所罕见。朝廷倘不急图良策,中兴之业,只恐终难有望!"

冒襄说完了。他谦恭地垂下头,等待主人的指教。但是熊明遇却呆呆地坐着,老半天不做声。不错,这一番话的内容,他也曾经零零碎碎地想到过,可是此刻从这位年轻士子的口中,用如此清晰尖锐的语言说出来,仍然使他的内心受到很大震动。有片刻工夫,他的眼前仿佛出现一幅国破家亡的可怖图景:京师的城门纷纷失守,紫禁城里外燃起冲天大火,禁卫军和内侍作鸟兽散。皇上横刀殉国,百官或死或走或降。而他,熊明遇,自然也要一死以报国恩,这似乎是无可选择的。可是他还有一大群妻妾儿女,到时他也许不忍心让他们全都跟着自己去死,那么就会有人活下来,结果命运却极为悲惨……啊,他们将会怎样呢?被杀戮、拘系、蹂躏、凌辱,最后沦落街头,成了贱民、妓女、乞丐!这种可怕的悬想把熊明遇压得透不过气来,他动弹了一下,想摆脱这种重压,结果只是把身子缩做一团,瞪着惊恐的眼睛,喃喃地问:"那么,那么贤侄有何救时良策?"

"啊,只怕说出来更不足污老伯清听了!"冒襄抬起头,看着主人,谦逊着说。他早已等着有此一问,以便把自己的政见向这位德高望重的前辈陈说出来。冒襄同熊明遇毕竟不一样,虽然他清楚地看到国势的危殆,敏锐地嗅到了亡国气息的临近。但是在他的年轻、强健的心里,却未始不觉得这也是一种机会,正好借以试一试自己的本领和力量,毕竟他还从未加以试验过!何况许久以来,冒襄就认为,国事之所以弄到这个糜烂的局面,主要还是由于主持朝廷大计的,大多是一些庸懦之材的缘故。所以,虽然多少觉察到主人的神气不对,但当他开始回答询问时,仍然情不自禁地用了一种几乎是兴奋的,而且多少有点卖弄的语气:

"以小侄愚见,当今之世,风俗陵夷,廉耻道丧,积弊之多,多于牛毛。若就其中一枝一节而改革，徒然虚费时日，而难见效用。实不若以天雄、大黄之猛剂，治其根本。根本一清，枝节便不难改治。所谓根本，无非是正风俗，严纪纲。风俗正，则积弊消；纪纲严，则君信立。积弊消，君信立，则民不易为乱。虽有少数不逞之徒，亦无所施其煽惑之技。如此，则国内可定。国内定，朝廷便可专力而东向，建虏虽强，不足虑也！虽然，此理说来极寻常容易，惟真正施行，又极不容易。其中用人一事，实为一切之关键。用不得其人，虽有良法美意，亦终因重重扞格，寸步难行。故朝廷倘欲求治图强，须得痛下决心，进君子，斥小人。知其为小人者，虽处庙堂之高，亦必斥而去之；知其为君子者，虽居江湖之远，亦必求而进之。务使举国上下，正气伸张，人才得用。如此，中兴可指日而待矣！"

冒襄越说越兴奋。他的声音高起来，双颊现出激动的红晕，眼睛也在炯炯发光，同刚才进来的时候相比，仿佛换了一个人。

熊明遇仍旧蜷曲着身子，一动不动地坐着，神情显得愁苦而呆滞，先前脸上那种乐天知命的神态，已经看不见了。他默默地听着冒襄的热烈陈说，高谈阔论，并未能够排除他心头的重压。诚然，这位年轻士子的见解不失为堂堂正理，但国家的局面已经到了这一步，要加以实行简直是不可能的。就拿用人一事来说，长期沿袭、继承下来的习惯，以及各种错综复杂的关系，恰似一棵百年老树，盘根错节，早已形成了异常顽固死硬的格局。要改变它，真是谈何容易！弄不好，改革者就会反招其祸。倘若用强力加以改变，只会加速这株老树的倾倒死亡。为今之计，惟有尽量不要触动它，至多也是剪除一些实在无法保留的枝桠，对于其余则尽可能维持、包容，以求得在狂风暴雨中能同命共济。这样，或许还能苟延残喘……不过，熊明遇最近越来越觉得自己是正在过去的人，思想、精力和记性都在一天天衰退。他对于自己的看法也没有那种自信了。"也许，我确实老迈无能了，这些年轻人才气纵横，说不定真有办法把国家从绝路中解救出来？瞧，他们一个个都很有一套，而且信心十足……"这样一想，他似乎产生了一线希望，于是打起精神，专注地侧着耳朵，期待冒襄说出更加具体的、切实可行的办法来。

可是，冒襄已经说完了。

"嗯，就是这些？"

"是的，小侄冒昧胡言，敬请老伯指教！"

"哦……贤侄所言，自是堂堂正理。不过——"熊明遇沉吟了一下，"老夫尚欲更有请教。譬如，目前饥民盈野，军饷不继，富室囤积居奇，奸人乘机煽惑，这些都适足资乱，未知计将安出？"

这几点，正是目前江南地区的突出问题，也是日夜困扰着熊明遇、使他大感头痛的问题。所以，他特意点出来，满怀期望地盯着冒襄，等待他回答。

"这……也并非没有办法。"这一次冒襄显然没有准备，他变得有点犹疑，脸也开始微微涨红起来。不过，只一瞬间他就恢复了自信，依然用坚定的口吻说："不过，当今积弊，又何止此数端！小侄愚见，仍以为与其一枝一节求治，实不若治其根本。本正源清之后，旁枝末流之积淤污浊，便可一并荡涤而去。否则今日除之，明日复生，终难有效！"

熊明遇不做声了。他垂着眼睛，感到失望，"到底只是个书生，徒有空论！"他想。室中寂然半晌，熊明遇终于苦笑了一下，开口说道："贤侄所言，不无道理，只是知易行难，古今如此，贤侄想亦深知。我是老朽无用了，今后祖宗二百七十年的基业，就寄托在尔等一辈的肩上。望尔等少年英俊，各展高才，同心戮力，匡扶社稷，克成中兴大业，上报君父之恩，下安黎民之望。如此，则天下幸甚，老夫幸甚了！"

冒襄连忙站起来，拱手当胸，恭恭敬敬地说："老伯训诲，小侄谨志不忘！"

"嗯,坐、坐。"熊明遇随便做了一个手势。冒襄重新坐下之后,熊明遇沉默了片刻,才又开口说:"有一件事,差点儿忘记告诉贤侄——数日前,京里周阁老有信来,说是贤侄上呈朝廷的救父万言书,他已经知道了。令尊调离襄阳一事,已无干碍,邸报不日可下。"

冒襄的眼睛一下子睁大了。这消息来得太突然,完全出乎他的意料,以至一刹那间,他疑心自己听错了。他的呼吸急促起来,结结巴巴地问:"老伯是说,是说……"

"我给贤侄道喜呐!令尊调离襄阳,只是日内之事了。"

冒襄"啊"的一声站起来,激动地向前跨了两步,忽然又自觉失态似地站住了。他惭愧地微笑着,不胜感激地望着熊明遇,脸上现出兴奋、狂喜的神情。忽然,他跪倒地上,向主人叩下头去。

"哎,贤侄,不必如此,不必如此。"

可是冒襄仍旧叩了一个头,又一个头,直到自己认为叩够了,这才躬身站起。

熊明遇无可奈何地摇着脑袋,等到冒襄爬起来的时候,他也就跟着站了起来。

"有了消息,贤侄便该早点回家报个信,免得令堂倚闾挂望。"他信口提示着,接连打了两个呵欠,神情顿时变得委顿下来。虽然冒襄还在不断说着感激的话,可是熊明遇仿佛听见,又仿佛没有听见。他"嗯,嗯"地答应着,竭力地睁大眼睛。直到冒襄终于告辞出门,沿着花树掩映的回廊,走得看不见了,熊明遇还怔怔地站在阶前。"……嗯,应当叮嘱他,绝不能把这次谈话张扬出去,否则只怕彼此都不便……"他模模糊糊地想。

蓦地,熊明遇清醒过来。他定了定神,有片刻工夫,拿不准主意:该不该派人把冒襄追回来?可是随后就抛开了这个念头。因为先前压迫着他的心头的感觉,又重新出现了。在这种越来越巨大而且沉重的压力面前,其余的顾虑似乎都微不足道,无关紧要,甚至是没有意义的了。

"唉,怎么好,怎么好?"他喃喃自语,绝望地仰起脸,久久注视着不远的屋脊上,那一只突出在夕阳之中的、变得血一般鲜红的鸱吻。一会儿,太阳落下去了,鸱吻也恢复了原来灰暗的颜色。熊明遇颓然垂下白发稀疏的脑袋,慢腾腾步下台阶,开始绕着庭院漫无目的地徘徊起来。

三

蜿蜒贯穿于东水关和西水关之间的十里秦淮,是南京城里最热闹繁华的一条河道,也是江南首屈一指的绮靡浮华、酒色征逐的销金窟。这里有着最繁华奢费的妓院,最舒适优雅的住宅,最富丽堂皇的酒楼和最出色的戏班子。虽然紧靠着秦淮河北岸,就是庄严肃穆的应天府学宫和科举的考场——贡院,可是,这丝毫也不影响秦淮河那花天酒地、纸醉金迷的气氛,而且不如说,正是亏了那一班饱读诗书而又自命风流的圣人之徒的热心参与,才使得这醉生梦死的十里秦淮,平添了许多特殊魅力和奇异的色彩。

的确,秦淮河也自有它的非凡之处,别的不说,光是那一弯碧滢滢的、闪烁着柔腻波光的流水,以及沿河两岸,那一幢挨着一幢的精致河房,就足以令人着迷了。这些河房,大都是有着短短的围墙的独家院落。里面的房舍,不论规模大小,全都装饰着雕栏画槛、珠帘琐窗。讲究一点的,还在院子里凿池植树,垒石栽花。每一所河房,都有一个带栏杆的露台,伸出水面,供人纳凉消夏,赏景观灯。河房的主人,有安享清福的名公巨卿,有不愁衣食的高人雅士,有艳名远播的当红妓女;但大多数河房,却是用来出租的。河房的主人经常变换，从在职官员、宫中太监到一般富户商人都有，他们看中秦淮河的优越环境，购置河房，出租牟利。虽然租金十分昂贵，但过往的公子王孙、富商豪客，仍然趋之若鹜。他们在这里会友、接客、谈生意、论诗文，自然，也还要纵酒、豪赌、狎妓、看戏，想出种种方法享乐，把著名的六朝金粉地最浮艳奢华的这一角，舞弄得更加花团锦簇，五光十色。

当冒襄在他下榻的桃叶河房前下了轿，兴冲冲地走进院子的时候，家人冒成——一个干净伶俐、体格健壮的中年汉子从屋子里匆匆迎出来，后面还跟着两个年轻的长班。

"大爷，你回来啦！"冒成和两个长班侧身站过一旁，拱着手问。

冒襄点点头："嗯——拿二两银子打发轿班。赶快进来，我有事吩咐你。"他一边说，一边脚步不停往屋里走去。

一直走进起居室，冒襄才停住脚。他习惯地在花梨木炕床上坐下，立即又站了起来，漫无目的地转了一圈，瞅了瞅门外，焦躁地皱起眉头。当冒成轻快、有力的脚步声在门外响起时，他就迅速地转过身去。

"嗯，可曾有客来访？"他照例地问。

"吴次尾、陈定生两位相公方才来过，等不及少爷，他们就说先去了，请大爷随后过去。"冒成垂着手说。

冒襄漫不经心地点点头——今天晚上，吴应箕、陈贞慧、侯方域、黄宗羲、梅朗中、张自烈等几位要好的社友事先约定，要在旧院名妓李十娘家的寒秀斋摆酒，替冒襄接风洗尘。刚才吴、陈二人来访，大约是想同他会齐了，一道前去。

"你记着，"他兴冲冲地说，"明儿一早——今晚怕来不及了——你到船行定一条船，赶在明天晚上，最迟后天一早，我们就回如皋去！"

"啊，回如皋？"

"对,事情有眉目了!"

"哦?"

"蠢材!"冒襄的眼睛闪着兴奋的光芒,"老爷调出襄阳的事,快要办成啦!"

"啊,朝廷开恩啦?"冒成惊喜地问。

"嗯……"

"哎呀,谢天谢地!"冒成把脑门一拍,由衷地欢呼起来。这个冒成,本是冒襄父亲跟前的一名仆童,姓张,由于为人乖觉,办事忠心,颇得主人钟爱,被收作心腹,并改姓冒。以往冒起宗到外地做官,总要带上他。三年前冒起宗看见儿子名气大了,经常要外出应酬交际,身边缺个得力的使唤,才让冒成跟了冒襄。这半年来,冒成为着老主人的事跟随冒襄四处奔走,着实出力不少。现在忽然听说事情真的办成了,他高兴得简直手足无措。

"哎,那——我们什么时候去接老爷?"他急不可待地问。

"这倒不用忙。不过,也快了!如今,我们要赶快回如皋去,向老夫人报信,免得她日夜盼望——啊,办成了,总算办成了,哈哈!"冒襄开怀地笑着,大步走向窗前,把临河的一扇窗子推开。微冷的、新鲜的气流立即倾泻进来。冒襄愉快地舒展了一下胳膊,用力做了几个深呼吸。"多奇怪!"他想,"这一次,我本没打算来南京,结果不知为什么,还是来了。若留在常州,就什么消息也得不到了!冥冥中像是有神灵指点似的!"

冒成正在拭着发潮的眼角,他低头想了一下,认真地说:"必定是大爷一片孝心,感动神明了!便是小人向常也叨念:像老爷这般忠心为国,老太太这般乐善好施,加上大爷这般敬上惜下,真是一门忠孝。老天爷怎能不保佑?到底是今日应了!可知天道报应,原是分毫不爽的!"

冒襄慢慢地点着头,现出深思的神情。随即,他又笑起来:

"哎,你还呆着干什么?快,拿酒来啊!"

"酒?"

"嗯,就把那瓶'太禧白'拿来,我要喝一杯,你也喝!"

冒成很快就把酒拿来了。他替冒襄满满地斟了一杯,恭谨地说:"大爷是该喝一杯庆贺这喜事。不过这等名贵的东西,小人福薄,却不敢生受。"

"怕什么!"冒襄一挥手,"让你喝你就喝!这大半年,你跟我东奔西走,也着实辛苦。如今事情办成了,也有你一份功劳!来,快喝!"

冒成被催逼不过,只好又斟了一杯——却只得七分满,先谢了赏,双手捧着,诚惶诚恐地喝干了。冒襄这才哈哈大笑,放他去了。

冒襄自己一连干了两杯,随后又把酒杯斟满。他端起酒,向着窗外,一手叉着腰,眯缝起眼睛,兴致勃勃地眺望起秦淮河上的灯火来……

冒成说得不错,冒襄确有一个为人所称羡的家庭。他的家有着高门甲第的豪华,却没有许多富贵之家的那种复杂龌龊的纠纷瓜葛。家中虽说仆妇成群,但真正的骨肉之亲,却只有六口:一位慈和温厚的母亲,一位安分守己的年轻庶母,加上贤淑淳良的妻子和一个才满三岁的儿子;此外,就是冒襄和父亲。父亲长年在外面做官,父子两人难得见面,即使见了面,彼此也情意相投,不存在隔阂。尤其难得的是,无论父亲还是母亲,对于冒襄的行动都很少干涉;对于他的花费挥霍也从不过问。与其说这是溺爱独生的儿子,毋宁说是完全信任他,尊重他。为了这个缘故,冒襄很爱重自己的家庭,特别是对双亲怀着深深的感激之情。他由衷地觉得,自己只有恭谨敬诚,恪尽孝道,才能报答父母的深恩于万一。所以,去年秋天,他接到父亲调职襄阳的消息后,虽然也为难和犹豫过,觉得自己作为复社的一位年轻领袖,平日与社友们悲歌慷慨,以天下为己任,如果为着将父亲调离"剿贼"的前线,自己公开出面奔走,会不会招致别人的讥笑和非议?对自己在社里的威信,会不会有什么影响?可是,当他一想到父母对自己恩义深重,就立即觉得责无旁贷了。"哎,无论如何,我不能眼看着父亲去送死!眼下旁人爱怎么想怎么说,一概随他去吧,反正,我总有办法向他们证明,冒襄绝非欺世盗名、贪生畏死的懦夫!"半年前,他就是抱着这样的想法,提起笔来,写了一封情辞哀切的万言书,书中力陈父亲秉性耿介刚直,不会与同僚合作,担任监军,不但于战局无益,反而可能把事情弄糟。他恳请朝廷哀怜自己作为独生儿子的悲苦心情,将冒起宗调任他职。这封书上呈朝廷之后,接下来冒襄就开始了紧张的活动——变卖家产、送礼打点、求人疏通……"哎,如今总算有了结果,母亲知道这个消息,不知该有多高兴呵!"冒襄望着暮色之中渐次闪现的越来越繁密的灯火,又感叹又喜欢,并且再一次微笑起来。他开始想象家里的人听到这个消息之后兴高采烈的情景……

这当儿,冒成已经把洗脸水端来了,一套出门赴会用的干净衣巾,也整整齐齐地摆在椅子上。他轻声呼唤:

"大爷……"

冒襄回过头来,随即想起今晚李十娘家的聚会,便点点头,爽快地放下酒杯,走过去。他先除去方巾,又把直裰脱下,都交给了冒成,然后双手捧起一掬水,俯下脸去,让散发着荼薇露清香的洁净的水同皮肤接触。顿时,一股说不出的舒爽愉快的感觉直透心脾,他不由得呻吟起来。冒成在旁边听见,倒吃了一惊,只当是水太热了。后来,看见小主人并无表示,才放下心来。

这样反复掬洗了几次之后,冒襄才绞干脸帕,不慌不忙地擦起脸来。他仔细地、使劲地擦着,这半年多来洗不净的仆仆风尘,以及脸上所蒙受的耻辱和羞惭之色,仿佛都要在这一番拭擦当中统统清除掉……

"嗯,吴次尾相公他们刚才来,还说些什么?"当脸洗得差不多的时候,冒襄忽然问。

"哦,也没说什么,就是请大爷早点过去,说有事商量。"冒成早有准备地回答。

冒襄明白朋友们所说的"事"是什么。他不再追问,开始在心里盘算起今晚同社友们的聚会来。今天是三月初七,还有大半个月,也就是三月二十八,复社要在苏州虎丘举行建社以来第四次大会。吴应箕已经事先通知他,今晚的聚会,就是要最后再商量一下这件事。冒襄本来是打算参加虎丘大会的,现在他得赶回如皋去,向母亲报告父亲的事情。一来一往,时间就来不及了。不过,冒襄觉得这也没有什么。因为虽说这是复社领袖张溥逝世之后的第一次全社大会,很可能要讨论推举继承人的问题,颇为重要,但是,前些时候社内各派展开激烈的角逐较量时,自己一直无暇参与,置身事外;而争夺的结果,这次大会的主盟一席,又被扬州地区的社长郑元勋和松江地区的社长李雯夺去,自己这一派人被完全排除在外,看来大势已去,再参加,也实在没有多大意思……他打算等一会儿见到吴应箕他们,把自己改变主意的事告诉一声就完了。

冒襄终于洗完了脸,丢下脸帕,容光焕发地直起身来。冒成已经捧着新衣巾在旁边伺候着。冒襄翻了翻,是一件百幅流云满绣金的浅蓝直裰,一顶蓝色绣红花万字头巾。他觉得还过得去,便点点头,正想让冒成帮他穿上,忽然瞥见那伶俐汉子正眯缝着眼儿在笑。

"嗯,你笑什么?"冒襄一边戴着头巾,一边问,"莫非你瞧我刚才,有什么可笑之处不成?"

"啊啊,小人不敢!"冒成赶忙说,"小人刚才想起了一件事。"

"哦?"

"小人想,老爷这件事有了着落,大爷就能到姑苏去看陈姑娘了!"

　　冒襄正把一只胳膊伸进袖筒里,听了这话,不由得怔了一下,随即莞尔一笑,说:"该打的奴才,偏你有这许多闲嚼蛆!"

　　冒成说的这个陈姑娘,就是苏州红极一时的名妓陈圆圆,色、艺、才号称三绝。去年春天,冒襄到湖南去探望当时还在衡州做官的父亲,途经苏州时认识了她。两人一见钟情,并且有了密约。到秋天,冒襄从湖南护送母亲回来的时候,两人又在苏州再一次见面。当时陈圆圆刚刚躲过一次外戚豪家的逼抢,急于从良嫁人;冒襄对于陈圆圆的娟秀慧黠也颇为满意,终于答允娶她。但是恰好这时传来了冒起宗调职襄阳的消息,事情便拖了下来。这半年,冒襄忙着替父亲奔走,一直腾不出手来料理陈圆圆的事,而且也再没有工夫到苏州去过。虽然陈圆圆三番几次来信询问催促,但冒襄感到不能太过着急。根据这些年来同女人们打交道的经验,他对于自己有着十足的自信。他很了解自己高贵的家世、超群的才华,以及出众的仪容风度,每一样对于女人们都有着巨大的吸引力。在情场角逐之中,他从来都是一位稳操胜券的将军,只有他经常冷淡地拒绝那些为他如痴如狂的女子,而从来没有被任何一个女子拒绝过。即便是同陈圆圆互相玩弄感情游戏的过程中,他的这种信心也从来没有动摇。他不相信陈圆圆还会有什么变卦,以及发生投向别人怀抱那种事。不,他根本不相信!而且,他倒是有意把迎娶的事拖一拖,以免办得过于急迫匆忙,让陈圆圆顺当容易地达到目的,到头来,倒让她把自己看轻了。因此,当冒成提起这件事时,虽然有片刻工夫,他犹疑不决:是否真该先到苏州去看望一下陈圆圆?但最后还是打消了这个念头。"反正已经拖到了今日,再迟十天半月,也是一样的。"他想。

　　冒襄一声不响,穿戴停当,然后以坚定、清晰的口吻叮嘱冒成:别忘了明天一早雇船回如皋!说完,便从桌子上拿起那柄李昭制竹骨、王孟仁画面的名贵折扇,用了一个潇洒优美的动作,轻轻一挥,迈着轻快的脚步,向外走去。

四

  李十娘是秦淮河的一位名妓。她家的房子坐落在钞库街南,离冒襄下榻的河房,也就一里之遥。那一带,南京人叫做"旧院",是秦楼楚馆萃集之所。南京城里最有身价的一群妓女,如李十娘、顾眉、李大娘、尹春、范钰、沙才、马娇、顾喜、崔科、葛嫩、李香等等,都在那儿比屋而居,以她们的芳名丽色,招引着四面八方的风流豪客。这会儿华灯初上,正进入了一天当中最热闹快活的时刻。柔靡妙曼的歌声、琴笛声随着温馨骀荡的春风远远近近地飘送过来,把来往行人的心头撩得痒酥酥的。

  与三山街那边不同,这一带的店铺十有七八都是做的吃和玩的生意。一眼望去,酒楼连着酒楼,茶社挨着茶社,在雪亮的明角灯的映照下,一间间都座无虚席,人声鼎沸。那些遍布全街的大小赌场里,更是生意兴隆。人们不仅在这儿赌纸牌、赌骰子,还赌斗鸡、斗蟋蟀、斗鹌鹑;戏棚里锣鼓喧天,正搬演着一出又一出的新剧;妙曼柔媚的昆山腔,在这儿风靡一时。至于依赖这条街市谋生觅食人,更是五花八门,从清客篾片、占卜相面的、抬轿撑船的、杂耍卖唱的,到卖花送果的、修脚篦头的、和尚道士、师姑卖婆、泼皮闲汉都有。他们一天到晚在街市上出没游转,一心指望在那些衣饰华丽、出手豪阔的客人身上碰碰运气,讨个彩头……

  因为终于放下了心中一件大事,冒襄此刻感到多时未有过的轻松。他愉快地、不慌不忙地走着,觉得今天晚上这街市上的灯光分外明亮,人们的脸孔也变得分外亲切、可爱。如果不是一支押送礼品的队伍走过，引起了他的注意，他也许会这样一直走到寒秀斋。然而，他突然想起了一件事，于是停住脚，回头对跟随在后面的冒成说：

"我几乎忘了，熊老伯那儿，我今日去得匆忙，不曾备得礼品。如今事情办成了，这份礼是欠不得的。你赶快回去打点，宁可多花点银子，总要像样些——连夜给送过去。"

"是！"冒成答应着，又问，"现在就去么？"

"嗯！明儿我们要家去，该办的事情还不少。我这儿不过几步就到了，也不用你跟着。待会儿，你打发三儿，要不冒贵过来接我就完了！"

冒襄重新转过身来。他小心地靠了路边走，以防被身后不断喝道急奔而来的轿子碰着，脸上始终挂着和气的微笑。

然而，渐渐地，一阵嗡嗡的低语在他的身后响了起来，那是一种胆怯的、机械的乞求声。开始这声音很小，断断续续，随后就扩大起来，越来越响，终于成了一片不间断的喧嚷。冒襄吃惊地站住了，回过头去。

在他的身后，不知什么时候已经聚拢了一大群乞丐，全是些年纪幼小的孩童，大的不过十四五岁，最小的只有三四岁。在市肆的灯光下，看上去他们几乎都是一个模样：乱草一样的头发，污秽尖削的脸颊，呆滞的、没有神采的大眼睛。他们有的穿着褴褛不堪的衣衫，有的则赤裸着上身，露出了伶伶瘦骨。几个年纪更幼小的，干脆一丝不挂，在春夜的寒气中瑟瑟发抖。他们全都乞怜地望着冒襄，一个个伸出了黝黑纤瘦的手爪，幽灵似的在他跟前攒动着……

冒襄惊慌地后退一步，厌恶地皱起眉毛，随即又站住了。他想了想，脸色变得平和下来。他习惯地回顾一下，又把手伸进怀里，忽然怔住了。原来，为着省得麻烦操心，他身上从来不带银子，银子一向由冒成或是别的亲随收着,随时随地跟在他身边,替他支付打发。刚才冒成匆匆一走,冒襄此刻身上竟是连一个铜钱也没有。他摇摇头,无可奈何地转动着眼睛,向四面张望,希望能发现一个认识的人。然而,没有。他回过头来,朝那群正怀着不安和希望静静等待着的小乞丐瞅了一眼,忽然,他转过身,迅速地向就近一家酒肆走去。

"店家!"他向坐在柜台后面的一个白发老头儿拱拱手,"我想向宝号借十吊钱应用,权且以此为押,未知可否?"冒襄说着,把从手上褪下来的一枚精金镶翡翠指环,放在柜台上。

老头儿瞥了冒襄一眼,拿起指环,眯缝着眼睛反复审视了一阵,又抬头重新打量冒襄。终于,他堆起笑容:"好说,好说,敢问尊客高姓大名?要这十吊钱可是急用?"

"小生如皋冒襄,借寓在下边不远河房里,今日因出门匆匆,身上不曾带得有银子,故此相烦老丈相帮。这十吊钱——"他指一指站在街中,正远远地朝这边观望的那群小乞丐,"也一并烦老丈替小生散给他们。明日小生来取回信物时,另有酬谢!"

"哦,冒相公原来欲行善举。小老自应效力,'酬谢'二字,如何敢当!"老头儿显出肃然起敬的样子。停了停,他看着冒襄,眨眨眼睛,多少有点尴尬地:"这指环,按理也不敢让相公留下,只是……"

冒襄微微一笑:"老丈肯允相帮,小生已感激不尽。指环一定留下,就请赶快施行吧!"

"这——小老就大胆从命了!"老头儿顿时高兴起来,他郑重收起指环,然后拿过纸笔,写了一张字据,双手交给冒襄,又亲自搬了一张椅子,请冒襄坐下,这才转过身,急急走进后面去了。

过了一会儿,两个年轻伙计走出来,搬了两张八仙桌,两张长凳,在店门外摆好,然后,同那掌柜老头儿一起,从后间将十吊钱扛了出来,堆在八仙桌上。

那群小乞丐早已等得万分焦急，瞧见这种架势，也不待招呼，立即"哄"的一声，拥上前来。两名年轻的店伙早已做好准备，他们站在八仙桌前，伸手一拦，把小乞丐们拦住了。

站在桌子后面的掌柜先不忙发放，他清了清嗓子，大声说道：

"列位！请听小老一言：近来天时不正，水旱频繁，远近四乡，赤地千里，颗粒无收，饿莩载道，满目凄凉，消息交传，已非一日。虽有官府垂念哀怜，百计赈济，惟是饥民日众，杯水车薪，此亦有目共睹。今有如皋冒先生，文名素著，久孚乡望，且饥溺为怀，有口皆碑，偶来留都，目睹时艰，不忍坐视，慷慨解囊，以使嗷嗷待哺之辈，得以苟延残喘，实属功德无量！小老现今于此替冒先生发放，特此布知，所望四方仁人善士，能者效力，富者输财，挽救浩劫于万一……"

老头儿咬文嚼字，滔滔不绝地说了一大篇，一边说，一边还洋洋自得地摇头晃脑，也不管周围的人听得懂听不懂。冒襄不禁惊奇起来，心想：原来这老头儿是念过几天书的，却拿到这当口来卖弄，真是好笑！本来沽屠之辈中略通文墨的，如今也不算稀罕，只是他出口成文，得体堂皇，倒是难得。所以，当老头儿说完，拱着手作了半个罗圈揖，又转身朝冒襄深深一揖时，冒襄就赞许地笑着，做了一个请他发放的手势。

老头儿受了这鼓励，劲头儿越足。他回过头去，瞅着那群小乞丐，威严地说："现在开始放赈，每人一百文大钱，不许挤抢，谁要挤抢，不光没有，还要老大棒子打开去！"

老头儿这几句话果然有作用，本来做好了猛冲猛抢准备的小乞丐们，顿时变得服服帖帖。他们一个接一个地走上来领了钱，然后，又走到冒襄跟前，叩头称谢。

冒襄和气地点着头，或者做一个让他们起来的手势。他并非第一次做这种善事。三年前，他来南京应乡试时，就曾经在桃叶河房里临时收养过一批流落街头的弃儿,后来又捐了一笔银子,把他们送到寺院去安置。比起那一桩轰动一时的善举来,眼前这种小事实在不算什么。不过,他现在心情极好,"真是不巧,怎么偏偏身上忘了带钱,要不,还可以多放它几两银子的!"他想。于是,他开始盘算着,等父亲的事情一办成,他就派人上扬州,请一个班子,到如皋去唱几天戏,谢神还愿。到时,再像像样样地散它一笔赈……"嗯,虽说这半年来,奔走请托,家产已经变卖了不少,不过,这一笔开销,看来还是省不得的。"这样暗暗决定了之后,他就抬起头,心安理得地瞧酒店掌柜发放。不过,小乞丐实在太多,而且一个比一个肮脏、丑陋,令人瞧着很不舒服。渐渐地,冒襄厌倦起来,任凭他们叩头,懒得再答理。又坐了片刻,冒襄终于站起来,向老掌柜道了别,委托他把事情办完,然后,自己继续往前走去。

冒襄不慌不忙地走着,一边倾听身后伙计们唱筹发放的声音,同时,还感觉得到路人的指点和赞许的目光。他心头洋溢着一种做了善事之后的满足和快乐。这种感觉同先前喝下去的那两盅美酒交融起来,使冒襄的脑袋变得有点晕晕乎乎,脚步也有点轻飘飘的了。

当冒襄来到钞库街,兴冲冲地打算往旧院里走的时候,忽然大吃一惊——他发现,另外一群乞丐已经撵上了他。这一次不光是小孩,男女老少都有,而且来势汹汹。冒襄稍一停步,他们就马上围上来,大声地乞讨。一阵阵污浊难闻的臭气,从他们破烂的衣衫上散发出来,中人欲呕。冒襄急忙用衣袖掩住鼻子,赶紧往前走。

"那边、那边!"他挥着手说。

"没有了!""早派完啦!""哎,相公可怜见……""求您再行个好,求您啦!"他们七嘴八舌地说,紧追不舍。

冒襄想说:"那我也没有办法啦!"可是,这时候他看见迎面也有几个影子,正向他逼近。他害怕起来,心里一急,猛地站住脚,大喝一声：

"站住！别过来！你们想干什么？啊？想干什么？"

那群乞丐被他这一喝，犹豫着站住了。

"堂堂留都之地，有官有法！莫非你们敢当街行抢不成？"冒襄瞪起眼睛，愤然质问。

乞丐们你看我，我看你，开始退缩了。有的人往后躲，有的人低下头，站在前面的几个，却"扑通"一声，跪了下来。

"请相公息怒，小人不敢冒犯相公，小人都是安分良民，只求相公垂怜开恩……"一个老头儿战战兢兢地叩着头。

"俺……俺们是安、安分良民，俺打河……河南来，那地方吃……吃吃吃人，俺怕，不不不……敢吃，俺可是安……安分良民……"一个高大的汉子结结巴巴地分辩，昏暗中看不清他的脸。

"相公老爷，您可怜可怜这没爹的孩子吧！"一个瘦小的妇人尖声叫着，举起了怀中哇哇大哭的孩子，"我们一家七口死了四个，我同他爹带着他好容易逃出来，他爹给人卖命保镖，上月一去就没回头，听说半道遇上响马，给杀了！哦……丢下我们娘俩，可怎么活哟！……"她痛苦地搥着自己的胸口，嚎啕大哭起来。

冒襄默默地听着这些凄惨的哭诉，心情变得沉重起来。他不由得叹了一口气，声音终于缓和下来："我不怪罪你们，都起来吧。我不是不肯给你们，实在是出来得匆忙，身上未曾带得有，刚才……"他忽然停住不说了，摆一摆手，转身向外就走。

这一次，乞丐们没有再跟上来。冒襄暗暗松了一口气。但他仍然急急忙忙地走，不敢回头再看一眼。

"他说没有，怎么会没有？"

快要走进旧院后门的时候，冒襄听见背后远远传来这么一句：

"唉，算了！"一个苍老的声音，"给不给，还得凭人家喜欢。"

"可是他愣说没有！"一个年轻的声音不服气地反驳，"还嗳声叹气,装得倒像!"

"是嘛!"另一个人提高了声音,仿佛故意要让冒襄听见,"他说没有钱,没有钱还能去逛窑子,找婊子?莫非这婊子的✕肯白送给他不成?"

冒襄猛地站住了。有一忽儿,他几乎不敢相信自己的耳朵。随后,一股无名怒火从心底直冲上来。他恨不得立即走回去,把这些下贱的、根本不值得怜悯的臭叫化子狠狠教训一顿!然而,当他回过头去,接触到那些远远投来的怨毒的目光时,他忽然又感到畏缩、胆怯了。于是,他只好咬咬牙,强忍着满腔怒气,加快脚步,向旧院走去。

五

旧院的前门在武定桥,钞库街是后门。进了门楼,是一道清洁的石板长街,街头有水井,街道两旁排列着窗明几净的小店铺。这些店铺与外间不同,它不卖别的,专卖那些考究精美、香艳风流的玩意儿——名酒佳茶啦、饧糖小吃啦、箫管琴瑟啦,以及金玉首饰、香囊绣袜等等,价钱都挺贵,专做那些多情的妓女、摆阔的狎客们的生意。从店铺旁边那些小巷走进去,是一个接一个的院落,一扇挨一扇窄小的院门。这些带铜环的院门,通常总是半开半闭,虽然垂着一道珠帘,依然看得见里面青石铺地的小小天井,一明两暗的浅浅堂屋,鹦哥儿在架子上声声唤茶,叭儿狗在台阶前呜呜睨客……这便是妓家,南京城里最有名的一批小娘子,就在这儿比户而居。这些流落风尘的女孩子,年纪小的只有十五六岁,大的也只有二十四五岁。她们有不少人,从母亲那一代起,就已经操起了卖笑生涯,入了乐籍,到了做母亲的年老色衰,就由女儿撑起门户。

当然,也有本是好人家的女儿,迫于家庭贫困,被卖到火坑里来的。这些女孩儿,从小就受到严格的训练,不仅一个个能歌善舞,晓笛知琴,而且大都粗通文墨。顶冒尖儿的几个,还博览书史,能写一手娟秀的蝇头小楷,作几首香艳清新的小诗,或者画几笔花卉翎毛。因了这个缘故,她们的身价,也就与一般妓女不同,不但追欢一夕索资甚巨,而且对于客人,她们也颇为挑剔。等闲俗客,别说是陪酒侍寝那种事,即便是求见一面,也往往很难。虽然如此,却自有那一群自命风流的公子王孙、富商豪客,不分日夜地到这儿来游转厮混,流连忘返,为博得美人的青睐,不惜一掷千金。所以,尽管院门之外饥民成市,噩讯纷传,院门内仍旧灯红酒绿,莺颠燕狂,一片无忧无虑的景象……

　　现在,冒襄已经走进了李十娘家的大门,并在鸨母引导下,穿过堂屋,向寒秀斋的后院走去。他硬是把自己的感情控制住了。因为很快就要同社友们相聚,他不想在他们面前显露出任何异常的神色。自尊心告诫他,这种莫名其妙的倒霉事,哪怕是被朋友们询问起来,也将是极不愉快,而且有损脸面的。不过,要做到这一点并不容易,受到侮辱,尤其是受到下贱的乞丐侮辱的痛苦和恼恨,还在咬啮着他的心。幸而鸨母在身边喋喋不休地说话,才多少分散了他的情绪。

　　李十娘的这个鸨母,是一个胖胖的、已经不年轻的小女人,圆鼓鼓的脸上涂着脂粉。她显然喝过酒,金鱼般突出的眼睛有点发红。她用一条小手帕半掩着嘴唇,时时回头斜瞅着冒襄,一刻不停地说着话。她告诉冒襄:吴次尾和陈定生两位相公已经来了,其余几位还没见影儿。她又说,今天打一大早起,就不歇地有人送帖子来,招十娘去陪酒,其中包括诚意伯刘大人、徽州盐商吴天行这样的大主顾,都一概回绝了,为了让十娘一心一意侍候复社的相公们。接着,她又说到常来旧院走动的那个吹笛子的张魁,因害白癜风,发了一脸。前两日在眉楼,有客人挂了个牌子在门上,写着:"革出花面篾片一名",把张魁臊得什么似的,几天没见他露面,听说是躲起来了。然后,她又立刻说到,旧院门里的绸绒店,新来了十几匹西洋红夏布,薄得蝉翼儿似的,给十娘扯身夏裳正合适,只是价钱满贵,五百钱一尺……

冒襄用心地听着,不时回答一两句。穿过夜色朦胧的后院,来到一座长轩跟前,他步上台阶,立即就听见一个高亢的嗓音在说:

"若真有此事,我吴应箕同他势不两立!"接着"咣当"一响,像是茶杯重重放在桌子上的声音。

另一个人——大约是陈贞慧——像在劝解,但声音低沉,听不大清楚。

冒襄皱了皱眉头,心想:这位炮药性儿的老学长,不知又在发谁的脾气了。他先不忙进屋,转动着身子,把周围打量了一下。一年多没来,他发现轩前那一株枝桠虬结的老梅、两棵高大挺拔的梧桐树还是老样子,只有那十来竿翠竹似乎益发粗壮茂密了些。他记得李十娘对这些翠竹和梧桐爱惜得不得了,每天一早一晚,都要亲自指挥丫环汲来井水,细细地洗刷两次。现在虽然天色昏黑,但是借着从一字排开的冰裂式风窗里透出来的灯光,冒襄仍然可以看见光洁的树干上朦胧的反光……

"不会,哼,我看就是会!"长轩里的吴应箕又猛然叫起来。他显然还要说下去,但是,跟着走上台阶的鸨母已经尖着嗓子通报说:

"十娘,冒公子来啦,快迎接贵客!"

长轩内的谈话停止了,随即响起细碎的脚步声。暖帘一掀,先走出来一个垂髻的丫环。她向客人行了礼,转过身去,双手把帘子举起。过了一会儿,一位身材颀长、靓妆丽人姗姗地走了出来,后面跟着如护法韦驮般健硕魁梧的陈贞慧。

李十娘看见冒襄,就把双袖交叠在腰旁,侧着身子,轻启朱唇,用娇滴滴的嗓音说:

"公子万福!不知公子光降,请恕奴家失迎之罪!"

冒襄先朝陈贞慧点点头,然后借着帘子里透出的灯光,打量了一下李十娘。他发现以秀美白皙著称的这位当红名妓,自从前些日子传说她病了之后,更加出落得神气清朗、楚楚可怜,便微笑着称赞说:

"'独旷世而秀群'——多时不见,十娘益发标致了!"

说罢,转身正要同陈贞慧相见,忽然听见有人在台阶下笑着说:

"啊哟,冒公子这等夸奖十娘,连奴家听了都要眼红了!"

大家一怔,回过头去,只见两名丫环提着一双灯笼,正照着一位女郎登上台阶。那女郎头戴貂鼠暖耳,身穿银鼠皮袄,怀里还抱着一只乌云盖雪波斯猫,打扮得雍容华贵,完全是一副大家少妇的派头。

冒襄认出这是眉楼的女主人顾眉——目前秦淮河上风头最健的一位名妓。她不仅艳名远播,能诗善画,而且交游广阔,靠山众多,同复社的一班人关系尤其拉得好。大约是陈贞慧送了帖子去,所以她这会儿便前来赴会。

冒襄正要答话,站在旁边的鸨母已经半真半假地抢先嚷起来:

"眉娘,你这是吃的哪门子醋哟!姐夫们夸你还夸得少么?如今冒公子才夸了十娘一句,你就想来抢她,我老婆子可不依!"

顾眉已经走上台阶。她笑吟吟地说:"若是别人夸奖十娘,我也不管。只是冒公子这样说了,我可不饶她!"

李十娘显然十分清楚这种逗趣对于制造一种轻快放纵的气氛会有什么作用。她于是蹙起眉毛,叹一口气说:"总是奴家命苦,好容易得了冒公子一句夸奖,又被眉娘听了去。若是不让与她,只怕从此一个劲儿地捧着,直到阎罗地府都脱不了身。罢罢罢,这句夸奖我也不敢要了,现在就让给眉娘吧!"

"这可使不得!"陈贞慧从旁接口说,一本正经地摇着大而圆的脑袋,"辟疆此赞,也恰如晋人月旦之评,一经品定,便不可移易。不过,眉娘也不须吃醋,小生这里有八字之评,单道眉娘的好处。但不是出自辟疆之口,不知眉娘……"

顾眉连忙说:"能得陈公子一字品评,眉娘便已荣于华衮了!何况八字?"

陈贞慧微微一笑,说:"我这八字也是出于《闲情赋》——'神仪妩媚,举止详妍。'不知尚差强人意否?"

大家都哄然叫好,倒把顾眉弄得忸怩起来。面对这种欢洽的气氛,冒襄感到又回到了一种熟悉的自由自在的环境里。他忘却了刚才在大街上所受到的困辱,把手中的折扇轻轻一扬,笑嘻嘻地斜瞅着顾眉,吟哦道:

> 愿在衣而为领,
> 承华首之余芳。
> 悲罗襟之宵离,
> 怨秋夜之未央。
> 愿在裳而为带,
> 束窈窕之纤身。
> ……

然而,没等他念下去,吴应箕低沉缓慢的声音忽然在轩内响起来,使他不由自主顿住了。只听吴应箕吟道:

> 考所愿而必违,
> 徒契契以苦心。
> 拥劳情而罔诉,
> 步容与于南林。

> 栖木兰之遗露,
> 翳青松之余荫。
> 倘行行之有觌,
> 交欣惧于中襟。
> 竟寂寞而无见,
> 独捐想以空寻。
> ……

这一段也是《闲情赋》里的句子,可是经吴应箕的口念出来,却凄厉悠长,充满抑郁怨苦的意味,与眼前的快活气氛极不协调。大家你望我,我望你,都停止了打趣,现出惊疑不定的神色。只有陈贞慧显然知道是怎么一回事,他变得沉静下来,终于摆一摆手,招呼大家一道走进轩去。

这是一个长方形的敞轩,四面都是窗户,垂着梅花暖帘。当中一张楠木炕床,两旁摆着几椅,陈列着盆景瓶花。四个高脚的落地烛台上,八支明晃晃的红蜡烛在那里交映争辉。又黑又瘦的吴应箕正倒背着手站在窗前,听见脚步声,他停止了吟哦,慢慢地转过身来。

陈贞慧走进屋里之后,就把冒襄推在左首,同他行礼相见。冒襄再三推让,到底拗他不过,只得告了僭,作过揖。等吴应箕走过来时,冒襄就坚持站了右首,也行礼见过了。因为还有几位社友未到,还要行礼,所以暂时不宽外衣,只分别坐了下来。

这当儿鸨母已经退出去,丫环把茶端上来。李十娘亲手斟了四杯,分别奉给客人和顾眉。最后,她自己也斟了一杯,本来打算走上前去陪客人,后来看见坐在后面的顾眉朝她招手,又看见客人们暂时没有呼唤的表示,便退到顾眉身旁坐下,静静地嗑起瓜子儿来。

三位社友各自品着茶,好一会儿谁也没有开口说话。吴应箕闭起眼睛,仿佛在养神;陈贞慧则沉思地慢慢捋着那部漂亮的长胡子。至于冒襄,还在轩外的当儿,他就听见吴应箕发怒的声音,接着又听见他那显然是抒发忧思的悲吟,进轩后,更发现两位社友神色有点不太对头。他便断定发生了什么事情。不过,对方不说,他也不打算主动去问,"该告诉我,他们自然会告诉我的。"他想。

果然,陈贞慧终于停止了捋胡子,朝冒襄转过脸来。

"辟疆,你从如皋来,一路上,可听说什么新闻?"他问,饱满结实的宽脸上堆起亲切的笑容。

"哦⋯⋯"一提起新闻,冒襄便首先想到他父亲已获朝廷批准调任的事,心里冲动了一下,想把它说出来,但是又觉得不必显得过于着忙,临时忍住了。他侧着头想了一下,微笑说:"倒有一件——却是个笑话。小弟数日之前,在常州遇见汤允中,他说最近阮胡子被我们禁制得狠了,颇有改悔之意,已经不敢再同我们捣乱,还托人传话,说什么'有不改心相事者,有如此水!'我听他说得煞有介事,便问他哪里听来的。他说是在扬州时郑超宗亲口对他说的。我又好气又好笑,当场抢白他说:你也是个老复社了,怎么竟相信起这等没根没蒂的话来?漫道阮胡子决不会这等说,就算他真说了,莫非你就相信?你真是个糊涂虫!若是超宗告诉你,超宗更是糊涂虫!"

冒襄一边说,一边想起汤允中被他抢白时的那副尴尬相,就忍不住笑。他准备让陈、吴二人听了,也大笑一场。然而,出乎意料,陈贞慧听了之后,竟然一声不响;吴应箕却突然睁开眼睛,凝视着冒襄:"很好,很好!"他说,随即又把眼睛闭上了。

"嗯,辟疆,还有吗?"陈贞慧不动声色地问。

"这⋯⋯后来,在来留都的船上,小弟遇到几个年轻士子,他们也在传说这件事,还拿来问我。小弟听得不耐烦,当场训诫了他们一通,叫他们不要乱传⋯⋯"

"妙,益发妙了!"吴应箕又大声说道,这一次,他没有睁开眼睛。

冒襄莫名其妙地瞅着陈贞慧。后者却朝他做了一个"等一会儿再给你解释"的手势。

"那么,那几个年轻士子的消息,又是从何而来,你知道么?"他继续问。

"这——小弟倒没细问。只记得他们是从姑苏来的,还去过常熟,打算谒见钱牧斋。结果牧斋还真见了他们……对了,仿佛他们还去过扬州。"

"行了!"吴应箕一欠身站了起来,目光炯炯地,"不必再问了,如今已是清楚不过,追源肇始,就是他——郑、超、宗!"

斩钉截铁地下了这个判断之后,他就踱了开去。在此之前,他同陈贞慧显然有过争论,所以这会儿显出有点傲然自得的样子。

"可是,超宗这样做,究竟所为何来?"陈贞慧捋着胡子,沉思地问。

"所为何来?"吴应箕偏过那张长满刺猬似的胡子的瘦脸,尖刻地说,"就为的他心志不坚,见利忘义!发表《防乱公揭》那一回,让他具名,我瞧他就挨挨延延的不爽快;后来又听说他同那个造园子的计成搞得黏黏糊糊的。计成是什么人?阮胡子家的一名无耻清客!可超宗却巴巴地把计成请到扬州去,帮他造什么影园——我瞧,八成那时他们就勾搭上了!今日之事,可谓由来已久!"

陈贞慧摇摇头,显然并不满意这个解释。不过,他也没有立即反驳,却把脸转向冒襄:

"辟疆,是这么回事——今年三月二十八的虎丘大会,原本推定了是由郑超宗和李舒章两位主持,如今日期将届,小弟怕有变动,前几天路过扬州,特意上影园去访超宗,想打听备办得如何。那天,他正忙着指挥人抄写传单,见了我就兴冲冲地一把扯住,拖到书房里,一五一十说了一大篇,无非是一切准备停当,要我放心之类。末了,还硬要留我吃饭。小弟见他一番盛情,也就没有推辞。不料,席间他却说出几句话来——"

说到这儿,陈贞慧就顿住了。他抬起头,看了看吴应箕,又漫不经意地扫了一眼正坐在靠后那一排椅子上的顾眉和李十娘。

"啊,超宗他说了些什么?"冒襄好奇地问,同时他已经多少猜到是怎么一回事。

可是陈贞慧仍不说话,他又将起胡子来。机灵的顾眉似乎觉察到了。

"哎,侯相公他们怎么还不来?把人家的腰都坐酸了!"她忽然说,舒展了一下纤细的腰肢,把脸转向十娘:"姐姐,我进来时,瞧见你轩前那一株梅花,还开着几枝。这会儿月亮上来了,暗香疏影,想必清艳得很哩!你陪我去瞧瞧好么?"说着,也不待答应,她就一手抱起波斯猫,一手挽住十娘的胳膊,站起来,又回头朝陈贞慧嫣然一笑,做了个鬼脸,然后迈着婀娜的步子,双双走出门去。

陈贞慧目送着她俩的背影,微笑着摇摇头。当他转向冒襄,吴应箕已经冷冷地开口了:

"他要我们饶了阮胡子!"

冒襄一惊:"啊,他、他真是这样说?"

"不,他还没有这样说。"陈贞慧连忙更正,"超宗也只是告诉我,阮胡子最近颇思改悔之类,同你在汤允中那儿听来的差不多。不过——"他转过脸,看了看门口,然后走到紧挨着冒襄身旁的一张椅子坐下,凑在他耳边低声说,"席间,他还说到'门户交争不已,终非社稷之福',劝我们勿为已甚。还说,这并非他个人私见,吴中、云间诸君子,多有同感云云。"

说到这里,陈贞慧有意停顿了一下,仿佛要让冒襄品味清楚这些话所包含的意思,又像要观察一下他的反应。看到冒襄没有做声,他又接着说:"若是果真如此,这事只怕会闹大。超宗背后,更有何人主使?他们意欲何为?此刻尚不清楚。不过瞧这来势,小弟估计三月二十八虎丘大会,必然有事!我们倘若不欲就范,须得做好应变的准备。子方、朝宗、太冲他们几个,是靠得住的。要先同他们商量,定出个对策来。不过在这儿不行。小弟之意是今晚早点散席,一起回到你下榻的河房去,从长计议,你意下如何?"

冒襄用心地听着,用手指轻轻敲打着方几,没有立即回答。现在他也感到问题严重——比他原来猜想的严重得多。"吴中、云间诸君子多有同感",这个"多"究竟多到什么程度?会不会是郑超宗有意夸大其辞?嗯,看来不大可能。郑超宗是个精细小心的人,如果事情不是发展到相当程度,他已经感到有把握的话,绝不会贸然向陈贞慧作那样的试探。而且,瞧这阵势,郑超宗也只是个跑龙套的,他背后必定还有牵线的人。不过,最令人弄不明白的,是对方到底出于一种什么样的目的和打算,如此起劲地要为阮大铖开脱?因为对方应当很清楚,这样做,绝对不会得到他们这一群年轻领袖的同意。强行翻案的结果,很可能会导致社内的分裂。然而,令人困惑之处恰恰在这里:他们甚至不惜冒分裂的风险,也要干。这到底是为什么?难道是……冒襄心头忽然一动,脱口而出地问:

"主持今年大会的,还有一个是李舒章?"

"嗯。"陈贞慧点点头,"怎么——"

"今日之事,会不会与他们有关?"

"不会吧,舒章倒不像是那种人。"

"小弟是说,几社——"

冒襄刚把这两个字说出口,陈贞慧的目光忽然闪动起来。他回过头去,瞧了吴应箕一眼。后者的脸色陡然变了,他咬紧牙齿,重重地"哼"了一声。

虽然冒襄没有把话说完,但陈、吴两人都完全明白了他的意思。目前,复社虽说是全国最大的一个文社,但它最初并不是白手起家,而是合并了东南地区十多个小社组成的,其中包括江南的应社、松江的几社、中州的端社、莱阳的邑社、浙东的超社、浙西的庄社、黄州的质社等等。论名声之响、实力之强,除了应社之外,就要数松江府的几社。旧几社的一批人,以杜麟征、夏允彝、陈子龙这样一些有名望的人物为核心,在复社内自成派系,对社事常常保持着独立的见解。在复社的领袖张溥在世时,他们还有所节制;自从张溥于去年五月病逝之后,这种倾向就更加突出了。旧几社的一派人,对于老应社的骨干成员如孙淳、吴翻、吴应箕,以及陈贞慧、冒襄、侯方域这些新崛起的青年领袖,尤其不买账。这一次虎丘大会,就是由于他们的反对和阻挠,使吴应箕这一批人争不到主盟者的席位,而不得不让郑元勋——也就是郑超宗出来,同几社系的李雯共同担任主盟。吴应箕等人对此早已十分恼火,私下认为旧几社的那一派人这样做,最终目的是企图夺取复社的领导权。加上在对待阮大铖的问题上,几社那一派人又一向持有不同的见解。现在,会不会是他们从中捣鬼,想利用这件事来进一步打击吴应箕等人的威信? 这种可能性确实不能排除。

"如果真是几社,"陈贞慧沉思地说,"那么,虎丘大会上一场剧斗,只怕就在所难免了。"

冒襄和吴应箕也意识到事态严重,他们各自皱着眉头,谁也没有做声。

"自然,这事还仅是猜测,未必便是如此。"陈贞慧继续说,慢慢地捋着长胡子。他抬起头望了望正在沉思默想的两位社友,忽然提高了声调,讥讽地说:"不过,小弟以为他们最好不要出此下策,以免弄巧反拙,自取其败!"

"啊,定生兄是说——"冒襄迟疑地问。

陈贞慧哼了一声:"想替阮胡子翻案,谈何容易! 虎丘之上,他们不动则已,若敢动一动这个题目,我管教他这个所谓盟主,当场易人!"

吴应箕慢慢地点着头,坚决地说:"宁为玉碎,不为瓦全!万一不行,小弟也决不容彼辈如愿!"

他这样说了之后,三个朋友有好一会儿都没有再说话。最后,陈贞慧抬起头来,勉强一笑:"不过,小弟还是希望不至如此,以免社局伤残过甚。当然,也要做好准备,以防不测。所以,我们几个,还有子方他们,都一起到虎丘去,瞧瞧到底是怎么一回事。辟疆,你自然也是去的?"

"哦,小弟、小弟只怕去不成虎丘了。"冒襄忽然着忙起来,脸随即红了。

"怎么——"

"家父之事,今日刚得着信息。小弟打算明日赶回如皋,向家母禀告。"冒襄低着头说。于是,他把刚才拜访熊明遇的情形约略说了一遍。

"啊,原来令尊大人已获改调,可喜可贺!"陈贞慧拱着手微笑说。

吴应箕却没有做声。

"那么,"陈贞慧说,仍旧带着微笑,"既然令尊大人的事已见眉目,辟疆兄就更可放心去赴虎丘之会了。令堂大人处,就由贵价回去报信,也是一样的。"

"定生兄有所不知,家母荏弱多病,为此事近半年来又忧伤殊甚,已数度卧床不起,至今汤药未断。且吾家除小弟之外,别无兄弟可奉菽水。弟此次出来,固是万不得已,其实心中日夜不安,如今得此消息,正恨不得身生双翼,飞归慈亲膝前。此外万事,都不是小弟所敢过问的。"

"孝者,人之天性。弟本来也不敢相强,只是眼前此事,关乎社事全局,而且迫在眉睫,弟才冒昧相劝。其实所耽搁者,不过一二十日,还望我兄三思!"

"这……小弟正恐耽搁,才决意不赴会的。"

在一旁瞧着两人对答的吴应箕,显然越来越不耐烦。他终于插进来说:

"辟疆,你别是有点怕吧?"

"啊,我怕?"

"嗯,我瞧你是害怕几社那帮子人,你还怕得罪阮胡子,怕得罪建虏、流寇!"吴应箕的话尖刻得像一把刀子。

冒襄的脸顿时涨得通红,随即冷笑着说:"次尾兄虽欲行激将之法,其奈小弟归家之志已决,非言语所能打动!"

"嘿嘿,又何须吴某来激将?辟疆兄近半年来之行事举止,外间早已啧有烦言。不过,也许辟疆兄充耳不闻罢了。"

"次尾兄!"陈贞慧显然看出势头不对,打算加以阻止。

"不,应当说!也免得辟疆兄他日怪我等知而不言,有失交友之道!有人说,沙场将士舍生忘死,浴血苦战,为大明力撑危局,身为'复社四公子'的冒先生却为其尊大人调离讨贼前线竭力奔走,公然向朝廷上救父万言书!又说,复社诸子平日倡言忠君爱国,恪尽臣责,以士林表率自命,不知冒先生之所为,是否堪称表率?"吴应箕本来还想说下去,发现陈贞慧正拼命地朝他使眼色,才临时住了口。

冒襄像挨了一记闷棍似的呆住了。对于这一类的责难非议,他虽然已经多少估计到,但是,如今由吴应箕当面说出来,仍然使他受到猛烈冲击,感到羞愤难当。

陈贞慧连忙站起来,摇着手:"哎,没的事!别听次尾瞎说!"他转向吴应箕,继续使着眼色,"次尾,你哪儿听来这些混话?怎么我就没听到?——哎,算了,不谈这事!好端端的自家人,伤了和气,何苦来!"

第 三 章

一

　　当冒襄遭受乞丐的围困和奚落,好不容易逃进旧院的那个时刻,从大街的东头——利涉桥那边,大摇大摆地走下来四个衣冠楚楚的儒生。头里的一个,三十出头,身材高瘦,长方脸,浓眉毛,长鼻子,浑身透着精明强干的,是已故的著名东林党首领顾宪成的侄孙顾杲。同他并排走着的是一个英俊魁梧,神情骄傲的年轻人,名叫侯方域。他虽然才二十五岁,是"复社四公子"当中最年少的一个,但才华横溢,机敏狡黠,在伙伴们当中却是个出主意的角色。走在他们后面的,一个叫梅朗中,也生得身材高大,表情却开朗而活泼,平日着魔似的爱好着诗歌。另一个的年纪比其余的人都要大,名叫张自烈。他有一部乱蓬蓬的胡子和一张执拗冷峻的脸。

　　这四个人都是复社成员,冒襄的好友。今天晚上李十娘家的聚会,就是他们发起的。现在,他们一边走,一边谈论着一件什么事情。

　　"朝宗兄!"梅朗中从后面叫着侯方域的字,"你难道就当真不想想办法?"

　　"哼,我能想什么办法!"侯方域冷冷地说,并不回头,"岂不闻'天皇圣明,臣罪当……'"他没有说下去。

　　"可这分明是冤枉的呀!"梅朗中显得很着急,他跨上一步,同侯方域并排着走，"令尊大人忠贞为国，声闻宇内，怎么会跟左良玉交关欺上？"

"啊？"侯方域偏过脸来，"朗三兄说是冤枉吗？这话小弟可不敢说哩！"他嘿嘿地冷笑起来。

"可是令尊大人身陷囹圄已经五载，朝宗兄总得设法营救才是，就像辟疆兄……"

梅朗中大约想举出冒襄为父亲奔走的事来规劝对方，可是马上就被侯方域打断了：

"辟疆？人家是个大孝子，我怎能比他！他为着父亲不去打仗，可以不顾一切。这点小弟自觉惭愧，还做不来。何况——"他顿了顿，语调变得有点酸溜溜，"家父虽说也是二三十年的老官场，可要我从家里拿出几万两银子替他奔走打点嘛，见笑得很，当真也拿不出！"

"这……万一令尊大人在狱中遭逢不测，朝宗兄又岂能自安？"梅朗中有点气急。他显然弄不懂对于父亲的性命安危，做儿子的怎能这样行若无事，置之不理？

侯方域的父亲，就是最初识拔左良玉的那个东林党人侯恂，他本是明朝的兵部侍郎，五年前，被内阁首辅温体仁排斥构陷，逮捕下狱，判成死罪。虽然不久温体仁就垮了台，但这件案子却一直搁着，既不平反也不执行。直到目前，侯恂还在北京坐牢。对此，很有几个朋友替侯方域着急，但他本人却反而好像不当一回事，仍旧一天到晚东游西荡，过他公子哥儿的风流快活日子。刚才，梅朗中又一次提起这件事，但侯方域的态度还是老样子，梅朗中不禁生气起来。

这时候，同他们并排着走，一直没有说话的顾杲开口了。

"朗三！"他把长鼻子转过来，微微一笑，"你又何必发急？依我看，朝宗是有道理的，这件事急不来，只有耐着性子等。况且，朝廷目前必不会有不利于朝宗尊大人之举,他虽身陷囹圄,其实安如泰山!"

"啊,何以见得?"

顾杲撇撇嘴:"方今流寇横行,天下糜烂,朝廷所赖者,惟将帅耳。近十年来,老成可用之将,凋零几尽;惟左良玉一镇,强兵劲卒,岿然独存。彼虽骄悍难制,朝廷又安能舍之而不用?至于左镇对朝宗尊大人怀恩感激,逾于寻常,朝廷更早有所闻。所以起码,为羁縻左镇计,朝廷亦必不会有不测之举。而且——"他看了看侯方域,提高了嗓音,"小弟审时度势,朝宗尊大人之复出,已是必然之理,不出数月,当有好音!"

在这段时间里,侯方域一直不动声色地听着,直到顾杲说完了,他才仰起脸,微微眯缝着眼睛,神情显得十分得意。

"哦⋯⋯"梅朗中如梦初醒。他眨眨眼睛,还打算问一句什么,跟在他们身后的张自烈忽然扯了扯他的衣袖:"你们瞧,那边在做什么?"

大家停止了交谈,一齐抬头望去,只见离文德桥还有一箭之遥的市肆当中,停着两乘轿子,旁边围了一小堆人,一个愤怒的声音在叫:

"你得赔我,赔我!听见没有?"

"赔?叫你让道你不让,这怨谁?"一个冷冷的声音反驳说。

接着,几个人七嘴八舌地附和起来:

"谁叫你挡道?""是呀!""不摔你个跟头,够客气了!""赔?别想——"

"放屁!本相公为何得给你们让道?本相公走本相公的,你们走你们的,你们为何往本相公身上撞?你们为何不给本相公让道?"先前那个人怒气冲冲地说。听口气是一位儒生。

顾杲等四人怀疑地交换了一下眼色。

"是太冲!"顾杲果断地说。他立即加快脚步,赶上前去。其余几个一窝蜂似的跟在后头。

轿旁那几个仆役模样的汉子已经哇哇地乱叫起来:

"啊,瞧他说的!"

"茄子大个星宿,要我们给他让道?"

"笑话,没听说过!"

"咦,咦!可别小看这位相公,兴许人家还真不简单——没听说'猪圈里的黄牛'嘛!"

这时,周围已经聚拢了好些看客,听了这句促狭的调侃话,都哄笑起来。

那个儒生却不理会哄笑。他很着急地弯下腰,在一小堆东西里翻来拣去。

"哎,完啦,全完啦!"他用带哭的声音叫起来,"你们赔我书,赔我书,听见没有?"他跺着脚大嚷。原来那堆东西是书,不知为什么给乱扔在地上。

但那伙人看来是财势之家的仆役,趾高气扬惯了,又仗着人多势众,他们不再理会儒生。一个头戴瓦楞帽,身穿闪亮绸子衣服的瘦高汉子,像是个管事头儿,他挥了挥手,四个轿夫分别抬起两乘轿子,打算继续走路。那个儒生急了,只见他猛地跳起来,一下子蹿到轿子跟前,大声吼叫:

"站住!"

现在,借着夜市的灯光,顾杲他们已经看清楚,这位儒生果然不是别人,正是他们的社友黄宗羲。今晚的聚会,也有黄宗羲一份。

"嗯,是他!"顾杲迅速地回顾说。他顿时兴奋起来,领着大家兴冲冲地往前挤。

"堂堂留都之地,岂容尔等横行! 不赔书,你休想走,有本事,从本相公身上踏过去!"黄宗羲又大叫起来。由于狂怒,他的眉毛现在倒竖着,瘦小的、讨人喜欢的脸扭歪了,常常微笑的嘴角现出两道凶狠的皱纹,一向温文沉静的眼睛里,放射出吓人的光芒,看样子,他当真打算拼命了。

已经起动的轿子,被迫重新停下来。那群仆役你看看我,我看看你,似乎给这个不顾死活的书呆子弄糊涂了,不知道该怎么办才好。

"哎,怎么回事啊?"坐在前头一乘轿子里的那个人,终于生气地发问了。接着窗帘子掀起,露出来一个中年贵公子的脸。

这是一张又大又白的脸。五官端正,甚至可以说清秀,只是每一样都过于小巧玲珑,同整张脸有点不大相配。下巴上挂着疏疏的几根黄胡子。

侯方域一瞧见这张脸,不由得微笑起来。他认识这个人,名叫徐青君,是本朝开国元勋魏国公徐达的后裔。徐达死后追封中山王,他的子孙后代都居住在南京聚宝门内大功坊侧的王府里,如今轮到徐青君的哥哥徐弘基袭封魏国公,兼任南京守备。徐青君闲着无事,仗着家里有财有势,一天到晚花天酒地,走马斗鸡,享乐挥霍。他家本来已经有一所很大的东花园,坐落在教坊旁边。他还嫌不够排场,在中山府附近又建了一座更加富丽堂皇的西园,在里面广蓄姬妾,过着穷奢极欲的生活。用侯方域的话来说,此人的银子多得简直令人"恼火"。所以,现在发现同黄宗羲吵架的主儿竟然是这位大阔佬,侯方域心里就立即打起主意来。他回头看了一眼顾杲,发现顾杲目光闪动,也在瞅着自己。于是,他闭了一下眼睛,点点头。等顾杲也照样做了一遍之后,他们就彼此会心地微笑起来。

这当儿,那管事头儿已经走到轿子旁边,对徐青君躬身行礼说:"启禀二爷,这人实在太不讲理!刚才他在前头走,小的们在后面几乎喊破喉咙,他硬是不让道。是小的怕碰翻了他,惊着二爷,好心伸手扯了他一把。谁想他反倒诬赖小人把他的什么书弄损了,缠着非赔他不可,故此吵闹起来。"

徐青君扫了一眼黄宗羲,和地上那一摊显然是从臭水沟里捞上来的书,不耐烦地说:"什么了不得的事!几本破书,值得多少银子?打发了不就完了,跟他歪缠什么!"

"是!"管事头儿答应着,搔搔脑袋,走回来说,"好吧,我们二爷……"

可是黄宗羲立即愤怒地打断了他的话:"谁要你的银子!我要的是书,书!你听懂了没有?"

"哦,书……那,那是什么样的书?"

"什么样的书!"黄宗羲悻悻地摹仿着对方的口吻。由于刚才徐青君把他的宝贝轻蔑地称之为"几本破书",黄宗羲显然很不服气。他走回来,指着地上的书,生气地、故意让徐青君听见似的大声说:"你听着!就是这套宋版的《潜虚衍义》!宋版!你懂不懂?我足足在书坊里候了三年,好容易今天买到手,就被你这狗才弄到臭水沟里。你得赔我,赔我!"由于实在心疼,说到后来,他连声音也变了。

管事头儿似懂非懂地眨着眼睛,无可奈何地走回轿子旁边,启禀说:"二爷,他说……"

"混账!不管他,走!"轿子里蓦地大嚷起来。显然,徐青君的公子爷脾气也发作了。

几个仆役巴不得有这句话,连忙指挥轿夫抬起轿子。

站在场外的侯方域一瞧机不可失,他立即捅了顾杲一下,等顾杲猛地蹿出去后,他也跟着跳了出去。梅朗中和张自烈见状,迟疑了一下,也随后走了出来。

正处在危急绝望境地的黄宗羲,突然看见来了救兵,喜出望

外,他连招呼都忘了打,连连点着头,用紧张、发抖的声音说:

"你们来得好……他们欺、欺负人!"

"啊?谁如斯大胆,欺负到我复社头上来啦?"顾杲首先大声喝叫。他心思机敏,看见徐府那几个恶仆正在作势猛冲过来,如果不立即把他们吓止住,局面将会无法控制。所以一开口,他就首先把"复社"的名头亮了出来。

别看复社只是以文会友、切磋学问的一个文社,它的成员也多是一些没有功名的读书人,可是它人数众多,背后又有着一班主张开明政治的官僚撑腰;加上近十年来,通过科举考试进入仕途,跻身于各级大小衙门的复社成员,正越来越多,在朝廷和地方已经暗暗形成了一股不可忽视的势力。这批人大胆议论朝政,褒贬人物,强调君子、小人之别,对社会舆论有着很大的左右力量。而一般的官宦人家,则认为它的子弟只要加入了复社,就等于拿到了入仕做官的保票,不惜竭力扶持、巴结。所以在江南地区,特别是南京城里,提起复社,几乎是无人不知;各级官府衙门,对复社也优礼有加,轻易不敢得罪。如今顾杲一上场就先亮出招牌,凭借的正是这样一种背景。

这一手也当真奏效,那个管事头儿愕然地站住了,其余几个奴仆见状,迟迟疑疑地都停了下来。

"哦,原来是复社的相公,小人失敬了!"管事头儿呆呆地打量他们一阵,终于不自然地咳嗽一声,堆起了笑容,"不知几位相公有何吩咐?"他拱着手问。

"谁是你们的主人?请他出来!"顾杲又大喝一声。看见对方已被吓住,他暗暗放了心。他不想同这些人多费唇舌。很明白,要实现他同侯方域那个心照不宣的打算,必须直接同徐青君本人交涉才行。

"哦,是、是,呃……不过,相公们如有吩咐,对小人说——嗯,也是一样的。"管事头儿的态度更加恭谨。不过,瞧得出来,他是捉摸对方来意不善,怕出意外,打算挡驾。

顾杲勃然大怒,"胡说!"他厉声呵斥说,"少啰嗦,去!"

"嘻嘻,谅你这小老儿有多少斤两,能代替你们徐二爷?"侯方域在旁边嘻嘻哈哈地帮腔,"快,去吧,就说复社的顾杲、黄宗羲、张自烈、梅朗中,还有区区——侯方域在此,恭请徐二公子出来,有话要说!"

侯方域这几句话轻轻巧巧一说出口,周围看热闹的人登时骚动起来。这几个名字都是复社当中响当当的角色——崇祯十一年,复社诸生发表《留都防乱公揭》,声讨阮大铖,署名的共有一百四十人。头一名就是顾杲,第二名是黄宗羲。张自烈、梅朗中也在其内,这件事当时轰动了南京城,不少人记忆犹新。现在,听说眼前这几位儒生,就是当日那些风云人物,都不由得指指点点,低声议论起来。

那个管事头儿似乎也明白对方来头不小,不敢再怠慢拖延。他慌慌张张地走回轿子跟前,照实向徐青君禀告了一遍。然后,他就退开一步,低头垂手,恭候主人出来。

如今,围观的人越来越多。大家知道今晚准有好戏可瞧,都怀着极大兴趣,目不转睛地一齐盯着徐青君的那乘轿子,屏气静息地候着这位花花太岁出场。

谁知大家伸长脖子等了好一会儿,那乘轿子的帘儿仍旧静静地垂着,纹丝不动。别说看不见徐青君的身影出现,甚至连他的声息都听不到。

那管事头儿感到莫名其妙。他望了望绷着脸的顾杲,只好硬着头皮又上前低声禀告一遍。

"不,我不出去!我不要见他们!"轿子里冷不丁尖声大叫起来。

人们吓了一跳,怔住了。当听明白那是徐青君恐惧气急的声音时,便迸发出一阵哄笑。

顾杲同侯方域交换了一下眼色。等周围的目光开始集中到他们身上的时候,他就从长鼻子里冷笑一声,双手交叉在胸前,抬头望着天空,不紧不慢地说:"好吧,徐二公子既然不肯赏脸,我们就恭候到底。反正,今儿这事不分辨个水落石出,徐二公子休想离开此地。"

"要是他徐二爷敢派人回去搬兵,我们复社同人,也自有办法对付——子方兄,你说是吗?"侯方域笑眯眯地对顾杲说。其实,他是担心对方会来这一手,因此预先提出警告,使之不敢妄动。

"哎,要是徐二公子逃回家去,关上大门不出来,那可怎么办哪?"事先得到侯方域示意的梅朗中,装出一副天真无邪的样子问。

张自烈老气横秋地沉着嗓子:"哼,除非他一辈子不出门,否则,我们总有法子找到他。"

听着社友们一唱一和,夹在他们当中的黄宗羲仿佛忘记了他的那套宝贝书《潜虚衍义》。他睁大眼睛看看这个,瞅瞅那个,露出又惊奇又好玩的神情。

"胡说!叫他们走!我不见他们,我为什么要见他们?"轿子里的徐青君,忽然又大发脾气地叫起来——这是管事头儿见这样泡下去不是了局,又一次劝说主人出来。他却不知道,徐青君深知这班士子厉害,怕得要死,哪里敢出面相见?

然而,这样一来,复社方面的几个人也没有了主意。大家不约而同地把目光集中到侯方域身上。

侯方域依旧纹丝不动地站着,嘴边挂着微笑,显得满有把握。大家见他这样子,只好重新回过头去,继续僵持着。

时间一点一点地过去,周围的看客开始感到不耐烦。有人大声地打呵欠,有些开始走散。终于,侯方域似乎也有点沉不住气了。他向前跨出一步,清清嗓子,正要说话。

就在这时,从事情发生以来,一直没有任何动静的另一乘轿子里,忽然走出来一个人。他大约六十岁不到,中等身材,头戴方巾,有一张质朴的脸,头发胡子都斑白了。他匆匆走向前一乘轿子,隔着帘子同里面的徐青君低声交谈了片刻,然后快步走上前来。

"诸位先生,"他拱着手说,"在下计成有礼了!"说着,深深作下揖去。

顾杲等人本来已经灰心失望,不知如何收场,忽然出现了转机,不禁喜出望外,于是纷纷谦让起来,各自还了礼。

"方才诸位先生要见青君兄,只因青君兄身体欠安,无法下轿相见,不胜愧歉,尚祈诸位先生见谅。"计成说着,又作了一揖。

这一次,顾杲等人交换了一下眼色,都没有做声。

计成接着又说:"青君兄的家仆冒犯了黄先生,还损坏了黄先生的宝籍,青君兄心中十分不安,特请小弟代向黄先生谢罪!"说完了,他朝黄宗羲又是一揖。

顾杲见他左一揖右一揖,没完没了,心里又不耐烦起来。没等黄宗羲做出表示,他就冷笑一声,说:"嘿,难道徐公子打算这样就完了么?"

"哦,不,不!"计成急急忙忙地笑着,"青君兄情愿赔偿黄先生的宝籍。只是宝籍已然破损,原物奉还,急切恐难做到。青君兄意欲加倍偿还所值,请黄先生赐示数目,青君兄无不乐从。"

顾、侯二人捣了大半天的鬼,目的正是要等着这句话。至于这句话是由徐青君本人说出来还是由他的代表说出来,他们倒不在乎。何况,计成事先曾同徐青君商量过,这句话无疑也是姓徐的意思。因此顾杲一听,脸色便缓和下来。可是侯方域却皱起眉毛,现出为难的神色。他回过头,用犹豫的口气问:"太冲,你可都听见了?按说呢,此书实在得来不易,我见犹痛!此议碍难应允。

不过,看来事出无意,对方如今确有为难之处,这位计先生又一片好意……唉,你就瞧着办吧!"说着,暗中扯了扯顾杲的衣袖。

顾杲正听得发呆。他猛地回过神来,急急忙忙地说:

"正是正是,我看也只好如此。只是——太冲,可不能太轻饶他!"

梅朗中本是个性情随和的人,他见顾、侯二人都转了口风,也就随口帮腔说:"太冲,事到如今,只有自认晦气,图个善休,不吃亏,也就算了。"

张自烈却没有做声。他显然已经心里有数,正大睁着一双固执的眼睛,在等着看下文。

听见社友们都在纷纷劝说自己,黄宗羲那张瘦小清秀的脸蓦地红了。他低下头去,皱着眉毛想了半天,终于,无可奈何地点了点头。

侯方域一见黄宗羲同意,他立即朝顾杲使个眼色,两个人便一齐走开去,凑着脑袋喊喊嚓嚓地商量起来。

黄宗羲抬起头,迷惑地瞧了一眼两个朋友的背影,仿佛奇怪他们还要捣什么鬼。看来,这会儿他已经想通了,脸色渐渐平和下来。他犹疑地瞧着计成,终于走上前去,拱拱手说:"多承计先生周全此事。非是在下有意如此,实在是此书得来不易,一旦失之,实在痛心。适才冒犯车驾,不胜抱歉。"

计成恭谨地笑着,恳切地说:"黄先生言重了!彼此都是读书人,谁不知善本难得!只怪手下人太过孟浪,令人思之扼腕!"

黄宗羲被对方的话又撩动了痛楚,他长长叹了一口气:"不瞒先生说,为此书在下足足候了三年。价钱呢,倒不算太贵,十六两银子……"

话还没有说完,侯方域已经走过来。顾杲却在远处叫:"太冲,你过来!"

黄宗羲朝计成匆匆点一点头,转身向顾杲走去。

侯方域不知道听见黄宗羲刚才的话没有,他若无其事地对计成说:"计先生,劳烦你了!按说呢,区区一套书,本来也所值无多,惟是这套《潜虚衍义》是极难得的珍本,太冲兄为它足足耗了三年心血,被贵价毁了,实在无法甘心!本拟定要原书索还,如今碍着计先生金面,忍痛允许以值代书。然而,也不能过于草草。"说到这里,他停下来,不慌不忙地伸出一个手指头,斜睨着计成说:"这百金之数,只怕比较相宜。"

计成本来一直赔笑听着,这时脸色蓦地变了。他愕然地抬起头:"啊,怎——怎么要这许多?"

"怎么是'许多'?"侯方域顿时沉下脸,"这套《潜虚衍义》,据我们所知,极可能就是嘉靖四十一年从严东楼府中查抄出来的那一套,只怕已是海内孤本。百金之值,还是低的呢!"

"可是适才黄先生说,他买下时才花了十六两银子!"计成忍不住争辩说。

侯方域冷冷地道:"买下时是买下时,现在是现在。要是徐二公子以为不值百金之价,也可以,就请再寻一套同样的来赔与黄先生;或者——"他挖苦地微微一笑,"计先生家中藏有此书,愿意拿出来代徐公子赔偿,也极表欢迎!"

计成倒抽一口凉气。以自己数十年闯荡江湖的经历,他明白这回碰上了"硬头船"——眼前这个人,绝不是言辞所能打动的。他略一沉吟,终于苦笑着说:"此事在下也无能做主。请侯先生稍待,在下回明青君兄,却来作复。"

说完,他垂头丧气地转过身,朝轿子走去。

这时,黄宗羲同顾杲匆匆走了过来。黄宗羲大约已经从顾杲口中听说了他们所开的价钱,而且两人之间有过争论,所以此刻的脸色都显得很不好看。当黄宗羲问明侯朝宗已经把索价报给了对方,就顿时气火起来。

"不行,不行!书是我的,你们不能这样做!"他大声地说。

侯方域怔了一下。他迅速地瞥了瞥周围的观众,脸上随即露出习见的轻松愉快的笑容:"太冲兄……"

"算了!"黄宗羲粗暴地打断了他的话,"你们,你们这是要陷我于不义!"他咬着牙说。

侯方域那张英俊、白皙的脸刷地红了。他的眉毛倒竖起来,眼睛也瞪圆了。一句激烈的话显然已经冲到嘴边,然而不知为什么,却没有说出来。终于,他冷笑一声,转过脸去。

"太冲,"一个老气横秋的声音忽然响起来,那是张自烈,他已经好久没有说话,"你先别急,朝宗不过是替你讨了个价,还不知对方怎样还价哩。你要不愿意,待会儿还可以变嘛!"

这句话倒也在理,说得大家都沉默下来,一齐朝对面望去。

这当儿,计成显然已经同徐青君说妥了。只见他不慌不忙地重新走回来,微笑着对大家拱拱手说:"上复诸位先生,这百两之数,青君兄已然认可,并无异议。多劳诸位合力排难解纷之美意,青君兄命在下代他向诸位先生谨表谢忱!青君兄还说,宝籍既是孤本,百两之数,只怕委实有屈黄先生,青君兄愿再加五十两,实赔一百五十两!"

计成这话一说出口,全场顿时轰动起来,有人大声叫好,有人疑心自己是不是听错了,一时间议论纷纷,都说徐二公子果然富可敌国,这一手露得着实漂亮,既大方,又够面子。自然,也有人替黄宗羲他们担心:哎,这一来他们可怎么下台啊!

复社的几个人你看我,我看你,都不由得呆住了。他们完全没料到对方会答允得如此爽快,他们还准备讨价还价。然而,眼前的对手却比他们所估计的厉害得多!他不只赔得起,而且还甩得起——你们不是要敲他一百两吗?他甩给你一百五十两!不错,这一回银子是到手了,而且还多出了一半,可是脸面却要他妈的丢尽了!侯朝宗呀侯朝宗,你这才叫弄巧反拙呢!赶明儿传开去,我们复社还拿什么脸去见人?

"哦,这是一百五十两银票,敬请黄相公笑纳!"

计成恭谨的声音在一片喧闹中响起来。原来,那个管事头儿已经即时写好银票,送了过来。

复社的几个人顿时变得有点不知所措。黄宗羲显得更加狼狈,他恨恨地瞪了侯方域一眼,赌气地背过脸去。

周围的人又重新静下来。大家都饶有兴味地注视着,想看看复社的人到底敢不敢接受这张如此烫手的银票。

这时,只见一直在转着眼珠子的侯方域,忽然哈哈大笑起来。他上前一步,一手接过那张银票。

"多谢,多谢!"他拱着手对计成说,"不想徐二公子果然是位快人,侯某至为佩服!不过——"他转向围观的人群,提高了嗓门,"倘若有哪一位认为,今晚我等数人在此之所为,乃是觊觎徐公子的钱财,那又未免太小看我复社了!现今,侯某在此郑重声言:这一百五十两纹银,除开其中十六两仍扣除偿还黄太冲先生之书值外,其余一百三十四两,我们分文不取,全部用来赈济饥民!明朝一等兑换到现款,立即交托施粥厂发放!"

侯方域本来就善于辞令,而且声音洪亮,这一番堂堂正正的话,通过他的嘴巴一板一眼,抑扬顿挫地说出来,不但清楚地送进了每一个人的耳鼓,而且扣动着他们的心弦。全场静了一下,忽然震天价响地喝起彩来:

"好啊!"

"真没想到!"

"太妙了!"

"复社就是好样的!"

…………

　　人们用惊喜、钦佩、赞美的语言由衷地欢呼着。这欢呼声远远胜过了刚才计成宣布徐青君的答复时所引起的骚动。它此伏彼起，经久不息，从市肆升腾起来，在秦淮河上空盘旋、回荡，然后远远地飘散开去……

　　顾杲、梅朗中、张自烈这才松了一口气，暗自叫声"惭愧！"至于黄宗羲，虽然余气未消，但对于侯方域的应变本领也不由得暗暗点头。忽然，他想起了徐青君，连忙转动着眼睛，想寻找刚才那两乘轿子和那一群仆人。可是他再也找不到了——不知什么时候，徐青君一行已经悄悄溜跑了……

二

　　冒襄因为不肯到苏州去参加虎丘大会，同吴应箕发生了争执，陈贞慧夹在当中，左右劝解。正在不可开交的时候，顾杲、侯方域等人闹闹嚷嚷的声音已经来到了门外。陈贞慧朝冒、吴二人做了个手势，意思是："你们别吵了，别吵了啊！"然后，他转过身，匆匆迎出门去。

　　"姗姗来迟，该当何罪？"

　　刚走到门口，顾杲已经一步跨了进来，陈贞慧就站住脚，拱着手含笑问。

　　"哈哈，你们瞧！这话向来只有我们问定生，今儿破题儿第一遭，给他占了个先，就这么神气了！"顾杲兴冲冲地叫。

　　"啊，定生兄，你不知道，我们干了一件何等痛快的事！"跟着走进来的黄宗羲急匆匆地说。他的眼睛闪闪发光，热切地瞅着陈贞慧。要不是侯方域随后就走了进来的话，他必定会马上就把刚才发生的一切告诉陈贞慧。

侯方域拦住了黄宗羲。

"失期当死,请赎为庶人!"他昂然地说,朝陈贞慧一拱手,然后,像变戏法似的,从袖子里掏出那张一百五十两的银票,双手捧着,高举过头:"望乞哂纳!"

陈贞慧微微一笑。这微笑显示着他对于伙伴们这种煞有介事的表演是多么熟悉,而且料定这一次也并无特异之处。他随手接过银票,扫了一眼,蓦地,微笑消失了。他走到灯前,将银票反复地看了几遍,抬起头,怀疑地问:"嗯,这是怎么回事?"

顾杲等人交换了一下眼色,对那张银票所引起的效果显然颇为满意。

同张自烈一起走进来的顾眉,露出莫名其妙的神气。她好奇地凑近陈贞慧身旁,歪着头儿看了一眼,目光随即闪动起来。她用袖子掩着嘴儿一笑,瞅瞅侯方域,又瞅瞅顾杲,好像催促说:"是呀,这可是怎么回事呢?"

"君试思之!"顾杲洋洋得意地卖着关子。

"我如何猜得着!"陈贞慧双手一摊,"终不成是他送你的吧?"

"当然——非也!"

"那么,"陈贞慧苦笑着,"是你们敲诈来的?"

顾杲瞧了瞧侯方域,然后摇晃着脑袋,像吟诵诗书似的:"哎——思过——半矣!"

陈贞慧吃了一惊:"什么?你们这是——真的?"他的语气急促起来,"这、这,我不是早就劝你们,别干这种事!怎么现在又——"

这时候,吴应箕在冒襄身边待不住,他沉着脸走上来,拿过银票看了看,冷冷地说:"原来是此公!为富不仁,取不伤廉,我看无须紧张!"

"定生兄,此事并非尽如你之所料呢!"黄宗羲连忙插嘴说。刚才,他因别人利用他来敲诈徐青君大为恼火;现在,他又急急忙忙替他们分辩了。于是,他连说带比画,把刚才路上发生的事情一五一十地陈述了一遍。

陈贞慧用心地听完之后,想了想,终于无可奈何地点点头,说:"若是如此,总算还无伤大体。只是这一百五十两银子,除扣下书款外,须得尽数拿去放赈才好。"

黄宗羲毫不犹疑地说:"这个自然!"

陈贞慧不放心,又问:"朝宗兄也是此意?"

侯方域笑了一笑:"我么?这一百三十四两足色纹银,小弟之意,是交给眉楼主人,再邀上十娘、赛赛几个,把张燕筑、吴章甫、盛仲文也叫来,与诸公共谋一夕之欢——岂不比拿去放什么劳什子的赈,痛快得多!"

听他这样一说,不但陈贞慧皱起了眉头,连黄宗羲也变了脸色,倒是顾杲收起了开玩笑的神情,他说:

"定生兄,你莫听朝宗混说,我们本来就说定了拿去放赈的。不信,你问朗三!"

梅朗中一进屋,就同李十娘站在一旁,悄悄地咬耳朵,听了这话,他高声答应说:"正是正是,放赈放赈!"

陈贞慧的脸色这才舒展开来。他叹了一口气,说:"非是小弟胆小怕事,有道是树大招风——近数年来,我社声誉日隆,拥护者固然甚多,侧目者亦复不少。更有无耻小人,从中播弄,图谋倾覆社局。向者周之夔、陆文声之事,便是显证。幸赖皇上圣明,未容此辈如意。惟是其心不死,仍时刻窥我错失,思欲一逞。故此我等总要检点行止,勿要授人以柄才好。何况——"他似乎想继续说下去,临时又忍耐住了,只是轻轻摆了一下手。

于是,大家重新行过礼,然后脱去外衣,随意地坐了下来,一边喝茶,一边闲聊。冒襄今晚是主要的客人,所以大家都照例同他寒暄几句。他虽然窝着满肚子委屈,也只好强打精神应酬,不过神色之间,总透着不大自然。幸而后到的几个人随即忙于同顾眉、李十娘打趣说笑,没有觉察。至于黄宗羲,当他发觉吴应箕在场之后,就时时瞅着他,露出亲切的、急于要同他说话的神气。所以,黄宗羲现在便迅速走到吴应箕跟前,并且立即同他谈起来:

"啊,次尾兄!可记得去岁在杭州,我们曾论及田制之事么?"他兴冲冲地说,不待吴应箕答话,马上就接下去,"数月来,小弟思之再三,如欲匡时除弊,惟一之法,便是恢复先王井田之制!"

"哦?"

"小弟以为,当今钱粮匮乏,国用不足,其源盖出于田制之弊!田制之弊,则在贵戚官绅仗势侵夺民业,遂致官庄之田日广,而小民之田日缩。即以苏州一府而论,几乎至于无地而非官田,民田仅占十五分之一。现今国家困于战乱,用度浩大,赋税日增;而富豪之家,不肯加额,结果便一并征之于小民百姓。小民不堪重负,惟有弃田逃亡。于是乎,不只国家之赋税,年年大量缺额,无法完成;而且逃亡之民,饿死沟壑者有之,倡乱造反者有之,尽成祸乱之源。时至今日,此事已几至积重难返,倘不急图改革,只怕局面一溃,就无可收拾了!"

吴应箕此刻显然没有心思讨论这类问题,他含糊地点着头:"嗯,你是说,恢复井田制……?"

"啊,你听我说呀!"黄宗羲兴奋地叫,全然没有觉察对方的情绪。他深深吸了一口气,开始从井田制的历史和作用说起,然后将它同目前的田制进行比较。他自信地、匆忙地说着,显然打算把几个月来,他对这个问题的研究结果,一股脑儿都摆出来。他并不考虑急急忙忙这样做到底有多大必要,也不考虑在这样一种场合谈论这么严肃的问题是否适宜。他只是觉得这个问题很重要,而自己经过艰苦的努力,为解决这个问题所设想的一套,看来是可行的。他急不可待地要把它说出来,因为它作为一种成熟了的思想,在他的心中已经憋了好些时候了。正如一个足了月的婴儿,要挣脱母体,以大哭大叫向周围宣告他的诞生一样。而婴儿的呱呱坠地是从不理会场合和旁人态度的……

然而,黄宗羲并没有能把他的见解陈述完毕。一个十三四岁,长得挺秀气的丫环从屏门后面转了出来。

"各位相公、阿娘,请到花厅入席。"她行着礼说。

黄宗羲怔了一下,犹疑不决地瞧瞧神思不属的吴应箕,终于无可奈何地挥一挥手,闭上了嘴巴,同大家一齐起身,朝后面走去。

花厅的面积不大,同样布置得异常雅洁,当中已经拼起了一张大圆桌,桌上的青花细瓷食具,在灯烛的辉映下熠熠生光。李十娘的鸨母,正领着两个丫环张罗着,看见客人们进来了,她们就一齐上前,敛衽为礼。

客人们走到桌前,就站住了。陈贞慧上前一步,开始给大家定座。因为是相知雅集,也不必弄那些开桌送酒的虚套,只请冒襄坐了首席,依次是吴应箕、张自烈、顾杲、黄宗羲、梅朗中、侯方域。陈贞慧自己坐了下首的主位。李十娘和顾眉,就分坐在冒襄两旁。

鸨母等客人坐定之后,吩咐两个丫环几句,就退了出去。李十娘和顾眉从座位上盈盈站起来,开始给客人斟酒。

"眉娘!"侯方域转脸瞅着顾眉,用了一种愉快的、轻松的声调说,"今儿晚上,我只当你不会来了呢!"

侯方域同顾眉,不久前很要好过一阵子,可是今晚进门以来,他一个劲儿只同李十娘周旋亲热,对于顾眉,却明显地有意回避和冷淡,正式冲着顾眉说话,这还是第一句。

"为什么?"顾眉问,没有停止斟酒,也没有回过头来。

"嘻,还装糊涂呐! 自然是龚孝升啰!"

"啐,没有的事!"顾眉红了脸。

侯方域冷笑一声:"没的事?这事瞒得了别人,须瞒不过我侯方域!"

顾眉不响了。

"什么?孝升?""孝升怎么了?""朝宗,怎么回事啊?"大家好奇地追问。

侯方域拿起筷子,从盘子里拣了一颗鸽蛋,放进嘴里慢慢嚼着,一边瞅着顾眉,装出一副欲言又止的神气。

顾眉忽然朝侯方域转过脸来,用她那双又大又深沉的眼睛凝视着他,长长的睫毛微微颤动着。一会儿,她眯缝起眼睛:"你敢!"她吓唬说,"看老娘不老大耳刮子扇你!"

大家不由得一怔,随即"哄"地笑了。这笑声是欣赏顾眉的大胆放肆,出语惊人。事实上,善于恰到好处地撒野、放泼,正是顾眉显得与众不同的迷人之处。

侯方域却没有笑。在受到顾眉蕴含深意的凝视当儿,他的表情不由自主地变了。一丝自知理亏的愧色,从他那白净的、骄傲的脸上闪现出来。他的嘴角牵动一下,竭力要做出一个微笑,结果却违反本意地避开了顾眉的眼睛。

"十娘准知道,问她好了!"正当大家有点纳闷,梅朗中忽然冒冒失失地说。自从进门之后,他的眼睛大部分时间都围着十娘转。他柔声地问:"十娘,告诉我,唔?"

李十娘脸一红:"奴家、奴家怎么晓得?只怕、只怕侯相公说着玩儿,也未可知……"她讷讷地说,向梅朗中投去责备的一瞥,低下头去。"你真笨,怎么当众问我?眉姐姐不肯说的事,我敢揭破她么?"她仿佛这样说。

"嗯,我知道!"一个低沉的嗓音从李十娘身旁响起来,那是张自烈。他的脾气有点孤僻,进门以来几乎没有说过一句话。他这会儿突然开口,大家都感到意外,不约而同地望着他。就连顾眉也收起了放荡不羁的劲儿,疑惑地睁大了眼睛。

张自烈却没有立即说下去,他举起酒杯,呷了一大口酒,不知为什么意态有点萧索。"这是孝升亲口告诉我的。"这样说了一句之后,他又住口不说了,神情却变得越来越颓唐。

"酒!"他说,指一指杯子。

大家目不转睛地瞧着他,感到惊疑不定。梅朗中慌里慌张地端起酒壶,给他斟酒。

这时,只听张自烈呻吟似地吟诵起来:"舞榭歌台,风流总被雨打风吹去……"

这样吟诵之后,他就一手抓起酒杯,猛地喝下去,随即瞪着眼睛,把正在发怔的朋友们一个接一个地扫视一遍。

"怎么,啊,不明白?"他突然没头没脑地问,一副怒气冲冲的样子。

"啊,莫非眉娘要归龚孝升了?"梅朗中冲口而出地问。他平日嗜诗如命,当然知道张自烈刚才所诵的,是南宋词人辛稼轩的名作《永遇乐》中的几句。

张自烈点点头,长叹一声,说:"孝升同眉娘已有百年好合之约,花烛迎娶,只是年内之事了!"

其余的人本来也隐隐猜到是这么回事,但张自烈正式把它说出来之后,大家仍然忍不住"啊"了一声,随即不知为什么,也像刚才张自烈那样,一个个变得沉默起来。

"孝升"是合肥才子龚鼎孳的字。他在江南文坛中,也是个知名人物,更兼年少得志,八年前就中了进士,在湖北蕲水做了几年县太爷,如今被召往北京,准备另有任用。人人都说他来日方长,前程无量。顾眉急于选婿从良,她跟侯方域的交情本来不错,但侯方域的态度忽冷忽热,令她无法把握。最近龚鼎孳途经南京,有人便从中撮合,果然一说便成。这在顾眉私心中,是颇为满意的。刚才她阻止侯方域说出来,无非是她还打算向他私下有所解释。到了张自烈说话的当儿,顾眉知道事情藏不住,已经准备着大家起哄,并且想好了一番应付的话。谁知,出乎她的意料,筵席上到头来却是一片静默——陈贞慧和侯方域微微低着头,仿佛在沉思;顾杲吃惊地张大了嘴巴;冒襄和吴应箕各怀心事地皱起了眉毛;张自烈一个劲儿地喝酒;梅朗中的眼光仍不住往李十娘身上溜;后者却垂着头,仿佛在黯然自伤。只有黄宗羲泰然自若,摆出一副事不关己的神气……

顾眉忍不住了。

"哎,怎么啦?莫非这有什么不好?"她诧异地问。

大家如梦初醒地动了动身子,互相交换了一下眼色。

"哦,好极好极!"侯方域首先打着哈哈说,"孝升一代才人,英姿秀发,得眉娘入辅中馈,正所谓鱼水相得。他日龙云俱化,只怕要羡煞我辈了!"

"那你们怎么一个个都板着脸儿,倒像奴家做了什么错事似的?"

"这——"侯方域不自然地笑了笑,"我想大家是有点舍不得你之故吧!"

"啐……"顾眉绯红了脸,"侯相公又开玩笑了!"

"不,朝宗说的是实话!"顾杲一本正经地插嘴说。然后,像征询意见似地望了望在座的人。大家都不自然地点了点头。李十娘的眼圈儿已经开始发红,显出随时要哭的样子。

顾眉瞧瞧这个,瞧瞧那个,不禁呆住了。

"嗯,你不妨想想,要是今后筵席上少了眉娘,我们会快活么?"侯方域说。这一次,他的语气十分真诚。

"唉,想到今后再也吃不着眉楼的蒸鳗和爆蟹,我现在就难受极了!"梅朗中可怜巴巴地说。

顾杲沉思着点点头:"要是南曲没有了眉楼,只怕就不再成其为南曲了!"

这几句话,正说中了在座的人此时此刻的心情,大家又沉默下来。

渐渐地,响起了轻微的啜泣声。那是李十娘。她掩着脸,背过身子去,瘦削的双肩,在沉香色妆花绸女衣下面可怜地抖动着。接着,顾眉的眼圈儿也红了,她从身边取出一方手帕,开始抹眼泪。梅朗中不安地转动着高大的身躯,瞧瞧这个,又瞧瞧那个,不停地眨巴着眼睛,嘴巴一扁一扁的。忽然,他"哇"的一声,伏在桌上,嚎啕大哭起来。

其余的人默默地瞧着,一个个脸上现出凄惨的神色,谁也没开口去劝止他们。

就在这当儿,一个愤怒的、着急的嗓音忽然传遍了整张桌子:"诸君今晚来此,莫非就是为的效'新亭之哭'的么?"

大家回过头去,只见黄宗羲一张瘦小的脸涨得通红,神情显得异常激动。他大声地说:"辛稼轩生当宋室南渡之际,其时偏安日久,主上昏庸,文恬武嬉。忠义之士,空怀报国之志,请缨无路,故发此悲愤之声。然而,即令在彼时,辛稼轩亦不过栏杆拍遍,壮怀激烈,未尝一做儿女之态!今我大明祖宗二百七十年基业,仁德广被,恩泽深厚。虽有建虏、流寇交相为患,终未能动摇我天下一统。而况当今圣上,宵衣旰食,励精图治,此正仁人志士用命之秋也!何以诸君不图壮举,反咨嗟掩泣,若不胜情者!岂不怕失笑古人于地下乎?"

这一顿数落激昂慷慨,义正辞严,把大家说得你望我,我望你,倒有点不好意思起来。梅朗中赶紧停止号泣,擦干眼泪。

这时候,陈贞慧站了起来。他说:"太冲责备得对!我们快别再效儿女之态了!眉娘天人之姿,偶谪风尘。今日得此归宿,正是可喜可贺。来,我们贺她一杯!"

他说着,拿起了酒杯。大家也纷纷举杯。顾眉显然十分感动。她又是笑又是抹眼泪,给大家一连灌了三杯,鲜润娇美的脸上,顿时升起了两朵红云,越发显得美艳绝伦。座上倒有一大半的人,都情不自禁地被她吸引住了。大家嘴上不说,心里都暗暗妒羡:龚孝升当真是艳福不浅呢!

陈贞慧等李十娘替大家重新斟过酒之后,接着又说:"今夕之会,还有一事值得庆贺——"他把眼睛转向开席以来,一直显得闷闷不乐的冒襄,用严肃、庄重的声调说,"适才辟疆从熊大司马的府上来,得知消息,他尊大人调职改任之事,已蒙当道允准,邸报不日可下。诸位,夫孝悌者,乃君子立身之本。辟疆近半年来,为其尊大人之事,含悲奔走,不遗余力,孝义之声,竦动朝堂。此正是我复社君子之本色。可敬可颂。然而,适才听次尾说,竟有若干社外小人,借此为题,妄加攻讦,以图达彼危倾我社之目的,可谓蚍蜉撼树,不知自量!凡我同仁立身于世一日,断不容彼辈猖狂!未审诸位以弟之言为然否?"

陈贞慧的话音刚落,座上立即有几个人大声叫嚷起来:

"当然!""他们休想得逞!""辟疆恪尽孝道,堪为同人表率,岂容鼠辈污蔑!""辟疆,小弟敬你一杯!""对,对!辟疆兄,我们都支持你!"

在吵嚷声中,陈贞慧把眼光转向吴应箕,显然希望他能有所表示,以消除他与冒襄之间的芥蒂。可是吴应箕一言不发,固执地扭过脸去……

这时候,冒襄站了起来。他谁也不看,沉着嗓子说:"多承诸位仁兄维护,冒襄不胜感激。是非自有公论,小弟在此也无须多言。来日方长,小弟总有机会向世人证明,冒襄绝非欺世盗名、贪生畏死的懦夫!"

几句话,说得斩钉截铁。大家都哄然叫好。于是,在闹哄哄当中,彼此干了一杯,筵席上的气氛终于变得热烈起来。

三

这当儿,一个丫环来上菜,这是一盘白汁鱼块,热气腾腾地散发着诱人的香味。大家举箸,各自尝了一口,都纷纷点头,说这鱼肉的滋味真是鲜极了。梅朗中更是赞不绝口。他笑眯眯地问:

"十娘,这是什么鱼?难为你家厨子烧得这么香!我怎么从不曾尝过这等美味?"

李十娘抿着嘴儿微微一笑,说:"你猜!"

梅朗中又拣了一箸鱼,放进嘴里,闭上眼睛品味了半天,然后睁开眼睛,摇摇头说:"嗯,猜不出,猜不出,各种各样的鱼我吃过不少,从没有这种味儿的!"说着,他又拣起一块,打算再度品尝。

"朗三!你这样狂啖不止,还要命不?"顾杲大惊小怪地叫起来,"你知道么,这是河豚!"

梅朗中已经把鱼肉放进口里,一边说:"为什么不?这好吃嘛……"蓦地,他全身一抖,停止了咀嚼,瞪大了眼睛:"你说什么?"

"这是——河豚!"

梅朗中"啊"了一声,连忙把嘴巴里的鱼肉吐出来,颤着声儿问:"这是,这是那种有毒的河豚?"

"废话!天下哪有无毒的河豚——哼,你吃了这许多,这回非中毒不可!"

"啊,可是你,你们……"梅朗中的脸色开始发青,舌头也有点不听使唤了。

"别怕,奴家的河豚毒不死人的。"李十娘微笑着说。

但梅朗中没有听见,他呆呆地坐着,脸上现出古怪的表情。忽然,他用手捂住嘴巴,飞快地站起来,跌跌撞撞地朝外奔去。门外立刻就响起了"啊、啊"的呕吐声。

在座的人都忍不住大笑起来。两个丫环忍住笑,连忙奔出去伺候他,李十娘也站起来帮忙,又是送水漱口,又是递手帕揩脸,来来回回地忙了一阵,梅朗中这才由丫环搀扶着,面色苍白地慢慢走回来。

"朗三,亏你还是个诗翁!岂不闻东坡诗云:竹外桃花三两枝,春江水暖鸭先知。蒌蒿满地芦芽短,正是河豚欲上时——何等闲适风雅!像你方才这样狂呕滥吐,岂止大煞风景,若是东坡地下有知,简直会勃然大怒,把你逐出门墙哩!"侯方域一边说,一边向大家递着眼色。

梅朗中苦着脸:"河豚我是发誓不吃的。况且,我只学唐诗,不学宋诗,苏东坡也无奈我何!"

大家又笑起来。等笑声停止之后,陈贞慧捋着胡子问:

"十娘,我于这河豚亦向来颇有戒心。因闻此物味美而有剧毒,食之不慎,便有性命之虞,所以东坡又有'拼死吃河豚'之说。不知以何法处置,方能稳妥?倒要领教!"

李十娘还没开口,顾眉在旁边已经"嗤——"地笑出声来,她说:

"陈相公,怎么连你也真信了顾相公那句话?——这哪里是河豚肉,这是鮰鱼罢啦!"

陈贞慧"噢"了一声,露出半信半疑的神气。

李十娘连忙说,"这真是鮰鱼。苏东坡诗里说,'粉红石首应无价,雪白河豚不药人。'便是此鱼了。"说着,又瞧瞧大家,抿着嘴儿微笑说,"诸位相公难道竟不知仪征的'假河豚'么?"

在座的人中,除了顾杲、侯方域早就知道这不是河豚之外,其余几个也有瞧出不大像的,只是看见顾、侯两个煞有介事地吓唬梅朗中,反弄得糊涂起来,直到这时,才恍然大悟。

陈贞慧偶一回头,瞥见站在一旁侍候的两个小丫环正用袖子掩着嘴儿在笑,就问:"咦,你们两个笑什么?"

两个丫环对望了一眼,其中穿葱绿袄儿的那一个歪着脑袋笑说:

"河豚的眼有毒,吃时须先去眼。这鱼有眼,显见就不是河豚。当初梅相公若是晓得有这分别,也就不会……"她抿嘴一笑,没有说下去。

黄宗羲把桌子一拍,高声说:"也就不会平白无故地大吐一场了!"

大家怔了一下,随即又笑起来。梅朗中起先还生气地噘着嘴巴,可是到底撑不住,也就跟着笑了。

黄宗羲却没有笑。他感叹地说:"皆因平日不食河豚,便不知其无目,遂致一旦鱼目当前,竟茫然不识。朱子云:格物致知。今夕之宴,我于此语又得一证!"

"说起朱子,我又要骂艾千子了!"沉默了许久的张自烈忽然说,"千子口口声声标榜什么'以欧曾之笔墨,诠程朱之名理'。他全不知程朱的名理,必要身体力行,心有所得,才发而为言。像千子这等不行不思,终日以挦扯前人讲章为事,又有何名理可言!"

黄宗羲瞧了张自烈一眼,点头说:"很是很是!即便是欧曾之笔墨,也全仗一点真情,喷薄而出,所以波澜开合,汪洋恣肆。千子竟欲以之纳入八股成法之中,讲什么承题、束股,还有什么文章可观呢!"

艾千子,就是艾南英。他是当时的一位八股文名家,门下弟子不少,在士林中颇有影响。艾南英论文的观点,同复社的人一向处于对立的地位,经常辩论争吵,有一两次还动了武。张自烈、吴应

箕对艾南英攻击尤其激烈。所以一谈起此人,吴应箕也来了劲。他插进来说:

"自然时文也未可一概非之。前辈如杨复所等,亦间有发明之见,而千子竟批驳不遗余力。其实近溪、复所之学,艾千子又何曾梦见!"

三个人于是你一言我一语地指摘起艾南英来。顾杲听得不耐烦,瞅个空儿截住他们说:

"哎,够了够了!这些东西拿到书坊去再说。喝了半天酒,行个令如何?"

梅朗中拍着手说:"正是正是,就由子方兄出令!"

顾杲想了一下,正要出令,忽然侯方域把酒杯一放,说:"慢着!"他站起身,去长几上拿过来一面琵琶,微有醉意地敲着铜板蒙面道:

"眉娘词曲,妙绝南中,自今以后,只怕就专让龚孝升一人独听,我辈无分领受了。今夕良辰,已是千金一刻,又安可轻易放过?如今就请眉娘倾喉一吐,令吾辈一畅耳福,然则他日回思,尚差可自慰也!"

大家一听,都纷纷说好。

顾眉笑着说:"侯相公这话,可羞得奴家脸都没处搁了!要说词曲妙绝南中,谁不知第一就数寒秀斋的李十娘!现放着十娘在眼前不请,却偏要拿奴家出丑。奴家纵然不怕出丑,可是若教外人听见,难保不笑话相公所命失人呢!"

"哈哈,你别推托!十娘自然是要唱的,可是今晚头一个偏要点你。皆因你是将'失'之'人',故须先有'所命'。莫非眉娘如今有了孝升,就把我们这些平日的相好都看轻了么?"侯方域的语气又变得颇为尖酸。

顾眉的脸似乎红了一下,却没有着恼。她挺直身子,坦然说:

"好,那么奴家就唱。不过,可有一件,唱过之后,请容奴家就此告退,先家去一步。"

"啊,不行!""眉娘怎能这就走?""不能放她走!"几个声音抢着说。

侯方域斜着眼睛,冷冷地问:"为什么?"

顾眉微微一笑,却不回答。

侯方域的眼睛睁圆了,看样子马上就要发作。这时,陈贞慧说话了:

"行啊,君子不强人所难。眉娘今晚既然有事,陪了我们大半天,已是很难得了。唱完曲子,就让她先回去吧。"

由于陈贞慧这样说了,侯方域大约也就觉得不好再发作。他没有好气地把琵琶往顾眉手里一塞,沉着脸回到自己的位子上坐下来。

顾眉始终微笑着。等伺候的丫环把一张方凳端来之后,她就抱着琵琶盈盈坐下来,不慌不忙地把银甲套在手指上,先在弦上熟练地弹出几个音,又把弦柱调弄了一下,校准音调,这才摆好姿势,侧着头儿默了默神,随即十根手指徐徐摆动,弹出一段过门,接着就曼声唱起来。她唱的是汤显祖的名剧《牡丹亭》里《惊梦》一折——

〔绕地游〕梦回莺转,乱煞年光遍。人立小庭深院。注尽沉烟,抛残绣线,恁今春关情似去年。

〔步步娇〕袅晴丝吹来闲庭院,摇漾春如线,没揣的菱花,偷人半面,迤逗的彩云偏。步香闺怎把全身现?

〔醉扶归〕你道翠生生出落的裙衫儿茜,艳晶花簪八宝填。可知我常一生儿爱好是天然。恰三春好处无人见。不提防沉鱼落雁鸟惊喧。则怕的羞花闭月花愁颤……

从听说顾眉要唱《惊梦》开始,客人当中那几个通晓音律的行家像冒襄、顾杲、梅朗中等，就顿时来了精神。因为大名鼎鼎的汤显祖，平生写戏专门讲究"意趣神色"，"以意为先"，对于宫调音韵，却并不怎么注重。他的这本《牡丹亭》，虽然文辞极为精美，其实却相当难唱；而能够演唱，又不用增改字眼来迁就音乐的，就更加不易。这一层，无形中已经成为衡量演唱者本领的一个尺度。所以，他们都十分留神倾听顾眉吐出的每一个字，看她有没有改动曲文。然而，没有。看来顾眉的本领确实不凡，哪怕是再拗口的字眼，她都能巧妙处理，使它变得流畅宛转，不着痕迹，甚至更有韵味。如今，她已经唱到最吃紧的一段——

〔皂罗袍〕原来姹紫嫣红开遍，似这般都付与断井颓垣。良辰美景奈何天，赏心乐事谁家院？朝飞暮卷，云霞翠轩，雨丝风片，烟波画船。锦屏人忒看得这韶光贱……

〔小桃红〕则为你如花美眷，似水流年，是答儿闲寻遍，在幽闺自怜。转过这芍药栏前，紧靠着湖山石边。和你把领扣松，衣带宽，袖梢儿揾着牙儿苫也，则待你忍耐温存一晌眠。是那处曾相见，相看俨然，早难道这好处相逢无一言。

〔绵搭絮〕雨香云片，才到梦儿边，无奈高堂，唤醒纱窗睡不便，泼新鲜，冷汗粘煎，闪的俺心悠步軃，意软鬟偏，不争多费尽神情，坐起谁欢则待去眠。

〔尾声〕因春心游赏倦，也不索香重绣被眠。（天啊！）有心情那梦儿还去不远……

顾眉一点也不费劲地唱着。美妙的歌声从她那小巧玲珑的嘴里不断地倾吐出来，在琵琶的伴奏下，像一串大大小小、晶莹圆润的珠子在花厅里游走、流动、磕碰着，然后又化成一道道清澈的溪流，一条条飘拂的彩带，一群群飞舞的蝴蝶，在听众的身旁耳畔缭绕、盘旋、摇曳……使人恍如置身于一个春风拂面、繁花似锦的园林，看到一位美丽纯真的少女，在热烈地倾诉着她对爱情的渴望和追求……

终于,顾眉唱完了。但是大家静默着,仿佛还神游在歌声所幻化出来的温馨境界之中。陈贞慧首先喝起彩来,大家这才纷纷回过神,兴奋而热烈地称赞眉娘唱得实在太妙了。

顾眉把拨子插回原处,又脱下银甲,把它连同琵琶一道,交给身旁的丫环,然后略略整理了一下衣衫,这才说道:"多谢各位相公,有污清听了。"又向李十娘说:"愚姐技尽于此,待会妹妹登场,我可就立时相形见绌了。幸亏我这就要走,倒免得到时自惭形秽呢!"说着,她双手接过梅朗中递来的一杯茶,道了谢,一饮而尽。然后,向在座客人深深地福了一福,说:"奴家就此告退,怠慢之罪,尚祈列位相公宽恕!"

顾眉说完,从丫环手里接过那只乌云覆雪波斯猫,抱在怀里,轻轻抚着,却没有立即就走。她瞅着侯方域,仿佛打算说句什么。但是侯方域故意转过脸去。她只好叹了一口气,对冒襄说:"冒相公,奴家大胆,请相公相送几步,不知可使得么?"

因为刚才当众表明了心迹,而且得到了社友们的理解和支持,冒襄的心情已经舒畅了许多。听见顾眉提出这样的要求,他便笑着站起来:"啊,能陪伴眉娘,小生正是求之不得!"说着,他就跟在顾眉后面,出了厅门,由一名丫环提灯照路,穿过长轩,走到院子里去。

顾眉走到水池旁边,就站住了。

"冒相公,你当真不肯到姑苏去么?"她问,偏过身来。

冒襄一怔:"啊,你怎么——"

"奴家听到了,偷听到的!"顾眉微笑着说,卖弄风情地眯起了眼睛。不过,她立即又改变了神情。

"嗯,相公还是尽快赶到姑苏去为好!"她说,严肃地望着冒襄的眼睛。

"啊,为什么?"

"卞赛赛刚从姑苏来,她告诉我,田皇亲派人到姑苏采买女孩子,点着名儿要圆圆。吓得圆圆东躲西藏,幸得有几个相好的孤老,拼死护着她,买动了一班'撞六市'日夜轮番守卫,喊打喊杀的,要同田皇亲的人放对。这件事如今已经闹到府衙里,是凶是吉,还不知晓呢!"

"你、你说什么?"冒襄的眼睛一下子睁得老大,他失态地一把抓住顾眉的胳膊。

顾眉没有动弹,她斜瞅着冒襄:"奴家劝相公赶快到姑苏去,越快越好。迟了,还能不能见着圆圆,可就难说了——哎,你揪得奴家真紧!"

冒襄"啊"的一声,松开了顾眉的胳臂,"那——圆圆如今在哪儿?她、她还好吧?"

"哎,赛赛说她来的时候,圆圆还没被弄走。不过又过了几日,事情闹成怎么个样子,就不晓得了。而且,赛赛就对奴家说了这些,再多奴家也不知道。总之,相公赶快到姑苏去就对了!"

冒襄显然被这突如其来的消息震呆了。他甚至忘了向顾眉道谢,不由自主地退后几步,靠在水池的石栏上,两眼直瞪瞪地望着前面,一言不发。

顾眉站在旁边,怜悯地瞧了他一会儿,终于,她轻轻叹了一口气,悄悄地移动着脚步,沿着鹅卵石小径向外走去。开始她还不时回顾一下,后来越走越快,不一会儿,就消失在花木繁密的阴影里了。

又过了一会,冒襄才惊醒过来。他茫然地四面望望,发现顾眉已经离去。突然,像被人击了一掌似的,他猛地跳起来,飞快地奔上长轩。可是,当他听见花厅里传来社友们的喧哗和哄笑声时,脚步就缓慢了下来。终于,他停住脚步,低头沉思了片刻,这才没精打采地一步一步朝花厅走去。

四

阮大铖的私邸石巢园,坐落在城南库司坊里。当街一个派头十足的大门楼,进门是宽敞的天井,高大的厅堂。厅堂后面回廊曲折,门户重重。据说八年前,阮大铖从安徽老家逃难到南京来时,为兴建这所府第,很花了些银子,所以园内不仅恢宏幽深,而且雕栏画槛,绣户绮窗,样样都极备精巧,什么桃花坞啦,芸香小筑啦,枫叶亭啦,梅屋啦,各有各的名目和特色。阮大铖有了这座华美舒适的园林,再加上他家里一流的烹饪、一流的戏班子,便千方百计诱引各方面的人士来歌舞宴饮、说剑谈兵,着实热闹风光了几年。后来受了复社诸生的猛烈抨击,来石巢园的客人因此大减。阮大铖虽然十分恼恨,却也无可奈何。他闲极无聊,只好把心思都用在写作戏本上,什么《桃花笑》《井中盟》《牟尼合》《双金榜》之类的,这几年倒真的弄成了好几个。虽然无非是好看热闹,文辞华美,却因颇能迎合时尚,南京城里的各大戏班都竞相传抄搬演。阮大铖因此又洋洋得意起来,傲然对人说:"复社那伙人合力排挤我,真是蠢得很!其实论学识论才情,我阮大铖哪里就比不上他钱牧斋、周仲驭!他们若肯尊我一声'前辈',复社的局面,只怕还远不止今日的规模身价哩!"

不过,大话虽然好说,阮大铖面对着这一群激烈而又固执的书呆子,却实在毫无办法。所以如今除了写戏订曲之外,他的另一件可干的事情,就是躲在家里侍弄园子。他有的是精力,也有的是银子,石巢园就此一年到头不得安生,总得由着主人那刁钻古怪的脑瓜子转出点新花样来——今天这儿砌一道短墙,明天那儿改建一座凉亭,要不就是把新采购来的大理名种山茶一口气种它二三十株。可是,过不了十天半月,短墙、凉亭、山茶又忽然失踪,原来的地方说不定已经是石山耸峙,清溪蜿蜒了……

这一次,当徐青君和计成二人,逃脱了黄宗羲、侯方域等人的困阻,气急败坏地闯进石巢园,并由一名家童提着灯笼引路,沿着回廊曲径,向花厅走去的时候,徐青君就发觉,好几种布置都不同了。一道执圭式的院门也变成了月洞式,害得他有一两次疑心走错了路。要是在往常,走在旁边的计成必定会技痒起来,忍不住指手画脚说这一处改好了,那一处却弄巧反拙,等等。不过,此刻计成却知趣地沉默着,徐青君更是压根儿全无鉴赏的心思。

今天晚上,徐青君算是倒了八辈子霉,天晓得是触犯了哪一路邪神,让他一出门就撞上了复社那一伙瘟生!眼睁睁被敲去了一百五十两银子不算,还被他们当众戏弄侮辱了一场。徐青君不心疼银子,他平日到旧院里去马马虎虎泡上一天,所费的也不止这个数目。他是气恼丢了面子——堂堂中山王府的二公子,在小民百姓面前遭受如此折辱,这口气,徐青君觉得无论如何也咽不下去!不错,他的哥哥魏国公徐宏基,现任南京守备,兵权在握,按理应当可以替弟弟出这口气。不过,徐青君知道这位哥哥官儿虽大,胆儿却小,估计他未必就肯出头去惹复社,说不定,还会被他埋怨一顿。刚才,徐青君在轿子里左思右想,气闷得慌,最后忽然想到阮大铖。他素知阮大铖同东林、复社积怨甚深,平日私下里提起复社那伙书生,阮大铖总是气得扯着大胡子发狠。何况此人狡狯机智,一肚子鬼心思,必然乐于替自己出主意报仇。这样一想,徐青君就当即吩咐改道往库司坊来。不料刚才到了门前,门公却告诉他,主人临时出门了。徐青君好不失望。后来,听说阮大铖的同年好友马士英也来了,现正在花厅候茶。徐青君想,先听听马士英的主意也好,便带着计成进来了。

徐青君同计成到了花厅,却不见马士英的影子。一个仆人回话说:"马老爷到咏怀堂看排戏去了。"徐青君便不停留,带着计成又赶到咏怀堂来。

咏怀堂内灯火通明。一群小女孩儿正聚在大堂中央的红氍毹上,有的坐在一旁弹琴吹笛,有的正在走场唱曲。戏曲教习臧亦嘉亲自掌着鼓板。他大约有四十多岁,长得苍白清秀,下巴没有蓄胡子。他全神贯注地掌握着排练,每当发现有人奏错了音调,或是唱错了板眼的时候,他就吃疼似地眯起一只眼睛,同时更加用力地敲击鼓板,仿佛要以此提醒出错的人注意。

不过,徐青君并没有留意这些。他一眼看见马士英正坐在上头的一张花梨木攒牙子翘头案后面,一边看戏,一边自斟自饮,他就气咻咻地叫起来:"啊,瑶老!岂有此理,气死人了!"

红氍毹上的演出被扰乱了。伶人们一个个停止了动作,惊疑不定地转过头来。

马士英错愕了一下,看清是徐青君之后,他的神色就恢复了平静。"哦,青君兄。"他淡淡地说,扶着桌子,缓缓地站立起来。

马士英是个蓄着山羊胡子的干瘦老头儿,靠六十岁的样子,大脑门、尖下颔,当中一个骨棱棱的鼻子,表情阴沉而冷峻,经常紧抿的嘴角儿,有一道刚愎暴戾的皱纹。他是万历四十七年的进士,曾任右佥都御史、巡抚宣府。崇祯五年因私自盗用公库的钱钞,贿赂权贵,被人参劾,得了死罪,全靠阮大铖为他花了重金打通关节,才改为"免死谪戍"。期满后,他就跑到南京来当寓公。马士英同阮大铖本有"同年"之谊,又多亏阮大铖拼力相救,再加上两人都丢了官,同病相怜,所以一拍即合,很快成了死党,一天到晚凑在一块喝酒行乐,咒地怨天。自然,他们暗地里也没有放松向朝中的当权者积极活动,指望有朝一日重新复官,东山再起……

"瑶老,给小弟出个主意,小弟要狠狠地教训复社那班瘟生!"

徐青君走到马士英跟前，拱着手又叫。

马士英疑惑地瞅了他一眼，还了一揖，接着又同计成行过礼。他没有说话，朝旁边的一张空着的平头案做了个让座的手势，自己就在原来的位置上坐了下来。

徐青君不由自主地坐到椅子上，计成也随后坐下了。旁边伺候的小仆童立即端上来几样精美小吃，摆上酒盅，又替他们斟酒。

徐青君抓起筷子，随即又把它扔到桌子上。

"瑶老——"他急切地把脸转向马士英。

马士英抬起一只手，做了个"等一等"的手势，然后，用平静的声调对堂下说："接着演！"

于是中断了的乐曲又重新开始演奏。红氍毹上的旦角也款摆着腰肢，走着台步，咿咿呀呀地唱起来。马士英这才偏过脸，不慌不忙地问："唔，青君兄方才是说——"

徐青君眨眨眼睛，对于马士英的傲慢与冷漠颇为不快，但是却不得不放低了声音。

"瑶老，小弟给复社的人欺负了！"他恨恨地说，于是把刚才路上发生的事一五一十说了一遍。不过，他隐瞒了其中两点：一是不说被诈去的一百五十两银子里，有五十两是自己为着炫耀富有，压倒对方，主动加上去的；二是不说侯方域等人已当众宣布，要把这项银子拿去赈济饥民。

马士英一边看演出，一边心不在焉地听着。但是不久他就转过脸来，眼睛也渐渐睁圆了。终于，他把桌子一拍，怒声说：

"岂有此理！堂堂留都之地，岂容他们如此胡闹！"

"小弟倒不是心疼银子！"徐青君忿忿地说，"只是他们欺人太甚！这口气，小弟怎样也咽不下去！"

本来已经恢复排演的那一班伶人，被马士英一声怒喝，吓了一跳，莫名其妙地又停下了。后来弄明白老爷们的火气并不是冲着他们来的,也没有让他们停演的意思,才犹犹疑疑地又接着演下去。不过经这两番干扰,他们一个个都显得心神不安,接二连三地错步、唱走板,弄得臧亦嘉一个劲儿地皱眉头、叹气。

"哼,如此胁迫敲诈,与当街行抢何异!"马士英怒气不息。

"对,对,他们就是当街行抢、抢我的!"徐青君憋着嗓子叫。看见这个冰冷阴沉的老头儿居然动了真怒,他喜出望外,回头同计成交换了一个眼色,然后,把身子倾向马士英,热切地瞅着对方的脸孔,期待他说出不寻常的话来。

可是,马士英说了那两句话之后,就靠在椅背上,垂下眼皮,一动不动,也不再说话。

徐青君眼巴巴地等了好一会儿,渐渐有点不耐烦,正想催问。忽然,马士英又开口了。

"嗯,前几年,"他缓缓地说,没有抬起眼睛,"记得有个叫徐怀丹的,作了一篇声讨复社的檄文,其中列举该社十大罪,道是僭拟天王、妄称先圣、煽聚朋党、妒贤树权、招集匪人、伤风败俗、谤讪横议、污坏品行……嗯,还有、还有……"

"还有'窃位失节''招寇致灾'!"计成提醒说。这篇檄文,当时南京城里城外到处张贴,辗转传抄的也不少,颇轰动了一阵子,计成也曾读过,所以记得。

"嗯!"马士英点点头,依旧耷拉着眼皮,"当时读后,我便觉得他言之过甚,并不足信。复社那班士子再不怎样,好歹也是些读书人,这圣人之言、纲常之教是自幼熟习的,其中不少还是官宦子弟,诗礼传家。污秽之行,容或有之,若说全体如此,而且意在谋逆,却令人觉得兹事太奇,难以置信……"

马士英说到这里就顿住了,仿佛在思索。徐青君却听得糊涂起来,连忙说:"啊,瑶老——"

可是马士英立即挥手止住了他。

"即以第一罪而论,所谓'僭拟天王',我以为就必无此事!"他断然地说,睁开了眼睛,"徐怀丹檄文列此为首罪,其所据者,乃系张溥表字天如——'天如'者,'如天'也,岂非自比天王?其实大谬不然,大谬不然!'天如'者,不过取广大普遍之义,虽不免乖张狂妄,却未至于自比天王。若'天如'便是自比天王,那么足下字'青君',岂非自比东帝?足下果然肯应承么?可见,徐怀丹此条,显属捕风捉影、罗织构陷!所列首罪即已如此,其余亦不问可知。所以,该檄文纯属一派胡言,毫无道理,全不足信!"

马士英斩钉截铁地连续下了这三个四字评语之后,就闭紧嘴巴,不开腔了。

徐青君同计成你看看我,我看看你,都被马士英这一席话弄懵了。他们真不明白,马士英方才明明是痛骂复社"无异当街行抢",何以说着说着,倒全力替复社打抱不平起来?

计成搔搔脑袋,试探地说:"瑶老,依小弟之见,徐怀丹檄文自有不尽翔实之处,不过似乎也并非全无可采……"

"不!"马士英的口气异常坚决,大有不容置辩之概,"大丈夫立身行事,须出以公心。似这等心怀私怨,深文周纳,指鹿为马,欲图一逞,乃是狗彘之行,绝无半点可取!"

徐青君目瞪口呆。他的脸色渐渐变得难看起来,终于悻悻然问:"照瑶老这等说,复社那班人倒当真是正人君子了?"

马士英摇摇头:"这又不然。适才听青君兄说,他们聚众勒索,当街行抢,实在已经形同匪类,哪里有半点君子、正人气味?此事而可为,又何事而不可为!说他们僭拟天王、妄称先圣、煽聚朋党、妒贤树权等等,只怕也是不假。"

他忽然又指斥起复社来,徐青君和计成却愈加摸不着头脑。

可是马士英根本没有注意他们的迷惑表情。"复社并未骂我,我与他们并无旧怨,"他淡淡地说,顿了一下,"我说他们'僭拟天王'，所据也并非'天如'二字，乃是依据其本心。他们既敢于当街行抢，可见已具贼性。但凡一个人有了贼心，那么一切贼言贼行，皆可由此发生，故此僭拟天王、妄称先圣、煽聚朋党等等，也就不足为奇了。先朝阳明先生说：'诛心中贼。'便是此意！"

直到这会儿，计成才多少有点听明白了。他不禁微笑起来："这马老儿原来刚愎自负得紧，他刚才极力贬斥徐怀丹的檄文，原来是为着显示自己的公正与高明哩！"

徐青君显然还不明白。他不放心地追问："这么说，复社到底并非君子了？"

马士英冷冷地瞧了他一眼："当然不是君子！"他说。仿佛因为徐青君仍未领会他的谈话要旨，感到颇不耐烦，他提高了声音："他们是君子之贼，嗯，君子之贼！"

徐青君这一下懂了。他松了一口气，顿时高兴起来，连连点着头，拿起酒杯："对、对，君子之贼，君子之贼！哈哈，瑶老，不瞒您说，刚才小弟听您一路说下来，心里还真犯疑，怎么瑶老维护起复社那帮小子来了？没想到最后却藏着这么一篇高论！"

计成也拿起酒杯："瑶老方才力斥徐怀丹之非，乃是辨本追源，区分公私邪正。这叫做不因持论偶同而恕其心，只此一点，旁人便万万不能及！"

听了这两个人的恭维话，马士英却没有任何高兴的表示。大约他认为自己所说的，乃是导人向善的普通正理；对于普通的道理，是无须加以恭维的。

"瑶老，青君兄今日受此凌辱，你看这事该怎么办？"大家各自饮过一杯酒之后，计成这样问。

马士英的目光，这时已经回到了堂下的演出上。他没有立即开口。直到计成疑心他没听见，打算重复一遍时，马士英才反问："青君兄有何打算？"

"打算么……"徐青君转了一下眼珠子,"哼,小弟、小弟要诛他这心中之贼!"

"噢?"马士英偏过脸来,瞅着徐青君,"倒要领教!"

"这个,这个……"徐青君顿时结巴起来。他刚才只是灵机一动,顺着马士英的话茬儿混说,其实对那一句话的含义不甚了了。他着忙起来,一边支吾着,一边暗中去扯计成的袖子。

计成咳嗽一声,朝马士英拱着手说:"瑶老,诛心中贼,乃是正人心、淳风俗之大计,非一时一日所能奏效。适才青君兄说这话的意思,也是就长远之计而言。至于目前嘛,但能对复社之徒小施惩戒,以雪心头之愤,也就足矣。此事还望瑶老指教哩!"

徐青君连忙说:"正是正是,此等不逞之徒,非得痛加惩戒不可!"

马士英长长地"哦"了一声,似乎颇为失望。他淡淡地说:"惩戒之道,却非我所长。待会儿圆老回来,二位自去请教于他好了!"

五

马士英的话音刚落,忽然大堂门口有人高声大叫起来:

"哎,不对,不对,不是这样!"

大家一怔,回头望去,原来阮大铖不迟不早,恰巧在这当儿回来了。

阮大铖是个中等身材的胖子,今年也快五十五六岁了,扫帚眉、圆鼻头、大嘴巴,一双乌溜溜的眼睛挺有神采,下巴上挂着那部有名的大胡子。他虽然腆着一个大肚子,走起路来却像一阵风。现在他急步地朝大堂中央走来,脸上显出气急败坏的样子。

徐青君和计成站起身,打算同他招呼。可是阮大铖没有瞧见。

他走到那群正在演戏的伶人跟前,就站住了。

"咄!停下,停下!"他大声叫。

伶人们立即顺从地停下了。

"你们——"阮大铖的眼睛发怒地圆睁着,胡子一翘一翘地在喘气,"你们这算是演戏?啊!你们这是成心糟蹋我的戏本!"他跺着脚嚷。

伶人们惶恐地动弹了一下身子,一个个都自知有罪地低下头去,不敢接触他霍霍的目光。

"你——"阮大铖指着那个唱小旦的女孩儿说,"'日正长时春梦短,燕交飞处柳烟低',这两句宾白你是怎么念的?"随即他自己憋着嗓子,摹仿那小旦的声调念了一遍,故意把其中的缺点加以夸张、突出,使之听起来显得异常古怪刺耳。那小旦顿时面红耳赤,战战兢兢地跪下去。

徐青君和计成都撑不住,笑了起来。

阮大铖却绷着脸,"还有你!"他指着另一个唱旦角的少女,"'曳金铃,绣幕风儿紧,看花影,在纱窗映'这几句,唱得就像猫儿叫!啊——"说着,他也用稀奇古怪的调门儿学她唱了一遍。那旦角面色煞白,极力忍着涌到眼眶来的泪水,也双膝跪倒在地上。

这时候臧亦嘉放下鼓板,走过来拱着手说:"东翁……"

阮大铖猛地回过头:"啊,原来你还在这儿!我只当你也学苏昆生的样,跟东林、复社跑了呢!原来你没有跑,很好很好!那么请问,这个班子你是怎么带的?啊!"

阮大铖家的这个戏班子,原先是由一个名叫苏昆生的老头儿调教的。苏昆生是个老戏行,教戏很有一套,阮大铖对他好生优礼。谁知到了崇祯十一年,复社诸生发表《留都防乱公揭》,苏昆生读后,大受震动,当即提出辞职。阮大铖千方百计挽留不住,才改聘臧亦嘉来当教习。这件事,阮大铖一直引为平生恨事,轻易不愿提起。今天他当着许多人的面突然又说起来,臧亦嘉就明白,主人实在是气愤到了极处,才这样急不择言。

"说啊,这个班子你是怎么带的?"阮大铖又大声质问。

臧亦嘉的喉头动了几下,张了张嘴,却没有说出话来。他心里感到很为难:今天这出《燕子笺》演得十分糟糕,这点他当然知道。但是这不能全怪这群小孩子,甚至也不能全怪自己指导不力——座上的几位客人,根本不是在看戏,他们高谈阔论,大嚷大叫,演员和乐工的心思全给扰乱了,就是自己,也集中不起精神来。加上又是刚刚开排的戏,唱、念、做、打全都不熟,结果就弄得一团糟。然而,臧亦嘉十分明白,在这种场合下是不能申辩的,指摘客人的不是,尤其绝对不行。他犹疑了一下,只好拱着手说:

"东翁责备的是,门下管教不严,有辱东翁委托之殷,今后定当改过,尚祈恕罪!"

阮大铖目不转睛地瞪着臧亦嘉。他的嘴巴还在翕张着,可是渐渐地,表情起了变化,绷得很紧的脸开始松弛,凶猛的目光变得阴沉起来。一种心有未甘,但又无可奈何的神情从他的脸上呈现出来。他向四面环顾一下,忽然转过身,朝马士英走去。

"啊哈,瑶老,你来了!"他拱着手说,又轻快地转向徐青君和计成,"青君兄,无否兄,你们也来了!是同瑶老一块来的,还是你们先到?"

"是瑶老先到,我们随后才来。"计成回着礼说。

"啊,好、好!"阮大铖点着头,显得很高兴的样子,"好、好!"他反复地说,重新转向臧亦嘉:

"哎,老臧,你可别多心!你教导有方,尽职尽责,我平日都是深知的!只是刚才,刚才——哎,不说它了。总之你我莫逆之交,纵有言语冲撞了你,也请休怪!今儿你们辛苦了半天,想都困乏了,所以唱着唱着就懈怠起来也未可知。今儿就到此为止,你带她们下去好好歇息。回头我叫赵管家称二十四两银子过去,明儿再放一天假,让大伙儿透透气,乐一乐。你臧老爸也歇一歇,来陪我喝酒!"

臧亦嘉恭恭敬敬地答应着,又向客人们一一行礼告辞,领着女孩儿们下去了。

"啊,圆老!几天不见,原来你又有新作!我们瞧了半天,只觉得好,却不曾问得是何名目,倒要请教!"徐青君笑嘻嘻地恭维说。

阮大铖脸一红,一本正经地说:"哦,这个戏的名字叫《燕子笺》——青君兄,你这话可是取笑小弟了。刚才这样子,你还夸演得好?错位、走板不算,就拿刚才演到的这出'闺痊'来说,一开头就全不对劲儿!那梅香一出场,开口念一段宾白:'日正长时春梦短,燕交飞处柳烟低'——明明是一派大清晨晓日初升的景象嘛。那梅香是站在闺楼上,本该一边念白,右手撩开帘子,左手这么轻轻一指,一个眼色儿,嘴角儿这么微微一笑:哟,太阳出来了!"阮大铖一边说,一边学着小姑娘的姿态,扭扭捏捏地扮演着,居然惟妙惟肖。"可是方才那唱小旦的,偏生把下颏儿仰得老高,那不成了日上三竿了么?刚才我骂她,也是这个缘故!唉,青君兄,亏你还说好,羞煞我阮胡子!"他说罢,把脑袋摇得像个拨浪鼓似的。

计成忍住笑,说:"那小旦演得果然不到火候。不过我们只觉得戏文好、曲词美,倒把那做工不足遮掩过了。"其实,计成也同徐青君一样,刚才根本没有留心看戏。

阮大铖这一下却高兴起来。他眉开眼笑地说:"无否兄,你这话可是搔着我老阮的痒处了。不瞒列位说,这《燕子笺》,乃是我平生第一部得意之作。虽不敢自夸能追步汤若士的《玉茗堂四梦》,但同什么《贞文记》《绿牡丹》之类相比,自问还高一筹!"

"圆老,先别顾谈戏了。青君兄还有事要同你商量呢!"马士英站在一旁,看见阮大铖一谈起戏来就像着了魔似的,手舞足蹈,心中颇不耐烦,就截住他说。

阮大铖"哦"了一声,询问地望着徐青君。

徐青君被提醒,脸色顿时沮丧下来。于是,他把被复社诸生欺凌的事,又向阮大铖说了一遍。

阮大铖哼哼哈哈地听完之后,仰起脸,朝大堂楹柱上挂着的一盏八角宫灯愣了会儿神,随即回过头来说:"这里不是谈话之所,且到弟的书房里去,坐下细说如何?"

大家都没有异议,于是由小厮提灯引路,一同离开咏怀堂,沿着曲折的回廊走去。

阮大铖的书房设在一个独立的小小庭院里,是一明一暗的两间平房,外面照例是花草木石,室内却布置得出奇的简朴。特别是里面一间,只有数架图书,一张长榻,几把椅子;书案上除了笔墨纸砚之外,并无任何珍奇玩好之类的摆设。墙壁上也只是正中一面挂了一幅《百子山樵笠屐图》,画中的阮大铖头戴斗笠,脚蹬木屐,一副世外闲人的神气。只是两旁的对联却与这画并不相称。那联语是:

　　有官万事足
　　无子一身轻

下署:百子山樵并书　　崇祯十年元月吉日

徐青君是头一次走进阮大铖的书房。他满心以为石巢园到处都是珠帘绣幌,陈设精奇,这书房想必也是极其华美讲究。万没料到竟是如此简朴,甚至寒伧,脸上不禁露出惊讶的神色。

阮大铖一直在留意他的反应,这时看见不出自己的所料,就得意地微微一笑。等大家坐定,仆人重新奉上茶来之后,阮大铖这才不慌不忙地开口说:

"青君兄想必以我这书室简陋过甚为怪了?这里头却有一个

道理——前几年,我被复社那伙人逼逐,只有躲到牛首山祖堂寺去住。当时所居僧房,十分简陋,也只这么一所斗室,而且只有两椅一桌,连门也不敢多出。不过说来也怪,偏是这样的陋室中,我反而万虑俱洗,胸无杂念。每夕三更之后,灯前独坐,便飘飘然神游于别样境界,握笔展纸之际,竟是文思喷涌,如有神助,数月之内,一口气写出了《桃花笑》《井中盟》《双金榜》,你道奇也不奇?"

计成"啊"了一声,脱口说道:"莫非这书房竟是依照祖堂寺的模样布置的?"

阮大铖点点头:"不错。由此我悟出一个道理,以往我之所以文思不振,皆因眼前的锦绣珠翠太盛,窒碍了心头空灵之气。故此回来后,我便命人把一应多余陈设尽行撤去,单留下这几样东西。尔后,哈哈,果然就大不相同!便是这部《燕子笺》,也只费了两个月的工夫,便写出来了。"

徐青君听得张大了嘴巴,连正题都忘记了。他怎么也想象不到,这书房的布置原来有如此奥妙。

马士英冷笑一声,说:"那么圆老倒是该多谢复社才是了!"

阮大铖拍着又肥又圆的膝盖,一本正经地点着头说:"正是正是,他们虽然对我不够客气,可是我现在却不恼他们。要没有他们那一次捣乱,我这四五本传奇,只怕真还未必写得出。说起来,他们可算是我咏怀堂的功臣哩!"

徐青君错愕了一下,随即放心地微笑起来。他想起了方才同马士英谈话的时候,开始也是这样的。"这些老奸巨猾的老家伙,总爱故弄玄虚!"他想,于是用了狡黠的口气问:"圆老,你当真不恨复社?你?"

"当真不恨,当真不恨!青君兄,我劝你也别恨。他们这些人性子是激烈了点,可也不见得便是歹人。譬如他们刚才敲了你一百五十两银子,无非见你有的是钱,同你开个小小的玩笑,其实也不是装进自己的腰包。他们不是转眼就拿去赈济饥民了么！"

"啊,你,你怎么都知道?"

"我什么都知道,什么都知道。我刚才出门,满街的人都在说这件事。赈是他们放的,银子却是你徐二公子的,这谁都知道。没有你徐二公子,他们想放赈也放不成。所以真正做善事的其实是你！他们本想敲诈你,却反而促成了你这桩善举。这也正像我写传奇一样,你又何必恼他！"

徐青君"哼"了一声。"圆老,你这不是在打哈哈吧?"他斜瞅着阮大铖问。

"打哈哈?"阮大铖故作惊讶地说,"不,绝对不是！为什么要打哈哈？我顶顶讨厌打哈哈了！"

徐青君这才真正愣住了。他大惑不解地瞧瞧阮大铖,又瞧瞧马士英。后者此刻端坐在椅子上,默默地捋着山羊胡子,正在闭目养神,摆出一副绝不介入的神气。

"可是我非报此仇不可！"徐青君突然跳起来高叫。

"啊,青君兄一定要报此仇?"

"当然要报！"徐青君那苍白的胖脸竟也被愤怒逼出两片潮红来,他吵架似的说,"我是小人量窄！可没有你圆老的君子大度！也不像你圆老这样、这样——"他噎住了,一下子找不到合适的词句,急得眼珠子乱转,像是要抓住能帮助他说下去的倚仗似的。忽然,他的眼光落在正墙的对联上:

"这样,这样'有官万事足'！"

阮大铖的脸刷地红了,就像被人无意中戳破了心事似的。可是只一忽儿,他就恢复了常态:"哎,青君兄一定要报仇？这很好,很好！我不反对,更不阻拦,令兄魏国公是留都守备大人,有他,青君兄这仇一定是报得成的！"

徐青君冷笑一声:"这个么,倒不劳圆老指教,小弟自有计较——好,就此告辞!"

徐青君说着,朝马士英和阮大铖拱一拱手,然后把袖子一拂,气哼哼地领着计成往外就走。

"哎呀,青君兄这就要走?不再坐会儿,喝杯酒再去?那,既然如此,就不敢强留了。哎,这边走,这边……"阮大铖唠唠叨叨地说着,一路送了出去。

过了片刻,阮大铖擦着汗,重新走了回来。

"哎,可把这个花花太岁打发走了!"他说,一屁股坐到椅子上。

"嗯,你就真的一个主意都不肯替他出?"马士英问。

"咦!"阮大铖抬起头,一拍膝盖,"我怎能给他出主意?我现在讨好复社还怕来不及,若是给他出主意,万一传出去,那班书呆子还放得过我?现在我就希望这花花太岁出去嚷嚷,说我拒绝了他,这才好哩!"

马士英摇摇头:"他虽是个浮薄纨绔,到底同我们结交了一场。你这样半句好话不说,就轰跑了他,也忒薄情了些。"

阮大铖满不在乎地说:"你只管放心!我包管不出三天,他还得乖乖儿到石巢园来找我们。我瞅准了,他要玩得痛快,他离不了我们!"

"可是他心里必定把我们看做无义小人了!"马士英皱着眉毛。

阮大铖"哼"了一声,生气地嚷:"由他去,由他去!小人就小人!都到这种地步了,再硬充什么王八伪君子,我阮大铖就只有一辈子蹲在南京城里当寓公!"

马士英冷冷地说:"我担心你到底是水中捞月一场空——复社那伙人,你以为他们当真会放过你?"

阮大铖怔了一下,随即摇着头,用恶毒、得意的声调说:"这你就不知道了!刚才,你知道我去做什么?去会一个人。你猜得出这人是谁么？哈哈，不是别个，乃是堂堂东林巨魁、君子们的头儿——钱牧斋的堂兄弟钱养先！"

阮大铖说完这句话，故意停了一下。看见马士英不由自主地收起不以为然的表情，正留神地瞅着自己，阮大铖更加得意："钱养先替钱牧斋传话给我，说他已将我诚心相结之意，周知各方，并征得多数人士同意，准备在三月二十八虎丘大会上正式作出公议，让我静候好音哩！哈哈，怎么样，君子们来投降了，没有想到吧？"阮大铖说着，开怀大笑起来。得意的响亮的笑声冲出窗外，吵醒了树上栖息的鸟雀，使它们扑扇着翅膀，啪啪地惊飞起来……

阮大铖笑过一通之后，回头看看马士英，见他仍旧皱着眉毛，现出将信将疑的神气，就站起来，拍拍他的肩膀说：

"瑶老，此事假不了！钱牧斋自从崇祯二年丢了官，整整十三年不能起用，他的心里，只怕比我们还着急呢！有这样一个机会，他怎肯白白放过！我料定，他拼老命也非要把这件事办成不可！你只管放心好喽！"说罢，他兴冲冲地转过肥胖的身躯，望着墙上那副对联，拈着大胡子，摇头晃脑地吟诵道：

"'有官万事足，无子一身轻'！阮大铖呀阮大铖，你天生奇才，学兼文武，胸罗万卷，满腹经纶，我就知道老天爷不会让你永远闲却这副好身手的！这一天，不是终于来了么！"

第 四 章

一

　　钱谦益和柳如是到苏州已经两天了。他们没有进城,下榻在阊门外彩云里已故徐太仆家的东园。徐太仆名时泰,万历年间进士。他家是三吴数一数二的巨富,在苏州拥有的园林房产不下七八处之多,这东园是徐太仆暮年静养之所,虽然不甚宽敞,却颇为清静幽雅。钱谦益深喜它境界不俗,出入苏州时,每每在这儿落脚。

　　由于事先约定要到苏州来聚齐的陈在竹和钱养先一直不见踪影,钱谦益对于这半个月来,他们二人在外间活动的情形至今摸不清底细。眼看已经是三月二十三,再过五天,就是虎丘大会。虽然这两位心腹族人的办事本领都是可以信赖的,但是这一次的使命非比寻常,而且时间紧迫,因此钱谦益始终暗暗悬着一份心,生怕会出什么娄子。

　　钱谦益的担心,说来也并非多余。一个多月前,他得到内阁首辅周延儒传来的信息,讽示他运用自身在士林当中的威望和影响,设法促使东林、复社方面停止对阮大铖的激烈抨击,改而采取比较宽容的态度,以此作为他钱谦益复官起用的一种交换条件。当时,钱谦益就颇为犹豫,而且对于周延儒的刁难要挟深为气愤。不过,他苦苦等待、钻营了十三年之后,终于出现这么一个转机,却又无论如何都舍不得轻易放弃掉。他隐隐预感到,这是他的最后机会,如果加以拒绝,他也许将会抱憾终生,死不瞑目。因此,踌躇再三,钱谦益还是横下了心,决定冒险尝试一下。

经过同陈在竹、钱养先,自然还有柳如是,反复磋商研究,钱谦益同意了一个在他看来比较可行的计划。这个计划是这样的:按照他们的估计,替阮大铖开脱的主要阻力,当然是来自复社。不过在复社当中,真正坚决强硬反对阮大铖的,除了少数像吴应箕这样的激烈分子之外,还有就是陈贞慧、黄宗羲、顾杲、侯方域这批东林党人的后代,他们的父祖辈在魏忠贤专权的时代,曾受到严酷的迫害,对于阉党有不共戴天的仇恨,让他们捐弃旧怨,宽恕阮大铖,看来是办不到的。不过,在整个复社当中,以上两类人毕竟是少数,多数的成员,与阮大铖其实没有什么了不得的仇怨,无非瞧着现时在士林当中,骂阉党、斥小人是件时髦的事儿,于是也跟着瞎闹腾,希望借此出出风头,博得个"君子"的美名。近几年来,事实上已经有一些人对这种没完没了的"门户之争"颇感厌倦,流露过和衷共济的想法。如果设法联络第三种人,再通过他们说服第二种人,那么就能够把相当大的一批人争取过来。此外,看来同样重要的是:目前复社的成员虽然人人都以"清流"自居,以"君子"自命,实际上其中却分门立派,各有各的小圈子,利益、打算都不相同。过去已经是面和心不和,自从复社的创始人张溥于去年逝世之后,各派之间的明争暗斗,更加日甚一日。如果能巧妙利用他们的矛盾,使之尖锐激烈起来,那么到时又可以争取到一批人。只要把大多数人拉到自己这一边,剩下的少数人士纵然强项顽固,也无济于事了。

基于这样的分析和估计,他们决定首先从两个方面来实施他们的计划:一方面,派钱养先带着几名族中心腹子弟,到扬州去找郑元勋。因为郑元勋曾经向钱养先表露过对于目前这样压制阮大铖有不同看法,加上他又是本届复社大会主持者之一,只要说动他,再通过他去联络说服其余的人,事情就会顺当得多。鉴于平日郑元勋对钱谦益奉若神明,巴结得不得了,估计钱养先此行问题不大。另一方面,则是派出陈在竹,也带着几个得力的子弟,到松江一带去活动,散布吴应箕、陈贞慧等人对旧几社一派人极端不满,认为他们成心拆台,搅乱社局,以便取而代之,因此准备在虎丘大会上同他们摊牌算账的谣言,从而煽动旧几社一派人的愤怒,使之在未来的斗争中即使不倒过来,至少也保持中立。当以上两个方面都办成之后,接下来,就在虎丘大会上,由郑元勋发难,钱家的族人弟子群起响应,提出宽宥阮大铖的主张,并且凭仗多数作出公议,布示四方,上达朝廷。只要能做到这一步,事情就算成功了。最后,根据柳如是的建议,在整个计划进行的过程中,钱谦益都避免直接出面,只在幕后调度指挥。这样,万一事情失败,也不至于严重损害钱谦益的声誉和地位。

这个计划,陈在竹和柳如是都觉得比较切实稳妥,钱养先尤其乐观,认为已是万无一失。受了他们的鼓舞,钱谦益的劲头也来了。事实上,一旦摆脱了开始那种犹豫消极的状态之后,他所表现出来的巨大热情和过人精力,使手下的人都为之惊讶。为了推动计划的实施,近一个月,钱谦益已经全力以赴地行动起来。他先修了一封措辞得体而又意思明确的信,托人送往北京,向周延儒表示态度;同时,又再拿出几千两银子作为活动费用,交给陈在竹和钱养先带上,命他们立即分头出发。这之后,他就开始利用他在士林中的崇高声望,一改近几年懒于见客的习惯,对于来访的人士,不论贵贱高低、熟与不熟,一律给予接见,优礼相待;对于他们的请托要求,也尽可能给予满足或帮助,使这些人一个个都受宠若惊、大为感动;受到恩惠的,对他更是满怀感激。消息一传开,又招引来更多的拜访者。以至到后来,半野堂前竟弄得一天到晚轿马不断,城里城外的客店都住满了等待接见的人。钱谦益也不辞劳苦,一边服着参汤,一边抖擞精神接客。在这期间,他自然也想方设法散布例如"虏寇交煎,国事日危,亟宜平息党争,和衷共济"一类的论调,只是回避不提阮大铖这一点。这样一直忙了将近一个月,眼看同陈在竹、钱养先约定的会合日期已到,他才带着柳如是匆匆赶到苏州来。然而,令人不解的是,几天过去了,陈、钱二人却没有一个回来复命,钱谦益就有点担心了。他不由得开始想,自己是不是把事情估计得太简单?事实上吴应箕、陈贞慧那一帮子人数虽少,在复社当中的影响力仍然相当大。加上阮大铖是钦定逆案中的成员,是狗彘不如的阉党儿子,这种观念十多年来已经在人们的头脑里生了根,一旦要加以改变,绝不是件容易的事。何况,士林当中的情况相当复杂,人人都熟读诗书,脑瓜都会绕弯子,要完全骗过他们并不容易。不错,他们之间确有纠纷,而且相当尖锐。善于利用这些纠纷,固然有可能达到目的;但是反过来,也会恰恰因为这些莫名其妙的纠纷,使再好的计划也葬送掉……

不过,钱谦益内心虽然烦躁,表面上却依然保持从容镇定。他对于下人的态度,甚至比往常更温和一些。今天早上起来,丫环红情失手打破了一只细瓷盅子,把刚炖好的参汤洒了一地毯。要是在平时,钱谦益难免会皱起眉毛申斥两句。可是今天,他只是淡淡地叫她收拾干净,就完了。钱谦益这种"不示人以迹"的处事涵养,自然瞒不过他的那位绝顶聪明的如夫人。只是,即使柳如是,这会儿也在暗暗着急,想不出用什么话来安慰他。而且她还不愿多问,生怕加深了钱谦益的忧虑。所以此刻,当两人在揖峰轩中摆开棋局对弈,钱谦益接连下错了数子之后,柳如是便含笑推开棋枰,说:

"这天气怪困人的,我也没劲儿再下了,想去歇会儿。相公在园子里窝了两天,想必也闷得慌哩,何不到外面散散心?"

钱谦益本来就没心思下棋,听见柳如是这样建议,他点点头,站起来,等红情服侍他换过衣服之后,便携了一支藜杖,叫了一名小厮跟着,慢慢地走出外面去。

钱谦益来到大门口,就站住了。他扬起脸,朝彩云里南头眺望了一阵,直到断定无论是陈在竹还是钱养先的影子,都不会很快出现之后,才失望地转过身,信步向西园行去。

西园也是徐府的产业,跟东园隔着一截街道。徐太仆死后不久,他的儿子把西园东面的一片住宅舍做了佛寺,取名戒幢寺。寺内的住持茂林法师,是一位有道高僧。钱谦益因为常在东园落脚,也就认识了茂林,平日谈经论禅,彼此颇为投契。现在钱谦益想找个人解解闷,便自然想到了他。

正是春天进香的季节,街道上,来来往往净是从四乡赶来进香的客人,有男有女,有老有少,或者乘轿,或者步行,不少人还背着包袱、挑着箩担,在又窄又长的街道上挨着、挤着,那些低矮浅窄的茶馆,生意清淡的香烛店,像着了魔似的,一下子紧张忙碌起来,出现了前所未有的活气。显然,尽管四乡都在闹饥荒,米价腾踊,人心惶惶,但是人们奉祀神灵之心,却丝毫不敢懈怠。他们宁可把裤腰带勒得更紧一点,也要设法拿出尽可能多的香烛和捐赠,再加上更虔诚的祷告和许愿,希望求得神明的垂悯,保佑自己及亲人的福禄康宁……

钱谦益夹在香客当中,来到悬着"戒幢律院"横匾的山门前。他稍稍停留了一下,将门外那些摆卖香烛元宝、胭脂簪珥、牙尺剪刀以至经典木鱼的大小摊档浏览了一遍,发现并无看得上眼的货色之后,才慢慢地踱着方步,走进寺中。

戒幢寺的规模不算太小,一共三进,两边还有别院。寺前的部分本是门厅,现在改成了四天王殿;寺后是藏经阁和僧舍。居中一进的大雄宝殿,是大厅改建的,顶上加了一重飞檐,殿前筑起了露台,气象颇为宏伟。不过这样一来,两侧的厢房便显得低矮局促,不大相称。以往钱谦益也曾一再向茂林住持指出这个毛病,不过茂林听了,总是合十低眉,念一声"阿弥陀佛",说:"罪过罪过,前次改建大殿,所费之资已抵百户中人之产,贫衲为此事至今不安,怎敢再生妄念!"现在,钱谦益发现两厢的景状依然如故。在殿前的空地上,分男女两边,密密麻麻地坐满了香客;露台上设着一架高脚香炉,炉上香烟袅袅,身躯瘦小而面目慈和的茂林法师身披袈裟,端坐于蒲团之上,正在向善男信女们宣讲佛法。

钱谦益因为耳背,开始听不清茂林说什么,后来走得近了,才听出是在述说《大庄严论经》当中的《尸毗王舍身饲鹰》的故事。故事的大意是说:古时有个尸毗王,精勤苦行,一心向佛。佛祖为了考察他心志是否坚牢,乃命天神毗首羯摩化做鸽子,他自己化做老鹰。鸽子躲到尸毗王的腋下。老鹰赶来索取,尸毗王不允,宁愿割自己身上的肉来换取鸽子的性命。老鹰同意了,但要求割下的肉须同鸽子重量相等。尸毗王命人拿来一杆秤,一边放鸽子,一边割自己的肉。谁知身上的肉一一割尽,仍然未抵鸽子的重量。尸毗王最后举身上秤,表示愿意把整个身子舍献出去。这时大地震动,诸天唱叹,佛祖显形,微笑嘉慰。尸毗王心志愈坚,合十作偈说:

> 我割身肉时,心不存苦乐,
> 无瞋亦无忧,无有不喜心。
> 此事若实者,身当复如故。
> 速成菩提道,救于苍生苦。
> ……

钱谦益无聊地站了片刻,估计这种讲经不会很快就完。他一心惦记着家里,只怕在他出来这会儿,陈在竹或者钱养先已经回来了,于是便悄悄转过身,打算退出去。这时候,一个长得斯文秀气的中年僧人,穿过人丛,走到了他的跟前。

"不知檀越光临敝寺,有失远迎,望祈恕罪!"那位僧人打着问讯说。

钱谦益"噢"了一声,连忙还礼。他认得这位僧人法名观照,是寺里的知客僧。"不敢,学生偶因小事来苏,下榻东园,闲着无事,前来走走。既是贵寺佛事正忙,学生就不打扰了。"

"檀越千祈留步。敝寺住持长老吩咐,请檀越方丈奉茶,他即刻便来。"知客僧恭敬地挽留。

钱谦益迟疑了一下,觉得不好推托,只得点点头,由知客僧在前引导着,朝方丈室走去。

还没走出大院,突然"哄"的一声,山门外骚动起来,一群香客神色惊惶地从四天王殿奔进了大院。接着,外面一个声音高叫:"前门、后门都把住了!休得放走一个!"

钱谦益微微一怔,不由自主停住了脚步。院子里听讲的香客,还有露台上的茂林法师和执事僧人不知道发生了什么事,都纷纷回头朝山门望去。

一会儿,只见堆挤在四天王殿前的香客们忙不迭地向两旁闪开,五六个头戴红黑两色帽子的衙役气势汹汹地走了进来。走在最后的,是个四十来岁的圆脸汉子。他头戴瓦楞帽,身穿鹦哥绿夹绸长袍,脚下三丝官履,一时倒瞧不出他是什么身份。

圆脸汉子来到院子里,就站住了。他叉开两腿,倒背着手,阴沉地转动着小眼睛,朝在场的人们来回扫视了几遍,最后目光停在露台上。

"谁是本寺住持?请出来说话!"他大咧咧地说,声音尖锐刺耳。

知客僧观照离开钱谦益,他快步走到那汉子跟前,打着问讯说:

"檀越光临敝寺,不知有何赐教?"

圆脸汉子翻了他一眼:"你就是住持?"

"不敢,小僧是本寺知客。"

"叫你们住持说话!"

"是!——不敢动问檀越高姓大名,以便小僧通报。"

圆脸汉子"哼"了一声,正想说话,一个衙役忽然走过来,指着大殿说:"金爷,那妮子像是躲进里面去了!"

姓金的圆脸汉子眉毛一耸,喝叫:"快搜!"

几个衙役立即朝大雄宝殿奔去。两廊上的香客,稍微躲闪得慢一些的,都被他们撞得东倒西歪。本来坐在院子里静静听讲的香客,吓得"哄"地站立起来,互相招呼着,拥挤着,都想找个安生的地方躲避。院子里顿时乱了套。

姓金的汉子蓦地大喝一声:"不准乱跑!谁跑就锁谁!"

站在他附近的香客呆了一下,犹豫着站住了。其余的人没有听见,依旧乱钻乱躲。钱谦益给人挤在栏杆旁边,靠了小厮的大声吆喝和竭力保护,才没有被挤着。他进又不是,退又不是,心中好生懊恼:"早知会碰上这种倒霉事,我便不来了!"他想。同时暗暗纳闷:"这个姓金的不知什么底细,竟然如此骄横,连衙役都听他指派。他们到庙里来不知要搜拿什么人?"

这时候,只见露台上的茂林长老站了起来。他回头朝侍立在身后的几个僧人吩咐了几句。那几个僧人立即分头走下来,开始极力安抚香客,维持秩序。

茂林长老眼见院子里慢慢平静下来,才不慌不忙地步下台阶。他先来到钱谦益跟前,同他行礼相见。略事寒暄之后,茂林便摆摆手,命手下的僧人先把钱谦益送到方丈室奉茶,免得在这儿被人挤着了。钱谦益心里有事,本来无意久留,又碰上这么件意外的是非,更加扫兴,只想快点离开。不过,一来他不想太拂主人之意;二来,觉得在这种情况下,自己一走了之,似乎也不怎么好。于是,他只得点点头,心里却越来越别扭,觉得来苏州这两天,净碰上些倒霉的事,仿佛预兆着此行并不吉利似的。

"喂,你们往哪走?"姓金的汉子蓦地吆喝起来。这时,钱谦益正没精打采地跟着一名僧人,打算朝方丈室走去。

"我说了,谁也不许乱跑,你聋了吗?"姓金的汉子看见钱谦益没有停步,他猛地蹦过来,气势汹汹地企图阻拦。

钱谦益站住了。一股无名怒火猛地升腾起来。但他仍然极力克制着。他缓缓回过头来,冷冷地瞧着姓金的汉子,一言不发。

"哦,这位是常熟的钱牧斋檀越。"茂林长老连忙跟过来介绍说。也许因为看见姓金的来头不小,而且蛮得可以,生怕钱谦益会吃眼前亏,茂林的语气有点急促。

"钱檀越早年官居礼部右堂,又是东林领袖、文坛宗主,京里也是大大有名的!"茂林很快地补充说。他情急之际,不知不觉地用了一种夸耀的口吻,说过之后,才似乎颇以这种"面谀"为可羞,自己反而脸红了。

钱谦益尖利地瞥了茂林一眼。"你是什么人?"他问姓金的汉子,口气依然十分平静。

听说钱谦益曾经官居礼部右堂,那姓金的汉子似乎呆了一呆,但是刚才他的横蛮劲头使得太满,众目睽睽之下很难兜得转来。他瞪了几次眼睛,又使劲地咽了一口唾沫,才勉强地拱一拱手说:"原来是钱老爷,在下金三,是京里国丈府里派来姑苏公干的,适才不知老爷,多有冲撞,休怪!"

金三报出来历,茂林等僧人听起来还不怎样,站在四周静待发落的香客都不约而同打了个寒噤。有人"啊"地叫出声来,立即又惊恐地窒住了。院子里刹那间更加寂静,微风吹拂树木和鸟儿啁啾的声音听来格外分明。

钱谦益顿时醒悟了:"怪不得他如此骄横,还能动用衙役,原来背后是这样一座大靠山!"钱谦益早就听说,国丈田弘遇最近派人到苏州来采买女孩子,名是采买,实际上只要是看上了的,就连逼带抢,也不管对方愿意不愿意。所以近两个月来,弄得姑苏城里,市井骚然,人心惶惶。大凡长得好看一些的女孩儿,都设法躲藏起来。那些艳名久著的妓女,就更不用说了。本来,田弘遇贵为国丈,富可敌国,对于流落青楼的女子来说,未始不是一个归宿之所。不过,一来田弘遇府内姬妾众多,而且还在不断增加,别说打算宠夺专房,就是要站稳脚跟也很不容易。二来,田弘遇还有一桩怪脾气,每逢有新人入府,开始他总是优礼迎娶,赐给珠冠蟒服,位列姬妾;但是三四天后,就立即贬为婢仆,呼来喝去,动不动就鞭笞毒打。去年,红极一时的秦淮名妓杨宛叔,被田弘遇抢回去之后,就吃尽了苦头。消息传来,把她的姐妹们都吓坏了。所以今年听说田国丈又派人来物色美女,平日稍有一点艳名的,都躲的躲,藏的藏,生怕跳出火坑之后,却掉进了地狱。眼前这个姓金的,八成就是干的这种勾当。只是,采买女孩子,怎么跑到寺院里来了呢?瞧他们刚才的架势,像是要搜寻什么人似的,莫非那女孩子竟逃进这儿来了么?

"嗯,你来这儿干什么?"钱谦益仍然不动声色地问。弄清了金三是田弘遇手下的一名家仆,钱谦益反而放下心来。他同田弘遇多少还有一点交情,去年田弘遇奉旨到南海进香回来,路经南京时,两人还见过一面。当时钱谦益曾应田弘遇之请,写了一首诗送他。要在平时,冲着这份交情,钱谦益对这个金三自然会改容相见;可是此刻,不知为什么,他却涌起了一股要狠狠教训一下这个狂妄之徒的欲望,这种欲望又因为意识到它的愉快后果而变得强烈起来了。

"这,好教钱老爷得知,在下前两天走失了一个人口,嗯,是个女孩儿。有人看见她逃进寺里来,所以进来寻她。"

"什么样的女孩儿?叫什么名字?"

"她叫董白,又叫董小宛,也就十七八岁,鹅蛋脸,大眼睛,一笑两酒窝,身量嘛,不高也不矮……"金三用手比画着说。

钱谦益不由得"噢"了一声。他不仅听说过这个女孩儿,而且还见过她、认识她。董小宛也是秦淮河的一位名妓,不仅美貌出众,而且心思明敏,琴棋书画固然不在话下,她还学得一手出色的刺绣,唱得一口呱呱叫的曲儿,就是人冷傲点儿,顶不爱凑热闹,人们都说她不像个旧院姐儿,倒像个隐居山林的女高士。

"嗯,找到了吗——这个董小宛?"

金三还没有来得及开口,进入大殿搜寻的那几个衙役匆匆走了出来,像是回答钱谦益的问话似地说:"启禀金爷,没有找到。"

"啊,怎么找不到!"金三发急说,登时拉下脸来。

衙役们你看我,我看你,都没有吱声。

"再给我搜!"金三跺着脚叫。

"是,金爷!"衙役们答应着,迟迟疑疑地走开去。

站在前面的香客不由自主地后退了一下,后面的人跟着骚动起来,随即又怕冷似地挤到一块。

"人这么多,仔细瞧瞧,看看有没有躲在人堆里。还有,那些和尚的房间,都给我里里外外搜一遍!"金三发狠地命令着。

听说要搜查住房,在场的僧人都变了脸色,不约而同地望着茂林长老。

茂林的神色有点尴尬。他显然觉得对方并无官府凭信,便要搜查僧房,实在欺人太甚,但是如果不让搜查,又仿佛寺里真的藏着什么女孩儿似的,传扬开去,更加不得了。他犹豫了半响,终于叹了一口气,说:"搜吧,还是搜个清楚的好!"

如果金三不下令搜查僧房,或者虽然下令搜查僧房,但茂林长老不是这样回答的话,钱谦益也许就会对这件事罢手不管了。因为,最初他虽然打算教训金三,后来转念一想,迫在眉睫的那件大事还没有着落,实在没有必要去争这份闲气。他还想到田弘遇是当今皇上的老丈人,他的女儿田贵妃是皇上最宠爱的一个妃子。父女二人都是炙手可热的人物。将来自己入京复官之后,许多事情只怕还得仰仗于他,也实在不便得罪。但是,眼前这个姓金的家伙却不见好就收,似乎根本不把自己放在眼内;而茂林长老遭此凌辱,也丝毫没有向自己求援的表示,仿佛看透了自己并无能力保护他似的。这就使钱谦益感到了一种被人藐视的痛苦,而这种痛苦又由于近两天来的等待、烦恼和失望而变得难以忍受。"哈哈,瞧吧,钱谦益!在别人眼中,你已经成了这样一个无足轻重的废物了!"他恶毒、快意地对自己说。同时感到这些天来——不,这十多年来所积存下来的苦恼、怨毒和愤懑开始在胸膛里翻涌,他极力试图压抑它,却反而使它急剧地膨胀起来。

"慢着!"他费力地喊,声音是暗哑的、微弱的。

金三回头看着他,安抚地微微一笑。钱谦益却觉得,这微笑仿佛在说:"老头儿,你就待着吧!没你的事,你也拦阻不住咱!"

"站住!"钱谦益蓦地怒叫起来,声音大得连自己也有点吃惊,"不许你们胡作非为!"

全场的人,包括金三在内,都愕然呆住了。

"不许你们胡作非为,听见没有?"钱谦益跺着脚又叫。

"钱老爷,是这样的——"金三被钱谦益的气势所震慑,他的口气不由自主地软下来,"我们走失人口……"

"胡说!这戒幢寺是清净佛地,这位茂林长老是有道高僧,怎么会收藏你的女孩儿?"钱谦益瞪起眼睛。

"可是……"

钱谦益做了个"不要听"的手势:"要搜查寺院,得有吴县、苏州的牌票!你有吗?要不——"他转向那几个衙役,厉声地说,"莫非你们身上带得有?"

那几个衙役是苏州府派出来协助金三办事的,事先并没有估计到要来搜查戒幢寺,当然也就没有什么牌票。他们一下子被问住了,张了张嘴,却说不出话来。其中也有认得钱谦益的,知道他同知府大人素有交情,在他的跟前,知府大人还得自称一声晚辈,这会儿见钱谦益发了怒,就更不敢应嘴了。

金三却似乎颇不服气,他挺一挺脖子,争辩说:"钱老爷,我们可是给国丈爷办事。这个女孩儿,是国丈爷点着名儿要的,如今走失了,国丈爷责备下来,在下可是吃罪不起!"

钱谦益冷笑一声:"国丈大人么,我也认识,去年他奉旨往南海进香回来,我还跟他见过一面。承他告诉我,他这次赴南海,是代皇上去给观音大士上香,祈求神明保佑贵妃娘娘玉体安康、早生贵子。观音大士当夜已经托梦国丈大人,谕示允可。但是现在——"钱谦益把脸孔一板,声色俱厉地说:"寺里正在进香,你却带了这些人前来骚扰滋事,大闹佛地,万一神明责怪下来,收回许诺,致使贵妃娘娘哪怕有一点儿差池不测,这个罪,你难道吃得起吗!"

这一番申斥,果然把金三吓住了。他望着钱谦益,现出畏怯的惊恐的神色。终于,他低下头去,额角冒出点点细汗珠子,然而,很快地他又抬起头来:

"钱老爷,您老能担保那个女孩儿必定不在寺里?"

"我——担保!"钱谦益把藜杖朝地上一顿,断然地说。可是,随即他就有点后悔了。因为他知道,倘若这姓金的在别处也找不着董小宛的话,那么回到京里向田弘遇复命时,必定会把找不到董小宛的原因说成是他钱牧斋横加阻挠。如此一来,骄横跋扈的田弘遇就会迁怒到自己的头上,往后的种种是非风波,都可能由此而生。经过刚才的一通发泄,钱谦益现在逐渐冷静下来,开始考虑自己这样做是否值得了。

金三却分明松了一口气:"好,有钱老爷担保,在下就放心了!"他爽快地说,随即满脸堆笑地拱着手,"钱老爷,在下金三,您老什么时候进京,派人呼唤一声,在下便立即过来侍候您老人家——刚才的事儿,请您老千万包涵着点,金三有天大的胆,也不敢骚扰进香,触怒神明!你老不信?这可是真的!将来国丈大人跟前,还仰仗您老多多周全哩!哈哈!真的,您老大人别生小人气……"

他啰啰嗦嗦地说着,看见钱谦益呆呆地一言不发,他就立即闭了嘴,回头招呼衙役,迅速地退出去了。

周围默默地瞧着的香客们,直到这会儿,悬在半空的一颗心才算着了地。他们开始嗡嗡地交谈着,移动着脚步,叹息、摇头,同时,纷纷向钱谦益投来感激和敬重的目光。

茂林长老合十低眉,念一声"阿弥陀佛",然后走上来,朝钱谦益深深打了一个问讯。

"多承檀越庇护敝寺,贫僧感激不尽!此处非说话之所,请入方丈奉茶。"

钱谦益没有做声。不知为什么,现在他忽然觉得,茂林那恭敬虔诚的声音里,似乎有一种乖巧的、愚弄的意味。他不由得投去冷冷的一瞥,随即摇摇手,领着小厮一言不发地朝山门外走去。

二

"相公,你可回来了!再不回来,我可要着人去寻你了呢!"

当钱谦益回到东园,穿过楠木厅,走进他下榻的院落时,柳如是微笑着迎出来这样说。

"唔,有什么事么?"钱谦益步入起居室,把藜杖交给红情,漫不经心地问。

"自然有事,一件不大不小的事呢!"柳如是轻快地走上来,一边帮他脱下外衣,一边说。

"什么事?"钱谦益仍旧沉着脸。

"你猜?"柳如是偏着头儿说,虽然她已经看出钱谦益心绪不佳,却依然想用这种方法逗他高兴。

"嗯,要不是挺要紧的,回头再说吧。"钱谦益的声调里透着烦躁。他离开柳如是,脚步有点蹒跚地朝小书斋走去。

柳如是呆了一下,把外衣交给红情,连忙跟上来:"怎么,哪儿不舒服?"她关切地问,伸手去探钱谦益的额角。

钱谦益摇摇头:"不是,我只觉得,嗯,有点乏了。"他说,慢慢走到一张罗汉榻前,坐了下来。

柳如是顿时忙碌起来。她敏捷地移过一床被褥,让钱谦益靠上,又弯腰替他脱去鞋子,把他的两条腿搬到榻上,然后回头叫:"红情,沏杯茶来!"

钱谦益点点头,闭上了眼睛。他感觉到柳如是温暖柔软的手在他的前额、脸颊和心窝不停地探测着、抚摸着。这是一种亲切的、怜惜的、令人心神宁帖的接触。钱谦益渐渐觉得轻松了一点。又过了一会儿,他勉强睁开眼睛:

"你要说什么事?"

柳如是摇摇头。她从红情手里接过香茶,送到钱谦益唇边:"没什么打紧的事,回头再说吧!"

钱谦益费劲地支撑起身子,红情连忙走过来帮助他。钱谦益呷了两口茶,摇摇头,表示不要了,随即又躺下去。

"那么,你们不必在这儿侍候了,我要静静躺会儿。"他说,重新闭上眼睛。

柳如是服侍他睡好,盖上被褥,又留神观察了片刻,估计确实不是病,这才直起腰来,把茶杯移放到钱谦益伸手够得着的地方,然后领着红情悄悄地退了出去。

钱谦益一动不动地躺着,他确实感到累了,不过头脑却十分清醒。他心情阴郁地回想着戒幢寺所经历的一幕,并且再一次想到:田弘遇这人实在不好惹,他仗着女儿得宠,一贯骄横弄权、贪赃枉法,不少朝中大臣都得仰仗他的鼻息。论威势,他还在周皇后的哥哥周奎之上。倘若他因此怀恨在心,有意跟自己为难,那么今后到了京里,自己的日子就会十分难过,弄不好还会有不测之祸。他越想越懊恼。为了摆脱这种困扰,他只好转而集中精神考虑起这一次的行动计划来。他隐约觉得一切都没有经过认真的推敲掂量,就匆忙草率地作出了决定,其实很不可靠。不过,到底怎么个不可靠,他此刻又说不上来。

房间里很寂静,静得连一点声音都没有。钱谦益虽然闭着眼睛,却分明感觉到窗上的湘妃竹帘子怎样一动不动地垂挂着,淡淡的帘影又怎样投在窗前的紫檀灵芝纹画案上。那案上压着一幅柳如是尚未完成的画——《耦耕堂读书图》。

耦耕堂是钱谦益在常熟城北郊的别墅拂水山庄里的一所山堂,取《论语》里"长沮、桀溺耦而耕"的句意,作为堂名。当年钱谦益眼见复官无望,便构筑耦耕堂,打算约他的老朋友程松圆来一起归隐读书。谁知程松圆到底没有来成,就病逝了。钱谦益此刻忽然想起来这件事,心中的感慨油然而生:是啊,人生但能饮酒读书,优游卒岁,也就大可满足了。终日恓恓惶惶,奔走钻营,空劳心力,实在是何苦来!接着,他又觉得其实连读书也是多余。像程松圆那样,读书一生,胸罗万卷,到头来仍不免于黄土白骨,与草木同朽!干脆如老子、庄子所主张的那样:绝圣弃智、浑沌无知、物我齐一,才是真正的彻底。

这样一想,钱谦益数日来的奔竞之心陡然大减,似乎这一次的图谋成功与否,都没有什么值得介怀了。不错,一切都是虚幻,什么富贵荣华、封妻荫子,无非是昙花一现,转眼成空!人生不过百年,实在不必为此自缚自苦,一切都听其自然好了。于是,他的情绪渐渐松弛下来,胸口也不再那么堵得慌。他的脑子渐渐变得迷糊,开始沉沉睡去……

蓦地,他惊醒过来。他听见了一种细小的嗡嗡声,那是一只黄色的蜜蜂,不知什么时候闯到屋子里来,却找不到飞出去的路。它焦急地、不停地嗡嗡叫着,在屋子里打转,一会儿飞近卧榻,一会儿又飞开去。起初钱谦益还隐忍着,可是那蜂儿飞来飞去,末后竟然飞到他的鼻子尖上来,而且久久地盘旋着,不肯离开。它仿佛把钱谦益的胡子认做了草丛,而把他的两个鼻孔认做了蜂巢似的,大有在此落脚之意。钱谦益心里一急,猛地跳起来,大叫:

"红情,红情!"

"哎,来啦!"红情慌里慌张地奔了进来。

"蜜蜂,打,打!"钱谦益气急败坏地说。

红情怔了一下,才明白过来,脸上现出"原来是这么个事,好把我吓一大跳"的神气。

"打,快打呀!"钱谦益嚷着。

"哟,原来是只蜂儿。老爷,不用打,待婢子放它出去得啦!"红情说着,走过去,打算把帘子掀开。但是钱谦益冒火了:

"混账东西,叫你打你就打!"

"是!"红情不敢再争辩。她从书架旁抽出一支蝇拂,来回赶了一阵,终于把蜜蜂拂落在地上。

钱谦益走近去,看见那只受伤的蜜蜂还在扑扇着翅膀,试图挣扎着飞起来,他就提起脚,使劲一踏,把它踏扁。

"可恶的东西!"他恨恨地说。

红情的眉毛颤抖了一下,现出不忍的神情。她默默地蹲下去,用指头把死去的蜜蜂拈起来。

"老爷还有什么盼咐?"她垂着头问。

钱谦益迟疑了一下,问:"柳夫人呢?"

"夫人陪董姑娘去了。"

"董姑娘？哪个董姑娘？"

红情摇摇头："婢子不知道，婢子只听夫人叫她'小宛''小宛'的。"

钱谦益蓦地一惊："什么，董小宛！你是说董小宛？"

见主人的神情不善，红情害怕起来，点点头，立即又摇摇头。

"她——什么时候来的？"钱谦益厉声追问，把红情吓得倒退一步。

"就在老爷刚才出门的时候。"

钱谦益愣了一下，猛地把桌子一拍，大声吼叫："把夫人请来！"

"是！"红情连忙答应。

"让她自己一个人来！"钱谦益接着又说。

等红情飞快地退出去后，钱谦益一屁股坐到椅子上。他万万没有料到，那个累得他在戒幢寺里招惹了一场是非的董小宛，不曾藏在僧房里，却居然躲到自己的住处来了。而这么一件大事，柳如是事先没得到他的首肯，事后也不向他禀告，就自作主张地把人留下来。"太放肆了，进门不过半年，她就敢这样干，往后还了得？"钱谦益怒气冲冲地想。他决定狠狠教训柳如是一顿，让她懂得作为钱家的一名姬妾，应当怎样恪遵闺范："倘若不严加训责，今天她敢背着我藏个女人，明天难保她就不会藏个男的！"当门外响起柳如是的脚步声时，钱谦益心中的愤怒也上升到了顶点。

柳如是进来了。

显然，她已经从红情那里得知钱谦益大发雷霆的消息，所以走得有点急，不过，神态却十分镇定。

钱谦益陡然回过头来，一句粗暴的话已经冲上嘴边。然而，当他接触到柳如是那坦然、镇定的眼神时，不知什么缘故，他的勇气消失了，一刹那间变得目瞪口呆，不知怎样措辞才好。

柳如是也没有说话,只是用那一双即便在严肃的时候,也显得妩媚动人的细长眼睛,静静地望着对方。

这样相持了一会儿,钱谦益终于移开了视线,咳嗽一声,用不大自然的语调问:"听说,董小宛到这儿来了,可有此事?"

柳如是点一点头:"是的,我正想告知相公这事。"

"怎么来的——她?"

"她说,有恶人追她,慌不择路,误打误撞逃进来的。"

"噢,是什么人追她?"

"听说是京里田皇亲手下的人,来姑苏买女孩儿的。"

"嗯,田皇亲可是个不好惹的刺头儿啊!"

"……"

"你想,这样合适么?——我是说收留她。"

"好歹我们也是手帕姐妹,相与一场,如今她有难,不好撒手不管。"

"可是,你总该先问问我!"

"那时节,正赶上相公出门了。情势又紧迫,才先让她进来了。随后相公回来,本想告知,又碰上相公身子不适,就没敢……"

"胡说!"钱谦益猛地站起身,铁青着脸吼叫起来。他忍耐了许久,但是自己说一句,柳如是辩解一句,丝毫没有知错认错的意思。而且说到后来,反而像是错在他这个一家之主不该出门,回来后又不该推说身子累乏,不询问清楚。一股受到冒犯的怒火陡地升腾起来,他终于爆发了:

"你说的没有半句是实话!净拿些花言巧语来文饰狡辩!我们来姑苏不过两天,董小宛怎么知道来这儿找你?就算她是误打误撞,门公又怎么会让她进来?还有,我刚才是身子不适,可是这么大一件事,你就该立即告诉我,而你却乐得装聋作哑,一声不吭。你到底想干什么?你,你眼中还有我这一家之主没有?"钱谦益一边吼叫,一边呼哧呼哧地喘气,黝黑的脸变得更黑,怒火从他的眼睛里可怕地喷射着。他的胡子向两旁张开,露出一排残缺不全的门牙。

柳如是呆住了。她没有料到钱谦益会生这么大的气。自从她进门以来半年多,钱谦益对她总是低声软语,曲意迁就,千方百计讨她的欢心。可是这一次却突然翻了脸,而且激烈之状非同一般。不错,刚才她是隐瞒了一点实情:董小宛本来并不知道她住在这儿。只为这东园的门公,是董小宛的同乡近戚。小宛逃来找他庇护,恰好柳如是碰上了,一时动了昔日之情,才把小宛招进白石小筑里来。不过,眼下钱谦益正在气头上,柳如是担心这样解释,会更加火上添油,所以只好不做声。但她依然不太明白,何以为着这么点事,钱谦益竟至于大动肝火。这可完全不像他平日的处世风度。

"哼!"钱谦益冷笑着说,"你敢情是怕我知道之后,会把她撵出去吧?那么,我现在明白告诉你,我确实不许她留在这儿。你告诉她,让她快点走!"

"啊,为什么?"

"不为什么。总之,她必须赶快离开此地,越快越好!"

"可是,外面有人要抢她……"

"这我不管!"

柳如是的眉毛抖动了一下,看来也有点着恼了。可是,随即她就放弃了这种念头。她走上前去,开始迷人地笑着,扯着钱谦益的衣袖,摇摆着身子,用撒娇的口吻说:"我要你管,我要留下她,我要嘛!"

"不行!"钱谦益的口气斩钉截铁。

柳如是一怔,脸蛋涨得通红。她负气地摔开钱谦益的袖子:"我偏不去说,要去,你自己去!"

钱谦益瞧着柳如是,胡子动了动,想说句什么,可是他终于一跺脚,向外面叫:"红情,红情!"

柳如是急了,她慌忙赶上去,拦住钱谦益:"可是你让她到哪儿去?她刚刚死了亲娘,如今,她自己又病得腻腻歪歪的!"柳如是的口气简直是在哀求了。

钱谦益转动了一下眼睛,对于这个消息似乎感到意外。他停止了呼唤,转过身,慢慢地踱到画案前,对那幅尚未完成的《耦耕堂读书图》默默地瞧了片刻,然后没有瞧柳如是,也没有抬起头,用一种低沉而缓慢的声音说:

"你要我怜悯她,那么有谁来怜悯我呢?……唉,你——还是让她走吧!"

柳如是睁大眼睛听着,似乎有点明白了。她静默下来,呆呆地坐到椅子上,不再提出异议。只是,她的鼻翼在掀动,愈来愈急促。终于,她背过身去,轻轻地抽泣起来。……

三

"哼,只要有我黄宗羲在,断不容那伙败类的奸谋得逞,这是毫无疑问的!"黄宗羲抿紧了稍稍向前突出的嘴唇,坚决地想。这时,他正走在苏州城西阊门内的大街上。他走得那样急,以致胳肢窝下挟着一个青布包袱、正从身后替他打着油纸伞的书童黄安都有点跟他不上。

绵密的春雨在无声地飘洒着,雨水浇湿了石子铺砌的路面,浇湿了街道两旁店铺的黑瓦顶,也浇湿了街上来来往往的油纸伞、斗笠和轿顶,给本来就显得闷闷不乐的行人脸孔,蒙上了一层灰暗的色彩。这一场春雨,按说来得正是时候,要在以往,它至少能给忧惧不安的人心，多少注入一些温暖和希望。可是如今不行了。如今的苏州，这个江南首屈一指的商埠、丝织业的中心、大明帝国空前繁华的一个象征，经过多年来沉重的战费负担的消耗，以及去年夏秋之间那一场横扫三吴地区的大旱和蝗灾的袭击，终于彻底地衰落了，几乎成了一个乞丐塞途、饿殍载道的鬼蜮世界。仅仅在大半年前，那遍布全城的机房里，提花织机还一天到晚地轧轧作响，如今已经难得听到了。那纵横交错的水巷，昔日还飘荡着美妙的吴侬软语和琵琶铮钹，如今已经被穷饿无计的呻吟愁叹和失去亲人的哀哀痛哭所代替。至于最热闹繁华的阊门一带，由于商船往来稀少，店铺纷纷闲歇，以往那种百货充盈、游人熙攘的景象也已经荡然无存，只剩下少数的店铺还勉强支撑着门面，那景况也相当惨淡可怜了。只是由于最难熬的春荒已经过去，四乡涌来的饥民开始逐渐离开，加上盛传复社的相公们又要来参加虎丘大会，这对于正在饥寒中苦苦挣扎的市井小民来说，无论如何总是个碰运气、谋活路的机会，于是他们拼着一口气，又想方设法地积极活动起来，才使得萧条冷落的市面，多少恢复了一点活气。

不过，此刻黄宗羲却没有心思理会这些，因为最近以来复社内部所发生的事态是如此的严重，简直把他的全部思想都占据了。他是三月初七那天夜里，同朋友们结束了在李十娘家的饮宴，回到冒襄下榻的河房之后，才第一次听说有人试图替阮大铖翻案的。当时，他是那样的吃惊和愤怒。他不仅完全同意社友们认为这桩阴谋的主角是几社的分析，而且拍案而起，主张立即前往松江，向几社之徒大兴问罪之师。只是由于陈贞慧力主持重，再三劝说，他才勉强忍了下来。按照陈贞慧的计划，他们当然决不放过几社那伙败类。但是，考虑到自从前些日子，在争当大会主盟的角逐中失败以来，自己这一派人的影响力已大为削弱，加上另一个主盟者郑元勋看来又已经同几社的人穿上了连裆裤，光凭自己这么几个人，到时也许控制不了局势。为稳妥起见,还必须去请一两位德高望重的东林元老出来压阵。这一点,黄宗羲也是同意的。然而,在讨论到究竟请谁出面的时候,他却同大家发生了争执。他提出钱谦益就住在常熟,与苏州近在咫尺,不妨请他出面;但是多数人不赞成,而主张到金坛去请周镳、周钟兄弟。本来,周氏兄弟都是士林中声誉卓著的人物,又是坚决的反阮派,请他们出面也未尝不可;但是吴应箕等人却因此而排斥钱谦益,把他说成似乎是不可信赖的。这一点,却大大激怒了黄宗羲。他不能容忍任何人藐视和诋毁钱谦益,尤其不相信吴应箕所说的,钱谦益似乎也主张宽纵阉党的传闻,因此当场就同他们争吵起来。偏偏对方人多,特别是侯方域和顾杲,说话又尖又损,黄宗羲只有一张嘴巴,争他们不过。他一怒之下,便声言不同他们一道上虎丘。后来,亏得陈贞慧、梅朗中、张自烈几个竭力劝解,又同意黄宗羲上常熟去把钱谦益也请来,才把这场风波好歹平息下去。

　　现在,陈贞慧和顾杲到金坛去了,冒襄经过大家劝说,也同意参加大会,但又说有事要办,必须先上常州,独自走了。剩下黄宗羲跟着吴应箕、侯方域、梅朗中、张自烈几个,提前到了苏州,住进皋桥往东不远、一位名叫钱禧的社友家里,打算一边观察动静,一边预做准备。不过,黄宗羲仍然一心想着到常熟去访钱谦益,而且由于想到很快就会同这位老世伯相见,他的心情甚至变得更热切了。

　　说到黄宗羲同钱谦益的关系,确实与一般人不同。这不仅因为黄宗羲的父亲黄尊素与钱谦益当年同属东林,两家本来就有交情;而且还由于黄尊素被阉党迫害致死后,钱谦益对这位故人之子,多年来一直十分关怀照顾。他看见黄宗羲生活拮据,常常给予资助不必说,还特意把黄宗羲请到常熟家里去住下,将全部藏书向他敞开,让他潜心攻读,同他一道讨论切磋。钱谦益的文章学问,黄宗羲自然是十分敬佩;而黄宗羲的饱学深思,见解不凡,也常常使钱谦益大为惊异,于是又不遗余力地向别人推奖揄扬。因为这些缘故,黄宗羲对这位老世伯一直十分感激,把钱谦益当做前辈知己。虽然他早就拜了著名大儒刘宗周为师,但比较起来,博学多才、思想灵活、不拘一格的钱谦益却另有一种特殊的吸引力,使黄宗羲不由自主地对他怀有一种亲近的依恋之情。事实上,在黄宗羲看来,钱谦益作为当年身受迫害的东林元老,无论是就对阉党的仇恨而言,还是就目前在士林中的威望影响而言,周镳、周钟兄弟都无法与之相比。任凭几社那伙人再嚣张跋扈、再善于蛊惑人心,到时只要钱谦益出面说上一句话,他们的阴谋就一定不能得逞。这一点,恐怕周氏兄弟还未必能做到。

"哦,无论如何,我得赶紧到常熟去,越快越好!"他在心里这样催促自己,不由自主地兴奋起来,脚步也迈得更快了。

这样一直走到吴趋坊。这一带是书坊萃集的地方,大大小小的铺子很是不少。过去黄宗羲到苏州,总要上这儿来转一转,所以并不生疏。不过,现在黄宗羲到这儿来,却不是为了买书,相反是打算把手头一套宋版《潜虚衍义》设法抵押出去。因为他已经有两年多没见钱谦益了,这一次上常熟,不管怎么说,总得办点礼物。但眼下他已经是囊空如洗,别说办礼,几乎连回家的旅费都颇费踌躇。照理说,他也不该弄到这样子,仅仅半个月前,身上还带着五六十两银子。谁知碰上了陈贞慧、吴应箕这伙朋友,三天两日不是饮酒,就是访妓。虽说自有冒襄、陈贞慧这些阔气的公子哥儿做东,可自己也不好意思天天白吃,偶尔也要还上一席两席。这么一松手,转眼工夫就把钱花个精光。自然,他还有一班朋友,但为着请钱谦益出面的事,刚刚同他大吵了一场,现在又低声下气地伸手借钱,黄宗羲无论如何也放不下这个面子。想来想去,最后才想到这部《潜虚衍义》上。这部书半个月前闹了一场风波。后来黄宗羲到底舍不得,把它送到裱褙店去,经过那里的老师傅仔细地漂洗、修补,重新装裱,居然奇迹般地大体恢复了原貌。这是目前黄宗羲手头惟一还值点钱的东西,他虽然十二分舍不得,也只好狠狠心暂时押出去。这件事,本来派黄安办就成,可是黄安来了一趟,回去说书坊的老板们刁滑得紧,明明值十六两银子的书,他们竟然只肯出三两四两,最通融的一个也只出到七两。黄宗羲又气又急,把书童骂了一顿,说他不中用,连这点小事都办不好。但骂归骂,到头来,却还得亲自出马。

"无论如何,这套书是十六两买来的,我就得押回十六两!"黄宗羲执拗地想,挥手赶开几个围上来讨钱的小乞丐,又侧身让过了一队扛着棺材号哭而过的送丧行列,这才踏进大来堂书坊的门槛。

这所大来堂,据黄安说,就是愿意出七两银子的那家书坊,瞧门面倒也平常,外面竖着"古今名书发兑"的木招牌,当门一个小小的柜台,四面靠墙壁排列着书架,上面堆满了各种书籍,此外就是一张小方桌和几张椅子、凳子之类,那是供顾客歇脚的。不过,此刻里面却看不见一个顾客,只有一个伙计模样的后生正伏在柜台上打盹。

黄安合上油纸伞,在门槛外甩了几下积在上面的雨水,顺手把它倚在门边上,就走过去摇醒那伙计,说明来意。谁知不巧,书坊老板不在家。问去了哪里,那伙计也说不清;让他派人去找,又诸多推搪地不愿意。最后,黄宗羲听得心头火起,干脆叫黄安别理会他,管自移了一张椅子在门边坐下,并命黄安把那套《潜虚衍义》拿过来,一边作最后的摩挲掌玩,一边等候坊主回来。

淅沥的春雨还在不停地下。雨水在门槛外积聚起来,又缓慢地向更低洼的地方流去。这雨已经下了整整一天,街道上的泥尘污垢被洗得差不多了。如今这一小片流动的积雨看上去是清澈和干净的。它被屋檐上不停落下的水滴溅击着,勾画出一长串奇妙的图案。

黄宗羲把《潜虚衍义》从楠木匣子里取了出来。这书共有四册，一色灰蓝色的书衣，有点发黄的宋笺藏经纸书签上，印着书的名称，看上去十分古雅。翻开里页，可以发现这书不仅纸幅版框特别高大，而且字体也挺大，一个个方正工整，刀法圆润，更兼纸色墨汁，粲然夺目，一望而知是宋代浙版书中的精品。美中不足的是，个别书页上，如今留下了一些无法漂洗干净的污痕。这污痕使黄宗羲感到心疼和愤恨，同时又使他对这书更多了一分抱愧和爱惜之情……终于，他长长地叹了一口气，把书合起来，不看了。"虽然不得不暂时把它抵押出去，但是为了答谢钱老伯，也为了不让替阮胡子翻案的阴谋得逞，这是应当的，值得的！"他一边把书重新放回楠木匣子里，一边这样说服自己，又用青布包袱重新把书裹好，搁在膝盖上，抬起头，开始向街上张望。

这条吴趋坊，紧连着阊门大街，虽然也是个人烟稠密、店铺众多的去处，可是街道却挺窄，对面屋子里的情形，可以看得很清楚。书坊的正对面是一爿不小的布店，左侧是间药材铺子，右侧是卖杂货的，再旁边还有几间书坊和别的店铺。这会儿，雨下得小了些，街上的行人渐渐多了起来。黄宗羲看见：两乘轿子踏着水花过去了；一个瞎眼的老头掮着一把胡琴，由一名十三四岁的小姑娘引路，从小巷里慢慢转了出来；三个小孩冒着雨，蹲在房檐下的积水边，在放一只木制的小船；于是又招来一个瓦刀脸的闲汉，指手画脚地从旁充当指导，并以他的油腔滑调，逗引得正倚在就近门边的一个浓妆艳抹的大嘴女人，吃吃地笑个不住。此外，那些肩挑手提，匆匆而过的行人也自然不少。"嗯，书坊老板这会儿也该回来了吧？"黄宗羲想，不由得睁大眼睛，用热切的目光迎着每一个走近来的可疑者，并不时抬起头，向更远的地方眺望。

正当他盼得有点心焦的时候，忽然，街道上响起了一阵杂沓的脚步声,一个衙门公差,手里扬着一张公文模样的纸片,大摇大摆地走过来。在他的身后,还跟着一群各执扁担的挑夫。他们来到书坊正对面的布店前,就站住了。只见那公差走进店去,大声地说了几句什么,随即走出来,朝那群挑夫做了个手势,说:

"快,进去搬!"

挑夫们挤拥了一下,正要往里走,这时,店主人——一个胖胖的中年男子气急败坏地奔了出来,朝那公差一个劲地行着礼说:"头翁息怒,头翁息怒!请听小可一言,此次承值,非是小店有意拖延,实因遭遇荒年凶岁,亏损甚大。这百匹之数,小店已是多方筹措,百计张罗,还望头翁宽限数日,一定如数送到府衙,感激不尽!"

那公差冷笑一声,说:"李老爸,你这话说了也只好当放屁!你要我宽限你,大老爷却不宽限我!你须也知道,这次可是京里周国舅爷着人来姑苏买货,限令今日取齐,便是大老爷也只有顺着他!"

李老板哭丧着脸道:"皆因机房歇业,货源不继,自从传闻周国舅来苏办货,绸缎之价,一夜暴长,竟高出往时一倍有余。小店大亏之后,本微力薄,实在是……"

那公差无动于衷地说:"你本微也罢,本厚也罢,今番该你承值,便是倾家荡产,也得如数办齐!"

李老板急了,结结巴巴分辩说:"可是、可是府里分明出过告示,立了碑文,说一应上司按临时之府县公务,照依时价平卖,再不用铺行承值的呀!"

那公差怔了一下,顿时变了脸,大吼一声:"这个,你跟大老爷说去,我管不着!"说完,一挥手,吆喝那群挑夫:"给我搬!"

在他们对答的当儿,黄宗羲一直在目不转睛地注视着。这时他有点明白了:看来,是苏州府责令这布店代购百匹绸缎,可是这布店却因折了本,无力张罗。所以如今官府便派人上门,强行收缴。本来,朝廷过去是有所谓"铺户当行买办"之制,规定各行铺户必须轮流义务当差,替官府采办货物。办货的钱表面上由官府发给,但实际上,却往往并不给足,到底给多少,那就得看当官各人的品性而定,其间伸缩性很大。不足的部分,照例就由各行当值的铺户自己补足。铺户们畏惧官府的势力,只有忍痛认赔。这个制度实行多年,把铺户们逼迫得叫苦连天。有办法的富商,就设法投靠官府,逃避差役;没有办法的中小商人,往往被弄到倾家荡产,甚至还有卖儿卖女、投河上吊的。铺户们不堪重负,联合起来实行罢市的事件也屡有发生。后来朝廷看见积弊实在太多,不得不作一些变通,改"当行买办"为"招商买办"和"金商买办",还立了碑文。但是看来,此项弊政并未真正革除,只要下面喜欢,照样还这么干。

这当儿,街道上已经围起了一些看热闹的人,把黄宗羲的视线挡住了。他不由得站起来,伸长脖子从人们的头上望过去。他看见那些挑夫在公差的指挥下,正不停地从布店里把一匹一匹的绫罗绸缎搬出来,准备挑走。那个李老板失魂落魄地站在一旁,浑身上下不停地发抖。黄宗羲心中很是不忍,他想了想,回过头,吩咐正站在一旁看得发呆的书童说:

"黄安,你去,请那位头翁过来,就说本相公请他说话。"

"头翁?哪位头翁?"黄安有点莫名其妙。

"喏!"黄宗羲一指那个公差。

黄安眨巴了一下眼睛,显然有点不乐意:"大爷,你又想管……"他噘起嘴巴说。

"叫你去你就去!"

黄安没有办法,只好跨出门,分开围观的人,走前去同那公差说了几句,然后带着他走回书坊来。

那公差是个黑脸汉子,长着一部络腮胡子和两道几乎连到一起的眉毛。黄宗羲迎上前,拱一拱手,正要说话,随即发现门外那些看热闹的人,已经纷纷转过身来,好奇地瞅着他们。于是,他便把手中的那套《潜虚衍义》往椅子上一放,做了个相让的手势,说:"头翁,请借一步说话。"

那公差睁着眼睛,把他打量了一下,疑疑惑惑地跟着。一直走到距门口最远的那排书架前,黄宗羲才回过头来,瞧着公差的眼睛,恳切地说:"头翁,小生有一句话,不知当说不当说?我瞧这布店生意萧条,情形困窘,倒不像是故意拖延的,头翁何不与人方便,就宽限他几日呢!"

那公差见他是个秀才,起先不知道有什么事,倒有几分恭谨之色,听他这么一说,顿时冷下脸来,摇一摇头,说:"先生有所不知,非是在下不肯通融,皆因此事系府里大老爷亲责下来,要克期办妥,在下也是身不由己!"

"这'当行买办',朝廷不是明令裁革了么,怎么如今又在实行?"

公差瞥了他一眼,满不在乎地说:"裁革归裁革,但这些事儿,也只能瞧着办罢咧!譬如今番京里周国舅派人来办货,一封书送到大老爷手里,大老爷还能不用心打点么?这笔钱,公库里开销不了,大老爷又不能自己掏腰包,也只有分摊给各行铺户了。"

黄宗羲厌恶地皱紧了眉头:"可是这些铺户已是患难余生,朝不保夕,还要如此摊派,岂不是要他们的命么?"

公差呵呵地笑起来:"先生也忒老实些!别瞧这些铺户专会装穷叫苦,其实哪一个屋角床底,不埋着一万两万的?你不下狠劲儿挤,就别指望他拿出来!这事我经历多了,放心,他们完不了,远着呢!"

"非也!"黄宗羲被公差昧着良心的胡说激怒了,"眼下分明是寇虏交煎,天灾频仍,民生忧悴,百业不振。铺户行商,破产者不知凡几!幸能保存者,亦是苦苦支撑,辗转挣扎。须知商贾之业,亦是民生所系,不可或缺,为政者应当爱惜之,振拔之,方是正理!像这等鞭扑敲剥,锱铢不遗,试问百姓尚有何生理,国家尚有何生理?"

他越说越激昂,用力地做着手势。可是那公差显然有大半听不懂,而且不明白黄宗羲为什么会突然如此激动。他大约只觉得这个秀才呆气十足,根本不值得同他纠缠下去,便转过身,做出要离开的样子。然而,没等他迈开腿,就见挤在门外瞧热闹的那些人骚动了一下,一个十一二岁的小男孩跌跌撞撞地奔了进来,一把揪住公差的衣裳,用带哭的声音嚷:

"这是我家的东西!你为什么抢我家的东西?你还我,还我!听见了没有?"

他一边嚷,一边使劲往公差身上撞。

那公差猝不及防,倒闹了个手足无措。当弄清是怎么一回事之后,他就暴怒起来,一巴掌把那孩子扇到一边去,骂道:"小杂种,连你也来寻老子开心!"他还想举脚踢去,临时瞥见黄宗羲愤然的目光,才勉强把已经抬起的一只脚收回来,朝地上狠狠地吐了一口唾沫,大踏步向外走去。

黄宗羲扶住被推倒在自己身上的孩子,睁圆了眼睛,打算大声喝住公差,同他评理。就在这时,黄安惊慌的声音蓦地响起来:

"啊呀,大爷,你的书呢?"

黄宗羲心中一跳,回过头去:"什么?"

"书,书,那部书!"

黄宗羲"啊"了一声,连忙奔到他原来坐的那张椅子跟前。顿时,他像着了魔似地呆住了——椅子上空空如也,刚才被他随手放在上面的那套《潜虚衍义》已经不翼而飞了。

四

"超宗兄,不知养先可曾向你言及?学生此次不自量力,意欲替阮圆海向江南诸君子缓颊疏通,实在是欲借此事为契机,了结我朝二十余年的一场公案,消解相仇不已的门户之争。惟是人情陷溺已久,一旦更变,实非容易,稍有差池,便会反招其乱。所谓'治丝愈棼',不可不慎!故学生不得已,才出此下策。这也是为天下安危着想。倘若有人因此不谅学生,学生亦惟有甘心受之而已!"

钱谦益说这一番话的时候,正是黄宗羲在书坊失窃的第二天上午。他坐在徐氏东园楠木厅当中的一张紫檀木扶手椅上,用两根指头不慌不忙地转动着腕上的一串念珠,时不时朝坐在对面的客人瞟上一眼。

由于陈在竹和钱养先终于在昨天同时回到了苏州,大半个月来混沌难测的局面顿时明朗起来。钱谦益现在了解到:两位心腹族人这一次分头执行使命,总的来说是意外的顺利。钱养先方面,已经通过扬州的郑元勋,联系了一二十位在社内有一定地位和影响的人物,他们都答应在虎丘大会上,对于停止攻击和压制阮大铖的建议给予支持,并设法对他们的学生和友好做说服疏通的工作。至于陈在竹到松江一带散布流言蜚语的结果,也已经促使旧几社那帮子人个个怒气冲天,摩拳擦掌,发誓要同吴应箕、陈贞慧等人大干一场。钱养先还呈上阮大铖的一封亲笔密信,信中除了极力吹捧钱谦益,称他是宰辅长材,众望久归,入阁拜相,是势所必然之外,还再一次表明自己决意洗心革面、投靠东林的"耿耿孤衷"。这一切,都使钱谦益感到满意和放心,很大程度驱散了这些天来一直笼罩在他眼前的愁云疑雾。他又重新变得自信、沉着、精力充沛了。

按照原定计划,在整个行动中,钱谦益都不直接出面,只在幕后指挥,以避免承担万一失败的后果。因此第二步,就必须物色一个能够代替钱谦益在大会上支撑场面、操纵局势的人物。这个人物也已经初步确定,就是眼前这位客人——扬州大名士郑元勋。

他是复社在扬州地区的社长,又是本次虎丘大会的两位主盟者之一。何况现在,他实际上已经成了本计划的积极追随者。由他来充当这一角色,正是再合适不过。虽说在钱谦益看来,此人略嫌魄力不足,不过到时有陈在竹、钱养先等人从旁协助,估计问题不大。前一段,钱谦益出于谨慎的考虑,没让钱养先过早地向对方透露,而打算亲自来做这件工作。

现在郑元勋正带着敬畏的神情,专心地在听钱谦益说话。他是一个开始发胖的中年人,有着亮晶晶的脑门和一张圆滑随和的脸。他听得那么留神,以至整个肥大的身躯都紧张地向前倾着,大张着胡须稀少的嘴巴,再加上一双睁得滚圆的小眼睛,使他看上去很像一只受惊的鹅。这种姿态,引得坐在旁边的陈在竹朝钱养先直递眼色;而坐在另一边的钱曾——一个面孔苍白、神情阴鸷的青年儒生,他是钱谦益的族孙和晚年的得意弟子——却侧目而视,满脸瞧不起的样子。

当钱谦益故意顿住话头,等待客人反应的时候,郑元勋立刻站起来,拱着手说:"老先生苦心孤诣以谋社稷之安,耿耿丹衷,天日可表!便是晚生也一向以门户之争为忧,只苦于人微力薄,无济于事。今得老先生奋袂前导,晚生不胜欢忭鼓舞,感佩无已!老先生以为晚生尚有可用之处,虽赴汤蹈火,亦不敢辞!"

钱谦益微微一笑,腕上的念珠转得更轻快:"超宗兄言重了!学生素闻兄襟怀旷达,见识高远,料知不只必能谅我,而且必能慰我。适才之言,足见肝胆!学生得到超宗兄这么一位良朋,可真是喜欢得很哪!"

"老先生如此嘉奖,令晚生羞惭欲死。老先生泰山北斗,望重群伦,晚生无任钦仰。惟是远处广陵,未得侍奉左右,时时亲炙,常以为恨!"受宠若惊的郑元勋赶紧又说。

钱谦益点点头,捋了一阵胡子,忽然微微仰起脸,朗声吟道:

> 月华蘸露扶仙掌,
> 粉汗更衣染御香。
> ……
> 金罂玉瓒须携醉,
> 任是蜂狂总未知!

他侧过脸,斜瞅着郑元勋:"嗯,学生记得两年前,超宗兄送来的那些《黄牡丹诗》中,好像有这么几句?"

"啊,老先生还记得?"郑元勋的脑门发亮了。提起两年前的《黄牡丹诗》,那可是郑元勋平生第一件得意的豪举。当时,在扬州他家的影园内,开了一株极罕见的黄牡丹,一丛五朵,朵朵大如海碗,复瓣繁蕊,奇丽异常,见者无不啧啧称羡。郑元勋一时动兴,决定大排筵席,招请四方名士,饮宴赏花,拈韵赋诗。并事先宣布:夺魁者以金杯一双为酬。到时果然宾客云集,着实热闹风光了一场。那批诗,后来就送到常熟,请钱谦益评定。结果广东举人黎遂球所作的十首七律名列第一。这件事,当时轰动远近,传为雅谈。而影园主人郑元勋的大名,也因此不胫而走,传遍了大江南北……

"那一次,全仗老先生俯允主持,遂使荒园雅集,顿增光仪。岂惟黎美周因之声价十倍,便是晚辈也叨光不浅哩!"郑元勋感激地说。

"区区微劳,何足挂齿!"钱谦益摆摆手,示意客人重新坐下。停了一停,他忽然微笑说:"倒是今日之事,学生却要仰仗超宗兄的大力哩!"

"岂敢,但请老先生主持大局,晚生愿供驱策!"

"不,"钱谦益摇摇头,"学生确实要仰仗吾兄!此次学生来姑苏,尚有其他要事,三月二十八,是无法分身赴会了。不过,有兄为我主持一切,学生甚为放心!"

郑元勋仿佛没有听清:"老先生是说、是说,要晚生主……主……"

"不错!"钱谦益的口气很郑重,他停止了转动念珠,"一客不烦二主。此次大会,兄已执其牛耳,就请一并代学生主持此事,正是两全其美。"

郑元勋大吃一惊地噎住了。一种错愕、胆怯、怀疑的神情从他那滚圆的脸上显露出来。他嗫嚅地说:"多、多谢老先生见爱,只怕晚生驽钝下材,难、难以当……当此重任。"

"兄何必过谦!学生既以此为大事,自不欲见其功败垂成。若非深知我兄足副此任,学生也不会贸然相托。况且在竹、养先,还有遵王——"他指一指那位名叫钱曾的青年儒生,"到时都要上虎丘去,他们自会全力襄助足下。"

"只是,只是晚生确实自问无能当此重托,还请前辈另委贤能,晚生愿竭尽绵薄,促其成功。"郑元勋极力推托,由于惊惶,也由于着急,额上冒出了星星汗珠子。

钱谦益沉下了脸:"啊,莫非超宗兄竟如此见弃?老夫废置多年,昏庸老迈,自知不足以动兄台之心,难道兄台也不以社稷苍生为念么?"

郑元勋的眉毛抖动了一下,飞快地瞥了一眼钱谦益:"啊,不敢,不是的……"他畏惧地说。

"那么——"

"呃、呃,实、实在……晚生实在是自知无能,难、难当此重托……"郑元勋掏出一条汗巾,擦着脑门上的汗,抱愧地低下头去。

看见对方如此推托,钱谦益很不高兴。他是这样看的:郑元勋之所以对开脱阮大铖一事表现得颇为热心,无非是想巴结讨好他钱谦益,指望钱谦益将来复职升迁时,能够提携他一把。不错,对在这件事上出过力的人,钱谦益自然不会忘记。不过,既然如此,那就得服从指派,舍得付出代价。这也如同合伙做生意一样,本钱下得愈多的,到头来分得的一份红利才会愈大。然而眼前这位郑大名士,却刁滑得紧,既想图大利,又怕亏本钱。"哼,亏你开头说得好听,一见了真章儿就忙着往后躲。莫非指望我钱某人自个儿拿这把老骨头去拼,好让你们跟着捡现成不成?"钱谦益越想越恼火,他一声不响地站起来,沉着脸,气呼呼地走进屏门后面去了。

这一着显然大出郑元勋的意料。他吃惊地站起身,双手做出挽留的姿势,可是又不敢叫出声来,只是用惶急的眼光,求援似地瞧着在座的三位钱氏族人。

但是这会儿,那三位族人却变得像泥胎木偶似的,全都脸色阴沉地坐着,一声不响。

郑元勋不由得怔住了。渐渐地,他那张滚圆的脸孔由红转白、由白转青。他动了动嘴巴,想说句什么,到底没有说出来,只是呆呆地坐了下去。

看见他这个样子,钱氏三位族人互相递着眼色,又故意挨延了一阵,钱养先才站起来。

"哎,超宗兄,你这是怎么啦?"他走过去,拍着郑元勋的肩膀,"在扬州,我们不是谈得好好儿的?——这次大会,你是主盟,由你出面主持,正是顺理成章,谁也替代不了的!"

陈在竹依旧是那副乐呵呵的样子:"莫急莫急,我算准超宗兄必定应允,只是他还得想想。这么件大事,难怪他要慎重。换了是我,也一样的!"他一边说,一边朝钱曾使着眼色,"遵王兄,你说是么?"

后者却鄙夷地"哼"了一声,算作回答。

听着这三位族人一唱一和,郑元勋的眉头皱得越来越紧。他显然明白,要是坚持不肯应承的话,将会带来什么后果。但是如果应承……

"超宗兄,你到底意下如何?"钱养先催问了。

郑元勋蓦地抬起头,意外地发现,钱谦益不知什么时候又走了出来,正站在屏门边上,一声不响地朝外注视。他刚刚进去时那种凌厉的、愤怒的神气已经看不见了,代之以焦急、担忧和期待的神情,甚至整个人也一下子显出了老态——微弓着腰,吃力地向前倾侧着右耳朵……

"这个,这个……"郑元勋支吾地说。

"唉,莫非真的就是这等为难么?"陈在竹悲天悯人的声音响起来。

"哼,我平生最恨的,就是那种忘恩负义之辈!"一直阴沉着脸的钱曾突然开口了,"这种人,有求于人时就急巴巴地找上门来,反过来让他帮点忙,就半天也放不出一个屁!"

郑元勋拿着汗巾的手抖了一下,停住了。他抬头望了望,希望钱谦益对于手下人这种粗暴无礼的言辞有所干预。然而,令他失望的是,此刻的钱谦益不知是受到钱曾那句话的挑动,还是别有想法,他仍然保持着刚才的站立姿势,但是眼睛里却分明地闪烁着刻毒和冰冷的光芒……

郑元勋心头一震,惶恐地低下头去。半晌,他终于咬咬牙,说:"好吧,既蒙老先生见爱,晚生从命就是!"

五

《潜虚衍义》的失窃,使黄宗羲懊恼得要死。要不是想到自己多少也有一点责任,他简直就会把黄安捆起来,狠狠揍上一顿。如今他已经落得书财两空,走投无路。不过,他仍然不打算转而向朋友们求助,也不肯放弃给钱谦益送一份礼物的计划。"无论如何,我绝不改变,绝不!"他想。昨天夜里,他倒背着手,在屋子里走过来,走过去,苦苦思索了大半晚,终于又想出了一个办法。今天一早起来,他先把黄安反锁在屋子里,声明中午不给饭吃,要书童"枵腹思过"。然后自己就独自出门,打算到阊门外的浙东会馆去碰碰运气。

雨住了小半天,可是堆积着的云朵阴沉沉的,总不肯散。黄宗羲夹把油纸伞,穿过行人不多的大街,出了阊门,走到了一座石砌的拱桥上。这座横跨在护城河上的石桥,有着巨大的拱形环洞,哪怕是载重一二千石的粮船,都可以在它下面畅通无阻地来往。桥的右侧不远,是一个大码头,从那里有水路可以直通大运河。要是在以往,这一带总是泊满了大大小小的商船,熙攘繁忙的景象赛过庙会。可是如今却零落得很了。黄宗羲在桥上停了停,随即记起,这桥上本来躺着一个面目黄肿的女孩,约莫有四五岁,身上一丝不挂,蓬头垢面,肮脏不堪,也不知是谁家丢弃的。前两天黄宗羲经过这里时曾看见过她,如今却不在了。"大概总算碰上好心人,给收留去了吧!"他想,打算继续走路。可是忽然,他又看见了那女孩,原来不知什么时候已经被人移到桥头树下的垃圾堆里。她一动不动地仰面躺着,也不知是死是活,肚子胀得发亮,四肢却似乎开始腐烂,正在往外淌着脓水,一大群金头苍蝇嗡嗡嘤嘤地绕着她打转……黄宗羲心头一震,感到喉头作呕。他连忙别转脸,三步并作两步走下桥头,径直向左走去。

"唉,苍生涂炭,至于此极!可是几社那伙人却不思同命共济,救民于水火之中,反而想方设法去替阮胡子翻案,真是可恶可恨!而定生他们现放着近在咫尺的钱牧斋不去请,却宁可绕道金坛去求周仲驭,也是毫无道理!"他愤愤地想,要办成眼前这桩事的决心更大了。

浙东会馆坐落在南濠,离桥头并不远。当黄宗羲来到那三扇装饰着砖雕的门前,向门公说明有事来访的时候,大门里忽然响起了急促的脚步声。接着,奔出来三个怒气冲天的汉子。为首一个,头戴瓦楞帽,身穿酱色绒衫的,一出门口就站住了。他回过头,指着里面破口大骂说:

"什么狗屁会馆?才钻出裤裆几天?你识得大爷,大爷还不识得你哩!告诉你,大爷这里可是有苏州府发下的牙帖!你胆敢违抗,自有官府同你区处!"

他接着又骂了一些粗鄙难听的话。看见会馆内始终静悄悄的,没有人出来招架,才气昂昂地领着手下人走了。

黄宗羲暗暗纳罕,不知道发生了什么事情,但估计不外是生意上的争执,也就不再理会。等会馆的掌事人迎出来,他就堆起笑容,上前相见。

会馆的掌事人姓毕,名石湖,是位谦和中透着精明的中年商人。他见黄宗羲既是位在学的相公,又是浙东同乡,便分外殷勤恭敬。他把客人迎到堂上,重新行礼。等黄宗羲在上首的交椅坐定之后,他不敢也坐椅子,扯了张四开光坐墩在下面相陪。

黄宗羲虽然心里有事,但同对方毕竟素不相识,不好意思马上开口,只得一边品着茶,一边先同他天南地北地闲聊,无非是商货行情、家乡近况之类。谈了一阵,毕石湖忽然问:

"先生是余姚世家,不知已故的黄太仆公讳尊素的,同先生怎生称呼?"

"不敢,便是家父。"黄宗羲拱着手回答。

毕石湖"啊"了一声,连忙站起来:"原来先生便是黄公子,小老竟然不知,失敬高贤了!"说着,就要跪拜下去。

黄宗羲慌忙起身扶住,说:"老爹且坐,何须如此!"

可是,毕石湖执意要行礼,双方争持了一会儿,黄宗羲到底拗不过,只得受了他半礼。

"公子,非是小老定要多礼。"等重新坐定之后,毕石湖才解释地说,"小老虽是一介行商,也颇知忠义之理。当年魏阉当国,矿监、税吏横行州县,我工商之民饱受敲剥,惨苦难言,奄奄气尽。是东林诸公不忍坐视,仗义执言,触怒魏阉奸贼,不幸竟以身殉!此等大恩大德,凡我商人之有心肝者,又岂敢一日忘怀!又如公子,当年袂被赴京讼冤,于公堂上,为父报仇,手出铁锥,当场击毙阉党爪牙二人,重伤二人。此等大孝大勇,谁人不知,谁个不赞!今日得仰台颜,实是小老三生之幸!"

"啊,老爹言重了,小生愧不敢当!"黄宗羲连忙拱着手,谦逊地说。虽然如此,看到父辈们的业绩,至今仍受到人们的由衷景仰,这毕竟是值得欣慰和骄傲的。他不由得兴奋起来,呷了一口茶,把杯子往方几上一放,说,"老爹,说到工商之民,小生却有一私见:历来为政者俱视工商为末业,而视农为本。时至今日,此说仍牢不可破。遂致禁制之,摧抑之,视为正理。其实,世上若无工匠,这一应民生日用之物,从何而来?世上若无商贾,这一应货物,又安能转运流通?可知农是本,工商又何尝不是本?"

"啊,先生是说——工商皆本?"毕石湖似乎有点意外。看见黄宗羲肯定地点点头,他就变得沉默起来,捋着胡子,半晌,才感叹地说:"不瞒先生,此疑窦存于小老心中,亦已多年,惟是无此自信。今日得先生一语道破,真乃茅塞顿开,心目一豁!"他抬起头,感激而又恳切地说,"公子高才卓识,他日定能飞腾宦海,出秉大政。如此,便是我辈之福了!今日难得公子屈尊下顾,小老无以表敬,意欲略备菲酌,敬奉三杯,祝公子福寿无量!"

"哎,不必了!小生尚有要务在身,即刻便要去了!"由于忽然想起此来的目的,黄宗羲连忙摆着手说。昨天夜里,他苦苦想到的那个办法,就是打算到这儿来,凭借同乡的关系,设法向商人们通融一笔钱,同时修一封书,说明情况,让对方带回余姚,由家里代为偿还。这么一个变通之策,看来是理应行得通的。他停了一下,正打算提出来,偶一回头,忽然瞥见屏风旁边,有一双混浊而又呆滞的眼睛,正直勾勾地望着自己。那双眼睛嵌在一张青灰色的、油晃晃的脸上。这没有戴帽子、光着一头蓬蓬乱发的人,仿佛在等待机会,看见黄宗羲发现了他,就兴奋起来,扭动着脸孔,先做出一个讨好的笑容,然后弯着腰,缩着肩膀,很快地走出来。

"嘻嘻,大人,你来啦?嘻嘻,小人请大人的安!"他莫名其妙地称呼说,跪下去,"咚咚"地叩了几个头,然后低着头,急急地又问,"嘻嘻,大人,阊门内牙行的汪大元,不知你老可认得?大人若是认得,求大人去说说他,叫他将小人那批海货,早早销发了。求求你,大人,小人求你啦!"

说完,他又趴在地上,"咚咚"地叩起头来。他叩得那么使劲,很快,额上就碰出一块紫色的淤血。他却仿佛一点也不觉得痛,仍旧不停地叩下去。

"哎,黄相公不必理他!"大约看见客人被这突如其来的纠缠弄得愕然失色,毕石湖连忙解释说,"他是个疯子!"又回头呵斥道,"马小舍,你怎么又糊涂啦?谁让你跑出来的?回去,快回去!"

但是马小舍却不肯走,仍然一个劲地苦苦哀求,说他是借了高利贷来经商的,家里的老母妻儿都在盼着他早早卖了货物回去。求"大人"无论如何一定要帮他的忙。毕石湖几次喝他不住,还是会馆里的两个小厮闻声出来,才把他半劝半拖地弄进去了。

黄宗羲沉思地目送着。毕石湖显然颇为不安,一再道歉。黄宗羲摇摇头,表示不介意。

"嗯,方才听这位马……马兄的口气,像也是位客商,不知怎地弄得如此模样?"他转过脸来,瞅着主人问。

毕石湖摇摇头,叹了一口气:"这事说来,也是我们行商的一大苦处。别瞧我们无非载货扬帆,将本图利,自在得很。其实一买一卖,俱受制于牙行。不经牙行,便不能购货,亦不得发卖。那牙行主人,仗着有官府牙帖,坐收厚利不算,还恣意欺侮我们外来行商。大凡商货初到,他也照例宰鸡开宴,招妓演戏,殷勤招待。及至商货入了他仓里,他便任意把持,私行取用自不必说,还每每压住商货,不与你觅主批卖。弄得我们客商,常有坐守数月一年,货物仍未能脱手的。相公试想,我们做行商的,哪一个不把性命全押在这行情涨落上?被他这样一压,好端端的热货,便成了冷货。这不是要了命么!"

"噢?商货跌价,牙行又有何好处?"

"自然也无好处,只是他一味招揽,自己做不来,又不许我们自行批卖。到了货贱时,他便愈加压住不发,却照旧向我们收取仓租牙用。我们这些客商,财雄势大的也有,总是小本经纪为多,哪里受得起他这等簸弄!刚才这个马小舍,便是被他压了九个月,其间催问了无数次,反遭他奚落抢白,一时想不开,便发起疯癫来。如今一见生人,就以为是官府衙门来的。唉,瞧他那样子也着实可怜!"

黄宗羲平日,对于牙行凭借官府势力欺压客商的劣迹,亦时有所闻。不过,像这样把客商逼疯的,却是头一遭听说。他沉默了一阵,皱着眉毛问:

"这位马兄既遭此不幸,何以不早日将他送回家乡将息料理?也免得他家人悬望。"

毕石湖点点头:"黄相公所言甚是,便是小老也意欲尽早送他归去。只是眼下尚有用得着他处,所以才留下再住数日。"

"啊,一个疯癫之人,尚有何用处?"

毕石湖没有立即回答。他那谦恭随和的脸变得有点阴沉,一双眼睛却异样地亮起来。他瞧了瞧黄宗羲,从紧抿着的嘴唇里吐出三个字:

"打官司!"

"噢?"

"马小舍被他们逼成疯癫,这事我们浙东客商都气忿不过,俱说如今不比往日,既已立了馆,就不能再受他欺压。决意联起手来,同他斗一斗。定要牙行为这事向我会馆赔礼认错;马小舍一应商货损失、汤药使费,得由牙行赔偿;今后我浙东商货到行,均须及时批卖,不得任意稽延。否则,今后一应货物,会馆俱自行觅主发卖,再不经他牙行!"

"这——固然甚好,只是那牙行怕未必便肯?"

"他自然不肯。刚才,还来了三个人上门吵闹。不过,我们已经算计定了,拼着花他一笔银子,把本地几个有力的乡绅请出来主持公道;何况,官府庇护牙行,也不外得了他的使费,只要肯花银子,不难买他一个秉公而断!"

黄宗羲想了一下,点点头说:"牙行欺人太甚,不妨与他斗一斗!"他抬起头,奋然道,"小生不才,亦愿为乡里略尽绵薄。在下如今便要到常熟去谒见钱牧斋老先生。钱老先生德高望重,在此间极有力量,若得他一纸关照,不愁官府不秉公审处。这一封书,小生自问还求得来!"

毕石湖一听,喜出望外,连忙站起来,深深作下揖去,说:"若得黄相公援手,正是小人们之大幸!只是劳动不当。"又问:"黄相公所言的这位钱老先生,不知可是曾任礼部右堂的钱大人么?"

"正是。"

"哦!那么,好教相公得知,钱大人眼下不在常熟,他已来姑苏。昨日,小人亦央人引见,前往叩拜,只是钱大人事忙……"

"你说什么?"黄宗羲的眼睛顿时睁大了,"牧老已来姑苏?他、他现在何处?"

"就下榻在离此不远的徐氏东园。"

黄宗羲"啊"了一声,顿时笑逐颜开。他站起来,向主人深深一揖,说:"既然如此,小生这便告辞。不过,尚有一事相求……"

他正想把借钱的事提出来,然而,就在这时,只听大门外蓦地响起一阵呼喊,接着,两个仆人跌跌撞撞地奔了进来,一见毕石湖,就惊慌地说:"老、老爹,不好了,打、打进来了!"

黄宗羲和毕石湖都吓了一跳,同时问:"谁打来了?"

"牙、牙行的人!"

话音刚落,就听外面乒乒乓乓地乱打乱砸起来,几个声音在狂叫:

"踏平了他!"

"叫他神气!"

"砸、砸!狠砸!"

黄宗羲毫无思想准备,不禁惊得倒退几步,愕然地朝外张望。倒是毕石湖显得比较镇定,他皱起眉毛,果断地一挥手:"关上二门!"随即冲上前去,同仆人们一齐动手,把沉重的二门用力关上。当他们刚刚上好门闩,进攻者已经在外面把门扇撞得"咚咚"直响了。

这当儿,住在会馆里的其他客商听见响动,都纷纷从各个角落里奔出来,有的人手里还拿着随手抓到的扁担和棍棒。大堂上下,转眼间聚起了几十人。当弄清发生了什么事之后,一个个都现出吃惊、愤怒的神色。忍不住的,就破口大骂起来。更有人主张出去同对方拼个你死我活。

正当他们议论纷纷,门扇却猛烈地震动起来。大约进攻者搬来了大圆木,正在从外面撞击。大家吃了一惊,连忙再加了一道门闩,又把大堂上那些紫檀木桌椅搬来,一股脑儿把门顶住。做完这一切之后,毕石湖朝震动不已的门扇瞅了一会儿,然后做手势让大家静下来,他提高嗓门叫道:

"喂!外面的,住手,住手!我们有话要说!"

一连叫了几声,外面却根本不理,相反,撞击得更加疯狂了。幸而这门扇本来就是专为防盗而设,用的是两整块花梨木合成,外裹铁皮,十分坚厚,加上有三道门闩和许多桌椅抵住,一时还不致被攻破。但时间长了,就很难说。大家都感到事态严重,一齐望着毕石湖,等他拿主意。

毕石湖也显得有点紧张,他挥挥手,领着大家退进三门,又合力筑起一道防线,这才说:

"方才,弟已经着人火速去报官。只是,官府何时才派人来,肯不肯派人来,都无从预知。如今之计,要么死守,要么退走。打算不同,处置也不同,事不宜迟,望列位从速决断!"

他的话刚说完,好几个声音同时叫起来:

"许多商货都在馆里,怎么不守?守!一定要守!"

然而也有相当一部分人没有做声,脸上露出畏惧的神色。

毕石湖扫了他们一眼,冷冷地说:"要守,就大家一块守。走一半,留一半,那就别指望守得住。大家瞧着办吧!"

听他这样一说,大家你瞧我,我瞧你,开始嗡嗡议论起来,各摆各的理由,一时间谁也说服不了谁。就在这时,只听外面"哗啦"一声巨响,接着便是进攻者们的狂呼乱叫,显然,二门已被突破了!

一刹那间,三门内的人们像是遭了雷击似的,一个个都停止了争论,在原地呆立不动。

就在这一片死寂当中,忽然,人丛中响起了笑声。那是一阵欢乐的、怪诞的、使人听了毛骨悚然的笑声!接着,一个头发披散的人钻了出来,大声欢呼说:"好了,好了!我的商货回来了!听,大箱子,好大的箱子!哎,你们别摔、别摔,摔坏了我要你赔!"说着,跌跌撞撞地奔过去,开始很着急地把堵在门上的桌椅杂物又推又拉,要把门打开。

大家吃了一惊,当看清那是疯癫了的马小舍时,几个人就连忙奔过去,横拖倒拽地把他弄到一边去。可是马小舍不肯,又是叫又是哭,又是苦苦哀求,那凄厉的声音在庭院上空久久回荡,听得人们都惨然地低下头去……

这时,自从二门被攻破之后,停止了片刻的打砸声忽然又在门外爆发了。大家都吃惊地抬起头来。一个年轻的商人显然悲愤已极,他一拳擂在门扇格上,厉声大叫:

"牙行的狗杂种,实在欺人太甚!若是这一次再轻饶了他,往后我们浙东人就别想在这一方立足了!守,非守不可!"

说着,他一手抄起棍棒,大步走到毕石湖身旁,气冲冲地瞪着大家。人们到了这时,也已再不迟疑,纷纷拿起自卫家伙。

毕石湖看见这种情形,就点点头,说:"既然大家情愿死守,那么好,听我号令——"他刚要说下去,忽然想起了什么,临时又做了一个"等一等"的手势。然后,快步走到正站在一旁沉思地注视着三门的黄宗羲跟前,说:

"黄相公,我们这些人,身家性命都系于这一场争斗,已决意死守。相公是局外人,犯不着同我们一道冒这风险,本馆有一道侧门,与隔壁全晋会馆相通,请相公过去暂避。如何?"看见黄宗羲一声不响地摇摇头,毕石湖迟疑了一下,又说:"相公倾诚相助,本馆十分感激。只是相公是万金之躯,若有什么差池,在下实在担待不起。情事已急,相公若有意援手,出去之后,请速往官府,促他派人前来弹压,小可便毕生感戴大德了!"

可是,黄宗羲仍然摇摇头,他缓缓举起手,指着三门,从牙缝里挤出一句话:"把这门——开了!"

"啊?"

"哼,什么牙行!本相公倒要会一会他们!快——开了!"

六

钱谦益默默地瞧着已有几分酒意的钱养先一个劲儿扯着郑元勋碰杯,暗自在心里盘算:"如今总算已经万事俱备,只等着大会来开锣了!如果一切顺利,作出公议,应当连夜派人进京,把消息报知周延儒。这样,到五月底,最迟六月中,老周守信的话,就该有所动作。算他再不起劲,也不能拖过今年。否则,我照样有办法把阮胡子再打下去,让他吃不了兜着走!嗯,那么说,就是今年,今年我就出山了!哈哈!"一想到自己苦苦熬了十三年之后,终于又能重立朝班,扬眉吐气,钱谦益心里充满了难以形容的喜悦。他放松身体,靠在椅背上,微微眯起眼睛,开始历历如绘地想象一旦九重诏下,朝野如何额手称庆,亲友们如何奔走相告,门生故旧如何络绎来贺。然后,就是隆重的送别,旅途的应酬,到京之后同僚的迎接,皇上的赐见,出席喜气洋洋的接风酒宴和参与朝房密殿里的各种军机大事……不过,有一件事,他此刻还拿不定主意,就是到时把全家都带进京去呢,还是轻装简从?如果不带家眷,那么把柳如是丢在常熟,却是难以放心得下;但如果让她以"夫人"的名分跟着自己进京,又难免会招来物议……

"启禀老爷,余姚黄太冲先生求见……"一个熟悉的声音在耳畔响起。

钱谦益抬了抬眼皮,发现李宝站在花厅的门口,"嗯,他说什么?谁来求见?"他迟钝地想。蓦地,他回过神来,心中一惊。

"啊,来、来了、来了多少人?"他失态地站起来问。

"回老爷,只是黄相公一位,并无别人。"李宝回答,有点奇怪地瞧了主人一眼,随即把拜帖递过来。

"什么?"钱谦益急躁地侧着耳朵。

李宝把刚才的话又大声重复了一遍。

"哼,传个话都不清楚,嗡嗡嗡就像蚊子叫!"钱谦益悻悻地呵斥说。弄清楚并不是吴应箕、陈贞慧全伙上门来,他松了一口气,这才瞧一瞧拜帖。的确,如果在这个时候走漏了风声,被对方找上门来同自己吵闹,那可是大大的不妙。不过,虽然如此,钱谦益仍旧怀疑黄宗羲是被对手们派来刺探动静的。他离开座位,一声不响地在室内来回走了片刻,立住脚,瞅了瞅已经停止了谈话,正在一齐望着他的几个心腹,用犹疑不决的口气说:"请黄相公外堂奉茶,我随后便来。"

等李宝答应着退出去之后,钱谦益又皱着眉头,寻思了一下,这才吩咐陈在竹等陪着客人,他自己出了门,慢慢向楠木厅行去。

"……嗯,他若不是来刺探我的便罢,他若真的为此而来,我就干脆给他个矢口否认,看他能奈我何!哼哼,对了,我正愁不清楚他们的动静,趁此机会倒可以反过来摸摸底细哩!"当钱谦益隔着楠木厅的窗棂,望见黄宗羲那熟悉的背影时,他终于暗暗拿定了主意。

钱谦益的这种想法,黄宗羲自然是不知道的。他刚刚在浙东会馆里碰上一场争斗,激于义愤,打算冒险去见那伙暴徒,面斥其非,被会馆的人竭力劝住。幸而,在最后一刻里,官府总算派来了衙役,才把暴行制止下来。不过,经过这一场破坏,会馆损失惨重,人心惶惶。黄宗羲犹豫了又犹豫,到底不好意思再开口借钱,只得匆匆告辞,赶到徐氏东园来。好在如今不是上常熟去,算不上专程拜谒,即使不送礼,也勉强说得过去。虽然如此,黄宗羲到底心中不安,总觉得有点对不起这位老世伯似的。

现在,黄宗羲听见了一种熟悉的脚步声。那是他在常熟半野堂读书期间听惯了的、沉稳而又略带几分拖沓的脚步声。他的心跳动了一下,迅速地转过身去。一刹那间,一种热烈的、狂喜的表情,从他那张清秀的小脸显现出来。他用闪闪发光的眼睛瞅着钱谦益,仿佛要拥抱他似的,急切地向前迎了两步,随即弯下膝盖,拜倒在地上。

"哎呀,贤侄!不必多礼,不必多礼!"钱谦益满面春风地迎上前,紧紧抓住黄宗羲的胳膊,用一种亲昵的、不拘形迹的动作,把他扶了起来。

"小侄不知世伯也在姑苏,拜望来迟,望祈恕罪!"黄宗羲拱着手说。他的小脸因为喜欢而发红,目不转睛地瞅着钱谦益。

钱谦益也在微笑着,不住地打量着眼前的世侄,发现黄宗羲除了脸上多了几分风尘之色外,体魄依旧是那般挺拔、健壮。发达的肌肉,从蓝布直裰的胸前、肩头凸现出来。一双秀气的眼睛里,仍旧闪烁着纯真、智慧的光芒。不知什么缘故,每当看到黄宗羲,钱谦益总是不由自主地在心里拿他同自己的儿子孙爱相比,并且油然涌起感叹:我的儿子要是像他,该有多好!那样我就心满意足,把一切事业都托付给他,再用不着以垂老之身,还为着一顶劳什子乌纱而栖栖惶惶,虚耗心力了。何况,他对我实际上又是这般亲近、依恋……此刻,这种感情又一次在钱谦益心中涌现了,而且比以往更加强烈,使他暂时忘记了从花厅出来一路上的种种疑虑和盘算,只感到由衷的喜悦,仿佛感情当中长期遭受簸弄、伤害的一角,忽然得着了抚慰似的。

"老伯,小侄此次出来,到处听闻老伯行将起复,入赞中枢,真乃令人惊喜不胜哩!"当最初一阵热烈的寒暄过去之后,黄宗羲在椅子上坐下,端起一杯茶,立刻又放下来,兴奋地说。

"噢?"钱谦益不在意地应了一声,仍旧不住眼地打量黄宗羲,并未从刚才的状态中摆脱出来。

"只是周阁老为人贪婪忮刻,未必有此胸襟!倘若又旁生枝节,从中作梗,实在不可不防!"

钱谦益迷惑地望着黄宗羲热切的脸容和圆睁的眼睛,好一会儿弄不明白对方在说什么。蓦地,他清醒过来,随即想起黄宗羲此次来访,可能是奉吴应箕、陈贞慧他们的指派,向自己刺探消息的。这位年轻有为的世侄,其实是窥伺在旁的危险对手。缠绕在钱谦益心头的绵绵情意立时烟消云散了。他警觉起来,沉默了一会,拿起了几上的茶杯,淡淡地问:"嗯,怎么?"

黄宗羲本能地也端起茶杯,但又一次放下了:"周阁老对老伯嫉忌甚深!"他急急地说,向前挪了挪身子,"这些年,他与温体仁交相排斥老伯,天下共知,不必复论。此公无才无德,秉政多年,惟知阿迎上意,未见有尺寸建树;且广纳苞苴,贪赃受贿,较之温体仁,尤为放肆无耻。此次东林诸君子合力举之出山,小侄窃以为失计!虽然如此,此公却未必感恩知报。何况老伯一旦复出,必以斡旋运会、矫正人心为己任,宏谟一展,益见其庸陋,彼又安能甘心乎!"

钱谦益斜睨着黄宗羲,眼睛里怀疑和戒备之意越来越重。黄宗羲一坐下就大谈周延儒,而且没有一句好评,正刺中了他心中的隐私。"莫非他们真的知道了,却派他来警告于我?"他想。可是,瞧黄宗羲的神气又不大像。于是,他不动声色,照旧淡淡地说:

"老夫起复之说,近来传闻确是不少。惟是凿空之言,均无实据。其实,老夫如今年逾花甲,但得优游林下,于愿已足,这'兼济'二字,倒也无复萦怀了!"

"啊,老伯安能作如此想!方今天下扰攘,社稷危殆,正是仁人志士用命之秋。老伯雄才峻望,四海共瞻。凡我君子,谁不倾耳侧足以望老伯出秉大政。倘若以小人之故,甘心独善,其如苍生何!"

钱谦益没有回答。黄宗羲这一番话令他颇为感动。他现在已经看出来,这位世侄一片至诚,胸无城府,决不是为着刺探消息而来的。"可是,他又哪里晓得,我岂是真心的甘于老死山林?相反,眼下正为复出的事殚精竭虑、寝食不安呢!"他望着黄宗羲,默默地想,忽然冒出一个希望:要是这位世侄能站到自己一边,支持自己,那该多好!他是东林的遗孤,又是《留都防乱公揭》的发起人。到时,他如果能够出面表示宽宥阮大铖,那效用自然非比寻常。不过,这办得到么?

"唉,皇上英明天纵,惟于用人一端,却令人百思不得其解!"黄宗羲并不理会钱谦益的沉默,管自愤愤地低声说,"今上并非不知东林为君子,却以有一二非君子之人混杂其间,而事事猜疑提防;也并非不知攻东林者为小人,却以其可以牵制东林而不惜重用之。遂致十余年间,君子尽去而小人独存。如此下去,只怕大明真要亡呢!"

钱谦益怔怔地眨着眼睛,似乎没有听清。当他终于弄明白之后,不禁大吃一惊:这世侄竟敢放肆到攻讦起皇上来,这还了得!万一给厂卫的人侦知,便是破家灭门之祸呀!他不胜张皇地向四边望了望,压低嗓门训斥道:

"贤侄,你怎地如此荒唐!这种话也能说的么?亏你还是个圣贤之徒、忠良之后,怎地说出这种反贼流寇一般的悖语狂言来!你莫是不要命了!"钱谦益越说越严厉,他当真动了气:这群书呆子怎地如此不知死活,平日讥评大臣,议论朝政倒还罢了,竟放肆到指摘皇上的不是!这种念头,顶多只能悄悄地想一下——那也是有罪,他却公然无忌地说出口来!钱谦益觉得黄宗羲的这种情绪十分危险,很想狠狠地呵斥他一顿,教他知道即使在自己面前,说话也应当有分寸。可是,当他看见黄宗羲低着头闷声不响时,口气不知为什么却软下来:"嗯,这话悖谬之极!不过,你在这里说说还不打紧,若到外面去,千万不能!可记住了?"他犹豫了一下,慰解似地说,"只要有我东林、复社诸君子在,嗯,大明亡不了!"

"可是,江南的社局,是越来越不成话了!"黄宗羲爆发似地抬起头来,满脸是苦恼的神情,"沽名钓誉者有之,争权夺利者有之,同类相残者有之,简直是一塌糊涂!"他的胸膛急剧地起伏着,终于,仿佛抵受不住内心的压力似的,猛地站起身,来回走了几步,突然回过头来,"听说,还有想替阮大铖翻案开脱的!"

钱谦益正想着如何开导黄宗羲,听了这话,心头一震。虽然他刚才还打算把对方拉到自己这边来,可是猝不及防地听到这么一句,仍然像被击中了要害似的,一下子目瞪口呆,不知道该怎么回答。

幸而黄宗羲并未察觉。他忧心忡忡地紧抿了一会嘴唇,然后长长地吐了一口气,开始把三月初七那天晚上,他同吴应箕、陈贞慧等人如何在李十娘家聚会,后来又如何回到冒襄下榻的河房里商议,大家听到消息后如何愤慨,如何认定是旧几社那帮人捣的鬼,以及大家准备在虎丘大会上同旧几社的人大干一场,现在陈贞慧和顾杲已经到金坛去请周镳、周钟兄弟相助等等,原原本本地向钱谦益述说了一遍。末了,他说道:

"郑超宗和几社那帮人竟敢替阮胡子翻案,我黄宗羲第一个放他们不过!但听说社内有不少人还附和其说,不以为非,不以为耻!真不知他们当初入社,所为何来?竟然糊涂若此!"

钱谦益小心翼翼地皱着眉毛,竭力不让自己流露出任何异常的神色。他侧着耳朵,注意地捕捉着黄宗羲说出的每一个字眼,终于,他暗暗吁了一口气——无论如何,对手们当真完全不知底细,岂止不知,还错把旧几社的人当成了攻击的目标,准备大闹一场。啊哈,这正是自己求之不得的一种局面!想到曾经被他估计得极为困难的这件事,竟然进展如此顺利,一切都像有神明在冥冥中扶助似的!钱谦益不觉大为宽慰,但同时又多少有点遗憾。因为他看得出来,黄宗羲也如同吴应箕、陈贞慧一样,是绝不会在这件事情上妥协的。指望他站过来支持自己,更绝无可能。想到刚才见面之初,自己对于这位世侄所产生的那种不能自抑的感情,钱谦益的内心不禁漾起一丝苦笑。

"不知老伯亦曾听闻此事否?"

黄宗羲的声音在耳边响起。钱谦益一怔,回过神来。他本能地打算加以否认,可是不知为什么,话到嘴边却说不出来,只是在喉咙里"咕噜"了一声。

"哦,原来老伯已有所闻!"

"不!"钱谦益慌忙说。他犹疑了一下,又补充道:"我对此事一无所知!"

这样说了之后,他就把眼睛移开,以免接触对方的真诚的视线。

"原来如此!不过,替阮大铖翻案之事已无可疑。虎丘之上,一场内讧只怕势在难免了!"黄宗羲烦恼地说,"次尾、定生他们都说旧几社那伙人久有独揽大权把持社局之心,小侄本来也不甚相信。不过,看到此次他们如此妄为,分明是存心挑起大纷争,却又令人不得不信!"于是,他又把自从复社领袖张溥死后,旧几社一派人如何妄自尊大,不把吴应箕、陈贞慧等人放在眼里;这一次虎丘大会他们又如何故意拆台,使吴应箕等人当不成主盟;吴应箕等人又如何气愤等等告诉了钱谦益。

钱谦益听完之后,却没有做声。不错,要是早半天工夫听见这个消息,或者这个消息是由别人的口中说出来,钱谦益必然会大慰胸怀。可是,此时此刻,在黄宗羲口中又一次听见这种忧心忡忡的投诉,以及看见他满怀希冀的焦急眼神,钱谦益的心中却有一种空虚茫然之感。

"老伯,小侄此来,意欲有一事相恳,未知老伯能答允否?"

"哦,贤侄只管直说。"钱谦益的态度显得格外和蔼。

"小侄想请老伯亲赴虎丘,平息此番内讧!"

钱谦益蓦地一惊,他失态地站起来,慌乱地说:"这,这怎么行?不行!"

黄宗羲奇怪地瞧着钱谦益:"小侄看来,到了这一步,除非有德高望重如老伯者出面,已是无人能排解此事。"

钱谦益情急地盯了黄宗羲一眼,使劲地摇头。

"啊,莫非小侄此议有何不妥之处?"

钱谦益又摇一摇头,神情却越来越尴尬和难看了。

"那么,莫非老伯忍心眼见复社毁于一旦不成?"黄宗羲的语气里流露出明显的失望。他显然无法理解,像钱谦益这样一位他素所景仰的东林前辈,何以对于这样一件关系复社存亡的大事,竟然会无动于衷?

"贤侄,是定生、次尾他们让你来的吧?"钱谦益注视了黄宗羲片刻之后,突然冷冷地问。

黄宗羲一怔,摇摇头:"不是。次尾他们并不知道老伯来了姑苏。小侄到这儿来,事先也不曾告诉他们。"

钱谦益笑了:"贤侄又何必瞒我,此等大事,次尾、定生着你来问我,原也应该!"

"老伯说的是。不过,小侄此来确实不曾告诉他们。"黄宗羲回答得很认真。

钱谦益不言语了,可是冰冷的目光仍旧在黄宗羲的脸上停留了好一会儿。直到断定对方并非说谎之后,他才重新堆出微笑,走过来,拉住黄宗羲的手,用亲昵、诚恳的口吻说:"贤侄,不是老夫存心推托。你也知道,老夫以病废之身,待罪山林,虽然深自韬晦,亦难免为朝中小人所侧目。去岁蔡奕琛行贿事发,不肯入狱,竟诬告老夫教唆复社构陷于他。幸赖天子圣明,置之不问。此次若公然出面干预社事,岂非适足授彼以柄?老夫一身不足惜,只怕于社事不惟无补,抑更有害呢!虎丘之会,既然定生已赴金坛请仲驭、介生他们来,纵有大事,他们尽能应付裕如,贤侄倒也不必担忧。"停了停,他斜觑着黄宗羲,又意味深长地补充说:"眼下四海汹汹,人情昏乱,谣言蜂起,往往真假难辨。贤侄须得自有主张,心明力定,勿为他人所蛊惑左右,这也是要紧的!"

第 五 章

一

　　一连两天的阴雨,使从四面八方聚集到苏州来的复社社友们颇为扫兴。他们大部分时间都被困守在各自的客房里,喝闷了酒,睡厌了觉,各种话题也都谈完了,只好百无聊赖地望着灰蒙蒙的天空皱眉头。有人甚至断言,这次虎丘盛会必定被这鬼天气弄得黯然失色,兴味索然。可是,到了三月二十八这一天,一抹明亮的曙色出乎意料地从天东头冒了出来,接着,沉默了多日的鸟雀也开始吱吱喳喳地啼鸣着,扑棱棱地上下飞窜。虽然天幕上还浮荡着薄翳,原野上也依旧水气迷蒙,但是曙色深处,一朵嫣红的朝霞蓦地绽开了。它犹如从天孙的织机上飞出的锦缎,不断地涌现着、堆积着,把璀璨的光华投向高天,投向大地,投向炊烟四起的城市。于是,返青的小树林啦、正在开耕的田野啦、城头上的雉堞啦、屋脊上的瓦顶啦,都一齐闪出五彩的光晕。微冷的空气中,有一股清爽的、令人心神愉快的意味。

　　从大清早起,阊门外码头、接官亭、钓桥一带,就聚拢了各式各样的大小船只。因为几天来,复社的相公们又要大会虎丘的消息,已经传遍了七里山塘,所以船户们都纷纷赶来抢一份生意。其中有一篙一橹的"七里舤",有双橹的快船,还有重檐走舻、富丽堂皇的沙飞船,一只一只都拾掇得雅致整洁,船身漆着彩纹图案,讲究的还在窗户上嵌上蠡壳,在舱里陈设着香鼎瓶花。掌篙摇橹的,大都是些中青年的船娘。她们的发髻梳得油光水滑,脸上薄薄地施着脂粉,鬓边插着珠翠,雪白的手腕上还戴着明晃晃的镯子,娉娉婷婷地站立在船头上。每当岸上来了客人,她们就七嘴八舌地用苏白招呼起来:

"几位公子阿要上虎丘去白相?介末请坐我的船去好哉,船上有茶喝,有点心吃,交关之舒服稳当,保管公子们满意,好哦?"

"两位大爷来啊来到苏州哉,我的船又快又稳,上虎丘白相最便当,还有这位大爷,也一起来哉,勿要看介只船小,再坐几个人也勿要紧格!"

"介搭去虎丘,坐船最舒服哉,如果这几位通通要去,我划船相送,价钿一定便宜,好哦?"

一般外地初来的客人,见了这样如花似玉的船娘,听了这甜美动听的柔声软语,都会顿时心平气和,觉得很难拒绝。老实一点的甚至连价钱也不好意思同她们争论,身不由己地就跨上船去。于是长篙一点,柔橹轻摇,一只画船就离开了码头,"欸乃"声声,沿着七里山塘,向虎丘荡去了……

当载着复社士子的船只三三两两离开码头的时候,冒襄也乘船到了苏州。同他一块赶来的还有他的朋友——金沙人张明弼。他们没有进城,也没有立即前往虎丘,而是沿着运河一直往南,朝着胥门外的横塘驶去。

冒襄大半个月前离开南京,到常州后,接连收到北京两位熟人的来信,都证实了冒起宗即将调离襄阳的消息。这使他进一步感到宽慰,也使他终于回心转意,修了一封家书,派人先送回如皋,向母亲禀明一切;自己则买舟南下,到苏州来赴复社大会,顺便探望陈圆圆。恰巧在半路上,遇见了正到处寻访他的张明弼。

张明弼是个年近花甲的老头儿,五年前中了进士之后,被派到粤东揭阳去当县太爷,最近因为得罪了上司,又被贬回浙江按察司当个管文书的小官。他觉得没有意思,便借口回家探亲,告了个长假,到处游山玩水,寻朋访友。他同冒襄,还有陈梁、刘履丁、吕兆龙几个,十年前曾在秦淮河的眉楼上义结金兰,立誓以心相许。论起他同冒襄的交情,较之吴应箕、陈贞慧等人更为密切。这一次,张明弼是受了陈圆圆之托,来找冒襄告急的。据他说,由于苏州府出动衙役,那些雇来守护陈圆圆的"撞六市"被捉去了好些人,眼看坚持不住,半个月前,只好又把陈圆圆转移到横塘藏起来……冒襄听了这个消息,起初还摆出满不在乎的样子。直到读了陈圆圆捎来的信中,有"君倘不来,恐成永诀"的话,他才有点着紧起来,听凭张明弼吩咐船家昼夜兼程,总算在今天一早赶到这里。

横塘是个不大的圩镇,离胥门也就六七里的水程。由于靠着运河,往日倒也颇为兴旺;如今却同苏州一样,萧条冷落得很了。冒襄在码头上了岸,吩咐冒成和长班留在船上等候,然后由张明弼引路,沿着狭长的小巷弯弯曲曲地走了一阵,来到了一个小小的门楼前。张明弼上前敲门,半天,才有一个老门公出来开门。张明弼早已不耐烦,扯住冒襄就往里走,一边兴冲冲地叫:

"圆圆,圆圆!看我把谁给带来了!"

冒襄跟在后面,想到马上就要同陈圆圆相见,心情也很有点激动:"嗯,大半年不见,又经历了这一番颠沛惊恐,她不知怎样了?还是娇艳如昔么?哎,只怕不免憔悴瘦损了吧?"他想,一边四面张望着,希望尽快见到那张熟悉的可爱的脸蛋。

张明弼叫了一阵,屋子里静悄悄的,没有任何动静。就连平日的使唤丫环,也不见一个露面。

张明弼同冒襄交换了一个莫名其妙的眼色,直着脖子又叫:"圆圆,圆圆!"

"两位相公不用叫了,屋子里没人。"一个苍老的声音从背后响起,原来那个老门公已经跟了进来。

"啊,没人?上哪儿去啦?"

老门公没有马上回答。他眯缝眼睛打量着冒襄:"敢是小人眼拙,这位相公却似不曾来过?"

"这便是如皋冒辟疆相公!"张明弼说,"今日特地从常州赶来瞧圆姐儿的。门公,你快快把她找回来,我们还有要紧的事哩!"

门公的眼睛一下子睁大了,"啊,你就是那个冒、冒相公?"他神色紧张地问。

冒襄莫名其妙地点点头。

"那么,那么圆姐儿当真不是相公接走的?"

冒襄越加摸不着头脑:"你说什么?我接走圆圆?哪有此事!"

门公直着眼睛瞧了冒襄半晌,喃喃地说:"哎,糟了,糟了,果然不错,上了当了!"

冒襄和张明弼吃了一惊。

"喂,到底是怎么回事?"张明弼生气地追问。

"这件事,小的也只知个大概——哎,两位相公请坐,待小的禀来。"看见两位客人急躁地摇摇头,门公就叹了一口气,说起来:

"小的听说,这是去年惹下的祸。去年,田皇亲派人来苏州,点着名儿要买圆姐儿,谁知弄了个假的回去,惹得田皇亲大发脾气。故此这一次追得真紧,圆姐儿接连换了好几个地方,都没能躲开他们。凭着几位相熟的相公相帮,买动一班'撞六市',同他们放对……"

张明弼不耐烦地打断他:"这些我们都知道了。你只挑要紧的说——后来怎样了?"

"哎,是——后来,后来就躲到这里。那一天,也是这个时辰,小的正在门房里打盹儿,冷不丁有人'咚咚咚'打门,小的爬起来开门一看,原来是镇上的船户陆小四,后面还跟着个长大汉子。小的问他来做甚？陆小四说：'如皋冒相公来了，正在码头上的船里，吩咐请圆姐儿即刻过去相见。'又指着那汉子说这就是冒相公的长班，来接圆姐儿的，轿子就在门外。小的平日每常听说，圆姐儿一心一意就是盼的冒相公来，便给他报了。翠影丫头即时出来，把长班叫了进去，说是圆姐儿要问他。小人站在门影里同陆小四正说话哩，就见圆姐儿穿戴整齐，张皇失落地走出来，上了轿，随那长班去了。当时大伙儿都喜欢，说：这下可好了，圆姐儿有救了。谁知呀，圆姐儿这一去，直到天晚也不见回来。大伙儿都有点纳闷，又猜道冒相公带了圆姐儿到哪儿白相。过了四五日，还不见音信。大伙这才着紧起来，四下打听，都不得信儿，去找陆小四，也不知他躲到哪儿去了。后来影影绰绰传出言语来，说圆姐儿早被田皇亲的人弄回京里去了，也不知是真是假。今日见了相公，才知圆姐儿真的给骗去了！唉，听说田皇亲性子暴戾非常，圆姐儿这一去，不知是好是歹呢！"

老门公一边说，一边直摇脑袋。冒襄和张明弼却像当头挨了一棒似的，被这突如其来的消息弄得目瞪口呆。

"啊，你……你这话可是当真？"张明弼好容易才挣出一句。

"小人怎敢欺蒙相公！圆姐儿，多好的一位姑娘，最是怜贫惜老。便是小人，平日一吊半吊的，也没少受她的恩惠。可是这世道，偏不让好人安生……"门公伤感地摇着头，抖抖索索地拉起袖子去抹眼睛。

张明弼问不下去了。他眨巴了一会儿眼睛，只好回头征询地望着冒襄："辟疆，这事你看……"

冒襄冷冷地问："这事——出了有多久啦？"

"啊，今日是二十八，圆姐儿走的那天，我记得是十八，嗯，回相公，有十天了。"

冒襄哼了一声，走开去，很快又走回来，坐到椅子上。他紧皱

着眉毛,一声不响,脸孔渐渐变得通红。终于,他站起来,咬着牙说:

"她、她怎么这样蠢!简直糊涂透顶!这样就上当了!我派人来接她上船?笑话,那时我还在常州,怎么可能,怎么会!真是昏了头,轻轻易易就被骗走了!"

他双手叉在腰间,迈出两步,忽然又停住,冷笑地说:"既然我到了码头,怎么会不上岸,怎么会不进来?却派人来接她?这不明摆着是假的,是圈套嘛!可她竟然就相信了!我叫她安心等我,等我,偏不听,自作聪明!现在行啦,一了百了啦!我们还来这儿做什么?昼夜兼程,可是人去楼空了!好吧,我的话你不听,那就算了,我也管不了啦!你自作自受吧!"

冒襄怒气冲冲地叫着,使劲一脚,踢翻了一张挡道的小凳子,开始在堂屋里走来走去。他那白净俊美的脸变得铁青,看上去十分凶狠可怕。老门公被这意外的反应吓住了,不知所措地望着张明弼。后者倒还镇定,他默默地等待着,直到冒襄发泄得差不多了,才劝慰地说:

"辟疆……"

"算了,"冒襄猛地挥了一下手,"没什么意思了,走吧!"说完,他就管自转过身,大步向外走去。

"啊,公子……"

当冒襄跨出堂屋时,听见一个细小的声音在招呼他。

冒襄愤怒地回顾一下,忽然怔住了——门边上,站着一个十四五岁,长得挺秀气的女孩儿,正红着脸,胆怯地、焦急地望着他。冒襄认得,她就是陈圆圆的贴身丫环翠影。

"唔,是你!"冒襄板着脸说,脚步不由自主地停了停。当他打算继续朝外走时,张明弼从里面跟了出来。

"是你,翠影!你还没走?"张明弼惊奇地叫,"哎,你快给我们说说,圆圆是怎样给骗走的!"他回头向冒襄,"辟疆,你何必忙着就走,再问清楚点不迟啊!"

说着,他抓住冒襄的胳膊,把他拖回堂屋里,一边招呼翠影:"进来说话,进来说话!"

翠影所说的情况,同门公也大同小异,只是补充了一些细节。那天听说冒襄来了,陈圆圆高兴得又是哭,又是笑,立即就把来人叫来询问,问冒公子身子可好?老爷的事办得怎样了?怎么不派冒成来接?来人说:公子身子挺好,冒成却病得厉害,公子已经让他回如皋去了。老爷的事还没个头绪,眼下公子正急着去见一位世伯,不下船了。请圆姐过去相见,有要紧的话说。当时翠影多少有点疑心,劝圆圆仔细提防些。但陈圆圆说,公子正忙着老爷的事,不能下船只怕也是真的。现在公子派人来接,又说有要紧的话同我商量,去迟了他会生气。所以立时装扮起来,跟来人去了,谁知果真就着了圈套……

翠影最后说:"冒公子,适才婢子在门外听你说话,像是很生我家阿娘的气,这可是错怪阿娘啦!多半年来,别人不知,我翠影可最清楚,阿娘哪一天不把公子叨念上几十遍!为了一心一意等公子,她客也不接了,好衣裳也不穿了,三天两头就上江神庙去烧香,求神保佑冒郎身心安泰,老爷早日高迁。可是、可是公子也忒狠心,这多半年,也不给阿娘来个信儿,害得阿娘她背地里不知流了多少泪。婢子就是不解,公子再忙,写几个字的空儿总还是有的呀!"

冒襄起初一直绷着脸,可是听着听着,他的神情不由得变了。这时他猛一慌神,结结巴巴地说:

"我,我……"

"冒公子,你很怪阿娘糊涂,怎么中了田府的奸计,其实,阿娘不是糊涂,她是真怕你哟!"

"啊,怕我?"

翠影叹了一口气:"阿娘常说,她实在配不起公子。她老怕公子变心。她还说,公子与众不同,是个心比天高的人,对公子表面上不能百依百顺,要不就会给公子瞧不起。所以她平日拿架子,使小性儿,都是一心为的拴住公子的心。可是,每闹一回别扭,她心里就直哆嗦,生怕当真把公子给惹恼了。待到这大半年,公子无音无讯的,她就真的害怕了。所以听说公子派人来接,她再不敢怠慢,即时便去了。谁知偏偏中了奸计!公子,阿娘若不是那样怕你,她也不会……"翠影说到这里,忍不住用双手掩着脸,哀哀痛哭起来。

冒襄呆住了。他万万没有想到,这个令他如此气恼,又如此抛撇不开的陈圆圆,竟是这样一个女人……刹那间,他感到心中一片纷乱,茫然地倒退几步,跌坐在椅子上,懊恨地低下头去。

二

尽管早就到了该出门的时候,郑元勋在他下榻的半塘姜氏别业里,还迟迟地不想动身。他已经换好了衣裳,却长久地站在堂屋中央,怔怔地瞧着被早晨的太阳照得闪闪发亮的乌木门槛,觉得那仿佛是横在脚下的一把剑——也许自己一抬脚就能跨过去,也许反被突然跃起的剑刃割伤足踝……

由于答允在虎丘大会上充当钱谦益的代理人,两天来郑元勋都处于后悔、不安和苦思焦虑之中。如果说,最初他作为一名附和者,还没充分认识到这件事的复杂性和危险性的话,那么现在就完全不同了。他越想越觉得困难很多、风险极大,万一办不成,到头来身败名裂,被士林唾弃的厄运就会无情地落到自己的头上。每当想到自己的半世清名,想到半年来自己暗地里苦心经营的一切,很可能会因此被一股脑儿葬送,郑元勋就心惊肉跳,无论如何也平静不下来。

郑元勋十年前就当上了复社在扬州地区的社长。复社的领袖张溥在世的时候,他一直是兢兢业业,勤于职守,丝毫不敢存有非分之想。他只求能保住已有的地位,作为将来的进身之阶,就心满意足了。谁知天有不测风云,半年前,年纪还不到四十岁的张溥突然病逝。副手张采的魄力、才智都远逊张溥,加上他入仕做官之后,很为朝廷注目,不便公开参与社事。这样,由谁来接替张溥的位置,就成为全社面临的最大难题。而社内各派系的角逐争夺,也就由此而激烈展开。其中,风头最健、名声最响的,自然要数吴应箕、陈贞慧这一派——吴应箕是复社资格最老的学长之一,陈贞慧则是"四公子"之首。他们以东林党人、前礼部主事周镳为后台,在社内一呼百诺,颐指气使,谁都得让着他们三分。对于领袖的金交椅,他们自然不肯放过,而且志在必得。然而,这一派人言行偏激,目空一切,却也招致社内许多人的不满;尤其是旧几社那一批人,对于吴、陈派的飞扬跋扈早就看不顺眼,于是挺身而出,处处同他们作对。旧几社一派人实力也不小,但成员都是松江一带的士子,难免心存地域之见。他们反对吴、陈,固然能争取其他地区一些社友的同情和支持,但想夺取领袖全社的位置,就不是那么轻而易举了。这两派势均力敌,谁也压倒不了谁。正是面对这样一种形势,一个前所未有的念头,在郑元勋的心中悄悄萌动了。起初,它很小,只是不显眼地冒出一点尖角儿,然而,它是那么可喜,那么逗人,于是,就一天天地生长起来。不过,郑元勋仍然把它保护得很小心、很隐蔽,甚至他的一些最亲近的人,也全不知道。当然,这并不妨碍郑元勋开始积极活动。他本来就有平和、公允、踏实、稳重的好名声。从此,他愈加显得虚怀若谷,礼贤下士,竭力同吴、陈派和几社都保持良好的关系。与此同时,他不放过一切机会,在社友面前表示继承西张夫子①的遗志使之发扬光大的决心,以及对社内纷争之局的忧虑和痛心。然后,他就滔滔不绝地大谈重振社局的方针措施——第一、第二、第三……郑元勋很明白,要实现登上领袖宝座的目标,光靠这些还不够,还必须有强大的后台,于是,他又找上了钱谦益……

这些活动是有成效的,这次虎丘大会,他就被推举为两个主盟者之一。这种全社大会,是社内的一种盛典,建社十余年间,总共也才举行过四次。它具有检阅本社力量、决定重大事情,以及扩大声势影响的作用。大江南北,多少士子都以能躬逢盛会为莫大荣耀。至于大会主盟一席,其尊隆程度就更不用说。事实上,过去几次大会,主盟者不是张溥就是张采。所以,这一次谁能当上主盟,可以说,算是半个屁股坐上了领袖的宝座。正因如此,吴、陈派同旧几社一派明争暗斗,异常激烈。郑元勋照例摆出一副不偏不倚的姿态,一方面极力稳住吴应箕、陈贞慧等人,另一方面又同几社一派暗中交易。公举的结果,决定由他同旧几社的李雯双双出任主盟。吴、陈派大为愤怒,扬言要抵制这次大会。郑元勋连忙苦苦相劝,又表示情愿把主盟一席让给他们。吴、陈派目标不在郑元勋,自然不肯,可是这样一来,也就暂时不好意思闹下去了。郑元勋稳定了局面,便开始兴冲冲地着手筹备开会的事宜。就在这时,钱养先忽然来到扬州,向他转达了钱谦益要替阮大铖开脱的意思,郑元勋觉得正好乘此机会,进一步巴结讨好这位东林领袖,作为日后的有力靠山,所以立即爽快地答应了。没想到,到头来钱谦益竟毫不客气地把一切责任、风险都推到他的头上……

"哎,我为什么要答允他?我真不该答允他!"郑元勋在心里气急败坏地叫。然而,与此同时,他又分明听见发自心中的另一个冷

---

① 西张夫子:复社士子对张溥的尊称。

冷的声音:"你不答应,又会怎样？只要钱谦益在士林中随随便便说上几句不支持的拆台话,你的那一点本钱,也同样赔不起哟！"

郑元勋感到绝望了。现在,他觉得在这个世界上做人真是很难。他的目光不由自主又回到适才那柄"利剑"——门槛上,那"剑身"的光芒似乎更加刺眼了,简直是在朝他嘿嘿冷笑。郑元勋把心一横,抬脚向外迈去。就在这时,他看见身材瘦小的老仆殷报手里扬着一张拜帖,匆匆走了过来。

"禀老爷,周老爷,还有几位相公来拜。"

郑元勋只好把迈出去的一只脚又收回来。他没精打采地接过拜帖,问:"哪个周老爷……"突然,像被人卡住了脖子似的,噎住了,只见拜帖赫然写着:

　　眷侍生周镳
　　眷社弟周钟、陈贞慧、顾杲　顿首同拜

郑元勋怔怔地瞪着帖子,仿佛不认识这几个字似的。接着,他的双手开始微微发起抖来,脑门变得更亮了,后来,竟冒出了星星点点的汗珠子。

"老爷……"一个苍老的声音在身边响起。郑元勋猛一回头,只见殷报正关切地瞧着自己。这个老仆人,跟随郑元勋已有二十余年,一贯忠心耿耿,办事勤快,而且最能体察主人的意思,所以郑元勋待他也特别优礼,轻易不斥责一句。可是,不知为什么,此刻殷报那关切的眼神,那催促的语气,以及那等待回话的姿态,都叫郑元勋感到刺眼,可恶,不是味儿。

"催什么,混账东西！"他爆发似的吼道。可是,话一出口,他就自觉失言,立即顿住了。

殷报却不惊慌。他恭顺地低下头,打眼角斜瞟着主人:"老爷若是不想见客,小的便去回答他们,就说老爷已经……"他故意把"出门"二字说得含糊不清,但相信主人自能领会。

郑超宗目光一闪，但很快又摇摇头。他沉吟了一下，挺直身子，板起脸孔教训说："我分明在此，岂可谎称不在？这不是骗人么！我每常不是教你，待人接物，这诚、真二字是顶要紧的！此种伎俩对待寻常之客，尚且不可，何况这几位都是我的知交密友，正巴不得他们常来见面亲近哩！"

说着，他就整一整衣巾，撇下被教训得发怔的殷报，管自摇摇摆摆地向外走去。

郑元勋刚刚迎出门外，客人们所乘坐的轿子也正好到了。轿帘开处，从第一乘轿子里走下来的是周镳。他大约五十上下的年纪，身材瘦小，有着一个硕大饱满的前额，和一张狭小而冷峻的脸，这张脸被一部浓密的络腮胡子遮去了一半，剩下的地方就更小了。在这有限的地方，却安放着一个大得异常的圆鼻子，两道同样浓密的、向前耸出的眉毛，一双瞳仁黑中带绿的眼睛，永远躲藏在眉毛下，咄咄逼人地向外扫视。他是崇祯元年进士，官至南京礼部主事，由于上疏弹劾宦官，触怒皇帝，被削职为民。他在士林中声望很高，对阮大铖一向深恶痛绝，崇祯十一年复社诸生起草《留都防乱公揭》，据说实际上是他出的主意。他头戴四角方巾，穿一领花绒直裰，身体似乎并不好，一下轿子就频频咳嗽，把苍白的、没有血色的脸挣得通红。

紧接着的一乘轿子里走出了复社的元老周钟，他是周镳的堂弟，模样儿却与堂兄没有任何相似之处——甚至正相反。他的脸膛很宽，呈椭圆形，鼻子和眼睛却细长小巧，再配上疏朗的胡子，秀气的眉毛，往往使人误认为他是一位温文儒雅的人。其实不然。据说有一次，他在酒筵上碰见了阮大铖，一言不合，他发起怒来，竟把整桌酒席掀翻在地，摔得稀烂，然后拂袖而去。在这一点上，他显出了与周镳有着相似的性格。不过，这兄弟俩平日的关系并不怎么融洽。两家门下的弟子对立尤其严重，经常互相攻击，争吵不休。这一次周钟本不肯来,是陈贞慧一再上门请求,动之以大义,才说服了他一起前来。

周镳一见郑元勋,略拱一拱手,劈头就说:"我知道你很忙。我也很忙。但有几句话,一定要说,说完就走,决不碍你的事!"说着,他也不等郑元勋答话,回头瞧了瞧,看见陈贞慧和顾杲也都下了轿子,便说一声:"请啊!"带头向大门内走去。

郑元勋很清楚这位周老爷子的脾气,不敢阻拦。他匆匆向其余几个人拱拱手,便转过身,竭力赶上周镳的步伐,在前面毕恭毕敬地引着路,来到了大堂之上。

当大家重新行过礼,分宾主坐下之后,客人们各自啜着茶,没有立即开口说话。周钟等三人显然是等着周镳,而后者却慢慢地抚弄着络腮胡子,从眉毛底下直瞅着郑元勋,仿佛要在开口之前,把对方看个透似的。

终于,周镳把手中的杯子一放。

"听说,阁下荣膺本次大会主盟,真乃可喜可贺啊!"他一本正经地说,听语气,瞧不出他到底是真心道贺,还是故意挖苦。

郑元勋的目光闪动了一下,谦恭地说:"啊,这个——实非晚生所愿,只为社友如此推举,迫于无奈……"

"嗯,阁下自问德才胆识,足膺此任么?"周镳却毫不客气,单刀直入地问。

"晚生自知德薄能鲜,难膺此重寄!"

"不错,学生也有同感!"周镳严肃地点点头,"阁下能出此言,殊不失有自知之明!"他抬起头,仰望着房顶上的大梁,忽然叹了一口气,"大厦将倾,一木已是难支,何况所举之材,又非栋梁乎?复社诸生,何以糊涂若此!"

郑元勋被弄得哭笑不得。本来,从接到拜帖的一刻起,他就估计对方来意不善,所以抱定一个以柔制刚的宗旨,一味地谦恭忍让。谁知道,这位老先生却你谦虚一句,他就实认一句,一点面子都不给。郑元勋的涵养功夫哪怕再好,也不能不有点着恼了。

"哦,晚生自知材非栋梁,只足败事,所以曾恳请次尾、定生二兄,情愿将主盟一席,让与他们。"郑元勋冷冷地说,心想:你心下所想,无非是这么一句话,我干脆替你说出来,看你又怎么样! 反正主盟一席,乃是全社公举的,终不成凭我这句话你就能抢了去!

然而,出乎他的意料,只见周镳摇摇头,"这是不行的!"他断然地说,"虽说次尾、定生充任此席,较之阁下似更胜一筹,然而阁下乃公众所举,次尾、定生决无私相取代之理!"

"莫非仲老意欲再行公举,让晚生名正言顺地让贤? 那也并无不可!"

周镳似乎并未觉察对方的尖锐语气,摆摆手:"非也,我等意欲助兄一臂之力。"他看了看郑元勋,见他露出惊愕和怀疑的神色,又补充说:"我们不仅不扯你下来,还要把你捧上去,齐心合力扶持你,让你做一个名副其实的复社盟主,你看如何?"

郑元勋忽然笑了:"多承仲老错爱。只是晚生却不敢领教。"

"啊,何以故?"

"仲老试想,那社内盟主一席,何等重要,倘若选非其人,岂惟危及社局,抑更干系社稷之未来,须得极其慎重。晚生虽则愚钝,尚有自知之明。此次虎丘之会,滥充一日主盟,或者尚差可胜任,若论那社内盟主,却绝非晚生所敢希冀呢!"

"嗯,这话不为无理。不过,阁下能有自知之明,便是最大之美德。今后只要大家齐心扶助,这社事一层倒也不必过虑。"

"晚生当真不敢应承!"

看见郑元勋如此坚拒,周镳反而有点着急起来。他沉下脸:"啊,莫非阁下重一身之得失,竟过于天下之安危么?"

然而,郑元勋似乎拿定了主意。听了这句责备,他眼皮儿也不眨一下。相反,周镳越是着急,他越是摆出一副谦恭、惶恐的模样,说什么也不肯答应。倒把那位盛气凌人的周老爷子摆布得恼也不是,哭也不能,僵在那里直翻白眼。

"超宗兄,"看见这种情形,陈贞慧出来打圆场了,"此事关系我社之兴衰,大明之国运,至为重大。若所举非人,后果不堪设想!仲老之议,事前曾经弟等反复参详,一致公认我兄最为合适。我兄才具,较之西张夫子或有不及,但与弟等相比,又胜之远矣!还望勉为其难,勿再推却为幸!"

可是郑元勋仍旧一个劲儿地往后躲,口中逊谢不已。陈贞慧见说他不动,只好朝周钟、顾杲丢了个眼色。于是,那两个也一齐开口相劝。他们都猜想郑元勋拒不应承的原因,是被周镳开头那一番话逼住了,下不来台,倒也着实说了许多恭维推许的话。

就在他们你一言我一语,忙着给主人搬梯子下台的当儿,郑元勋却一直在暗中察言观色。他绝不是傻瓜,也不是那种心气浮躁的人,周镳的盛气凌人固然使他恼火,但更重要的是今天这事来得太突然,太轻易,使他本能地产生了警惕。他既工于心计,自然也时刻提防别人的圈套,特别是此刻他正心怀鬼胎:"啊,我怕就怕他们同我作对为难!要是他们真肯撑我的腰,社内盟主这把交椅,我自然就能稳坐无疑,也用不着再去讨好钱牧斋,替他当箭靶儿,冒身败名裂的风险了。可是,只怕他们未必有此气量。他们八成是已经听到了点风声,生怕有人要借大会替阮圆海开脱,却设了这个圈套来稳住我,一旦事过境迁,再来个翻脸不认账。哼,我又岂会上当!"

这样一想,他就更加咬定牙关,决不应承。瞧他这个样子,客人们都有点束手无策了。周钟首先不耐烦起来,他皱着眉毛,冷冷地说:

"超宗兄,你既一定不肯,也由你!可有一件,听说有人想乘今日社内大会之机,替阮胡子开脱翻案,这是断然不可的!阁下身为大会主盟,这一关可得把稳了!"

"哼,岂止断然不可,有哪个乌龟王八蛋敢这样干,超宗兄就该鸣鼓而攻,把他扫地出门!"顾杲也跳了起来。

郑元勋哆嗦了一下,畏怯地抬起眼睛。虽然他已经多少估计到对方是为此而来,可是一旦证实,他仍旧感到心头震动。

"啊,为阮、阮圆海开脱?谁?不、不会吧!"他结结巴巴地问。

"超宗兄,"陈贞慧不动声色地插了进来,"眼下这消息已传遍了江南,难道兄竟会不知道?"

"哦?小弟实在……"郑元勋本能地想推脱,忽然又顿住了。因为他想起:一个月前,钱养先到扬州转达了钱谦益的意思后,为着制造舆论,他也曾亲口对一些来访者散布过类似的言论,其中好像就包括陈贞慧!

"嗯,难道超宗兄实在不知道?"周钟不动声色地问。

"不,不不,小弟也是听人说……"

"听人说?谁?"

"这——"

"是啊,你到底是听谁说的?"早已停止了翻白眼的周镳也开口了。郑元勋过分惊慌的反应,显然引起了他的怀疑。

郑元勋不说话,额上却渐渐冒出汗来。本来,以他的聪明才智,要是换了往常,他会很容易掩饰过去。然而,眼下的情况,却使他十分为难。本来,如果只有钱谦益那一方来拉拢他,郑元勋为着实现自己的图谋,也许就只有硬着头皮跟他走到底;谁知忽然又来了周镳这一群人,他们手里拿着的,正是郑元勋朝思暮想的那把复社盟主的金交椅,这就使郑元勋变得有点眼花缭乱,心旌摇摇。他自然十分清楚,跟着钱谦益走要冒极大的风险,而投靠周镳却安全可靠得多。但是他又担心周镳他们此议并非出于真心,生怕落入圈套,所以一直故作盘旋,不肯立即应允。不过,要他断然回绝这一桩唾手可得的好买卖,郑元勋还真舍不得。正因为这一连串的考虑,把郑元勋弄得心忙意乱,左右为难。平日的机智灵巧,这会儿竟一点儿也用不上了。

"超宗兄!"看见他默默不语,顾杲脸色阴沉地说,"弟等可是诚心诚意奉足下为主盟,但愿足下也能诚心诚意地对待弟等,否则的话——"

他"哼"了一声,没有说下去。但郑元勋自然明白其中的威胁意味。这些人的厉害,他是深知的,要是惹恼了他们,今后的日子就休想过得安生,就算有钱谦益的支持,自己也未必就坐得稳那把金交椅。可是,若把真相说出来,他们真能谅解自己么?

"莫非超宗兄尚疑心弟等的诚意不成?"像是窥破了郑元勋的心思似的,陈贞慧忽然站起来说,"那么贞慧愿在此表明心迹!"

说罢,他就走到桌子旁,从笔筒里抽出一管笔,双手握住,举到胸前,神情严肃地说:"贞慧若口是心非,当如此管!"双手一使劲,把笔管"啪"地折成两段,丢在桌子上,拍了拍手,说:"仁兄可以相信了吧?"

郑元勋错愕了一下,呆呆地望着桌上那两截笔管。他的眼神渐渐变了,一种果决的光芒从他那双充满疑虑的小眼睛里闪现出来。终于,他点了点头,平静地说:

"好吧,那么小弟就说……"

三

复社大会的会场,就设在虎丘半山的千人石上。

那是一块绿树环抱的天然巨岩,北广南尖,略呈倒三角形。岩面平坦开阔,坐得下上千的人,所以叫千人石。石的北面是生公讲台——说是讲台,其实只是山崖上的一块平地,梁代高僧生公曾在台上宣扬佛法,信徒们列坐于千人石上听讲。据说这位生公道行着实高深,连冥顽的石头也被他的讲经感化,竟然点头皈依。这一块点头石,现在就立在讲台东侧的白莲池内。暮春方届,还看不到一个花骨朵,只有满池的荷叶在微风中摇摆着,迎着朝阳,一一举起了圆圆的、半透明的绿盖。

在讲台西侧,紧贴千人石,是一道又高又厚的砖墙。当中一个月洞门,门内奇岩耸峙,下俯深潭,那是剑池——当年吴王阖闾埋剑的处所。走近一瞧,黑幽幽的潭水隐藏在石壁和灌木的阴影之中,很有几分幽邃,几分神秘。而这儿那儿,波光间或一闪,冷森森、颤巍巍,又使人疑心那是远古倔强的剑魂,不耐禁锢的寂寞,正在潭底挣扎跃动,说不定什么时候便会风雷交迸,破水击空而去……

千人石南端的尖角上,是一道宽阔而平缓的登山石磴,连接山下的断梁殿和头山门。这石磴到了千人石便分成左右两股,右边一股上通云岩禅寺和虎丘塔,左边则可以直抵剑池和第三泉。

也不知从哪个年代起,这地方就成为四方游人憩息宴饮的场所。每逢花朝月夕,从云岩禅寺到断梁殿,总是士女如云,联袂接席,挨挤不开。以往复社有两次大会,都把会场设在这里。方圆数亩的千人石上,已经铺开了一排一排的垫席,每张垫席当中,是一个竹制的八角形大食盒,周围摆着壶盏食具。垫席之间的通道上,每隔十来步,就立着一个大肚子酒坛,上面贴着标志酒名的红纸签。阵阵醉人的酒香,正透过启开了的泥封四散飘溢开来。会场正面的边上,一字排开了五张紫檀木八仙桌。那是贵宾席,每桌六把圈椅,桌上也是碗盏俱全,只是不设食盒。会场的两侧,还临时搭起了两个"诗棚",棚内陈列着些古董字画,并备有纸砚笔墨,专供有诗瘾的社友兴之所至,即席挥毫。站在石磴的口子上望,整个会场的布置称得上简朴无华。那些个灯笼、彩球之类的玩意儿,一概摒弃不用,惟一的装饰是一幅宽一丈、长二丈的白色布幔,从一根斜贯而出的树桠上悬挂下来,上书"复社大会"四个黑色大字,远看近观,都十分庄严醒目。

时候已经不早,会场上东一堆西一群地聚满了等待开席的士子,他们有的围住了远道而来的社友,热心地打听战局新闻;有的挤在诗棚前,命题赋诗,津津有味地品评优劣;还有不少人眼见一时半刻还开不成会,便三五成群地四散开去,或访僧房,或寻古迹,或攀高阁,或俯清流。在这方圆不过二十丈的小山丘上,一下子聚起了这许多方巾儒服的斯文相公,一个个看上去都从容自信,气宇轩昂,早把那些从城里和四乡赶来进香的小民百姓唬得躲藏不迭,只远远地站着,探头探脑地朝这边观看。

当冒襄迈着轻快的步伐,登上最后一级石磴,出现在会场上时,气喘吁吁的张明弼几乎赶他不上。

"喂,快点快点!区区几级石磴,你就成了喘月的吴牛啦!"冒襄回头嘲笑地说,脚步不停,表情兴奋而活泼。

张明弼绝望地挥了一下手,低低咕噜了一声,紧赶几步,走到冒襄身旁。

"冒先生、张先生,您二位可到啦!"几名知客立即迎上来,分外热情地招呼:

"一路上辛苦了吧!"

"难得二位先生光降,真是不胜荣幸呢!"

"这边请,请!"

冒襄照旧愉快地微笑着,脚步不停地往前走。一名知客连忙抢上一步,把他们引到贵宾席前。

"哎呀,辟疆、公亮,可把你们给盼来了!刚才我还嘀咕,生怕你们不来呢!"正在来宾中间周旋应酬的李雯,连忙迎上来,满脸堆笑地拱着手说。他是个白面长须、身材魁伟的中年人,举止谈吐颇有长者风度。这次大会,他也是主盟者之一。

"本社大会,弟岂敢自外!何况又是二位社兄主盟,弟等更断无不来之理!"冒襄大声地说。

"呵,呵!"李雯连忙摇着双手,"社兄这等说,可是羞煞小弟了!这'主盟'二字,再也休提!倒是这次大会,若非列位社兄鼎力提携,只怕定要落空呢!"

"舒章兄何必太谦!荒年凶岁,难为二位主盟居然把这千人之会张罗起来,单只这点魄力,小弟便佩服得五体投地!"

"惭愧惭愧,我们也是穷九牛二虎之力,欲罢不能!简陋之处,列位社兄倒是不要见怪才好!——对了,定生、次尾他们,怎么不见?"

"噢,要来的,要来的。如此盛会,他们岂肯错过!"

…………

彼此一一寒暄行礼后,那些先到的名流——书画名家查伊璜、合肥才子龚鼎孳、选文名家陈名夏,以及杭州登楼社的严氏兄弟、陆氏兄弟,还有别的名流,都纷纷围拢上来,于是大家又继续招呼、行礼、寒暄……

张明弼照例地应酬着,一边忧心忡忡地留神着冒襄。见他越来越兴奋,高声地说着,无缘无故地发出笑声,并且一再打断别人的谈话,张明弼就更加担心了。他正犹豫着要不要过去关照一下的时候,冒襄忽然朝他转过脸来:

"喂,公亮,郑超宗大盟主迟迟不来'亮相',这儿闹哄哄的,讨厌得很,我们不如到上边走走好了!"

他这样大声说完,就毫不客气地把正在同他说话的一位名流撇在一边,走过来,硬拖着张明弼向白莲池走去。

张明弼身不由己地跟着他,小声地埋怨说:"辟疆,这怎么可以——人家正跟你说话哩!"

"哼,管他哩!俗不可耐,连文章都未作通的一个腐儒,却自命什么大名士,我瞧着他那模样就讨厌!"

"嗳,我说辟疆,你也须放宽点心肠才好,事已如此,要善自珍重。"

"嗯,这是什么意思?"冒襄的眉毛竖了起来。

"我是说,圆圆……"

"我不想说圆圆!"冒襄猛地甩脱张明弼的手,怒冲冲地向前走出几步,又回过头,瞪着眼睛,"也不许你提她!"

张明弼噎住了。他皱起眉毛,望着冒襄迅速走去的背影,终于叹了一口气,闷闷不乐地跟了过去。

冒襄和张明弼的背影刚刚消失,吴应箕、黄宗羲、侯方域、梅朗中、张自烈几个,也来到虎丘。他们本来打算一早就到场,以便观察动静,并监视几社那伙人。但是,由于一直不见陈贞慧、顾杲前来会合;也闹不清他们去金坛请周镳、周钟出面的事结果怎样。大家怕万一情况有变化,联系不上,只得继续待在钱禧家里等候。一直等到心急火燎,叹气不止的时候,才得着陈贞慧派人来传话,说周氏兄弟已经请到,但目前有急事,必须赶到半塘去,不进城了,让他们几个先上虎丘。大家听了,虽然有点纳闷,但已经没有工夫深究,赶紧出门。不过,晚来了这么小半天,虎丘上,社友已经到得差不多了,只是由于主盟者郑元勋还不见到场,才耽搁着未曾开席。

吴应箕眼见时间紧迫,可是对会场上的情况还一点都不摸底。事先只估计杜麟征和夏允彝远在北京,陈子龙现在浙江推官任上,大约都不会前来参加大会。但目前千人石上,除了李雯之外,几社其余的几个头面人物也一个都瞧不见。吴应箕不由得心里着急起来。等照例的寒暄客套一结束,他就朝同来的伙伴们使个眼色。侯方域等人立即会意地分散开,走到人丛中去了解情况。

如今,侯方域、梅朗中、张自烈几个都走开了,吴应箕则要留下来监视贵宾席的动静。黄宗羲四面张望一下,也登上左边的石阶,朝三泉亭那边走去。

由于钱谦益到底不肯出面干预今天的大会,这使黄宗羲十分失望,也十分扫兴。本来,他满心以为,像这么一件关系到国家安危、社局兴衰的大事,钱谦益作为东林元老,一定会拍案而起,挺身而出,而且相信只要他一出面,就定能制止这桩卑鄙阴谋。当初,正是基于这样的估计,黄宗羲才那么坚决地主张去请钱谦益,并不惜同吴应箕、侯方域等人大吵了一场。谁知结果却事与愿违。朋友们知道后虽然没说什么,可是黄宗羲却自觉脸上无光。特别是当他试图挽回一下面子,而详细地向大家转述钱谦益不能出面的"理由"时,侯方域那种微微冷笑的表情,更是深深刺痛了黄宗羲。"哼,你们只管笑吧!到时候,我会让你们大吃一惊的!"他气恼之余,这样暗暗地想。

现在,黄宗羲独自走在用砖块砌成的路径上,微皱着眉毛,紧抿着嘴巴。由于意识到这场生死攸关的大较量,只能靠自己和同伴们承当起来,他的心情反而不像前一阵子那样焦虑和烦躁。"是的,他们竟敢拿阮胡子来做题目,真可谓利令智昏!阮胡子是什么东西?一名死有余辜的阉党余孽,一个十恶不赦的卑鄙小人!何况上有钦定的铁案,下有士林的清议,我就不信,在今日的大会上,真会有多少人敢公然附和他们的主张!其实,也不须牧老出面,定生他们去请周仲驭,更是多余的。到时只要我振臂一呼,把是非利害当众一摆,再搬出四年前的《留都防乱公揭》来,声讨他们背盟毁约之罪,就保管能把绝大多数社友争取到我们一边来。这是毫无疑问的!"这样自信地想着,黄宗羲感到浑身充满了力量。他开始想象几社的败类们受到自己严辞痛斥时,那种沮丧惶恐、目瞪口呆的模样,不由得露出快意的、胜利的微笑,脚步也更加轻快有力了。

这样一直走到三泉亭,忽然听见有人高声招呼:

"太冲,太冲!"

他抬头一看,发现亭子里聚着几个儒生,都是从杭州赶来参加大会的同乡。招呼他的那一位叫郑铉,其余几个也都认识。

黄宗羲正要了解一下情况,便欣然走过去,彼此在亭子里行礼、寒暄,然后分别在栏杆榻板上坐了下来。

"列位社兄先我而至,不知可听到些新闻么?"黄宗羲环顾大家,微笑地问。

"啊哈,我们能有什么新闻?"一个名叫严津的儒生抢着回答,"新闻就是我们这次都做了傻子!巴巴的一早就赶来,腿也站酸了,眼也望穿了,却还老是不开席。"

"还有,我们一到姑苏,就到处打听你,也不知你躲到哪儿去了,害得我们满城的好找!"他的哥哥严灏也半开玩笑半认真地插了进来,"哼,就凭这个,待会儿非得先罚你三杯不可!"

"对,对,要罚,一定要罚!"好几个人欢声应和。

黄宗羲不在意地摆一摆手:"你们——难道什么也没听说?"他又一次问。

严津迷惑地摇着头:"没有呀!"随即眼珠子一转,"咦,太冲,莫非你听到了什么不成?"

黄宗羲点点头:"听说这次大会,要作出公议,宽宥阮圆海。兄等难道不知道?"

"阮圆海?"严津莫名其妙地问,"哪个阮圆海?"

"莫非是阮胡子?"另一个人问。

"什么,宽宥阮胡子?""他是什么人!""这是怎么回事?"好几个声音同时响起来。

"此事已千真万确!"黄宗羲做了个断然的手势,"而且此项奸谋的祸首就是松江几社那伙败类!"

大家"啊"了一声,不知是吃惊还是不懂,都望着黄宗羲发呆。

"幸而此事被我们及早觉察,已经做好准备。"黄宗羲轻快地站起来,胸有成竹地说,"只要我同盟君子,心明力定,不为所惑,鸣鼓而攻,彼奸谋就必定无法得逞!"

"可是,太冲,这到底是怎么回事啊?"越听越糊涂的郑铉问。他长得又矮又胖,下巴却挂着长到腰际的胡子。

想必其他人也有同感,都不由得点点头。

"哎,你们听我说呀!"黄宗羲兴冲冲地摆一摆手。由于碰上了这批朋友,而且感到完全有把握说服他们,使他们在未来的较量中站到自己的一边,现在黄宗羲夺取胜利的信心甚至更足了。"事情是这样的——"他说。于是,他从大半个月前在秦淮河李十娘家的那一场聚会追溯起,把陈贞慧如何在郑元勋那里听到了消息,他们如何分析研究,得出主谋者就是几社的结论,又如何准备反击,以挫败这个阴谋等等,向大家说了一遍。为了证明推断无误,他特别列举了几社的头头夏允彝的老师张贤登当年如何同东林人士为敌,这些年来几社之徒对社事如何消极敷衍,同大家如何离心离德;张溥死后,他们又如何一反旧态,积极活动,企图篡夺社内大权的种种"劣迹"。末了,他兴奋地环顾着大家:"列位,几社之徒虽则猖獗,但终敌不过我同人君子的浩然正气。弟已料定他们必败无疑!但一场剧斗,恐亦难免。小弟不才,已决意奋然前驱,直撄其锋!不知列位社兄届时亦能投袂而起,助我一臂之力乎?"

在黄宗羲热烈陈说的当儿,朋友们始终静静地听着。这自然是由于他们很想弄清这个消息到底是怎么一回事。不过,当黄宗羲说完之后,他们却你望望我,我瞅瞅你,好大一会儿,没有人做声。

"哎,列位,怎么样啊?"黄宗羲忍不住了。

"太冲,"严灏拈着稀疏的黄胡子,迟疑地说,"这事……只怕还须持重为好。"

"怎么?"

"请恕小弟孤陋寡闻,适才听兄说了,方知这阮圆海乃是钦定逆案中人。既然如此,又有谁敢为他翻案?只怕几社他们也是胡乱说笑而已,次尾、定生他们却拿来当真,硬要争这一口气,又何苦来?"

"太冲,"郑铉也接了上来,"小弟早欲劝兄,此类无谓之争,竟是躲开为是。弟见你跟着定生、次尾他们,一天到晚争来吵去,劳心竭力,不知到底有何得益?不如赶早撇开,一心一意把几篇时艺琢磨精熟通透,倒是正经!"

"乖乖,若是当真闹将起来,可不得了!"严津吃惊地笑道。也许想象到一旦纷争大起之后那种不可开交的情景,他兴奋得直眨眼睛,"热闹,嘻嘻,有趣!"他神往地说。

"你就知道瞎起哄!"严灏瞪了弟弟一眼,又劝解黄宗羲:"太冲,同社之内,以和为贵。几社他们纵有不是,要么忍让着点,要么私下说他几句就完了,又何必在今日大动干戈?一则扫了大家之兴,二则传出去,也难免外人笑话。"

"嗯,依弟之见,此事莫非竟是阮圆海造作谣言,意欲蛊惑人心,扰乱我社局么?"一个名叫江浩的黑瘦儒生忽然说。他为人一向沉默寡言,直到这会儿才开口。

"哎,这怎么会!"黄宗羲气急地分辩说,"此事出于郑超宗之口,怎么会是阮圆海之谣言?非是弟等好斗乐争,实因此事关乎社局兴衰,家国存亡,断难坐视。如今奸谋已生,逆象已见,绝非口舌所能挽回。若不痛加惩戒,清扫门庭,则社事更不堪问!列位若不视小弟为狂悖无知之人,还望明鉴此理,同生义愤,存此一段公论,以寒天下乱臣贼子之胆！则社稷幸甚,复社幸甚！"说着,向大家深深一揖。

这么一来,朋友们都不做声了,但仍然露出为难的神气,没有立即表示态度。

看见这种情形,黄宗羲有点着急,也有点失望。他正考虑到底怎样才能说服他们,忽然,传来一阵急促的脚步声,梅朗中气喘吁吁地奔进亭子来。他来不及同大家见礼,就冲着黄宗羲嚷:"太冲,原来你躲在这儿,却教我好找！"

黄宗羲见他气急败坏的样子,忙问:"朗三,怎么了？"

梅朗中摇着头:"不得了,不得了,厉害,厉害！"

"到底是什么事？"黄宗羲发急地问。

"谣言,谣言太厉害了！"梅朗中又是伸舌头,又是挤眼睛。

听清是谣言,黄宗羲才放下心来,"你听到什么？"他皱着眉毛问。

"嗨,可多啦！"梅朗中把胳臂往空中一画,"喏,说是皇上因妖氛日亟,求才心切,曾下旨吏部,命于逆案中择其罪轻者予以甄别,还特地提及阮圆海和冯琢庵,说是俱属有才可用之人。所以无论我辈宽贷与否,这胡子总归是要起用的了！另外又说,西张夫子在世时,其实也早有宽宥阮胡子之想,曾私下与东林诸前辈会商过数次,可惜未及作出公议,便撒手先逝。所以我辈这次公议宽宥阮某,其实也是秉承西张夫子的遗愿哩！"

"啊,西张夫子生前已有此意？这,这可是真的？"严津吃惊地问。

"啊哈,连老严也相信了,你看,厉害不？"梅朗中得意地说,"告诉你,这是谣言,谣言！懂么？"

"还有什么？"黄宗羲气哼哼地问。这些离奇的谣言,其卑鄙无耻的程度远远地超出了他的想象,这使他大为愤怒,也大为吃惊。

"哦,还有人说,前些日子阮胡子曾向吴次尾、陈定生二兄当面哭求,发誓从此洗心革面,投靠我社。吴、陈二兄见他一片至诚,已然认可……对了,甚至说阮胡子已加盟我复社了!"

梅朗中说到最后这一句,先自撑不住笑起来。就连其余的人也都纷纷摇头,认为这未免太不可信了。

可是黄宗羲没有笑,他气得脸色铁青,胸口在急剧地一起一伏。蓦地,他大吼一声:

"朗三,我们走!"

梅朗中正同大家嘻嘻哈哈地取笑这些谣言的荒诞不经,被他一喝,迷惑地问:"走? 上哪儿去?"

"找几社的败类算账去!"

梅朗中吃了一惊:"什么,算账,眼下便去?"

"怎么,你难道不敢?"

"哎,敢……"

"那么走啊!"

"可是,可是……"

"没有什么可是,说干脆点,你去不去?"黄宗羲不耐烦地瞪大了眼睛。

梅朗中显然不愿意马上就去。但在黄宗羲咄咄逼人的目光下,他却不敢说出来,只是畏怯地问:"就、就光我们两个去?"

黄宗羲沉默了一下。他当然希望眼前这帮人都跟着去,至少能壮一壮声势。然而,令他失望的是,那几个朋友在一旁依旧装聋作哑,毫无表示,有一两个还悄悄地往后躲。"哼,亏他们还自命是复社君子,事到临头就是这样!"他冷冷地想,随即抬起头,傲然地说道:

"两个人又怎样? 两个人照样对付得了他们! 莫非还怕那伙丑类不成?"

梅朗中趁这当儿也镇定下来。"还是等定生和仲老他们来了再说。要不,也该先告知次尾、朝宗他们。"他说着,挺直了高大的身躯。

黄宗羲冒火了:"用不着管他们,用不着!你听见了没有?"他跺着脚说。

但是梅朗中相当固执:"不告知他们,我是不能去的。"

黄宗羲不再说话了。他狠狠地横了梅朗中一眼,扭头就走。刚刚走下亭子,他又突然折回来,一直走到梅朗中跟前,咬着牙,一字一句地说:

"你听着,从而今起,我们绝——交!"

他重新转过身,头也不回地往亭子外去了。

梅朗中显然没料到老朋友会来这一手,他不胜震惊地瞪视着黄宗羲的背影,随后又求援地望望周围的人。当确信没有人能够搭救他时,他就猛地跳起来,发出一声哀叫,气急败坏地追了出去……

四

张明弼尾随着冒襄的背影,离开白莲池,过了养鹤涧,走到了东塔院。这儿离开千人石比较远,游人稀少。张明弼沿着幽静的长廊往前走,正考虑着怎样劝说冒襄。忽然,"哄"的一声,从一所僧房里传出一阵嬉笑,随即又响起了"啪、啪"的拍桌子声。正伏在窗棂上朝里面窥看的冒襄,听见张明弼的脚步声,就做了个制止的手势,又招招手,让他过去。

张明弼莫名其妙,放轻脚步走到窗棂下。冒襄按了按他的脑袋,让他把耳朵贴在窗上,只听见一个怯怯的声音在里面说:

"啊,那么,可是,可是光着身子的么?"

另一个愉快的声音:"那还用问!你也不想想,这种时候,谁肯穿着衣裳?喂,你肯么?"

又是一阵哄笑,听声音,少说也有七八个人。

张明弼愈加摸不着头脑。这时,冒襄又碰了碰他,指着窗纸上的一个小洞让他看。

张明弼把眼睛凑上去,这下看清了:原来房间当中放着一张八仙桌,四个士子正围在一起打纸牌,当他们用巴掌使劲把牌拍到桌子上时,就发出"啪、啪"的声响。另外还有两个站在旁边观战,其中正在指手画脚地说话的,是个细高挑的儒生,长得相当秀气,一双水汪汪的眼睛,一只高而直的鼻子,再加上两片薄薄的嘴唇,一举手一顾盼都透着一股风流潇洒的劲儿。张明弼认得他名叫余怀,表字淡心,是个有名的浪荡角色。

只听余怀又笑吟吟地说:"话说密之和克咸两个,把姜如须吓了个够,这才把刀一掷,大笑道:'三郎郎当!三郎郎当!……'"

张明弼心中一动,顿时记起一件事:那是好几年前,莱婺人姜垓在秦淮河旧院,迷上了李十娘,躲在寒秀斋里整整一个月不出来。桐城社友方以智和妹夫孙临两人当时也在南京,知道这事,便有心同他开个玩笑。他们两人都学过一点飞檐走壁的本领。一天夜里,他们翻墙进了李十娘家,装作江洋大盗的模样,手执钢刀,直奔卧房,一路喊杀连天,吓得姜垓从被窝里直滚出来,跪在地上哀叫:"大王饶命,莫伤十娘!"还一个劲儿地叩头。方、孙二人把姜垓捉弄够了,这才露出真面目,哈哈大笑。当晚四人摆酒畅饮,尽欢而散。余怀现在讲的,大约便是那件事。

张明弼看了一阵,正想伸直身子,忽然"咣当"一声,冒襄猛地推开虚掩着的门,一步跨了进去。

"哈哈,好啊!肃穆名刹,清净佛地,我道是谁如此大胆,敢躲在这里大讲什么光身子不光身子的!原来是你们这伙圣人之徒!"他虚张声势地大叫。

房间里的人愕了一下,随即欢呼起来:

"辟疆,原来是你!啊,公亮兄也来了!"

"快来,就等着你们呢!"

"啊哈,你们怎么知道我们在这里?"

"这边坐,这边!"

冒襄微微笑着,昂着头,作了个罗圈揖,然后从身边取出一个荷包,朝桌上一摔,兴冲冲地说:"怎么停啦?来,打它十局!"

"不成啦!"

"怎么?"

"我们都输得荷包见底啦!"

"啊?赢家呢?谁是赢家?"

有人一指,"是淡心,还有密之!"

"什么?密之也来啦?在哪儿?"因为看不见人,冒襄转动着脑袋寻找着。

"嗯,是哪儿来的野小子啊,又吵又嚷的,搅得人睡不安生!"一个含混不清的嗓音从人们的背后响起。接着,吱扭吱扭的床榻响,有人翻身爬起来。人们向两旁让开了,露出来一张年轻人的瘦长脸。这是一张结实红润、轮廓分明的脸,粗黑剑挺的眉毛下面,嵌着一双钻石般的黑眼睛,再加上壮硕的鼻子,端正的大嘴,使这张脸显得开朗、聪明、生气勃勃;而此刻它却滑稽地耷拉着,一副没精打采的样子。这就是复社四公子之一,大名鼎鼎的方以智。两年前,他中了进士,官授翰林院编修,一直在北京供职,这会儿不知为什么又跑回江南来,还这等装神弄鬼的模样。

方以智又哼哼唧唧了一阵,然后抬了抬眼皮:"啊,辟疆、公亮,是你们哪!"他说着,打了个哈欠:"嗯,刚才,你说什么来着?"

冒襄十分熟悉对方的脾气,他把桌子一拍:"叫你来斗纸牌!你不是大赢家嘛!"

方以智摇摇头:"纸牌,我是不想赌了。要赌,就赌这个——"

他说着,不慌不忙地坐起来,伸手在袖筒里掏了一会儿,摸出一根长长的、小拇指粗细的银管,管的一端打成个小漏斗状,向上翘起,管身上挂着个绣荷包。方以智像变戏法似的,从荷包里拈出一撮金黄色的细丝,填在小漏斗内。他把银管的另一头含在嘴里,又掏出火石,敲着了纸媒,把火凑在小漏斗上,点燃了里面的黄色细丝,小心翼翼地吸了一口。

大家目不转睛地瞧着,不知道他在捣什么鬼。突然,方以智把嘴一张,一股白烟直喷出来,顿时,整个房间里充满了一种刺鼻的恶浊的气味。站在前面的几个人冷不防被这气味一熏,立即咳嗽起来。

方以智似乎因为终于完成了这番困难而危险的表演而松了一口气。他哈哈笑着,跳起来,摇晃着脑袋,一副得意洋洋的样子。

"密、密之兄,请问此为何物?"一个士子结结巴巴地问。

"哼,这叫金丝烟。闽人叫它淡肉果,北人又叫淡巴菰,又叫想不归。小吸可以驱温发散,多吸则会醉人,久服则肺焦,无药可救,吐黄水而死——怎么样?你要试一试?"他把银管朝那士子嘴边一送,吓得那人忙不迭地后退。

"啊,此乃朝廷明令严禁之物,有吸之者,杀无赦哩!"有人惴惴不安地说。

方以智冷笑一声:"若是朝廷不禁,人人均能吸之,那还有何兴味?这也如同闭门读禁书,惟其有此胆量,才算得上我辈中人!嗯,谁敢一试?"

"好,我来试一试!"余怀显然被方以智的话激起了好胜心,首先站了出来。

于是,他在方以智的帮助下,按照刚才的方法,吸了一口,立刻被呛得喉头又痛又痒,咳嗽得眼泪都流了出来。

方以智摇头说:"谁让你不要命地狠吸!须是如我方才的样子,轻吸慢嘘,不惟安然无恙,且觉余味无穷哩!"

由于余怀带了头,其余的人也不甘示弱,纷纷抢着要试。不大一会儿,室内便弄得烟雾弥漫,咳声不止。

方以智忙了一阵,忽然回头看见冒襄一动不动地坐着,正在那里嘿嘿冷笑。

"咦,辟疆,你也来一口如何?"方以智问。

冒襄摇摇头:"一口我是不吸的,要吸,就来打个赌!"

"哦?"

"这东西,不是能吸得人醉么?现在我要同你比拼,一人一口轮流地吸,看谁先醉倒——你敢不敢?"

"这个……"

"你敢不敢?"冒襄站起来,挑战地叫。他兴奋地抓起装钱的荷包,又重重地摔到桌上。

"哎,辟疆!"张明弼着急地问,"你吸过这、这烟?"

冒襄摇摇头:"没有!"

"那、那可使不得!你没听密之说,此物简直就是毒药一类,不但能醉人,而且能致人于死呢!"张明弼说,一边拼命朝方以智使眼色。

"不错,"方以智犹豫地说,"此物并非善类,不赌也罢。"

"啊,原来你怕醉、怕死!"冒襄逼视着对方,狠狠地挖苦说。突然,他仰头狂笑起来,"可是我不怕!有什么可怕!国家到了这种地步,还有什么希望!说不定哪一天就大祸临头,大家都得完蛋!可是,偏有那等公卿大臣,皇亲国戚,还不知死活,拼命刮民财、买婊子,买不成就抢!无耻,卑鄙,不要脸!哼,还有那些个装得挺像的东林领袖,文坛祭酒,为着讨一顶劳什子乌纱,竟暗地里捣鬼,要替阮胡子翻案开脱,别以为我不知道!"

他又是笑又是叫,用力拍着桌子,泪水糊了一脸,把在场的人都吓怔住了。

只有张明弼十分着急,他显然想劝止,但又不知怎么劝才好。

"哎,辟疆,你说话可得有点证据才行,可不能由着性儿乱说呀!"他跺着脚说。

"什么,没证据?"冒襄瞪着红得可怕的眼睛,把手探进怀里,抽出来一封信,"啪"地甩在桌上。

"这就是证据,顾玉书从京里寄来的,钱牧斋致书周阁老,要替阮胡子开脱!"

"啊……?"

这消息如此惊人,犹如晴天霹雳,在场的人全都震动了。大家瞧着那封信,有片刻工夫,谁也不敢去碰。

终于,方以智徐徐拿起信件,抽出来看了一遍:"嗯,顾玉书在周阁老的幕中掌管文书,他的话自然是靠得住的。"他神情严肃地皱着眉说:"辟疆,你打算如何处置?"

"我本想告知次尾、定生他们,他们都说要来虎丘,事先约得明明白白,鬼知道为什么还不来!"

方以智还想问什么,就在这时,门外响起了杂沓的脚步声,郑元勋由一个小和尚领着,急急闯了进来。

"啊,原来兄等在这儿,叫小弟好找!"郑元勋气喘吁吁地擦着脑门上的汗,显然没有觉察到室内的气氛不对。他朝大家草草拱一拱手,立即转向冒襄:

"辟疆兄,定生让弟告知兄,他们不来虎丘了。他们现在要上徐氏东园去访钱牧斋,请兄去聚齐,次尾、朝宗他们都去。"

"啊,为何?他们为何不来?"余怀抢先问。

郑元勋的脸微微一红,躲闪地说:"这……定生只让弟把这话转知辟疆,别的,小弟可就不知道了。"

大家见他这样子,愈加感到意外,也有点紧张,都不约而同地把目光集中到冒襄身上。

冒襄气哼哼地把头一摆,说:"他们既然不来,我也不想去了!"他瞧了瞧方以智,"密之,要不,你替我把这信带给他们。"

方以智神情专注地皱着眉,似乎在沉思。终于,他点了点头。

五

黄宗羲下决心立即找几社的人算账。他一连打听了好几处,问明几社的那伙头头,如今都齐集在千顷云阁上,就领着愁眉苦脸的梅朗中,越过剑池,绕到虎丘塔后面来。

虎丘的前坡比较平缓,后坡却相当陡峭。一道崖壁,平地拔起数丈,千顷云阁,就建在朝西的山崖上。从那里可以远眺天池山的苍然秀色。因为苏东坡有"云水丽千顷"的诗句,就拿来做了阁子的名称。那上面有一个茶社,是本山寺僧开设的,角落里一个小小的柜台,后面坐着一个老和尚,外加一名俗家汉子。炉上烹着上好的三泉水,十来张方桌,错落地摆开在楼面上,桌子上还供着时鲜花朵。平日游人不多时,来这里品茶凭眺,倒也颇为清雅。

当他们快步登上阁楼时,却意外地发现,上面的气氛异乎寻常。一大群儒生,少说也有一二十人,团团围住了当中的一张桌子,一个个神色庄重,静静地伫立着,似乎在等待什么。站在靠前的两个,却是头发蓬乱,衣衫不整,光着脑袋,连头巾也没戴,瞧模样就像跟人家厮打过似的。在桌子后面,坐着几社的两位元老——一位是身材高大的周立勋,他左手抓住椅子的扶手,右手的胳膊肘抵住桌面,揪着胡子在指头上慢慢地缠绕着,一言不发,脸色阴沉得可怕。另一位名叫彭宾,生得短小精悍,也是紧绷着脸,毫无表情。

黄宗羲闹不清发生了什么事,倒迟疑了一下。只见周立勋的目光冷冷地朝他一闪,立刻又回到原来的目标上去,显然不打算搭理;其余的人还有好几个是认识的,也全都对他不瞅不睬。黄宗羲不由得生气起来。"我还没开口,你们倒先摆出这副嘴脸,却想吓唬谁!"他想,挺一挺脖子,正要发问,忽然,"砰"的一响,周立勋一巴掌击在桌子上。

"来而不往非礼也！好,找他们去！"

那群士子显然就等着这么一句,顿时骚动起来,好几个高声在叫：

"对,找他们算账去！"

"非要他们赔礼认错不可！"

"给他们点厉害,看下次还敢不！"

"要他们把侯朝宗那坏小子交出来！"

"对,侯朝宗,一定要交出侯朝宗！"

黄宗羲吃了一惊:朝宗?为什么要找朝宗?莫非朝宗他们已经先动手了?他心里一急,猛地大叫:

"站住,别走！"

已经移动脚步的人群又站住了,纷纷回过头,疑惑地打量着这两位不速之客。

"请问列位,意欲何往?"黄宗羲向前跨出一步,紧盯着周立勋问。

后者"哼"了一声,却不回答。

黄宗羲的眼睛睁圆了,一句激烈的话也涌到了嘴边。

"哎,太冲,是这么回事！"一个尖尖的嗓音慌忙插了进来,接着,人丛中走出一个高颧骨、尖下颏的中年儒生。黄宗羲认得,这是常熟人顾苓。从前黄宗羲在钱谦益家读书时,见他常来走动,而且知道他颇受钱谦益信用。按说此人并不属于几社一派,不知为什么此刻却同他们混在一起。

"太冲兄,是这么回事——"顾苓重复地说,显得有点迫不及待。然而,站在他旁边的一位几社的年轻头头,名叫赵人孩的,一扬袖子,把他给拦住了。

"太冲,此事与你无关。"赵人孩淡淡地说,扁圆的脸上现出傲慢的神情,"你——不知道也罢。"

"什么,与我无关?"黄宗羲冷笑一声,"你们——"

"听我说啊!"赵人孩不慌不忙地整理着袖子,语调里透着怜悯,"本来么,告诉兄也无妨,只是,兄知道了并无好处……"

"啊,为什么?"

赵人孩微微叹息:"这件事说出来,只怕会令兄失望,令兄为难的哟!"

"不,你说,你说!"黄宗羲被对方猫儿玩弄老鼠般的态度激怒了,一张小脸涨得通红。

"那么,兄必定要知道?"赵人孩凝视着他,眼神渐渐变得冷峻起来,"你不怕把自己置于可悲、可笑之境地——当着这许多社友的面?"

"啊?"

赵人孩把声音放得更低,但仍然让周围的人听得清楚:"你——也不怕吴次尾、陈定生二位那些个不可告人的卑污之行公之于众?"

黄宗羲心中一懔:"什么?次尾、定生的卑污之行?他、他们会有什么卑污之行?"他惊疑地想,不由得回头望了一眼,却发现被胁逼而来的梅朗中也在神色慌张地望着他。

"怎么样,不想知道了吧?啊!"赵人孩得意地问,扬声大笑起来。

"不,"黄宗羲固执地说,"我要知道!"

赵人孩把脸一沉:"哼,你不配!"他猛地转过身去,一摆头,"列位社兄,走!"等大家开始移动脚步的时候,他又回过头,朝黄宗羲鄙夷地冷笑一声,然后向楼梯扬长走去。

就在这个时候,令人吃惊的事情发生了。只见黄宗羲突然蹦起来,冲到赵人孩背后,粗暴地把他的身子扳过来,用双手抓住他的衣襟。

"告诉我,我要你告诉我!"他狂怒地叫,使劲摇撼着对方。他的脸歪扭着,两眼发出吓人的光芒。在秦淮河畔受到徐青君侮辱时曾经显示过的那种拼命的劲头儿,又一次在他身上显现出来。

在场的人全都惊呆了。赵人孩更是狼狈不堪,他试图反抗,可是黄宗羲自幼练过拳棒的双臂是那样强健有力,使他根本无法挣脱,只能惊恐地叫:"啊,你干什么?干什么?"

"太冲兄,不要无礼!"周立勋终于说话了,语气是烦躁的。他朝顾苓做了个手势:"云美兄,你告诉他吧!"

这时,梅朗中同其他几个几社的士子已经清醒过来。他们连忙拥上去,又是拉又是劝,好容易才把赵人孩解救下来。只见他已经吓得面色发白,浑身直打哆嗦。黄宗羲却仍旧红着脸,激怒地嚷:"你说,我要你说!"

"哎,太冲,我跟你说!"顾苓慌忙走上前来,"是这么回事,方才,这两位社兄——"他指了指那两个衣冠不整的儒生,"在后山走,迎面碰见侯朝宗领着一帮人,起初也没怎么在意,后来见他们指手画脚,留神一听,原来是在骂人,什么'狗杂种'啦、'王八蛋'啦,还一个劲地朝地上吐唾沫。两位社兄不禁有气,问他为何如此。谁知他们反而骂得更凶,连几社的几位老学长,还有杜老、夏老,全给骂了进去。哎,其辞之荒谬难听,实有不便复述者!总之,逼得两位社兄忍无可忍,上前去同他论理。他们仗着人多势众,一齐按住两位社兄,把头巾、直裰都剥了去。是小弟同几位社友路见不平,好歹将他们搭救下来,否则,还不知道会遭到何等折辱哩!"

顾苓指手画脚,绘声绘色,一口气地说下来,一边摇着脑袋,现出很不以为然的样子。

"所以、所以列位……如今要去找朝宗问罪?"梅朗中讷讷地问。显然,连他也觉得这件事未免做得太过分,以至很难替侯方域辩护。

"不错!"顾苓停止了摇头,义形于色地说,"朝宗如此胡闹,休说松江社友气愤填膺,便是小弟见了,也难以心服!"说完,却不无担心地溜了黄宗羲一眼。

"这……"梅朗中搔搔后脑勺,瞅着那两个衣冠不整的受辱者,"不知列位打算如何了结此事?"

"起码——"大约是看见黄宗羲低头不语,顾苓神气起来,"要他认错赔礼,偿还损失。还要他立下保状,声明以后永不重犯!"他回头问周立勋和彭宾:"勋老、燕老,是这样么?"

"可是,这是你们自己惹出来的!"黄宗羲蓦地抬起头,爆发地说,"你们——为什么要替阮胡子翻案?为什么?你说!"他大声地问,眼睛里忽然迸出了泪水,"你们凭什么敢这么干?莫非你们不知道阮胡子是什么人?莫非你们忘了《留都防乱公揭》?忘了阉党乱政的奇祸惨变?也忘了东林列位先贤的一腔热血为何而洒?你们到底还算不算复社,算不算君子?!"

大家眼见风波平息,正打算动身下楼,冷不防他又莫名其妙地大吵大嚷起来,都不禁愕然止步,面面相觑。

"太冲,你是说谁要替阮圆海翻案?"周立勋皱起眉毛问。

"你们,就是你们!"黄宗羲一把擦去流到颊上来的眼泪,咬牙切齿地说,"你们为着把持社局,排除异己,不惜借阮胡子的事挑动纷争,以为别人不知道?"

周立勋眨眨眼睛,似乎没听明白他的话。站在旁边的彭宾却显然机灵得多,他"呵呵"地笑起来:"太冲兄,这阮胡子该不该宽宥,可当别论。不过,阁下说此事乃我几社挑起,却是大错特错了!"

这时赵人孩已经从刚才那一阵子狼狈惊恐中恢复过来,他蓦地扯着嗓子嚷叫:

"对,告诉他!把吴次尾、陈定生那档子臭事给他抖明白!"

"竹翁,请你来说吧!"彭宾轻快地向着人丛背后招呼说。

直到这时,人们才发现除顾苓之外,在他们背后,原来还站着另一个不是几社的人。而当这位衣饰讲究、有着一个方形脑袋和一双小眼睛的老头儿不慌不忙地走到前面来时,黄宗羲不禁一怔,因为他忽然认出,这个一直躲在人丛中不露面的人,竟然是钱谦益的妻舅陈在竹。"啊,他到这儿来做什么?谁让他来的?"黄宗羲迷惑地紧盯着,又回头望一眼站在旁边的顾苓,忽然产生了一种不祥的预感,仿佛有什么可怕的事情将要发生似的。

陈在竹也不说废话,只朝他点点头,清一清喉咙,就一本正经地说起来。据他说,早在周延儒复出那阵子,阮大铖就找到吴应箕和陈贞慧二人,哭求宽恕。当时,吴、陈二人见他一片至诚,已是首肯,随后便到扬州去同郑元勋商量。郑元勋知道复社领袖张溥生前已有此意,也觉人才难得,便同意了。其后又普遍征求社内外的意见,绝大多数人都表示赞成。谁知吴、陈二人另有打算,想乘机敲诈阮大铖,开口就是一万两银子。阮大铖因为周延儒复出时,已送了一万两,此时再拿不出,请求削减些。吴、陈二人见他不爽快,顿时就翻了脸,要将这事作罢。是郑元勋看不过眼,好意相劝。吴、陈二人恼羞成怒,索性一不做,二不休,把这赃反栽在郑元勋身上;又恨几社平日不买他们的账,干脆连几社也牵连进来……末了,陈在竹摇晃着脑袋,感慨系之地说:"谁想得到,堂堂吴次尾、陈定生为了一万两银子,竟会做出这种事!据说,如今他们在那里虚张声势,要同超宗、几社厮拼,用意仍是想逼阮圆海就范罢了!"

这个消息实在太惊人,黄宗羲和梅朗中固然听得目瞪口呆,在场的那些几社士子,更是一片哗然:

"好哇,原来如此!"

"真亏他们平日装得挺像!"

"啊哈,原来是个伪君子!"

"对,伪君子,伪君子!"

人们大声地叫嚷着,讥笑着,咒骂着,闹哄哄地吵成一片。

陈在竹却不动声色。他瞅了瞅黄宗羲,见他仰着脸,眼睛睁得老大,对于周围的喧闹仿佛充耳不闻,就凑上去,叹了一口气,同情地低声说:"太冲,这事牧老也知道了,所以……"

"啊,不!"黄宗羲像给火烫了一下似的,跳开去,"我什么都不相信,不!"他直着脖子大叫,奔到周立勋和彭宾跟前,气急败坏地指着他们,"分明是你们要替阮胡子翻案!是你们,你们赖不掉!"他竭尽全力地喊,为的是压倒周围的一片使他感到气愤、屈辱和恐惧的喧嚣。

"是你们!"他又大叫一声,却意外地发现,他的声音变得那样洪亮、清楚,而且孤单。原来,周围的喧闹在一刹那间全都消失得无影无踪了。

他迷惑地回过头去。顿时,他也变成了哑子。不知什么时候,吴应箕领着张自烈、侯方域,还有方以智已经来到了阁楼上。

"太冲,你说错了,不是他们。"吴应箕望着他,平静地说。

六

　　柳如是站在起居室的门前,隔着帘子,心烦意乱地朝外面张望。她的眼皮儿因为不安而频频跳动,柳叶样的长眉也皱得越来越紧。当她一次又一次屏住气,尽量支起耳朵,却仍然听不到楠木厅那边的任何动静,就不由得焦躁起来了。

　　谁能料到会发生这种事——就在钱谦益向陈在竹、钱养先二人布置好一切,把他们打发走了之后,周镳、周钟兄弟,还有陈贞慧和顾杲突然登门拜访。他们为什么而来?何以不迟不早,偏挑这么个节骨眼来?这些,柳如是还不太清楚。不过,凭着直觉,她立即预感到有点不祥。特别是随后钱谦益派人来传话,要她立即通知负责联络的钱曾,把陈在竹、钱养先二人截回来,暂且按兵不动。柳如是就更认定自己的担心绝不是多余的了。

　　不过,尽管如此,柳如是却没有按照老头儿的吩咐去办。虽然她明知钱曾正守候在揖峰轩内,但还是决定再等一等,看一看。她深知这一次图谋的成败,不仅关系到老头儿能否复出起用,而且也关系到自己后半辈子的荣华富贵。机不可失,时不再来。

　　地毯上的帘影一点一点地向门外移去,柳如是的忧虑也越来越深。她已经毫不怀疑周镳等人此来,必然与阮大铖的事有关;她只是考虑他们对这件事到底知道了多少,是否全都摸了底去?现在柳如是最担心的是钱谦益胆子太小,被人一吓唬就慌了神。这半年来,她已经摸透了老头儿的脾性,每做一件事,总是瞻前顾后,畏首畏尾,明明心里这么想,做出来却往往是另一回事。这也皆因他平日名声太大,顾虑便不能不多。如果这一次也轻率罢手,让花了许多银子、心血经营的这件事功亏一篑,那就太不值得了。

终于,柳如是觉得,应当设法干预一下楠木厅那边的谈话,给钱谦益打打气,至少也应当提醒他注意。只是,由谁去做这件事呢?自己固然不便抛头露面,但陈在竹和钱养先又上虎丘去了,惟一的就剩下守在揖峰轩里的钱曾。虽说柳如是对于这位"侄孙"一向没有好感,但这会儿却计较不了许多。"嗯,他既是老头儿的学生,又是复社中人,瞧他那副狠巴巴、阴沉沉的嘴脸,肚子里的鬼点子想必不少;何况是个年轻后辈,捅点娄子也不要紧,由他去唱这出戏,倒合适不过。"柳如是沉吟一下,回头吩咐红情到揖峰轩去,把钱曾请过来。然后,她就隔着帘子,用一种信赖的,甚至是亲切的态度同他商量起来……

当钱曾离开东厢的起居室,来到楠木厅的院门时,他受到了一点阻拦,因为钱谦益吩咐李宝守在门外,不准放人进来。可是钱曾用那双能把人看得发毛的眼睛朝李宝一瞪,鼻子里轻蔑地"哼"了一声,就把李宝吓退了。他登上厅堂的台阶,听见顾杲的声音在说:

"君子、小人不两立!老伯坚谓并无此事,最好!惟是适才听老伯言语之意,似乎深以所谓'门户交争'为忧,小侄却不敢苟同!"

钱谦益沉默着,似乎在等待对方说下去。忽然瞧见钱曾闯进来,他的脸上露出惊愕、迷惑和生气的神情。

钱曾不理会老师的目光,他双手交拱在胸前,昂然地说:"闻知周老前辈和列位社兄光临,特来拜望!"

客人们全都认识钱曾,虽然对他的突然出现感到意外,但也只好停止谈话,一齐起身答礼。

钱曾大步走向周镳,朝他深深一揖。周镳料想他照例要行跪见之礼,连忙说:"贤契请起,不必多礼!"一边笑吟吟地弯腰伸出手,准备搀扶。

谁知钱曾立刻直起腰来,居高临下地瞧着周镳,鼻孔里轻蔑地一笑,转身离开了他,走到钱谦益跟前,深深一揖,然后撩起衣裾,后退一步,恭恭敬敬地双膝跪倒,大声说:"弟子曾——参见夫子!"

周镳显然没有防备这一着,他目瞪口呆地僵在那里,好一会儿才讪讪地直起身来,一张瘦脸早已气得通红。

钱曾若无其事地站起来之后,转过身,眯缝着眼睛,把向他怒目而视的客人们挨个儿审视了一遍,然后走向朝东的一排椅子,挨着顾杲坐了下来。

在来客当中,要数周钟顶不喜欢钱曾。看见他闯进来,周钟已经老大不乐意。随后又见他单单向周镳行礼,虽然是存心作弄,但是对自己却干脆毫不理睬,仿佛没有瞧见一般,周钟心中更为恼火。只是碍着钱谦益的面子,不便当场发作。按他的脾气,本应立即拂袖而出;但考虑到刚才追问了钱谦益半天,始终问不出个结果,所以只好忍着一口气,朝钱谦益拱手说道:

"牧老,我们还是接下去谈,如何?"

钱谦益没有立即回答。他正在琢磨着钱曾突然闯席的用意。他明白钱曾决不会无故而来,很可能是受了柳如是的指派,来协助自己对付这批不速之客的。事实上,刚才自己猝不及防,被对方一下子提出阮大铖的事情,弄得慌了神,差点儿露出马脚。后来见他们并无多少根据,也未提及郑元勋,才定下心来,一口否认有这么回事。可是对方仍旧纠缠不休,一个劲儿寻根问底,逼得自己左右躲闪,正有点儿招架不住。钱曾这么一闯,确实替自己暂时解了围,缓了一口气。此刻,必须抓住这个机会,赶快脱身,否则拖下去,再陷重围就难办了……这样想定之后,他就站起来,拱着手说:

"列位若为阮圆海的传闻而来,那么谦益所知者已全部奉告。所谓谦益主谋云云,纯属无稽之谈。言尽于此,未知列位可以放心否?"

"这——不瞒牧老说,实在是超宗兄如此这般告知弟等,是以未敢放心哩!"周钟突然说道。本来,为着保护郑元勋,他们一直避免说出消息的来源。但是看见钱谦益分明想溜,周钟心里一急,便顾不得许多了。

这一招果然见效,钱谦益的身子微微一震,脸刷地红了。他望了周钟一眼,立刻又移开视线。

"嗯,你说什么?"他哑着嗓子问。

"此事是郑超宗亲口说的!"周钟紧盯着钱谦益,又重复了一遍。

钱谦益的脸色开始变成灰白,身体也摇晃起来。他用力抓住椅靠,背过身去,半晌,才嘟嘟哝哝地说:"简直……乱……七八糟!"

客人们互相交换了一个郑重的眼色。陈贞慧很快地站起身,说道:

"牧老……"

然而,就在这时候,朝东一排椅子的末座上,突然响起一阵尖利的笑声。那笑声是如此难听、刺耳,大家倏然回过头去,只见钱曾坐在那里。他已经不笑了。可是那尖锐的、金属般的音响还在人们耳边嗡嗡了好一会儿才消失。

"诸位今日来此,就是为的这件事么?"钱曾抬头望着屋梁,大大咧咧地问。见客人们都沉默着,没有回答,他又说:

"数百里的奔走驰驱,不惮烦的明察暗访,诸君也可谓恓恓惶惶,用心良苦了。只是,如许心思,却未必用得妥当啊!"

"噢,遵王兄如此相责,小弟鲁钝,不识其义,倒要领教!"陈贞慧客气地拱着手问。他看见刚才周钟一点出消息的来源,钱谦益立即慌了手脚,心里知道已经打中了要害。他再不怕钱某人逃到天上去。同时,又发现钱曾突然闯进来,与这件事显然有关;而且这个阴阳怪气的家伙,言语之间似乎并不打算否认实有此事,于是陈贞慧立即决定抓住他作为突破口,彻底挫败对方的阴谋。

这样一种形势,钱谦益同样觉察到了。刚才钱曾一开口,说出那句无异于不打自招的话,钱谦益心里就暗暗叫苦。按照他冷静下来后的想法,这件事当时并无外人在场,而且从派钱养先到扬州去的时候起,一直注意不留下任何物证。他大可以矢口否认,甚至可以倒打一耙,说郑元勋出于想当复社领袖的野心,企图拉自己做靠山,自己没有答允,郑元勋怀恨在心,所以造谣报复。这样,虽然事情只好作罢,但至少可以确保自己的名声。现在,倘若给钱曾冒冒失失地捅出来,岂不是两头都输个精光?他心里又惊又急,恨不得立即制止钱曾的胡说,可是周镳、周钟和顾杲等人都在一旁虎视眈眈,只要自己举动稍有不慎,就会弄巧反拙。为此,钱谦益不能不十分小心。所以他虽然焦躁万分,也只好眼睁睁地望着钱曾,急切之间,不敢轻举妄动。

至于钱曾,在周钟说出郑元勋来的一刹那间,也颇为震动,而且立即考虑了多种抉择。他绝不是一个愚蠢鲁莽的人,未始不知道一旦直接承认了这件事,会产生什么样的后果。但是他也有他的想法。他认为,老师年逾花甲,余下的机会已经不多了,也许这是最后一次;如果轻易放弃掉,恐怕就未必再有机会,无论对老师、对自己来说,都将是难以补偿的损失。既然现在到了这一步,不如干脆大家摊开来讲个明白,从此放开手脚大干,比之目前这样偷偷摸摸、畏首畏尾反倒强得多。事实上,如今的复社同以往已大不相同,周镳等人未必就能一手遮天。凭着钱谦益的声望和影响,事情不见得毫无希望……这样打定主意之后,钱曾就不理会老师的焦急目光,不慌不忙转过脸,朝四个客人扫了一眼,问:

"眼下建虏猖獗,流寇纵横,国维不张,妖氛日亟。未知诸君子将何以自处?"

对方一开口,就搬出安邦定国、立身济世的大题目,倒也出乎陈贞慧的意料。他想了一下,小心答道:"当此国事蜩螗之秋,凡我君子,自当同心戮力,共扶社稷,以图再造中兴。惟此之故,纵使破家灭身,肝脑涂地,亦在所不惜!"

"说得好!只是诸君又将有何宏谟大略以济之乎?"

"宏谟大略,何敢自矜?惟是圣人有云:'悠悠万事,惟此为大:克己复礼。'克己复礼之第一要务,亦惟亲君子,远小人而已矣!"

钱曾微微一笑:"定生兄此言,固不失为堂堂正论,只是总觉空泛了些。所谓'大而无当'!以之拿去试策论,课生徒,或许还有点用处;若想以此去抵挡建房的铁骑、流寇的大刀,小弟担心,却是全不济事!"

陈贞慧的脸陡地涨红了,眼睛也瞪起来,对方的傲慢不逊使他十分恼火。事实上他还从未碰见过敢于用这种可恶的态度向他说话的人。不过,他还是竭力管住自己,冷冷地说:

"如此说来,遵王兄必定另有安邦定国之仙方奇术了?小弟倒要领教!"

"不敢!"钱曾脸上的微笑早已消失得无影无踪,"适才定生兄说过'同心戮力,共扶社稷'八字,弟以为此意不错,却可惜只说得一半,故仍不免空泛无用,若再添八字,凑成四句,便可差强人意了!"

"敢问是哪八个字?"

"弟这八字便是'消除党见,惟才是用'!"

"啊!'消除党见,惟才是用,同心戮力,共扶社稷'?"

"不错!"

"所以阮圆海之禁……"

"应当解除!"

"何时为好?"

"越快越好。"

"就趁今日的虎丘大会……"

"也未尝不可!"

"唔……"

"嗯?"

突然,陈贞慧放声大笑起来,这是一种终于发现了底细的、压抑已久、至此才得以尽情发泄的大笑。坐在各自的位置上,一直注视着这场谈话的周镳、周钟和顾杲也齐声发出了讽刺的冷笑。只有钱谦益面色苍白,全身因为愤怒而簌簌发抖。他猛地站起来,一拂袖子,打算离开大厅,却被周氏兄弟双双拦住了。

"牧老,何必着急,令高足的高论,很有点'滋味'嘛!"周钟挖苦地说。

周镳却大惑不解:"这些话他怎么敢说出来?亏他还是复社中人……"

"哼,这小畜生如此放肆狂妄,一派胡言,把我平日的训诲,全不放在心上,简直气死我了!"钱谦益眼看走不脱,只好装出悻悻然的样子,无可奈何地又坐了下来。

这时,只见钱曾傲然站着,嘴角挂着惯常的冷笑,似乎丝毫也没被对手们的笑声所吓住。直到笑声完全平息下来,他才不慌不忙地问:

"定生兄以为阮圆海是何等样人?"

这回,陈贞慧可不再让他神气了。他把脸一沉,反问:"阁下以为他是何等样人?"

"两榜进士,学兼文武,工书史,知兵略,诗词曲赋,样样皆精。早年虽曾失足,近年却并无大过。小弟以为,此等人虽非安邦定国之大材,若论筹边制寇,却也是不可多得之选哩!"

陈贞慧见钱曾仍旧不思收敛,居然荒唐到替阮大铖摆起好来,不由得气往上冲。他厉声说:"非也!阮胡子乃系阉党余孽,乱臣贼子!他奸险狡诈,卑鄙无耻,当年编造《百官图》,谄事魏阉;又复勾结杨维垣,诬陷东林。此天下共知,人神同愤。名列逆案之后,仍不肯敛迹思过,愈肆凶恶,广设爪牙,暗结余党,散布谣言,交关权贵,日夜图谋翻案起用。徒以上赖天子圣明,宸衷英断,下有我仁人君子抨击禁制,彼奸谋方始不售,此实国家之福。阁下名列复社,竟置我同人大义于不顾,出此狂悖叛逆之言,今后尚思立于君子之林么!"

陈贞慧越说声音越大,怒火在他胸中燃烧,热血在他周身沸腾。他深深感到情况的严重和责任的重大。正是这一点,使他的整个姿态充溢着一种大义凛然、悲壮动人之气,以致钱曾也不敢再摆出那种傲慢不逊的样子了。

"倘若定生兄仍一味坚持门户之见,那么小弟只好不说了!"

钱曾摊开双手,做出无可奈何的样子。

"不!"陈贞慧斩钉截铁地说,"这绝非门户之见!此乃小人、君子之分,不得混同!若夫唐之牛李、宋之蜀洛,异在议论,而非流品,可谓之门户之争;至于汉之党人、宦官,今之东林、复社同魏阉及其余孽,均异在流品,势无两立之理!阁下以为阮圆海有才可用,殊不知此种人一旦得势,定必为祸家国,残害忠良。这也是流品使然,无可改易!何况此辈小人,从来只问利害,不思恩义。纵然你今日宽纵于他,又安知异日他不会恩将仇报?到其时身陷图圄,人头落地,只怕悔之晚矣!"

陈贞慧用力一挥手,结束了谈话。有好一阵子,大厅里变得一片静默。陈贞慧最后这一番分析,不但使周镳、周钟和顾杲他们暗暗点头,同时也向钱谦益师徒指出了一个他们事先不曾预见到的危险,促使他们不得不有所考虑。然而,也只不过一忽儿,钱谦益抬起头来。他瞧瞧陈贞慧,又瞧瞧座上的其他客人,仿佛下了决心似的,把双手拱在胸前,说:"列位君子,适才定生兄一番高论,可谓义正辞严,令人闻之气旺!凡我同人,均应如此。遵王之论,显属荒诞不经,不须复言!"说到这里,他向钱曾一瞪眼睛:"畜生,还不赶快给我下去!"

钱曾猛地抬起头,张了张嘴巴,似乎还想说什么。可是在老师凌厉的目光逼视下,他终于咬咬牙,站起来,朝客人作了一揖,一声不响地走了出去。

钱谦益这才回过头来,重新堆起笑脸:"列位先生都是同道中人,关起门来无话不可谈,只是别拿到外面去乱说就对了。在此,谦益有一管见,意欲请教诸位先生,不知可否?"

他的态度显得特别谦恭,足以使客人们冷静下来,而且无法加以拒绝。

"啊,牧老,你又何必过谦?但有指教,弟等无不洗耳恭听。"周镳说。

"当今寇虏披猖,天下鱼烂。社稷危倾,已是间不容发!所望者,天子圣明,仁人用命,或许尚能有救。我东林、复社诸君子,胸怀忠义,以手援天下为己任。惟是志固甚高,力尚嫌薄,今社外之人,又以门墙严峻、党同伐异而疑我、非我、妒我、远我。此类人绝非阉党余孽,却为数不少。设若不能收彼辈之心,感悦来附,则同心戮力,共扶社稷,到底只是一句空话而已!"

"啊,那么牧老又有何高见呢?"周镳问。由于钱谦益指出复社高自标榜,惟我独尊,无容人之量,遂致外人侧目,众心不附,确实打中了目前社局的要害,所以客人们都想听听他到底有什么办法解决这个颇伤脑筋的问题。

看见对手们显出留神倾听的样子,钱谦益暗暗满意。他把态度放得更谦恭,口气更加诚恳:"谦益之见,列位未必赞同,此亦无妨,只要彼此心存一个为公之念,其余一切,尽可畅所欲言,坦诚相见。"他把"为公"二字说得特别重,还故意停顿了一下,以便加深对方的印象,然后,才接着说:"社外人士疑我之心,由来已久,非旦夕之间、片言只语所能消除。而国事如此,又断不容我有许多时日,从容解说。以谦益陋见,惟有以非常耸动之举,令彼惊骇震动,见我诚意,始能收事半功倍之效……"

钱谦益说到这里,又看了看客人们,见他们全都默默无言,似在沉思,也猜不透心中在打什么主意。于是,他鼓起勇气,一口气把最后的话说完:"昔日汉高祖咬牙封雍齿,诸将反侧之心,遂得以安。今阮圆海一介小人,品格鄙劣,天下共知。惟其如此,倘若我辈稍示宽纵,则反响必大,朝野耸动,以为我辈于阮圆海尚能如此,其余流辈,自不必问矣。如此,则门户之说,不攻自破。门户之说一破,则可以同心戮力,匡扶社稷,建虏流寇,不足虑也!取治取乱,实在我辈一念之间,还望诸位君子三思焉!"

钱谦益刚把话说完,周镳等人还未答话,忽然李宝扬着一张拜帖匆匆走上台阶,站在门外探头探脑。钱谦益正急于听取客人的反应,对于有人在这个节骨眼上来打扰,很不高兴。他朝李宝做了个挡驾的手势,然后回过头,拱着手,征询地盯住了周镳。

可是周镳却不说话,只是用他那双黑中带绿的眼睛,在眉毛底下古怪地望着钱谦益。其余的客人,也全是一声不响。

钱谦益被周镳瞧得有点不自在,为了掩饰,他竭力装出一副坦然的样子。这时,周钟首先说话了:

"哈哈,姜到底是老的辣!牧老,你这番话,可是比令高足中听多了!"

"啊,介生兄的意思是……"

周钟挥一挥手:"可惜立论虽则有别,宗旨却是一个——替阮胡子开脱!既然如此,尽可直说,又何须辛辛苦苦绕这么个大圈子?学生倒为牧老不值呢!"

"岂止不值,简直欺人太甚!"一直坐着没有开过口的顾杲,突然愤愤地迸出一句。

钱谦益目光一闪,脸上掠过一丝愠色,但立即又忍耐住了。他拱拱手:"列位请勿误会谦益之意……"

然而,没等他说完,周镳突然站起来,一声不响地朝他一揖,转身向外走去。

钱谦益怔了一下,连忙起身,紧赶几步,在门前拦住了他:"哎,仲老,有话尽可商量,何必如此!"

周镳仍旧一声不响,向左一拐,想躲开阻拦,可是钱谦益也跟着向左;周镳又折向右,钱谦益也跟着向右。周镳没有办法了,他跺跺脚,很着急地说:

"牧老,你我道不同不相为谋,还是各自躲开为妙。莫非还要我在此跟你撕破脸皮吵一架不成?"

"仲老不要误会,谦益如此主张,也是为的社稷安危设想,不当之处,尽可批驳。总之谦益自问并无私心,耿耿此衷,天日可鉴……"

钱谦益这话刚一说完,蓦地台阶下有人高声说道:

"只怕未必!"

大家愕然回过头,只见方以智笑吟吟地大踏步走了进来,气急败坏的李宝拼命想阻拦,却怎么也拦他不住。方以智后面,还跟着吴应箕、侯方域、张自烈、梅朗中,只是看不见冒襄和黄宗羲。

方以智走上台阶,笑嘻嘻地朝钱谦益深深一揖,立刻指着李宝告起状来:

"牧老,你这贵价好不惫赖!晚生等有天大的一桩紧急事儿求见,他却死活不放我们进来,分明想诈骗晚生的钱财!你想晚生在盛泽归家院住了半个月,几乎连这身衣裳都给鸨儿剥了去,哪有银子与他。若非晚生斗胆硬闯,岂不误了大事!"

钱谦益一见这个阵势,早已慌了手脚,哪里还有闲心听他打趣。他迟迟疑疑地问:

"贤契过访,不知有何见教老夫?"

"哦,晚生因受辟疆兄之托,要将一封极其紧急之书信呈交周仲老,是以冒昧登门,还祈牧老见谅!"

方以智说罢,在身上前后左右地摸索了一阵,最后才从怀里掏出信来,双手呈给周镳。

周镳不知就里,疑疑惑惑地接过,打开一看,顿时变了脸色。他狠狠地横了钱谦益一眼,"哼"了一声,把信递给了他。

钱谦益心内有鬼,看见周镳神情不善,不禁恐慌起来。他连忙接过信,看见上面写着:

眷社弟顾麟生顿首拜。去岁匆匆进京,未能面别,心常耿耿。复以关河辽阔,通问维艰,遐念昔游,曷胜怅惘。弟近于周阁老幕中,暂掌文牍,营营役役,乏善可陈。惟日前偶见吾乡钱牧斋来书,言及彼已决意向东南诸君子疏通,谋为阮圆海缓颊,中并有"阁下含弘光大,致精识微,目今起废为朝政第一"等语。弟始而讶,继而愤,又继而忧,以为天启之祸,行将复见于今日。故不避利害,驰函奉达,亟望我社同人,急图对策,必不令此奸谋得售而后已……

钱谦益看信的当儿,陈贞慧走到梅朗中身边,悄悄地问:"太冲呢,他怎么不见来?"

"太冲看了此信之后,刺激极深,独自奔下虎丘,不知去向……"梅朗中也悄悄地回答。蓦地,他惊慌地叫起来:

"不好,牧老要倒,快扶住他!"

第 六 章

一

自从被钱谦益撵出东园,冒险回到半塘家中之后,董小宛的病,又加重了几分。

她是在给她娘送葬那天染的风寒,后来一直不大见好。不过前些日子还能勉强挣扎着东躲西藏,这两天她却躺在床上,几乎再没有起来过,一切都由惟一的丫环寿儿给她料理打点。她那丰润漂亮的鹅蛋脸明显地变长了,鲜艳的、小小的嘴唇也失去了光泽。她睁着一双有着长长睫毛的大眼睛,好半天好半天地瞅着屋梁上的燕子巢,不动,也不说话。害得寿儿瞧着瞧着,不由自主就惊慌起来。

在追欢卖笑的风月场中,董小宛是属于那一类为数不多的女子——她自幼沦落风尘,却例外地不曾染上太多的青楼习气。有人曾经挖苦说,这是读书把她读呆了。这话说来也有几分真。她的娘姓陈,本是个贫家女子,卖入青楼当了妓女之后,深感不谙文墨,十分吃亏。任凭你模样儿再俏,对客人再殷勤卖力,终难攀得上第一流名妓的地位。所以,小宛七八岁起,娘就下决心给她延师授课。小宛生性聪慧,记性儿又好,到了十六七岁上,那些四书五经、诗词歌赋、女训女诫、食谱茶经之类,当真给她熟读了不少。更有一桩,她不光是读,对书中那些圣人之言、闺阃之训还深信不疑,以为那便是天地间的至理。她既自伤沦落,命薄如纸,对于那些古哲先贤、名媛淑女就愈加心深向往,倾慕不已,久而久之,言行举止之间,便不知不觉地学起样来。譬如卖笑人家求之不得的是门庭若市,客似云来;她却偏偏喜欢清静闲适。青楼姐妹们为着成名走红,谁都争着往通都大邑里跑;她却偏偏向往隐居山林。至于碰上男男女女挤坐在一块,又弹又唱,又笑又闹,她就更是愁眉苦脸,打心眼里感到厌烦。这股子清高脾气,同她的身份地位本来很不相称,注定她非倒霉碰壁不可。只是世上有的事情却不能以常理测度,秦淮河上偏有那么一批自命风雅的公子名士,每日家在旧院里鬼混流连,征歌逐色,受着那一个个热得像火盆儿、暖袄儿一般的娘们的奉承巴结,都腻烦了。一见了这位空谷幽兰般的董大姑娘,都稀罕得不得了。何况,小宛毕竟也是一位色艺双绝的美人儿。所以,她愈是摆出一副清高冷淡的模样,他们愈是一窝蜂地捧她的场。因了这缘故,董小宛的名声反而不胫而走,一天天地叫响起来,在狎客们的口碑当中,成了与顾眉、李十娘这样一些红角儿享有同等身价的尤物。

不过,这种令多少同行姐妹嫉妒艳羡的成功,并未能改变董小宛的心意。不如说,她因此更加讨厌这种卑贱、屈辱的卖笑生涯。至少是为着暂时摆脱它,她终于打点行李,离开了秦淮河,搬到苏州城外的半塘来住。三年前,她又随着她娘,到西湖、黄山、白岳一带去漫游,直到前不久,才回到苏州来。谁知就在归途上,娘忽然染上重病,一连请了几个大夫诊治,却全无起色,好容易捱到半塘家中,就死了。小宛悲痛过度,身子便有些不妥,初时还硬挺着办完丧事,不料随后就碰上田国丈派人来苏州采买女孩儿,并且点着名儿要买她,吓得她拖着有病的身子四处逃难。这两天,外间的风声倒是平静了些,听说田府的人已经回京去了。

现在,董小宛斜靠在她的闺房里的一张雕漆八步床上,刚刚吃过药,正闭着眼睛歇劲儿。这间闺房,位于院子当中的一幢二层小楼上,楼下是用竹篱笆围成的院子,满院的梅树,以及几幢模仿乡间茅屋式样建筑的厅堂馆舍,七里山塘就在门前蜿蜒流过。自从黄山归来之后,董小宛便闭门谢客,加上前一阵子又忙于逃难,这宅子一直不曾认真收拾布置。院子里固然杂草丛生,落叶满径,即便是闺房,也处处显出凌乱和不经意。那架大红绸帐,只放下了一半,另一半还挂在钩子上;床靠的一边,随手搭着脱下来的一条裙子;那些平日安放小摆设的地方,至今还让它空着;两幅字画已经长了霉点,却依旧挂在墙上;窗前的镜台蒙上了一层灰尘,周围还堆满了各式各样的药瓶药罐,有的打开了盖子,却忘记随手扣上。也许是因为这个缘故,在这里嗅不到通常名妓闺房里的那种令人骨酥意荡的幽香,有的只是刺鼻的药饵气味。由于寿儿明显地在设法偷懒,尽管天色已经不早,窗际那一方薄暮晴空正在逐渐黑下去,房间里还迟迟未曾上灯。

不过,这一切,董小宛都没有心思再理会了。经历了十多天的悲伤、疾病和惊吓的折磨,她现在是那样的虚弱,以致周围的一切,在她的感觉之中,都变得那样遥远、隔膜,无关紧要。甚至连身体和四肢,也由于它们的麻木和沉重,仿佛不再属于自己。惟独心还在跳动,肺叶还在呼吸,脑子也仍旧在活动,这些是她还能清晰地感知到的。不过,就连这些部分,似乎也正在衰竭下去……

"哦,莫非我快要死了么?"董小宛冷漠地想,同时有一点惊奇,这一天会来得这么快。"十九岁就死,这是什么意思?"她费劲地思索,可是脑子里却一片茫然。她实在太虚弱了,思路无论如何也集中不起来。而且她愈是努力,它们就愈加变得飘忽不定,终于只剩下一些迷离难辨的迹辙,几乎看都看不清了……

现在,董小宛觉得自己正独自一人,沿着一条难以辨认的小路往前走。这条小路仿佛是悬在空中的一根飘摇不定的带子,周围是黑沉沉的无底深渊,只要稍不留神,就会掉下去摔得粉身碎骨。她心里非常害怕,双腿也在簌簌发抖,可是却不能不往前走。因为她听见有一个亲切的、温柔的声音在不停地呼唤她。她走啊,走啊,也记不清走了多久,只是觉得很累,两条腿也越来越沉重。"啊,看来我是走不到那里的了!得歇一歇,回家……"刚动了这样的念头,她就发现自己已经站在一堵黑沉沉的墙壁跟前,墙上没有门,却有一个小圆洞。她凑近一瞧,看见里面当中放着一张床,一个同自己长得一模一样的女孩子,赤身露体地躺在上面;周围站着一群长得人不像人、野兽不像野兽的东西,正贪婪地盯着那女孩子雪白的身体;一个面目狰狞的、屠夫样的人,把那女孩儿的肉一片一片地割下来,抛给他们。旁边还站着一个中年女人——董小宛认得那是她死去的娘,高高地卷起袖子,手里拿着一把尖刀在等着,把每一个抢到肉的人不人、兽不兽的东西夹脖子揪住,然后用干净利落而又冷酷无情的动作,把他的皮整张地剥下来,剩下那具血淋淋的躯体,就随手往地下一丢,让他们在那儿哀号、狂笑、跳闹、痛哭……董小宛瞧得毛骨悚然,双腿发软,正想离开墙洞,不料给屋子里的人发现了。那群被剥了皮的东西立即一个个从墙缝里钻出来,围着她欢呼大笑,硬要把她拖进屋子里去。董小宛吓坏了,连忙用力一挣,转身就逃。不知怎么一来,就骑上了一匹毛驴。这毛驴长着两道白眉毛,下巴上还拖着一把胡子。它撒开四蹄,跑得风驰电掣一般。董小宛害怕起来,也不知这驴子要把她带到哪里去,只好死死抓住缰绳,闭上眼睛。跑着跑着,突然驴子猛地一掀,把她抛出好远。等她爬起来,驴子不见了,眼前却出现了一座高山。她仔细一看,原来不是高山,而是无数死人堆在一起。那些尸体一具具都断头折臂,血肉模糊,惨不忍睹。一群顶盔贯甲的人还在上面挥舞刀枪,苦苦厮拼,时不时发出一两声疯狂的怒吼和惨厉的呼喊。突然,刀光一闪,一颗脑袋飞上了半空,随即疾速向山下飞来。董小宛正想躲避,谁知那颗脑袋突然变大了无数倍,龇牙咧嘴地向她砸来。董小宛心口一凉,闭着眼睛等死。然而,就在这时,她听见了先前那个召唤她的声音。它变得更加温柔、亲切,而且越来越近,使董小宛觉得无论如何也要瞧一瞧他再死。于是她又睁开了眼睛,却意外地发现,那个可怕的脑袋已经不见了,那座用尸体垒成的高山和在山上恶斗的人也不见了。如今,她已置身于春光明媚、鲜花盛开的原野上,黄莺在耳边娇柔地啼啭,蝴蝶在周遭翩翩飞舞。一个身穿白夹春衫、姿容绝世的美少年正在朝她走过来。"哦,我已找了你很久了!"他用美妙悦耳的声音说,伸出手,把她轻轻地扶起来。"我们现在回家去吧。我要用最华美的屋子安顿你,用最漂亮的衣裳打扮你,用最精致的食物供养你,我再不同你分离,再不让你受苦了!"他娓娓地说,不胜爱怜地瞅着她。董小宛顿时感到心头宁帖了,泪水涌上了眼眶。她想告诉他,她并不需要这些。只要他肯让她跟在身边,做一名卑微的奴仆,她就心满意足了。她还想告诉他,她是那样爱慕他。为了他,她可以去死……可是,她说不出来,因为她的喉头哽咽得厉害。她只是信赖地依偎着他,寸步不离地跟着他走……

然而,渐渐地,远处响起了呜呜的风声。那美少年站住了,抬头望了望天空,笑着说:"这风来得正好,我们可以早些到家了。"话刚说完,原野上已经天昏地暗,飞沙走石,那少年"呼"的一声,被风刮上了天空。董小宛猝不及防,慌乱中用手一抓,扯住了那少年的一根衣带,也被带上了空中。但是,衣带那样柔弱,它显然承受不住董小宛身体的重量,转眼之间,就被拉得又细又长,最后竟成了一根绷得紧紧的细丝。董小宛万分焦急,低头一望,只见下面阴风阵阵,惨雾沉沉,什么花啦、草啦、黄莺啦、蝴蝶啦,全都无影无踪。那些半人半兽、被剥了皮的"东西",那些在尸山上恶战的甲士,以及那个硕大无朋的脑袋,又重新出现,并且张牙舞爪地向她扑来。

董小宛害怕极了,竭力抓紧那根细丝。谁知这么一用劲,细丝"噗"地断了,董小宛立即高速向下堕去。她绝望地悲呼:"冒郎救我!"全力向上一挺,蓦地惊醒过来,原来是做了一个梦。只觉得浑身冷汗淋漓,一件里衣已经湿透了……

说也奇怪,现在董小宛觉得心里清爽了许多,身子虽然像是加倍的疲倦,却不似先前的麻木沉重了。她睁大眼睛望着绸帐的方顶,默默地回想着适才的梦境,一颗心还在扑通扑通地直跳。"啊,那美少年我分明认识,那就是他,是他!他说找了我很久,这是真的吗?三年前,他确实同方公子来访过我几回,却只见到一面。记得那一天我碰上闹酒,正在里间睡着,还是娘把我推起来,扶出去见他的……可是,那以后他再没有来过。后来就传说他同陈圆圆相好得不得了。不过,听说圆圆这一次到底给田皇亲抢去了。那么,他如今又在哪里?他还记得我吗,他会来吗?嗯,会来吗……"

她这样暗暗叨念着。忽然,说也奇怪,她分明听见了,从很远很远的地方,传来一种有节奏的"吱扭——吱扭——"的声响,那是一支船橹在摇动。她不能说出这船是什么样子,但是分明感觉到,它是冲自己而来的。现在,她还听见了船上有人在说话,其中一个嗓音就是在梦中呼唤过她的那个亲切、温柔的声音。

"小贱种,你反了天了!竟敢管起大爷的事。看我不打死你!"一声男人的怒骂蓦地从天井里响起。萦绕在董小宛耳边的幻觉一下子被驱散了,而代之以乒乒乓乓的竹棒击地声、追打声、哭叫声。接着,楼梯咚咚一阵乱响,寿儿——一个长着一张猫儿脸的十四岁小丫环,头发披散,跌跌撞撞地冲进闺房来,一下子扑到董小宛的床沿,跪在地上直叫:"娘快救我,老爹要打死我!"

董小宛还未开口,她爹董子将已经手执竹棒,气势汹汹抢了进来。他有五十出头,一个在青楼妓馆混了几十年的老篾片,长得又高又瘦,皱皱巴巴的脸上,透出一种灰不灰、蓝不蓝的所谓"晦气"。

他这辈子除了会打一手十番鼓,外加逢迎拍马,再没有别的能耐。相反,游手好闲、吃喝玩乐那一套,却学得精熟。现在,他光着微秃的脑袋,没有戴头巾,正瞪着一双大而混浊的眼睛,狂怒地龇着牙,像是要把寿儿一口吃下去似的。吓得寿儿浑身哆嗦,连滚带爬地藏到床后。

"爹——"董小宛蹙着眉毛,有气无力地叫,声音里透着烦躁。这位亲爹的脾性,她是清楚的。过去,靠着小宛母女俩,他倒不愁没钱花。可是自从陈氏死后,小宛又因病闭门谢客,家中的用度,就渐渐紧张起来。这位董大爷却嗜好难改,仍旧三天两日摊着巴掌向女儿讨钱。给得少了,他就偷着拿家里的东西出去变卖。这事小宛也听寿儿唠叨过许多回,碍着是亲爹,也不好怎么说他。偏偏寿儿这丫头躲懒归躲懒,性子却颇为耿直。她看小宛不管,有时就忍不住当面数落董子将几句,惹得老董大为光火,又跳又骂,这种事也非止一回。适才,想必寿儿又刺中了董子将什么痛处,竟然一路追打进来。

董子将听见小宛的叫声,怔了一下,随后他仍然冲上来,挥棒朝寿儿打去。寿儿慌乱中举手挡架,竹棒"啪"地打在她的手指上。寿儿哀叫一声,护着痛弯下身去,朝床底下一钻,躲在角落里再也不敢出来。董子将还不解恨,他一面用竹棒朝床下乱捅乱戳,一面恶狠狠地喝叫:

"畜生!奴才!你妈妈的出来不出来?赶快出来!出来!"

董小宛被他们闹得头昏眼花,心中又急又气。她用尽全力,一连挣扎了好几次,才坐起了身子。她喘着气,抖抖索索地指着门说:

"你、你们出、出去!都出去!"

说完,她又挣扎着打算站起来,但她的两条腿颤抖得那样厉害,实在站立不稳,只好又坐了回去。不过这一来,总算引起了她爹的注意。董子将斜着眼睛瞅了女儿一会,终于把竹棒扔在地上,气哼哼地转身走出了屋子。

躲在床下的寿儿,一直听着老董下了楼,脚步声消失了,才轻手轻脚地钻出来。她侧着耳朵又听了听,断定董子将已经走远了,才长长吁了一口气,一边拍打着头上、身上的灰尘,一边嘟嘟哝哝地说:"自己为老不尊,不要脸,还不许人家说……"她回过头,蓦地发现董小宛正扶着床靠坐着,一动不动地闭着眼睛,就连忙走近去,讨好地问:

"娘,你怎么啦?你身子不好,这么坐着怎吃得消?快躺下吧!"

董小宛摇摇头,仍旧一动不动地坐着。过了一会儿,她突然睁开眼睛,一边示意寿儿不要说话,一边支起耳朵,神情显得越来越专注和深沉,像是极力倾听什么声音,又像神游在某一个遥远的地方。

寿儿被弄得莫名其妙,又不敢打扰她,只好呆呆地望着。

终于,董小宛的睫毛颤动了一下,恢复了常态。

"哦,我有点饿了,想吃粥。"她说,疲乏地抓住床靠,把头抵在立柱上。

寿儿的眼睛睁圆了:"娘是说,饿、饿了?啊,娘身子大好啦?"

董小宛点点头,又摇摇头:"我只要半碗,两根水菜……嗯,吃完了,你替我梳梳头,我捉摸,这头有两天没梳了吧?一定难看死啦!"

寿儿又惊又笑:"娘,你今儿个怎么啦?娘,婢子这就给你弄去!"

"还有,这屋子也该收拾一下。"董小宛继续吩咐,闭上了眼睛,"我觉着,今晚,说不定有人要来……"

二

　　"虽然辜负了一个女子,但父亲总算平安脱离险地。看来,这没有什么可遗憾的!"冒襄默默地想,"我不能为着一个风尘女子而丢开父亲不顾,这是无疑的。即使再从头经历一次,我的选择,也只能是如此!"

　　这是虎丘大会结束后的当晚,也即是董小宛向寿儿说她感到肚子饿的同一个时刻,冒襄正乘着一只小船,沿七里山塘,缓缓地向桐桥坞的方向摇来。张明弼照例陪在朋友的身边。不过,他们没有交谈,各自默默地坐在船舱里,已经有好长一段时间了。

　　晚春的夕阳,完全没入了地平线,周遭的暮色变得越来越浓;沿河两岸,亮起了星星点点的灯火;反映着最后一抹青灰色天光的河水,悄没声息地从船舷下流过。从后梢传来了轻柔而有节奏的橹声……

　　由于觉悟到存在着那样强有力的"理由",冒襄在失去陈圆圆后的混乱情绪当中,开始重新找到了立足之点。他逐渐平静下来,甚至似乎有一种解脱般的轻松之感了。

　　说起来,冒襄还是在去年他到湖南去探望当时还在衡州做官的父亲途中,才同陈圆圆认识的。那时正是早春,夹岸的柳树刚刚有一点绿影儿,梅花却开得正好。他从同船的一位姓许的父执辈口中,头一遭听到陈圆圆的"芳名",并且被这位父执的热烈推崇所打动,特意在杭州停留了几天,同他一道去寻访陈圆圆。徒劳往返了好几次,最后,才总算把她请来了。冒襄清楚地记得,那天陈圆圆穿了一袭长过膝盖的暗青色茧绸女衣,下衬八幅白地绣青花湘裙。当她从帘子后面款款地走上红氍毹来的时候,笑涡在她的腮边忽闪着,她像是无意,又像是有意地朝冒襄瞟了一眼,随即含羞地旋过脸去,侧转腰肢,回顾了一下拖在身后的裙裾。那美妙优雅的姿态,真像在烟雾缭绕当中一只翩然起舞的青凤。当时,冒襄虽然意识到其他人的在场,脸上依然保持着惯常那骄矜的微笑,可是内心深处,却分明地震颤了一下,被这女子不寻常的魅力所打动,不由自主地用眼睛去追随她那妙曼的姿影。

从这一刻开始,他俩的感情就飞速地交流起来。在陈圆圆出人意料地用当时已经不流行的弋阳腔,演出《红梅记》一剧的时候,冒襄怀着少有的兴趣和热情,自始至终关注着台上的演出;而陈圆圆也把含情脉脉的目光,频频投向他的座上。冒襄还记得,当演出的间歇,陈圆圆擎着玉壶,向座上的客人劝酒,却没有首先走向他时,他心里是多么的失望和不快;而后来,当陈圆圆在他身边明显地停留得最久,同他悄声低语时又挨得那么近,以至他可以清楚地看到她那蝉翼样的鬓影在轻轻颤动,嗅得着她那小嘴所发出的唇脂的馨香。这时候,他又是多么的得意和愉快——啊,直到现在回想起来,那仍然是令人心荡神飞,如醉如痴的奇妙境界!是冒襄多年来出入风月场所从未经验过的……

事实上,从那时起,冒襄就觉得离不开她了。待到酒阑人散,他立即提出了留宿的邀请。陈圆圆似乎有点为难,但还是应允了。直到天快亮时,她才登舟回去。当时,他是那样的难分难舍。而她反倒有点淡淡的,只告诉他打算到光福山去寻梅赏雪,如果他也去,可以有半月的盘桓。当时他考虑行程紧迫,无法久留,踌躇再三,只好约定到桂子飘香时节,与她在姑苏再见。

冒襄直到现在还记得,在那历时半年的往返旅途中,他对她的思念是怎样的强烈,怎样惟恐不能再见到她。他历历在目地回味着那一个暂短良夜的旖旎风情——那摇曳的灯影、低垂的罗帐、火热的眼神、潮湿的鬓发以及胳臂上疯狂的齿痕……这一切,都在时时刻刻挑动着他的情欲,使他在同别的女人在一起时味如嚼蜡。而且,也许因为这缘故,他还平生第一次不无妒意地想到,他离开期间,其他狎客将会代替自己的位置,而陈圆圆也会照样同他们厮混,一如那天晚上她对待自己一样……

不过,尽管如此,当半年之后,他护送母亲回来,路经苏州,陈圆圆出乎意料地表示她要嫁给他,从此完全、永远属于他的时候,冒襄却感到十分惊讶和突然,觉得这种要求未免过于天真,而且轻率得有点不知自量。因为在他看来,寻欢作乐是一回事,承担家庭义务又是另一回事;而且,就凭着那短短一夜的交情,对方也没有权利提出这种要求。所以他当即拒绝了她。然而,陈圆圆却不是那种容易摆脱的女人。她用不着苦苦哀求,她有的是聪明的手段。到了后半夜,再次领略到她的全部魔力的冒襄,就主动回心转意了。虽然,他提出了一个条件,必须等他把营救父亲的事情办妥之后,才从长计议这件事。

后来,冒襄就全副心神投入到营救父亲的事情当中去了。大半年来,没完没了地奔走、投诉、请托,加上还要不断劝解日夜忧伤的母亲,冒襄简直把陈圆圆完全抛在脑后。此外,他还多少有点儿后悔:不该这么容易就答应了她。所以有时候,他尽管也会忽然想到陈圆圆,想到是否该去看望她。可是出于一种多少感到丢了面子,因而想挽回一下的心理,他终于又打消了这种念头。半年来,他甚至连信都没有给她写过一封。谁知道,由于这一念之差,结果就永远失去了她……

"哎,这样的结果是好,还是不好?好,还是不好呢?"冒襄不由得反复自问。可是越问,心中越乱。他一阵烦躁,猛地站起身子。就在这时,他看见了一片繁密的灯火、一座拱形的石桥,以及桥头耸立的石塔。桐桥圩到了。

"辟疆,你做什么?"被冒襄的突然举动吓了一跳的张明弼问。

冒襄定了定神,清醒过来。为了掩饰自己的失态,他随手指着岸边一个带小楼的院落说:"哦,那幢小楼临水而筑,亭亭如画,惟是灯火俱无,不知是何人所居?"

张明弼顺着他的手势望去,"噢"了一声,说:"那不就是董小宛的家嘛,你怎么就忘了？前几年,我还陪你来过的!"他仔细看了看,又说:"楼上影影绰绰的像是有灯火,嗯,她必定还在。"

听说是董小宛的家,冒襄倒愕住了。他朝那阁楼上依稀的灯火注视了一会儿,忽然回头向后梢叫道:

"船家,靠岸,我们要下船。"

"啊,做什么?"张明弼问。

"上去看看!"

"只是,只是听说小宛刚死了娘,她自己又病得很重,一直闭门谢客。瞧这灯火零落的样子,想必还不曾好,又何苦去打扰她!"

可是冒襄不理会张明弼的劝阻,他紧盯着越来越近的河岸,显出迫不及待的样子。船家一放下跳板,他就抢先一步跨上去,很快地上了岸。等无可奈何的张明弼从后面跟上来时,他已经站在竹篱笆前,开始打门了。

冒襄先轻轻地敲了几下,见里面全无应声,下手就重起来。可是敲了一阵,仍然毫无动静。张明弼说:

"辟疆,敢情他们都睡死了。算啦,我们还是回船吧!"

可是冒襄十分固执,他一声不响,捏起拳头,在门上咚咚咚地猛擂起来。

终于,门内传来了细碎的脚步声,接着响起了一个女孩儿清亮的嗓音:

"门公,是谁在打门呢?"

"莫理他!反正姐儿不见客,让他敲不应,自己去了算!"一个苍老的声音瓮声瓮气地回答,听来很近,就在门房内。

"那也得瞧瞧是谁啊!刚才老爹又出去了,若是他回来,叫门不应,又该骂人了。"

"不是,老爹他会喊我。只怕是东家的张小四,要不就是隔壁的王婆,又来借钱借米的。准没好事儿,不用理他!"

冒襄在外面听见,又好笑又好气。他又打了两下门,高声说:"我们是如皋冒襄、金沙张明弼,特来拜望宛娘,快快开门!"

这一次总算有了反应,只听那女孩儿在门里"嗳"了一声,但是又不来开门,却埋怨门公说:"瞧你,估错了吧,是客人哩!快起来开门!"

冒襄同张明弼对瞧了一下,嘴上不说,心中都想:这鬼丫头也真够促狭,你自己来开一下不就完了,偏要支使门公!

门房里的床"吱扭吱扭"地响了一阵,大约是门公爬起来,只听他不满地咕哝了一句什么,估计是说那丫头不替他开门。果然,那丫头立即唱歌似的反驳说:

"这是你的事情,编排是该你干!我又没吃你的一份粮,凭啥要替你动手?"

…………

终于,门"咿呀"一声打开了,露出了门公年老的、骨骼粗大的脸和矮小结实的身躯。

冒襄早就一百个不耐烦,见门一开,立即径直往里走。那门公想拦阻,但又不敢,只好求援地望着寿儿。

寿儿却不慌不忙。她迎着客人先道了个万福,仍旧用唱歌一般的嗓门说:"两位姐夫,远来辛苦了,请到堂上奉茶。待婢子通报去来。"

冒襄摇摇头:"我们不吃茶,到楼上看看你娘就走。"

"多谢两位姐夫美意。"寿儿说,忽然露出戚然的样子,"只是我家阿娘病重,只怕、只怕不能见客。"

"啊,宛娘病得很重么?"张明弼问。

"嗯,重!重得简直不能再重。连人,她都快认不得了。"寿儿的声音甚至有点呜咽。

张明弼默默地点着头,望了一眼冒襄,意思是:怎么样?还要上去么?

冒襄没有做声,但显然也有点动摇了。他抬起头,犹豫不决地望着阁楼上昏暗的灯光。

寿儿闪动着一双黑眼珠子,在他俩身上溜了几下,忽然抿着嘴儿问:

"这位姐夫,可是如皋冒公子?"

"啊,正是小生。"

"若是如皋冒公子,我家阿娘倒必定是认得的。"

"……?"

"适才阿娘吩咐说,若是等闲俗客,一概不见。若是冒公子,你可得千万好好儿请上来。"

"啊!她怎么知道我要来?"

"这个么,婢子可就不知道啦!"寿儿狡狯地说,不待冒襄再问,她就转过身去,当先引路。冒襄同张明弼交换了一个莫名其妙的眼色,满腹狐疑地跟在后面。

三

由于吃了半碗粥,许多天来,董小宛第一次感到多少有了点精神。她让寿儿替她梳了头,把乱糟糟的屋子收拾了一下。出于一种奇怪的预感,她还吩咐寿儿:要是如皋冒相公来访,马上告诉她。不过,随后她就意识到这种念头是多么可笑可怜了。哎,世上哪有这样好的事？你想着一个人,他就会立刻来到你的身边？何况人家是家财万贯的翩翩公子。纵然没有陈圆圆,也会有别的女人。就凭三年前那匆匆一面,能指望人家记得住你？怕早就把你忘个一干二净啦！再说,梦里不是已经把这事指点得明明白白了么？就别再费这份心思啦！这样一想,董小宛又觉得自己完全没有指望了。从今以后,她就像那荒原旷野上随风飘转的一株蓬草,孤苦伶仃,无依无靠……终于,她把脑袋深深地埋在被窝里,压抑地、凄苦地哭起来。

渐渐地,她听见有人走上楼来了。不是一个人,是好几个。陌生的、粗重的男人脚步声从过道里一路响过来,在门外停了一下,然后跨进屋来。

"谁？"董小宛问,竭力止住抽泣。

"哦,三年前,在此楼下曲栏杆畔,曾有幸与小娘子醉中一晤的那个人,今日特来拜候,不知小娘子可记得否？"一个优雅清亮的声音说。

有片刻工夫,董小宛弄不明白,为什么一听到这声音,自己的心像是突然停止了跳动,仿佛凝住了似的。"啊,他说什么？他说什么呀？这是什么意思？"她艰难地思索。蓦地,她的心狂跳起来,血液一下子冲上脑门和双颊:啊,是他,是他,是他来了！她在心里大叫,感到一阵晕眩。但是,她没有立刻转过身子。她不敢,也没有力量那样做。谁知道呢？也许稍一动弹,一切便都化为乌有了！

"小生是如皋冒襄,这位是金沙张公亮。"大概是听不见董小宛答应,冒襄只好自我介绍了。

董小宛仍旧小心翼翼地保持着原来的姿势,但是泪水已经涌上了眼睛。

"奴家……不敢忘记公子……"她颤着声儿回答,觉得冒襄已经走近床头。她不由得缩紧了身子,仿佛怕触着什么容易破碎的东西似的，一边哽咽地说："……三年前，有劳公子几番临顾，仅得匆匆一晤，但阿娘背后说起公子，总是称赞不绝于口，说她见的人不少，从未有像公子这般人品的。娘还因奴家未能与公子多盘桓些日子，深为惋惜……如今阿娘死了，看见公子，奴家就想起阿娘。她的话，就像昨天对奴家说的一样……"

董小宛说到伤心动情之处，终于转过身子，撩开罗帐。于是，她看见了冒襄的脸。

这确实是一张俊美得令人惊叹的脸。如果说，早在三年前，它就给董小宛留下了鲜明美好的印象的话，那么，经过岁月的冲刷，它的许多细节部分在记忆中已经变得模糊之后，董小宛此刻重新面对它，却不禁怅然若失。因为她发现，自己三年来对于这张脸的一切想象和补充，竟然是如此蹩脚、平庸、俗气。而它其实是那样的空灵微妙，出人意料，而又完美无缺。它的美，绝不是用"弯曲秀长的眉毛、顾盼含情的眼睛、笔直高耸的鼻梁，以及线条优美的口辅"这样一些似是而非的描写所能表达的。它的非凡之处，首先在于那种天生的高贵气质，那种被传统的道德文化高度地充实和细致琢磨过的内在情感，以及充分意识到自己的身份和力量的雍容气派。当这一切，同俊美的外貌充分地糅合在一起，并且在一颦一笑当中自然而然地显露出来的时候，确实具有一种勾魂摄魄般的魅力。董小宛觉得自己的心跳得那样厉害，简直快要从胸腔里蹦出来似的，她赶紧垂下头去，不敢再看。

冒襄也在注视董小宛。三年不见，他发现记忆当中的那个娇痴懒慢、醉态可掬的女孩子，已经成熟为一个清丽绝俗的少女。也许因为正在生病的缘故，她看上去瘦了一些，却比当年更美了。她的肤色变得更白净，相形之下，头发和眉毛显得更黑。配上梦幻似的忧郁的大眼睛，小巧玲珑的鼻子和嘴唇，使她足以置身于秦淮河畔最顶尖儿的一批名妓当中，而毫不逊色。但这不是主要的。主要的是,在这张脸上显示出一种与她的绝大多数同行姐妹不同的驯良神情,一种过于端庄娴静的气息。冒襄此刻还说不上对这种气息喜欢还是不喜欢。只是不知什么缘故,他忽然想到了陈圆圆,想起了她那恶作剧的眼神,那令人哭笑不得的任性,以及层出不穷的花样,并不由自主地为这突然闪现的记忆而微笑了……

"哦,张老爷、冒公子,二位请坐……"董小宛的声音在耳边响起。冒襄蓦地惊醒过来,他回顾了一下,发现张明弼已经在靠墙的一张椅子坐下,也就走过去,在旁边坐了下来。

这当儿,寿儿已经端上茶来,并且换过了两盏明亮的斗色晶灯。于是三个人便一边喝着茶,一边交谈。冒襄和张明弼详细地询问了小宛母亲陈氏的死,着实咨嗟感叹了一番;接着又问到董小宛的病,对她已见好转感到宽慰;随后,冒襄又约略地谈了一下别后的情形,谈到大半年来,怎样为着父亲的事四方奔走,现在有了结果。但是,他连一个字也没有提到陈圆圆。这并不是怕给董小宛知道,会引起猜疑和嫉妒。事实上,他对董小宛毫无别的想法。他今晚到这儿来,无非是满心的苦闷无聊打发不掉,想借此散散心而已。但是,他却不想提起陈圆圆,因为那毕竟是一件不痛快的、有损脸面的事……

不过,冒襄的这种心理,连他的好友张明弼也暂时捉摸不透。在这一阵子交谈中,张明弼很少开口。他一直在观察冒襄的言语、举动,猜测他的朋友如此坚执地要来拜访董小宛,到底有什么目的。当发现董小宛对冒襄流露出明显的、异乎寻常的依恋之情,而冒襄对于同陈圆圆的那段关系又讳莫如深时,张明弼就认定,冒襄已经把物色如夫人的目标,转移到董小宛身上来。他本来就一直为好朋友的痛苦忧郁而担心,同时,还为自己没能及时找到冒襄报信,致使陈圆圆被田弘遇抢去,多少感到有点内疚,但又苦于无法补救。现在发现了冒襄的这种"意向",他不禁大为欣慰,于是决心

要尽力促成它。因此,当谈话告一段落,张明弼就趁机站起来,拱着手说:

"我差点儿忘了,适才下船的时候,原不曾说清要不要船家等着。只怕他等得不耐烦,自己回去了。辟疆、宛娘,你们先谈着,我去吩咐一声就来!"

说完,也不等冒襄答应,他就叫寿儿提灯引路,匆匆出门,下楼去了。

"冒郎,你到这边来坐,这边暖和些。"当张明弼的脚步声在楼下消失了之后,董小宛忽然伸手拍了拍床沿,这样招呼说。

正在为老朋友突然走开而感到疑惑的冒襄,怔了一下,茫然地回过头来。

"哎,来呀,把灯也拿过来,奴家有话要对你说哩!"董小宛娇嗔地催促着。

冒襄这一下听明白了。他目光灼灼地瞅了董小宛一会儿,微微一笑,站起来,先去桌上擎起一盏晶灯,把它放到董小宛床头一张方凳上。然后,侧身在床沿上坐下来,就势抓起董小宛的一只小手,把它放在嘴唇边轻吻着。

"唔,记得么? 周清真的妙句:'弄粉调朱柔素手,问何时重握'……"

董小宛把手抽回来:"啊,不,奴家的手脏!"她急急地说。

可是冒襄又一次捏住了它:"管它呢,嗯,管它呢,只要我喜欢!"他任性地说,挨个儿吻着那细嫩圆润的指尖;随即伸出胳臂,把董小宛揽进怀里,用腮帮在那娇养的脸蛋上轻轻挨擦起来。他微眯着眼睛,陶醉于这种愉快的、令人意荡魂销的接触当中。

"可是,可是奴家真的有话要问你……"董小宛无可奈何地说,脸红了。

"你问嘛……"

"那你说,圆圆她当真被抢走了么?"

像冷不防被人刺了一下似的,冒襄的表情变了。他放开董小宛,愠恼地盯着她,一会儿,才把眼光移开。

"哼,不错,抢走啦!"他冷冷地说,"你问这做什么?"

董小宛似乎没有注意冒襄情绪的变化,她点点头,露出悲戚的神情:"奴家也听说了,还有点不信。那么这是真的了——唉,陈家姐姐又漂亮,又能干,那份聪明伶俐更是万中无一。平日里姐妹行中理论到谁个将来最有出息,大家第一个就推她,却不道竟是这般命苦!"董小宛说着,声音哽咽了,泪水沿着脸颊流了下来。

冒襄没有做声。因为董小宛此时此刻突然提起这件事使他颇为恼火,而且他还有点怀疑她这样做的用意。哼,别看她假惺惺地故作悲态,说不定心中正幸灾乐祸,在变着法儿挖苦陈圆圆,以发泄她的妒火哩!风月场中,这样的娘们他见得多了。

渐渐,董小宛停止了流泪。她怔怔地望着床头的灯焰,半响,低声地说:

"要是陈家姐姐不曾被抢,她同公子可是天生地设的一对。真的。只是,唉……"

冒襄忽然笑了。这嘴角上的笑容表示着他对这样的"表演"是多么熟悉,而且已经不想再"欣赏"下去了。他站起来,居高临下地望了望董小宛,说:

"你正病着,我本不该来打扰,又劳你陪了我这许久,实在过意不去。你歇着吧,回头我叫人封五十两银子过来,给你将养身子。过些日子我再来看你。"

"……公、公子要走……"董小宛颤着声儿问。由于惊愕和着急,脸孔一下子变得煞白。

"嗯,时候不早了。"

董小宛忽然露出惨然的神色,她拼命咬住嘴唇,垂下头去。

"请公子不要送银子过来。"她哑着嗓子说。

"啊!怎么?"

董小宛张了张嘴,只说出"奴家……"两个字,就哽咽住了。她拼命地摇一摇头,立刻用袖子使劲堵住嘴巴,眼泪却"吧嗒吧嗒"地掉下来。

看见她这个样子,冒襄倒奇怪起来。他犹疑了一下,重新坐下,稍稍缓和了口气,说:"不是我不肯多留,实在是派到襄阳去向家大人报告喜讯的人,明朝一早就要出发,我得赶回下处向他交代许多事。今日,我是偶然路过这里,听说你病着,就进来看望一下。现在见你好了点,就放心了。这点银子,无非是我们相识一场,聊表心意,你就收下吧!"

也许这温言解释发生了作用,董小宛很快地平静下来。她低着头,拭着泪,驯顺地听完冒襄的话,然后说道:

"适才奴家出语不逊,请公子休怪。不是奴家不晓事,要苦留公子。实在是奴家自从娘死之后,十有八日,寝食俱废,一天到晚昏昏沉沉,净做些颠三倒四的噩梦。有时梦见自己已经死了,每一次都是公子忽然来到,才救了我。今天公子真的来了,奴家一见,便觉得心情宁帖,精神爽旺。如此看来,公子实在是奴家的救命恩人。所以,银子奴家是决计不能收的。便是公子强要奴家收下,奴家也会一生一世不得安心的。公子若是可怜奴家,就请再稍坐片刻,待奴家举酒,为公子恭祝福寿双全。能这样,奴家明儿就是死了,也于心无憾了!"

冒襄当初看见董小宛眼泪汪汪的样子,满以为她必然照例要撒娇撒痴、又哭又闹。刚才他之所以缓和了态度,无非是以进为退;他说那一番话,也多半是随口敷衍。他已经准备着,倘若对方还要纠缠不休,他便抽身就走,毫不客气了。可是,没想到董小宛竟是一哄便听,温驯老实得出奇。接着,又听她说出那样一篇情真意切的话,更是大出冒襄的意料,反而使他不知如何应付才是了。

"只是、只是张兄正在船上等着我,去迟了怕不好……"冒襄犹犹豫豫地说。

"这个么,公子倒不必挂心!"寿儿那唱歌似的嗓音忽然在门帘外接口说,"张老爷临出门时曾吩咐婢子,说今儿是初三,星朗风清,他要沿河闲步,观赏夜景,半时一刻不会回船,他请公子在这楼上多坐些时,不必急着就走!"

由于寿儿这样说,冒襄也就无法再推托。他只好听凭董小宛吩咐寿儿置酒备肴,暂时留下来不走了。

四

直到三更以后,冒襄才从董小宛的闺房告辞出来。酒席之上,他被董小宛不断地殷勤相劝,着实喝了不少。不过,他还能保持头脑的清醒,没有忘记张明弼还在船上等他,也没有忘记明天一早要办的事。所以,尽管董小宛一再挽留他住下,他都坚决谢绝了。董小宛不敢过分勉强,只好起身送他下楼。当董小宛奇迹般地不用别人搀扶就站立起来,并且步履如常地走出闺房时,冒襄还没怎样在意,站在旁边瞧着的寿儿,却惊奇得瞪大了眼睛。

灿烂的银河已经移到中天,朦胧的银辉洒满了整个院子。湿润的、微冷的风,从七里山塘上吹来。在房顶的茅草上、在花树的梢头和草丛里,露珠儿在闪烁。四邻早已灯火全无,一片沉寂。偶尔,从远处的深巷里,传来一两声狗儿低沉的吠叫……

董小宛到了楼下,在屋檐前站了一站,等寿儿赶上来,把披风披在她的身上,她就陪着冒襄,缓缓地向大门走去。

"公子此去,不知何时才能再来?"不声不响地走了十来步之后,董小宛终于打破了沉默。

冒襄有点醉了。他乜斜着眼睛,微笑说:"人生何处不相逢。要来也容易,只要我想得起,就……来了;若是……我想不起,也不打紧……你托人来一说,提醒我……哈哈,不就来了?"

"只怕,只怕奴家托人去说,公子也不肯来呢!"董小宛的声音透着幽怨。

"不……不会的。只要你,托人来说……要不,你,到如皋,来找我,呃,也行!"

"到如皋?那——老爷、老太太不会骂你?还有少奶奶……"

"啊哈,这个,你就不知道了。爹妈最宠我,从、从来不拂我的意。少奶奶么,最是贤惠不过了,她还劝、劝我讨、讨小哩!"

"啊,公子这话当真?"

"谁、谁骗你!骗你,我、我就不是冒襄!"

这话刚说出口,门楼下的阴影里忽然有人拍着手笑道:"好呀,辟疆已经有约,宛娘还不赶快道谢!"

随着话音,两个人走到星光下来,却是张明弼和冒成。冒襄一见就站住了,指着张明弼大声大气地问:

"好你个张公亮,刚才躲到哪、哪儿去了?这会子却又钻、钻出来!"

"唉呀,辟疆,你还说哩。你赖在宛娘房里老是不出来,害我等得好苦。三番两次差冒成来打听,好容易才打听到这会儿散席了,我才巴巴地赶来接你。你一声儿不谢倒还罢了,反来埋怨我,这真是从何说起哟!"张明弼摆出一副委屈的样子,随即自己又笑起来。他转向董小宛说:

"宛娘,你身子瞧着像是大好了,恭喜恭喜!辟疆我们接走就行了。夜寒露重,你就不要远送了!"他瞧了瞧冒襄,又走上前来,向董小宛咬耳朵说:"你放心,明儿,我一定让他再来!"

董小宛本来打算把冒襄一直送到河边上。听张明弼这样说,她就没有再坚持。不过,她仍旧一手扶着寿儿的肩膀,站在门前,默默地目送着张明弼和冒成一边一个,搀扶着醉态可掬的冒襄,由门公提着灯笼引路,朝岸边泊着的小船走去。直到人影都看不清了,小船也离开了河岸,舱里的灯火颤动着,消失在迷茫的夜色深处,这才慢慢地走回院子来。

董小宛刚走进堂屋,她爹董子将就像从地里冒出来似的,出现在她的面前。

"阿囡,你可大好了?真叫爹高兴呀!"董子将笑嘻嘻地迎上来说,瘦刮刮的脸上现出多时不见的兴奋神情。

"爹还没睡?是的,孩儿觉着这会儿好多啦,有劳爹爹挂心。"董小宛疲乏地微笑着,行了一个礼,走向楼梯。

"呃,爹一心记挂着你的身子,哪儿睡得着哇!"董子将讨好地说,跟了过来,"呃,这么说,冒公子走啦?"

"嗯!"董小宛漫声应答着。强自支撑了大半宿,这会儿,她实在已经筋疲力尽,要不是寿儿搀扶着,她也许就爬不上楼梯了。可是,她的精神仍然很兴奋。忽然,她停住脚步,回头问:

"爹,你说,冒郎他怎么样?"

"啊,啊,好,很好,好呀!如皋首屈一指的大富翁,有财有势,花起银子来像撒灰似的,从来不皱眉头!你不见他前时在南京,偌大一所桃叶河房,他一个人就全包下来,在那里天天摆酒宴客,哪一顿不招待个一百几十人的!唉,说起他家的银子来,真是拔根汗毛也比我们的大腿粗——海着咧!"

"爹!我不是说这个,我是说人!"

"人?嘿,人也好!小白脸,美男子,风流倜傥,人称'东海秀影'。听说多少女儿家都为他神魂颠倒,说是'宁为冒郎妾,不做富家妇'！嘿，阿囡，不是爹夸你，今晚他竟肯亲自来访，可见你福缘不浅哩！"

听爹这样一说，董小宛的心里也自甜滋滋的。她一转身，也不用寿儿搀扶，噔噔噔地独自上了楼。董子将一见，连忙紧赶几步，把寿儿搡到一边，抢先跟进闺房去，气得寿儿冲着他背后直做鬼脸。

董子将踏入闺房，看见董小宛已经坐在梳妆台前，正对着镜子怔怔地瞧。她一只手搭在腮边，轻轻地抚摸着，嘴角荡漾着微笑。董子将蹑手蹑脚地走近去，在离女儿三尺远近的地方站住，轻轻地叫唤：

"阿囡，阿囡！"

见女儿没有反应，董子将只好干咳一声，提高声音叫："阿囡！"

董小宛愣了一下神，蓦地回头，脸上闪过一丝惊讶的神色，然后，立即就绽开笑脸。

"爹！"她做出撒娇的样子，欢快地叫，站起来，扯着董子将的袖子，把他拉到椅子旁边，"爹，你坐嘛，坐呀！"等董子将坐下之后，她也紧挨着他坐下来，用手指替他拈去粘在袖子上的一丝蛛网，说："爹，女儿病了这许多天，劳你们操心不少，如今大好了，你可高兴？"

董子将神气起来。他皱着眉，正儿八经地点着头："嗯，阿囡，你这些天可把爹吓坏了！也怪，怎么不迟不早，姓冒的那小子一到，你就好了？哼，倒像害的是相思病似的！"

董小宛脸一红，娇嗔地背过身子不依说："爹，瞧你胡说些什么呀！"

"哦哦，胡说，是胡说，不说了，不说了！"董子将连忙改口，随即凑过来，压低声音问，"那么，你莫骗爹，他到底给了多少？"

"什么给了多少？"

"咦,你别装糊涂呀,当然是……"董子将把拇指和食指圈起来,做了个表示银子的手势。

"没有。"董小宛摇摇头。

"阿囡,你莫骗爹。爹知道你今儿个赚了不少,你这是拼着命儿挣的,多了爹也不要你的。这十两八两的零头,就算给爹买盅酒喝吧!"

"爹——真的没有嘛!"

"笑话!有道是'窑门半爿开,有×无钱莫进来!'他不带个百儿八十的,敢进我董家门?阿囡,快给我!"

董小宛摇摇头。

"哎,阿囡,我知你要攒体己。实话说吧,若不是爹近来手气背,一连两天输得摸大门弗着,也不会巴巴地赶着屁股来向你讨。晌午我到半塘寺去求了根签,说我今夜准定翻本,你可不能见死不救!好,十两不行,那就五两怎么样?五两!"

"……"

"妈的,这样的女儿!那就三两,总行了吧?"

"……"

"啊,二两……"

"一两也没有。"董小宛终于说道,口气很平静,"冒公子是要给我些钱将息身子,可孩儿没有要他的。"

董子将迷惑地瞅着女儿,仿佛不明白她说什么。到后来,他眨眨眼睛,嘻嘻地笑起来:"阿囡,你别吓唬爹。爹胆子很小,不禁吓,一吓就吓坏了!"

"孩儿不是吓爹,这是真的。"

董子将的脸色忽然变成死灰,他斜着眼睛,丧魂失魄地在原地转了一个圈子。当目光重新落在女儿身上时,他的脸就由于失望和怨恨而变得狠巴巴的了。

"混账！"他咆哮起来,随手抓起一把茶壶,"啪"地摔碎在地上,"你、你鬼迷心窍！连自己是什么货色,都忘得一干二净了！你以为你是太太小姐,闲得发慌,找个小白脸来偷情吗？我们是做现钱买卖。一文钱,一文货！你这是卖的哪门子的春风人情！给钱也不要,不要钱你喝西北风去！"

董子将越骂越上劲,又拿起桌上还没来得及收拾的酒杯、汤匙,一只一只地往地上狠摔。顿时碎瓷片和残酒、汁水溅满了一地。寿儿在门外看见,又急又气,但是不敢走过来,只好拼命地朝董小宛使眼色。

董小宛一动不动地站着,紧抿着嘴唇,根本没有留意寿儿的招呼。她的脸色变得越来越苍白,忧郁地望着暴跳如雷的爹,脸上流露出一种绝望的、坚决的神情。等董子将把两个酒杯、两只汤匙全摔完了,又拿起饭碗要摔的时候,她忽然冷冷地说：

"你摔吧,全摔完了也没什么。反正,我明儿也要走了！"

"什么？你要干什么？"董子将的手一下子停在半空,瞪着眼睛问。

"明儿冒公子来时,我要跟他去,再不回来了！"

"啊,胡说,不行！"董子将大叫一声,一下子蹦到女儿跟前,气急败坏地挥舞着手中的碗,"我不准你走,不准！听见没有？你是我养大的！我是你的爹！你得养我、侍奉我,给我挣钱、挣钱！谁都休想把你带走！休想……"

可是,任凭他怎么叫骂、蹦跳、哀求,董小宛却再也不开口了。

五

虽然董小宛拿定主意要跟冒襄走,可是冒襄却丝毫没有这种意思。夜来的一段邂逅，在他来说，无非是一时无聊，逢场作戏，绝没想到要承担什么责任。次日醒来，他已经把昨夜醉中的那一番戏言忘个干净。等赴襄阳向父亲报信的家人一走，他也收拾行装，准备返回如皋。只是挡不住张明弼再三提醒督促，冒成也在一旁帮腔，他才勉强命船家把船绕到半塘来，向董小宛辞行。

船刚靠岸，董小宛就匆匆迎出门来。显然，她早就在妆楼上守候着了。她今天特意打扮了一番，乌云般的头发梳得整整齐齐，到顶上用金环束住，向后挽成一个坠马髻。鬓边插了一组经过精心选择的珠翠首饰。病后苍白的脸色，被敷得很匀净的脂粉巧妙地补救过来了；淡淡地描出的眉毛，则相得益彰地衬托出她那双迷人的大眼睛。她穿了一袭桃红色薄绸女衣，紫色衬里，下面是八幅白地紫花滚边湘裙。在等待船上放下跳板的时候，她略带不安地站在岸边，紧闭着嘴唇，没有望冒襄，神情显得有点严肃。寿儿拎着一小捆行李跟在她的身后。

"唔，她的确是别具风致，非寻常女子可比！只是，她为什么要带行李来？这是什么意思？"冒襄疑惑地想，一边走到船旁，伸出手去，把董小宛搀上船来。

"二位相公真是信人！深蒙一再垂顾，教奴家不知如何答谢才好！"董小宛在船头站定之后，就裣着衣襟，侧着身子，深深地行着礼说。

"岂敢，岂敢！只为小生在姑苏的事情已经办毕，要返回如皋去了，特来向小娘子辞行。"冒襄随口回答，一边仍旧怀疑地打量着对方。

"啊，公子就要回去了？"

"正是。"

"不知何时启程？"

"即刻便要启程。"

"张老爷也一起去么?"

"科考之期将届,小生尚要赴海陵就试。张兄意欲偕小生到如皋盘桓数天,便回金坛去了。"

"如此,奴家有一事相恳,不知公子能俯允否?"

"啊,请讲不妨!"

一直到说这句话的时候,冒襄的脸上始终带着和蔼的微笑,但是,心里却越来越警惕。以他多年来出入风月场所的经验,他十分清楚同这一类"名妓"交往,要提防些什么。别看她们一副楚楚可怜的模样,却都不是寻常之辈。她们都有相当的身价,有很广的社会联系,有她们的崇拜者和捧场者。同她们打交道时必须小心,既不可过于古板迂执、傲慢无礼,也不可轻易地允诺什么。这两方面如果有哪一方面处置失当,传扬开去,都会为名士圈子里的同人笑话,有损名声。现在冒襄凭着董小宛今天的打扮,还带着行李,已经估计到她是有准备而来。联系昨天晚上她对自己苦苦相留的态度,他就多少猜测到对方的用意了,"哼,莫非你指望我就这样把你带走?可没那么容易!"他冷冷地想,同时考虑着她一旦提出这样的要求,将如何拒绝。

"二位相公屡顾之恩,奴家愧无以报。如不嫌弃,宁愿随船相送一程!"董小宛说,又一次恭恭敬敬地行下礼去。

如果董小宛一开口就提出要委身相嫁,那么冒襄自然很容易加以拒绝,可是她现在只要求"随船相送一程";如果她提出是专门为了送冒襄,那么冒襄也还可以设法推却,可是她一开口就点明是送的"二位相公",这就把张明弼也包了进来;而刚才冒襄又亲口说过,张明弼打算同自己一道回如皋去,这就更加使冒襄不便自作主张了。

"嗯,公亮兄,你看……"当冒襄终于发觉这个请求无法立即加以回绝之后,他只好回过头去,先征求张明弼的意见了。

"啊,便是冒兄与小生也以来去匆匆,未能与宛娘多盘桓些时日为憾。如此甚妙,只是偏劳宛娘,却是不当!"张明弼兴冲冲地说。

冒襄本来指望张明弼能帮他一把,所以事先不住使眼色。谁知这位把兄一心想当撮合山,却装作看不见。他不但自己表示同意,还把冒襄也说成早有此心。冒襄不好立即否认,惟有苦笑。

"这么说,冒公子也不见弃了?"董小宛问,目不转睛地望着冒襄。

冒襄迟疑了一下,终于说:"多蒙宛娘错爱,小生不胜感激。不过此事尚须从长计议。这儿风大,请——"说着,他就彬彬有礼地侧过身子,伸出手去,把董小宛搀进前舱的小厅里。

冒襄乘坐的这条船,是三吴地区常见的那种"浪船"。这种船不论大小,都装配有厅、房、门、窗,布置得颇为雅洁。船桅上虽然挂着风帆,却只是巴掌大的一块小席,全不管用。它航行时主要靠船尾的一支大橹,由两三个精壮汉子合力摇动,或者靠人上岸拉纤前进。更有一样,乘船时人和物都必须保持两边平衡,不能有超过一石的偏重,否则船身就会倾斜,所以又叫"天平船"。这种船一般只在方圆七百里的水道内航行,偶尔也冒险过次把长江,至于沿江而行,那就得改乘大江船了。

当冒襄把张明弼和董小宛让进前舱的小厅里坐定之后,有好一会儿,他望着窗外的景色,没有立即开口。他并非傻子,自然不至于看不出董小宛所说的"相送一程",无非是一种借口,一旦让她随船之后,下一步,她就会提出更高的要求,例如要他娶她之类。而这是绝不可能的。不要说现在他正急于回家去安慰母亲,还要应付迫在眉睫的科考,还有八月的乡试,根本没有心思来考虑处理这种事。而且,即使他真的要纳妾,董小宛也不是他心目中的理想人选。这个风尘女子身上所表现出来的过于温驯端庄的气质、那种一心向慕做一个贤妻良母的古怪念头,都使冒襄不喜欢。虽然未至于讨厌她,但他认为,那样的角色,有他的妻子来充当就足够了。他心目中的如夫人,除了美貌和技艺之外,还应当会撒娇撒痴,会使小性儿,会嫉妒、恶作剧,会把人捉弄得啼笑皆非、心痒难熬——总而言之,应当有那么一点"坏",才够味儿,就像陈圆圆那样……

一想到陈圆圆,冒襄的心又隐隐作痛起来:"哦,她是出类拔萃的、罕有的、宝贵的!这样的女子,一辈子最多只能遇到一个!她已经几乎永远属于我,却让我把她丢失了!但毫无疑问,她是无法代替的!"

冒襄猛一抬头,发现有两双眼睛正关切地期待地望住自己——那是董小宛和张明弼。他一下子清醒过来,定了定神,垂下眼睛说道:

"宛娘,你的一番盛意,小生已是心领。只是你病体初愈,第一要紧的是将身子养好,这车舟劳顿,却是不宜。往后日子正长,相见机会还很多,何必拘执于眼前?依小生之见,这相送一程,不如就免了吧!"

"可是,可是,奴家自己觉着精神健旺,已是大好了!"董小宛急急地说。

"今日是大好了,可是路上一劳累,又安知不会反复?还是以静养为宜。"

"啊,不,奴家卧病十有八日,药石无灵;得公子昨夜柱顾,顿觉身心俱泰,霍然而愈。此皆公子洪福相庇之故。奴家、奴家只恐一旦离了公子,'二竖'重来,那时,便是想再求公子相救,已是不能了。还望公子怜奴危病之苦,准许随船盘桓几时,奴家毕生铭感公子大德大恩!"

冒襄听她这样说,呵呵地笑起来:"宛娘也太言重了。哪里就有如此神妙之理！你无非是就医多时，药力到了，你自己虽然未觉，其实病已见愈。却撞着我来访，便把医师之功错算到小生身上。昨夜即便小生不来，你也一样会好的。"停了停，他又接着说，"不瞒小娘子说，非是小生执意不允，皆因眼下科考之期已届，小生此去，是日夜兼程，一天也耽搁不得。万一小娘子的贵恙在船上反复起来，到那时停船料理又不是，不停船料理又不是，却怎生区处？"

"啊，若是果真如此，奴家必当自行离船，决不敢耽搁公子们一日行程！"董小宛回答得很坚决。

冒襄漫不经心地摇摇头："这话现时好说，到时我们又岂能……"他忽然看见董小宛神色惨然，眼圈红红的，嘴唇也在可怜地抖动着，马上就要哭出来的样子，就顿住不说了。

"辟疆！"坐在旁边许久没有说话的张明弼终于开口了，"宛娘既是一片至诚，你又何苦执意相拒？我瞧她今日身子确是大好了，陆路奔波怕还不行，船是尽可坐得的。倘若你还不放心，那么到时有什么事，都包在愚兄身上便是！"

冒襄对于这位把兄不同他商量，就自作主张一个劲儿地煽风牵线，本来就十分不满。适才张明弼又不理会他的暗示，一口答允让董小宛随船送行，更使冒襄恼火。这两口气还未出，现在听他又来讨好卖乖，便把脸一沉，回过头，紧盯着张明弼问："这么说，公亮兄是不打算随弟回如皋去啰？"

这次他们结伴去如皋，本是张明弼的主意，其中包含着他作为冒襄的盟兄，专诚前往拜谒冒母，向她表示敬意和慰问这样一种用意。现在冒襄忽然提出这样的问题来，张明弼就知道冒襄生气了。他历来有点怕这位才貌出众的兄弟，总是顺着他，不敢违拗他的意思。见他发了怒，张明弼只好讪讪地住了嘴。

一度重新燃烧起希望的董小宛，现在似乎完全绝望了。她不再说话,眼圈又开始发红。她垂下头去,久久地盯着自己的裙裾,可是到底没有哭出来。

看见她这个样子,冒襄倒也有点不忍。他站起来,走近董小宛的身边,柔声地劝解说,"非是小生薄情,其实行程紧迫,这也是为小娘子着想,没有办法的事。你好好儿回去吧,可别想不开。秋后我说不定还要来,到时一定多盘桓些时日,好不好?"

在冒襄说话的当儿,董小宛似乎也拿定了主意。她仰起脸,严肃地瞧着冒襄,眼睛里现出果决的神情。等他说完之后,她也站起来,说:

"既然公子实在为难,奴家也不敢相强。只是奴家已决意离开此地,不再回来。如今既有此便船,奴家这就向船家说,情愿租借那烟篷底下一席之地,附搭而行。奴家既不敢相送公子,路上奴家是死是活,公子亦一概不必理会。"

董小宛说完,朝冒襄和张明弼深深行了一个礼,就转过身,朝舱外走去。

这一着大出冒襄的意料,他没想到董小宛的意志竟如此坚决。自然,他可以吩咐船家,不准她附搭,但那样做不但显得太绝情,而且同一个风尘弱女这样相斗,也未免过于小气,有失自己的身份。那么听凭董小宛住到烟篷底下呢?更加不行。因为她并非一名普通的妓女,在江南的名士圈子中,她早就艳名远播,无人不晓。若是传扬开去,董小宛在冒襄的船上竟然遭受如此虐待,势必引起舆论哗然,自己也难免为人们所笑骂……

这样一想,冒襄反而着忙起来。他张嘴想喊,又觉得不太妥当,于是只好朝正在一旁紧盯着他的张明弼做了个手势,意思是请他快点把董小宛招呼回来。

不一会儿,董小宛跟着张明弼重新走了进来。她低着头站在冒襄跟前,默不作声。冒襄板着脸把她上上下下打量了一阵,终于无可奈何地问：

"嗯，你是说只要随船送我们一程？"

董小宛点了点头。

"就送一程，没有别的了？"

董小宛犹豫了一下，想说什么，但终于仍旧点点头。

"好吧，那么你就留下。到下一站，你可一定得回来！"

冒襄说完，就朝舱外叫："冒成！"

冒成应声出现在舱口。

"你去——把这位小娘子的行李搬进来。然后吩咐船家马上开船！"

"是！"冒成答应着，但是身子却没有动弹。

"去呀！呆着做什么？"

"是——呃，启禀大爷，刚才外面来了个人，他说他是小娘子的爹……"冒成垂着手说。

"唔？"冒襄的目光顿时闪动起来。他怀疑地瞧了董小宛一眼，问冒成："他来做什么？"

"他说、呃、他说……"

"快说啊！"

"是！他说，这位小娘子是他一手养大的，大爷不能就这样把她带走了，他求大爷念他年老孤贫，好歹赏他几个钱。"

这要求来得如此突然、意外，有半晌工夫，舱里变得一片静默：冒襄双眉紧皱，一言不发；张明弼微低着头，在慢慢地捋他的胡子；董小宛则显出一副又急又气的样子。她大睁着一双惊惶的眼睛，瞧瞧这个，又瞧瞧那个，当发现似乎谁都不打算听她的解释时，她的表情就由情急变成绝望了。

终于，冒襄慢慢地抬起了头，冰冷的目光笔直地射向冒成，后者哆嗦一下，赶紧低下头去。

"胡说!"冒襄蓦地吼叫起来,"宛娘不过是跟船送我们一程,一两日内就要回来。什么'把她带走了'?他说这话想敲诈谁!以为本公子会吃这一套?笑话!告诉他,钱,有!可就是不给他,半个子儿也不给!让他赶快走,别耽误了开船!"

说完,冒襄就转过身,狠狠地盯了董小宛一眼,快步走进与小厅相连的卧室里,"砰"地关上了门。

第 七 章

一

　　虎丘大会之后的第三天,即农历三月三十日夜里很晚的时候,钱谦益和柳如是乘船回到了常熟。随他们一道回来的还有陈在竹等三位族人,以及一群男女仆役。当由灯笼、伞盖、大轿、小轿和各式箱笼行李组成的这支队伍浩浩荡荡进入半野堂时,钱府上下都从睡梦中惊醒,忙碌起来。从大门、二门、大堂、二堂一直到内宅偏院,灯光接二连三地亮了。几个执事头儿几乎是同时出现在门厅里,神色惊惶的仆人来回奔跑,两顶专供宅内行走的肩舆已经抬出轿厅来准备着。一个睡眼惺忪的年轻门班糊里糊涂地走错了方向,被班头夹脖子揪住,用力一搡,跌跌撞撞奔回队列里。

　　钱谦益在轿厅下了四人抬大轿。他显得憔悴而疲惫,黝黑的脸明显变瘦了,头发胡子也似乎白了不少。在等候其余几个人下轿的当儿,他闭着眼睛,一动不动地站着。几名执事头儿的殷勤问候,也没能使他打起精神。直到陈在竹等人默默地走过来,征询地望着他时,钱谦益才勉强睁开眼睛,摆摆手:"嗯,你们都回去吧!"说完,他就转过身,同柳如是各自上了一顶肩舆,由两名小厮提着灯笼在前头照路,慢慢地向内宅行去。

　　今夜没有月亮,几颗闪烁的星星,只眨了眨眼,就隐没在薄翳中了。宅院里一片幽暗,远近疏落的灯火在夜气中颤动着,更鲜明地凸现出来;肩舆两旁,廊柱、栏杆,以及栏杆外花树的影子不断闪过;大门那边的人声渐远渐小,听不见了,耳畔只剩下训练有素的轿夫们又轻又匀的脚步声……

也许是回到了家的缘故,钱谦益觉得紧张的心情开始松弛下来。虽然肢体加倍的倦怠,但这些天来拼命撕扯着他的神经的那只利爪,终于松开了。他仰靠在椅上,默默地瞅着长廊外的那一道黑糊糊的、城垛似的高大院墙,忽然感到:天地固然很大,但是一个人只需要有一角之地,就完全可以躲开扰攘的人世,自得其乐地生活下去。而自己的这个家是安全的、可靠的。在这坚固高大的院墙之内,绝对不会有自己的地位和权威遭到蔑视那种情形发生。这就够了,至于院墙外面的风风雨雨,大可置之不理。"哼,让他们爱怎样播弄就怎样播弄好了! 所谓名声,所谓威望,无非是博取高位的一种本钱。如果做不到这一点,还有什么用!"他冷淡地想,开始觉得近两三天来,自己为此而惊慌失措,寝食不安,实在没有必要。接着,他又想到,这一次无疑十分倒霉而且扫兴,但同天启元年主试浙江,被人告发纳贿舞弊,以及前几年本乡奸民张汉儒上京诬告自己那两桩事比较起来,毕竟幸运得多。那两次都被弄得锒铛入狱,几乎性命不保;这一次大不了复官不成,白赔几千两银子,外加被人指责非议一阵子,如此而已。"哎,'唾面自干,韬晦待时',古人尚且难免,又何况我钱谦益!"这样暗暗说了一句之后,他似乎终于找到一条自我解脱的退路,不再像原先那样烦恼。本来,他还打算广派人员,四出打探士林当中对于这件事的反应,如今也觉得派不派都无所谓了……

第二天早上,钱谦益在我闻室里一直睡到辰时。

在外面的起居室里,柳如是踮着脚走来走去,显得心神不定。她早就起来了,梳洗之后,到毗邻供奉观音大士的龛堂里上过香,又袖着手儿瞧了一会红情、绿意两个丫环浇花。她本想等钱谦益起来一起用早点,后来等不及,只得先用了。用完早点,钱谦益仍旧酣睡不醒,她便研墨展纸,临了几行宋徽宗的《女史帖》,终于觉得全无兴致,又丢下了。

"莫非这件事就这样完了?"她想,"这么快,这么容易!……老头儿其实也太胆小了,被人一吓唬就慌了神!本来应该破釜沉舟试一试的,他却不敢。结果功败垂成,多少心思全白费了……今后怎么办?莫非当真要老娘陪他这样过一辈子不成?莫非这一辈子再没有出头露脸之日了?哼,不行,当初老娘嫁他可不是为的这个!……但是,那又怎么样呢?有什么办法?有什么——哎,到底是怎么回事!这死老儿怎么还不爬起来?"

柳如是转过身,犹豫了一下,正要朝寝室走去。这时,红情的声音在院子里响起来:

"啊,老夫人来了!婢子给老夫人请安!给少爷请安!老夫人请屋里坐,老爷这会儿还睡着未醒呢!"

柳如是怔了一下,站住了。只见门帘掀起,钱谦益的元配夫人陈氏,在一群丫环仆妇的簇拥下,走进起居室来。

陈氏是一位面目慈和的老妇人,头发已经微微见白,圆圆的、平扁的脸上,嵌着一对杏核眼,眼皮像是老睡不醒似的耷拉着,再加上扁扁的小鼻子和两片厚嘴唇,使人觉得这张脸即使在年轻的时候也不漂亮。但出身名门,自幼深受诗书礼教的熏陶却使她的眼神举止之间,自有一种大家闺秀的雍容气派。这一点,恰恰无论是朱姨娘还是柳如是都无法仿效的。她今天穿了一身茶褐色绣蓝花茧绸女衣,梳着一个老式的圆髻,髻上插着几支珠翠。由于满脸细碎的皱纹已无法掩盖,她干脆只薄薄地涂了一层脂粉。陈夫人高大肥胖,与柳如是的矮小灵活恰好是鲜明的对照。

同陈夫人一道进来的,还有少爷钱孙爱、大丫环月容和两个有身份的老妈子。

"姐姐来啦,姐姐请坐!"当柳如是看见已经躲不开时,她只好迎上前去,行着礼说。本来,按照规矩,当姨太太的应当每天早上到上房去给太太请安。可是柳如是嫁进来时,是坐的八人抬的花轿,举行过大吹大擂的婚娶典礼,加上钱谦益又吩咐家人称她做柳夫人。论身份地位,她都不能算姨太太。算什么,谁也说不清。不过以柳如是的性子,她就认为,第一,按年岁大小,称陈夫人一声"姐姐"就足够了,没有必要像其他姬妾婢仆那样,称之为"老夫人";第二,那些每日请安、逢节磕头之类的玩意儿,自己就更加无须沾边。为了这个缘故,不少亲友以至婢仆私下里都为陈夫人愤愤不平。倒是陈夫人逆来顺受,安之若素,从未提出过抗议。所以大半年来,彼此还能相安无事。

"那么,老爷还没起来么?"陈夫人由月容扶着,在起居室正当中的一张椅子坐下之后,抬起眼睛,安详地望着柳如是,问。

"哦,还没哩!"柳如是细眯着眼睛,迎着对方的目光,用同样不慌不忙的口吻回答。以往,她同陈夫人相对时,不知为什么,总是不由自主地有点紧张和慌乱,仿佛做了什么亏心事似的。这使她事后回想起来,十分气恼。现在她决心改变这种状况。

"哎,你也坐啊!"陈夫人温和地说,又朝站在身旁的钱孙爱点点头:"孙爱,你也坐下。"

钱孙爱很快就坐下了。他还是那样苍白、瘦弱。从一进门起,他就目不转睛地瞅着柳如是,眼里闪出狂喜的光,时时露出要同她说话的样子。

柳如是却没有坐。按照钱府的家规,在正室夫人面前,姨太太只能坐凳子,而不能坐椅子。凳子比椅子要矮一截,这无非是维护上下尊卑传统之意。如今柳如是自然用不着去坐凳子,但是陈夫人招呼她坐下时,只是以"你"相称,却撩起了柳如是心中的愤慨。她早就发现,尽管自己口口声声称陈夫人做"姐姐",对方也不曾就此提出过异议,可是这个老太婆却始终不肯回称自己一声"妹妹"。这常常使柳如是尖锐地、屈辱地想到:对方实际上仍然不肯承认彼此的平等地位,哪怕她嘴巴上并不这样说……

"咦,怎么不坐?坐啊!"陈夫人催促说,她对于柳如是的踌躇显然有点奇怪。

"是呀!柳太太,太太让你坐哩!"钱孙爱也热心地帮腔。

"哼,再不坐,她就会当我不敢呢!"柳如是想,只好憋着一口气,在陈夫人右边的一张椅子上坐下来。

这之后,为着保持一种起码的家庭气氛,她们开始谈起天气、柳如是这次随钱谦益到苏州去的见闻、车舟的劳顿,以及家中的一些琐事等等。陈夫人的脸上始终挂着蔼然的微笑,她耐心地听着,从不打断柳如是的述说。柳如是则显得过分的兴奋和快活,她用苛刻的、批评的口吻谈到她所见到的一切,不断地在谈话中引进各种各样深奥的典故和古人的名言,她还常常无缘无故地发笑,随后就突然停下来。

"昨天晚上老爷很晚才睡么?"陈夫人不动声色地问,回头瞟了瞟寝室的门。

柳如是斜了陈夫人一眼。"她为什么总是摆出这副样子?好像这府第里惟有她才是名正言顺的主子似的!"柳如是忿忿地想。为了表示对这种可恨的"尊严"的鄙视,她故意歇了一会儿,才慢条斯理地回答:"昨天么,老爷一回府就睡下了。嗯,他呀,就是这么个怪脾气,要么不睡,要么一睡就睡个没完!我劝过他多少回,这样不好,会伤身子的哟!当时,他还真听了。可过得十天半月,又忘啦!"她顿了顿,瞟着陈夫人,"老爷这脾气,姐姐还能不知道?"

"是这样的么?我当真还不知道哩!"陈夫人老实地回答。

"啊哟,姐姐这话可是在骂我了!"柳如是大惊小怪地嚷起来,"姐姐怎会不知道?若是姐姐说不知道,就是骂我随口喷蛆了!"

陈夫人怔了一下，随即微微一笑："怎么会？这些年，都是你们服侍老爷。他的脾性儿怎样，自然该是你们比我知道多些。"

柳如是不做声了。她眨眨眼睛，感到有点失望："哦，她为什么不生气？我明明在挖苦她，难道她听不出来？不，她是打心底里瞧不起我！对啦，她是大家小姐，我不过是下贱的娼妇。她想必觉着，连同我生气也有失她的金贵身份！"这样一想，柳如是仿佛给人兜头浇了一瓢冷水似的，呆住了。她茫然若失地瞅着陈夫人，渐渐现出一种绝望的、怨毒的神情。

"老爷暂且不醒也好，有一桩事，我原要先与你商量的。"陈夫人说，仿佛没有留意柳如是的神情。

"……"

"是这么回事，三姨太她有过错，得罪了你，我已经教训过她了。闻得老爷也很生气，要将她赶出去，让她到城东老屋去住。这原也应该。只是乃念她服侍老爷十几年，又有生养孙爱这份功劳。常言道，不看僧面看佛面。我想向你讨个情，饶恕了她这一次，下次再犯，加倍责罚，我也决不维护于她。你瞧，这样成不成？"

陈夫人垂下眼睛，缓缓地说着。以她的身份，用这样的口吻向柳如是说话，在旁人看来实在是低声下气得过分。站在旁边的大丫环月容和两个老妈子惊异地瞧着她，又望望柳如是，脸上都现出愤愤不平的神色。

柳如是自然不会看不见这一点。本来，这件事她已经答应钱谦益暂且作罢，不过怕朱姨太知道后，愈加神气起来，才一直故意拖着，不给她说清楚。至于陈夫人，她从娘家回来时，钱谦益同柳如是已经上了苏州，自然也不知道。如今她显然是听了朱姨太的投诉，出面来说情的。不过，老太婆的这种态度和口气，却使柳如是十分恼火。"哼，你这是故意让我难堪、出丑、下不来台！我可不是傻瓜！"她想。于是冷笑一声，说："姐姐这话，我可是万万不敢承当！我是什么人？怎敢如此大胆,起意要把三姨太撵出府去？纵然这大半年,我在老爷身边的时候多些,但老爷的事情,我是一星半点也不敢过问。三姨太骂我、咒我、背地里阴损我,我心里不痛快,辩驳几句也是有的。可是大婆小婆拌嘴斗气的事,哪户人家少得了？吵过就算了,我可没往心里去。我也不知老爷要把三姨太赶出府去是何用意,眼见老爷火气大了,吓得想问也没敢问。如今姐姐不知受了哪些个黑心瞎眼的丫头妈子撺掇,突然来向我讨情,真叫我吃惊不小！瞧这样子,我岂非成了那轻贱狂妄、没教没养的人了？姐姐你心里有气,骂我、打我都行,可千万别提这讨情的事！"

这一番话带枪夹棒,既尖酸又决绝,听得陈夫人面上红一阵、白一阵,怔在那里,没有了主意。就连站在她身后的两个老妈子也面面相觑,倒抽一口凉气。最后,还是大丫环月容乖觉些,她悄悄扯了扯孙爱的衣袖,又努努嘴,意思是要他出面去说。

钱孙爱自从见了柳如是,就时时想同她说话,只是插不上嘴。被月容提醒,他就忙不迭地跳起来,走到柳如是跟前,恭恭敬敬地行了一个礼,说:"孩儿给柳太太请安。许久不见柳太太,柳太太可好？"

柳如是瞥了他一眼,淡淡地问:"嗯,少爷有什么事吗？"

钱孙爱兴冲冲地说:"哦,没……没什么,孩儿只是许久不见柳太太,心中想得很。前些日子听说柳太太身子欠安,孩儿一直担心着,如今见柳太太好好儿的,孩儿就放心了！"

钱孙爱这话说来谦卑有礼,一片真诚,倒使柳如是有点意外。她凝视着他,忽然微微一笑:"嗯,你口口声声喊我做太太,就不怕你三娘打烂你的小屁股？"

"怕什么！"孙爱脸红了一下,随即理直气壮地说,"这是爹吩咐的,你是太太,我自然该这样叫,没错！"

柳如是点点头,笑得更加柔和:"你不是再不进我这门了么?怎么今天又来啦?"

"不,那是三娘不许我来,其实孩儿很想来的。今天是太太带我来,她、她就拦不住啦!"

"嗯,要是没人带,你就不敢来了?"

钱孙爱犹豫了一下,他显然还没考虑过这个问题。但是,当看见柳如是微眯的眼睛现出轻蔑的神情时,他就情急起来:"不,我敢,谁说不敢?只要我喜欢,哼,谁也管不着我!"

"这样说,你是喜欢我啰?"

"是……孩儿、孩儿,喜欢……"兴奋得满脸通红的钱孙爱结结巴巴地说。

"那么,"柳如是歪着头儿,高高地挺起胸脯,并且风骚地摇摆着腰肢,"你说说,喜欢我哪儿?唔?"

"这个……孩儿,不,不知道……孩儿只是觉得……喜欢……"钱孙爱羞涩地瞧了柳如是一眼,低下头去。可是,他立刻又抬起头来,狂热地盯着柳如是看。

在同孙爱说话的当儿,柳如是一直暗暗注视着陈夫人的反应。当她发现这位自命高贵、循规蹈矩的可恶的老太婆,被自己的行为吓得目瞪口呆,不由自主地浑身发抖时,她尝到了一种报复的、恶意的快感。

"那么,好吧。难得你有这份孝心。我回头要好好打赏你!"柳如是终于结束道。她已经把陈夫人狠狠地捉弄了一番,并且亲眼看见了对方的恐怖和慌乱,也就不想再理会钱孙爱了。

钱孙爱却不明白这一点,而且他又一次受到月容的催促。

"娘,不要,孩儿不……什么打赏,不要!孩儿只要你……一件事,答应我。"他语无伦次地说。

"哎,什么事?"

"孩儿……呃,你若是真疼孩儿的话,求你向爹说,别把三娘赶出去。"

柳如是怔了一下,顿时沉下了脸:"你这孩子真不懂事,刚才我不是说了吗,这不关我的事!"

"哦,关的,关的,我知道关的!我要你答应我!"钱孙爱一把揪住柳如是的衣袖,扭着身子,撒起娇来。

柳如是有点恼火了。她心想:"亏你这涎脸的屌头刚才嘴巴子比糖还甜,老娘还当你真的向着我。原来你们都串通好了,来做戏给我看。哼,老娘岂是受人耍的角色。你便求到塌天,也休想我松口!"拿定主意,她就用力把袖子一挣,说:"你歪缠什么!看把衣裳弄皱了,快快松手!"

"不嘛,我要你答应我!"钱孙爱一边说,一边把袖子攥得更紧。

柳如是当真生气了,她瞪起眼睛,喝道:"混账东西,你松手不松手?"

钱孙爱犹疑了一下,但是柳如是先前的亲昵态度显然给他造成了错觉。他不但不松手,反而大胆地把柳如是的胳膊抱住。

"我不嘛,我……"

然而,怒不可遏的柳如是不等他说下去,便扬起右手,"啪"地扇了他一记耳光。

这一下,钱孙爱立即松了手。他后退两步,呆呆地望着柳如是,脸上现出茫然、惊诧的神情,渐渐这神情变成恐怖。蓦地,他尖叫一声,转过身去,发疯似的推开赶过来保护他的月容以及另外两个老妈子,飞奔出了门。两个老妈子连声叫唤着,也慌里慌张地奔了出去。

这当儿,陈夫人早已站了起来。她气得浑身直打哆嗦,指着柳如是,一迭声地说:"你、你、你你……"却什么也说不出来。

柳如是也满脸通红,她悻悻地理着衣袖,激怒地叫:"你们自己没脸面,却使出这等下作的诡计,支派个孩子来上阵,让他挨打。这可是你们自招,怨不得谁!"

陈夫人显然完全不会对付这种无法无天的侍妾。她不知怎么办才好,半晌,才喘着气说:"好,我、我找相公去!"

"不用找了。我都听见了!"一个低沉的嗓音说。大家蓦然回过头去。不知什么时候,钱谦益已经披着一件长袍,脸色阴沉地站在寝室的门口。

"古语说,'国必自伐,然后人伐之。'家亦如此,必先自败,然后人败之!"他怒声说,走出起居室来,"同是一个家中的人,尚且不能和睦相处,偏要争斗不休。你们说,这样怎能抵挡外人的侵侮和欺凌,怎能应付非常之变?你们纵然不用为这种事操心,可是我要!你们还让不让我有片刻的安宁?啊!"他发火地吼叫起来,严厉地瞪着陈夫人。直到后者满心委屈地低下头去,掩着面孔倒在椅子里,他才转眼看看柳如是,发现她咬着唇儿,还在皱眉瞪眼地生气,就放缓和了声调,说:"现在,可不是争闲气、泄小忿的时候,须得和衷共济,以渡难关——今天这事,我看就算了。朱姨娘嘛,还让她留在府里,可不准她再闹!至于孙爱,年纪不小了,该懂点事了。连他也跟着混闹,成什么话!嗯,回头叫他来见我!"

二

"不知老师枉顾,请恕弟子失迎之罪!"罢官在家的前户科给事中瞿式耜,身穿礼服迎出大门外来,拱着手说。他那高大健壮的身躯微弓着,浓眉下面一双精光闪烁的眼睛专注地望着阶下,长方形的脸上现出恭敬严肃的神情。

这是钱谦益回到常熟之后半个月的一天下午,偏西的太阳从幽静狭长的巷子上空照下来,把高大漂亮的瞿府门楼的影子,清晰地勾画在大门对面的白粉影壁上,那影壁盖着讲究的瓦顶,还有雕砖镶边。

刚刚从四人抬大轿里走下来的钱谦益,听见这熟悉的招呼,抬起了头发花白的脑袋,黝黑的脸上露出亲昵的、几乎是讨好的笑容。

"哎,太亲翁,何必客气!"他大声说,迎上去,同趋步下阶的主人行礼相见,"说真的,一路上我还叨念着,怕你出门了呢!"

"没有。——二冯兄弟,还有云美、子长他们都来了,正在卿云阁里看字画呢!"

"噢,他们都来了么?"

"要是老师有事……"

"没事、没事!我也是随便走走。嗯,听说你新近收到一幅赵子昂,我正想瞧瞧!"

"是,请——"

"请!"

这样说完之后,两人便并肩朝宅子里走去。

在常熟城里,瞿式耜可算是同钱谦益关系顶深的一个人。他不仅是钱氏早年的学生,而且他的孙女儿又许给了钱孙爱。论学业渊源,他该称钱谦益做老师;论姻亲关系,钱谦益却得反过来尊他一声"太亲翁"。不单如此,他们还曾一起在朝共事,一起在崇祯二年被温体仁排挤罢官;十多年间,他们同样一直在家赋闲,得不到起用。前几年,有个叫张汉儒的本地帮闲,秉承温体仁的意旨,入京告发钱谦益在家贪肆不法,把瞿式耜也告了进去,结果师生二人又同时被捉拿进京,下狱问罪。幸而温体仁很快就倒了台,他们才逃过危难。因了这种种缘故,二人的关系,就确实非比一般。不过,瞿式耜生性鲠直,对钱谦益是恭敬而不阿谀。所以有些见不得人的事,钱谦益也避免找他商议。不过,既然落到了目前这种倒霉的境地,瞿家却又成了钱谦益寻求慰藉的理想去处了。

当钱谦益在瞿式耜的陪同下步入卿云阁时,先到的几位本地名流或坐或站,正在那里指手画脚地品评字画。看见钱谦益进来,大家便住了口,一齐迎上来同他相见。这些名流,平时也都是钱府的常客,彼此熟悉得很。可是此刻钱谦益见到他们,却不由自主感到有点心虚。"嗯,不知他们可已听说那桩倒霉事?"他想,脸上尽力装出从容镇定的样子,暗地里却十分注意每个人的神情。直到发现大家都没有异常的表示时,他才稍稍放下心来。"毕竟是交往多年,所以……"于是,他开始分外热情地同大家行礼、寒暄,侧着耳朵倾听每一个人所说的每一句话,然后,带着亲切的微笑,回答哪怕是最微不足道的问题……

"啊,牧老,你来,你来瞧这画!他们说是宋徽宗,怎么会是宋徽宗!"一个兴冲冲的声音蓦地叫起来。那是一位名叫冯班的本地名士。他长着一个可笑的红鼻子,和一双狂热的、醉醺醺的眼睛。秃而亮的脑门上歪扣着一顶半新不旧的方巾,下面露出乱蓬蓬的头发,直裰的胸前尽是星星点点的油污酒迹。不过,别看他外表邋里邋遢,却写得一手好诗,对书法也颇有研究,在江南文坛上薄有名气,与他哥哥冯舒并称"常熟二冯"。

"咦,牧老,你快过来瞧啊!"冯班又叫,不管钱谦益正同别人说话。

"定远,你总是火烧眉毛似的!"钱谦益微笑着责备说,离开了交谈者,走到挂在墙上的一幅绢本宋画跟前。

这是一幅《芙蓉锦鸡图》:一枝盛开的木芙蓉自画的左上方斜伸下来,枝上伫立着一只羽毛璀璨的锦鸡。它的重量把花枝压得微微弯垂。一丛萧疏的秋菊安排在画的左下方,右上角则对称地翩飞着一双彩蝶。蝴蝶下面用瘦金书题着一首五言绝句:

秋劲拒霜盛,峨冠锦羽鸡。
已知全五德,安逸胜凫鹥。

右下方靠边署着：宣和殿御制并书

　　钱谦益漫不经心地望着画幅。这幅画他在瞿式耜家里已经看过多次,而且反复讨论过它的真伪。要在以往,他会立即说出自己的意见。不过此刻出于一种周到的考虑,他却想给冯班一点面子。

　　"定远,你说这画不是徽宗御笔,所据何来?"他侧过头问。

　　"咦,牧老你瞧那首题诗,第一句,'秋劲拒霜盛'的'盛'字,显系'威'字之误!此处下一'盛'字,不惟平仄欠工,而且不通!须是'威'字方诗意畅达,而且谐韵。岂有堂堂御笔,而荒谬不经若此!必系赝品而又出于极端下流无知者之手无疑!"

　　冯班说"盛"字是误字,钱谦益倒不曾注意到。他走上前去再仔细瞧一下那首题画诗,随即微笑起来。但他也不立刻说破,反而点点头:"定远的话不错,这画或许并非道君皇帝真迹。"

　　"喂,怎么样?怎么样?啊?"一直瞪大眼睛等他回答的冯班,兴奋地跳起来,胜利地大叫。

　　"可是……""不过……"好几个声音同时表示不服气。

　　钱谦益摆摆手,让他们安静下来。

　　"我说这画并非道君真迹,是说可能如此。皆因宋时画院中,确有画师曾为道君代笔,所谓'供御画'便是。不过,倘若此画果属此类,则题诗内断不致出现误字。即使当时确有误题,亦必不敢以之进呈天子,更不敢任其流传,而必当即时毁去。"说到这里,他稍稍停顿了一下,望望大家,才又接着说,"其实,'拒霜',乃木芙蓉之别称。'拒霜盛',是谓此花盛开。故'盛'字并无不通。若改作'威'字,反而不妥了……"

　　这样一说,持不同看法的几个人都频频点头。冯班却像被人掐住了喉颈的公鸡似的伸着脖子,瞪着眼睛,再也神气不起来。

"不过世上之事,阴差阳错,未可以常理度之者正复不少,所以亦不能以此论定。"钱谦益瞧了一眼冯班,又补充说,"但我观此画布局严谨,宾主分明,疏密有致,色泽鲜妍,渲染精妙。即便是左下角上那丛不惹眼的小菊,亦摇曳多姿,刻意求工,故此画纵非道君御笔,亦当系北宋院画之精品——鄙人浅见如此,未知诸位以为如何?"

这一席议论,说得大家都点头称是。只有冯班仍不服气,他咕咕哝哝地说:"我瞧那锦鸡就画得差劲儿,怪模怪样的,活像只断头鸡!"

这当儿,瞿式耜已经命人把《芙蓉锦鸡图》收起,亲自从箱子里挑了一幅,交给小厮挂上,一面对钱谦益说:"老师,这便是学生新近购得的那一幅赵子昂的《双马涉溪图》了。"

钱谦益一听,顿时来了精神。他忘了答瞿式耜的话,瞪大眼睛,全神贯注地瞧着墙上。只见画轴在小厮手里缓缓转动着,首先露出一个仰着的马头,那用简练遒劲而又富于变化的线条勾勒出的马头,筋肉毕现,鼻孔张开,眼睛里闪射着桀骜不驯的光芒,端的是神采焕发,顾盼惊人。然后是健壮的脖颈、飞扬的鬃毛……第二匹马出现了,那是一匹花骢马。它正低着头,顽强地向前行进,下面,是八条强有力的腿,或屈或伸,在一道宽阔湍急的溪涧上蹴踏起飞溅的水花……

全场人都被这幅杰作的不寻常魅力吸引住了,静静地观赏着,谁都没有说话。钱谦益更是如醉如痴。他一会儿退得远远地拈着胡子,眯起眼睛欣赏全貌,一会儿又走上前去,几乎把鼻尖贴着画面作细部的观摩,许久,才连连点头,叹道:"神品,神品!"

"若是老师喜爱,学生就此相赠。"瞿式耜说。

钱谦益蓦地一惊,忙不迭地回头瞧着主人,结结巴巴地问:"你说、你说……"

"学生想将此画送给老师!"

"啊,这、这、这如何使得!太亲翁莫要作耍,不……这,我……"

瞿式耜摆一摆手,淡然说:"区区一画,何足挂齿!"说着,回头吩咐小厮:"把这画收拾好了,待会儿,给钱老爷送过去!"

钱谦益不再推辞了,但是嘴里仍然喃喃地说道:"罪过、罪过!"同时,斜起眼睛瞧着两个小厮把画收起来,装进一只长形的黄杨木盒子里,另外放到一张单独的桌子上,这才放了心似的,回过头去,向主人深深地作揖称谢。其他客人见了,也围上来,带着羡慕的神情,纷纷向钱谦益道贺。

这时,一个声音蓦地叫起来:"啊哟,不得了!臭!臭不可闻!混账,收起!听见没有?快收起!"

大家吃惊地回过头去,发现冯班站在一幅刚刚挂起来的书法跟前,用袖子拼命地捂着鼻子,另一只手气急败坏地挥舞着,又跳又叫。大家好奇地走前一看,原来挂出来的是一幅宋代黄庭坚的自书诗《登快阁》。那书法苍劲瘦硬,笔笔有力举千钧之势,一望而知是幅精品。大家正有点摸不着头脑,只见冯班像是再也忍受不了,他从人丛中一下子冲了出去,远远地站着,兀自掩鼻挥手,呜呜不休。

众人又惊奇又好笑。顾苓忍不住高声问:"定远兄,你这是怎么了,莫非这又是那下流无知之徒弄出的赝品?"

冯班远远地摇着头,但又不肯把衣袖从鼻子上放下来。大家只听见他咿咿唔唔地说着,却听不清他说什么。这时,他的哥哥冯舒说话了。

"小弟已知定远之意——"他慢吞吞地说,"只是,他持论太偏,见解虽奇,却有失忠恕温厚之道。他一生志业,只怕就吃亏在这一点上!"说到这里,他十分惋惜地叹了一口气,却停住了。这个冯舒,长得又高又瘦,性格同他的弟弟恰恰相反,说话行事总是慢条斯理,往往绕了半天圈子,还到不了点子上。大家都深知他的脾气,明白催他也没用,都静静地等他说下去。

"他还嗜酒如命,这就更不好了。"冯舒又说,仰起头,瞧着屋梁,"比如去岁科考,他醉酒迟到,还侮辱宗师,结果,考了个六等……"

听见他这样慢条斯理地揭着弟弟的短处,大家都暗暗好笑。冯班远远听着,眼睛瞪圆了,他忽然把袖子放下来,大声说:"不用你说!我说!"

冯舒顿住了,他把目光从屋梁转移到弟弟身上,"你说,自然我就不用说了。"他同意道,于是,重新退到一旁,不再开口了。

"列位,小弟平生论诗,第一等讨厌的,便是那劳什子江西派!"冯班气呼呼地说,"江西之体,大抵有如农夫之指掌、驴夫之脚跟,本臭硬可憎,却自夸什么'强健'!又如老僧婆女之床席,奇臭恼人,却自夸什么'孤高'!再如老妪之教新妇、塾师之训弟子,语言面目,无不可厌,却自考什么'我正经'!这个姓黄的老家伙,乃是江西派第一个奇臭可憎之人。不意今日觌面相逢,却不是老大的晦气!"冯班说完,又把鼻子掩上了。

大家忍不住笑起来。孙永祚打趣说:"想不到天不怕地不怕的冯定远,却被江西派吓得只差没跳墙而走!"

冯班摇头说:"冒犯了天地,不过粉身碎骨而已;碰上江西派,却教人如堕粪窖,五脏翻腾,求生不得,求死不能!这黄老头儿万一有再起之日,我必远避,否则别寻生计,永不作有韵之语!"

瞿式耜微笑说:"既然定远兄如此说,这幅字竟是再也挂不得了,快快收起!"

待到小厮把字幅取下,重新收藏好,冯班才走回来,叹着气说:"经此番浊臭一冲,必损我三日诗思!"

在这番闹腾的当儿，钱谦益一直没有插话。因为他的整个心思，都关注在那幅赵子昂的《双马涉溪图》上了。从冯班逃开去的一刻起，他就退坐在一张花梨木圈椅上，脸上虽然也跟着大家一起微笑，眼梢却不住地往搁着画匣的方向瞄，恨不得立即就把那幅现在已经属于他的宝贝抱回家去，关起门来细细地重新欣赏。只是考虑到礼貌，他才勉强忍住了。好容易捱到关于黄庭坚和江西诗派的这场风波告一段落，他就站起来，准备告辞。然而，这时候，瞿府的一名家人扬着拜帖，走进来禀告说：

"许大相公求见，说有要事马上面陈钱老爷！"

这位许大相公，名叫许隽，是本县的一名老秀才。因为会写几句诗，尤其善于把眼前的事物七拼八凑地弄进诗句中，造成一种离奇滑稽意味，使人读来，往往忍俊不禁，所以钱谦益平日同他也时有来往。如今听说他巴巴地追踪到瞿府来，说有什么要事相告，倒教钱谦益吃了一惊。他回头望了望大家，只好暂时打消告辞的念头，重新坐下来。

许隽很快就出现了。他头发花白，戴着一顶旧毡帽，一身玄色布直裰洗得发白，右边袖子的手肘处还打了个大补丁，脚下一双旧黑布鞋有好几处都脱了线，露出白袜子。不过，他的表情却十分神气，红扑扑的一张脸，宽颧骨、狮子鼻，走路时微昂着头，大摇大摆，显出目空一切的样子。

"哦！牧老，你原来躲在这儿快活，却叫我好找！"许隽气咻咻地叫，同大家行过礼，然后一屁股坐在椅子上。

"茶！"他大声说，不客气地瞅瞅瞿式耜。

瞿式耜朝小厮做了个手势，茶端来了。许隽接过，一口喝干，用袖子擦擦胡子，这才像喘过了一口气。

"牧老，这江南的士习，是越来越不成话了！"他说。

"啊，怎么？"

"他们造作谣言,无事生非,由来已久,这也罢了。可是,这一回竟造到你老哥头上,你说可气不可气!哼,还亏他们是复社!"

听了这话,大家都不由得"啊"了一声。钱谦益的脸却一下子红了,他动了动嘴巴,想说句什么,可是终于没有勇气说出口。

"前几日,弟上姑苏去了一趟,"许誉接着说,显然没有发现钱谦益的神情异常,"那一天,闲着无事,便到书坊走走,想拣两本新选的墨卷,却碰到两个方巾朋友在那里闲讲。弟起始也没在意,后来听他提到牧老,便留了心。谁知不听犹可,一听,真差点没给他气死!——那个不知是姓方还是姓汪的小畜生,竟造出一段漫天撒谎的奇闻来,说牧老如何同京里周阁老串通,想替阮圆海翻案开脱,怎样给周仲驭、陈定生识破,上门问罪。说得活龙活现,煞有介事。是弟气不过,上前同他争辩,说:'牧老是我的老友,我们天天在一块儿,怎么就没听说这事?你们快快闭嘴,没的在此污人清白!'谁知那两个小畜生笑嘻嘻地说:'若要人不知,除非己莫为!如今这事江南各府县都传遍了!可不是我们随口乱道!'他们、他们还说:'钱牧老怕是想入阁想疯了,所以做出这等事来!'牧老,你说,这可气人不气人!"

许誉这么没遮没拦地一口气说下来,客人当中像冯氏兄弟这些不知情的,都惊愕地张大了嘴巴,仿佛听到了什么海外奇谈。至于瞿式耜、顾苓、孙永祚等人,或者是参与其事,或者多少听到点风声,只是碍于情面,在钱谦益面前装作一无所知,这时都不禁变了脸色,担心地窥伺着钱老头儿的神情,估计他立即就会暴跳起来,大发雷霆。

然而,出乎意料,钱谦益却没有这样。他只是呆呆地望着许誉,眼睛露出绝望的、黯然的神情,脸色也变得越来越苍白。终于,他低下头去,喃喃地说:"不,不是这样,不是这样!"

"当然不是!"被这个惊人的消息唬住了的冯班,忽然跳起来,高声大叫,"他们凭什么这样诬赖人,可恶!牧老,不要怕,有我冯班在,决不容那伙无耻之徒胡作非为!"他奔向许隽,"伯彦兄,你说,那两个混账畜生是谁,我明儿就上姑苏去找他算账!我要……"

他还要说下去,可是瞿式耜做了个手势,把他拦住了。瞿式耜走到钱谦益跟前,沉默了一下,说:"至人之虑,自非群愚所能省知。老师德高望重,难免为居心叵测之徒侧目,是以蛾眉招谤,古今同慨。然而亦无非蚍蜉撼树,适足见其不自量而已!何况如今国事蜩螗,已不堪问!不出数年,当有大变。老师正无须与彼辈争一日之短长。依学生之见,不如暂且仍作东山高卧,静以观变。直待九重诏下,登车揽辔,拯社稷、济苍生,犹未为晚!"

接着,顾苓、孙永祚也走过来,竭力劝慰。钱谦益的心情这才慢慢舒展了一点。他叹了一口气,说:"我已是垂暮之年,什么拯社稷、济苍生,此生是不敢企望了!但求能优游林下,读书养性,清清静静地过上几年,也就心满意足了。只是,唉……"

"哦,说到读书养性,牧老的拂水山庄,那可是第一等的!"顾苓连忙凑趣说,"都道'徐家戏子瞿家园',乃系我常熟二美,可是学生总觉着,拂水山庄只须稍加修葺,只怕未必便让稼老专美呢!"

瞿式耜也说:"我那个破园子算什么!不过枉得虚名罢咧!被人一个劲儿地起哄,也真想花点功夫把它修一修。前些日子我已经着人到留都去请计无否来帮我踏勘,若是老师想修拂水山庄,到时便让他一块儿瞧瞧!"

钱谦益抬头瞧瞧瞿式耜,又瞧瞧顾苓,却没有做声。他适才那番"读书养性"的话,本来是聊以解嘲的敷衍话,现在被他们煞有介事地一说,倒提醒了他,觉得这也不失为忘却眼前处境的一种办法。他若有所悟地捋着胡子,终于,缓缓地点了点头。

三

"老爹,老爷现在书房里,命你去见他。"李宝走进账房间来说。

被称做老爹的那个人——钱府的大管家何思虞从账本上抬起头来,用躲藏在白眉毛底下的一双锐利的眼睛瞧着来人:"嗯,什么事?"

李宝摇摇头,赔着笑脸说:"只是请老爹即刻过去。"

"好。"何思虞说,重新低下头去。"你瞧好了——"他伸出一只干枯弯曲、戴着嵌绿玉金指环的手,指着账本,对鼻梁上架着玳瑁眼镜的账房先生说,"这些,还有这些,你都好生再盘一下。怎么会只剩这一点儿?亏得太多了,这样不成!懂吗?好,回头我再来。"

说完,他就直起身子,疑惑地瞅了一眼还在等候他的李宝,向外走去。李宝连忙跟着他。

"老爹,老爹!"

"啊?"何思虞没有回头。

"我那——"李宝急急赶上来,"我那五两银子,老爹跟邹老爹说了么?"

"还没哩!"

"可是、可是听说就这几日,船便出海了呀!"

"慌什么,还没定呢!再说,你那几两银子,邹老爹未必就瞧得上眼!"

"怎么?"

"你也不想想,他现赁着二三十号海鳅船,哪一次出海,不是三万五万的生意。区区五两银子,在你自以为老大一笔帮衬,但到他手里,不算你一股吧,不行;算你一股吧,他还真嫌零碎费事!"

"可是……"

"算了!你想发外洋财,过几年再说。那五两银子,回头你来拿回去!"何思虞断然地说。

这之后,两人都没有再说话。走了一段路,何思虞斜眼瞅了瞅李宝,见他耷拉着脑袋,噘着嘴巴,一副不乐意的样子,便微微一笑:"小伙子,你想混几两银子讨媳妇儿,何必非得往通番贸易上打主意?那可是风险买卖,我是为你好,怕你赔不起哟!你如今既进了这钱府的大门,又承老爷看得起,让你早晚跟着他,这便是你这辈子的财气到了!今后只要你乖觉些,我自会把些门道来慢慢点拨你!"

李宝抬起头,呆呆地瞧着眯着眼睛、在他旁边傲然而行的瘦小老头儿。渐渐地,他脸上的神情发生了变化,一丝希冀的、贪婪的光芒在他眼睛里闪动起来。突然,他大步跨到何思虞的跟前,"扑通"跪下去。

"老爹在上,今后老爹便是我的干爹!李宝如若负心背义,天地不容!"

何思虞左右瞧了一下,连忙把李宝扯起来,"傻小子,谁让你在半路上来这一套!"他低声责备说。于是,两人继续往前走。

"嗯,这样吧,"何思虞沉默了一阵子,终于说道,"眼下有一桩现成的买卖,不过,做得成做不成,就瞧你的本事了。"

"啊,干爹请讲!"李宝惊喜地睁大眼睛。

"我问你,老爷跟前,你说话能到什么地步?"

"这个……"

"好,这我不管。我只告诉你,现在下房里,正锁着两个人,一个是金花桥头的机户王之善,一个是小东门外竹木行的张胜。王之善六年前借去银子五十两,到今年连本带利该还一百九十两;张胜五年前借银三十两,到今年该还一百零二两。但二人至今分文未还。前两日我说起,老爷很生气,命人把他们叫来,责骂了一顿,关在下房里,说是一日不还清,就一日不放人。昨天这两家央人来向我求情,说是情愿各出五两银子赎人。现在,你如能说通老爷放了他们,这十两银子,我分文不取,全数归你。如何?"

"啊!"李宝的眼睛蓦地发亮了,可是随即又担心地咕噜,"只是,只是不知老爷答应不答应。"

"我不是说了吗,那就看你的本事啰!"何思虞冷冷地说。这之后,他就闭上嘴巴,再也不谈它了。

…………

当何思虞登上荣木楼,踏入匪斋的时候,钱谦益正站在书房中央,望着墙上的《耦耕堂读书图》出神。那是不久前柳如是在苏州画的一幅画,虽不甚工,却颇饶淡远之致。钱谦益为着讨柳如是的欢心,特意命人精工装裱后,拿来挂在书房里。

听见何思虞的脚步声,钱谦益很快地转过身来。他点点头,算是回答对方的行礼,随即在一张椅子上坐下来。

"嗯,我让你带我的信去见何先生,这事办了么?"

"禀老爷,已经去过。"何思虞恭敬地回答,从袖子里摸出一封信来,双手呈上,"这是何相公的复信,请老爷过目。"

"唔,可是你亲自去的?——他可应允?"钱谦益一边拆信,一边问。

"是小人亲自去的。只是何相公一味推却,说他才疏学浅,万万不能与黄陶庵先生相比,生怕教不好,耽误了少爷的前程。"

钱谦益草草看了一下信,把它扔在一边:"哼,我岂不知黄陶庵无人能及。只是他已辞馆而去,我再三苦留,却留他不住,又有什么办法?总不能让少爷天天这么荒废着!你——明儿再去一趟,替我反复道达恳聘之意,请何先生务必应允。"

"是！"

"嗯，你坐！"钱谦益摆了摆手。但是，等何思虞告了坐，用半个屁股在一张凳子上就座了之后，他并没有立即说话，却转过脸去，又对墙上那幅《耦耕堂读书图》出起神来。

"你说，这拂水山庄，若是重加修葺，所费须得几何？"他沉思地问。

"啊，老爷想重修拂水山庄？"

"嗯，"钱谦益点点头，"我打算把它下点功夫修修好，待弄得像个样子之后，就搬到那边去，关起门来，清清静静读几年书。"他瞧了瞧何思虞，见对方露出疑惑的神情，就提高了声音，像是解释又像是训斥似地说，"息影田园，读书养性，乃是我的素志！好多年前，我就与程松圆订下此约，无奈杂务纷扰，未能如愿。如今松老已经作古，这归隐读书之约，我却不曾暂忘。"

"是！"何思虞拱手应诺着，迟疑一下，问，"只不知老爷之意，是小修？中修？还是大修？"

"不修则已，要修就得像样点——便是大修，如何？"

"这，只怕须得六七千金之数。"

钱谦益仰起头来，考虑了一会儿，斜睒着何思虞："当真要这么多？"

何思虞的表情严肃得不能再严肃："禀老爷，这还是往少里估的，老爷不信……"

"好，六七千就六七千！"钱谦益下决心地说，"回头，你先找人通盘算一算，拟出个大概单子。待过几天我亲自踏勘之后再定。"

"是。不过……"

"什么？"

"六七千两银子数目非小，眼下家中的账面已经很紧，只怕……"

"又是拿不出来！是不是？"钱谦益不耐烦地打断他，"不就是修个园子这么点事，偏你有许多推搪！"他生气地说。

"小人不敢，小人只求老爷赐示良策。"

钱谦益冷笑说："我有什么良策？良策该由你们去想！"说完，他随手拿起案头的一本书，打算就此结束这番谈话。

何思虞本能地站起来，却拖延着不走。他低头站了片刻，为难地说："启禀老爷，非是小人……这几年家中的情形，老爷是知道的……"

钱谦益睁大眼睛瞧了他一会，突然把手中的书重重一放，霍地站起来，怒声说："我知道！我还知道这几年你着实捞了一把！"

这句话果然见效。何思虞哆嗦一下，畏缩地抬起眼睛。

"有没有？你说！有没有？嗯？"钱谦益厉声追问。

何思虞"扑通"一下跪在地上，叩下头去："求老爷息怒，小人知错了，小人不该顶撞老爷，小人该死！小人该死！"

钱谦益一声不响。直到何思虞快要把脑门碰破了，他才悻悻地说："去吧！园子的事，过几天我可得问你！"

何思虞得了这一句话，才如获大赦地爬起来，却不敢抬头，道了谢之后，就连忙退了出去。

钱谦益重新拿起书本，举到眼前，随即又放下了。他倒背着手，开始在室内徘徊起来，心里很不愉快。近几年，由于吃了一场大官司，加上为着迎娶柳如是、谋划起用、陈夫人许愿重修佛寺等等，着实花了不少银子，这一点他是知道的。另一方面，去年江南一场大旱，弄到赤地千里，饿殍载道，手中白白捏着几千亩良田，租子却全收不上来；加上各地兵荒马乱，道路不通，虽有七八间商号，也是连年亏损，难以支撑；特别是去年与人搭伙出海贸易遇上风暴，一下子漂没了三艘满载货物的双桅大船，其中一艘又恰恰是自己占的大股……这一切，他也是知道的。可是若说他大半辈子辛辛苦苦积攒起来的这一份家产,几年工夫就亏空到连六七千两银子都拿不出来的地步,他还真有点不怎么信。前些日子,他也曾亲自查看过账本。账面上倒写得清清楚楚,瞧不出什么破绽。不过,他知道,像何思虞这种老奸巨猾的家奴,作弊营私的办法多得很,而且上下左右都是暗中串通好了的,一切漏洞都堵得严严实实。他们早已形成了一个看不见的网,要冲开缺口固然很难,甚至想抛开它也不行,因为这样一来,情况只会更糟。那些堆积如山、永远也处理不了的难题,立即就会像冰雹一般地倾泻到你这个当主子的头上,弄到你手忙脚乱,寸步难行,结果只会加速家业的败亡。所以,过去钱谦益眼见他手下的豪仆们一个个都置田买屋,鲜衣怒马,暴发起来,明知此中有鬼,也惟有抱着"水至清则无鱼,人至察则无徒"的宗旨,采取睁一只眼闭一只眼的态度。有时某个豪仆在外面作恶犯法,被官府拘去,他还得写帖子、递保状,凭着自己的面子交情,把他设法赎出来……不过,现在发现这些狡猾凶悍的家伙,只管自己发财,大有置他这个主子于不顾,听凭其败落之势,钱谦益不禁又惊又怒,觉得这种状况,再也不能任其发展下去了。

"不过,那又该怎么办呢?这伙鬼东西,可是难轧得很!弄不好,就会未见其利,先见其害……"他想,猛一抬头,发现不知什么时候,李宝已经走了进来,正毕恭毕敬地垂手站在一旁,目不转睛地瞧着自己,露出有话要说的样子。

也许是这个贴身仆人恭谨侍立的姿态,也许是他那年轻的富有生气的样子,使得钱谦益的心忽然动了一下。他记起来,李宝是半年前才进府当差的。当时也曾问过,他家里是慧日寺前开绸绒店的。因为被徐孝廉家的绸绒店欺凌,几乎无法立足,所以情愿循常例缴纳八十两"献身银",让儿子到钱府来充当奴仆,以求得庇护。这李宝小时也读过几年书,能写会算。钱谦益因为老仆钱升的儿子考中了秀才,不便长留府内,又见李宝为人老实勤快,就让他跟了自己。现在钱谦益正因家中的悍仆难以驾驭而烦恼,骤然看见李宝,倒生出一个念头来,觉得这小伙子不失为一个可造之材。若加以培养,历练几年,说不定会成为自己得力的臂膀。他又仔细瞧了瞧年轻的仆人,发现他还是一个长得满俊的小伙子,唇红齿白,眉眼鲜明,身材健壮,衣服帽子也干净整洁。钱谦益心中愈加喜欢,紧绷的脸随之松弛下来,和蔼地问:

"你——有什么事吗?"

李宝畏缩了一下,脸红了。他的嘴巴动了动,却没有说出话来。

"说嘛!"

李宝的脸更红了。他讷讷地说:"小人、小人想求老爷一件事。"

"嗯?"

"下房里现关着两个人,小人想求……求老爷放了。"

"啊,为什么?"

"那、那两个人与小人原有些认得。他家里人来寻小人说,所以、所以……"

钱谦益一声不响地盯着李宝,面容渐渐又变得严厉起来。这种求情放人的事他见得多了。他根本不相信这类事情会是白做的,对方必定已经许给李宝多少钱。"没用,一切都是白费心机,谁都不能相信! 刚才,我还那样满心满意想提挈他,真是走了眼!"他阴郁地想。

"老爷……"李宝又说。但是,现在他那恭谨的姿态、那俊俏的外表,在钱谦益眼中已经变得那样可憎可厌,就连他恳求的声音也充满着捉弄的意味了。

"胡说!"钱谦益蓦地吼叫起来,"那两个家伙是欠债不还的无赖泼皮! 我不拿帖子把他们送官,已经够便宜了! 放人? 休想!"

说完,他就把袖子一拂,怒气冲冲地走出门去,把吓得不知所措的李宝丢在书房里。

四

就在钱谦益决定重修拂水山庄之后半个月,一个名叫惠香的年轻女子来到常熟半野堂。她是盛泽归家院一名颇有名气的歌妓,当年同柳如是的交情很不错,这次路过苏州,便特意来拜访老朋友。

为了接待这位昔年的手帕姐妹,柳如是着实忙碌了一番。她把惠香安排在西院一幢最好的房子里住下,又亲自指挥一群丫环、老妈子给惠香布置房间,帐褥摆设都是最新的最好的,还让人到匪斋去向钱谦益讨了那个西洋自鸣钟来摆上。那钟是精铜造的,大小不过一寸多,镶在一个雕成贝多罗花式样的紫檀座上,每隔一个时辰,就会自动报响一次,是钱谦益花了重金向西洋商人购来的。当这钟摆出来时,把惠香吓了一跳,说什么也不肯留下。

"姐姐,我怕丢失了,没得赔哟!"惠香说。

"怕什么,我这院子四面八方都有人守着呢,谁敢来偷!要不,我再派绿意和两个老妈子来专门给你守着,夜里就睡在这钟旁边,白天也让你有多把人手使唤。妹妹,说真的,你带的那老妈子,又老又聋,快不中用了,真不知你怎么就受得了?"

"姐姐,你如今阔气了,同旧时不同了!"惠香说。

"笑话罢咧!讲阔气,可轮不着我们。虽说十万八万的,即时也还拿得出,再多就不成啦!嗯,妹妹,你尝尝这荷叶蒸卷,还是热的。你也知道我这肚子常闹病,吃不得半点冷食。前些时碰上寒食,举不得火。老头儿就盼咐头天夜里把吃的预先弄好了,盛在盒子里,裹上几层棉絮,由两个老妈子坐在暖窖里,轮流这么抱在怀里焐着,等第二天我吃时还是暖的!"

"啊,钱老爷待姐姐真是好!"

"妹妹,嫁人吧!姐姐劝你,还是挑个老的好!姐姐什么滋味都尝过了,比过了。什么宋辕文、陈卧子,到头来还是觉着这个钱老头儿会疼惜人!你别笑,这可是真的!哦,对了,你来得正好。明儿老头儿说要同我到拂水山庄去游玩,你自然也去!他是想连带把山庄踏勘一下,说是想好好修一修,从此同我读书偕隐,白头终老……"

"姐姐真是好福气!"

"福气个啥呀!我才不乐意呢!一辈子窝在这穷乡下,有什么味道?其实哩,老头儿也不是那等没志气的人,他是一时不顺心,才生出这等高蹈出世的念头……"

说到这里,柳如是就站起来,对望着她发呆的惠香说:"时候不早了,我还得回去上香。妹妹你先歇着,明儿你要是起得早,就过我闻室来找我!"她行出几步,又走回来,伸出指尖儿轻轻拧了拧惠香的脸蛋:"告诉你,我那鬼老头儿别看他今年六十一了,可是人老心不老,明儿你若是把他勾引上了,我可不饶你!"说完,"噗嗤"一笑,款摆着腰肢,当真走了。

第二天,惠香起了个早。梳洗完毕,就由绿意引路,到我闻室去。

柳如是看来起床还不久,正坐在妆台前,手里玩弄着一把梳子,由红情替她梳妆,一边同一个年轻俊俏的男仆说话。那仆人低着头,红着脸,站在离妆台远远的一个角落里,显得很局促不安的样子。

只听柳如是说:"李宝,我问你,昨儿一整夜,老爷当真都是在书房里过的?"

李宝低低地回答了一声:"是!"惠香因为站得近,听见了。柳如是却听不清,她回过头来,看见了惠香,就招呼说:"妹妹,你来啦,先坐着,我这就来!"又唤李宝:"浑小子,我听不清,你站过来些说,我吃不了你!"

李宝勉强向前移动了两寸,又提高嗓门说:"启禀夫人,老爷昨夜是睡在书房里。"

"嗯,你不是骗我?"

"小的不敢欺骗夫人。"

"哼,不敢?那怎么有人告诉我,他昨夜出门了,是到城南秦寡妇家去了?"

"啊?没、没有呀!昨儿小的一直侍候在老爷身边,不曾离开半步。"

"真的?"

"是真的,小的不敢欺骗夫人。"

"好,我暂且信了你,过后若是我查访出来你说假话骗老娘,仔细你的皮!"

"小的不敢!"

这之后,柳如是没有再说话,可也没有让李宝走。直到红情替她梳完头,把最后一支珠翠插好之后,她就轻盈地站起来,先朝惠香点点头,然后走到李宝跟前,瞅着他问:"前儿,你挨老爷骂啦?"

李宝怔了一下,不由自主抬起头。可是一接触到柳如是那似笑非笑的目光,他又慌忙低下头去。

"是。"他红着脸低声说。

"为了十两银子,求老爷放人,他不答应,是不是?"

"啊,夫人都、都知道!"李宝的脸孔顿时变得煞白。由于害怕,他的额上开始冒汗,身子也在微微发抖。

"我什么不知道!"柳如是傲然说,眼睛并没有离开年轻的仆人,"哼,没出息的东西,老爷不答应,为什么不来找我?"

"啊!"李宝惊愕地抬起头,显然不敢相信自己的耳朵。

"你要早跟我说了,人早放了,你也不用挨骂。十两银子嘛,也到手了。"柳如是慢条斯理地说,又瞟了李宝一眼,"这么着吧,我看你可怜巴巴的,就帮你这一回。不过,往后你可得听话,乖乖儿的,多孝顺着我点,知道啦?"

"这、小……"李宝被这出乎意料的结局弄得不知所措。终于,他"扑通"跪在地上,叩着头说,"多谢夫人恩典。小的誓当感激图报,没齿不忘!"

柳如是摆摆手说:"好啦,你去吧!"然后,她就转过身,堆起笑脸,对惠香说:"妹妹,让你久等了。非是姐姐有心怠慢你,让你坐冷板凳,实在是偌大个家,事无巨细都得我管,而且还不能出错!上上下下都瞪大眼睛瞧着你哟!你不曾当管家婆,这份难处你是不知道的——好啦,时候也不早啦,用过早点,我们就过去。你难得来一趟,今儿我们可要玩个痛快!"

五

李宝没有欺骗柳如是,前一天夜里,钱谦益确实是在书房里过的。当天傍晚,瞿式耜摆酒给从南京赶来帮他修园子的计成接风,把钱谦益请去作陪。待到酒阑人散,回到府来已经很晚,他便没有再过我闻室来,就近在匪斋歇下了。从计成的口中,他了解到,阮大铖听说虎丘大会那桩图谋,由于周镳、周钟兄弟出面干预,已告失败,十分伤心,捶胸顿足地痛哭了一场;后来就致书周延儒,请求起用马士英来代替自己。据说此事已有眉目,马瑶草不日便会东山再起云云。听到这个消息,钱谦益心里很有点酸溜溜的。"啊,马瑶草到底又上去了!可是我钱某人呢?难道真的注定就这样一沉到底?难道真的应了几年前周延儒说的那句挖苦话——'钱牧斋只堪领袖山林'?嗯,如今只怕连山林领袖都当不成了。近一个月来,到半野堂来登门求见的士子比过去已经明显地减少了……"这样一想,钱谦益就变得垂头丧气,只剩下苦笑。虽然他仍旧同计成约定,趁第二天他们全家要上拂水山庄去游玩,先过来替他瞧瞧该如何规划,可是已经兴致大减。回到匪斋之后,他思前想后,在床上折腾了大半夜,今早起来,勉强打起精神,正打算走过我闻室来瞧瞧柳如是,却碰上何思虞带了个人来,说是要"献产",临时又耽搁住了。

现在,钱谦益坐在花厅里,正心不在焉地听来人介绍情况。那人看上去有三十岁出头,露骨鼻、瓦刀脸,一双眼珠子滴溜溜地转个不停。他自称姓徐,名正,家住徐镇小油坊。据他说,他家有良田四十顷、庄园一所、牛二十头、织机九部,还有其他一些财产。因哥哥去世,家中人丁稀少,同族中人乘此机会,图谋篡夺。他自度人孤势单,难以抗拒,现在情愿将财产献给钱谦益,以换取保护。同时,希望钱谦益能荐举他到衙门内做事……来人轻快地说着,那声音听来就像一只旋转着的陀螺,中间还不时夹杂着低低的、谄媚的笑声。钱谦益默默地瞅着他,心里越来越不感兴趣。虽说在现时,这种通过"献产"来换取豪势之家的赏赐和荐举,早已不是什么新鲜的事儿,事实上,他过去也接受过多宗。何况目前家中亏空,正急需得到几笔"横财"来补充,这个徐正所报的数目虽不算太大,可是三四千两银子总是有的,能够拿到手,重修山庄的开支,便能解决大部分。这在他来说,本来正是求之不得。不过,钱谦益也知道,这种事情,比较麻烦费事。因为其中关系复杂,内幕很多,往往远不是投献人所说的那样简单。从徐正刚才的话来推测,显然那些财产本来是属于他哥哥的。如今哥哥死了,这徐正便趁他嫂子孤儿寡妇,没有主意,怂恿她献产。甚至是他背着嫂子,私自前来投献也未可知。钱谦益当然不必理会这一点,但那样一来,势必会在他们徐家的族人当中引起轩然大波。派人查收时,一场流血械斗固然不可避免,还会惊动官府。虽说这一点钱谦益也不怕。不过倘若闹得沸沸扬扬,远近皆知,那就不妙了。因为目前自己正大受士林非议,处境已很难堪;倘若再加上这么一桩,只怕更加吃不消。所以,直到徐正说完了好一阵子,他仍然沉着脸,没有表示态度。

看见主人不说话,站在一旁的何思虞不禁着急起来。自从前些天受到钱谦益严厉申斥之后,何思虞一直惴惴不安。他自天启二年起,一直担任钱府的大总管。十多年来,贪污受贿,巧取豪夺,积下的私产少说也有二三万。他自以为手段高明,神不知,鬼不觉,没想到却被钱谦益一句话就戳穿了。这使他大为恐慌,生怕主人乘机报复,或者把他一脚踢开。所以这几天他费尽心思,到处奔走,好容易才找到徐正这个门道,满以为可以平息一下钱谦益的不满和怒气,兼以显示自己的忠心能干。现在看见钱谦益迟迟不做声,脸上也没有高兴的表示,他就有点沉不住气了。犹豫了一下,他终于问:

"老爷,您看……"

"没有什么好看的,不行!"钱谦益断然地说,站起来,尖利地瞧了何思虞一眼,径直往外走去。

何思虞错愕了一下,本能地打算拦阻,可是随即就清醒过来。他默默地瞅着钱谦益的背影,眼里现出一丝怨恨的神色。然后,他回过头来,对怔在一旁的徐正冷冷地说:

"徐二秀,你哪天都不挑,偏挑今天来,八成是碰上鬼了!另找主儿吧!"

六

　　拂水山庄坐落在常熟城的西北郊，正当虞山南麓与尚湖之间，从钱府出门不远，便有水路可通。虽说头两天已经做好郊游的准备，钱家的眷属人丁仍然拖延至辰时才正式出门。钱府是数代单传，人口本来不多，但临时来了几个客人，再加上一大群奴婢，数目也就相当可观。现在，全部人员分乘四艘大船，第一艘坐的是钱谦益、计成、顾苓、孙永祚，以及新聘的塾师何云；陈夫人、钱孙爱、朱姨娘和老尼姑解空坐了第二艘；柳如是本来也要坐第二艘，但因为要陪惠香，而且用她的话来说，也是乐得清静宽敞，所以甘心委屈一下，带着红情、绿意和几名老妈子坐了第三艘；第四艘是载运用具杂物的船。至于其余男女仆役，则按照不同的身份职责，分别安排在各条船上侍候。

　　当船队荡开碧绿的河水，一只接一只地向着城外缓缓摇去时，"十里青山半在城"的秀丽景色，就在人们的眼前展开了：苍翠的虞山，像一道长长的屏风，横架在城墙之上。城内这边，是鳞鳞万瓦，袅袅炊烟，以及纵横的街道，络绎的行人，看上去，就像镂刻在屏风上的一幅活动图画。待到航船出了城外，景色就更加令人着迷：一片肥沃而平坦的原野，从山脚下延伸开去，巨大的、半月形的尚湖，在远处闪闪发光。而在这样的背景当中，则是棋盘似的青青稻田，间杂着一丛一丛的绿树、一个一个的村庄；牛羊在河岸上蹒跚，白云在蓝天上浮荡……这一片得天独厚的土地，活力确实惊人。仅仅是去年，它还曾遭受到大旱和蝗灾的严重袭击，但是入春以来，几场透雨、几度薰风，它又出人意料地迅速复苏过来，并且急急忙忙地重新展现出秀丽的姿容。如果两岸的田舍不是那样的低矮破败,在田间劳作的农夫不是那样衣衫褴褛、形容憔悴,它给人的印象,必然还会更加美好一点。幸而,钱府船上的男女主人们,并没有因此影响了游兴。他们根本没有留意到这些,依旧在那里兴致勃勃地指点观赏,坦然地、尽情地享受着这块属于他们的土地的殷勤奉献……

在钱府的船上,如今最兴奋的,要数计成。这不仅是由于他那双经验丰富的敏锐眼睛,立即就发现这片负山面湖的地带,实在是修建大型园林的理想处所,而且还因为他现在很穷,很需要通过承办一两项大型工程来积攒一笔钱。事实上,作为一位造诣很高的叠山师,数十年来,他受聘于豪门富户,负责建造的园林不少。像武进吴元的独乐园、扬州郑元勋的影园、仪征汪机的寤园等,都是他的得意杰作。不过,他虽然因此而名声大噪,却并未因此富有起来。譬如,他早就希望能够买一块地,替自己精心构筑一个小小的园林,作为暮年的归宿,可就是一直拿不出这笔款子。他也认识不少有钱的主顾,同其中一些人还颇有交情,但是谁都不曾认真关心过他的这个愿望。倒不完全是他们不够慷慨,而是他们或许根本就没有想到计成真有这种想头,他也应当有自己的园子,虽然一般来说,他只能算是一个穷人。计成是懂规矩的,他只好继续把愿望悄悄藏在心里。不过最近,也许是已经年逾花甲的缘故,这个愿望渐渐变得越来越强烈和迫切了。"无论如何,我得设法攒一笔钱,自己修个园子,哪怕很小一个园子也罢!"他想。恰好这时候,瞿式耜派人送来了请他修葺园子的聘书。计成十分高兴,立即赶到常熟来。接着他又听说钱谦益也想请他负责改建拂水山庄,更是喜出望外。他素仰钱谦益大名,觉得这于自己是一种难得的荣耀,"只不知他肯出多少价钱?他无疑是很有钱的!当然,我不应当一下子就想到这个,特别是对这样一位大名鼎鼎的人物,不应该!可是……"一路上,计成被这种念头弄得十分兴奋,又有点不安。他殷勤地同大家周旋,同时偷偷窥伺主人的神情。当他发现主人对自己十分尊重、十分信赖时,这种不安又转化为惭愧和感激了。

终于,船队靠了码头。山庄的总管钱斗——一个衣着华丽的圆脸胖老头儿已经领着两名执事人员在岸上候着。于是钱谦益上了四人抬大轿,其余女眷和客人则改乘小轿,由一名头戴毡笠、身穿红背心的伞夫扛着一把黄色的轻绫大伞,在前头开路,其余的仆人就挑的挑、提的提,络绎跟在后面。

现在,队伍在稻秧摇曳的田野中缓缓穿行。因为早就过了清明踏青的时节,所以这条路上的行人并不多。偶尔有几个挑担提篮的农夫农妇,见了这支浩浩荡荡的队伍,早就吓得闪避一旁;只有一两个不懂事的小牧童,被队伍的仪仗排场所吸引,抛开牛儿,远远地奔过来,咬着手指,瞪大眼睛,好奇地站在路旁观看。

走完了田野,队伍爬上了一道傍溪而筑的土堤。这溪从北边虞山脚下蜿蜒而来,到脚下拐了个弯,径直向西流去。溪的这边是杨柳和桃树,溪的那边是茂密的翠竹。计成根据经验,知道翠竹之内,应当就是山庄了。果然,不久轿队就在一处酒肆前停了下来。钱谦益同男客们都下了轿子。至于陈夫人和柳如是等女眷,不便同男客们混在一起游览,没有停轿,一直朝山庄大门那边去了。

计成站在轿前,抬头打量了一下,只见迎面是一幢三开间的平房。房檐下伸出一根长竿,上面飘着一面青色的酒旗。平房里安着一个柜台、十来副桌椅。不多的几个游客正在那里喝酒。平房后面,耸立着一幢两层的红色小楼。楼上悬着一个黑漆横匾,上面写着"花信楼"三个金色大字,在两旁翠竹垂杨和远处虞山的映衬下,倒也颇饶画意。

"计先生,这道长堤名唤'月堤烟柳',这楼名唤'酒楼花信',乃系敝庄八景中之二景。是学生闲时胡乱想出来的名目,却是可笑得很了!"钱谦益走过来,用了一种听起来像是随随便便的口吻介绍说。

计成喝了一声彩,来不及说话,顾苓已经在旁边插口说:"计先生,你不知,牧老所题这山庄八景,可谓景景精切,不可移易!除眼前此二景外,尚有'秋原耦耕''梅圃溪堂''锦峰清晓''香山晚翠''春流观瀑'和'水阁云岚'。山庄胜境,竟是给他这三十二字,轻轻道尽了呢!"

孙永祚也点着头说:"不错,牧老还替这八景一一写得有诗,俱是高华俊爽的传世之作。我记得题这'酒楼花信'的一首是'花压高楼酒泛卮……'"

他本想念下去,可是看见大家已经移动脚步,只好临时闭了嘴,跟着大家朝酒肆走去。

原来,这酒肆后面紧挨着溪涧,从上面的一道石板桥走过去,进了东角门,里面是一个花木扶疏的小庭院,这才是花信楼的真正所在。

由于刚才这楼的外观给计成的印象颇好,所以此刻他特别留神察看。他发现这庭院的布局却很是一般,无非是方池石山、合抱小廊。当中是楼,楼旁一树梨花,高达四丈。虽然花期将过,雪白的、带五瓣的花朵仍然密密层层缀满枝头,几乎遮住了半爿楼宇。计成心想:"这梨花倒是难得!只是院墙太低,又没有遮拦,酒肆里的声音全跑进来了。若是把院墙加高一尺,溪边再植上几排翠竹,这样外边的声音还能听见,却已变得依稀隐约,那意趣便大不相同了!"不过,出于谨慎,他决定暂时不指出来。"虽然主人有意让我主持改建山庄,但是当着这许多人,指摘原筑之非,总是有损他的脸面的。"他对自己说。

这当儿,大家已经登上花信楼的二楼,跨进一间朝西的厅房里。

"哎,一登上这楼,便教人又想起牧老那首诗,真是绝妙好辞——'花压高楼酒泛卮,登楼……'"孙永祚又吟诵起来。显然,他对于刚才未能把这诗念完,一直有点不甘心。

可是钱谦益又一次打断了他。

"计先生,你瞧敝庄这格局规模,该当如何改作才是?"他兴冲冲地走向窗前,问。

计成朝孙永祚抱歉地点点头,然后走到窗前,向外望去,发现这山庄范围着实不小。它紧挨着虞山脚下,门前隔着一片平坦的田野,不远就是烟波浩渺的尚湖。一道回环的溪水把方圆数十亩的山庄围绕起来。庄上照例种着些古松、银杏、梧桐、桂花、垂杨一类的树木。那些楼堂馆榭就掩映在林木之中。虽说离得远,细微之处瞧不太清楚,可是,以计成老练的眼光,仍然立即发现,这山庄初创时显然比较草率,后来虽经改造,却缺乏通盘的规划,而且是分几次施工,所以布局上问题不少。他沉吟了一下,拱着手说:"宝庄负山面湖,风景奇秀,且深得自然天成之趣,就形势气象而言,似犹在松江横云山别墅之上。惟是改作之事,学生不才,非经实地踏勘之后,却未敢妄言。"

钱谦益注意地听着,又深深地瞧了计成一眼,似乎明白了叠山师的细微用心。他点点头,不再追问。于是大家顺着计成的话头,谈论了一阵在山林地建园的种种优点,把横云山别墅同拂水山庄比较了一番,又到北厅去瞧了瞧利用拂水岩作借景的情形,就一起动身下楼。

楼下庭院的左侧,有一道贝叶式的角门。出了角门,是两条分岔的石子路,一条往北,一条往西,各自蜿蜒于花木丛中。钱谦益主张先去瞧拂水岩,于是大家便取道往北,慢慢行去。

现在,月堤上的人声已经听不见。四下里静悄悄的,只有微风吹动树木,发出沙沙的声响。一群灰色的麻雀,正栖息在长廊的栏杆上,发现有人走近,便匆匆飞进蔷薇丛中,不见了。隔着溪涧,传来了牛的鸣叫声……因为这山庄属于钱府私有,普通百姓未经许可是不能进来的。平日钱谦益不来时,偌大一座山庄就闲闲着,只有钱斗领着二三十个奴仆负责收拾照料。前两天,听说主人要来,才特意又打扫了一遍,并且把各处门户都开了锁。计成跟着大家看了几处亭台轩榭,其中有他认为还可以的。不过,他自始至终都避免公开提出批评,相反还挑了一两处有特色的处所,着实称赞了一番。他的这种谦和的态度,显然博得了主人很大的好感。

"牧老,此廊甚是不俗,与适才团桂阁那段复廊相较,却又别饶意趣哩!"计成说。这时,他们正从梅圃溪堂里转出来,走在一道长廊上。这长廊先斜向左,接着又斜向右,然后又斜向左,成"之"字形走向。廊外的景物则随着每个转折而不断变换,时而花木丛集,时而碧水远山,时而又奇石耸峙、楼阁玲珑……

"啊,计先生称许此廊?"钱谦益似乎有点意外。

"不错!你瞧它随形而弯,依势而曲,或蟠山腰,或萦水际,穿花渡涧,蜿蜒不已,令游者目不暇给,兴味无限。可谓深得造园三昧!"

钱谦益眯缝着眼睛听着。末了,他微微一笑:"说来却是笑话一件,这廊是我让他们改的。原来不是这样子,原来是笔直的——曲尺形。可是前些日子有个年友来,他说曲尺形是古制,如此一改,便全无古意了。"

"古之曲廊,确是曲尺形。"计成认真地说,"惟是曲尺形典重则有余,灵变则不足,施之于殿堂尚可,若家居之园,实不若'之'字形为佳。譬如仪征寤园的'篆云廊',便是取的此种式样,识者无不称之!"

"正是,正是!"钱谦益连连点头,兴奋起来,"寤园我尚未曾有缘一游,不过经先生如此一说,学生我已是疑虑全消了!"

这样说完之后,有一会儿,钱谦益停住脚步,一言不发地瞧着计成,目光闪动着,像是在考虑什么。

这时,站在一旁很久没有说话的孙永祚忽然环顾了一下,随即紧张地盯住站在他对面的塾师何云:"士龙兄,你可曾拜读过牧老的《酒楼花信》? 确是高华俊爽,令人心折!"

"哦,莫非就是子长兄适才没念完的那一首?"有着一个大得出奇的鼻子和一部乱蓬蓬的黄胡子的何云,微笑着问。

"不错,你听我念完,诗是这样的——"孙永祚急急地说,随即大声吟诵起来:

> 花压高楼酒泛卮,登楼共赋艳阳诗。
> 人间容易催花信,天上分明挂酒旗。
> 中酒心情寒食后,看花伴侣好春时。
> 秾桃正倚新杨柳,横笛朱栏莫放吹。

他念完了,又由衷地赞美了一句:"好诗,真是好诗!"这才如释重负地退到一边去,同时偷偷地注意着钱谦益的反应。当发现老师不仅没有表示高兴,反而皱起眉头时,他就露出困惑的神情。

"计先生,"钱谦益终于开口了,"学生有一事意欲与先生商量,不知当否?"

"啊,牧老只管吩咐!"

"先生的大作《园冶》一书,学生前时也曾拜读……"

"啊,那是晚生胡乱涂鸦,不意竟污清盼,尚希牧老指谬!"计成连忙拱手回答,脸不由得红了。因为那部书,虽然是他平生建造园林的经验心得的结晶,却是阮大铖出钱替他刻印的,上面还有阮氏的序言。他曾经因为这缘故在士林中颇受诟骂,现在钱谦益忽然提起这本书,计成便不禁惊疑起来了。

"我记得先生于书末'自识'中,曾有'惟闻时事纷纷,隐心皆然,愧买山无力,甘做桃源溪口人'之叹。不知这'买山'之愿,如今已了却否?"

计成又是一惊!他没有想到钱谦益读书如此细心,而且记性又如此之好。不错,他确实在跋语中写过这么几句。那是他刚完成书稿,一时感触,随手写下的。如今十年过去了,他的这部书也早已传遍了大江南北,可是从来没有人留意到他的这个卑微的愿望,更别说帮助他实现了。"那么,他为什么要问这个?他想做什么?……啊,莫非,莫非……"计成的心忽然一动,随即猛烈地跳动起来,"啊,不是,不是的,不会!"他在心中大声地否定说,竭力使自己镇静下来。然而,他的情绪被震荡得那样厉害,以致无法马上回答主人的问话。

钱谦益瞧了他一眼,又说:"学生如今却有个冒昧之请,意欲就在本庄侧畔划出数亩之地,请先生自建一园,移居其中,以便日夕过从,请教造园叠山之学问,不知先生意下如何?"

钱谦益说这话时,虽然声音不高,而且显得有点踌躇,可是在计成耳朵里听来,却无异是仙乐齐鸣。他的脸顿时变得煞白,直愣愣地瞧着钱谦益,几乎不敢相信自己的耳朵。

"啊,莫非先生不允?"钱谦益似乎有点失望。

"啊!不……"计成用微弱的声音说,觉得泪水马上就要涌上眼睛。他想大声表示答应,又想扑倒在对方的脚下,但是又觉得出于礼貌,应当先辞谢几句。正在拿不定主意,忽然,传来了急促的脚步声,李宝神色紧张地出现在长廊里。在他的后面,还跟着两名轿夫,扛着一顶肩舆。

长廊里的气氛一下子被扰乱了。钱谦益和客人们都诧异地回过头去。

李宝奔到离大家还有几步远时,就站住了。他行过礼,瞧了瞧客人们,犹豫了一下,径直走到钱谦益身边,低声说了几句。只见钱谦益的眉毛皱了起来,神情也变得十分古怪。他抬头瞧了大家一眼,想了想,终于无可奈何地说:

"耦耕堂那边有点小事,须得学生去料理。烦三位先陪计先生游着,学生转身便来。"

他走向肩舆,行了几步,又走回来,对计成说:"计先生,适才之事,回头再议,尚祈应允!"说完,这才拱一拱手,上了肩舆,匆匆去了。

计成眼泪汪汪地张了张嘴,很想高声告诉他,自己已是十二分的同意,可是到底没有说出来。"啊,等他回来再说吧,反正也不忙着这半响一刻,是的!⋯⋯"他唏嘘地想,颤巍巍地走前几步,以无限崇敬、感激的心情,拱手目送着钱谦益的背影,直到肩舆在花树丛中拐了个弯,看不见了,才默默地转过身来。

七

钱谦益之所以中断游园,匆匆赶往耦耕堂来,是因为听李宝禀告说:柳如是同朱姨太又争吵起来了,闹得不可开交。陈夫人气得差点没昏过去,正在那里哭泣垂泪哩!这教钱谦益又是吃惊又是生气。本来,他以为经过前些日子那一番调停,她们总该会体谅一下自己的处境和难处,稍稍变得互相忍让一点。可是没想到,才安静不几天,又闹将起来,甚至连这么个日子也不让自己安生地过。"啊,这些女人!"他恼火地想,同时又担心:这会儿她们不知闹得怎样了?若是互相厮打起来,柳如是只怕要吃亏。她是那般娇小荏弱,而朱姨娘却身强力壮!随后他又想到:周围还有许多人劝架,也许不至于闹到这种地步,"不过,也难说,如是的性子烈得很,倒不如当初下决心把老三送到城东旧宅去的好⋯⋯"一路上,钱谦益就是这么胡思乱想,直到他所乘坐的肩舆来到耦耕堂。

大堂内静悄悄的,一点声音都没有。钱谦益撩开轿帘向外望了望,"嗯,莫非她们吵完了?"他想,随即下了轿子,走上大堂来。

可是出乎意料,大堂内竟是空空如也,不但陈夫人、柳如是和朱姨娘不在,就连钱孙爱和随身侍候的婢仆们也全都无影无踪。钱谦益不由得奇怪起来,正想回头询问李宝,忽然听见一个熟悉的嗓音说:

"妹妹,不错吧,我说准是他哩!"

随着话音,只见东边旁间的门帘掀开,柳如是款款地走了出来,后面还跟着一个年轻女子,那是她的手帕姐妹——惠香。

"啊哟!老爷可来啦!"柳如是笑吟吟地迎上来,行着礼说。

"你——"钱谦益怀疑地打量着她。他本想问:你们怎么又吵起来了?但发现柳如是不像是刚吵过架的样子,所以临时又改了口:"你们——原来在这儿!"

"我们一直守在这儿,不敢离开半步,专等老爷来哩!"柳如是歪着头儿说,又回顾惠香,"妹妹,你说是不是?"

"哦……"钱谦益瞅了瞅惠香。还在第一次看见惠香时,他就觉得她同柳如是有几分相像,也是细长的眼睛,淡淡的眉毛,只是左眉梢上多了一颗黑痣。现在他又发现她比柳如是更年轻娇嫩,也更文静,正在含羞带笑地躲避着他的视线……"那么——夫人和孙爱他们呢?"钱谦益神思不属地问。

"他们?"柳如是撇撇嘴,"谁知道!兴许是等老爷不来,腻烦了,全都到外头摘花斗草,耍子去啦!"

"你们没有——"钱谦益不无留恋地从惠香的身上移开眼睛,"没有吵架?"

"吵架?"柳如是显得十分惊奇,"吵什么架?今儿我们可是一直有说有笑,亲热得紧哩!"顿了顿,她又斜睨着钱谦益,微微冷笑,"再说,我这位妹子来了,她长得又漂亮,又水灵,我生怕有人对她起了什么坏心眼,光是寸步不离地守着她都忙不过来,哪有工夫同人吵架！"

钱谦益错愕了一下，随即掩饰地哈哈一笑，转过身去，大声叫："李宝！"

李宝其实就站在他身后，马上答应。

钱谦益沉下了脸："你——刚才胡说些什么？谎报情由，诓骗于我，是何道理？嗯？！"

李宝显然早就预料到会出现这种局面。他立即双膝跪下，磕着头说："禀老爷，这不关小人的事。小人便有天大的胆子，也不敢诓骗老爷……"

"混蛋！你竟敢诋毁主母，戏弄老爷，无法无天，你该当何罪！"钱谦益的声音严厉起来。

李宝吓得浑身一抖，更加频繁地磕着头："老爷容禀，这不关小人的事，确实不关小人的事！"他反反复复地说，可是到底关谁的事，又不说出来。

这种态度，更加激怒了钱谦益。他"哼"了一声，正要说出更严厉可怕的话来。这时候，柳如是开口了：

"哎，相公！你这是生的哪门子的气哟！告诉你，这不关李宝的事，是我！是我叫他这样去说的！这可明白了吧？我见那几个糟老头儿无味得很，相公陪了他们大半天，我只怕你都腻烦了，所以才使这么个法儿把你接出来，散散心。再说，我的这位惠香妹妹，来了这么几天，你还不曾好好儿招呼过她哩。她是个厚道人，嘴上不说，可心里也难免埋怨你了——"她又一次回头瞅着惠香，诡谲地一笑，"妹妹，你说是么？"

钱谦益噎住了。虽然他也已经猜到这件事是出于柳如是的主使，但是一来，他对于这种过于放肆的玩笑颇不喜欢；二来，李宝这奴才一边倒的态度，也使他有一种被叛卖、被愚弄的感觉，所以就借着机会爆发出来。可是，现在听了柳如是这么俏声软语的一番

解释,他那满腔怒火不知怎么一来,便忽然失去了适才的势头,再也旺不起来了。他瞧了瞧惠香,又瞧了瞧柳如是,终于说道:

"是你——"

"是我,是我,当然是我!"柳如是变得像个淘气的小姑娘,她走过来,挽住钱谦益的手,"老爷,你瞧——花柳争荣,山光如泼,如斯美景,你竟忍心撇下我们姐妹不管么?"

"可是还有客人在等——"

"这我不管!我只要你陪我!"柳如是跺着脚,撒起娇来。

钱谦益没有办法了。"好,好,我陪你们走走就是!"他说,回头瞅了瞅还跪在地上等候发落的李宝,喝道:"欠打的奴才!今儿若不是夫人讨情,非打折你的狗腿不可!你去,找到计先生他们,传我的话,就说我眼下一时还分身不开,请他们先慢慢游着,我随后便来!"

李宝连忙答应了,又叩头谢过,慢慢地站起来。这时,红情和绿意早已走出庭院来伺候,于是一行人便簇拥着,慢慢向外走去。

刚刚走到院门外,柳如是摸了摸发髻,忽然说:"啊哟,我的一支珠钗不在了,想是失落在里面了!"说着,便要回身进去寻找。

钱谦益说:"何必你亲自去?叫红情替你找就行了。"

柳如是摆摆手:"不行!她不知道!"便匆匆进去了。

钱谦益便不阻拦,趁等候的当儿,他的眼睛又在惠香的身上溜起来。

"小娘子此来,想是要多盘桓些时候了?"他问。

"啊,不,奴家打算明日便家去了。"惠香敛衽回答,向院门内溜了一眼。

"怎么?小娘子难得老远的来一趟,如何便说要去?一定要多住些日子才好!"

"多谢姐夫美意,奴家在府上已是打搅多日,心下甚觉不安!"

"小娘子哪里话来！如是适才还埋怨我不曾好好儿招呼客人，我是甘受此责！所以打算回头命人把含晖阁收拾一下，就请小娘子长住，也好日夕亲近哩！"

惠香分明吃了一惊，连忙说："这如何使得，奴家、奴家明日当真要家去了。"

钱谦益笑嘻嘻地说："小娘子走不得！便是你姐姐放你走，我也不……"话未说完，忽然看见柳如是从里面匆匆走出来，他便立刻住了嘴。

"嗯，你刚才说什么来着？"柳如是怀疑地瞧瞧他们，问。

"没有，没说什么！"钱谦益连忙说。

"没有？"柳如是一边往前走，一边表示不相信。

"哦，姐夫要留我多住几天，可是妹妹已是决意明儿便家去了！"惠香坦然说。

柳如是"哼"了一声，狠狠地盯了钱谦益一眼，吓得钱谦益连忙别转脸，一声儿也不敢出。

这之后，柳如是便故意不搭理他，只顾和惠香有说有笑。有时钱谦益厚着脸皮搭讪几句，也被她不是抢白，便是挖苦，弄得老大没趣。就这样，一直来到了秋水阁。

秋水阁筑在一个绿竹环抱的小岗阜上，高两层，四面都开着窗子，南窗正对尚湖，北窗则靠着虞山。阁内没有扶梯，但是左侧有一座带石磴的假山，与第二层连接。楼上当中一张罗汉榻，榻后立着一架屏风，上面酣墨淋漓，龙飞凤舞，却是祝枝山手书的南宋辛弃疾词《哨遍——题秋水观》，那词从第一句"蜗角斗争"起，到最后一句"清溪一曲而已"止，足足有二百零三字，把整片屏风填得密密麻麻，端的是飞腾磅礴，气势惊人。在榻的左右是二几四椅，四个角落里还各供着一架盆景。

天气晴朗，远处尚湖上来往的渔船和飞舞的白鸥历历可数。

钱谦益等一行人从阁旁的假山登上二楼之后,照例先走到南窗前眺望了一会,又绕着阁巡行了一周,然后就随意坐了下来。

柳如是正坐在榻左侧的一张椅子上。她仰着头,老半天地瞧着屏风上那一首词,忽然"嗤嗤"地笑出声来。

钱谦益和惠香感到莫名其妙,一齐回头瞧着她。

柳如是只是笑,却不说话。钱谦益忍不住了,赔笑地问:"夫人如此发笑,莫非辛稼轩此词,有何不妥?"

柳如是摇摇头。

"那么,必定是祝枝山这书法有可议之处了?"

柳如是又摇摇头。

"然则夫人何故发笑?"

"我笑把稼轩此词写在这屏风上,不甚切当!"

"啊,此阁为山庄最古之物。当初兴建时,曾祖父因慕辛稼轩之为人,以其瓢泉居第中有秋水观之筑,遂亦名此阁为'秋水',并请祝枝山题此词于屏上,却有何不当?"钱谦益的口气有一点急促,显然对于柳如是肆意指摘先人遗泽,颇为不悦。

柳如是却微微一笑:"当日如此安排,自无不妥。惟是就今日而言,却是未免失当了!"

"此话怎讲?"

"稼轩集中,佳作甚多,依妾之见,大可另选一阕,书于屏上,未必就不如此词切当哩!"

"请道其详!"

"譬如,他那首《水龙吟——登建康赏心亭》就脍炙人口,妾亦甚赏之!"柳如是说,顿了顿,忽然又皱起眉毛,"不过此词用典颇多,其中'求田问舍,怕应羞见,刘郎才气'几句,我就不知何解。"

钱谦益本来准备她提出什么稀奇古怪的说法来,听她这样一说,倒不由得笑起来:"夫人莫非是装糊涂?这几句有何难解!无非是说,那种留恋家室、热衷于经营安乐窝的行为,若与那英雄豪杰的胸襟抱负相比,恐怕是要自惭形秽的了。那几句话,出于《三国志·陈登传》,是刘备教训许汜的话——'君有国士之名,今天下大乱,帝王失所,望君忧国忘家,有救世之意;而君求田问舍,言无可采,是元龙所讳也,何缘与君语!如小人,欲卧百尺楼上,卧君于地,何但上下床之间耶!'"

柳如是不动声色地听着,等钱谦益背完了,她就站起来,拍着手笑道:"不错,不错!就把这几句写在屏风上,岂不切当之至!"

钱谦益怔了一下,随即"啊"的一声,也笑起来:"好哇,闹了半天,原来你是拐着弯儿骂我!"

"我岂敢骂相公!"柳如是的神情变得很严肃,"妾身是为相公担忧哟!"

钱谦益望了望柳如是,不再笑了。他静默了一下,迟疑地问:"你、你是说——"

柳如是点点头:"妾身见相公打姑苏回来之后,心也散了,神气也没有了,起用的事也不再提了,同往日像是换了一个人,一天到晚就叨念着修园子、修园子,仿佛天下再没有比这更要紧的事了。这样一蹶不振,怎不教人担忧!"她叹了一口气,看见钱谦益没吱声,接着又说:"如今天下大乱,国步维艰,虽未如汉季之甚,然而来日大难,实未可料。妾身虽系女流,也欲以国士期待相公,望君能忧国忘家,有救世之意!不想相公如今也竟学起许汜之流来,一心求田问舍,正应了刘玄德之所讥而不自知,岂不令妾身大失所望!"

钱谦益起初不以为然地听着,到后来,他的眼睛渐渐睁圆了,眉毛也竖了起来。一种愤急、气恼的神情从他那张黝黑的脸上呈现出来。他动了动嘴唇,显然想说几句激烈的话。可是,发现惠香正在一旁默默地注视着,他就放弃了这种打算,低下头去,半晌,才懊恼地说:"我又何尝甘心如此。不过事到如今,又有什么办法!"

这一次,柳如是没有马上回答。她不客气地瞧了瞧惠香,吩咐道:"红情、绿意,你们先陪惠姑娘到楼下去走走,我们随后就来!"

待惠香等人的脚步声在楼下消失了,她才回过头来,目光灼灼地瞅住钱谦益:"说真的,这一次,我看相公是太胆小!什么周仲驭、陈定生,不就是那几个人么!说他们有多大能耐,我还真不相信!你不见前些日子,陈、钱二位老爷到外面跑了那一阵,附和相公主张的人又何尝少了?此番之败,依妾之见,不败在周仲驭势力太强,而败在相公心志不坚,实行不力。而一败之后,又自甘退守,不图振作。如此谋事,只怕一百年也是枉然!"

"你不知道!"钱谦益也站了起来,烦躁地在阁子内走来走去,"姓周的对我嫉忌甚深,这一次他是故意指着火坑让我跳。就算真办成了,又安知他不会另生枝节!我想过了,与其让他拴着脖子当猴儿耍,倒不如在家管山管水图个清静!"

柳如是冷笑一声:"相公也忒眼浅!你不见崇祯元年至于今,才只十五年,宰辅已换了四十余人。凡领此衔者,多则一载,少则半月,便又去职。我就不信他周阁老能久占此位!相公若不预作绸缪,还埋头修这劳什子山庄,只怕到时又要坐失良机哩!"

钱谦益被她一言点醒,顿时不做声了。他呆了半晌,才喃喃地问:"嗯,那么,该怎么办?"

"依妾身之见,"柳如是胸有成竹地说,"眼下周仲驭之流正四处播扬虎丘之事,相公决不能坐视其猖獗,须得赶快派人出去,联络当初附和我们的人,力斥其非。如此,方不至于株守自困,受制于人!"

"对!"钱谦益兴奋地站起来,"夫人真不愧女中豪杰!好,我这就去回绝计无否,然后就……"

柳如是微微一笑:"相公不必去了。妾身早已命李宝把他们打发走了!"

钱谦益吃了一惊:"啊,你——什么时候,怎么我不知道?"

"就在刚才——我回身去寻珠钗的时候。"柳如是得意地说,"那时相公正在打我那惠香妹子的主意哩,哪里会知道!"

第 八 章

一

　　黄宗羲终于决定同方以智结伴北上，到京师去游历，并且就近在那里参加今年八月的乡试。三月底，他离开苏州上嘉兴去，找到正在那里访友的二弟黄宗炎，筹措了一笔旅费，并把老母和家事托付给宗炎和另一个弟弟宗会照料。随后，黄宗羲便带着书童黄安重新北上，计划在四月底赶到镇江，同约定在那里等候的方以智会合。黄宗羲这一次赴京应考的目的，固然是打算把他那个上书朝廷的计划付诸实施，而在此之前，还想亲眼瞧一瞧朝廷的情形，估计一下时局将会如何发展；但另一方面，经历了虎丘大会那一场风波之后，也使他决定暂时改换一下环境。

　　那件事，对黄宗羲的震动和刺激确实很大。他做梦也没想到，这桩卑鄙阴谋的策划者不是别人，恰恰就是自己一向崇敬和信赖的钱谦益！仅仅在事情大白的前一天，自己还不辞辛苦地跑去拜见他，恳求他出来主持大局。一想到自己是如此愚蠢幼稚，对方又是如此虚伪奸诈，黄宗羲的心里就充满了愤怒、痛苦和羞愧的感情："哼，仅仅为着复官起用，为着他自己的功名富贵，便置天下大义于不顾，干出这等寡廉鲜耻的事情来！还亏他是个东林耆宿，怎么配！怎么对得起以身殉志的东林列位先贤！这些年，我真是瞎了眼，错看了他，完完全全地错看了……"近两个月来，黄宗羲一直被这种心情困扰着。他不止一次地想到,应当赶到常熟去,当面向钱谦益提出质问,并毫不客气地表明,如今自己是多么鄙视他!甚至要说的话,黄宗羲都准备好了。他一再兴奋地想象着他们一旦见面时的情景:自己如何声色俱厉,义正辞严;对方则丧魂落魄,呆若木鸡……不过,说也奇怪,当他认真地考虑要采取行动时,心里又踌躇起来。他发现自己其实并不愿意看见钱谦益,甚至还有点怕看见他。"嗯,不,不是害怕,而是讨厌!对的,这样的人,如果出现在我的面前,我只怕会作呕的!"他这样自我解释说。所以,这一次,当他乘坐的天平船行经苏州时,也就没有绕道到常熟去,而是继续沿运河北上,径直前往镇江。

不过,说实在的,即使不是那样,黄宗羲此刻也没有心思再去理会钱谦益。因为一路之上,到处都在哄传着令人吃惊的关于时局的种种噩讯,把他的情绪弄得十分激动、紧张。这些消息照例分成两类:一类是关于"流寇"的。说是李自成数万大军围困明朝总兵左良玉于河南郾城,朝廷命陕西、三边总督汪乔年率兵驰援,结果在襄阳兵败。李自成攻破城池,活捉了汪乔年,把他杀死在城外,左良玉则逃到湖广去了。如今李自成连陷西华、陈州、睢州、太康、宁陵、考城、归德之后,再次进围开封。与此同时,张献忠、革里眼、左金王等"贼"军则攻陷了安徽的合山、和州、庐州。南京为之震动,已宣布戒严云云。另一类是关于"建虏"的。据说山海关外的松山城已于二月十九日最后失守,总督洪承畴死战力竭,被俘不屈,已经壮烈殉国;同时被害的还有巡抚邱民仰、总兵王廷臣、曹变蛟等。又说,位于松山附近的锦州也被清军攻陷,守将祖大寿率众投降。这一连串的噩耗,把黄宗羲惊得目瞪口呆。虽然这些年来,他听到的全是这一类的坏消息,几乎已经习以为常,而且像松山陷落这种结局,本来也是预计到了的。可是几件事合在一起,突然传进耳朵里,黄宗羲仍然感到异常震惊。特别是松山一战,实在关系重大。如今一败，山海关屏障尽失，形势便岌岌可危了。黄宗羲痛心焦虑之余，对洪承畴的壮烈殉国，又非常钦佩赞叹，觉得大丈夫立身处世，正当如此。他并不认识洪承畴，而且前些日子，他同朋友们谈到松山战事时，还激烈地攻击过洪承畴，说他这一次全军覆没，全在于指挥无能、畏敌如虎之故。可是那一切，如今似乎都不重要了。洪承畴的形象在黄宗羲的心目中忽然变得高大起来，并且被赋予不平凡的意义。"不管怎么说，作为社稷重臣，他是竭尽孤忠，完了大节！同他相比，钱牧斋真该愧死了！"他感慨地想，希望知道更多一些洪承畴就义的情形。可是打听的结果，说法却很不一致，有的说是死于城破后的巷战，有的说是被俘后绝食而死，还有的说他绝食未死，是后来自缢殉国的。"嗯，赶快到镇江去，那里来往的人多，一定能打听到！"这样拿定主意之后，黄宗羲觉得自己的心情仍然平静不下来，忠臣烈士们舍身报国的崇高行为久久激动着他，使他热血沸腾，心神震荡。"啊，我得赶快抓紧，而且，要更认真一些！"他想，于是立即吩咐黄安从行囊里拿出他的那一份上书的草稿。他靠坐在船舱前，定一定神，然后埋下头去，一字一句地推敲起来……

直到农历四月的最后一天，黄宗羲乘坐的船，才来到镇江城北的北固山下。因为事先同方以智约定的会合地点是金山寺，所以黄宗羲没有进城，吩咐船家径直往西，摇到金山去。

金山又名龙游山，是矗立在长江上的一座小岛，离城也有五六里远近，与焦山、北固山崎角相望。山上树木扶疏，雄伟壮观的金山寺从山下一直修到山顶，远远望去，只见一重一重的台阶，一段一段的院墙，一幢一幢的殿宇，一道一道的廊阁，向两旁迤逦延伸，把整座山层层包裹起来。飞檐和高阁上的彩绘，被上午的阳光照耀得闪闪发光。山顶上的慈寿塔，在晴空下巍然屹立，显得分外肃穆庄严。

"大爷,《白蛇传》说的'水漫金山',可就是这个金山?"黄安伸长了本来就细长的脖子,睁大一双圆鼓鼓的眼睛,盯着越来越近的金山,好奇地问。他是头一回上镇江来,对周围的一切都感到格外新鲜。

"不错,是这山。"黄宗羲点点头,同时对今天山上游人之多感到有点惊奇:嗯,瞧这密密麻麻的样子,只怕少说也有好几千人哩!他们都是干什么来了?

"那么,禅杖还在么?"黄安又问。

"什么禅杖?"

"自然是法海禅师的禅杖呀,会变金龙的!"

"蠢材,哪有什么变龙的禅杖!一个话本故事罢咧,你也当真了!"

黄安眨眨眼睛:"那么,韩蕲王①大破金兵——也是没有的了?"

"嗯,这却是有的。"

"那么黄天荡……"

"在那边。"黄宗羲朝西一指,"远着呢,你瞧不见。"

"哦——小人听说,本朝洪经略相公文武双全,也是韩蕲王一流的人物哩!"

黄宗羲"唔"了一声,没有马上回答,脸色变得阴沉起来,半晌,才叹了一口气:"洪经略自是难得的帅才,可惜……"他正要说下去,忽然,天平船剧烈地摇晃起来,一艘涂饰得红红绿绿的大游船正挨着船舷驶过。船上坐着几个缙绅模样的男子,正围着一个浓妆艳抹的妖冶女人在吃酒打闹。江风拂处,传来一串吃吃的艳笑。黄宗羲不由得皱起眉头,重重"哼"了一声。

黄安兀自愣愣地目送着如飞而去的游船,只听船家在舱外大声说:"今儿是四月三十,这些人莫不是来瞧赛龙船的?"

----

① 韩蕲王:指南宋抗金将领韩世忠。

端午节虽说是五月初五,可是这一带向来的习惯,龙船总是提前好几天就开始出动。"怪道今天山上游人如此之多!"黄宗羲恍然想道,这么一来,心里更感到不快:"屈原忠心为国,遭小人谗害,屡遭斥逐而矢志不渝!他忧伤宗国沦亡,悲愤自沉,欲以一死以励后人,高风亮节,千古共钦!不期今日,却反成了醉生梦死之辈寻欢作乐的题目,真是可恨可叹!"想到这里,他不由得又"哼"了一声。

这当儿,天平船已来到金山脚下。因为挤聚在码头上的船只很多,上岸时着实费了不少工夫。黄宗羲领着黄安,在人丛中挨挤着,进了山门,穿过天王殿,从大殿后绕过去,刚刚登上一道带石栏的台阶,就听见江面上响起了"咚咚锵!咚咚锵!"的鼓钹声。周围的游人"哄"的一声,都朝山上拥去。黄宗羲立脚不住,被一下子挤到角落里。回头一看,却不见了黄安。他急了,提高嗓门喊了几声,倒是有了答应。原来那小书童因为挑着担子,转身不灵,又一心想瞧赛龙船,反而被挤到了栏杆边上,主仆二人现在相距就七八步远。可是人群不知为什么又停住不动了。黄宗羲挤了几下,挤不过去,不禁情急起来,大声嚷道:"哎,你们堆在这儿做什么,快快让我过去!"近旁的几个人回头瞧了瞧,见他是个儒生,倒也稍稍向两旁让了让。可是一来游人实在太多,而且看来前头又给堵住了,无法动弹。也有些人见黄宗羲不过是个衣着朴素的穷秀才,没把他放在眼里,仍然挤着不动。黄宗羲哪有心思瞧什么赛龙船,他眼见自己过不去,黄安又出不来,心想:这一耽搁,不知要拖延多少时候!于是,又跺着脚叫嚷道:"你们听见没有?快快让我过去!听见没有?"

"哎,这位相公,非是小人存心不让,实在人太多……"站在跟前的一个店伙模样的小伙子被他迫急了,回过头来,委屈地说。

"嘻嘻,这龙船又不是他家的,人人都看得,凭什么要人家让道?莫非那船上坐得有他的干娘么?"一个油腔滑调的声音说,周围的人听了,倒有一半哄笑起来。

"尔等休得放肆!"一个深厚的声音制止说。那是位衣着华丽的中年儒生,长着一部浓密的大胡子,他回头对黄宗羲点点头:"尊驾请勿焦躁,你我既置于此地,正所谓形格势禁,只有安心等候而已。"

黄宗羲仿佛没有听见,他睁大了眼睛,怒气冲冲地环视着众人,突然厉声叫道:"大明的江山就要亡了!你们还这等安心么?"

这句话,犹如炸响了一记霹雳。人们哆嗦了一下,都惊悚地回过头来,呆呆地瞪着黄宗羲,一个个脸上都现出错愕、恐怖的神情。站在近旁的几个,更是不由自主地向两旁闪开,给他让出一条道来。黄宗羲紧咬着嘴唇,一声不响地走过去,扯住黄安,回头就走。这一次,没有任何阻碍,人们畏缩地退向两旁,呆若木鸡地目送着这个来历不明的、在此时此地向他们发出可怕预言的奇怪书生,摸不透这一主一仆究竟是疯子,还是秉承天帝意旨来向人间示警的神人。要不然,他怎敢在大庭广众之中说出这等不顾死活的话来呢?

黄宗羲挤出了重围之后,领着黄安又登上一重石阶,然后向右一拐,正打算绕过妙高台后面,径直上楞伽台去。忽然前面起了骚动,像刚才争看龙船那样,人们猛地向前挤拥了一下,随即又忙不迭地后退,照例又把黄宗羲挤在一边。黄安这一次倒有了经验,寸步不离地跟着主人。"哎,又是怎么回事?"黄宗羲气恼地想。这时候,人们继续向两旁后退,让出当中一条道来。与此同时,全场变得鸦雀无声,大家都伸长脖子,瞪大眼睛,仿佛着了魔似的,一动不动地瞧着正从妙高台那边走下来的一男一女。那个女郎约莫十八九岁,穿一袭薄如蝉翼的西洋红夏布短衫,退红衬里,皮肤白皙,体态轻盈。虽然她手里拿着一柄生绡白团扇,轻轻遮住了半张脸蛋,只露出一双略带几分忧郁的、梦幻似的大眼睛,可是一望而知,必定是位绝色丽人。不过,如果仅仅是她,也许还不至于引起这样的轰动,因为尤其令人惊叹的,是与她并肩同行的那个男子,竟然也是个美得令人目眩的人物。他儒生打扮,一身素白,手上摆弄着一柄折扇,俊美的脸上带着一种漠然的、懒洋洋的神情。他微微昂着头,在人们自动让出来的路上不慌不忙地走着,就像漫步在自己家中的庭院里那样自然。而对于周围投来的惊愕、叹赏、妒羡的目光根本不当一回事。显然,这一切对他来说早已习以为常,既不会使他不安,也不能令他产生任何兴奋了。

"啊,原来是他!他也来了镇江——只不知那女子是谁?是陈圆圆?不,一定不是。那么……"当黄宗羲认出这位风度翩翩的美男子便是一个月前在苏州分手的冒襄之后,心里本能地冲动了一下,打算走上前去同他相见。可是只一瞬间,这种冲动就消退了。与此同时,一种阴沉而有力的思想抓住了他:"哼,国事败坏到如此地步,一面立志要拯救社稷苍生,一面却迷恋于醇酒妇人,这是荒唐的!以往我同他们混在一块的时候太多了,今后决不能再这样!"所以,尽管冒襄就在眼前经过,黄宗羲却别转了脸。等游人稍稍散开之后,他就领着黄安循路登山,径直找方以智去了。

二

黄宗羲的反感,冒襄无疑是不了解的。他甚至不知道黄宗羲站在人丛当中注视过他,因为他压根儿没有留意周围的人。他正一心一意在考虑:到底用什么办法,才能把身边这个董小宛打发走。

现在冒襄颇为后悔,当初他一时心软,竟答应让董小宛随船相送。他是这样想的:尽管董小宛的动机十分可疑,但只要自己把得稳,她到头来也只能是枉费心思而已。可是,随着旅程的推移,冒襄越来越意识到,这个想法过于简单了。因为董小宛显然不是那种容易摆脱的女子。这倒不在于她是多么地善于胡搅蛮缠。但由于她的坚定和固执,以致在长达二十七天的旅途中,冒襄试图劝导她离船的一切努力都归于白费。她不仅像一个最温柔体贴的妻子、一名最驯良服从的奴仆那样侍候着冒襄,使他领略到包括在同陈圆圆一起时,都不曾有过的舒服和适意;而且,她还像一位最知心而多才多艺的腻友、一位最忠实而聪明的学生那样,同冒襄娓娓谈心,陪他弹琴、下棋、抹牌、度曲,怀着专注和崇敬的神情,聆听着冒襄的教诲,并时不时以一两句令人解颐的妙语来表示她的颖悟……恰恰是这样一些缘故,迅速消解了最初冒襄因她强行相送所引起的恼怒,使她在冒襄的感觉中不再是一个陌生、隔膜、居心叵测的风尘女子,而变得较为值得亲近和可以理解了。所以,每当她坚持着要再送一程时,冒襄竟然感到很难板得起脸孔、狠得下心肠。不过,这也就使他暗暗吃惊,觉得事情有点不妙,意识到有堕入对方设置的感情陷阱里去的危险。哪怕现在已经弄清楚,这是一个不含恶意的陷阱,但他仍然不愿意。"这是不可能的!无论如何,她比不上圆圆,比不上!况且,我既然失去了最好的,又岂能退而求其次,白白招人笑话!"他冷冷地想。所以,抵达镇江之后,冒襄就决定当机立断。今天一早,他特意带了董小宛来登金山,打算尽兴一游之后,就此把她打发走。谁知刚才在妙高台上,没等他提出来,董小宛就像猜测到他的心思似的,竟抢先指着大江发誓,说什么"妾此身有如江水东下,断不复返吴门!"他大吃一惊,当即板起脸孔,严辞拒绝。随后,也不管小宛已是神色惨淡,仿佛马上要哭出来的样子,他立即就动身下山。不过,虽然已经把话说清楚,但董小宛是否就会听从,冒襄却仍旧有点吃不准。所以,一路上,他都在继续打主意。他已经下定决心,无论如何,这一次决不能让步了。

现在,他们已经走出了山门,站立在三间四柱石坊之下。时近晌午,江面上龙船的钲鼓声经过前一阵子的大敲大打之后,正沉寂下去。江岸上依旧人头攒拥,大约是在等候观看第二轮的比赛。今天游金山,本来张明弼也同他们一块儿来了,不过他知道冒襄有要紧的话要同小宛谈,船一靠岸,就借口去访本寺的住持,管自走了。这会儿,冒襄估计他可能已经回船了,便也朝码头走去。

"公子,"行出几步之后,默默地跟在身后的董小宛忽然叫住他,"龙船很快又赛起来了,我们顺着这岸边再走走,好么?"她嫣然微笑着,要求说。

冒襄瞅了瞅她,倒感到有点意外。"嗯,莫非她到底想通了?"他想。本来无心再走,但对方既然提出来,冒襄也不想显得过于小气。而且,只要对方不提婚嫁的事,别的他倒无所谓。于是他点点头,还特意停了一下,等小宛走到同他并肩时,才一起沿着岸边的石堤,慢慢向前走去。亲随冒成和一名挑食担的仆人见主人不回船,也只好继续在后面跟着。

这当儿,"咚咚锵!咚咚锵!"的鼓钹声重新响起来。五艘龙船冲波激浪,出现在江面上。这些龙船,都安装着精工雕刻的龙头和龙尾,一条条昂首奋鬣,鳞甲鲜明。船上搭起了漂亮的彩篷,前后插着旗、幢和绣伞之类,迎风飘扬。后梢的兵器架上,刀枪剑戟森然罗列。二十名精壮汉子,扎缚得紧凑威武,分两排坐在又狭又长的船舱里。每人手中都拿着一柄大桨,应和着本船的锣鼓点,齐起齐落,把船划得如脱缰的马,如离弦的箭。每一只船的龙头上,还头朝下、脚朝天地倒立着一个小伙子,龙尾下面还用绳索悬吊着一个八九岁的孩童,他们在龙船的高速前进中显得那样从容自若,不断做出种种惊险的姿势,使旁观的人叹赏之余,都禁不住为他们捏上一把汗。

不过,此刻沿堤岸一带的游人已经忘了瞧赛龙船,他们的目光都被缓缓而行的冒襄和董小宛吸引去了。这一对儿恍如天仙临凡般的仪容和风度,如此令人惊叹、着迷,以致无论他俩走到哪里,哪里的人们都像生怕亵渎了他们似的,纷纷自动让开。待到他们走过之后,才又合拢来,远远地跟在后面瞧。而这一骚动,又招引了更多人的注意,情不自禁地参加进来。今天金山上的游客,少说也有好几千,到后来倒有一大半都在若即若离地跟着他们的身影移动……

"公子,但愿你能记得今天。"董小宛向身后的人群瞥了一眼,幽幽地说。

冒襄怔了一下,明白了她的意思。他微微一笑:"今天我们成了神仙眷侣啦,怎会不记得!"话刚出口,便觉得不妥,于是又改口说:"也难怪他们如此惊羡,须知'秦淮二董',原不是浪得虚名!"

董小宛摇摇头,叹了一口气:"虚名也罢,实名也罢,奴家此生只盼公子垂怜,便死也甘心了,谁知公子……"

冒襄发现她又来了,顿时冷下脸,默不作声。

董小宛从团扇的边上窥伺着他,"噗哧"一笑:"好了,奴家不说这个了,不说了!"她移开扇子,噘起嘴巴,轻声地、撒娇地说,"怎么哩,还不成么?"

冒襄"哼"了一声,半真半假地警告说:"你要再说那些个扫兴的话,我可就……"

董小宛连忙用扇子掩住他的嘴巴,"奴家知道,知道啦!"她挨近他,柔声地说。停了停,她又问:"大比之期将近,公子这一回去,只怕要到七八月才能再出来了?"

"嗯……"

董小宛眨眨眼睛,忽然笑道:"奴家可料准了,公子这一回,定能高中！"

"噢,何以见得？"

"这是神明告知奴的。"董小宛认真地说,"这些日子,奴家天天在神前烧香,默祝公子今科高中。昨儿夜里神明来托梦,说公子前身是杜牧之,一生风流倜傥,才华绝世,当年遭李德裕之忌,未能尽展襟抱。因此天帝垂怜,特遣公子重游人间,扶助大明真命天子,只应在今科了。"

冒襄瞅着她,现出半信半疑的神色,"嗯,岂有此理！"他说。

"啊呀,这可是千真万确。神明还对奴说,公子自降世以来,怜贫惜弱,广施仁义,又事亲尽孝,声闻朝野,天帝甚为嘉慰,已命增禄三秩。所以公子此去,岂止科甲连登,今后只怕还要入阁拜相呢！"

冒襄怔了片刻,随即呵呵笑起来:"更属荒唐,更属荒唐！"他摇着头说。不过,虽然如此,心中也觉受用。他抬起头,张望了一下,看见那几只竞渡的龙船,此刻正聚集在离他们不远的江边上,一个劲儿地击鼓鸣钲,却不怎么前进。冒襄早就发现,从他俩出现在堤上的一刻起,这几只龙船就一直有意无意地跟随着,他们走到哪里,它们也跟到哪里。这时他兴头起来,回头大声吩咐冒成:

"你去——问问他们是些什么人,老跟着我们做什么？"

冒成答应了。他走到岸边,做了个有话要问的手势。那几只龙船立即停止击鼓鸣钲,等冒成大声传达了冒襄的询问之后,其中一只龙船就划了过来。从船上走下一个瘦高个儿的汉子,他来到离冒襄还有五六步远的地方,便跪倒在地,恭恭敬敬叩着头说:

"公子爷、奶奶在上,小人周阿六,给公子爷、奶奶请安！"

冒襄打量着这汉子,正觉得有点面善,冷不防听他这样称呼,倒愣了一下。

"罢了,起来吧！"冒襄摆摆手,然后又问,"我瞧你有点面善,莫非哪里见过?"

"启禀公子爷:旧年秋天,公子爷奉老夫人从衡州回来,便是小人撑的船。"周阿六低着头回答。

冒襄"哦"了一声,顿时记起来了,"不错不错!果然是你!"他高兴地说。那一次从湖南回来,正碰上大饥荒,盗贼蜂起,沿途风险还真不少。快走到苏州时,因为争航道,还同某太监的船冲突起来,双方干了一仗。当时虽说有兵卒护卫,但启航停泊等一应事宜,还真亏了周阿六小心安排维护,才得以平安到家。"哦,我记得你们总共有一二十人,他们可都好?"冒襄又问。

"托公子爷的福荫,他们都好。"周阿六说,又回头用手一指:"那不,都在船上哩!"

话音刚落,仿佛应和他的话似的,龙船上的鼓钲蓦地大敲大打起来。接着,全船的人放开喉咙,齐声高喊:

"恭祝公子爷阖府福泰安康!"

"哦,好,好!"冒襄点着头,高兴地说。他回头吩咐冒成:"你回船上去,封二十两银子,再把昨儿买的'兰花三白'也挑两坛子,就烦周六哥带回去给大伙儿助助兴。"

周阿六听了,连忙重新跪下,叩头谢过,又走到江边,向伙伴交代了几句,这才随冒成去了。

龙船上的人显然知道了冒襄有所赏赐,鼓钲敲打得更欢了;随即把船划离江岸,同其余那几只龙船重新合在一起,在江上排成一字形。船夫们以更加响亮的呐喊,再一次朝冒襄欢呼致敬之后,五名倒立在龙头的小伙子,和五名悬挂在龙尾上的孩童就卖劲地表演起来——拿大顶、竖蜻蜓、金鸡独立……一招比一招惊险,一式比一式美妙,直把金山上下的数千名游客看得神迷目夺,如醉如痴。冒襄显得十分兴奋,他兴致勃勃地欣赏着这场专门奉献给他的精彩表演,时时发出响亮的、愉快的笑声,仿佛已经把身边的董小宛完全忘记了……

三

　　董小宛虽然竭力设法讨好冒襄,但冒襄不自觉的冷淡,却加深了她的绝望和痛苦。作为一个风尘女子,她十分明白命运赐给她的机会是不多的。当机会一旦出现,就必须竭尽全力死死抓住。否则,一纵即逝之后,很可能就会落得个抱恨终生。事实上,近些年来,不但田弘遇迫抢这样一些事使她历尽惊恐,而且,在平常与狎客们的接触中,她也听到了许许多多关于时局越来越坏的可怕新闻。在酒阑人散、寒灯独对的时候,她不止一次心惊肉跳地想到,一旦大祸临头,自己这么一个无依无靠的风尘弱女,怎么能应付?正是这种紧迫的危机感,使她觉得无论如何也不能放松眼前的机会。何况命运给她送来的,又正是她日夜想慕的冒襄!所以,近一个月来,为了获得这位贵公子的理解和怜悯,董小宛几乎运用了她的全部智慧。看来,这还是有效果的。冒襄的态度比起最初已经明显地变得热乎起来,他瞧她时,目光也亲切多了。有一次——那是在欢娱之后的枕上,他甚至抚摩着她的光胳臂,详细地询问起她的出身、家世,还问到历年来她所欠下的积债的数目,使她立即敏感地想到,他可能考虑替她赎身,顿时紧张得浑身颤抖,差点儿连话也说不出来。她没敢隐瞒,老实地告诉他,母亲在世时已欠下些债,后来母亲死时又借了一笔,加上父亲多嗜好、喜挥霍,一心把她当成摇钱树,平日里打着她的招牌到处借钱,如今算在一起,已欠下二三千两银子。冒襄听着,"噢"了一声,没有再说话。她还等着他再问别的,可是抬头一瞧,他已经呼呼地睡着了。从此以后,冒襄就再也没有提起这类事,她也没敢再追问,可是心里却愈来愈焦急了。特别是船快到镇江时,她发现冒襄的神色愈来愈阴沉,说话也有点冷冰冰的。今天一早起来,他却忽然变得分外殷勤客气,并提出一定要来游金山。董小宛感到事情不妙,因此刚才在山顶上,她抢先指着大江发誓,表明决心要跟他回如皋。果然冒襄立即就变了脸,断然拒绝。他除了提出眼下忙着应付科试,以及要料理大半年来因替父亲奔走而荒废了的家务之外,还特别提到董小宛欠债很多,无法应付。她听了,犹如被兜头浇了一瓢冷水,浑身都凉了。不过,她也知道,对于冒襄这种公子哥儿,不能硬来,否则惹恼了他,随时都会翻脸不认人。所以,刚才她强作欢容,极力讨好。但看来作用不大,董小宛的心情就愈来愈痛苦和绝望了。

当他们看完龙船,回到天平船上的时候,张明弼已经在舱里等候着。同他在一起的,还有方以智、余怀,和一位名叫张岱的中年儒生,四个人正围在桌子旁抹纸牌。看见他俩进来,方以智说声"算我输了!"便把纸牌一放,首先站起身,拱着手迎上来,呵呵笑着说:"神仙眷侣回来了!恭喜,恭喜!"

冒襄尚未答话,余怀已在旁边抢着说:"今日这金山上的风光,硬是给辟疆和宛娘双双占尽了。明日传扬开去,不知要令多少名士美人羡杀、妒杀、愧杀哩!"

"岂止侈美一时?我敢断言,今日金山此段佳话,已是长存于天壤之间,可以不朽了!"张岱一本正经地说。他是个衣饰华贵的儒生,有着一张聪慧的、讨人喜欢的脸,和三绺梳理得一丝不苟的小胡子。

方以智说:"王濬冲云:情之所钟,正在我辈。原该如此!若是宗子兄此言果真应验,那么小弟这个媒人,却是功不可没呢!"

"哦,辟疆同宛娘相识,原来还是密之兄之介!"张岱瞪大眼睛问。

方以智神气地说："不错！那是崇祯十二年，小弟应试南都，巧遇辟疆……"

张岱不等他说完，马上断然说："那么密之兄也是不朽的了！"

"哎，那么小弟呢？"余怀插进来问。

张岱瞧了瞧他，正要开口，方以智已经抢着说："淡心兄自然也是不朽的！不止淡心兄，便是宗子兄、公亮兄，还有冒成和方才来船上领赏银的周阿六，都已是名垂千古，欲'朽'不能了！"

大家"哦"了一声，都半信半疑地望着他。

方以智微微一笑："诸位不妨想想，辟疆和宛娘既已不朽无疑，那么今后但凡有记载金山之游的，自不能不书及他们回船此节，若然书及回船，自不能不书及诸位，以及冒成、周阿六，故此辟疆和宛娘朽则已，若然不朽，我辈也无可奈何，惟有陪他一块儿不朽而已！"

大家听他说完，怔了一下，随即开怀大笑起来。余怀一跃而起，尖着嗓子大叫："妈妈的！四大皆空，人身不过一具臭皮囊，名声也是骗人的玩意。我是只盼一死即朽，不留一丝一毫影迹在这世上！如今撞在辟疆网里，被他硬拖着朽不了，真是何等懊恼！不行不行，今儿非罚他们不可！"说着，他回头叫："冒成，那些樱桃洗净没有？快快拿出来！"

只听冒成在后梢答应了一声，托出来一大盂樱桃，摆到桌子上。那樱桃少说也有五六斤，颗颗大如小枣，堆在宣瓷大盂里，一眼望去，红的血红，白的雪白，还衬着片片绿叶，十分鲜明可爱。冒成向冒襄禀告说："这是周阿六特地送来的，说是请大爷、董姑娘和相公们尝个鲜。"冒襄点点头。本来，他有心向朋友们解释一下，他对董小宛并不存在他们所猜想的那种意思，可是一直插不上嘴，这时也就只好随着大家作过揖，先坐下来再说。

"淡心兄，你说要罚辟疆，不知怎生个罚法？"方以智不等大家坐定,就笑嘻嘻地问。

"我此罚却简单不过,题目就在这樱桃上!"余怀不慌不忙地说,向在座的人环顾了一眼,"自来这樱桃好有一比,比做美人香喷喷的朱唇;自来美人之唇也有一比,比做这红艳艳、甜滋滋的樱桃。此譬虽则来源甚古,却是妙到绝处,切到绝处。再过一万年,只怕也无以改易!不过譬喻归譬喻,究竟此二物之间,滋味有何不同,何者更胜,却从来未经人道过。今日适逢席上既有樱桃,又有美人,何不就罚辟疆当场反复尝试,作出品评,以解我辈之惑?"

这话刚说完,大家立即哄然叫好。小宛瞧了瞧冒襄,见他捋着胡子,一声不响,知他必定不会答应,心里一阵刺痛,站起来就要走开。方以智等人只当她害羞逃席,连忙一窝蜂地追过去,把她拖了回来。

正在闹哄哄的当儿,忽然张明弼大声说:"诸位先别闹,且听听辟疆怎么说!"

大家果然静下来,一齐望住冒襄。只见冒襄淡淡一笑,说:"淡心此谑,倒还不俗。若然小弟拒不受罚,不只辜负了他一番巧思,更辜负了这一桌樱桃,未免可惜——也罢,小弟便尝试一遭,又有何妨!"

大家见他答应得爽快,都欢呼起来。董小宛呆住了。"啊,怎么……"她想,同时心中依稀闪过一个念头,但冒襄那冷冰冰的神情使她立即又把它否定了。

"哎,宛娘,快过去嘛,这有什么可害羞的!"余怀柔声催促说,一边同伙伴们交换着狡黠的眼色。

董小宛又瞧了瞧冒襄,只见他已经伸手从白瓷盂里拣起一桠带绿叶的樱桃,并用一个潇洒美妙的动作,扯了一颗放进嘴里,皱起眉毛斜睨着她,像是有点不耐烦的样子。

"无论如何,我得过去,对,我得过去!"她在心里说,不由自主地移动脚步,重新回到自己的位置上坐下来。

"好,现在开始!"她听见方以智恶作剧的声音。一刹那间,她无暇多想,匆忙中用了一个慌乱、笨拙的动作仰起了头。同时,觉得自己脸红了。"啊,我的样子这会儿一定很蠢,他一定更加不喜欢了!"她不知所措地想。可是情势已经不容她加以补救,第一记亲吻就落下来了。果然,熟悉的气息,熟悉的感觉,但是那意味却完全不同。它显得那样冷漠、勉强,只轻轻碰了一下,就逃也似的退了回去……

"好呀!"董小宛听见一声哄然的喝彩。

"喂,怎么样?什么滋味?"一个怪声怪调的嗓音问。还是那个余怀。

冒襄却没有回答。董小宛不敢睁开眼睛,她生怕一睁眼就会看见冒襄那张冷酷无情的脸孔。

很快地,第二记亲吻又来了。它比第一次更加冰冷、更加机械,而且有一种示威似的意味,仿佛在说:"嗯,你们瞧够了么?还想不想再瞧?想瞧我还可以再来!"董小宛的心一抖,随即因痛苦而紧缩了。尽管耳畔正在闹哄哄地回响着各种喝彩声和嬉笑声,可是她却感到泪水已经涌上了眼睛。当第三记、第四记亲吻来临时,它就顺着脸颊流淌下来了。

"啊,宛娘在哭哩!"一个声音忽然叫起来。霎时间,像听到一声命令似的,喧闹声戛然停止了。船舱里变得一片寂静。

"宛娘,你做什么?"方以智的声音问。

董小宛的泪眼闪动了一下,随即低下头去,没有回答。

"哎,这是怎么回事?啊!"方以智转向冒襄,后者扭过头去,也是不吭声。

"嗨!你们说话呀!"方以智发急了。

"是这么回事!"张明弼在一旁开腔了,"宛娘要随辟疆回如皋,辟疆没答应。"

"哦,此乃绝佳之事,怎能不允!"方以智说。

"这是不可以的!"冒襄冷冷地说,"天下事哪有如此容易!"

"有何难处?"方以智不客气地追问。

冒襄把曾经对董小宛说过的那些困难又复述了一遍,并补充说:"况且金陵落籍,亦费商量。"

方以智摇摇头:"此等事并非难至不可解。如今弟要知道的,乃是仁兄到底有无娶宛娘之意?"

这一问,确实问中了冒襄心中的要害。他觉得说有意也不是,说无意也不是,不由得支吾起来。

方以智却仿佛看透了冒襄的心思。他"哼"了一声,说:"宛娘是空谷幽兰,淤泥菡萏。坊曲中人,论色、艺,胜于她的会有;若论人品,她却是第一。当今天下扰攘,大乱未已,阁下不于彼辈中觅如君则已,若欲有所物色,而弃宛娘不取,只怕会追悔不及哩!"

冒襄不做声了。他平日虽然有"翩翩浊世佳公子"之誉,备受各方面的推崇和称赞,他自己更是高傲自负,可是惟独对于方以智,却是十分信服。因为方以智不仅在吃喝玩乐和恶作剧方面,是一名头等的好手,他能想出种种出人意表的新鲜点子,把每一次聚会弄得引人入胜,热闹非凡,而且他还博览群书,见解超卓,有着称得上当世第一流的学问。冒襄自觉比不上他。所以,现在听他正言厉色地这么一说,冒襄就不能不仔细考虑一下了。

"依我之见——"看见冒襄沉吟不语,张岱从旁插话了,"人决不如天决,现今放着有骰子在此,何妨让宛娘掷出彩来,看看天意如何,也免得辟疆兄多费踌躇。"

"不错,天决!天决!"余怀立即表示赞同。

在大家说话的当儿,董小宛一直默默地倾听着,身子不断微微打颤。听见张岱这样建议,她就抬起头来,询问地望着方以智。看见方以智绷着脸,没有吭声,她也就不敢动弹。

"哎,宛娘,事到如今,你还忌讳什么!"余怀说,从桌上抓过骰子,塞在她的手里。

董小宛这才畏畏缩缩地站起来,用眼梢偷偷瞧了瞧正皱着眉毛呆坐在一旁的冒襄,然后赶快走到船窗前跪下,仰起脸,望着外面的天空,开始怀着深切的虔诚,喃喃地祝祷。她做得那样专注认真,以至满腔的悲苦和哀怨都被牵引起来,嘴唇在可怜地抖动着,泪水在眼眶里打转。一时间,周围的人都静静地望着,谁也不说话。终于,董小宛祷告完了。她站起来,用袖子揩了揩眼角,走到桌子跟前,双手捂住骰子,摇了又摇、摇了又摇。她的表情越来越紧张,眼睛睁得越来越大。突然,她像是横了心似的,双手一放,把骰子全投到桌面上。众人一看:其中三粒先掷出三个六点,第四粒滚动了几下,也停在六点上,还剩下一粒,却兀自滴溜溜地转个不停。大家都屏住气等着,终于"笃"的一声,骰子停下来,这粒骰子朝上的那一面,竟然也是六点!大家凑前去一瞧,都愣住了。

"全六!全六!天意,天意!"余怀首先大嚷起来。他奔到冒襄跟前:"怎么样,辟疆,这下你可没得说了吧!"

冒襄也被这种上天显示的"奇迹"弄得目瞪口呆。半晌,他才回过神来,沉吟地望着方以智,说:"好吧!如果当真是天意成全此事,弟也没有话说。只是眼下不能操之太急,宛娘仍请先回姑苏,到秋天弟再去接她一起赴留都就试。待到中与不中都有个结果之后,才有空暇料理此事。"

方以智点点头:"这样也好,大家可都听清了?我们都是证人,此事就这么定了。宛娘,你就先回姑苏等辟疆的消息吧!"

董小宛没有立即回答。不过,在她的脸上,悲戚的神情消失了。她严肃地抿着嘴唇,用那双大眼睛瞅了瞅方以智,又瞅了瞅冒襄,轻轻地点了一下头。

四

　　把冒襄和董小宛分别送走之后的第二天，方以智同黄宗羲一起动身到北京去。

　　他们搭乘江船过了长江，从锣鼓喧天、龙舟云集的瓜州渡口重新进入大运河，到扬州后，换了一只官船，取道高邮、淮阴，迤逦北上。

　　一年一度的梅雨季节已经到来。从扬州启航后，日日阴雨连绵，天空变得惨淡无光。两岸平坦的原野上，水气弥漫，远远望去，灰蒙蒙、白茫茫的一片。偶尔闪现出一个村落、几丛杂树的影子，也是那般的冷落、荒凉。低矮的船篷上，沙沙的雨点日夜响个不停。潮湿、发霉的气味从船舱的各个角落里散发出来，又一个劲儿往衣袖、领子里钻，使人浑身上下像是泡在无形的涎沫里似的，滑腻腻、黏糊糊，难受极了……

　　也许是受了这种讨厌天气的影响，两个朋友渐渐都变得有点闷闷不乐。本来，开头那七八天，两人还有说有笑，他们谈到了冒襄和董小宛的关系，谈到松山的失守和洪承畴的殉国，还谈到了复社内部的纠纷和面临的危机。不过，彼此的见解都不大一样。譬如：对冒、董的姻缘，方以智表现得颇为热心，黄宗羲却持冷淡甚至不以为然的态度；对于洪承畴之死，黄宗羲大表崇敬，方以智却认为松山之失，洪氏负有重责，他的死无非是逃避罪责而已；对于复社的前途，方以智认为人心已散，事不可为，黄宗羲却仍旧抱有很大的希望，认为经此一场波折，或者能使对立的各派消除误会，重新团结起来……就这样，谈来谈去，总是谈不大拢。最后，只好各自沉默下来，已经有好几天了。

现在,黄宗羲正靠在船篷上闷头看书。从另一个角落里,传来了金属轻轻碰击的声响——方以智在摆弄着一架不知从哪儿弄来的西洋千里镜。那是一尺来长的一柄金属圆筒,两头嵌有玻璃。昨天方以智把它一一拆开来,说是要研究一下它何以能将远处的物象移置眼前。他到底研究得怎样,黄宗羲也不大清楚。不过后来这千里镜却怎样也装不拢了。方以智虽然强作镇定,也已是额头见汗。昨儿半个夜晚,今儿一个早上,还没弄好,直到现在还与他的书童方理在那儿忙着。

"密之这人就是好奇太过!也不管懂不懂,拿过来就乱弄一气。瞧他那着急劲儿,这千里镜八成是不知向谁借来的,可是稀罕物儿。当真弄坏了,还不知怎么赔哩!"黄宗羲想,有心过去瞧一瞧,但转念一想,这玩意儿自己也不懂,过去也是白搭,便仍旧坐着没动。

然而,想重新安定下来却也不太容易。那些零件碰击的"笃笃"声,以及方以智主仆二人商量的零声碎语,不断地往耳朵里钻,而且变得越来越清晰、响亮,尽管黄宗羲努力收敛心神,他的视线仍旧有好几次在排得密密麻麻的仿宋字体中迷失了方位。最后,他忍不住了,转过脸去说:

"若弄不好,先放着,待到了京里,寻个待诏瞧瞧好啦!"

他这样说了,可是方以智也不知听见没有,他一不抬头,二不做声,只是把嘴唇抿得更紧,仍然在那里装了又拆,拆了又装。黄宗羲见说他不动,倒也没有办法,只好埋下头去,继续阅读;然而,终于又放下书本,站起身,慢慢地踱到方以智的旁边,开始打量着桌子上那一堆奇形怪状、神秘莫测的零件。"啊,若说这些东西搭配起来,便能将数十里外之景物移置目前,实在教人难以相信,然而却又千真万确。能发明此物之人,岂但技绝人寰,直是巧夺天工哩!不道天下竟有心思灵通若此之人,实在匪夷所思!"他惊奇地想。他看了一会,不由自主就心痒起来,轻轻伸出手去,想拿起那片鸡蛋大的玻璃镜片,细细看一看。然而没等他触到镜片,就听方以智喝道:"别动!"

黄宗羲的手一抖,讪讪地缩了回来。他瞧了瞧方以智,只见他正在全神贯注地研究一只铜环,把它翻过来倒过去地看了又看,比了又比,似乎根本没有留意黄宗羲在场,或者虽然留意了,却丝毫没有把他放在眼里似的。站在旁边伺候的书童方理,却幸灾乐祸地做着鬼脸。黄宗羲的脸蓦地涨红了,他把袖子一拂,气鼓鼓地走回他的位置去,一屁股坐下来,重新拿起书本。不过,即便是这样,方以智也仍旧没有来理会他。黄宗羲愈加气恼。"哼,好你个方密之,竟然如此傲慢可恶!我倒要看看你到底有多大能耐,能把这千里镜装好!"他忿忿地想。

谁知,像是回答他似的,就在这时,方以智蓦地发出一声欢呼:"成了!"

接着,他立即动手,把桌上那堆零件一件接一件地装配起来。转眼工夫,一架伸缩自如,同原先一模一样的千里镜就擎在他的手里。他把它凑在眼睛上,试着瞧了几下,又奔到窗前,对着外面,调节好距离,从左到右,又从右到左地来回了望了一阵。终于感到满意了,他就把千里镜朝方理的手中一塞,倒背着手,哈哈大笑起来,一边笑,一边得意洋洋地在舱内走来走去。

"哈哈,我方某人到底还是行的!什么西洋奇器,不过如此!任他故神其技,我照样能无师自通!"他傲然地说,随即吩咐方理:"去,呈给黄相公鉴定鉴定!"又兴冲冲地对黄宗羲说:"太冲兄,经此一番,弟于此物不惟知其然,且更知其所以然了!他日倘有所需,弟照样能做出一个来!"

黄宗羲没料到方以智果然把千里镜装配成功,他有点意外,也有点佩服。虽然如此,对于方以智适才的傲慢无礼,他仍然感到恼火。所以,当方理把千里镜双手捧到他面前时,黄宗羲便气哼哼地背过脸去,不肯接受。

正在满心等待朋友赞扬的方以智,看见这情状,不禁愕然。方理走回去,凑在他的耳边咕哝了几句。方以智半信半疑地问:"我当真这等说?"看见方理肯定地点点头,他又回想了半天,这才恍然大悟地一拍脑袋:"啊,不错,我影影绰绰是说过这么句话。当时我眼看要弄通了,觉得身旁有人……原来是……哎,真该死!"他懊悔地跺一跺脚,连忙走过来,对黄宗羲又是打躬,又是道歉。

黄宗羲对这千里镜本来也产生了兴趣,只是被方以智一声断喝,扫了兴。现在见他一再赔礼,气也就消了。他一声不响地从方理手中接过千里镜,反复摆弄了一阵,又起身走到舱口去,学着方以智刚才的样子,对外面观测了半天,然后把千里镜交回方以智手里,淡淡地问:

"适才听兄自言,此镜可以仿制,莫非兄果已尽得其中奥妙了么?"

"这个自然——其实亦无大奥妙。"方以智连忙说,"弟已将此镜之构造绘成一图,只须觅良工数人,便可制作。"说着,他把黄宗羲引向他原来坐的地方,拿出一张纸来,铺在桌面上。黄宗羲看见上面写着"千里镜图说"五个篆体字,下面用毛笔描着一架千里镜,以及它的几个截面图形,还有各个零件的式样,尺寸、比例都注得清清楚楚。黄宗羲反复瞧了一阵,终于叹道:

"社兄真可谓聪明过人!我辈虽则也一样的读书,惟于此道,却是万万不及了!"

"啊哈,小弟不才,平生所自负者,也就是尚有此一点'聪明'!"方以智说。由于兴奋,他那张本来就红扑扑的脸孔,更加容光焕发了,"不过,西洋之学,只是详于'质测',若言及'通几',则往往疏拙浅陋。何况他那'质测',也并未完备。小弟之志,其实并不在此哩!"

黄宗羲瞧了他一眼,没有搭腔。

方以智却没有觉察自己的话又引起了朋友的不快,他依旧兴冲冲地问:"我辈生于当今之世,不知社兄以为是大幸耶?是大不幸耶?"

"哦,生当忧患丛集之世,恐怕只能说是不幸吧。"黄宗羲淡淡地说,管自走了开去。

方以智的眼神闪烁了一下,旋即暗淡下去。"小弟知社兄必定这般答我。"他点点头,叹了一口气,"便是弟亦每以辗转于这忧患之人生,延喘于这昏昧之乱世而咨嗟太息,竟至中夜难眠,悲愁泪下!"他声音低沉地说,神情抑郁地望着窗外的茫茫雨雾,以及那一队背着纤绳、在泥泞的岸边艰难前进的纤夫,许久没有说话。

黄宗羲本以为方以智接下来不知还会怎样自吹自擂,所以故意走开去表示不想听,没料到对方却发出这样凄苦低沉的叹息,反倒怔住了。

"然而,回心一想,又不尽然!"方以智忽然转过脸来,悲伤地、坚决地直视着黄宗羲的眼睛,"当今之世,无疑衰极乱极,病入膏肓,万难救治。但是,若以文明教化而论,却昌明鼎盛,远迈前代!推其故,实因已上承百代之智慧,积之蓄之,育之培之,乃能达此空前胜境。且更有西洋之学,入于中国,可与吾国之学相发明,遂使我辈生于今世,得以坐集千古之智,折中其间,成就一番空前之大学问、大见识,雄视一世,映照先后。如此说来,又是一大幸事了!"

"坐集千古之智,折中其间?"黄宗羲喃喃地重复说,疑惑地望着朋友,并没有立刻意识到这句话的全部分量。

"不错!"方以智坚决而自信地说,"以弟观之,历来所谓儒者,多有二病:一、穷理而不博学,二、闻道而不为善。无论拘守名教,以尊礼法,还是好作诡异言行,以超越礼法,二者都无非为着求名,故意束缚矫扭其真性。至于科举之士,一年到头只知弄八股,此外懵懵然一无所知。彼一心所望者,无非'利禄'二字,又安有心思博学深造?如今天下滔滔者,无非此辈!惟是学问二字,乃千秋之事,岂可无人任之?故弟于此立一大志愿:若得资财,当建草堂,养天下之贤才,删古今之书而统类之。举凡经解、性理、物理、文章、经济、小学、方技、律历、医药诸门学问,均审订真伪,发其精粹,清其条理,详其始末,编为百卷之书。不惟望其有用于当世,亦为千秋万代存一文明教化之真脉。如此,方不负此七尺昂藏,一身学识也!"

方以智越说越激动,洪亮的声音在船舱内嗡嗡回响。他不再看黄宗羲,并且开始威严地来回踱步。那睥睨一切的灼灼目光,那骄横而自尊的姿态,使他的形象在这一刻里变得那样不可一世,看上去,就像一位号令千军的统帅,或是一位君临万方的帝王。

黄宗羲睁大眼睛,仿佛不认识似地望着朋友。不过,使他感到惊愕的,与其说是方以智此时此刻所表现出来的非凡自负,不如说是这位才气过人的朋友所决心选择的那条道路——潜心著述,藏之名山,以待来者。不错,这是自古以来无数学者所共同走过的道路,本来无可非议。但是,黄宗羲一向认为,作为不幸而生于忧患时世的他们这一辈人,眼下却没有权利,也没有可能那样做。事实上,黄宗羲从来也没有忘记,自己是东林党人的儿子,是因为反抗魏忠贤阉党的暴政而被迫害致死的那批忠臣烈士的遗孤。他不只同阮大铖之流有着不共戴天之仇,而且强烈意识到自己所肩负的使命。随着年岁和见识增长,他越来越明确地认定:国家的局面之所以会衰败到今天的地步,根本原因就在于天启年间皇帝昏庸,重用阉党,使国家的正气受到了严重的摧残。他参加复社,积极为社事奔走,就是为了在士林当中重新树立起一股正气,并运用"清议"的力量,推动朝廷改良弊政,防止阉党篡权的局面再度发生。尽管近年来国家的局势每况愈下,毫无起色,但黄宗羲始终没有忘记先人的遗志,也没有失掉复兴大明的信心。这一次,他不远千里赶到北京去,就是为了亲自观察一下,尝试一下……"不,他是不对的!如今当务之急是'流寇',是'建虏'!在社稷苍生尚有一线生机之时,作为一个热血男儿,一个圣人之徒,如果不挺身而出,勇于承当救国拯民之责,那是可耻,是有损于为人品格的!"他不以为然地想。

黄宗羲抬起头,打算说出自己的看法,却看见方以智已经从行箧中拿出一部厚厚的书稿,兴冲冲地走到他跟前:

"这部《通雅》,是弟穷三冬之力写成的,自谓尚可一观,如今就请社兄指谬。"

黄宗羲瞧了瞧朋友,发现对方脸上,刚才那种不可一世的神气已经不见了,此刻正诚恳地望着自己。他犹疑了一下,只好把涌到嘴边的那些话暂且吞了回去,默默接过书稿,回到窗前的座位上,一页一页地浏览起来。

五

在运河航行了大半个月之后,他们乘坐的官船来到了徐州城下的黄河渡口。

这里离开梅雨地区已经很远,黄河上空,一碧如洗。几片轻絮般的白云,在遥远的天际缓缓浮动着。五月的夕阳毫无遮挡地把绚烂的余晖,尽情投向空旷宽阔的河面。混浊的、闪耀着金光的滚滚洪流喷着白沫、打着回旋,犹如成千上万匹暴烈的野马,从西边的地平线上汹涌而来,又一刻不停地向东面的大海奔腾而去。几张灰色和褐色的船帆,在浊流里艰难地颠簸着。小山般的浪头一个接着一个,永不疲倦地拍击着荒凉的、赤裸的河岸,发出沉雷一般的可怕声响。

当航船横渡黄河的时候,黄宗羲和方以智并肩地靠在窗前,纵目远眺,谁也没有说话。虽然他们都不是头一次行经这里,但眼前这气吞万里的磅礴气势,仍然那样深深地震撼着他们,使他们的胸怀一下子扩展开来,并且被大自然伟大的、原始的、神秘的魅力所吸引,所陶醉,以至忘却了交谈,忘却了思考,甚至连自己的躯体似乎也被这原始的伟力所分解,所消融,不复存在了……

渡过黄河之后,登岸是一个大驿站,名唤"柳泉驿"。因为天色已晚,主仆一行便在驿站歇下了。第二天起来,收拾停当,用过早饭,方以智便命方理去交涉车子。方理去了半天,却空手跟着驿丞走回来。那驿丞诉苦说:"车子倒有,却因本地连年遭灾,骡马不足;加上粮饷匮乏,站里的驿卒裁了又裁,减了又减,只剩下十来二十人,到昨夜为止,能派的都派出去了,还没回来。只好委屈大人再住一天,明儿再走。"

方以智皱起眉头,不愿意在这鬼地方白白耽搁一天。他问明驿站里还剩下两匹马,这个数凑一乘车子是不成,但倘若改为骑马,却还勉强凑合。于是,他同黄宗羲商量,决定不坐车子,就要了那两匹马。又同驿丞磨了半天,最后让他从站里那两个烧饭、挑水的老驿卒中,好歹抽出一个来跟着,便一齐动身出门,继续向北进发。

天色还早,四下里一片黑暗,只有闪烁的星星映在马眼上,反射出微弱的光芒。沙砾铺设的官道在脚下变得迷离一片,几乎难以辨认。拂晓前的风,从旷野上吹来,即使穿着风衣,戴着风帽,身上仍然感到凉飕飕的。这一带是南直隶[①]、山东、河南三省的交界,正当水陆交通的要冲,可是这些年来,由于饥民越来越多,其中铤

[①] 明代称直隶于南京的地区为南直隶,相当于今江苏、安徽两省。

而走险，落草当响马的为数不少。仅仅在去年，就有一个名叫李青山的强人，仿效《水浒传》中宋江的榜样，占住梁山泊，树起"替天行道"的旗号，经常攻陷州县，拦劫漕运粮船。投奔拥戴他的饥民很多，势力一直伸展到离这儿不远的韩庄，使南北交通几乎断绝。朝廷闻报，大为震动，急忙调派大批军队进行围剿，直到今年正月，才勉强把这场造反镇压下去。朝廷惟恐动乱再起，也曾下令对"就抚"的饥民加以赈济。但这几年，朝廷为着对付"流寇"，在过去每年征收几百万两"辽饷"之外，又接连加派了三百三十余万两的"剿饷"和七百三十余万两的"练饷"，眼下正恨不得把民间的每一滴脂膏都榨取出来，投入战场，哪有余钱去放赈？只好摊派给地方。而地方也正为应付"三饷"，弄得焦头烂额，同样拿不出钱来。何况那些官府衙门，上上下下都在千方百计捞钱敛财，即使有那么一点赈额，经过他们的手七克八扣，留给饥民的，到底能有多少，也就可想而知。更别说饥民实在太多，已经到了远远超出人力所能救济的地步。所以目前这一带，尽管官军加强了巡逻和弹压，但路上并不太平。正是考虑到这种情况，临出门时，方以智已经换上便服，还同黄宗羲各自挎了一柄宝剑，八名家丁和承差也各执刀棒，相随护卫，以防万一。

现在，黄宗羲在马上微微佝偻着身子，裹紧了风衣，在马蹄踩踏地面的单调而有节奏的声响里默默地想着心事，一边等待着第一抹曙色的出现。不过，由于黄安和方理在马后不停地同驿卒谈话，使他的思路时时被打乱，集中不到一个问题上。他一会儿想到离开余姚已经快三个月，家中的情形不知怎样，母亲好吗？看来应当修一封家书去问候一下了；一会儿又想到不久前同侯方域发生的一场口角，想到自己同这位社兄总是合不大来。记得自己曾在张自烈面前激烈地批评过侯方域一味花天酒地，而置父亲的生死于不顾。这个话，张自烈后来不知传达给侯方域没有？……过了一阵,他的思路又转到哲学问题上,想到"气"和"理"这两个概念,历来众说纷纭,莫衷一是,有一派人主张"理"在"气"先,另一派人又主张"气"在"理"先,可是在他看来,"理"和"气"本来是一个东西,并无区别,亦无所谓先后,人们硬要把它分开,实在毫无必要,也毫无道理……

然而,他渐渐觉得坐在鞍子上越来越不舒服。因为长久没有骑马,他已经大大生疏了。他不能让自己的身体自然地顺应着马儿走动时的起落颠簸,结果被马鞍子把股骨撞得生疼。"哎,看来我是越来越娇嫩了!"他想,"当年刘玄德因久不骑马,遂有功业未就而髀肉复生之叹,我如今的情形比他更糟!如此下去,怎么了得?"于是他把那些冥思遐想暂时抛开,一心一意练习起骑马来。他仔细分辨马的行走节奏,一边尽量放松身体去迎合它。开始他老是把握得不准,情况反而更糟,但他仍旧耐着性子坚持下去,慢慢就变得比较适应了。加上从前练习骑马时所学的那一套动作要领也重新被回忆起来,并且开始发挥作用,再走上十多里之后,他终于又熟练起来了。

这当儿,天已经破晓,一轮红日从右前方冉冉升起,照亮了雾气缭绕的广阔原野,给拖着长长的影子前进的旅人的脸上、身上,以及他们的行李、马匹上,抹上了一片淡淡的红晕。几只乌鸦呱呱地叫着,从路旁的树桠上飞了起来。黄宗羲为着试验一下自己的骑术到底恢复得怎样,就放松了缰绳,在马屁股上轻轻敲上一鞭,催着马越过方以智,顺着变得清晰起来的大路,向前慢跑起来。

这一次颇为顺利,黄宗羲按照回忆起来的要领,上身微微向前倾着,两腿用力夹紧马肚子,小心翼翼地控制着缰绳,居然跑得很平稳,转眼之间,已驰出三四里。他得意地勒住缰绳,回头望了望,看见方以智等人没有跟上来,便拨转马头,打算循原路驰回去迎他们。然而,就在这时,他听到了几声哭喊,声音尖锐而凄切,像是个女子,又像是孩子。听起来,人就藏在路旁不远的那片榆树林子里。黄宗羲勒住马,朝林子张望了一阵,却看不出什么名堂,但是,哭喊声又响起来。他皱起眉毛,想走过去瞧瞧是怎么回事,临时又想到:要是强盗在行劫,人多势众,自己对付不了,岂不更糟?迟疑了一下,他终于拨转马头,飞快地向原路奔去。

方以智正由仆人们簇拥着,缓缓地走过来。听了黄宗羲的报告,他回头问随行的那个老驿卒可知道出了什么事。老驿卒含含糊糊,也说不清楚。倒是黄安极力劝阻,说必定是响马在行劫无疑。方理也主张小心为妙。方以智瞧着黄宗羲,沉吟了一下,终于说:"走,瞧瞧去。"

大家跟着黄宗羲,来到距榆树林子还有百步之遥的地方,方以智挥挥手,叫大家停止前进。他勒住马,远远朝林子观望了一阵,然后拔出佩剑,吩咐大家准备好,这才命一个名叫孙福的年轻承差过去打探。

孙福提着枣木棍,轻手轻脚地踅进树林子,很快,又重新走出来。他脸色发白,气喘吁吁地奔到方以智马前,禀告说:"回、回老爷,里、里面全是死、死人!"

"响马呢?"方以智厉声追问。

"没、没有!"

"没有?"

"是、是没有。"孙福说,犹豫了一下,又补充说,"小人不曾看见。"

"那么死的都是些什么人?是怎么死的?"

"兴许是……是些饥民,小人没瞧清楚。哦,都是上吊死的!"

大家不禁"啊"了一声,这声音表示着吃惊,但随后,就放下心来。是的,眼前怕就怕遇上响马,弄清不是,便该谢天谢地。至于饥民自寻短见,反而用不着过于大惊小怪。这类事件近年来实在太多,已没有什么稀奇。而且作为过路人,也很难管得了,最多通知地方上一声,让他们派人来收尸就是了。所以,听孙福这样说了之后,方以智只是点点头,随即把剑收回匣里,准备继续赶路。

但黄宗羲还在沉吟着。

"里面——还有活着的么?"他问,向树林子瞧了一眼。

"没、没有。都死了。"孙福回答。

"可是,刚才我听见有人在叫!"

"那——兴许当时有人还活着,后来就死了。"

"最好再细瞧一下,若是还有活着的……"

"啊,不错!"方以智表示同意,"孙福,你就再走一趟,若然还有活着的,就拿些干粮给他,再打发他点银子,叫他自寻活路——去吧!"

"是!"孙福应了,可是显然很不乐意,却又不敢违拗主人的意思,于是噘着嘴,去马背上取了一小袋干粮,慢吞吞地朝林子走去。

黄宗羲瞧着年轻承差的背影,脸上露出不满的神色。突然,他一俯身,跳下马来,把缰绳往黄安怀里一抛,大步赶上孙福,一把夺过对方手里的干粮,管自走向树林。孙福怔了一下,连忙跟了上去。

这片榆树林子不太大,弥漫着一股难闻的臭味。每棵树的树皮全都给饥民扒光吃掉了,只剩下赤裸裸的木质层,看上去,就像一具具被剥了皮的僵尸,张牙舞爪地挺立在那里,可怕极了,虽然已经是初夏天气,枝桠上也不见长出叶子来。只有成群的乌鸦"呱呱"地叫着,在树林子里乱飞乱窜。这些吃腐尸吃红了眼的畜生,一只只都长得又肥又大,而且不怕人。有好几次,要不是孙福及时挥舞棍棒,它们就会扑到头上来了。越往里走,那股臭味越大,地上的白骨也越多,东一堆西一堆抛得到处都是,稍不小心,就会碰到脚上。黄宗羲活了这么大年纪,还从来没有走进过这样阴惨可怖的树林子,从未置身于这种令人毛骨悚然的境地之中。虽然是大白天,心里也不由得直发毛。现在,他才明白,孙福为什么很不乐意再来一趟。不过,自己既然逞了强,已经不能后退,而且他也不想后退。所以尽管他已经想到,此举很可能是多余的,但仍旧掩着鼻子,硬着头皮往前闯。

终于,孙福站住了,他用棍棒指着前面的树上,低声说:"喏,就在那儿!"

黄宗羲顺着他所指的方向抬头望去,果然看见树桠上挂着大大小小七八具尸体,有男有女,有老有少。一个个搭拉着舌头,全身僵直,显然已经死去多时。那些尸体的表情有的像在哭,有的像在笑,还有的眼睛睁得老大,龇牙咧嘴,形状十分可怖。黄宗羲不愿多看,他慢慢走过去,一面向四周打量着,看看有没有活的人还留在地上。可是,除了两捆破破烂烂的行李,和一些胡乱丢弃的粗碗破罐之外,再也看不见什么。"啊,都死了,一个也没留下!刚才还听见他们的叫声,要是我立时赶进来,也许他们就不用死了,然而……"他懊悔地想,不由得又抬头朝树上的尸体瞧了一眼,发现死者的衣衫虽然十分破烂肮脏,而且头发披散,没戴帽子,但从其中一两个人那宽大的袖子、长过膝盖的衣裙式样以及衣裳的质料来判断,显然不是普通的平民百姓,而应当是有一定身份的人家。这也没有什么可奇怪的,因为连年灾荒,再加上朝廷催索"三饷"逼得很紧,许多中产之家,也难以幸免于难。"嗯,看来他们有老有少,像是一家人。若在那太平时世,纵有天灾,也未至于流离道路,暴骨荒郊。可是,现在竟然弄到连这一类殷实本分的良民也走投无路,惟有以一死来求得解脱,就更别说那些贫苦无告的广大之众了……"这么一想,黄宗羲不禁垂头丧气,刚才急于救死扶伤的那一份热心也随之大减。所以,尽管孙福出于讨好他,建议再往林子深处找一找,他却摆摆手,悄然转过身,向外走去。

六

"似这等合家自尽的,还未算是最惨哩!"听完了黄宗羲的叙述之后,方以智说。这时,他们一行人已经重新上路,刚才那片榆树林子,也被他们撇下好远了。

"去年冬天,我从京里南下,途经此地,遇着一位社友,听他说起一事,委实骇人听闻!"方以智接着说,随即蹙起眉毛,就像通常人们说到一件极不愿意再提的揪心事那样,沉重地叹了一口气,"他是说去年秋冬——那时的情形比现今还要糟得多,满路都是饿死、冻死的人。剩下那些半死不活的,就像游魂似的一天到晚四处游荡,走到哪里都躲不开他们。啊,不知兄见过不曾?人到了那种境地,那眼神实在是可惊可畏!当他瞅着你时,不知怎地,便会闪出贪婪、狂乱的光芒,说不准什么时候,他们就会猛扑上来,把你拖去宰掉,吃了!其实,那时节到处都在吃人,什么易子而食、攫人而食,早已不算稀罕。竟有公然把妇人和孩童捆了,拿到市上出卖,专供人当猪羊一般屠宰,唤做'菜人'的。那位社友起初还不甚相信。有一遭,他随一个姓周的客商上景城,时近晌午,到一间酒店去打尖。店伙过来说:'肉刚卖完,请少待片刻。'那社友暗想:我这一路行来,连寻顿面食都甚难,如何此店却有肉?正疑惑间,只见有个小厮,带进来两名捆住双手的女子,一直入了后厨。那店伙便叫:'客官已等候许久,可先取一只蹄子来!'那社友吓了一跳,连忙跟进去看,就听一声惨叫,一个女子的膀子已被齐肩斩下,倒在地上挣命。另一个吓得面无人色,筛糠也似的发抖,见有人进来,便痛哭求救;地上那个却只求速死。那姓周的客商看得不忍,当场出钱把她们都赎下,眼见断了膀子的活不成,便夺过刀来,分心一刺,让她少受点儿罪；却把另一个带回家去，做了偏房。只这般，当时不知多少人称赞周客商积了阴德，必得好报。你瞧，这可不是惨绝人寰的妖变么！"

在方以智叙述这桩令人毛骨悚然的故事当儿，黄宗羲一直阴沉着脸，一声不吭。直到方以智说完之后好一会，他才突然抬起头，用愤怒的、咬牙切齿的声音质问："地方上发生此等令人发指之暴行，官府竟然坐视不管么？"

"管？"方以智冷笑一声，"彼辈既不能感动老天爷抛下无数牛羊粟麦，以救民困，又不愿割自身之肉以疗民之饥，也惟有'不管'一法了！"

"我是说'三饷'！"黄宗羲争辩似的大声说，"若只蝗、旱一端，而无'三饷'之索，民生亦不致如此憔悴。天意不可测，天灾不可抗，诚难以此责备于人间之守、牧；'三饷'却是朝廷所命，莫非官府也不将灾情申报朝廷，乞请皇上减免么？"

"灾情怕是会申报的，至于乞请皇上减免'三饷'，只怕再饿死一倍人，彼辈也未必有此胆量！"

"哼，恋位畏死，惟知阿从上意，国事之坏，就坏在此辈愚庸怯懦之官吏手中！"

方以智没有立即回答，他回头瞟着黄宗羲："足下以为，即使有人胆敢乞请减免，皇上会恩准么？"

"生民涂炭，至于此极，皇上以天下之忧为忧，又岂会置之不理？"

"当今皇上腹心之忧，只在流寇、建虏。"方以智依旧不慌不忙，"时至今日，三军尚能用命，实赖有此'三饷'支撑，一旦不继，战局便有立变之虞！兄以为皇上肯怜此一方之民，而听任社稷倾覆么？"

"依兄之见，如若无关于社稷之存亡，则四方之劳扰，民生之憔悴,亦不过是疥癣小疾,不值一顾了?"

"不敢!弟所欲知者,是倘若令足下秉政,该当如何处置?"

黄宗羲不响了。因为他发现自己正面临一个事实:一方面对建房、流寇作战,需要粮饷;另一方面广大民众在天灾和"三饷"的双重重压下,又已经到了无法支持的地步。要是放松征饷,本来已经焦头烂额的军队就更加不能坚持作战,就有亡国的危险。要是不顾人民死活继续强征滥索,就会要么像刚才榆树林子里发生的情况那样,把他们逼上死路;要么就会促使越来越多的人铤而走险,参加到"流寇"队伍中去,同样会加速国家的覆亡。国事之难办之处正在于此。这是一种毫无希望的局面。"哦,莫非大明当真除了亡国一途,竟是没有出路了么?"这个可怕的念头在黄宗羲脑中一闪,但他立刻又把它否定了。"不,不对,不至于!出路还是有的,有的!"他怒气冲冲地对自己说,随即想起了自己正在准备的那份上书。"无论如何,民为邦本。民不思乱,则祸源自消,国家可定。而安顿民众,眼下之第一要务,便是从速恢复井田之制。这一次,就看朝廷肯不肯采纳,能不能实行了……"

"太冲兄……"方以智平静的声音响起来。他显然想解释什么。

黄宗羲冷冷地望了他一眼。"国事如此,亏你还是个复社头儿,翰林院的编修,就这么沉得住气!"他想,突然在马屁股上加了一鞭,一声不响地向前奔去,把莫名其妙的方以智抛在后面。

晌午时分,他们一行人到了韩庄,打过尖,喂了马,稍事休息,又继续登程,打算在天黑之前,赶到陶庄。

现在已经渐渐深入山东境内,越往前走,周围的景象就越发荒芜、残破。虽然已是初夏,可是路旁的田野仍然大片大片地丢荒着,偶尔才看到几个衣不蔽体的农夫在低头干活。路旁的累累白骨,依旧无人收拾,东一堆、西一块,随处可见。有时出现一个村庄,也是房屋倾圮,人烟稀少。只有兀鹰在低空盘旋,野狗在街巷游荡。这些瘦骨嶙峋的野狗,显然是凭着凶狠和机灵,才得以在饥灾和战乱中保存了性命。它们一见来了行人,就迅速地退到一个随时可以逃跑的地方,然后狂吠起来。于是又惊动了在断壁颓垣之下藏身的乞丐,一个个露出须发蓬乱、面目浮肿的脑袋,远远朝这边张望⋯⋯

方以智像是想起了什么,他用马鞭指着路旁的一个村子,回头问那个老驿卒:"数月前,我行经此地,见这村子还好好儿的,为何竟变得如此破败不堪?"

那老驿卒瞎了一只眼,头发胡子都花白了,神情木讷,举止迟钝。听了方以智的问话,他毫无反应,直到方理替主人大声重复了一次,他才"啊"了一声,低着头禀告说:"回大人的话,上月这村坊叫响马洗荡了!"

方以智吃了一惊:"难道是李青山余党?"

"回大人的话,不是李青山,是九山王。"

"什么九山王?"

"就是抱犊崮的九山王。"

方以智"哦"了一声,他记起来了:上次行经这里时曾听人说过,虽然梁山泊的贼首李青山已投降朝廷,被斩首正法,但在花盘山和抱犊崮一带,还有另一伙响马,为首的不逞之徒名唤王俊,自称九山王,手下也有数千人马,却拒不投降,凭借崇山密林和饥民的掩护,继续与官军周旋。想不到如今竟闹到这边来了。

"嗯,那九⋯⋯那强盗,可是常来此处骚扰?"他问。

"啥?"老驿卒听不懂。

"大人问你,那伙强盗是不是常来这路上杀人抢东西!"

"噢,噢!回大人的话,也不常来,不过他说来就来,神出鬼没的,俺也摸不清!"

方以智不由得皱起眉头,同黄宗羲交换了一个忧心忡忡的眼色。他正想再问,忽然前面传来一阵呐喊声。大家吃了一惊,抬头望去,只见从大路拐角上的树林子后面,一簇人马奔了出来,奔在前面的,是一群衣衫褴褛的人,后面还有手执刀枪的骑兵。大家被这突如其来的景象吓呆了。方以智叫了一声:"糟糕,快跑!"就想拨转马头奔逃,却被老驿卒拦住了。

"大人莫慌,那是官军!"

"啊,官军?"大家再次回头望去,这才看清楚了:后面的那五个骑兵确实是官军打扮,奔在前头的那些人原来是用绳子反缚着串连在一起的。五个官军正嘻嘻哈哈地笑着,用鞭子驱赶他们向前奔跑。为了使这一长串男女老少都有、已经跑得筋疲力竭的犯人不至于因快慢不一而互相牵扯跌倒,有一个官军还特意跑到前头,大声用口令控制着速度。然而,当他们快要奔到方以智他们站立的地方时,终于还是有人支持不住,猛地扑倒在地上。结果其余的人也被牵扯着,跌倒了一大片。那几个官军见了,顿时发起怒来,他们用最粗野下流的话叫骂着,鞭子刷刷地朝那些趴在地上的人劈头盖脸地抽去,于是又响起了一片呻吟和哭喊……

由于弄清了不是响马,方以智这会儿已经镇定下来。他皱起眉头,目不转睛地注视着眼前的情景,正考虑着怎样制止这种令人厌恶的暴行。

但是,黄宗羲显然忍耐不住了。他大喝一声:"住手!"随即催马向前,朝离得最近的一名官军迎上去。

那官军气势汹汹地举起鞭子,正要向一名在地上挣扎的妇女抽打,蓦地发现眼前多了一个怒目圆睁的书生,倒呆了一呆,鞭子也停在半空。

"你、你不能这样打人!知道吗?"黄宗羲指着那官军说。由于情急和气愤,他的声音有点发抖,"你是人,她也是人。你为何这等打她?你这样打她,是会把人打死的呀!你知不知道?"

那官军搞不清他是什么人,又被他不顾一切的样子吓住了,倒畏缩了一下,不知所措地回过头去,瞧着他的同伴,仿佛在问:这是怎么回事?他是什么人?为什么要这样?

其余几个官军也注意到了这边发生的事情,并且显然觉得他们这位同伴的狼狈模样很滑稽。他们互相递着眼色,嘻嘻哈哈地笑着,却不过来帮他解围。

"你们身为国家干城,受国之恩,食民之饷,应须对敌如罴虎,对民如父兄才是。这些百姓已经受尽饥荒战乱之苦,憔悴不堪,纵然有罪,你们将他们捆缚押送也就是了,又何苦将他们如此戏弄,滥施箠楚?古语云:人皆有恻隐之心,莫非你们没有?"黄宗羲振振有辞地继续申斥着。

"啊,放你娘的狗屁!"被同伴们的讥笑弄得羞怒交集的官军突然大吼一声。他想必已经清醒过来,发现黄宗羲不过是一个过路的普通书生,"老子不懂!快滚开,要不老子的鞭子可不认人!"

"什么?你敢!"黄宗羲被这种当众的侮辱气歪了脸。他愤怒地大叫着,不顾一切地向那官军逼近。

那官军吼叫了一声,猛地扬起鞭子。站在后面的方以智大吃一惊,连忙高叫:"不得放肆!"几个仆人也一拥而上,要去救援。但是,已经来不及了。那鞭子夹着风声抽下来,眼看就要落在黄宗羲的头上。幸而他反应快,往旁边一闪,总算躲过了一击,可是头上的那顶方巾却让鞭梢打了下来,掉在尘埃里。

那官军仍不罢休,又一次举起鞭子。黄安、方理等一群仆人已经奔了过来,齐声叱喝着,护住了黄宗羲。

另外四个官军见了,互相使个眼色,也一齐拔出刀剑,各自从不同方向围拢来,一声不响地盯住了这伙多管闲事的旅客,大有一触即发之势。

这当儿,那群被押解的老百姓已经停止了哭喊,陆陆续续爬起来。他们像一群受惊的羔羊那样,紧紧挤在一起,呆呆地望着眼前这一幕,一个个脸上现出不安而又茫然的神情。

方以智凭着自己是朝廷命官,在事情发生以来,一直表现得十分镇定。可是,看见眼前这种凶险的情势,也不由得着忙起来。本来,为着旅途安全,他打算尽可能不暴露自己的身份,但事情到了这一步,也就顾不得了。于是,他回头对老驿卒说:

"你去告诉他们,就说本官在此,叫他们休得放肆!"

老驿卒眨了眨那只独眼,拱手领命,走上前去,拿出一面号牌让那些官军看了,然后说:"这位是京里的翰林方大人,你们快快回避,休要在此惹是生非,可听见了?"

那几个官军听他这样一说,似乎颇觉意外,一齐向方以智投来怀疑的目光,随后又低声商量起来。只听一个火暴暴的嗓门——那是刚才同黄宗羲冲突的那个军士,大声说:"什么鸟大人,我瞧就不像!"

方以智的脸刷地红了。他正要发作,但看见其他几个官军把那个人制止了,心想:"只要快点把他们打发掉便好,又何必与这等粗鄙小人计较!"于是,又忍住了。

这时,一个像是小头目的官军把骨棱棱的脸转向他,抱拳说:"小军张吉,不知大人在此,冒犯车驾,祈请恕罪!"

其余四个官军也一齐抱拳欠身,却都不下马拜见。方以智心中更加不满:"这伙贱骨头,直恁无礼!"他恼怒地想,无可奈何,只好摆摆手,说:"嗯,去吧!"

几个官军正想走开,可是,已经重新戴好方巾的黄宗羲忽然叫道:"且慢!"他气冲冲地挤上前来,指着那群老百姓,质问张吉:"你说,他们所犯何罪?尔等竟如此折辱他们?"

张吉用冷冰冰的眼光瞧了他一会儿,忽然兜转马头,对同伴喊:"你们呆着干什么?走啊!"

等那群百姓被驱赶着重新上路之后,他才回过头来,嘲弄地说:"秀才想知道么?告诉你也无妨,他们是犯的——王法!"说完,双腿一夹,催着马,奔到那队"囚徒"行列旁边,"啪"的一鞭,把走在末尾的一个小伙子揍得打了个趔趄,随即同他的伙伴们一齐狂笑起来。

黄宗羲气得连眼眶都差点睁裂了,他一抖缰绳,打算猛冲上去,却被方以智拦住了。

"太冲,算了,何必同这些无赖之徒一般见识,有失我辈身份!"

"哼,莫非你当真以为这等不平之事,也是无关社稷的疥癣小疾么?"黄宗羲怒气冲天地质问。

方以智轻轻地摇着头,却不回答。直到走出好远一段路之后,他才仰起脸,神情抑郁地望着远处苍茫的暮色,曼声吟哦起来:

> 欸斯世之难处兮,又奚之而可适?
> 夜耿耿兮不鸣,睎东方兮何时明?
> 独储与不寐兮,长太息兮人生!
> ……

低沉、凄苦的声音在这一小队默默前行的旅人身畔盘旋着、纠结着,然后随着晚风飘散开去,越飘越远,终于在空寂、荒凉的旷野上消失了。

七

六月初旬,黄宗羲和方以智一行,终于抵达北京,并在宣武门外的方以智居第住了下来。

还在抵京的前一天夜里,黄宗羲就病倒了。先是发热,然后开始打寒战,已是初伏天气,盖上三层棉被,他仍然冷得抖个不住。好容易寒战停止了,而体温却急剧上升,热得吓人,面孔烧得通红,一个劲儿地嚷头痛,接着又呕吐起来。黄安一瞧这情形,知道主人的疟疾又犯了。当时已是半夜,黄安不好去惊动方以智,而且估计叫醒他也没有什么用,只好自己小心服侍着。捱到天明,黄宗羲的热也退了,头也不疼了,只是全身感到极度疲倦。这时,方以智也起来了,听说这事,便连忙走过来探视。他先问了病情,接着又让黄宗羲捋起袖子来诊脉。也不知他是从哪儿学来的一套,诊脉时那三根手指头不是搭在病人的手腕上,而是按在手肘弯上。只见他眯缝着眼睛诊了一会儿,满有把握地说:"不碍事,这病须得隔日方再复发,明儿到了京里,我就有办法了!"进入北直隶地面之后,他们已经改乘了一辆大骡车,见黄宗羲这样子,方以智便吩咐另雇了一辆小点的,铺上褥子,让黄宗羲睡在里面,一直赶进北京来。

现在,黄宗羲就躺在方以智寓宅的客房内。时近正午,四下里静悄悄的。方以智因为要上翰林院去报到销假,一清早就出门了。黄安正在院子里给他煎药。那药是方以智临出门时亲自送过来的,据说来历颇不寻常,是几年前一位法力高深的茅山术士送的。方以智一直珍藏着,不肯轻易示人,因为是黄宗羲,他才慨然转赠,还说一经服下,必奏奇效。黄宗羲正苦于这疟疾几年来不断延医诊治,总是断不了根,见方以智说得郑重,自是喜欢,当即命黄安拿去煎煮。又因为方以智说,这药熬的时间愈长,功效愈高,所以黄安直到这会儿还在院子里忙着。

黄宗羲急于尽快把病治好,眼下还有另一个缘故。他这次千里迢迢地到北京来就试,目的在于亲眼瞧一瞧朝廷的情形,估量一下国家的局势到底发展到什么地步,以便把他的那份上书作进一步的充实修改,并在适当的时候呈递上去。所以他希望能尽快到外面去走一走,瞧一瞧,走访一些前辈和朋友,打听些最新的消息。可是这病一犯,他至少有一二十天别指望出得了门。这怎不教黄宗羲又是着急,又是气恼!

诚然,在快到北京的路上,他从来往官员的口中,已经陆陆续续听到不少消息。例如河南的开封自从四月被李自成再度围攻以来,形势日见危急,朝廷已将侯方域的父亲——前兵部右侍郎侯恂释放出狱,任命他为督师,率左良玉军火速驰援;又说张献忠的农民军已经攻克庐州,知府郑履祥被杀,兵锋所向,无为、庐江岌岌可危;还有,像皇上最宠爱的田贵妃病势日见沉重,可能不久人世啦;朝廷近日有令严厉禁毁煽惑犯上作乱的妖书《水浒传》啦;以及一些官员的任免等等。不过,其中最使黄宗羲震动的消息,却是朝廷已经查明:洪承畴自松山陷落之后,其实并未战死,也没有就义殉国,而是被俘后苟且偷生,竟然投降了东虏,如今在敌国很受礼遇。告知他这个消息的人还谈到,前些日子盛传洪承畴殉难时,皇上一度震悼异常,曾下旨隆重设祭,打算为他建祠立碑。钦天监还择定五月十一日上午巳时三刻由皇上亲临东郊致祭,文武百官一起陪祭。幸而及时查明了真相,才把一切停止下来。虽然皇上天心仁厚,对洪氏的家属未予追究,但如今北京城里的官民百姓,已是无人不对洪承畴恨之入骨,骂声载道……这消息来得如此突然,犹如当头一棒,把黄宗羲打蒙了,仿佛心里有什么宝贵的东西被人一下子拿掉了似的,只剩下一片空虚和茫然。而当这种感觉,同受到钱谦益欺骗的旧创伤重叠在一起时,黄宗羲的愤怒就因为失望、痛苦而变得不可抑止。"啊,为什么他们都是这般的虚伪、懦怯,而又无耻善变?这些身负重望的衮衮诸公们!"他向方以智激烈地喊叫,"为什么他们要骗人?一次又一次地骗?啊,为什么?为什么!"自此以后,一连几天,他都变得很少说话,更没有半点笑容,一天到晚只是默默地坐在车子里赶路,弄得方以智莫名其妙,问了几次,都问不出缘故,只好由他去了。

不过,黄宗羲最初那一两天的沉默,如果说是由于愤怒和痛苦的话,那么,当情绪渐渐变得平静之后,他就陷入了对事情的深入思考之中。他想得很多,很杂。他竭力想弄清像钱谦益和洪承畴这样被人们寄予厚望的人物,何以到头来竟会置青史上的荣辱毁誉于不顾,做出这等厚颜无耻的事情来?难道仅仅是由于一个是迷恋乌纱,一个是贪生怕死?黄宗羲觉得,倘若是一个对自己所从事的事业有着坚强信念的人,富贵荣华和身家性命往往不是最重要的,特别是到了像钱、洪二人这样的年纪、经历和地位的人,他们考虑得更多的,应当是身后的名声、历史的评价。除非,他们对于自身所从事和维护的事业已经完全丧失了信心!"啊,难道在他们看来,东林的事业、大明的江山都已经变得如此的没有希望,以至根本不值得留恋、顾惜了吗?"这个念头在黄宗羲的心中一闪,仿佛长期以来,他艰难而坚定地扛着的那个沉重的、巨大的无形的包袱碰上了刀刃,突然裂开,原来里面装的并非什么奇珍异宝,而是一堆毫无价值、谁也不要的破烂!黄宗羲被这意外的发现骇呆了。"啊,不,不是这样!这是荒谬的,可耻的,事情不至如此。等到了京里,就会弄清一切了!"他对自己说,尽快赶到北京的心情愈加迫切了。如今,倒是来到了,可是……

一股甜不甜、辣不辣的气味从窗上透进来,钻进了鼻孔。"嗯,那是什么?是腌菜?是煮豆子?哦,对了,是药,是黄安在煎药!"黄宗羲一下子清醒过来。他稍稍抬起身子,鼓起劲,朝院子里叫:

"黄安!"

黄安答应着奔了进来。

"快,我要吃药!"

"回大爷,还未好呢,方大人吩咐……"

"少啰嗦,快拿来!"黄宗羲不耐烦地一挥手,由于乏力,又躺下了。

黄安瞧瞧主人,犹犹豫豫地应了声:"是!"走出去了,一会儿,把一碗药端了进来,嘟嘟囔囔地说:"方大人说,这药须得煎上三个时辰,如今才煎了两个时辰,怕还不成……"

黄宗羲不理他,重新支起身子,接过药尝了尝。药倒不苦,可是很烫口,只好暂时先放下。他正想重新躺回去,忽然院子里响起了一阵杂沓的脚步声,接着一个声音在叫:

"太冲,太冲,你在这儿吗?"

黄宗羲一怔,还没分辨出是谁,就见帘子掀起,三个儒生走进来。头里的一个,中等个儿,一张白净的长圆脸,眉毛胡子很黑,一双眸子闪闪发光。这是黄宗羲的好朋友陆符。跟在后面的是黄崇简,黝黑的圆脸,粗硬的络腮胡子,使他看上去不像一个文人,但从容不迫的举止,加上善良的细长眼睛,却足以改变他最初给人的印象。第三个是位清秀文弱的青年儒生,名叫冯道济。

"啊呀,原来是你们!"喜出望外的黄宗羲大叫一声,连忙挣扎起来,要下床同他们相见,却被陆符抢先一步,把他按住了。

"太冲,你身子欠安,不必起来,不必起来!"他说。

"那你们、你们怎么知道我在这儿?"黄宗羲在床上拱着手,结结巴巴地问,一边热切地瞅着这几位不速之客。

"自然是方密之!适才在魏家胡同吴骏公家里碰见他,说你在这儿,我们马上就赶来了。"陆符行着礼,高兴地说,"怎么,你这病——不碍事吧?"

黄宗羲摇摇头:"不碍事,老毛病了——哎,快坐下啊!"等客人们坐下,他就迫不及待地问:"眼下京里的情形怎样?朝廷有何新闻,快说给我听听!"

陆符同其他两位交换了一个微笑的眼色,好像说:"你们瞧,我没估错吧,太冲就是这么性急!"这当儿,黄安已经奉上茶来,陆符接过,揭开盖子,在杯沿上轻轻掠着杯里的水沫,思索了一下,说:"怎么说呢?眼下好像还算平静,自松山、锦州失陷后,东房除了把松山、塔山、杏山三城平毁外,尚未闻有其他动静。至于流贼方面,据塘报说,驰援开封的我军丁启睿、杨文岳和左良玉等部,共二十万人马已经到了朱仙镇,准备合击李自成;侯司徒亦已离京南下,前往督师……"

"洪亨九——当真降了东房?"黄宗羲皱着眉毛,打断对方的话问。

"哦,这事已无可疑。据细作报回的消息,他不止投降,而且已经剃发改服,公然周旋于虏酋筵宴之上了!"

黄宗羲瞪大眼睛,只觉得一股厌恶、愤怒的情绪从心中喷涌出来,在身体内到处奔突冲击,却找不到宣泄的通道。终于,他一掌击在床上,叫道:

"无耻!"

停了停,他又沉着嗓子问:"那么,洪逆在京的家眷,可处置了么?"

"这个么,皇上宽仁,对其家眷却未予追究。"

"不施惩处,何能以儆效尤!"

"听说,"坐在旁边一直未曾说话的那位名叫冯道济的年轻儒生插嘴说,"皇上之所以不办洪氏家眷,用意甚深,实欲借此羁縻洪亨九之心,使他知恩感戴,学那前秦王猛的榜样,令东房不与我朝为仇。"

"哼,洪亨九是什么人?能与王猛相比?"黄宗羲怒声说,"指望他能阻遏东房南进之心,简直是妄想!"

这话显然说得过于尖锐激烈,而且有直斥皇上之嫌。座上的客人你望我,我望你,都没有做声。过了片刻,陆符站起来,掀起门帘朝外面张望了一下,才走回来,凑近黄宗羲低声说:"京师不比外地,耳目甚近。兄说话须仔细些,若是给厂卫的人侦知,多有不便。"

黄宗羲见陆符神情郑重,知道不是在开玩笑。他自然明白厂卫的厉害,可是此刻他心头长期积郁着的那团苦恼的东西跃动得那样猛烈,以致他感到无法管束自己。要不是这当儿黄安插进来打岔,也许他还会说出更激烈的话来。

"大爷,药凉了。"黄安说。

黄宗羲瞧了仆人一眼,又瞧了瞧炕桌上那碗已经不冒热气的药,把涌上喉头的一句话又强咽了下去。然后,仿佛惟恐它重新冒上来似的,他用了一个迅速的动作,端起那碗药,一仰脖子,"咕嘟咕嘟"地灌了下去,这才颓然地放下碗,沉重地喘了一口气。

"太冲,你吃的什么药?"一直注视着黄宗羲举动的陆符问,显然想把话题引开。

黄宗羲摇摇头:"是方密之送来的,也不知是什么药。"

"方大人说,这药可灵了,一剂就能断根!是一位茅山仙长送的。"黄安兴奋地补充说。

陆符似乎吃了一惊。他连忙问:"什么,你是吃的方密之的药?"看见黄宗羲主仆都肯定地点点头,他就"嘻"的一声猛地站起来说:"糟糕,你们可上了当了!"

这一次,轮到其他的人吃惊了。大家呆呆地瞪着他,不明白他这话是什么意思。

陆符长叹了一口气,说:"方密之这人才学过人,自不待言,只有一样不好,就是太好奇。越是稀奇古怪的事物,他越是弄得入迷。平日他收罗了一大堆乱七八糟的偏方奇药,也不知道灵不灵,就悄悄儿往人身上试。去年我得了腰痛症,他知道了就跑来看我,还给我带来了一把陈年草根,也说是得自什么崆峒山高僧,一服便愈。当时我信以为真,还着实谢了他一番。谁知一服下去,登时头晕目眩,耳鸣不已。后来幸得吴骏公请来沈太医,调理了整整一个月,才好了。这次他给你的什么茅山秘药,只怕也是那一路货色哩!"

黄宗羲听了,也不由得紧张起来。他轻轻摇了摇头,觉察不出晕眩,也没有耳鸣的现象,便迟迟疑疑地说:"嗯,这一次也许不至于……"一句话没说完,就觉得胃部突然翻滚了一下,喉头像被什么堵住了似的,直发闷,便连忙顿住不说了。

"岂有此理!"黄崇简一脸不以为然的神色,"你怎么不找方密之算账?"

陆符苦笑着把双手一摊:"怎么算哟!过后他知道坏事了,又跑来找我,一个劲儿地打躬作揖赔不是,还说不能让我白试了,一定要给我补偿。他也真舍得,即时把腰间佩的一把嵌了七颗珍珠的祖传宝剑解下来,硬是送了我……"

大家不由得"啊"了一声,显然对这个结局颇感意外,不由得露出了微笑。

黄宗羲却一点儿也笑不出来,因为现在他的胃部翻滚得越来越厉害,尽管他拼命抑制,却无济于事。他只好一手捂住嘴巴,一手向黄安挥舞示意。黄安吃了一惊,连忙奔向唾盂。就在这时,方以智兴冲冲的声音在门外响起来:

"太冲,吃药了么?可好些了?"

可是黄宗羲已经无法回答了。他猛地扑向床沿,俯身在唾盂上,开始大声地、猛烈地呕吐起来……

第 九 章

一

随着秋天乡试的日期愈来愈逼近，董小宛的心情也变得愈来愈焦急不安。

两个月前，在金山脚下的船上，多亏了方以智等人的热心撮合和督促，冒襄终于在最后一刻里回心转意，答允了董小宛的婚嫁要求。他还当着众人的面同董小宛约定，到秋天便来苏州接她，然后两人一起到南京去参加乡试；待考试有了结果之后，再来商办迎娶的事。现在五月早过，六月也结束了，七月已经过去了十天，可是冒襄仍旧音影全无……

董小宛是五月底回到苏州半塘的。一到家，她就申明两条：一、从此洗净铅华，不再接客，一心一意等待冒襄来接她；二、从当日起，她不再吃荤食，实行斋戒诵经，祈祷菩萨的保佑。本来，董子将自女儿走后，被债主一天到晚上门追逼，弄得焦头烂额，走投无路，忽见董小宛去而复回，不禁喜出望外。这一回他有了经验，知道事情到了这一步，硬拦是拦不住的，弄不好，还会落得个人财两空。所以他一反旧态，开始竭力讨好女儿，对董小宛申明的两条不但没有反对，而且自告奋勇，不辞辛苦地到如皋跑了一趟，求见冒襄，当面禀告这件事。结果，据他说，冒襄表示信守前约，立秋后便来接董小宛上南京，还打赏了董子将十两银子。董小宛得到这个消息,心志更加坚定,每日在观音娘娘跟前上香祷告,也更加勤快虔诚。不过,时至今日,冒襄还不来接她,甚至连信也没有一封,董小宛就开始觉得事情有点不对劲了……

董小宛刚刚吃过晚饭,照例又倚在闺房的小窗前,打起帘子,朝楼前不远的山塘河眺望。

火红的夕阳,已经落到了柳林后面,天色渐渐暗下来,几只回巢的鸟儿在水边匆匆飞过,河面上,除了三四只小划子外,暂时还看不见其他船只。眼下已是夏秋之交,天气本来就够热,加上这会儿连一丝风也没有,院子里的树木都静静地垂下枝叶,只有成群的知了,在看不见的地方,一齐发出震耳欲聋的鸣叫,更增加了人心上的烦闷。董小宛不停地打着蒲扇,身上脸上仍旧一个劲儿地淌汗。但她忍耐着,没有离开窗户。因为三个月前,冒襄到半塘来访她的时候,也是在傍晚。她觉得,这一次说不定他也会在这个时候来到。何况天气这样燠热,假若冒襄今天已经到了苏州城,也很有可能要待到傍晚凉快些再动身来访她。"哦,虽说他本来用不着拐到苏州去,可以径直从浒关到半塘来。不过谁知道呢?冒郎不比别人,需要应酬的朋友、处置的事情很多……"一想到冒襄也许到了苏州,却不急着首先来找自己,董小宛禁不住有点埋怨:"哎,他是多么不懂得人家的心啊!"不过,随后她便责备起自己来:"你算个什么人?冒公子他答应娶你,肯这样远道迢迢来接你,就是天大的情分啦!别要不知足,只要他来了,迟一点早一点你可千万不能计较!"这样数落了自己之后,董小宛觉得心情平静了许多。她不再胡思乱想,睁大眼睛,热切而专注地向远处眺望,等待着航船的出现。

终于,在通往苏州那边的河面上,几点明亮的灯火闪烁着,从沉沉的暮霭里浮现出来。接着,出现了一艘船的轮廓。董小宛顿时紧张起来。她忘了打扇,全神贯注地盯着,一边在心里默默地祝祷。只见那船越驶越近,轮廓也越来越清楚,那是一只"七里乱",船舱里坐着的,依稀是个方巾儒服的文士。"啊,那是他吗?是他吗?"董小宛惊惶地想,心里"扑通扑通"直跳,随后,一下子又像停止了似的,因为那只船已经驶近离院门不远的那个码头。董小宛觉得,它立即就要靠岸,她日夜思念的冒郎马上就要从放下的跳板上走下来了!

但是,那只船并没有靠岸,它在船尾那支轻快地摇动着的大橹催动下,拖着一条发亮的水线,不慌不忙地驶过去了。"不,不是的。"董小宛喃喃地对自己说,眼睛没有离开那只船。她还怀着一丝希望:谁知道呢?也许真的是他,只是由于船家一时疏神,走过了头还没觉察,马上就会转回来的……然而,那只"七里乱"并没掉转头来,它越去越远,终于消失在黄昏的薄暗里了。

董小宛失望地回过头来,"嗯,眼下时候还早,冒郎未必就能赶到。上一次,他也是齐黑以后才来的。"这样安慰自己之后,她感到站得有点累了,就去搬来一把椅子,在窗前坐下,一边打着扇子,一边继续守候。

天色越来越暗,树上的知了也叫得愈来愈起劲,周遭的热浪紧紧地围裹上来,把人闷得连气也有点透不过了。可是董小宛下定决心无论如何要坚持下去,她的一双眼睛也始终没有离开山塘河面。正当她感到闷得实在难受,快要支持不住的时候,脸上忽然像给一根鹅毛轻轻拂了一下,感到一丝凉意,接着又是第二下、第三下……说也奇怪,周遭的热浪仿佛遇到了什么难以对付的敌手似的,悄悄地、分明地退下去了。渐渐地,那鹅毛样的清爽感觉变得清晰起来,有力起来。董小宛的一缕鬓发开始摇摆。接着,她发觉衣衫也在飘动,……蓦地,一道曲折的闪电划破了沉沉的夜幕,原来天空中不知什么时候已经乌云密布。这时,树上的知了早已停止了鸣叫,潮湿的空气到处弥漫,看来,一场大雨就要来临了。

董小宛长长地舒了一口气,正打算闭起眼睛歇息一下,忽然又想到:啊,要是下起大雨,冒郎不知道还能不能动身前来?一旦意识到这场雨对于她来说,很可能不是好事而是坏事,董小宛顿时又紧张起来,恨不得立即把眼前的凉爽赶跑,把刚才的闷热重新召唤回来。

"娘,陈小官又来了,你见他不见?"丫环寿儿不知什么时候走了进来,摆出一副公事公办的神气问。

董小宛错愕了一下,随即皱起了眉毛:"什么见不见?我不是早说了,他若再来,你只管替我赶走就是!"

"可是……"

"我不听,不听!让他走,快走!"董小宛厌恶地捂着耳朵叫嚷。

"是!"寿儿答应了一句,却仍旧挨延着。这时,董子将的喝骂声在楼下响起来:

"好呵,原来又是你这个臭叫化子!你来干什么?啊,你来干什么?"

只听对方含糊地应了一句什么。紧接着"啪"的一响,然后就是陈小官的惊叫:

"啊,你打人,你为什么打人?"

"老子就打你这个臭叫化,怎么样?你走不走?不走老子还打!"董子将得意地说,不难想象出他那副狞笑的模样。

寿儿瞧了董小宛一眼,连忙三步并作两步地走了出去,接着又"咚咚咚"地下了楼。

"哎,你还待着干什么?走,快走呀!"只听她催促说。

好一阵没动静。然后,才听见陈小官说:"好,我走,我这就走,——不过,你们可别得意过头了,小爷当初可是花过大钱的!如今把我榨干了,你们就翻脸不认人,只想挑那高枝儿攀。也不想想,人家姓冒的会要你?要你罢啦!哼,就摆出这么副面孔来了!"

他一边忿忿地说,一边走出后门去了。

董小宛侧耳听着,轻轻舒了一口气,重新在窗前坐下来。这个陈小官,说来可真是个轻贱骨头。他本是铜桥圩一户殷实人家的独生子,今年也才二十二三岁,天生的不喜读书,只爱游荡玩耍。早年他爹在世,总还有个人管着;后来他爹一死,他娘又只知溺爱儿子,这陈小官就愈加放纵起来。不知怎的,几年前,他竟迷上了董小宛。初时也只是来喝杯茶,求幅画儿,偶尔也留宿一晚半晚。那时小宛的娘还在,见他舍得出银子,倒也以礼相待。谁知,他竟因此生出了妄念,想把董小宛娶回家去。其实小宛哪会看得上他?便是平日陪茶侍寝,也是被娘逼得紧了,没奈何敷衍他一下。但是陈小官却不知趣,一心以为是银子花得未足,从此便加倍挥霍起来。今儿二十、三十,明儿五十、一百。小宛的娘是个惯家子,见钱就收,还时时拿些暖心的话来笼络他,弄得陈小官愈加死心塌地,不到两年工夫,竟把好端端一份家业荡个精光。小宛娘眼见他已经穷态毕露,仍旧天天上门来纠缠,赶又赶不走,便干脆带了董小宛去跑黄山、白岳,一走就是两年,为的是让他死了这条心。今年初,董小宛回到半塘之后,听说陈小官已经连祖屋都变卖了,亲戚朋友谁也不肯收留他,只好带着老母住进了养济院,其实同乞丐差不多了。谁知,陈小官一听说董小宛回到了半塘,竟又巴巴地找上门来。起初,董小宛一时心软,也周济过他一两半两。谁知他就想差了念头,以为董小宛对他依旧有情,还疯疯癫癫地逢人就说,他好比唐人小说中的那个落难的荥阳公子,董小宛就是那个多情多义的妓女李娃,他们不久就会共谐琴瑟之好了。此后,他就不歇地上门。董小宛见不是头,叫她爹和寿儿下狠劲儿赶了他好几次,还吓唬要把他缚去见官,陈小官才来得少了些,不过,仍常常会冷不丁从后门踅进来,伸着巴掌讨钱。董小宛早就吩咐过,碰上这种情况,寿儿就该毫不犹疑地把他轰走。可是这个鬼丫头也不知得了他什么好处,仍旧一次一次地替他上来通报。

　　董小宛摇摇头,竭力摆脱这种烦心的干扰。她又把目光投向山塘河,"哎,莫非今天又是空等?"她不安地想,同时开始在心里计算着:今天已是七月初十,距八月初十的考期只剩下一个月了,除掉路上花去的时间,到南京也就只有两三天的宽余;还有许多事情要安排准备,两三天的时间是最起码的了。那么,就是说,除非冒郎临时决定不去应考——这是不可能的——否则,他必须最迟在这一两天内来到苏州。这一两天内他要是不来,就不用指望他会来了!这样一想,董小宛心里顿时凉了半截。"啊,难道真像陈小官所说的,他是在骗我?"这个念头一出现,她不由得呆住了。的确,这是她从来没有想到过的。说也奇怪,在苦苦追求冒襄的几个月当中,她尽管想得不少,想到过他会冷淡她、讥笑她、拒绝她,甚至骂她、打她,可偏偏不曾想到过他会欺骗她。即使是现在,她也仍然不大相信他会这样做。然而这个想法一旦产生了,要摆脱它却不太容易。

　　"哼,你只不过是个风尘女子,人家可是个贵家公子爷。他欺骗你一下有什么奇怪!这样的事情古往今来难道还少吗?"她听见心里有一个声音这样说。

　　"啊,不,不会的,冒郎可不是这样的人!"另一个声音急急忙忙争辩。

　　"你说他不是这样的人,凭什么?你究竟了解他多少?"头一个声音质问道。

　　"凭我的心!凭我同他一个月的朝夕相处。我知道他不会这样做,我相信他!"另一个声音自信地回答。

　　头一个声音:"纵然他本无心骗你,可是你把他逼得太紧了,他没有办法,扯个谎,哄哄你,好把你打发走,也是有的。"

　　另一个声音:"可是、可是当时有许多人在场,大家都是听见的呀!"

头一个声音:"听见又怎样,这些事儿,在他们眼里,本来就是闹着玩,成了也就成了,若要反悔,也只是一句话! 又不是明媒正娶,莫非你还能到衙门去告他?"

另一个声音:"冒郎若真的这样对待我,可是太狠心了……"

头一个声音:"哼,你现在才知道? 公子哥儿没有一个是靠得住的,还是早早绝了这份痴心妄想吧!"

…………

就这样,两个声音越往下争论,董小宛的心就越往下沉。她瞪大眼睛,失魂落魄地坐着,甚至雷声夹杂着闪电不断在窗前隆隆滚过,倾盆的暴雨开始在屋外咆哮翻腾,她都完全没有觉察到……

然而,就在这个时候,江面上隐隐约约传来了一阵笛子的吹奏声。宛转、悠扬的旋律穿越重重雨幕,飞进窗子里来。那是一曲古谱的《梅花三弄》。吹笛子的人显然是个高手,只听他不慌不忙地吹着,并没有故意提高调门,可是无论是雷的轰鸣,还是雨的喧阗,都始终不能把他的笛声掩盖住。相反,当你留神去倾听时,就会被那美妙的旋律所吸引,不由自主地让你的心去追随它,以至忘却了其他声响的存在。起初,董小宛呆呆地听着,渐渐,她的眼睛发亮了。

"啊,冒郎,冒郎!"

她尖声大叫,猛地跳起来,跌跌撞撞地向外奔去。刚奔到门口,就同一个人撞了个满怀,原来是丫环寿儿。寿儿想搀住她,可是董小宛粗暴地把她一把推开。

"啊,冒郎,冒郎!"她兴奋地、重复地嚷着,飞快地奔到楼下,连雨具也不去拿,光着脑袋冒着哗哗而下的大雨,穿过院子,一直向山塘河奔去。待到被女主人的举动吓了一跳的寿儿,撑着油纸伞赶出来时,董小宛已经被浇得浑身湿透,却仿佛毫无知觉,正在那里焦急地张望着,侧耳倾听着。

"娘,你、你这是做什么?"寿儿战战兢兢地问。

"吹笛子的人。"董小宛含糊地说了一句。

"吹笛子?谁在吹笛子?"寿儿莫名其妙。

董小宛没有回答。是啊,究竟是谁在吹笛子呢?刚才,她还以为是冒襄。可是,等她赶出来寻找时,码头上却空荡荡的,既没有船,也没有人,而且连笛声也忽然消失了……

董小宛失魂落魄地站着,呆呆地望着在潇潇暮雨的笼罩下,正变得愈来愈昏黑的河面,两腿一软,坐倒在泥地上。

二

董小宛的担心并非没有根据。冒襄确实临时改变了主意,没有依约到苏州去接她。他独自带了冒成和另外两个仆人早早到了南京。就在董小宛冒着倾盆大雨到山塘河畔去寻觅他的那个夜晚,冒襄正在秦淮河畔他下榻的桃叶河房里摆酒宴客。

他这次匆匆赶到南京来,与其说是为了准备应考的事宜,毋宁说是由于心绪不佳。说来也怪,尽管他父亲的事情算是彻底解决,朝廷已经下达调令,让冒起宗离开左良玉军,前往湖南宝庆上任。从此以后,他再也用不着风尘仆仆地到处奔走求告,去窥测权贵们的脸色。可是,这一切并没有使冒襄变得轻松起来。当最初那一阵激动和高兴过去之后,他又开始变得闷闷不乐。要说原因,也没有什么特别的原因。不是因为时局。虽然目前时局确实比较紧张,张献忠的农民军自从于五月攻克了庐州之后,又连陷无为、庐江,并在巢湖操演水师,大有进军江南之势。最近,监军太监卢九德命总兵官黄得功、刘良佐二军攻击,结果却在峡山一线战败。现在黄得功已退守定远。不过,冒襄估计明朝在长江一线还有重兵把守,农民军还不至于一下子就攻得过来。他也不是因为陈圆圆,那已经是过去的事了。况且他冒襄也不会把一个女子看得这样重。至于董小宛,在冒襄的心目中,分量就更轻了……总而言之,连他自己也说不清是什么缘故,他只是打心里觉得烦闷、无聊,对什么也提不起劲头来。尽管眼下他正以主人的身份坐在宴席前,却怀着一种冷淡的,甚至是反感的心情,默默地注视着兴高采烈的客人们在那里觥筹交错,高谈阔论。只是到了迫不得已的时候,他才偶尔加插一两句,或者做出一丝淡淡的微笑。

本来,冒襄也没有心思摆酒宴客,只是顾杲和梅朗中巴巴地找上门来,说是最近许多社友都陆续来到南京,平日难得一见,要叙一叙,乐一乐,并且说明要敲他的竹杠。冒襄不好推辞,虽说由于乡里灾荒,加上为了父亲的事使了不少钱,如今他手头已远不如前时宽裕,也只好硬着头皮,拿出百把两银子来,由着他们去弄。结果,今天晚间来的客人还真不少,除了梅、顾二人外,还有吴应箕、陈贞慧、余怀、张岱和冒襄的拜把兄弟陈梁、吕兆龙以及其他一些认识和不认识的社友,总共有二三十人之多;又把顾眉、李十娘请来侑酒,就在水阁里设了五席。冒襄、陈贞慧、梅朗中、余怀、张岱和李十娘共一席。席上,大家东拉西扯地说些新闻、趣事,由于冒襄始终表现出一种冷冷的神态,同席的人受到他的影响,气氛始终热不起来。相比之下,倒是其他几席又是猜枚,又是行令,大笑大叫,好不热闹。陈贞慧早就发现了这种情况,但是弄不明白冒襄为什么这样子,又不好问。余怀和张岱两个受不了这份冷清,借口敬酒,双双离开座位,走到旁的桌子去,赖在那儿久久不回来。这一下,席上的气氛更形冷落。末了,连梅朗中也有点坐不住,时时露出想要离开的样子。陈贞慧见状,只好一边用眼色止住梅朗中,一边起身去把余、张二人拖回来。但冒襄还是那副样子,毫不改变。

陈贞慧一连几次投去询问的眼色,他都只当没看见。陈贞慧无可奈何,正想寻个题目,打破这种僵局,忽然听见有人大声说:

"你我也不用争,就请定生他们几位评一评!"

陈贞慧回头一看,方脸大眼的陈梁正扯着顾杲,步履蹒跚地走过来。两个人看来都喝得不少,陈梁从脸上一直红到了脖子,顾杲的脸却有点发青。他们各自一只手拿着酒杯,另一只手互相牵扯着,已是醉态可掬。

陈贞慧不由得一笑,问:"噢,你们要我做什么?拼酒我可不行!"

"不!"陈梁放开顾杲,摆了一下手,打了个酒嗝,"是这么回、回事!刚才我说,崇祯元年起,到今、今年为止,宰相一共已经换过四……四十三人,可他硬、硬说是四十四。小弟让他数,他又数——呃,数不出,小弟要、罚……他酒,他还不服气。定生,你、你来评评看,这酒该……不该罚?你说!"

陈贞慧"噢"了一声,笑着说:"这可让你问倒了,我还真没有细数过哩!"他回头问席上的人:"兄等有谁算过,到底是多少?"在座的几位听了,都面面相觑,又疑惑地摇摇头。陈贞慧只好转向其他桌子,大声问:"列位社兄!则良和子方适才问我,本朝十五年间,到底换过多少宰相?小弟蒙昧,无法回答,列位有谁知道的?"

其他几席的人听他这样一问,都停止了交谈;有些人不知就里,露出莫名其妙的神情。直到陈贞慧又重复了一遍,大家才窃窃私语起来。热心的,就开始计算。终于,有一个士子把桌子一拍,跳起来大声证实说:"是四十四人。"

陈贞慧回头一看,认得是冯班,便微笑起来,拱着手说:"啊哈!到底是定远兄记性好!敢问其详?"

冯班先不回答,端起酒杯,一饮而尽,又把方巾推到脑后,抓了抓乱蓬蓬的头发,这才屈着手指头计算道:"崇祯元年入相者有:施凤来、张瑞图、李国䃟、来宗道、杨景辰、李标、刘鸿训、周登道、钱龙锡、韩爌；二年：成基命、孙承宗、周延儒、何如宠、钱象坤；三年：温体仁、吴宗达；五年：郑以伟、徐光启；六年：钱士升、王应熊、何吾驺；八年：文震孟、张至发；九年：林釬、孔贞运、贺逢圣、黄士俊；十年：刘宇亮、傅冠、薛国观；十一年：杨嗣昌、程国祥、蔡国用、方逢年、范复粹；十二年：姚明恭、张四知、魏照乘；十三年：谢升、陈演；十五年：蒋德璟、黄景昉、吴甡。一共四十四人！"

陈贞慧见冯班一口气地背下来，倒也佩服他记性好，正想夸奖几句，从另一张桌子上有人不慌不忙地说："嗯，不对，还欠一个。"

陈贞慧循声看去，说话的那个人长得又高又瘦，坐在椅子上也比旁的人高出几乎一个头，原来是冯班的胞兄冯舒。

陈贞慧还来不及开口，就听冯班气呼呼地说："胡说！一个不欠，就是四十四人！"

"不对，是四十五人。"冯舒仍旧是那么慢条斯理。

"四十四！"

"四十五。"

"那好，你说，那一个是谁？你说！"

"你不妨再想想。"

"我想不出，我要你说！你说，听见没有？"冯班直着脖子嚷，眼睛瞪得像要从眶子里蹦出来，那个酒糟鼻子显得更红了，活像一只发怒的雄鸡。

冯舒却全不理会弟弟这一套。"要我告诉你，本来也未尝不可。"他慢吞吞地说，"但我的意思是要你自己先想一想，你却连想也不想，就来问我；那么我就得想一想，这样答应你好不好？自然，这是不好的。所以我就不能告诉你了。"

在座的客人们见他们兄弟这样抬杠，都忍不住笑。同时，也猜测起冯舒所说的那漏掉的一个是谁。有人说是黄立极，也有人说不是,甚至还有人对冯班已经数出来的人也提出异议。于是又各抒己见,互相争论,结果越算越糊涂。陈贞慧眼看争不出个结果,只好叹了一口气,苦笑着,对陈梁和顾杲拱手说:"十五年间,宰相换了四十余人。此事实属亘古未有。我辈生于斯世,尚且闹不清楚,后世之人只怕就更糊涂了。"

话刚说完,就听吴应箕冷冷地说:"十五年间四十余相,若所进者都是君子,所退者都是小人,原也无妨。奈何十五年中,却是小人日众而君子日稀!"

大家静了一下,仿佛在体味这话的内涵。忽然有人把桌子拍得"砰"的一响:"不错!我瞧温体仁、杨嗣昌、薛国观这几个就是欺君误国的罪魁!"

"骂得好!还有王永光、蔡国用、谢升!"另一个大叫。

"钱士升呢?此公也不是好东西!"又一个深沉的声音响起来。

有人表示怀疑:"钱士升尚非小人……"

可是他立即遭到好几个人的同声反驳:

"他起用唐世济!"

"他逼走文震孟!"

"他同温体仁朋比为奸!"

"他……"

"喂,诸位,当今这一位怎样?我是说'周'!"一个高亢的声音盖过全场。那是一个二十岁出头的士子,因为兴奋,他的那双年轻的眼睛闪闪发光。

大家忽然不做声了。因为周延儒目前正在朝中秉政,而近来对东林方面的人颇为优礼,多所起用。评判他不但不便,而且似乎有点困难……

"哼,这有什么?"在一片寂静中,吴应箕的声音像一柄刀子似的捅了出来,"'周'也者,昏懦贪婪,沽名钓誉!"

大家怔了一下,随即哄然地附和起来,其间还夹杂着欢呼。这欢呼表示着对吴应箕胆量的钦佩,以及他们从这种肆无忌惮的议论中所获得的快意和满足。

面对着这热烈、兴奋的场面,冒襄始终静静地坐着,一言不发。要是在以往,他必定早就参加进去,并且会设法以最激昂的情绪,最深刻的判断,以及最出人意料的妙语去耸动全场,赢得喝彩。可是如今,他觉得这一切都是那样平淡、乏味。"老是这么一套!啃来啃去就一块骨头,真是腻烦透了!"他默默地想,随手端起酒杯,却发觉已经喝干了。他正想伸手去取酒壶,旁边伸过来一只女人洁白柔软的手,轻轻把他按住了。冒襄回头一看,原来是李十娘。十娘文静地微笑着,起身端过酒壶,替他把酒斟满,一边低声地问:

"冒公子,听说你同小宛——可是真的吗?"

冒襄微微一怔,抬眼瞧瞧李十娘,发现她那双漂亮的细长眼睛正凝视着自己,他就移开了视线,含糊地应了一声。

"什么?"李十娘盯着他追问。

"嗯,还不定哩!"冒襄迫不得已,漫应了一句。之后,为了把话题引开,他抬头朝四面张望了一下,问:"你可知道,侯朝宗相公怎么没来?"

"哦,公子还不知道?这些天来,侯公子同香君打得火热,一天到晚躲在媚香楼里不出来。昨儿才听说他们游燕子矶去了,这会只怕还未回来哩!"

冒襄"噢"了一声,正想说:"我还以为他还在河南陪他尊大人哩,原来已经又藏进媚香楼去了!"忽然发现,李十娘不知怎地,眼皮儿发红了,脸上也现出黯然神情。他就临时住了口,同时觉得这种神情很熟悉,仿佛不久前在什么地方见过……蓦地,他想起来了,是董小宛!不错,在他同董小宛相处的那段日子里,她也常常流露出这样的神情。"这一次我没有依约去接她,不知道她会怎样?恐怕她时至今日,仍然会在那栋小楼上盼望着,脸上也是这么一副神情吧?"他斜睨着李十娘,心里隐然漾起一丝不安。然而,没等这种感情扩大开来,就见仆人冒成匆匆走近他的身边,把一份朱红纸拜帖呈了上来。

冒襄心神恍惚地接过,打开一看,里面写着:

通家侍弟史可法顿首拜

冒襄吃了一惊,问:"客人呢?"

当冒成回禀史可法的轿子马上要到时,他就着忙起来,站起身,凑在陈贞慧耳边嘱咐了几句,匆匆向外走去。

三

"史大人夤夜到访,不知有何要紧之事?他不是在扬州任上吗,怎么到了南京?又怎么知道我在这儿?"冒襄疑惑地想。这时,他已经把客人迎进河房的堂上,行过礼,分宾主坐了下来。

"弟因漕务来南都,已有七八日,明儿一早,便要回扬州去。适才在熊坛老府上,得知兄台已到了南京,特来拜候!"客人似乎猜出了他心中的疑问,一坐下,就微笑着解释说。

"啊!"冒襄连忙站起来,拱着手说,"老公祖言重了,晚生如何担当得起!"

"哎,坐下,坐下!你我之间,不必多礼!"史可法摆摆手。可是,等冒襄重新坐下之后,他却放下手中的茶杯,自己站了起来。

在灯光下看,这位素以精明干练著称的现任漕运总督兼凤阳、淮安、扬州巡抚是一个身材矮小的人。他面孔黧黑,举止利索,有一双精光闪烁的眼睛。据说他可以十天半月不睡觉地办公,实在累了,就用手中的笔杆抵住眉心,闭上眼睛养一会儿神。也许因为这个缘故,他今年才四十出头,前额上的头发却快掉光了,两鬓也已经一片斑白。现在,他头戴乌纱帽,身穿三品绯色圆领袍,袍背缀有一方显示品位的孔雀图案,束着一根金花腰带,脚下粉底皂靴。

史可法在堂内来回踱着,好一阵子还不开口说话。冒襄的目光追随着他,不知怎的,忽然有点不安。"嗯,他会不会为着父亲调职的事来责备我?"他想。随即忆起去年冬天,有一次,他上扬州去见史可法,想请他帮忙疏通,结果碰了一鼻子灰的事。现在这事到底办成了,他会怎么看,会不会不高兴?这样一想,冒襄就神经紧张起来,脊背也开始微微冒汗。

果然,史可法停止了踱步,转过身来。

"听说,令尊大人已调往宝庆,是么?"他问,语气是严厉的。

冒襄蓦地脸红了,"是的。"他轻声回答,避开了对方逼人的目光。

"这么说,到底让你办成了!"史可法说,像是在冷笑,又像在叹息。随后,他又踱起步来。

冒襄越加不安了。他已经看准,这位史世叔今晚来意不善,自己难免要挨他一顿数落,弄不好,还会挨骂。一想到自己堂堂"复社四公子"之一,如今却落得个被人责骂,而且似乎无法辩解的境地,他的自尊心就因痛苦而颤抖起来。"哼,你要骂就骂吧!反正,我就是这样!什么名声、地位,那些玩意儿,我早就腻烦了!"他自暴自弃地想,随即挑战似地抬起头,一言不发地盯着客人。

这当儿,史可法已经重新坐回椅子上。他用两根指头,轻轻敲打着扶手,终于开口了。

"时至今日,此事也不必再说了!"他慢吞吞地说,"虽则学生仍未敢苟同,惟是忠孝两全,自古为难,却也未可深责。弟如今所望者,是仁兄于尽孝之后,从此一心一意施展高才,忠心谋国,戮力王室,拯民水火,庶几不负男儿生于天地间之意!"

冒襄怔住了。本来,他正憋着一口气,等候挨对方的痛责,没想到史可法轻轻一句话,就把这件事放过了,而且对自己似乎仍然期望颇高。他不由得心头一热,冲口而出说:"晚生私意,也正是如此!"话刚出口,又觉得不够谦谨,就闭口不说了。

史可法却似乎并不介意。"如此很好!"他点点头说,停了停,又瞅着冒襄,微微一笑:"弟今晚匆匆而来,乃系有一事欲与我兄面商——"说着,他从袖子里掏出一封书信,递了过来。

冒襄连忙接过,只见封皮上还空着未写,也没有缄口。他疑疑惑惑地抽出信笺,展开一看,原来,是史可法写给本期南京乡试的主考官何瑞征的一封信,大意是说:彼此京华一别,已多年不见,十分想念,闻得老朋友这次主试南都,十分高兴,到时又可以把酒话旧了。接着,信中就向对方大力推荐冒襄,夸他年轻英俊,学富才高,是一个难得的栋梁之材,眼下国家多难,民生忧悴,正需要选拔像冒襄这样的人才出来报效社稷,共扶危局。末了,史可法希望主考大人阅卷之时,对冒襄的卷子能加以留意,倘有一点可用,尽量予以提携。

冒襄一边读信,心头一边怦怦直跳,浑身的血液也急剧地流动起来。待到把信读完,他已经激动得说不出话来了。他自然很明白,这封信的价值是多么宝贵;而一向以刚毅廉直出名的史可法,肯主动地替他写这样一封信又是多么的不容易!如果不是对自己确实特别的赏识,而且期望十分殷切,他根本不可能这样做。此刻,在冒襄的心里,半年前由于向对方请托父亲的事遭到拒绝的余怨,顿时烟消云散了,代之而来的是满腔的感激之情。他觉得心头发颤,泪水涌上了眼睛,只是用力咬住嘴唇,才勉强忍住了。

"以仁兄之卓荦高才,今科自能高中,原也无须弟多此一举。"史可法一边收回信件,一边说,"只是弟为朝廷求贤心切,生怕考官阅卷不细,以致埋没了仁兄的文章,使兄台为社稷效力之机又迟三年。是以不揣冒昧,出此下策,只怕我兄未免失笑了。今日特来奉商,仁兄倘以为可,此信不日便着人发出,如何?"

冒襄本来就感动万分,听了这番谦恭客气的话,再也忍不住。他猛地站起来,踉跄着走前几步,拜倒在地,哽咽说:

"晚生蒙老公祖俯赐栽植,没齿难忘!"

史可法连忙把他扶起来。"兄台何必如此!弟万不敢当!"他说,"仁兄既然应允,芜笺明日便可发出。"停了停,又叹一口气说:"国事蜩螗,已至于此!朝廷常叹老成凋谢,无材可用,却听凭许多英俊之才埋没草野,而不从速百计罗致振拔之。仍靠着三年一比,八股取士,从容矩步,不知祸之将至!到底这局面还容得几个三年?这八股文章又能出得几个济艰之才?啊,老天,老天!你庇佑我大明天下三百年,如今到底意欲何为啊!"

冒襄本来打算再说上几句感谢的话,可是见史可法说话时声色俱厉,情绪变得异常激动,他悲愤地仰望着堂外的沉沉夜空,眼睛里闪动着晶莹的泪光——显然不是客套的时候,冒襄只得屏住气不做声。而且,渐渐他的情绪也受到了对方的感染。"是啊,国事坏到了这种地步,恐怕已非少数人之力所能挽救。那么,即使这一次我考中了,又能得意多久呢?万一不幸亡国,这一切还有什么意义呢?"这样一想,冒襄就不禁呆住了,虽然随后他又安慰自己:"嗯,只怕还不至于此,还有一丝希望……"可是,刚才那份兴奋的心情却消失了。

这当儿,史可法已经重新控制住了自己的感情。

"啊哈!"他朝冒襄转过脸来,微微一笑,"时候已经不早,此事就这样办了。愿兄台善自珍重!"说着,就站了起来。

"啊,老公祖这就要走?"

史可法点点头:"自我师败于峡山后,献贼有进窥江南之意,眼下沿江防务甚急。凤阳总督高公、安庆巡抚郑公已被朝廷撤职逮问。凤督一职,由马瑶草代任。诏令是昨天到的,适才弟已看了邸报。"

"什么？马瑶草起用了？"冒襄吃了一惊。

史可法瞧了瞧冒襄,似乎对于他的反应感到奇怪。

"马瑶草虽然同阮圆海私交颇厚,"史可法沉默了一下之后,说,"但此人并非阉党,心术人品尚称端直,而且素有知兵之名。这次朝廷起用他,以弟之见,可谓得人。"

冒襄本想提醒史可法,对马士英须得提防着点。可是听史可法言下之意,对马士英似乎颇为推重。他摸不透史、马二人的关系到底如何,觉得不便贸然进言,便只好拱着手,唯唯应着,不再说什么了。

四

正当史可法向冒襄谈到马士英的时候,在城南库司坊石巢园的大厅内,阮大铖和他的客人们都在心急火燎地等待马士英的到来。

阮大铖也是昨天才得到消息。虽然早在四个月前,也就是钱谦益为他开脱那件事失败之后,阮大铖眼见自己一场好梦化为泡影,无法可想,只好咬咬牙,当时就写信给周延儒,请他设法先把马士英弄上去再说。周延儒欠着阮大铖一万两银子的人情,自然难以推却,何况马士英不是逆案中人,事情好办得多,所以爽快地答应了。不过,到底又拖了好几个月,才算把这事办成。昨天,当马士英派了一名管事人来告知这个消息的时候,阮大铖着实高兴得手舞足蹈,心想:"哈哈,这回到底让我钻通了,只要老马能上去,不愁他将来不拉我一把!"不过,这么个大喜讯,马士英竟不亲自登门向自己报告,又使阮大铖有点意外,也有点不满。他问明来人,知道是军情紧急,朝廷诏令即刻起程赴任,马士英正忙得团团转,实在无法分身,于是便点点头,吩咐立即备轿,前往拜谒。谁知,当他兴冲冲地赶到马士英府上时,却扑了个空——马士英出门拜客去了。阮大铖可就有点着恼。他也不管什么礼貌不礼貌,当着马府家人的面,就唠唠叨叨地数落起来,说什么这可是件大事啦,马士英本该先来找他啦,不来找他也应当在家里等啦,他也是靠六十岁的人,让他这样来回扑空多不好啦;还有,他如今有许多顶顶要紧的话要向马士英交代,现在找不到人,可怎么办啦,如此等等。马府的人知道这胡子老爹的脾气,尤其知道他同大老爷的交情,所以只是一个劲儿地应着,并不回嘴。阮大铖发了一通牢骚,到底等马士英不着,只好又回来了。到家之后,他越想越不甘心,又生出个办法:命管家阮庆写下六七份请柬,分送给平日气味最相投、来往最密切的几个好友——中山王府的二公子徐青君、南昌建安王府镇国中尉朱统𨧨、罢职漕运总督田仰、前江宁知县杨文骢,以及一位姓王的总兵官,请他们前来饮宴。另外又写了一份给马士英,就用以上几个人,再加上他阮大铖的名义通知对方,说定于第二天,也就是今晚,在石巢园摆酒,给他饯行,请马士英务必赏光。请柬送出去之后,阮大铖心想:"看你马瑶草来不来?你若是乖乖儿前来便罢,若还推三阻四,我老阮可跟你没个完!"结果,这一次马士英答复得倒爽快,说他一定前来。阮大铖听了,这才稍稍消了一点气,同时,也就想好了一大通到时要对马士英说的话,其中包括一系列的要求和约定,准备都要在酒筵上提出来,并且当场取得对方的许诺和保证。鉴于马士英自昨日以来,这几下子的表现颇不漂亮,阮大铖已经警惕起来,觉得对他的这位"债户"不能放松,而要抓得很紧很紧。

现在,客人们早已到齐,最初那一阵子快活、热烈的寒暄和交谈也已经结束。大家默默地喝着茶,围着从旧院请来侑酒的两位秦淮名妓——马婉容和王小大,听她们轮流着唱小曲儿,也听得有点腻烦了。厨房的管事好几次出来打听什么时候才开席,可是,马士英仍旧不见踪影。

"哎,圆老,怎么回事?瑶老到底还来不来啊?"徐青君终于打了一个呵欠,问。他显然已经不耐烦了。

"哼,你问我,我又问谁去?请柬是昨夜送去的,今天一早又派人去问过他,都说要来,来!谁知道!"由于长久地扭转脑袋,眼巴巴地看着门外,阮大铖觉得脖子累得好酸。听了这话,他就回过头来,没有好气地回答。

"既是瑶老说过要来,那么他一定会来的,诸位不必担心!"有人很有把握地说。那是马士英的远房亲戚田仰,他身材矮小,肩膀很窄,瘦削衰老的脸上,却奇怪地长着两道漆黑的、年轻的眉毛。

"可现在都什么时候了呀!"徐青君不高兴地说。

"只怕,叫什么事情临时绊住了吧?"体格健壮、脸孔却很瘦的王总兵小心地说,"眼下军情很紧,听说献贼已经……"

"哼,事情再多,也该来了!"坐在对面的杨文骢打断他的话。杨文骢是马士英的妹夫,同田仰也算是亲戚。他有四十五六岁的样子,衣服穿得很华丽;小眼睛、细鼻子、淡眉毛,配着一张胖胖的圆脸,脾气一向挺温和。可是不知为什么,现在他却有点愤愤然:"昨儿我巴巴地上门访了他两回,今儿一早访了他一回,都没见着——哪里就有这么多事了?今晚我们大家都在这里等他,他又不是不知道!"

"龙友兄,你说这话,可就太不体谅瑶老了!"田仰不以为然地微笑着。显然,同样作为亲戚,他所选择的立场同杨文骢恰恰相反,他决心充当马士英的坚定维护者,并且认为这样做是聪明的,

"瑶老新膺重任,百事纷拿。他为人又最是认真严谨,事事都讲究亲力亲为,一时忙开了,对我们这些老友照应不到,也是有的。兄又何必耿耿于怀,责备于他?"

"我不是说我们!"杨文骢吵架似的说。由于被对方隐藏着圈套的话所激怒,他的圆脸涨得通红,"我是说圆老!他们二人的交情谁不知道?再者,这次他马瑶草东山再起,还不是全靠圆老帮的大忙!光冲着这情分,他就该哪儿不去,头一个先得来拜谢圆老!也用不着我们白白候上这大半晚,还不知道他来呢,不来!"

"哈哈,不错!"正浑身散了架似地歪在椅子上、转动着一双小眼睛瞧着大家争论的朱统锛,突然蹦起来,"八成是马老头儿乌纱帽儿一戴,就把我们这伙老朋友给忘啦!"他喜气洋洋地叫,挥动着长长的胳膊。朱统锛是明朝的宗室,本来封在江西,不久前为着躲"流寇",搬到南京来住。他看中了石巢园有得吃,有得玩,主人又格外热情大方,便一头钻了进来,很快同阮大铖等人打得火热。若论长相,他那高高凸出的前额,以及相应地向前钩着的下巴颏,同老皇帝朱元璋还真有几分相似,说明他确实是一颗"龙种"。现在,他大步走到阮大铖跟前。

"我们同他交情浅,没说的。可是你呢?圆老,你不是常说,你同老马是二十年的过命交情么!怎么今天也叫他给甩啦!咦?啊!"他嘲弄地问,显得兴高采烈,随后就哈哈大笑起来。他笑得那样厉害,以至到后来不得不双手捂着肚子,倒在椅子上打滚,惹得周围的人不由得露出茫然的微笑。

阮大铖没有做声,可是他的脸色却分明变了。一种混杂着怀疑和怨恨的灰白色从他那张滚圆的胖脸上呈现出来,一双乌溜溜的眼睛也顿时失去了光彩。

"马瑶草不会弃我,不会!"他喃喃地说。

"不会?"朱统锛一翻身又站了起来,他显然还没有尽兴,"那么,你就等着吧!看老马今晚还来不来?别瞧他昨儿还糖豆儿似的粘着你,可今天不同喽,人家又上去喽!你对他还有什么用!不错,是你帮的大忙,可那又怎样呢?如今是他在上头你在下头,他愿不愿意帮回你,还不知道哩!再说你的事连周老头儿都帮不了,还能指望他马瑶草有办法?没准儿,还把你看成累赘咧!哈哈,这回呀,你老就认栽吧!"

"大恩不报,自古已然!"许久没有说话的徐青君忽然冒出一句,又打了一个呵欠,并且做出打算起身告辞的样子了。

阮大铖慢慢地抬起头,望望这个,又望望那个,仿佛问:会这样吗?真会这样吗?然而,大家还没来得及说话,他却猛然一跃而起。"不,不会的!不会!你们说,不会!是不是,说啊!"他厉声追问,恶狠狠地环顾着。大家被他这突如其来的举动吓慌了,都不由自主地后退了一下。

就在这时,像是回答他似的,大堂外响起了急促的脚步声。门公引着一名家仆打扮的人一步跨了进来。那人环顾了一下,认出阮大铖之后,就走过来,跪下禀告说:

"小人马六儿,是抚台马大人的长班。奉我家老爷之命,来见阮老爷——我家老爷说,承阮老爷和诸位老爷盛情相邀,本拟前来领教,惟是军务紧迫,即刻便要登程,实在无法停留。特命小人前来转知列位老爷,并致歉意!"

大家听了,顿时面面相觑,一句话都说不出来。过了一会,杨文骢定了定神,勉强问道:

"嗯,可有瑶老手启?"

"回大人,我家老爷说行色匆匆,就不写信了,让小人口头转达。"

"那么——瑶老可尚有其他话说?"

"回大人,没有了。"

杨文骢同其余的人交换了一个眼色,看见大家都不做声,他就朝马六儿摆摆手说:"嗯,知道了,你回去多多拜上马大人,就说我们这些知交好友恭祝他此行一帆风顺,马到功成。我们在此静候他的破贼捷报!"

马六儿叩了头,退出去了。杨文骢这才转过身来,却看见阮大铖失魂落魄地呆在椅子上,不动,也不说话。他沉吟了一下,打算走前去劝慰几句,到底迟了一步,阮大铖忽然狠狠地一扯胡子,用力跺着脚,呜呜大哭起来……

五

南京乡试的考场,坐落在城南淮清桥和武定桥之间的秦淮河西岸,离应天府学不远,与名妓聚居的旧院,也只是隔河相望。

这个可以容纳上万举子同时应试的江南第一大考场,规模与格局都与众不同。当门一片大空地,用木栅栏三面围了起来。栅栏的东西两侧,各有一个斗拱结构的辕门。从辕门走进去,是两座鼓楼,分立在坐北朝南的大门两旁。鼓楼后面是两座石牌坊,分别用朱漆在右边的牌坊上写着"明经取士",在左边的牌坊上写着"为国求贤"。牌坊当中,是一座庄严肃穆的大门楼,上面悬着一块黑字横匾,工楷大书写着两个字"贡院",下面并排横着三个门洞,这是考场的大门。进了大门,接着是仪门,这是举子们领取试卷的地方。仪门之后又是一道门,名叫"龙门",顾名思义,自然是暗喻着连登金榜、飞黄腾达的意思。龙门内,平列着四道较小的门,却是取的《虞书》"辟四门"之义。走完这一道道门之后,就来到考场之内。一条宽阔的露天通道,从门边一直向内伸延。通道两旁,是八尺高的砖墙,墙上是一个个带栅栏的门,每个门的距离也是八尺左右。数以百计的这样的门,都按《千字文》的顺序一字一门地编着号。每号门内,是一条仅可容二人并肩通过的狭长小巷。那些有顶无门的小斗室,就一间接一间地排列在巷的一侧,每巷总有上百间之多,这就是"号舍"——举子们答卷和住宿的地方。

为着能够随时监视考场的情况,在露天通道当中,建有一座"明远楼"。楼高三层,飞檐轩窗,气象颇为雄伟。有了这座楼,再加上考场四角上的望楼,举子们在考试期间的一举一动,都逃不过监考人员的眼睛,企图作弊就不那么容易了。

如果说,这还不够保险的话,那么考场周围还另有防范的措施。首先是围墙,它不是一道,而是两道。内围墙高一丈,外围墙高一丈五尺,每一道的墙头,都布满了带尖刺的荆棘,它们把考场同外界严格地隔绝开来。其次,到了考试期间,还专门有差役兵丁在围墙之间来往巡逻。这样,即便有哪个作弊者铤而走险,竟然翻越棘墙,也必定会落入巡逻兵丁之手。

贡院的前半部分,也就是考场部分的情形,大体就是这样子。至于试卷的誊抄、批改、推荐乃至录取,都在贡院的后半部分进行。那里面还有许多院落馆舍,戒备也更加森严。只靠着交卷的地点至公堂的东西两栅栏同前半部分发生关系,应试举子那是绝对禁止进入的。

乡试的试期,照例从八月初九日开始。按规定,每个举子必须考满三场——初九日为第一场正场,十二日为第二场正场,十五日为第三场正场。每场考试,都是提前一天点名,并发卷进场。所以,到了八月初八这一天,冒襄早上起来,梳洗完毕,就开始准备上考场去。

自从那一天夜里史可法来访,主动提出要替他向主考官说项疏通之后,冒襄对于这一次乡试,就变得重视起来了。本来,在过去整整一年中,由于烦心的事太多,他一直脱不出身来认真准备。

这一次虽然循例到南京来，却多少抱着姑且碰一碰运气的想法。但是，如今他的想法不同了。他不仅下决心全力应考，而且志在必得。这倒不在于史可法的推荐，势必会有助于他的成功，而是史可法这一行动本身所体现出来的、对他异乎寻常的关怀和重视，促使他振作起来。

这位史大人，作为雄镇淮扬、声威素著的一位封疆大吏，向来是复社士子们推崇景仰的偶像。他早年家境清贫，曾受知于著名的东林党领袖左光斗。入仕后，以清廉正直、干练有为著称。他推诚御下，赏罚严明，能与部卒同甘共苦。每次出发作战，都是将士们先食，他自己后食；将士们先穿，他自己后穿，颇有古贤将之风，在腐败已极的明朝军队中，显得十分难能可贵。他的军队，也因此具有较强的战斗力，曾多次挫败农民军的进攻，为明朝把守住江南富庶之区。同时，作为漕运总督，他还大力整顿，锐意改革，使积弊很深、混乱已极的南北漕运大见起色，保证了江南地区的钱粮能源源不绝地运往京师。这一切，都使史可法在朝野人士，特别是复社士子当中备受赞誉，被看作是具有高尚的道德品质和杰出的政治军事才能的典范人物。如今，正是他，而不是别人对冒襄如此关怀和器重，为着使他能够尽快获得施展才干、为国效力的机会，竟不惜冒着可能招致非议的风险，毅然采取非常的行动，这确实使冒襄受宠若惊；而当他深入体味对方这一行动所包含的殷切期待时，又止不住热血沸腾、情怀激越。"这些年来，国家的局面越来越坏，朝廷中那些当权的大佬们确实不行了！大明中兴的希望，如今已经落到了我们肩上！看来只有实行我们所主张的一套，才有可能把社稷从水深火热中解救出来。这些年，我们上去了一些人，但远远不够，还需要上去更多，才能真正掌握大局。史世叔无疑正是看到了这一点，才如此热心地提挈我。既然如此，我也应挺身而出、当仁不让！我为什么只想着碰运气？我冒襄岂是那等平庸之辈？

不,我一定要中,一定能中!"

　　这样下了决心之后,他就变得空前热心起来,开始全力以赴地投入紧张的准备。他摒绝了一切交游,也不再去弄诗词歌赋,集中精力钻研揣摩八股文的写作。他把自己前几次乡试的试卷以及平日的习作又翻了出来,同那几部最著名的八股文选集,像钱禧、杨廷枢选的《同文录》、马世奇选的《澹宁居集》、艾南英选的《明文定》,以及一些有名的程墨、房稿的选本仔细对照参详,特别在如何题前盘旋、如何抉发题中神理、如何实力发挥等关键之处下功夫。这样弄了将近一个月,自觉眼光和手笔都有了突飞猛进,与一个月前大不相同。他得意之余,自负地想:"哼,除非是试官瞎了眼。否则,以我今日这种文字去应考,再不中便是没有天理!史世叔要替我关说,自是一番好意。不过其实我文字火候已到,关说不关说,又是其次了!"

　　所以今天,他准备前往考场的时候,显得十分从容镇定,先换了衣服,又命冒成取出一顶新方巾来戴上;然后开始检点进场行李,不外是铜铫、号顶、门帘、火炉、烛台、烛剪、枕褥之类;接着又察看了一下场食,看见三屉格考篮里,上层是米盐、酱醋、鸡蛋等食料,中层是些精巧点心和补品,像月饼、蜜橙糕、莲子、龙眼肉、人参之类,最下的一层放着笔墨、砚台、挖补刀、糨糊等,都已准备停当。他又坐下来吃了一盏茶,正要起身出门,临时记起还应当照例卜一卦,问个吉凶。于是先去重新盥了手,焚起一炷线香,然后把书案上一个小小的锦盒拿来,从里面掏出五十根蓍草,先抽出一根,再把其余的四十九根随手分作两部分,按四根一组来数数,数来数去,得了个"贲卦"。冒襄心想:"贲者,文明之象也。"心里已有几分喜欢。再细看卦象,只见内外两爻,相对发动,似乎预兆着此去会一举两得。冒襄倒疑惑起来:这次考得再好,也只得一个举人,莫非还能考回两个举人来不成?想来想去,始终有点摸不着头脑。

最后他想："无论如何,总不是个凶兆。"于是放下心来,起身出门。

桃叶河房离贡院并不太远,过了淮清桥,往南一拐就到了。这时,路上人员拥挤,都是赶赴考场的士子。有年轻英俊、步履矫捷的,也有老态龙钟、须发俱白的;有的穿得讲究华美,有的则衣衫破敝;有的空手而行,自有健仆替他扛箱提笼,有的自己携带行李,累得弯腰曲背、满头大汗。脸上的神气,也因人而异:那东张西望、表情紧张的,必定是初上举场的生员;那心事重重、低头走路的多半是久困场屋、累试不中的老秀才;至于那些从容镇定、神态昂然的举子,若不是自视甚高,以为稳操胜券,就是暗中打通了关节,已经胜利在握。冒襄就属于最后一种。由于冒成照例跟在后面替他扛行李,所以他十分轻松自在地走着,脸上挂着微笑,时不时朝路旁那些摆卖闱墨文集、各式文具以及古玩字画的摊子瞧上一眼。

当他快走到贡院的时候,背后忽然响起了急促的脚步声,还没来得及回头,一个人影就"呼"的一声,擦着他的肩膀冲了过去,要不是躲得快,就会被撞倒了。冒襄一瞧那高大的背影好熟悉,便扬声招呼道:

"朗三!"

那人停了一下,回过头来,果然是梅朗中。只见他方巾歪了,头发蓬松着,跑得满头大汗,上气不接下气。当认出是冒襄时,他便气急败坏地挥了一下手:"哎,完啦,小弟要迟到……"说着,又领着仆人飞奔而去。

冒襄有点莫名其妙,但随即就醒悟过来。前几天,他上贡院看过贴出的告示,知道今年点名进场,头一批是点的太平府的生员,冒襄所属的扬州府排在最后。梅朗中那个县属于宁国府,记得也是比较靠前的,难怪他如此惶急。"朗三这家伙,总是这等冒冒失失!"冒襄皱着眉毛想,不由得微笑起来。

"老兄听说了么?今期乡试,谁该中式,那头十名的单子,都已在主考大人的夹袋里了！"忽然，他听见有人在身边这样说。

"啊，有这等事，那我们岂不是白考了么？"另一个人吃惊地问。

"白考倒不全是白考。只这头十名，阁下休去想它就是了。"头一个人冷冷地说。

冒襄心中一动，回过头去，发现说话的是一胖一瘦的两个举子。

"买一个举人，"胖举子眨着眼睛，"不知要多少银子？可惜我没门道，要不，拼着把那三间祖屋卖了，好歹也要捞他一下！"

"卖祖屋？"瘦举子鄙夷地说，"那济什么事！你想中举，倒不如把脸皮磨厚点，跑到太仓州去，在那个什么西张夫子大圣人张天如的灵前，恭恭敬敬叩上九个响头，再给那些个什么四配、十哲、十常侍、五狗之流的伪君子们响响地拍上一通马屁，甜甜地叫上几声干爸干爹，求他们让你加入复社，保管你不出三年，定能高中！"

"啊，莫非又是复社捣的鬼？"

"哼！"

"我找过他们，可是他们不要我。"胖举子怔了半晌，垂头丧气地说。

"他们不要，我还不稀罕呢！什么君子，狐群狗党罢咧！别看他们现在挺神气，总有一天……"瘦举子话没说完，忽然发现冒襄正有意无意地跟在后面，他就住了嘴，扯了胖举子一把，两人紧走几步，在人丛中一混，转眼就不见了。

听了这番刺耳的议论，冒襄不觉暗暗吃惊。如今世风日下，科场腐败，黑幕重重，早已怨声载道，他是知道的。加上这种八股文章其实又考不出什么真才实学，遂致许多贤能之士长期困于场屋，郁郁不得志。正是有感于此，复社同人才群集起来，试图扭转颓风，通过互相援引，使贤能之士得以扬眉吐气，发挥才干。经过整整十年的努力，总算陆续上去了一些人，但招致的非议和怨谤也着实不少。特别是那些社外的士子,更是疑神疑鬼,把复社看成是扰乱科场的魔头灾星,碰到什么劳什子事情,总要往复社身上猜、往复社身上推。这样一来,复社无形中反成了代人受过的众矢之的。"瞧吧,这才真叫一峰崛起,群山皆妒呢!"冒襄冷冷地想。同时,心里油然升起了一股傲气:"哼,不错,我们复社的人就是要中,该中!你们越是不服气,我越要中给你们瞧瞧!无非就是这些八股时文,我不信就弄不过你们!"这样一想,他就抖擞精神,加快脚步,向贡院走去。

六

"哎,辟疆,你可来了!累得我满场子的好找!"

冒襄刚刚走进贡院的辕门,余怀就兴冲冲地迎上来。

"哦,什么事?"冒襄边问,边打量着四周。他发现,尚未进场的举子还很不少,栅栏内外,依旧挤得满满的,少说也有二三千人,再加上他们的仆从,人数就更多了。一部分举子正拥挤在贡院的大门听候点名,其余的则东一堆西一群地随意站着。有的正起劲地交谈,有的则抱着书本,还在那里临阵磨枪。各种形状、各种颜色的考篮和行李丢得满场子都是,耳畔回响着一片接连不断的、嗡嗡的说话声响。

"嗯,什么事?"冒襄把目光收回来,瞧着余怀,又问了一句。

余怀却不立即回答,他拉着冒襄离开人来人往的辕门,才神秘地低声说:"告诉兄,兄可不要心慌哟!——嗯?"

"到底什么事?"

"兄不妨猜猜——有一个人来了。"

"谁?"

余怀挤眉弄眼地:"你不妨猜猜嘛!"

"我没工夫猜!"

"那——"余怀无可奈何了,他瞅着冒襄,犹疑了一下,"好,告诉你吧,董双成——的仙驾到啦!"

冒襄吃了一惊:"什么?小宛她来了?"

"瞧嘛,我不是叫你不要慌……"

"谁叫她来的?她在哪儿?我怎么不知道?"

"你当然不会知道,人家对老兄可是体贴得很,怕扰乱你首场文思,一直留在三山门外的船上,没有进城哩!"

"那,你怎么知道?"

"自然是有人告知我啰!咦,辟疆,那天在金山下的船上,你不是当着大家的面说得好好的,要到姑苏去接她来南京就试,怎么到时又不去了!嗯,这可不大好哇!哈哈!"余怀嬉皮笑脸地说。

"这你不用管!"冒襄一挥手,烦恼地走开去,忽然又走回来,"你可知道,她来干什么?"

"来干什么?问得出奇!自然是要同老兄配洞房花烛耍子来啦!"余怀摊开双手,依旧笑嘻嘻地,随即又摇头晃脑地吟诵起来:"哎,'洞房花烛夜,金榜题名时'!如此快事,真是几生修得!辟疆兄,小弟这厢恭喜了!"说着,他拱手当胸,深深地作下揖去。

冒襄面孔一红:"休要胡说!"

"什么?胡说?"余怀惊讶地说,"这消息可是千真万确。我好心好意来告诉兄,你不谢我倒也罢了,还……"说到这里,像突然想起什么,他回头瞧了瞧辕门旁那杆号旗,立刻叫起来,"不好,点到我们了!"说着,他就慌里慌张地丢下冒襄,一溜烟地跑了。

"这么说,她到底追到南京来了!我本来就担心她会这样,果不其然!现在该怎么办?怎么办?"当只剩下冒襄一个人时,他烦躁不安地想,并且背着手,徘徊起来。

说实在的,他没有依约到苏州去接董小宛,是有他的考虑的。虽然几个月前,在镇江金山脚下,他被董小宛苦苦缠着不放,再加上方以智、余怀等一班社友帮着起哄,在迫不得已的情况下,他勉强同意考虑娶董小宛,但是内心深处,却并不当真就这样定了。他回到如皋家中之后,冷静一想,就更加觉得别扭。在他看来,董小宛无论如何也比不上陈圆圆。仪容、风度姑且不论,光拿性格脾气来说,董小宛就远远缺乏陈圆圆那种魅力。陈圆圆,即使他们已经有了迎娶之约之后,冒襄仍然常常有一种担心,生怕她会突然改变了主意,弃他而去。虽然,正因为这缘故,他常常故意地冷淡她,但骨子里却在于更紧地维系住她!可是对董小宛,他却全然没有这种感觉。她太驯顺、太死心塌地了!诚然,她很爱慕他,这点是无可怀疑的。可是她太笨拙了,笨拙得令人腻味……如果说,陈圆圆像一匹美丽的、不羁的小马的话,那么董小宛就像一只羔羊。羔羊只会使人可怜,而美丽不羁的马却会挑动人征服她驾驭她的欲望。"我失去了圆圆,也不能娶小宛。我不能让人家笑话我无能!"于是冒襄便决定违背成约,不到苏州去接董小宛。因为他想到乡试期间,四面八方的社友都会聚集到南京来,如果董小宛在场,他们难免又会一窝蜂地起哄,把自己闹得更加无法下台……

"可是真糟糕,她竟然自己跑来了!哎,真是岂有此理!"冒襄又生气,又着急地想。不过,也只一会儿,他就不能再想下去了。因为一群同县的举子发现了他,都纷纷围上来向他招呼、问候,冒襄只好暂时把心事放下,同大家周旋起来。

一直到傍晚,才轮到点扬州府的举子进场。大家穿着又宽又大的白布直裰,在八月的酷暑骄阳下足足候了三个时辰,虽然打着伞,也已经一个个汗流浃背、头昏脑胀、疲惫不堪。谁都懒得再说话,只一个劲儿地叨念着快点进场。

自从冒襄来到之后，考场内已经发生了几起不大不小的事件。一件是贡院二门内搜检时，查出了两名夹带作弊的举子。其中一个事先请人写好了几百篇文章，各种题目都有，然后用蝇头小楷写在极薄的金箔纸上，卷折成很小的纸头，有的塞在笔管里，有的藏在镂空的砚台底下，显然打算到时拿出来照抄；另一个更巧妙，把事先准备好的文章用药汁写在青布衣袄上，外面抹上一层青泥，只要把泥一擦掉，字迹就立即显现出来。这两人的手段都不可谓不高，不知怎的，竟然给发现了，结果被剥掉衣帽，戴枷示众。这一下，可把场外的举子轰动了。那些身上不干净的害怕起来，登时就散掉了一二百人。第二件是天气太热，有五六个举子支持不住，当场中暑昏迷，被考场的军役抬出去救治了。还有一件，是不知哪来的一个狂士，喝得醉醺醺，跑进辕门来捣乱，又嚷又叫，还念着一支曲文：

　　　　读书人，最不济，
　　　　滥时文，烂如泥，
　　　　国家本为求才计，
　　　　谁知道变做了欺人技。
　　　　三句承题，两句破题，
　　　　摆尾摇头便道是圣门高弟，
　　　　可知道三通四史，是何等文章？
　　　　汉祖唐宗，是哪朝皇帝？
　　　　案上放高头讲章，店里卖新科利器。
　　　　读得来肩高背低，口角唏嘘，
　　　　甘蔗渣儿，嚼了又嚼，有何滋味？
　　　　辜负光阴，白日昏迷，
　　　　就教骗得高官，也是百姓朝廷的晦气！

　　他一边念，一边嘻嘻地笑，羞得那班举子脸上红一阵、白一阵。

最后,大家心头火起,一拥而上,把他逮住,交给巡绰官拘押起来……

现在,冒襄终于听见站立在东门的提调官点到了自己的名字。他答应一声,回头从冒成手里接过考篮和铺卷,走进如皋县的行列里,直到点齐后,才在手执高脚点名牌的县差引导下,登上台阶,走进大门。这时,天已昏黑,大门内的院子两边,堆起了两垛芦柴,熊熊的火光一直亮到天上。冒襄放下行李,同其他举子一样,照例解开衣服,脱下鞋袜,用手提着,然后到二门的栅栏领取试卷。

"嗯,刚才搜出了两个身藏夹带的,这一回只怕连累我们都得受罪了。"他一边想,一边走进二门。果然发现里面的气氛不同往常,四个搜检官每人负责一个角落,正虎视眈眈地坐在椅子上。一见冒襄走进,就有两个衙役过来,将他解衣剥裤,翻笼倒篋地大搜特搜,不但文具全都经过敲打查验,夹被夹衣要拆开,就连糕饼饽饽也用刀切开来瞧一瞧。冒襄给折腾得满肚子火,但又不能发作,好不容易检毕放行,走进龙门。他看看试卷上的座位编号,正巧,就编在"地"字第一号。他知道那是龙门东侧第一个门,又名"东龙腮"的,也就不去看墙上所悬的"席舍图",径直出了龙门,向右一拐,进了"地"字号门,在第一间号舍安顿下来。

原来这号舍宽才三尺,深也只有四尺,每个举子住一间。为了便于监视,故意建成有顶无门,也没有窗户,只有一个放油灯的小壁龛,两边墙上各有两行突出的砖托。至于桌子和床,其实只是两块可以合并的木板。要答卷时,把两板分开,在上下两层砖托上各放一块,就成了桌子和椅子。睡觉时,两块并排放在下面那两道砖托上,就成了床。因为地方很狭小,举子只好曲膝而卧,加上没有门,只能临时挂一张油帘,碰上刮风下雨,景况就十分狼狈了。就算不下雨,像现在这样炎天酷暑,也简直同坐在蒸笼里差不多。不过冒襄已经顾不上这些。他知道马上就要鸣炮封门,留给他做准备的时间已经不多。他赶紧到过道里向"号军"——一个负责料理举子起居饮食的老兵讨了一点水,泡起一杯茶,狼吞虎咽地塞了两件点心,就动手磨墨。这时候,号栅已经关上,四下里变得静悄悄的,再也看不见有举子在走动,就连监考人员那威严的咳嗽声和脚步声也暂时听不见了,整个考场呈现出一派严肃的、不安的气氛,就像是一个马上就要展开生死搏杀的战场。不过,冒襄却相当镇定,他依旧动作轻快地磨着墨。已经是第四次参加乡试,对于这种气氛,他可以说是相当熟悉。诚然,前三次都是铩羽而归,但这一次毕竟不同,他经过近一个月的苦心钻研,自觉对于八股文的写作,已经取得了飞跃突破,眼界和手笔,都远非昔日可比。何况史可法又事先替他通了关节。除非老天爷故意捣蛋,否则断无不中之理。事实上,老天爷看来也是肯帮忙的,他不是已经在卦象里显示吉光了么……

"轰!轰!轰!"封门的号炮响了起来。冒襄的思绪跳动了一下,断了。他本能地把墨条放下,向外张望了一下,坐正身子,等候分发试题。可是,那轻快的思绪,仍然在他脑子里跃动。

"……如果这一次中了的话,那么明年就该到北京去参加会试。哼,我倒不怕会试!虽说会试中试要比乡试难得多,但好就好在考官的学识眼光也会高得多,相信他们更能识得我的文章!……若是会试、殿试也都中了,最好能争取进翰林院,像方密之那样,当个编修之类,干好了,就有机会入阁当值,参与机务,将来路子就会顺当得多。要不然,给外放到穷乡僻壤去,当个劳什子县太爷,那就毫无意思了!对,到时我一定要设法入翰林院!……"这样暗自决定了之后,他就开始想象自己一旦跻身于权力中心,将如何施展才干,取得皇上的信赖,然后大力整顿朝政,毫不留情地撤换那些昏庸无能之辈,把与自己志同道合的一批人提拔起来,安插到各个重要部门。然后通过他们,坚决贯彻自己的一套政治主张。这样,不出数年,就一定能把国家的局面彻底改变过来。到那时,流寇荡平,建虏扫灭,大明中兴,自己也将作为一代名臣而流芳青史……冒襄就这样沉浸在雄心勃勃的悬想里,脸上带着微笑。他想得那样兴奋,那样入迷,以至巡绰官把试题发到他手中时,都差点儿没反应过来。

试题一共二十三道,其中《四书》出三题,《五经》每经出四题。按照规定,除了《四书》那三题必须全做之外,《五经》的二十题,举子只须做自己所报考的那一经的四题便可。每题一文,合成"七艺"之数。要在不到两天的时间内作成七篇文章,而且要作得好,还要工楷誊正,实在是一桩极紧张极辛苦的差事,常常有不少举子无法终篇,或者因紧张过度而当场昏厥。

所以冒襄不敢再胡思乱想,他拿着题纸,首先很快地浏览了一遍。他知道,由于《四书》《五经》这几部古书的篇幅不多,字数有限,一般地抽取其中的句子来做题目,时间一长,就难免重复。所以如今的试官都是想方设法地变花样,或在每章每节内择取数句,或者把一章分成几节,或者从一节中截取一句,或者把几章几节连在一起,这样来出题目,使人无从预测。不过,举子也有相应的对付办法,那就是把习作的数量成倍地加大,把那几部经典割裂又割裂、拼凑又拼凑,预先作它几十题,乃至上百题文章,记牢、背熟。这样,往往总有那么一两题,甚或三四题给碰中。为了应付这次考试,冒襄事先也准备了一批文章。现在,他希望能在这二十三道试题里,发现有他做过的题目……然而,没有。甚至连最易碰巧的《五经》题目,也全是他未曾做过的。看来,他想的题太偏、太巧,而这一次,主考官却仿佛有意同举子们捉迷藏,出的题目偏偏全是比较普通的。

终于,冒襄呆住了。固然,他不至于因此就作不出文章来,但事先经过精心准备、反复推敲的那一批得意之作,如今竟连一篇都用不上。也就是说，七篇文章全都得重新构思、写作、修改、誊正。这样一来，能否真正充分发挥出自己的本事，可就有点难说了。"哦，我何以没想到这一层？何以一个劲儿去钻那些怪题、僻题？我本该想到，出了那些年的怪题、僻题之后，也许会倒过来一下，可是我竟失算了！"他懊悔地想，又看了一遍试题，不知是着急还是心慌，他忽然觉得：这些题目无疑都很平常，惟其如此，要翻出新意、显出本领，却又非常之难。这一次，他似乎注定是无法把它写好的了……

"嘿，我还满心想夺它个头名，谁知还没下笔就先栽了个跟头！这一个月来，我没日没夜，把心血全泡在这上面，若还只考得个四五十名以后，那还有什么意思？还有什么意思！"他在心里恼火地叫，一阵烦躁，猛地抬起头。就在这时，他看见一双眼睛。这是一双年老的、混浊的、丑陋的眼睛。它在一动不动地、怀疑地瞅着自己。冒襄不由得一惊！

瞅着冒襄的是个年老的号军。他之所以这样，大约是冒襄的举止神情引起了他的注意。老号军发现冒襄也在看他，就收回了目光，抬起头，向遥远而神秘的子夜星空望了一眼，走开去了。

"啊，他为什么这样？这是什么意思？"冒襄想，不由自主地把视线投向天幕。蓦地，他脑际灵光一闪，仿佛听见一个声音在说："天意！一切自有天意，你又何须自寻烦恼？"这声音是如此威严，如此仁慈。冒襄的心情忽然变得平静了。在他的眼前，仿佛呈现出一股无比伟大的、支配一切的、无法抗拒的力量，而人世间万事万物的生灭、兴衰、因果都早已由它做出了最合理最严格的安排，一个尘世的人，是无法加以窥度的。那么，又怎知这种安排就一定对自己不利呢……

他不再烦躁，轻轻拈起笔，饱蘸了墨，伏下身去，开始在试卷上一个字一个字地书写起来……

七

　　董小宛确实已经到了南京。她知道眼下正是考试最紧张的几天，怕扰乱了冒襄的心思，所以没有进城，还暂时留在三山门外的船上。

　　由于一直盼不到冒襄的音讯，在惶急无计的情况下，董小宛终于下决心到南京来寻他。而促成这个行动的，则是现在正同她在一起的这位姓陆的卖婆。

　　陆卖婆是个已届中年的小户妇女。鹅蛋脸，小尖鼻，细眉细眼，颇有几分姿色；加上生就一张巧嘴巴，能言会道，便不甘寂寞，单身匹马出来闯江湖。她专门出入大户人家，做那一类兑换金珠首饰、贩卖包帕花绒、篦头插带、牵线说媒的帮闲活计，混得久了，也就见多识广，胆大心雄。她住在姑苏半塘，离董小宛的家不过隔着十来间房子，平日常有来往。那天，陆卖婆接了几件首饰，想找主儿兑换，顺脚过来问一声，看见董小宛在独自流泪，问起情由，得知是这么回事，便竭力撺掇她到南京来找冒襄，还自告奋勇陪她一道来，只要董小宛肯担当她的一应花销脚仪就行。董小宛眼见等候无望，也曾动过这念头，只苦于自己孤身一人，她爹董子将又要守着家，分身不开，忽然听说陆卖婆答应相陪，自然十分感激。当下立刻打点行李，择日出门。一路上晓行夜宿，终于在八月初六这天，来到三山门外。

　　现在，她们在船上已经住了三天。陆卖婆从不曾来过南京，她这次自告奋勇陪董小宛，一半是出于情分，一半也是想乘机见见大世面。所以船到第二天，她便扯着董小宛上岸游逛。董小宛本没有这份心情，但拗陆卖婆不过，只好倒过来陪她。前天和昨天，她们已经游了莫愁湖和凤凰台,可是陆卖婆毫不满足,游兴越来越高。她不知听谁说,古城门内的关帝庙求签最灵验,今天又嚷着要去。董小宛实在有点厌烦了,便推辞不肯。不过,陆卖婆却不是那么轻易摆脱得了的。她心眼儿又多,嘴巴子又会说,何况有许多事情,董小宛还得靠着她。所以最后,董小宛依旧只好乖乖儿吩咐船家解缆向北,撑到石城门去。

"啧啧,瞧,这才是我的好妹子嘛!"陆卖婆顿时高兴得眉开眼笑,她把头探出舱外,朝船家一扬手,"喂,老大,怎么还呆着?快开船!你奶奶我今儿要上石城门去游耍,你若荡得快时,那两盅儿黄汤,少不了你!"说完,一扭身,又坐到董小宛身旁,拉着她的手:"好妹妹,你只管放心好了,有老姐姐在,你那宝贝冒公子他飞不上天去!"

"可是、可是他宁可自个儿来,也不去接我!"董小宛可怜巴巴地说。一提起冒襄,她的眼圈就红了,差点没掉下泪来。

"哎,我不是说了吗,他不来接你,兴许是给事情绊住了,分身不开,兴许是临时一忙,就忙忘了,兴许……"

"不!"董小宛悲戚地摇摇头,"他是成心这样子,我都想过了!"

"啊,怎么?"

"他若不是成心,就该给我捎个信。这两三个月,我不歇央人带信给他,叮嘱提醒这事。起初他还答应得好好的,可后来……"

"后来他就不答理了?"

董小宛点点头,随即又摇摇头:"也不是全不理,就是……"

"答应得不那么爽利了,对不?"

"嗯……"

陆卖婆斜睨着董小宛,转了半天眼珠子,末了,"噗哧"一笑,安慰说:"妹妹,瞧你急的!只要他不曾把口儿封死,事情就完不了!哪怕他封了口,我们也还有法子拆开它!你愁什么!"说着,她探身从矮几上抓了两把瓜子,塞了一把给董小宛,一边嗑着,一边说:"好吧,如今你再把这事从头到尾给姐姐说上一遍!"

"姐姐不是都知道了么?"

"不成!前时你回我话的样儿,像煞那阔小姐偷汉,说一半,留一半,吞吞吐吐。今儿我要听个有根有蒂、有枝有叶,才好给你出主意!"陆卖婆随口吐掉一瓣瓜子壳,立即又拣了一颗瓜子搁在嘴里嗑着。

董小宛呆呆地瞅了陆卖婆一会儿,终于叹了一口气,低下头去,幽幽地说起来。她从三年前如何第一次认识冒襄起,说到今春的冒襄再度来访,她如何挽留他,后来又怎样随他到了镇江。冒襄开始怎样拒绝她,后来由于朋友们的督促他又怎样回心转意,这一次他又怎样突然反悔,背约不来……一五一十向陆卖婆和盘托出。她还特别谈到了冒襄同陈圆圆的关系,最后哽咽说:"我知他心里想着陈姐姐。我自问万万不敢同陈家姐姐比,若是陈家姐姐还在,我也不敢存这份心思。只是现在……"说到这里,她再也忍不住了,用双手掩着脸,背过身去,失望地、凄苦地哭泣起来。

陆卖婆却没有劝止她,仍旧管自嗑着瓜子。待到把最后一颗嗑完了,她就站起身,用蒲扇兜着瓜子壳从船篷下往外一倒,又在船帮上扑打了两下,这才放下扇子,转过脸来,拍了拍董小宛的胳膊,说:

"好了好了,莫哭了,哭肿了眼睛,待会儿上岸怎么见人?如今合计合计,怎样摆布你那心上的人儿是正经!——妹妹,不是姐姐要说你,这事弄成今天这局面,妹妹你也有不是哩!"

董小宛已经渐渐停止了哭泣,听了这句责备,她不由得抬起头,迷惑地瞅着陆卖婆。

"你那位什么陈家姐姐,我没见过。"陆卖婆继续说,"她到底怎么个天上有、地下无,妹妹到底比得上她比不上,我也不晓得。不过,这些年姐姐我在江湖上走动,绝色的美人儿也见过几个,未必妹妹就不如她们。若论文才品位,妹妹反觉高出一头。只一样,妹妹却差得太远。你降不住冒公子的心,原因只怕也就在这上头了!"

"哦?"

"妹妹,我问你,那些公子哥儿,有财有势,吃穿不愁,家里又都放着三妻四妾的,怎么还要出来找你们姐儿白相胡缠,你想过么?"

"这……"董小宛的脸红了一下,她想解释说,冒襄家里只有妻子,尚未讨妾,但是动了动嘴,却没有说出来。

陆卖婆也不理会她,只管自己说下去:"哼,无非是想换个口味儿罢咧!这也如同吃腻了山珍海味的人,便想尝尝山桃野杏,图个泼辣新鲜。对付这等主儿,你不放出那轻狂风骚的骚劲儿,把他撩拨得爱又不是,恨又不能,丢不开,放不下的,还能指望他死心塌地娶你?妹妹,你输就输在太文静服帖,一本正经呢!"

听了陆卖婆这番开导,董小宛才有点如梦初醒。本来作为自幼在妓院里长大,而且开门接客也有好几年的小娘,对于这个道理她也未尝不知。只是,秦淮河上的名妓,向来是讲究各人有各人的风度派头。像顾眉的雍容华贵、李十娘的柔弱妩媚、寇白门的风流放纵、李香君的机灵狡黠等等,而文静端庄、清高自命,则正是自己之所以显得与众不同的一种特色,曾经使许多风流狎客大为倾倒。她虽然不想故意做作,但总以为像冒襄这样见多识广的公子哥儿,尤其会喜欢这一套,却没想到……她不由得回想起与冒襄相处的那些情景,越想越觉得陆卖婆的话有理。她着急起来:"啊,那、那该怎么办?"

"怎办?"陆卖婆撇撇嘴,"拿出你的手段来啊,莫非还要姐姐教你?"看见董小宛面现难色,她就奇怪地皱起淡淡的眉毛,"怎么,连这都不会？你那死鬼老娘,当年可是远近闻名的骚姐儿哩！难道就不曾点拨你几下子？"

"哦,不——"董小宛慌乱地说,连脖子都羞红了。她怕陆卖婆再说下去,只好使劲点点头。

"嗯,这就对了！"陆卖婆神气地挥了挥手,"这是第一要紧的,若再见到冒公子时,你可得记住了！嗯,还有,你这冒公子必定是个名士头儿什么的啰？"

"姐姐怎么知道？"

"哼,什么瞒得过我！若他不是名士头儿,你这小妮子会这等恋着他？我瞧那冒公子虽则心气高傲,脸皮子却薄——你不见他在金山时明明回绝了你,后来叫他那帮子朋友一起哄,就顿时软了。嘿,如今这世道也越变越奇了！我在姑苏常听人说:要当大名士,光有文章还不够,连逛窑子也得格外知情识趣,才会受人抬举奉承！好嘛,他越是怕人起哄,你就越要把这事张扬开去！赶明儿你就回你的曲中去,寻着你那帮子什么手帕姐妹、干爹婶娘,逢人便说这事,闹它个满城风雨、人人皆知。只要四面八方这一哄起来,就不怕那冒公子不乖乖儿就范啦！"陆卖婆一口气地说完了,得意地瞅着董小宛,"妹妹,你瞧,姐姐这条计策如何？"

董小宛耷拉着脑袋,没有立即回答。她在心里掂量来掂量去,觉得这确也是一个办法。但她又担心,万一被冒襄发现了,会弄巧反拙。不过,如果不这么办,事情只怕就更加没有希望⋯⋯她犹豫了又犹豫,最后轻声说:

"但凭姐姐做主。只是姐姐可千万别说是我⋯⋯"

陆卖婆眼珠子一转,似乎明白了,她笑起来:"妹妹只管放心,一切都算在姐姐身上,妹妹只当不知道就是！"

八

"妹妹,我们姐俩好不容易来上一趟,待会儿,你可得在帝君跟前诚心诚意地求根签哩!我也要求一根。"陆卖婆掏出一把铜钱,把围拢上来的几个乞丐打发走,一边回头对董小宛说。

这时,她们已经来到关帝庙,正站在大殿的石阶前。这关帝庙就坐落在石城门内。石城门又叫汉西门,是南京西南面的一个主要城门,出门不远就是一个大船码头,来来往往的轿马行人很是不少,所以这关帝庙的香火也颇为兴盛。如今庙前的空地上,除了前来拜神的人们外,还摆起一个一个的茶档,以及出售香烛元宝的摊子,那些走索卖解的、占卜算命的、卖小吃的、拉皮条的,也混迹其中,招徕生意,显出一片熙熙攘攘的景象。

自从听了陆卖婆一番开导,董小宛如今觉得心里踏实了一点,情绪也开朗起来。她见陆卖婆兴头十足的样子,就说:"姐姐觉着这地方好么?可惜我们来迟了几天,若是赶上七月二十九的地藏胜会,那才热闹呢!"

"是么?好妹妹,你倒说给我听听哟!"

"嗯,若到这一天,南京人各家各户,都要在门前搭起两张桌子,点上两支通宵风烛,供上一座香斗,从大中桥到清凉山这七八里路上,就像游着一条银龙,一夜的亮,香烟不歇,大风也吹不熄。到其时,满城的人都出来烧香赶会,直闹到天亮哩!"

"哟!那一定交关好白相啰!"

"不过说来呢,也好笑。原来这地藏菩萨一年到头把眼闭着,只有这一夜才睁开眼。所以不知谁就想出这主意,让满城都摆开香花灯烛让他瞧见,哄得那菩萨只当一年到头都是如此,便欢喜这些人好善,乐意保佑人了。姐姐你瞧,这不可是使奸诓骗么?"

陆卖婆笑得眼睛只剩一道缝:"我说么,如今人人都话我姑苏人么心术弗正、专会使奸,原来南京人胆子更大,连菩萨都敢骗!"

两人一边说着笑话儿,一边走到场子边上的小摊前,买了两扎线香,转身正要登上大殿,忽然发现不知什么时候,身后已经围了一群人,都是些油头粉面的年轻小伙子,也有一两个年纪较大的,一个个都打扮得花里胡哨。有的摇着折扇,有的托着鸟笼,正在那里指指点点、交头接耳,不时发出一阵轻薄的哄笑。

董小宛瞧出这是冲自己来的。凭着这些年的风尘阅历,她知道这伙人都是些浪荡无赖子弟,平日闲得发慌,经常成群结队到处转悠。碰上有些姿色的年轻妇女,便一窝蜂地追着不放,评头品足、疯言疯语,甚至调戏侮辱。她怕被他们一旦缠住,难以脱身,连忙扯了扯陆卖婆的衣袖。陆卖婆也是乖觉人,立即会意,便同董小宛一起转身,匆匆向大殿走去。刚行出几步,忽然有人迎面拦住去路,怪声怪气地叫:

"啊哟,好妹妹,哥哥到处寻你不着,原来妹妹到这儿耍子来了,怎么也不告诉哥哥一声?"

董小宛一看,原来那伙人当中的几个,已经站在阶前等着,说话的那人长得小眼睛、短眉毛,当中嵌着一个难看的蒜头鼻子,瞧模样不过十六七岁的年纪,却一脸的淫邪轻薄劲儿。董小宛一声不响,低着头往斜里走,想绕过他们。

可是那少年却不罢休,又一次跟过来,嬉皮笑脸地张开双手拦住说:"哟,好妹妹,怎么不理哥哥了?莫非生哥哥的气了?嘻嘻,别走嘛,哥哥给你赔个礼好不?"说着,当真作下揖去。但是,又不马上直起身来,却像发现了什么似的,斜瞅着董小宛的裙裾,笑嘻嘻地说:"好妹妹,你这,嗯,你这脚儿真小,真好看!让哥哥仔细瞧瞧,好么?"

董小宛心中一跳,脸顿时红了。虽然她明知自己的脚藏在裙子里,对方不可能瞧见,但是仍然不由自主地往里挪了挪。周围的那些浪荡子弟早已大声喝彩起来:

"拿出来瞧瞧嘛,怕什么!"

"不过是瞧瞧,又不会把你瞧大了!"

"瞧这小姐的模样儿,她的脚,嘻嘻……"

"也难说,须得瞧过才知道!"

"对,瞧瞧!再不让瞧,我们可要动手啦!"

"……"

陆卖婆虽然见多识广,可是看见这种阵仗,心里也有点发毛。她一面用身子遮护着董小宛,一面用最粗鄙难听的话叫骂着。可是那伙浪荡子弟见她是个外地女人,加上那一口苏白,即便骂起人来也像唱歌儿似的,哪里会怕?还有些人见她徐娘半老,泼得有趣,趁她指手画脚,没遮没拦,倒先在她身上捡起便宜来……

在这当儿,董小宛反而显得比较镇定。作为一个青楼女子,她对于自己将会落到一个什么样的处境,倒不太担心。现在她一心考虑的是如何尽快摆脱这种下流的纠缠,以免传到冒襄的耳朵里,引起不必要的误会。因为她自从在金山下与冒襄有了成约之后,一直闭门谢客,并向冒襄一再表示洁身以待的决心。如果今天这事闹得不清不楚,被人加油添酱地传扬开去,只怕有点不妙。事实上,眼下冒襄对她已经三心二意,而且他俩这件事,背地里心怀嫉妒、伺机中伤的人只怕也不少……这样一想,董小宛就紧张起来,虽然眼前这伙人那副流氓无赖的样子使她感到害怕,可是也只好强自镇定,凑在陆卖婆的耳边说:

"姐姐,你叫他们别吵,我有话说!"

陆卖婆正招架不住,一听这话,连忙对那伙人大声说:

"你们弗要叫,我妹妹有话说哩!"

连叫了几声,那伙人才听清楚了。他们没想到董小宛如此大胆,还敢答话,倒有点意外,不由得静了下来。

董小宛侧着身子,先向众人深深道了个万福,然后说:"众位哥哥……"

话刚出口,立即有人怪声喝起彩来:

"叫得结实!"

"这才对嘛,多热乎!"

"哎,好妹妹……"

可是更多的人却目不转睛地瞅着,等着她说下去。"嘘——听她说什么。"有人说道。

"今天承蒙众位哥哥抬举,到这儿捧奴家的场,奴家这厢谢过了!"董小宛说着,又行了一个礼。

这一次,却没有人再做声,他们显然感到情形有点不对劲,但是却不知道是怎么回事,这楚楚动人的小妞儿怎会这样说话?

"众位哥哥只怕还不认得奴家,"董小宛停了一下,又说,"奴家姓董,贱名白,草字小宛。早先也曾在秦淮河旧院里住过几年,后来去了姑苏。这一次是奉如皋冒辟疆相公邀约,到南京来访他的。如皋冒相公,众位哥哥想必也是认得的,他是'复社四公子'之一,同南京六部的大人们都是极相熟的……"

董小宛估计,那帮浪荡子弟还不知道她是什么人,只从衣着打扮不像缙绅之家的女眷这一点,把她误认作一般的小家碧玉,所以敢于大胆围着调戏。如今她说出自己的身份是个妓女,而且是复社大名士冒襄请来的,或许他们就觉得相错了对象,扫兴而去。果然,听董小宛这样自我介绍之后,有不少人就露出了愕然和没趣的神色。只有最先向她调戏的那个蒜头鼻子的少年,却似乎仍不甘心,他阴阳怪气地说:

"噢,原来是大名鼎鼎的董小娘子,那就更好啰。难得今日有缘一见,就请到外间去陪我们喝酒吧!"

"多谢哥哥盛情!"董小宛连忙行礼说,"只是奴家难以从命。"

"怎么?"蒜头鼻少年顿时瞪起了眼睛,"莫非你以为小爷出不起价钱?告诉你,小爷有的是银子!你要多少,说吧!"

"哦,不是银子,是奴家今儿委实不得空。"

"什么得空不得空!不就是拜神烧香的事嘛!告诉你,今儿小爷这顿酒是吃定了。你不来也得来!"那少年蛮横得可以。

"对!叫你来就得来,别敬酒不吃吃罚酒!"他的一个同伙帮腔说。

"咦,瞧她架子还挺大的呢!""装模作样罢咧,哪有姐儿不爱钞的?""对,对,她们不就是干的收钱卖货的营生么!"另外几个也七嘴八舌地说。

"哈哈哈哈!"更多的人哄笑起来。

"嗳哟!你们这是干什么呀!"许久没有说话的陆卖婆突然挥舞着双手叫了起来,"人家又不是一定不肯随你们去,只是今儿不行罢咧!常言道,'头头不了账账不清',今儿是冒公子和复社的相公们早就请了的,自然得先轮到他们!你们硬要横插一杠子,窑子上也没这规矩!各位老爹少爷如果有心帮衬,赶明儿到秦淮河去!我们谢都来弗及呢,哪有把进门的买卖往外推的道理?只是今儿不行,冒公子和复社的相公们这会正在石城门外的船上等着我们呢!啊哟!不同你们闲嚼蛆了,我们烧炷香就得回去,迟了,只怕要落一顿埋怨呢!"

陆卖婆一边说,一边扯着董小宛往殿上就走。

也不知到底是因为陆卖婆的一番话打了圆场,还是因为听说冒襄和复社的人就在外面的船上,给吓住了,这一次,那伙浪荡子弟却没有追上来。不过,当她们登上台阶,来到殿门外时,陆卖婆却发现董小宛低着头,两行泪水正顺着脸颊默默地流下来。那是

痛苦的、屈辱的泪水。陆卖婆担心地回顾一下,半带劝解半带吓唬地说:

"妹妹,快别哭了。若是给那帮瘟星瞧见了,姐姐好歹糊起这张窗纸儿,说不定又给捅破啦!"说着,紧拽几步,把董小宛拖进了大殿。

这是一座歇山顶的殿堂,殿内九梁六柱,十分宽敞。当中供着一尊一丈来高的关圣帝君坐像,塑得赤面美髯,凤眼蚕眉,栩栩如生。他的两侧还各有一座较小的塑像,左侧是一位白面无须的青年将军,手里捧着一方印;右侧站着一位黑面虬髯的壮士,肩上扛着一柄大刀。那自然便是关平和周仓了。神前的香案上,照例陈列着各式供品,香烛围绕,烟雾腾腾。一些善男信女正俯伏在蒲团上顶礼膜拜。

当董小宛把三炷点燃了的线香在香炉上插好,双膝跪倒在蒲团上时,有片刻工夫,她抬起还残留着痛苦的眼睛,仰望着神龛里的那尊关圣帝君像。她觉得帝君的面容是如此威严,如此美丽,他的眼神又是如此智慧,如此慈祥。他仿佛在说:"你前世作下了孽,所以今生合该遭受如此磨难。不过,只要你一心向道,乐善不渝,是可以赎清前愆,从苦海里获得超生的……"

董小宛的心忽然觉得平静了:"是啊,我今生受苦受难,都是前世作孽的报应!但愿我的债已经偿清,从此脱离苦海,同冒郎白头偕老!"

于是,她合掌当胸,虔诚地祝祷了一会儿,叩下头去,然后站起身,把供桌前的一个签筒拿过来,开始使劲地摇着,一边继续默默祝祷。她不停地摇着,随着她的手势,竹签在签筒里发出悦耳的沙沙声响。渐渐地,董小宛的整个心灵也沉浸在这美妙而神秘的旋律里,仿佛已经同冒襄一起踏上了去如皋的归途。那沙沙的声响便是江水在船舷旁流过,是轿夫轻快的脚步,是冒郎在她耳边喁喁细语……

  终于，签筒"笃"的一响，这是神明显灵的信号。董小宛反射似地睁开眼睛，果然，一根签已经脱筒而出，掉在地上。她赶紧弯腰把它捡起来，"啊，不知神明怎么说，不知他怎么说？"她匆遽地、惊惶地想，把签抓在手里，慌里慌张地站起来，到右首的柜台上，纳了一文钱，向庙祝取了签纸。可是她的手抖得那样厉害，以至无论如何也看不清楚写在签纸上的那几行字。她只好停下来喘一口气，待到稍稍平静一点时，才重新去读签文。这一回，她不仅看清了，而且像猛地挨了一记似的呆住了。签文上写着这样一首七言绝句：

    忆昔兰房分半钗，
    如今忽把信音乖。
    痴心指望成连理，
    到底谁知事不谐。

第 十 章

一

　　乡试的第三场,即最后一场,按规定是八月十六日结束。但十五日是中秋佳节,贡院照例提前一天放牌,让已经交卷的举子先行出场。在第一批出来的举子当中,有吴应箕、陈贞慧、梅朗中、顾杲、侯方域、余怀、陈梁、吕兆龙、冯舒、冯班、张岱、孙永祚以及其他一些复社社友。冒襄也在其内。现在,他们兴冲冲地聚集在桃叶河房里,一边愉快地交谈着,一边准备摆酒赏月,唱戏谢神。

　　七天前,冒襄刚进考场时,虽然一度被意外的挫折困扰过,可是当那神秘的、来自上苍的启示使他平静下来之后,情况就改变了,握管下笔之际,竟是出奇的顺利,仿佛有神鬼相助似的,文思源源涌出。那七篇八股时文,当真做得理真法老、花团锦簇,连自己看着,也不由得惊异起来。第二、三场考的是论、判和时务策,情形也一样。而且每一场,都是才放头牌他就已经交卷出场。待回到河房,把试文逐篇默写出来交给几位相知的社友传阅,又博得大家的击节叹赏,同声推许,就连评点名家、爱挑眼的吴应箕读了之后,也点头不语。瞧着这种情形,冒襄表面虽然不露声色,依旧一副淡淡的神气,内心却十分得意,觉得这一次虽不敢说必能夺魁抢元,但入闱中式,恐怕是没有疑问了。

　　也许因为这个缘故,当董小宛在顾眉和李十娘的陪伴下,带着陆卖婆突然来到桃叶河房时,冒襄并没有表现出任何惊愕和不快。相反,就在董小宛径直向他走来的一刹那,冒襄甚至露出了愉快的、抱歉的笑容。不过,董小宛显然没有领会这笑容的含义。她那严肃而苍白的脸孔、那双大睁着的惊惶的眼睛,以及变得僵硬了的身姿,说明了她内心的紧张不安;而那紧闭着的小嘴,那毫不迟疑的步态,又显示出她的勇气和决心。不过,最令冒襄感到惊异的,却是此刻董小宛整个姿态所显示出来的、那种殉道者般的悲壮动人的意味,以致他忽然感到有一点畏怯,有一点慌张。虽然几句照例的应酬话已经溜到了嘴边,却像一下子给施了魔法似的,再也说不出来。

董小宛来到冒襄跟前,就站住了。她仰起头,睁大那双梦幻似的大眼睛,一言不发,只管呆呆地望着冒襄。她望得那样专注,那样长久,似乎忘记了她此刻在什么地方,也忘记了周围还有许多人在场⋯⋯

终于,冒襄被她瞧得有点不自在。他转动了一下身子,发现社友们的目光都集中在他俩的身上,一个个都露出意味深长的微笑。冒襄的脸微微一红,正想打个哈哈,把这尴尬的场面掩饰过去,一个清脆悦耳的女人嗓音已经在人丛中嚷了起来:

"啊哟,大家快瞧瞧这两口儿!一个在如皋,一个在姑苏,千辛万苦地约定到南京来相会,可是见了面,光顾着你瞧我、我瞧你,一句话儿也不说!这是唱的哪一出子戏哟!"

那是顾眉。她一边说,一边摇摇摆摆地走了过来。顾眉和李十娘都是董小宛的手帕姐妹。前几天,董小宛带着陆卖婆到旧院去寻着她们,把她同冒襄的事原原本本地说了,恳求姐妹们帮忙。顾眉听了,满口应承,并对陆卖婆那个通过大肆张扬此事,造成舆论迫使冒襄就范的主意十分欣赏。她说:"哼,你别说,这事还真得这么办才成!如今这世道,我们当婊子的要走红,自然得有他们名士捧场；可他那个大名士，若离了我们婊子，只怕也当不神气哩！"

她果然说干就干，一面让董小宛搬进城里，就在眉楼住下，一面串连了一伙姐妹，逢人便说冒襄和董小宛的事，加油添醋，竭力张扬。结果，到如今，这事在名士圈子里已弄得人人皆知，不少人还答应了顾眉，要尽力设法促成这段姻缘。所以，此刻顾眉已是心中有数。不过，她也知道，这事到底成不成，最后还在于冒襄怎么拿主意。因此她一进来，就十分注意冒襄的表情反应。发现冒襄并无厌烦不快的表示，她就先松了一口气；接着又看见这一对儿傻怔怔地在那里四目交视，无语相看，顾眉差点儿没有笑出来。"哼，我还道这位冒大公子拿班作势的，有多难轧，敢情儿不过'银样镴枪头'！可笑我这位董家妹妹也忒多心胆小，一天到晚的担惊受怕。待我如今略施手段，把这门亲事给撮合了，看她拿什么谢我！"这么一想，她又笑吟吟地说：

"噢，敢情儿是怕我们听了去不成？好好好，我们这就走。若再碍着，还不知他们心里怎么咒死我们哩！"

顾眉说着，转身就向堂外走去。走了几步，回头看看，大家都还站着没动，她又叫："咦，怎么啦！你们倒是走呀！"

"你不说到哪儿，我们怎么走？"李十娘微笑着说，"莫非姐姐要去投秦淮河，我们也得跟着不成？"

"死丫头！这还用问？当然是上水阁去啊！"顾眉跺着脚说，随即眼珠子一溜，又嫣然笑道，"谁个听话，乖乖儿跟我去，我等会儿甜甜地唱支小曲儿给他听；谁还赖着不走，哼，我同冒公子、小宛，还有这位陆卖婆，可要拿扫帚子夹屁股的赶啦！"

"噢，有小曲儿听，我当然去的！"站在近旁的顾呆首先蹦了起来，他扯着李十娘，笑嘻嘻地经过冒襄和董小宛跟前，做了个鬼脸，然后三步并作两步，走出堂屋。

于是，其余的人也纷纷笑着，向外走去。转眼工夫，堂屋里就只剩下冒、董二人。

当顾眉连哄带逼地往外赶人的当儿,冒襄一直没有动弹,也没有开口阻拦。他刚考完试,眼下那种如释重负的愉快感觉还没有消失,同时,对于自己背约不去苏州又多少有点不好意思,而董小宛这样不辞辛苦地巴巴赶来,又使他多少有点感动。说也奇怪,在见到董小宛之前,他丝毫也没有这种感觉,甚至对她这样苦缠不休感到恼火;可是,此刻当董小宛就站在眼前,而且又是这么一副楚楚可怜的模样,冒襄就觉得,自己过去那样对她,是不是有点过分了?

"嗯,你——到底自己来了。"沉默了一阵,冒襄终于开口了。没等董小宛回答,他又急忙说,"这次我没到姑苏去接你,你一定怨我吧?其实,我倒一心想去,就是试期迫得太紧,没有办法。不过,我打算好,考完了还是要去——没想到你倒先来了,正好。只是难为你啦!"

"奴家不怨公子。公子忙着应考,这是要紧的大事,不去姑苏是应当的。如今奴家已见着公子,又听说公子考得很好,奴家心里只觉得喜欢。"董小宛低着头,轻声地说。

"啊,你也知道了?"

"这些天来,奴家夜夜对着月亮烧香叩头,求神保佑公子今科高中。刚才在眉楼听人说起,公子头场这几篇文章,好得什么似的,还未曾放榜,书坊已经着人来打探,要拿去翻刻印行。奴家便想,果是上天有灵,公子得中,奴家纵然半路上遭了不测,也……"说到最后这一句,董小宛的嘴唇忽然颤抖起来,声音也开始发哑,随即咽住了。

冒襄目不转睛地瞅着董小宛。他本以为,自己这次失约,难免会招来对方一把眼泪一把鼻涕的责备,至少也会埋怨几句,谁知董小宛不但一点责备的意思都没有,反而处处为他设想、开脱。他没

想到对方会这样体谅自己、关怀自己,一时大为感动,情不自禁地伸出手去,把董小宛柔软洁白的小手轻轻握住,怜惜地说:

"这……可真是难为你啦!我没想到……真的。嗯,刚才你说什么——遭了不测?这可是怎么回事?"

"没……没什么。"

"不,你快说,我要你告诉我!"

"真的没什么。就是……我们来时,半路上遇到强盗了,要抢东西,还要……我们拼命地跑,好不容易躲进了芦苇荡,才没叫他们搜着。可是舵坏了,船开不动,又不敢上岸,怕再遇见强盗。船上的东西吃没了,只好挨饿,一直过了三天,船家才偷偷上岸,把舵修好。那会儿奴家一个心思就想,自己天生命苦,死了,也没有什么好恨的;又是死在来寻公子的路上,到底也算有福了。只是不明不白,临死也不能给公子捎个信,却是……怎么……也不甘心!"董小宛强挣着说完,再也忍不住了。她蓦地挣脱了冒襄的手,使劲掩着嘴巴,倒在椅子上,悲苦地、委屈地哭泣起来。

冒襄呆呆地站在原地,瞅着董小宛,没有动弹,也没开口劝解。不知为什么,他觉得心里有点乱,拿不准主意该怎么办和说一些什么话才好。不错,柔声软语地说上一些安慰劝解的话——自己虽然并不许诺什么,但听起来仍然亲切——这并不困难,而且过去他就曾不止一次地用这种办法来应付对方,每一次都十分灵验。可是时至今日,到底还该不该这样做呢?冒襄却感到有点犹豫了。他十分清楚,董小宛所需要的是真诚的许诺,而不是空泛的安慰。如果自己仍旧用那种办法,来敷衍这么一个对自己一片痴情的弱女子,那就未免太欺负她,而且不够光明正大。但是当真答应娶她呢?困难也确实不少。先别说自己是否当真喜欢她这一层,就拿替她还债和赎身这两件事来说,没有一二千两银子在手,只怕难以打发得清。而家中自从经过父亲那件事之后,景况已经大不如前。

现在一下子要拿出二千两银子来讨妾，只怕父母也未必会同意。"哎，即便娶的是圆圆，事情也说不定办得成办不成，何况是她！"这样一想，冒襄又泄了气。他回头瞧了董小宛一眼，正想走过去胡乱劝解几句，冷不防顾眉带笑的嗓音在门外响了起来：

"怎么？还没谈完？唉呀，这可真是'剪不断、理还乱'哟！"

顾眉一边说，一边走了进来。蓦地看见冒襄正皱着眉毛站在堂屋中央，又瞧瞧董小宛，发现她正歪在椅子上哭泣，顾眉倒吓了一跳，忙问："怎么啦，怎么啦？刚才还好好儿的，怎么会闹成这模样？——哼，冒公子，八成是你瞧我这妹子脾气儿好，不知又怎地欺负她了吧？"

说着，她连忙走到董小宛身边："妹妹，不要哭。告诉我，冒公子他怎么欺负你？待姐姐跟他评理！"

董小宛本来已经哭得差不多了，只是希望冒襄能过来，向她说上几句温柔体贴的话，所以才拖着。她看见顾眉走进来，就连忙自己揩干眼泪，一边站起身，一边说："不是冒公子，是妹子自己要这样子。"

"这话可是真的？"

董小宛点点头。

顾眉这才松了一口气。她瞧瞧冒襄，又瞧瞧董小宛："那边都备办妥了，大家都等着你们入席呢！若没什么，就过去吧！"看见冒、董二人没有反对的表示，她就对董小宛说："妹妹，瞧你，这模样怎么去见人！快，隔壁屋里有妆奁，你去匀匀脸再来，我们等你！"

董小宛答应着，顺从地走进隔壁去了。趁这当儿，顾眉把冒襄扯到一边，悄悄儿问：

"嗯，怎么样，公子拿定主意没有？"

冒襄瞧了她一眼，知道骗她不过，只好老实地摇摇头。

顾眉本来眯缝着眼，嘴角漾着笑影，一见他这样，眼睛顿时睁圆了,"怎么,到这会儿你还想着陈圆圆?"她生气地说,"你说,我这妹妹哪里比不上圆圆?圆圆她会这等死心塌地待你?她肯这等不要命地来寻你?她肯为你去死也心甘情愿?"

冒襄没有吱声。顾眉所说的这些,他也曾想过,他也觉得在这个方面,陈圆圆确实比不上董小宛。但他现在所考虑的,并不是这个。

"你少扯圆圆的事!"他不高兴地说,"我是说的落籍、还债!"

"噢,敢情是为的这事发愁呀!"顾眉一听,倒高兴起来,"这有什么难,大不了就是那么一二千两银子么!你堂堂冒公子,还怕拿不出?"

"哼!你哪里晓得!"冒襄冷笑说,"一年前你说这话还差不多,可现在——"他闭住嘴巴,摇摇头。

"这……"顾眉眨巴着杏子样的大眼睛,似乎有点为难了,她不由得沉吟起来。然而,当目光重新落到冒襄的身上时,她就露出了微笑:

"冒公子,你真是聪明一世,糊涂一时!亏你平日里自尊自重,挺有主张的,事到临头,却又把自个儿的分量给忘了!"

"……"

顾眉撇撇嘴:"若是那些个阿猫阿狗之流的无名小辈,奴家也没办法。可像您老这样大名鼎鼎的复社公子,说句笑话——就拿这名字上当铺儿去,也能当它个千儿八百呢!还用得着为银子发愁?"

"……"

"你不信?"顾眉的眼睛变得闪闪发光,"你俩这事如今在秦淮河上已是人人皆知,你若是把它认实了,赶明儿我们就索性把它再闹腾开去,闹它个江南轰动,万口争传,越轰烈越好!到那时——瞧吧,自然会有人愿当那黄衫客、古押衙,替你掏腰包儿!你信不信？"

　　停了停，她见冒襄沉着脸，没吱声，摸不透他的心思，于是又掩着嘴儿，"噗哧"一笑："公子可别着恼，奴家是跟你说笑话儿！不过，说真的，如今好名之徒多得很，他瞧你俩名士美人，这段风流佳话，若然成了，人人羡煞自不必说，没准儿还能流传千古！只要花上那千把两银子，就能攀上个黄衫、押衙的美名，他只怕还觉着很划得来哩！"

　　也不知冒襄到底是在听，还是没有听，他一动不动地站着，慢慢地捋着那乌黑漂亮的胡子，仍旧没有说话。

二

　　阮大铖愁眉苦脸地坐在石巢园的书房里，望着墙上那幅《百子山樵笠屐图》发呆。这幅画是十年前，他从怀宁家乡搬到南京来住下不久，花了二十两银子，央一位写真名手画的。画中那个头戴青箬笠、身披绿蓑衣的大胡子中年人，就是阮大铖本人。当时画成之后，不少人看过，都说十足就像阮大铖的模样，岂止像而已，简直是"形神兼备，气韵生动"！阮大铖听了，十分高兴，特地派人拿去精工装裱好，把它挂在书房正当中的墙上。每逢有新来的客人参观到这里，他就特意指点给客人看，同时喋喋不休地说起自己如何"少负向、禽之志"，一心向慕山林，如今遭到罢官斥逐，倒成全了自己的"初志"，实在是一件大幸事！然后，他就用乌溜溜的眼睛斜睨着对方，神秘地压低声音问："听说朝廷不久就要开放党禁，平反起用一批人，真担心我到时又悠闲不成了！嗯，你可有什么消息吗？"不过，这只是起始几年才这样，到后来，时光一年一年地过去，开放党禁却毫无影迹，阮大铖就不由得焦急起来，渐渐怀疑当初挂这样一幅画是否明智；如果一开始就把画中那个自己画成头戴乌纱帽、身穿圆领绯袍的话，会不会好一点？不过，他也没有马上把画收起来，而是作为补救措施，在画的两旁挂起了一副对联，写上"有官万事足，无子一身轻"两句话。意思是：儿子可以没有，官不可不做。希望老天爷根据他前世的表现来安排今生的命运时，能尊重他的这一选择。然而，几年又过去了，儿子固然照旧的养不下来，复官起用的活动也一再受挫，毫无希望。这就不由得阮大铖不感到既焦急，又沮丧。虽然上个月初，他的生死之交马士英在自己的全力帮助下，终于获得起用，出任凤阳巡抚。可是再好的朋友也只是朋友，朋友有官做毕竟不同于自己有官做。这里头的含义、作用、滋味都大不相同。何况马士英又走得那么匆忙，连见上一面都办不到。到底他现在怎么想，会不会一朝得志，就翻脸不认人？这些此刻都闹不清楚。尽管这一个多月来，阮大铖已经接连派人送去两封信追问，但结果，要不是回禀说潜山一带兵荒马乱，道路不通，信无法送到，就是说马士英忙于指挥作战，行踪不定，根本见不着他，所以一直没有回音。这就更使阮大铖惊疑之余，又添了几分气闷……

已是傍晚时分，天色开始暗下来，咏怀堂那边静悄悄的，既听不见锣鼓响，也听不见唱曲子的声音。要在平日，戏班教习臧亦嘉常常这会儿还领着那班伶人在排戏。可今日是中秋节，夜里还要张罗演出，所以早早就叫了歇。本来，平常愁闷涌上来时，只要听听唱曲，看看排戏，阮大铖的情绪就会渐渐又变得兴奋起来，并且情不自禁地沉浸在其中，暂时忘却周围的一切。可是偏偏碰上这莫名其妙的中秋节，可教阮大铖此刻内心的一份冷清和懊丧怎生排遣？

"啊，这全是复社那伙恶人闹的！是他们，全是他们！"阮大铖猛地跳起来，"呸！混账！猪！王八蛋！"他双手攥紧拳头，恶狠狠地骂出声来。骂过之后,感到还不解恨,于是又大声地使劲骂了一遍,这才觉得胸中的闷气稍稍排除了一些,不再像先前那样堵得慌。然后,他重新回到书案前坐了下来,抽笔展纸,开始给马士英写第三封信。

在信中,他也像前两次那样,首先大大恭维了马士英一番,说他是个"王佐之才",更兼兵机谙熟,调度如神,此次拥"熊罴之士",旌旗西指,定能一鼓破贼,克奏殊勋。然后,就用了整整两页信笺,逐一回顾了彼此的交情,用谦逊然而却是明白的口吻,提醒对方不要忘了自己给予的两次巨大帮助。在信的最后一段,他是这样写的:

我公行前,曾命专人驰告,反复周详。足见关怀旧雨,情谊殷拳。分虽隔夫云泥,情不忘于沆瀣,是用感激,聊申芜函。倘于为国宣劳之余,时怀俯赐栽植之意,俾效驰驱,则大铖有生之日,皆图报之年也!

写完之后,阮大铖自己又摇头晃脑地大声吟诵了一遍,自觉音节铿锵、情深辞切。到后来,他自己竟先感动起来,泪水在眼眶里直打转转,"啊啊,这样的文字,这样的才华!若是马瑶草还有点良心,就无论如何也该设法拉我一把!"他唏嘘地想着,慢慢擦去眼泪,又把信折好,装进已经写好的封套里。做完这一切之后,他站起身,一边考虑着该派谁去送信合适,一边转过脸来。就在这时,他看见院公站在门口。

"禀老爷,有一位张相公来拜。"院公行着礼说。

"哦?"这个时候还有人来访,使阮大铖感到有点意外。而且他记不起相熟的人中,有哪一个姓张的。不过,他还是把帖子接了过来,只见上面写着:

眷晚生张岱顿首拜

"嗯,张岱?这名字倒像听过,他是什么人呢?"阮大铖侧着脑袋,竭力回想着,却怎么也回想不起来。最后,只好摇摇头,吩咐门公:"外堂有请。"说完,他走进里间,换过衣服,慢腾腾地跟了过来。

阮大铖来到外堂,就放轻了脚步。他且不进门,先趴在窗棂上偷眼一瞧,看见里面站着一个方巾道袍的中年儒生,正倒背着一只手,在逗弄架子上那只白毛黑嘴的鹦哥儿。自从复社发表《留都防乱公揭》以来,同阮大铖交往的士子已经很少,现在瞧这儒生的背影并不熟悉,阮大铖愈加犯疑。他本想再瞧清楚一点,又怕被对方发觉,只好轻轻咳嗽一声,跨进大堂。

张岱听见响动,回头望了望,顿时展开了笑脸:

"圆老,你这鹦哥儿,甚有意思呢!"他喜滋滋地说。

"啊呀,原来是张兄!"阮大铖亲热地招呼。瞧清楚张岱的脸后,他觉得似乎有点面善,却想不起曾在哪儿见过。但对方一点都不客气拘束,阮大铖也就不好意思显出自己健忘,只好跟着装出一副熟稔的样子,"啊啊呀呀"地应酬着,分宾主坐下,一边希望从言谈中弄清对方的来历。

"啊,圆老,瞧见你这鹦哥儿,晚生就想起我家的'宁了'来了!"张岱一边接过小厮奉上来的茶,一边兴致勃勃地说,"'宁了'——圆老想必不曾听说过吧?难怪。此乃我家二十年前所珍养的一只异鸟。身小如鸽,黑翎如八哥,能作人言。其时晚生年纪尚幼,听见祖母唤婢妾,它便传呼道:'某丫头,太太叫!'有客来,又叫:'太太,客来了,看茶!'其音朗朗,绝不含糊。后来,家中来了个新娘子,爱睡懒觉。那鸟每天清晨便叫唤:'新娘子,天明了,起来吧!太太叫,快起来!'不起,它就骂:'新娘子,臭淫妇,浪蹄子!'那新娘子恨这鸟入骨,有一回,偷偷在饲粮里掺了药,把这鸟毒死了!"

张岱说着,语调低沉下去,神气之间,大有不胜惋悼之意。阮大铖却莫名其妙,不知道他喋喋不休地说这些不相干的事情做什么。只听张岱又说：

"世间之异物,也着实不少。譬如晚生外祖家那头白骡,取名'雪精'的,也妙不可言。此骡四蹄都白,日行二百里,惟服晚生一人驱策。旁人想骑它,必定又踢又咬。最奇的,是此骡之尿,可治噎嗝之疾,比仙丹还灵……"

正说着,只见小厮捧出一个托盘来,上面盛着三碟点心:一碟月饼,一碟山楂糖,还有一碟是带骨鲍螺。张岱的眼睛顿时亮了,他忘了说话,直勾勾地盯着,喉核儿一下一下地动,分明是在咽馋涎。等点心一摆到方几上,他就老实不客气地抓起筷子,先夹了一块月饼送进嘴里,嚼了几下,"咕嗞"一声吞了下去。他点点头,又去夹带骨鲍螺。

阮大铖冷眼瞅着。现在他已经断定,此人纵然见过,也无非一面之交。根据他的经验,这种不速之客,越是一坐下来就东拉西扯地胡诌,越是有所谋而来。像混几两银子使啦、骗顿酒饭吃啦,诸如此类,因为不好意思立即提出,就没话找话。别看这个姓张的穿得还蛮光鲜,可是如今肚子饿得咕咕响,外头还硬撑着穿绸着缎的穷酸有的是！这样一想,阮大铖原先的敬畏之意就顿时大减,打心里生出一种轻蔑之情。不过,他倒不打算把张岱轰走,因为此人好歹也算个秀才,如今穷极来投,不妨趁此收为己用。可是张岱接下来说的那句话,却又使阮大铖动了气。

在这当儿,张岱已经一连吃了两只带骨鲍螺。只见他皱起眉头,摇头叹气说:"到底不是出于姑苏过小拙之手的,滋味便差得太远！"

阮大铖斜眼瞧着张岱那副馋猫似的模样儿,心想:"哼,我好意款待你,你白吃了不算,还拿腔作势的不领情,却想吓唬谁来！"于是,他翻了翻白眼,挖苦地说:"姑苏过小拙家的带骨鲍螺,学生也曾尝来,同是乳酪所制,却难得美味如斯,不知以何法为之,方能至此?仁兄既是食家,必知其妙,可以见告么?"

张岱摇摇头,一本正经地说:"此点在晚生亦是老大疑问。因晚生家中养有乳牛一头,也喜自制乳酪,曾试以种种办法,始终有所未及。也曾叩问过小拙,惟是他吞吞吐吐,只拿些虚文支应。后来晚生急了,拿出十两银子朝桌上一掷,才买下他一句话,说是要用蔗浆霜掺和。惟是回家一试,依旧不成。听说,他制酪时甚是诡秘,锁入密室,还用纸封门,虽父子亦不轻传。"

阮大铖见他说得煞有介事,倒也有点意外,只好随口说道:"原来仁兄精于易牙之道,难怪寒舍这寻常之物,难入法眼了!"

"啊,不敢!"张岱似乎被搔着痒处,顿时变得眉飞色舞,"晚生平生无他嗜好,于各地特产却搜求不遗余力。如北京之苹婆果、黄鼠马牙松,山东之羊肚菜、秋白梨、文官果、甜子,福建之福橘、福橘饼、牛皮糖、红腐乳,江西之青根、丰城脯,山西之天花菜,苏州之带骨鲍螺、山楂丁、山楂糕、松子糖、白圆、橄榄脯,嘉兴之马交鱼脯、陶庄黄雀,南京之套樱桃、桃门枣、地栗团、莴笋团、山楂糖,杭州之……"

他一口气地数下来,把阮大铖听得目瞪口呆,其中有许多名目阮大铖不但没有见过,甚至没有听说过。他蓦地想起:曾经听人说,复社有个张宗子,是天字第一号的馋嘴之徒,莫非便是此人?

"啊,请恕学生健忘,"阮大铖连忙打断张岱的话,问,"不知仁兄的雅篆,可是叫宗子的么?"

张岱怔了一下,说:"不敢,正是晚生。"

他说话的声音不大,态度也很温和。可是阮大铖的脸色立即变了。他飞快地朝门外溜了一眼,当看清没有别的陌生人时,就沉下了脸。

"你——来干什么?"他恶狠狠地问。

"圆老不必吃惊!"张岱连忙说,"晚生此来别无他意,只是奉了吴次尾、陈定生二位社兄之命,来向圆老借戏而已。"

"什么?"

"借戏!就是……"看见对方似乎仍不明白,张岱就扬起袖子,扭转腰身,做了一个舞台动作,"哎,这个!"

"啊,借戏?"阮大铖陡地睁大了乌溜溜的眼睛,"你们——向我?"

"对!对!只因眼下秋试已毕,适逢中秋佳节,敝社诸同人宴集于桃叶河房之内,言及圆老近有《燕子笺》新剧,无不渴欲一睹为快。因命晚生前来,与圆老面商,欲借贵家班前去搬演一夕……"张岱毕恭毕敬地拱着手。看见阮大铖摇着头,慢慢地揉搓着大胡子,一声不响,他就露出焦急、恳求的神色,把刚刚说过的话,又一字不漏地重复了一遍,然后深深作下揖去:"不情之请,尚祈俯允!"

三

"定生,你说,阮胡子他肯借戏给我们么?"侯方域扭过头来,怀疑地问。

陈贞慧微微一笑,显得胸有成竹:"若是别人去借呢,兴许当场闹翻也难说。如今宗子肯去,我瞧准成。他惯会认低服小,又是那一副无可无不可的脾气,这一层,你我都不及他!"

"可你瞧,月亮都升起来了!"侯方域不耐烦地说。

陈贞慧回头望去,东窗外,沉沉的夜色已变得有点透明,青苍色的雾霭浮荡着。远处的城墙上,那星星点点、因戒严而增设的灯笼和火把暗淡了下去,一轮银盘样的满月正从女墙上露出头来,几片薄薄的云彩,边缘上镶着银白色的光辉,冉冉地浮动着……

陈贞慧的目光不无忧虑地在城墙上停留了一下,随即回过头来:"别急别急,我算准了。阮胡子听说是我们借戏,别说一晚,便是十晚,他也会满口应承哩!快去想你的诗吧,看轮到你了!"

"这有何难,我早就有了!"侯方域说着,踱了开去。

他一直走到水阁上首,那里并排摆着三张八仙桌、几副笔墨砚纸,许多人围在那里。有的正皱着眉头默想出神,有的在胸有成竹地执笔挥写,还有的则在咿咿唔唔地吟哦推敲……这也是顾眉出的主意,要大家都来给董小宛写诗捧场。那已经写好的一二十首诗,就一张接一张地贴在墙上,供大家浏览品评。这当中,顶活跃的要数梅朗中和冯班。他们如鱼得水似地在人缝中钻来钻去,两双闪闪发光、因兴奋而变得出奇相似的眼睛,前后左右地忙个不停,一会儿对这首诗称赞几句,一会儿又对另一首诗大摇其头,再一转身又热心地替别人推敲斟酌起句子来,甚至干脆一把夺过笔,把人家的稿子改得一塌糊涂。

"嗯,这首诗好!好就好在纯乎唐音,绝无半点江西派臭脚丫子气!"冯班站在一首诗前,大声称赞说。

梅朗中撇撇嘴:"纯乎唐音,谈何容易!只这'雄浑高华'四字,今人便是学足一生,此境也永不能到。何况这诗虽刻意求工,终伤绮靡,结句更已近隐僻。老兄如此推许,只怕有些儿走眼哩!"

"什么,我老冯也会走眼?"冯班顿时瞪大了眼睛,"此诗决无绮靡、隐僻之处,即便是绮靡、隐僻,也不定就不是唐音!我问你,温飞卿绮靡不绮靡?李义山隐僻不隐僻,是不是唐音?"

"那是晚唐,而非盛唐!"

"啊,盛唐是唐,晚唐难道就不是唐?"

"虽则是唐,惟是唐音却应以盛唐为正格!"

"既然是唐,便是唐音!"

"终非正格!"

"也是唐音!"

他们你一言我一语,面红耳赤,各不相让,越争越激烈,弄得大家头昏脑胀,只好都停下来,怔怔地瞧着他们。顾眉见了,不禁大皱眉头。她看见侯方域走近,就连忙朝他打眼色。

侯方域却装作没看见。不过,他也知道梅朗中是有名的"诗痴",而冯班却是天字第一号的"诗狂"。这两个宝贝凑在一块,如果无人制止,只怕吵到天亮也停不下来,于是便分开人丛,走过去,先瞧一瞧那首引起争论的诗。原来是一首七绝:

　　温柔婉丽复冰清,
　　水入山塘便有情。
　　微雨凭君舟上望,
　　小帘人影正盈盈。

下面的落款是"金沙吕兆龙"。

侯方域心想:"这诗小有情致,却非唐音,但并不见得绮靡、隐僻。可笑他们却乱争一气。这一痴一狂,只怕已是入魔了!"于是,他大声说:"你们都不要争! 等我写出一首来,也让你们瞧瞧是唐音不是唐音!"

说完,他就大步走近桌子,拿起一支兼毫湖笔,把已经酝酿好的一首诗,龙飞凤舞地写了出来:

　　水阁金荷斗日矖,
　　双兔惊起隔花闻。
　　北涛南走三千里,
　　不解飘零那识君。

侯方域刚刚抛下笔,站在旁边瞧着的社友们已经哄然叫起好来。侯方域笑了一笑,回头瞅着两个争吵的人,意思是说:"怎么样啊,这可是唐音!"

两个争吵者也显然被这诗的不同凡响吸引住了。冯班一声不响,狂热的脸上现出茫然若失的神情;梅朗中则用贪婪的目光死盯着诗笺。"啊,朝宗,真有你的!"他嫉妒地喃喃说。

这当儿,几个社友已经把坐在一边的冒襄和董小宛拖了过来。

"辟疆,你快来瞧——'北涛南走三千里,不解飘零那识君!'朝宗这诗,可是把你俩一笔儿写出来了哩!"一个社友兴冲冲地叫。

"是啊,宛娘若不因飘零,便不会识得辟疆;但既识了辟疆,从此便不必飘零了!妙!"另一个摇头晃脑地说。

"可别放过了'不解'二字!"有人高声指出,"惟宛娘深解飘零之苦,是以对辟疆一往情深!若不解飘零之苦,哪得如此情深?而情既愈深,则自必愈欲早脱飘零之苦。区区二字,已把宛娘的心事和盘托出,这便是'诗眼'了!"

"辟疆,莫要辜负了宛娘生死相随之志啊!"几个声音同时敦促说。

"我们写了这许多诗,如今也该辟疆来和一首了!"又一个声音提议。

"对,对!"大家同声附和。

冒襄没有立即做声。自从同董小宛来到水阁之后,他一直很少说话。虽然顾眉那一番话,确实给他指出了一个可行的办法,来解决由于经济拮据所面临的困难,可是他仍然拿不定主意是否这样做,尤其拿不定主意娶不娶董小宛。然而,当他来到水阁之后,眼前的气氛却使他吃惊了。社友们上自吴应箕、陈贞慧,下至一般同人,都异口同声地推许董小宛,夸奖她不仅色艺无双,而且品格超群,是风尘中一位极难得的奇女子。他们尤其对董小宛不避艰险,千辛万苦地到南京来寻冒襄这一行动赞不绝口,认为能获得这样一位女子的心,是冒襄的莫大福气。接着,大家就一窝蜂地题诗赠句替董小宛捧场,鼓励她不怕挫折,追求到底。这一切,都使冒襄感到有点意外。他原以为,在名士圈子中,董小宛的身价,无论如何也比不上陈圆圆。他既然失去了陈圆圆,如果退而求其次,娶董小宛的话,难免会为人所笑。但现在看起来,情况并非如他所料的那样。经过了这次反复和波折之后,冒襄也渐渐看清了,董小宛有不少好的品质,恰恰是陈圆圆所欠缺的。而且,事情已经到了这一步,看来如果自己仍执意不允,就显得太过褊狭和无情,不仅多少有点对不起董小宛,而且还会大大地扫了社友们的兴。万一董小宛伤心绝望之余,干出诸如自寻短见一类的傻事来——这是很可能的——那么就很难得到社会上的谅解,自己的声誉也势必会受到影响。这样一想,冒襄就感到一种压力。这是一种柔软的、然而坚韧的压力,就像一张网,而自己则成了网中的一条鱼。他似乎能够逃脱,但事实上却没法逃脱……

"哎,冒公子,你倒是快写呀!我们都等着瞧哩!"一个女人清脆的嗓音在耳边响起。冒襄一回头,发现顾眉那双带笑的、大有深意的眼睛,正在很近的地方紧盯着他。

"嗯,一切都是命中注定!"冒襄觉得心里有一个声音这样说。于是,他点点头,拿起笔,沉吟片刻,慢慢地在诗笺上写出了这样几句:

> 白门柳色向江分,
> 一棹烟波溅练裙。
> 莫道啼鹃啼不歇,
> 皋云犹得似巫云。

他一边在写,梅朗中就在一边大声地读出来,所以不仅站在旁边的人瞧得清楚,站得稍远的人也都听到了。冒襄刚写完,大家就不约而同地欢呼起来:

"好了好了,辟疆已经答应了!"

"'皋云犹得似巫云'!就是说,今后辟疆和宛娘的巫山阳台之会,要移到如皋去了。好句,妙句!"

"喂,这'皋云'可有出典?"

"老兄何其健忘——'飞云冉冉蘅皋暮',便是贺方回《青玉案》里的一句。辟疆移用于此,他又家在如皋,正是一语双关哩!"

"哎,可惜今日不曾请得柳麻子来!"

"怎么?"

"他惯喜说什么时事书。今日这'众名士大宴秦淮河,冒公子新题巫山咏'便是绝好的一个关目了。"

"那么,其中自然非说到老兄不可啰?"

"老兄何必取笑。你倒说说,这秦淮河上若然少了我辈,又安得有如许风流!"

"哈哈哈哈!"

"快,快拿酒来!"一个洪亮的声音盖过了愉快的逗乐,那是冒襄的拜盟兄弟陈梁。很快地,酒拿来了。乱纷纷当中,冒襄只觉得陈梁把一只酒杯塞在自己的手里,另一个人端着酒壶把它斟满。

"你们两个先饮个交杯儿!咦,小宛,快过来啊,还害羞什么!"那是顾眉得意的嗓音。

直到这时,冒襄才忽然想起:"是啊,我怎么忘了小宛?现在,她自然该高兴了,只不知是什么模样?"他不禁用眼睛寻找着,随即发现董小宛就站在他左边不远的地方,手里也端着一杯酒。不过,出乎冒襄的意料,她并不是在笑,也没有显得怎么激动。她平静地站着,目不转睛地瞅着冒襄,那澄澈的、略带忧伤的大眼睛仿佛在问:"你这一次是真心的么?不会再变了么?可是,我却有点担心,真的,担心……"

四

陈贞慧的估计不错,在酒宴快要开始的时候,张岱终于带着阮大铖家的戏班子和全副行头回到了桃叶河房。他一边用手帕拭着额上的汗,一边兴冲冲地向陈贞慧报告他如何在阮大铖家吃了月饼、带骨鲍螺和山楂糖,如何大谈各地土特产,把阮大铖听得一怔一怔的。当他提出借戏时,阮大铖如何吃惊,不敢相信,后来又怎样高兴得眉开眼笑,手舞足蹈。

"啊哟,定生,你要是亲眼看见老阮那巴结劲儿才好哩!又打拱又作揖,就差没摇尾巴罢咧。他一直把我送出大门外,还拉着手,再三嘱我有空常去玩儿,亲热得什么似的!"

陈贞慧笑了笑,说:"辛苦你了,宗子,快坐下歇歇,喝杯茶!"

他们说话的当儿,其余的社友在一旁听着,脸上都露出惊讶、困惑的神情。他们大多数人事先并不知情,这时都弄不明白,陈贞慧怎么会想出这样的怪念头?为什么放着许多戏班子不请,偏偏去借阮胡子的家班?他们还担心这样做会不会引起外间的误会?会不会给阮胡子乘机捡便宜?诸如此类。但是也有人说:"久闻阮家班训练严格,演技出色,看一看也无妨!"对于这些议论,陈贞慧一概不回答,他只摆摆手,让大家少安毋躁,开桌入席。随后就打发那个捧着戏单伺候的花衣末角下去,马上排演起来。

中秋的圆月,已经升上东天。冉冉飘动着的几朵浮云,不知什么时候已经消散了。清明的月色从天幕上倾泻下来,照亮了香风十里的秦淮河;两岸河房临水的露台上,坐满了饮酒赏月的人们,快活的笑声、细碎的谈话声和悠扬的乐曲声在夜风中回荡着;河道上,张灯结彩的游船来来往往,每当柔橹摇过,灯光和月色的倒影就像蛇一般在碧滢滢的水面蜿蜒跃动起来……尽管江北一带的战事还处于胶着的状态,南京城也尚未解除戒严,可是耽于逸乐的人们,仍旧不愿放弃这一年一度的好时光,何况又是象征团圆的中秋节。人们嘴上不说,心里不免都在想:"团圆,团圆,还有几年团圆的日子可过呢?还是过得一次,就算一次吧!"

因为照例要谢神,水阁上首,已经供起了两架纸马——一幅是文昌帝君像,另一幅是关圣帝君像。大家一齐起身,由吴应箕领头,排了班,在神像面前叩过头,祭献了一番,然后各自入席,照例先点了四出单折的短戏演着,待献上汤来之后,才正式上演《燕子笺》。

现在,开场的锣鼓已经打响。前排席位上,同陈梁、吕兆龙坐在一起的冒襄也停止了交谈,准备看戏。对于陈贞慧今晚的安排,冒襄虽然也感到疑惑,不过他早就听说,这《燕子笺》是阮大铖苦心经营的一本新剧,看过的人都赞不绝口,所以倒有心见识一下。

锣鼓越敲越上劲,门上帘子一动,走出来一个青衣小帽的副末。他摇摇摆摆地走到台前,开口唱起了一首〔西江月〕:

老卸名缰拘管,闲充词苑平章。春来秋去酒樽香。烂醉莫愁湖上。 燕尾双义如剪,莺歌全副偷簧。晓风残月按新腔,依旧是张绪当年景况。

这支上场小曲,照例是编剧人用以说明本剧的缘起、意图。冒襄听了,心想:"虽然'老卸名缰拘管'一句,显属说谎,其余八句也处处文饰标榜自己,总算他还不敢过于放肆。"于是,接着听下去,曲调已变成了〔汉宫春〕:

扶风才子,嫖姚后裔,霍姓都梁。挈友长安取应,为试期尚远,追欢笑,暂过平康。丹青笔,听莺扑蝶,小像写云娘。不料朱门有女,与青楼一样,窈窕相当。把春容笺咏,燕子衔将。被同侪计构,更名姓,决策勤王。二美并,麒麟高阁,走马状元郎。

按照写戏惯例,这第二首曲属于"家门",具有提要全剧内容的作用。冒襄听了,便知道这戏大抵是写两个长得一模一样的女子,一个是青楼妓女,一个是官家小姐,由于燕子衔笺牵合,共同爱上了一个名叫霍都梁的书生。却被他的朋友——一个小人从中破坏，几经波折，最后由于书生勤王有功，又高中状元，结果一男二女，团圆结合，皆大欢喜。

"嗯，就关目来看——"冒襄又想，"倒还罢了。只是阮圆海此人，心术极是不端，每于戏文之内，暗藏讥诋攻讦之语，发泄其私愤。向者《春灯谜》《牟尼合》诸剧，便是显证。却是不可不防！"由于对董小宛那件事最后表明了态度，这一年多来，使冒襄困扰不安的各种个人私事，至此算是都理出了眉目。他于是又稍稍有心思来关注一下社里的事务了。他估计，陈贞慧今晚之所以特地去借这本《燕子笺》来演，十之八九也是想瞧瞧阮大铖有没有在戏中捣鬼。为着不要等到别人发现了纰漏，自己仍旧糊里糊涂，茫无所知，冒襄便摒除杂念，集中精神看起戏来。

冒襄的这种想法，坐在另一张桌子旁的陈贞慧自然是不了解的。如果知道了，他就会告诉冒襄，今天晚上他这样做，用意还要更深一些。自从发生了钱谦益企图替阮大铖开脱事件之后，陈贞慧内心的震动很大。一方面，他更加清楚地认识到，由于东林、复社的坚决斗争，阮大铖之流的阉党余孽，近几年来虽然似乎已经老实得多，不敢再嚣张妄为，但是，事实证明，他们始终没有死心，还在暗中积极活动，妄图死灰复燃。另一方面，像钱谦益这样的东林领袖，竟然不惜自毁名节，勾结朝中权贵，干出这等出卖东林、复社的无耻勾当，这也使陈贞慧于震惊之余，产生了一种深切的忧虑，一种危机感。因为很清楚，像这么一件冒天下之大不韪的勾当，如果不是已经得到社内相当一部分人士的默许和支持，钱谦益是绝不敢贸然从事的。现在，这个阴谋虽然已经被揭露和制止了，但它所造成的恶劣影响，它对社内人心所起的冲击和瓦解作用，却是不容低估的。如果不急图振拔，后果将不堪设想。正是基于这样一种担心，几个月来，陈贞慧已经同吴应箕、张自烈、侯方域、梅朗中等人分头出发，走访各地社友，做了不少坚定人心、激励斗志的工作。上个月,陈贞慧还专程到松江走了一趟,找到了几社的领袖陈子龙、周立勋、徐孚远、李雯、彭宾等人,推心置腹地谈了几次,消除了彼此间的不少隔阂和误会。今天晚上,他特地派张岱去借阮大铖的家班到桃叶河房来演《燕子笺》,也是出于同样的考虑。刚才,他已经同吴应箕、侯方域、梅朗中、顾杲等人暗中合计好,准备借此机会狠狠揭露阮大铖一下,给社内同人敲响警钟,并激励大家的斗志。陈贞慧本来也想把这个计划告诉冒襄,但见冒襄被董小宛缠住不放,弄得昏头转向,六神无主,只好作罢。

现在,因为还不到发难的时候,陈贞慧也不着急,一心一意先看戏。他发现,这本《燕子笺》虽然不外是才子佳人,小人播弄,几经波折,终获团圆一类的套套,但编排布局却较一般传奇来得曲折复杂,遣词造句也务求绮丽华美,还运用了"飞燕"一类新奇别致的道具,再加上阮大铖的家班确实训练有素,演技不同凡响,所以依旧颇能吸引观众。董小宛、顾眉和李十娘几个,竟看得目不转睛,如痴如醉。其余的人,也都忘记了喝酒吃菜,静静地停杯观看。

现在,戏已经演到《写笺》一折。只见台上那个尚书小姐郦飞云,借故把丫环支使开去之后,便独自对那幅画着一双亲密情侣的画儿,偷偷地看一回又猜一回、猜一回又看一回,终于春情难禁、神魂颠倒地唱起来:

〔四季花〕画里遇神仙,见眉棱上,腮窝畔,风韵翩翩。天然,春罗衫子红杏鞓香肩,那人偎半边。两回眸,情万千,蝶飞锦翅,莺啼翠烟,游丝小挂双凤钿,光景在眼前。(那些要)阳台云现,纵山远水远人远,画便非远。

〔浣溪纱〕麟髓调,霜毫展。方才点笔题笺。这巢间小燕忒刁钻,蓦忽地衔去飞半天。天天未必行方便,便落在泥边水边。(那些)御沟红叶荡春烟,(只落得)飞絮浮萍一样牵。

〔柰子花〕二三春月日长天,往常时兀自淹煎,那禁闲事恁般牵挽,画中人几时相见?待见,才能说与般般……

这几支曲子,不但文辞华美,而且情意缠绵。加上那个扮演郦飞云的旦角,又天然生就一副好嗓子,她用流利悠远的昆山腔这么轻挑慢吐地唱出来,当真是千娇百媚,令听众意荡魂销。直到她把最后一个字唱完了好一会儿,大家还静静地侧着耳,追寻品味着那仿佛还在耳畔梁间萦绕摇曳的袅袅余音……

"好!"顾杲首先回过神,大声喝彩说。然后,他把长鼻子转向陈贞慧,交换了一个眼色,又怪声怪气地接着称赞:"好一个'画中人几时相见?待见,才能说与般般'!如此妙句,真亏他想得出来!"

"不错,"显然早有准备的梅朗中接口说,"此出直唱到这一句,那无情中之情,方始尽出。想不到可憎可厌的阮胡子,倒是一名绘风绘月的能手!"

"朗三此誉,何其太低。"侯方域一本正经地眨着眼睛,"似他这等文藻、这等才情,又岂止'能手'而已!"

"噢,倒要请教。"梅朗中装出惊讶天真的样子。

"弟瞧此戏,非但结构奇妙,词采华赡,格局谨饬,且宾白、科诨,无不生动自然,曲曲传神,足与曲文相得益彰。时下词曲家竞喜以临川、吴江高自标榜。吴江一派且不论,若临川一派,其真能窥玉茗堂之精奥而传者,依弟之见,只怕除了这阮圆海,已无第二人了!"

"朝宗言之有理。"陈贞慧微笑地加了进来,"据弟所知,阮圆海不止词曲精妙,便是文章诗赋,也是极好的。"

"我见过他万历四十四年会试那几篇制艺,"吴应箕瓮声瓮气地说,"也算得理真法老,字字痛切。"

"喂,喂!"顾杲兴奋起来,大声说,"弟有八字之评,专道阮圆海的才情——'文章宗匠,艺苑班头'。列位以为如何?"

陈贞慧点点头:"也还相称。不过,若再添八字,凑成四句,便更觉妥帖。"

"噢?"

"我这八字便是:'若主骚坛,可执牛耳'。"

"啊,'文章宗匠,艺苑班头;若主骚坛,可执牛耳'——不高?"

"不高!"

"当得起?"

"当得起!"

"啊,啊,啊!哈哈哈!"他们齐声大笑起来,把戏台上那个书生霍都梁吓了一跳,差点儿没唱岔了喉。其他社友更是莫名其妙,都回过头来怔怔地瞧着他们。

"嗯,若是当真让阮圆海出来主骚坛,执牛耳,列位社兄捉摸他敢呢?不敢?"待大家笑得差不多时,陈贞慧捋着胡子,考究地问。

顾杲的目光一闪,顿时收敛起笑容:"我瞧他不敢!"

"怎么?"

"哼,他叛卖东林,投靠魏阉,认贼作父,残害忠良,那一档子猪狗不如的臭事、脏事,谁个不知,谁个不晓!除非是那不辨香臭的昏虫、屎里觅道的什么'前辈''元老',谁又会买他的账!"顾杲的声音越来越高。

"对,对!"梅朗中也跳起来,"他乖乖儿做个缩头乌龟,老老实实躲在龟窝里过日子便罢,若敢不知好歹,抛头露脸,瞧我老梅不把他那狗贼胡子捋个精光才怪哩!"他装出一副凶猛的样子,还做了一个拔胡子的手势。

"朗三兄果然勇气可嘉。"侯方域慢悠悠地转动着一只杯子,"只是你以为阮圆海必不敢出来,那又未免小觑于他了。你不见他去年刚刚才花了一万两银子,想打通周阁老的关节,让钱牧斋替他开脱翻案?又不见上个月,他到底还是把马瑶草活动了上去?慢说是'主骚坛、执牛耳',只怕他还要入阁拜相呢!"

"朝宗,你未免言之过甚了吧?"许久没有说话的冒襄,忽然插嘴说。自从侯方域等人一唱一和地称赞《燕子笺》的时候起,冒襄就一直在揣摩他们这样做的用意。他十分了解这几个朋友的品性,知道他们无非是故弄玄虚,真章儿还在后头。到了他们突然反过来痛骂阮大铖,冒襄就明白了:"哼,敢情儿你们是借阮胡子来做下酒物,寻开心啊!"但他们竟把这事瞒着自己,却使冒襄有点着恼。这时,《拾笺》一折又已经演完。冒襄趁锣鼓声停下来的当儿,又说:"马瑶草不是逆案中人,自然起复,但未必阮圆海也能起复,老兄又何必危言耸听,杞人忧天!"

"不错!"冯舒慢条斯理的声音从左边的角落里传来,"便是钱牧老替阮圆海开脱之事,也只是传闻而已,未必便有真凭实据。"

"嘿嘿,"侯方域轻蔑地一笑,没有转过脸去,"已苍兄,你是钱牧老的高足,他有无此事,你尽可去叩问于他,小弟在此恕不多言。"说完,他又斜睨着冒襄,"辟疆兄以为小弟是危言耸听么?小弟却担心老兄近日做了桃源中人,便忘却了世事哟!"

冒襄被当面揶揄,脸顿时红了。陈贞慧见他瞪大眼睛,像要发作,便连忙站起来说:"大家不要斗嘴——辟疆、已苍,二位莫误解弟等之意。阮圆海这次力举马瑶草,实指望他日马瑶草得志,能带挈于他。这自然未必能得逞,惟是这胡子贼心不死,于此可见。此事本不可怕,倒是近年来,我同人君子,见国事日亟,忧心如焚,无暇内顾,遂对阮圆海渐生姑息宽贷之意,此诚一可惊可畏之变。是以贞慧于此,不得不披肝沥胆,大声疾呼!"

说到这里,他停了一下,目光灼灼地扫过全场,仿佛要用这种办法,把话送进每一个人心里去。看到大家都屏息听着,一个个脸上都现出严肃的神情,他才接着说下去:

"今晚弟特地烦宗子兄去借了这本《燕子笺》来演,便是让列位亲眼见识，阮圆海实为一有才之小人。若容此种狡狯有智之奸徒死灰复燃，必定危倾家国，祸延社局。凡我同人，务必同仇敌忾，打击之、禁制之，绝不能容他有出头之日！列位或尚不知，这狡险之徒直至近日，仍在蠢动钻营，欲图一逞。此事说来虽不值一哂，惟其用心却极险极毒——朝宗兄，你且把那件事也对社友们说说！"

侯方域沉着脸，摇摇头，显然对于冒襄适才说他"危言耸听"仍余气未消。梅朗中在一旁看见，便自告奋勇地站起来："让小弟替朝宗说好了。事情是这样——开试之前几日，朝宗正在媚香楼同香君饮酒，有位王将军也在座。他与朝宗本属世交，因罢职在此闲居，便常来走动。朝宗知他家境亦非富裕，却见他出手甚是豪阔，本已有点疑心，只是不好问得。偏是香君那妮子乖觉，却将这事来提醒朝宗。朝宗便认真起来，逼着姓王的定要追根究底。那姓王的吃问不过，才屏去从人，说出底蕴。原来他是受了阮圆海之托，来求朝宗向社里说情疏通，将他开脱。那每日使用的银两，都是老阮的开支。朝宗这才恍然，当时再不理他。姓王的没奈何，只得灰溜溜地跑了。诸位请看，这狗贼胡子到底可恶不可恶、可恨不可恨呢？"

梅朗中的话音刚落，余怀就蹦了起来："蠢，蠢！蠢透了！"他大叫。

"淡心兄，你说谁蠢？"顾杲问。

"当然是阮胡子啊！他以为花几两臭银子，就能把我们买了，真是天字第一号的蠢材！"

"他能写出这《燕子笺》，倒也不是蠢材。"陈梁讥讽地说，"不过利令智昏，那是确定无疑的了！"

"对，他是昏了头！""白日做梦！""这胡子如此可恶，果然轻饶他不得！"好几个声音同时叫起来。

"对，对，饶他不得！"更多的人附和说。

可是,那几个同钱谦益关系较深的人,像冯氏兄弟、孙永祚、顾苓等人,仍旧一声不响。

这时候,侯方域慢慢地站了起来,他完全收起了惯常的那种傲慢不逊的神情,低着头,沉默了一下,才说:"适才朗三所言,尚有可补充之处——当时香君见王将军说出底蕴,曾私下对小弟说:她自少便因阿娘得识定生兄,深敬其高义,又闻次尾兄亦铮铮之士,嘱小弟决不可因阮圆海负此二位至交好友。又说:'以公子之世望,怎能替他阉党儿子办事?公子读书万卷,见解可别连我们区区女流还不如!'"侯方域用深沉、感动的声音说着,抬起头,望着大家,"小弟在此转述此语,不独是此语曾令小弟深为感佩,也是想教列位社兄知道,青楼之中,尚有此等人物!"

同刚才梅朗中说话时的情形不同,这一次侯方域说完了好一阵子,大家仍旧静静地坐着,没有做声,一个个脸上现出沉思,甚至惭愧的神情。

"香君此语,可以不朽了!"不知是谁,忽然赞叹地说了一句。

"今夕得闻此语,自此之后,我再不敢看轻旧院人物了!"另一个说。

"香君此语,只怕有些人不便与闻呢!"

"哦,怎么?"

"他们枉自饱读诗书,自夸圣贤高弟,却全无骨气,若闻知此语,岂非活活愧死?"

"我们且休说别人!"冯班忽然气冲冲地站起来,吵架似的说,"我们如今不也在快快活活地瞧阮大铖的《燕子笺》么?这会儿戏也停了,我们也不用再看了,竟是散了吧!"说着,就要往外走。

大家经他这样一提醒,才发觉,戏不知什么时候已经停了下来。

"哎,定远兄,何必要走!"陈贞慧连忙起身挽留。眼见今晚的安排已经完全达到预期的目的,而且由于侯方域最后这一下即兴陈述,把大家深深地打动,这使陈贞慧尤其满意。

"社友们难得聚首一趟,何不就拿阮圆海这戏做下酒之物,该赞则赞,该骂则骂,谋彻夜之欢呢!"他竭力劝说着,又回头大声问台上:"咦,怎么都停下了?快快演起来!"

"定远兄,不要走!""急什么?""等会儿还要同你唱和一番哩!"许多人也帮着挽留冯班。

可是,冯班尚未挽留住,却连冯舒、孙永祚、顾苓等人也一齐起身要走。大家知道他们都是钱门弟子,对于今晚这样处处拿钱谦益作话柄,自然老大不舒服,即使再挽留,只怕也是白费劲,所以便不再勉强,让他们走了。

在大家乱纷纷地送冯班等人出门的时候,冒襄却坐着没动。刚才侯方域转述李香君的那一番话,使他既意外又吃惊。他不只见过李香君,而且还相当熟识——一个身材矮小、肤色白净的小女孩儿,外号"香扇坠"。平时也无非觉着她人还机灵,小嘴巴子叽叽呱呱的,挺会捉弄人,却想不到她能说出这等深明大义的话来。"怪道朝宗如此迷恋于她,原来竟是一位奇女子!"冒襄肃然起敬地想。他忽然觉得,自己理想中的女子,要么是陈圆圆那样的,不然,至少也应当像李香君这一类,但是偏偏碰上了董小宛,她与上面这两种类型全无一点相近……想到这里,冒襄不由得朝董小宛那边望了望,却意外地发现,原来董小宛也在含情脉脉地望着他。"哼,她就会这个!仿佛除此之外,她再也没有什么事情好干似的!"冒襄恼火地想,随即别转脸,整个晚上,再也不去瞧她了……

第十一章

一

来到北京之后的最初一个月里,黄宗羲是在异常兴奋、忙碌和期待的状态中度过的。

虽然十五年前——那时他还是一个十七岁的少年,曾经为着申雪父亲的冤案来过北京一次,但事后这座城市在他脑子里留下的印象却是如此零碎、模糊,除了宏伟壮观的紫禁城、森严肃杀的刑部衙门、怪模怪样的四合院之外,似乎就只有在大街上悠然蹒跚的骆驼,和又甜又酸的冰糖葫芦了。但是,这一次却完全不同。从他进入北京的那一天起,他就立刻感受到这个全国最大的城市——政治和经济中心的那种非凡格局和气派,它那君临一切的气息。特别是疟疾过去之后,他开始出门四处走动,这种感觉就更加强烈了。

是的,在这里居住着至高无上的皇帝,拥有着令人生畏的生杀予夺的大权,聚集着来自全国各地最优秀的人物,可以最快地了解到关于时局的重要消息,准确地把握朝廷决策的脉搏;自然,也存在着实现自己的主张和理想的最大机会……正是这一切,强烈地打动了黄宗羲的心,使他情不自禁地被吸引、被征服,陷入了一种陶醉狂喜、忘乎所以的状态之中。

由于三月松山失陷、洪承畴降敌的余震逐渐过去,从那时以来,关外的清兵一直未见有进一步的行动;而南方的农民军,又似乎始终被遏制在河南、湖广一带,尚不能对京师构成威胁,所以近几个月来,北京的局面暂时还保持着相对平静。黄宗羲在方以智、陆符、黄崇简等一班朋友的陪伴下,先后瞻仰了紫禁城,逛了棋盘街、东西四牌楼、城隍庙、灯市口等有名的热闹繁华去处;游览了包括什刹海、文丞相祠、首善书院等一些名胜古迹;还特地到城墙上去,站在一尊尊巨型铁炮和堆积如山的灰瓶和滚木当中,向守城的将官详细询问以往清军三度入寇、逼近京畿的战斗情形。不过,在这期间,他更忙碌而频繁的,是去拜访一些在京做官的前辈和朋友,向他们打听消息,交换关于时局的意见,并且出人意料地成了一位"乐观派",经常以他热烈的言谈和高昂的情绪使大家感到惊讶。

"列位,"他不止一次这样说,"小弟在江南时,曾道听途说京里之种种情形,俱是摇头叹息者多,而鼓舞欢忭者少。听来听去,亦以为国事真不可为矣!然而此次北来,方知以往所闻,未免言过其实。诚然,国步维艰,于今为极!但尚未至于无望。其最要者,今上天聪明敏,宵旰忧勤,励精图治之志,困而愈坚,此其一;朝中君子仁人,鼎力扶持,直言谋国,正气未堕,此其二;更兼我朝三百年恩泽在民,感激图报之心,处处可见。譬如前时洪亨九降于建虏,消息传来,京中之民怒不可遏,不待上命,便将其祭棚一夜拆平;更有人以狗屎涂抹洪逆之门,戟指痛骂,使其家人震慑不敢出。这便是民气!荡寇平虏赖此,家国中兴赖此!弟所以知大明还是有望的!"

当然,黄宗羲的议论并不仅仅停留于此,他常常紧接着就指出目前政治、经济、军事乃至文化教育方面的各种弊端,并且兴奋而自信地提出一系列的改革主张:第一、第二、第三⋯⋯不过,当他这样说的时候,人们的反应大都比较冷淡,或者拈须微笑,或者沉默不语,再不然就干脆摇头表示反对,同意并支持他的人却少而又少。看到这种情形,黄宗羲有点意外,也有点扫兴。"嗯,也许我不会说话,他们没听明白我的意思。确实,我的这些主张绝不是三言两语能说清楚的!"他想,于是又恢复了自信,开始着手把他的那份上书的初稿重新加以修改、补充,尽量使之更加明确完善,切实可行,准备一旦有机会就呈送上去,让朝廷加以考虑和采纳。

当然,在这段时间里,黄宗羲还继续不断听到有关时局和朝廷的各种各样的新闻。比如他听说,最近皇上见国事日坏,忧心如焚,越来越迷信上神佛,每日子时亲自上城南的佛阁拈香诵经不算,还招来一批道士,加以优礼供奉,让他们装神弄鬼。好几位言官都曾上疏切谏,以为非治国之道,可皇上就是不听。又如,黄宗羲还听说,辅臣贺逢圣,最近已被批准告老还乡。在临走前那几天,每次见到皇上,他都放声痛哭,叩头不止。问他为什么这样,他又不肯说。大家都感到十分奇怪。再如,还听说,最近皇上不知听了谁的谗言,认为这一次推举内阁大臣时有徇私作弊的行为,十分震怒,当即把吏部尚书李日宣等六人逮捕下狱。现在这六人已经流放的流放,罢官的罢官,就连刑部侍郎惠世扬也以执法不严获罪,被撤了职。当然,还有别的一些新闻,像皇上最宠爱的田妃病得越来越重啦,马士英被起用为凤阳总督啦,朝廷调派援救开封的各路大军已经云集朱仙镇,结果不知会怎样啦,如此等等。对于这些事件和消息,黄宗羲也照例发表过一些直言不讳的看法。不过,由于他正一心一意埋头修改那份陈述政见的上书,对于这类无关宏旨的消息也就不想分心去探究了。

这样,一直到了七月。一天上午,黄宗羲正在宣武门外方以智的寓宅里给朋友陆符写信,准备告诉对方,自己暂时不打算搬到万驸马的北湖园去住。这件事陆符虽然已经提出过好多次了,但黄宗羲是这样考虑的:北湖园在城的尽西头,那里确实比较清静,适宜专心温书应考；可是离开城中心太远，消息不大灵通，有什么事要找个人商量也不容易。而黄宗羲目前修改给朝廷的上书，却必须随时了解时局的最新动向，并不时要向有关的人请教切磋。再三考虑之后，他还是决定谢绝陆符的邀请。

不过，结果他却未能把这封信写完。因为刑部左侍郎徐石麒忽然派了个承差来传话，让黄宗羲立刻上他那儿去一趟。徐石麒是黄宗羲父亲的门生。天启年间，黄尊素因触怒魏忠贤，被捕下狱。当时徐石麒任工部营缮主事，曾经极力奔走，设法营救，结果也被牵连罢官。直到魏忠贤垮台后，才重新被起用。他曾经在南京任职多年，对黄家始终十分关怀照顾，并且坚持把整整比他小了三十二岁的黄宗羲当作小弟弟看待。因为这个缘故，黄宗羲以往到南京，总要去拜望他。这一次来北京也不例外。不过，徐石麒的脾气有点古怪，一张铁青色的方脸，很少笑容，有时同客人面对面地坐着，老半天也不说一句话，也闹不清他到底想什么。所以黄宗羲轻易不去打扰他。现在忽然听见传唤，黄宗羲不敢怠慢，连忙放下笔，换了衣服，跟着刑部衙门的承差出门上马，向宣武门内行去。

正是接近入秋时节，天气不凉不热，抬头望去，晴空一碧如洗，阳光耀眼。这一带是中下级官员聚居的地方，一幢接一幢的四合院，大门一律开在东南角上，门内是带雕饰的影壁。房屋虽不甚宏丽，总算还比较整齐。这一带还是有名的花市，特别是上、下斜街，常年靠种植花木出售为生的居民，很是不少。现在透过竹篱笆，可以看见一行一行排列得很整齐的花盆和苗圃，种满了各种各样应时的花木。其中有黄色六瓣、花朵大如碗口的秋葵，有小巧玲珑、黄色的花瓣上带赤紫色斑点的小种万寿菊，有青色、紫色和红色的蓝菊，有娇艳可爱的木莲，有朱红色的、蓬勃烂漫的草本夹竹桃，还有秋海棠、璎珞鸡冠，以及其他一些叫不出名字的花木，都在秋阳下静静地开放着。几只白色的小蝴蝶，正绕着花丛上下飞舞。时不时,可以看见一个年老的花匠,或者带着孩子的妇人在花丛中忙碌着,听见马蹄声,他们就不慌不忙地直起腰来……

"凉飔乱翻千簇艳,初阳静映一篱秋!"黄宗羲愉快地瞅着街旁的景致,心里油然冒出这样两句诗。随即又想:"啊,这样烂漫多彩的秋色,这样平静悠闲的岁月,又怎能想象可以听凭流寇和建房来把它毁掉!"于是,他又一次想到他的那一份上书,"我得尽快把它修改出来,无论如何,我也要试一试!也许皇上果真会采纳呢?"他暗暗想着,又兴奋起来,紧一紧缰绳,加快速度,向前行去。

二

位于刑部街的徐石麒衙门,今天气氛有点不寻常,大门外,排列着好几柄官扇,七八匹鞍鞯鲜明的骏马歇在墙影下,一群皂隶打扮的人正站在一旁静静地守候着。显然,衙门里来了什么重要官员,而且不止一个。"嗯,不知谁来了?瞧样子不像是请客宴会,那么,为何偏挑这么个时候召我来呢?"黄宗羲疑惑地想,在门前勒住马,跳下地来。

"启禀相公,我家老爷眼下有客,吩咐说,黄相公来时,请先到私衙小花厅奉茶。"那个承差到门上问明情况之后,走回来这样说。

黄宗羲点点头,知道这几个客人只是碰巧来到,与自己无关。于是把缰绳抛给承差,自己跟着迎出来的院公往私衙里走。他早就听人说,徐石麒自任刑部侍郎以来,因为执法严猛,守正不阿,眼下颇受皇上信用。刚才他在路上忽然想到,正好趁此机会把自己准备上书朝廷的事同徐石麒商量,如果可能,干脆就托他代为呈递。现在,黄宗羲被这种念头弄得愈来愈兴奋,虽然他明知不能马上见到徐石麒,却仍旧一边走,一边睁大眼睛朝里张望,希望能意外地发现主人的身影。

果然,事有凑巧,刚进二门,就听见了说话的声音,三位纱帽青袍的官员正从大堂上走下来。在他们的后面,是身材高大的徐石麒。他头戴乌纱,身穿绯色三品补服,看样子正往外送客。

黄宗羲犹豫了一下,拿不准主意是否上前相见,随即发现徐石麒冷冷地朝他一瞥,并无任何表示。黄宗羲便不敢孟浪,连忙闪过一旁,让他们过去。

那几位客人并没有注意黄宗羲。他们管自走着,显得心事重重,而且神情沮丧,似乎碰了什么钉子。快要走出二门时,其中一个长着一支骨棱棱的鼻子和两撇八字胡的官员忽然回头说:

"此事干系重大,还望徐大人三思!"

但是徐石麒一声不响,那张青灰色的长方脸板得紧紧的,仿佛根本没有听见这句话。那官员眨眨眼睛,脸上闪过一丝怨恨的神色,但终于无可奈何地垂下头,怏怏地走出去了。

黄宗羲目送着他们的背影,心中有点纳闷。不过他也明白,以自己目前的身份地位,朝廷里的事情还轮不到他来操心究问。于是,他不再理会,依旧脚步轻快地往里走,一边考虑着如何把自己的打算向主人提出。

黄宗羲刚刚在小花厅坐下,徐石麒就跟着走进来了。看样子,他还在为刚才那一幕内容不详,但显然并不愉快的会见而生气。任凭黄宗羲站起来行礼、问候,他却沉着脸,一声不响,只略拱一拱手,就示意黄宗羲坐下,自己也在一张花梨木六方扶手椅上坐了下来。

"嗯,不知把我唤来,有什么事?"黄宗羲想。看见主人尽自皱着眉,不开口,他不禁有点奇怪,也有点不安,想开口动问,临时又忍住了,只是热切地睁大眼睛,微微向前倾着身子,现出探询的、洗耳恭听的神情。

终于,徐石麒慢吞吞地开口了。

"这些日子,贤弟都在做些什么啊?"他问,语气是淡淡的,脸上没有一丝表情。

"哦,有劳兄长垂问,"黄宗羲赶紧拱着手回答,"小弟这些日子——也没干什么。刚到时病了几天,后来好了,便在城里到处瞧了瞧,顺便走访几个朋友,另外就是准备应考的事。还有、还有……"

"嗯,你的应酬好像也不少,我听说了。"徐石麒提醒道,同时,仿佛不想过早暴露这句提示的锋芒似的,他垂下了眼睛。

黄宗羲本想接下去就谈到他的那份上书,忽然对方冒出来这么一句,倒把他噎住了。

"是的,他们都来邀请小弟,盛情难却,所以……"他迟疑了一下,老实承认说,同时心里想:"莫非兄长对我多所应酬不以为然?这可是误解!"他正想作些解释,可是徐石麒已经抛开了这个话题。

"那么,准备得怎样了啊?"他依旧不动声色地问。

"啊,兄长是说……"

"自然是乡试!"

"这个……小弟尚在准备之中。"

"如何准备,可以见告否?"

"也……也就是照常准备罢了,其实,没有什么……"黄宗羲含糊地回答,忽然脸红了。事实上,这大半个月来,他几乎把应试抛到了脑后,"反正还有一两个月,过些日子再说吧!"他想,刚才他提到正在准备,无非是随口说说,没想到会被认真追问起来。

徐石麒尖利地瞅了他一眼:"贤弟觉着,今科可有把握必中?"

"啊,小弟岂敢!"

"然则是否望其能中?"

"这个——自然……"

"既然望中,而又无必中之把握,"徐石麒的语气变得严厉起来,"却日日忙于应酬,沉酣宴席。这样子,可合适么?"

黄宗羲错愕一下,顿时羞得满脸通红:"兄长责备得是,不过……"

但是徐石麒做了个不容他置辩的手势:"我本不想责备于你!"他气呼呼地说,"可听说这些日子你在外面任性胡闹,很不像话。念及老师在世时对我恩深义重,却又不能不说!"

"啊,请兄长只管教训,小弟无不凛遵!"黄宗羲连忙站起来,毕恭毕敬地拱着手,同时心里暗暗吃惊,不知道自己犯了什么错,使得对方大动肝火。

徐石麒却没有立即说下去。他似乎在极力压制自己的怒气,过了一会,才冷冷地问:"我听说,这些日子,你在外面全不知收敛,说出许多没遮没拦的话,甚至出言不逊,非及皇上,可有此事?嗯?"

黄宗羲本来正在垂首聆训,听了这话,不由得抬起头,迷惑地望了望主人。他没想到对方是为的这个事而生气,相反,他还满心指望能得到对方的支持和帮助哩!事实上,黄宗羲一向认为:开放言路,把判断朝政是非得失的权利扩大到广大有识之士当中,使人们能对国家大事直言不讳地提出意见,这对于集思广益,补偏救弊,以振兴国家来说,是十分重要的一环。最近以来,他对时局是发表过一些见解,但他自问没有一丝一毫出于私心,全是为的社稷安危、家国存亡着想,而且他记得似乎也没有非议过皇上。何况即便是皇上的意见,也未必一点都不错;直言敢谏,也正是臣子应尽的职责。为什么徐石麒却把这种事看得如此严重,大动肝火?黄宗羲对此颇感意外,并且有点失望,不由得呆住了。

看见黄宗羲默不作声,徐石麒又激动起来。他站起身,向前走出两步,忽然转过身来,压低声音训斥说:"这里是京师重地,辇毂之下,可不是江南,懂吗?在江南,任凭你们放言高论,胡说一气,也没人管你。可这儿是京师!一言一行,都须小心谨慎,循规蹈矩!可你——"他提高了声音,"已经年过而立,还是如此不知天高地厚,率性胡来。万一遭逢不测,叫我如何维护于你?又如何对得起地下的恩师?"

"兄长责备得是。不过,小弟之议论,自以为光明正大,并无不可告人之处。"黄宗羲沉静地回答。现在,他已经从最初的惊愕中恢复过来,并且准备有所申述了。

"你——"被对方的执迷不悟大大激怒了的徐石麒睁圆了眼睛。他的嘴巴抖动着,显然打算给予更严厉的申斥,但临时又改变了主意,只从袖筒抽出来一份手折,扔到桌子上。

"你自己看吧!"他冷冷地说,随即叉着腰,气哼哼背过身去,似乎打算再也不理会这件事了。

黄宗羲疑惑地瞅了瞅主人的背影,慢慢地捡起那份手折,打开来瞄了一眼。忽然,他心头一震,忙不迭地把手折举到眼前,一行一行地看下去。终于,他大吃一惊地呆住了。原来,这些天来,他在社交场合所说的每一句涉及时局的话,都被一字不漏地记录在这份手折里!

蓦地,一个狰狞可畏的名字闪过黄宗羲的脑际:"啊,东厂!毫无疑问,这是东厂的缉事人干的!要不,就是锦衣卫。可是这份机密的手折怎么又会到了兄长的手里呢?"黄宗羲震悚之余,又感到疑惑不解。他不由得抬起头,却发现,徐石麒也正好回过头来。

徐石麒严厉地瞅着他:"哼,看清楚了吧?要不是行人司的熊鱼山大人同锦衣卫的骆指挥有同乡之谊,知道这事,替你说情,把折子压下来,这会儿,只怕你早已身陷囹圄了!"

"……"

"熊大人今早特地把这折子拿来给愚兄,嘱我转知贤弟,今后务须检点言行,切不可率情任性,自干法网。熊大人还说,贤弟若再蹈覆辙,他就爱莫能助了!"也许因为看见黄宗羲低头不语,到后来,徐石麒稍稍缓和了语气。

"可是,小弟自问立心纯正,所言所行,无一不是为的社稷苍生着想,小弟实不知何罪之有!"黄宗羲抬起头,迎着徐石麒的目光,眼睛里充满苦恼的神色。

"胡说!你刚来一月,能知道多少京中情形、朝廷底细,便高谈阔论,肆口诋讥?"

"这个,小弟确实不知!"黄宗羲突然爆发似的高声说,"但小弟却知道,若是人人重足而立,侧目而视,钳口不言,离亡国便不远了!"

徐石麒没提防他会这样,反而吓了一跳。他本能地向窗外张望了一下,随即回过头来。

"好啊,照阁下这么说,今日之事,倒是愚兄不是了?"他恼羞成怒地问,一张青灰色的脸气成深紫,"好,既然如此,老夫不管就是!"他朝门外一指,"你阁下请便吧!"

黄宗羲愣了一下,脸色不由得变了。他默默地瞅着徐石麒,神情显得愈来愈倔强、固执。终于,他慢慢地跪下去,趴在地上叩了一个头,然后站起来,一声不响地向外走去。

徐石麒倒抽一口凉气,目瞪口呆地瞧着黄宗羲跨出门槛,走下台阶。突然,他使劲地一跺脚,气急败坏地大嚷:

"站住,给我回来!"

三

当黄宗羲最后离开刑部衙门的时候,已经是下午。

不知是终于明白这位小弟并不是可以简单地压服的呢,还是被他那一腔凛凛正气所感动,徐石麒从盛怒地要把黄宗羲轰走,到最终又收回成命,态度发生了很大的变化。他不仅把黄宗羲留了下来,而且怀着对这位小弟的新的了解和爱重,同他谈得很多,很深入。他列举了种种事实,说明朝廷的黑暗和腐败,以及处身在这样一个环境当中,应当怎样小心谨慎,绝不可任性胡来。为着说服黄宗羲,徐石麒甚至把朝廷最近发生的一件尚未完全公开的大事,也同他谈了。据说事情是这样的:原来,自从松山失守之后,皇上十分恐慌,一心设法同清军媾和,但又担心群臣知道,会起来反对阻挠,所以私下同兵部尚书陈新甲商量,决定背着外廷,派遣兵部员外郎马绍愉一行四人为使节,携带敕书到沈阳去同清方秘密交涉。这件事本来做得极为机密,一丝风儿也不透。不过,大约皇上也知道陈新甲的嘴巴不大牢靠,所以曾经反复叮嘱他绝对不能向外泄露。谁知陈新甲仍旧忍不住,把这件事悄悄告诉了当时奉命赴陕西对"流寇"作战的总督傅宗龙,傅宗龙临行前又告诉了内阁大学士谢升,谢升又向外廷的言官作了透露。消息就此传开了。起初言官们还半信半疑,于是一窝蜂地弹劾谢升,说他造谣惑众,用意却在试探皇上的态度。皇上查知是陈新甲露的底,心中自然恼火,但还是宽容了他,只把谢升罢官了事。不料偏偏事有凑巧,就在前几天,马绍愉把一份关于和谈情况的秘密报告送给陈新甲。陈新甲看过之后,随手放在书案上就离开了。他的家童误以为是日常战报,竟冒冒失失拿去给外面传抄。于是一下子真相大白,满朝哗然。皇上正为清军方面提出的苛刻条款而苦恼踌躇,冷不防外廷闹将起来,不禁又惊又气,一查泄密的原因,顿时火冒三丈,震怒异常,立即下严旨切责陈新甲,今天又把陈新甲逮捕入狱。看样子,大有要把他置于死地之意。黄宗羲进府时所碰见的那三位官员,就是陈新甲平日的好友,特地来向徐石麒求情,请他帮忙设法从轻发落的。

说完这件事，徐石麒捋着胡子，沉重地喘了一口气："按说呢，陈某身为大司马，执掌兵部数年间，无尺寸之功，反使边关重镇四座、内地重镇七十二座，分别沦于建虏、流寇之手，藩王七人遭杀戮，可谓罪有应得。惟是议和之事，显系奉皇上之旨，不过如今败露，他纵欲申辩，又有何用？便是愚兄审理，也惟有判他一个'蔽主专擅，私款辱国'而已！所以贤弟口口声声说为臣之道，在于直言不讳，又岂知审时度势，尤为重要！陈新甲不识时务，事发之后，他不深自引罪，还直陈其功，这就无异是拿皇上的过失来张扬，所以非死不可了！此事近在眼前，贤弟难道还不该深省么？"

不知道是因为这件新闻太令人震惊，还是徐石麒的劝说起了作用，自此之后，黄宗羲没有再坚持原来的见解。他顺从地留在徐府吃了午饭，等新的一批说情者一到，他就辞了出来。

现在，黄宗羲骑着马，独自走在归途上。刚才在徐石麒衙里听到的那件新闻，在他心里所引起的吃惊和震动一直没有消失，毋宁说，使他的心情变得更加混乱了。因为朝廷和清军秘密议和的消息，尽管已经风传了好些日子，但是黄宗羲却一直希望这不是真的。事实上，黄宗羲也如同当时相当一部分朝野人士那样，认为山海关外的辽东以及奴儿干地区，本来就是大明疆土的一部分，如今在那里大胆妄为地建国称帝的女真族人，本来是明朝的臣民，他们对明朝的无情进逼，是一种犯上作乱的叛逆行为，对他们决不能饶恕，更不能承认他们的政权。而一旦同他们和谈，就无异于把他们置于同明朝平等的地位，这是万万不可以的。所以朝廷上下，一向以和谈为耻辱。加上崇祯皇帝又是一个极要面子的人，也十分忌讳和谈。不过如今的问题在于，恰恰就是皇帝本人，竟然也暗中派人向建虏输款。在黄宗羲看来，这实在是一个极其不祥之兆。"啊，难道局面已经到了这样严重的地步，连皇上也觉得除了输款，再没有别的办法了么?"黄宗羲惶惑地想。这种突然暴露的内幕,仿佛一下子清除了这些天来在黄宗羲眼前的许多迷离恍惚的遮蔽物,使他比任何时候都更加清晰地看到:那道日夜危及大明政权生存的可怕裂缝,到底有多深。这一发现,同自己竟然成了锦衣卫鹰犬们侦查搏击的对象那件事交缠在一起,黄宗羲的心情就变得更加阴暗了。

如今,他已经出了宣武门,本该一直朝南,回方以智的住宅。但他坐在马背上只顾想心事,竟不知不觉走差了方向,直到马儿在一堵坍塌了的破墙面前停住不走,才猛然惊醒过来。

"啊,我怎么会走到这里?这是什么地方?"他茫然四顾,发觉自己不知什么时候,已经走在一片废墟之间。前面的去路被瓦砾堵死,两旁是连接不断的颓垣败壁,丛生的野草灌木,还有满地的破砖碎瓦,却难得看见有梁柱和门窗。大约这片废墟已经存在多年,可利用的木料都早已被人取走了。如今,在断墙残壁之间,横七竖八地搭起了一些低矮肮脏的窝棚,还开出了几畦菜地。自然,也住了不少居民。不过,看来他们都是一些来自城郊的流民,无处栖身,迫不得已才麇集到这片废墟上,所以景况特别可怜。此刻,黄宗羲竟看不见一个衣着哪怕稍为光鲜一点的人。不论是挑担的、提篮的、徒手的,还是蹲在墙基上捉虱子聊天的,全都穿得那样破烂肮脏,而且大多数神情麻木、心事重重。即使偶尔响起一两声嬉笑,也都摆脱不掉绝望、凄凉的意味,只有那些个衣不蔽体的野孩子,似乎比较容易忘却人世的辛酸。他们成群结队地在风沙飞旋的瓦砾上撒欢,忽然又厮打起来,发出了响亮的、粗野的喧闹……

"啊,原来京城里还有这么一个地方,我却从来不知道。"黄宗羲惊奇地想,一边打量着周围的情景,发现不远的路旁,有一个小小的茶寮,几个人正坐在里面喝茶。他想了一下,便驱马过去,跳

下地来,对那个卖茶的中年汉子拱一拱手,问:

"请教大哥,这儿是什么地方,怎么会成了这样子,敢是遭了兵火么?"

那卖茶汉子长得腰粗体壮,神气粗豪。他打量了一下黄宗羲,却先不回答,伸出毛茸茸的左手,拿起一个粗瓷大碗,右手提起茶罐子,哗哗地满满斟了一碗茶,往黄宗羲面前一放,说:

"秀才,你问的可是件了不得的大事儿,少说也该值他娘的三两银子!你若要我答你,须得喝了我这碗茶!"

黄宗羲怔了一下,疑疑惑惑地问:"不知大哥这茶……"

那汉子哈哈大笑起来:"秀才放心!我纵然想诈你三两银子,你也未必拿得出;就算拿得出,你也未必肯!告诉你,我这茶只要一文大钱!"

黄宗羲这才放下心来。他伸手在袖筒里摸索一会,掏出一个铜钱,放在桌上,又拱着手说:"不敢请教大哥……"

那汉子拿起铜钱,瞄了一眼,又放在手里掂了掂,撇着嘴冷笑说:"如今这种'崇祯通宝'又轻又薄,只怕丢到水里都浮得起,有个屁用,只配给小孩玩儿罢啦!"说完,他伸出头去,扯着嗓门吆喝了一声,把铜钱朝街心抛去。那群正在戏耍追逐的野孩子顿时一拥而上,喧呼争夺起来。

黄宗羲脸红了一下,感到有点不好意思,只好又把手伸到袖筒里,想挑个好点的钱给他。那卖茶汉子见了,却摇摇手说:"行啦,你秀才就别摸了!如今京城里,也就剩下这种'鹅眼钱'啦!只怕你摸穿了袖子,还是一样!"

"哎,我说郝大哥,你别瞧不起这'鹅眼钱'!赶明年,怕就要使到铁钱、铅钱啦!到时你再想找它,还没有哩!"一个上了年纪的茶客沙哑着嗓子插嘴说,他有一个又红又大的酒糟鼻子,头上扣一顶满是破洞的旧毡帽,下面露出乱蓬蓬的白发。

"怎么没有？"一个瘦瘦的、长得蛮俊的后生笑嘻嘻地接上来，"兴许到时这种崇祯鬼子钱统统都要废了，另造一种又亮又大的新钱呢！"

"嗯，要真这样，那敢情好！"老茶客眯缝着眼睛说，溜了黄宗羲一眼。

听着这两人一对一答，黄宗羲似懂非懂："嗯，要把这些钱都废了，另造新钱，这是什么意思？"他想，不过，随后又自己笑起来，"瞧你！无非是市井愚民几句闲扯淡，你倒认真起来了。"

"秀才，你不是要问这地方怎么会成了这样子么？告诉你，这是天启六年那一场大地震弄的。打这儿一直往北，到刑部街，周围十多里地，都是这样。你只怕是头回到这鬼地方来，所以不知。"那个叫郝大哥的卖茶汉子瞅着他，瓮声瓮气地说。

黄宗羲"哦"了一声，忽然想起来了：天启六年，也就是他父亲被魏忠贤迫害，死于狱中的第二年，听说北京发生了一场奇特的大震灾，毁坏房屋无数，还震死了不少人。当时都传说是上天示警……

"这个——在下也曾闻说。不过，都整整十六年了，怎么还是这样子？"他半信半疑地问，一边回头去看那片废墟。

郝大哥呵呵笑起来："秀才，你可问得真逗！怎么还是老样子？它不是这样子，还能怎么个样子？莫非你还想皇帝老儿大发慈悲，把'三饷'全免了，好让大伙儿把房子建起来不成？"

黄宗羲怔了一下，脸顿时沉了下来："不错，这话也许是事实，可是此人说到皇上的那种口吻神情，却大是不敬！"黄宗羲觉得有必要告诫对方几句。但是接下来听到的话，却更使他吃惊。

这是那个俊俏后生。他笑嘻嘻地瞅着黄宗羲："要它不是这个样子也不难，不过，那可得等到——"说着，他憋起嗓子，用河南小调唱起来："吃他娘，穿他娘……"

他本想唱下去,那个郝大哥回头狠狠地盯了他一眼,他就临时停住了。

然而,黄宗羲已经听懂了。还在江南时,他就听说,李自成为着煽惑群众,收买民心,不久前曾造了几句民谣,道是:"吃他娘,穿他娘,闯王来了不纳粮!"现在这青年唱的,不就是那支民谣吗?蓦地,一个可怕的念头在黄宗羲心中一闪:"啊,他们是流贼的细作!"他的脸色不由得变了,一刹那间,吃惊得连心脏也仿佛停止了跳动,随后又差点儿要拔腿飞奔,但是理智告诫他:千万不能有任何异常的表示!要不,在这个地方,他们随时都能把你杀了!于是,为了掩饰自己的慌乱,也为了镇定一下,他端起那一碗本来嫌脏、不打算喝的茶,咕嘟咕嘟地灌了下去,放下碗,抹抹嘴,偷窥了一下对方的神色。随即装出微笑,道过谢,转身离开茶寮。由于心慌,他上马时很费了点事,好不容易爬上马背,又不敢立即奔逃,慢慢地走出几十步远,估计那伙人再也赶不上了,这才在马屁股上使劲抽了一鞭,纵辔狂奔起来。

"常听人说,流贼细作已经遍布京师,我还不信,不想今日当面碰上了!"黄宗羲心忙意乱地想,不断加鞭,等马儿一直跑出了废墟,进入上斜街时,他才渐渐收紧了辔头。

不知是当年受震较轻呢,还是由于靠近大街,恢复得较快,这一带的房屋虽然也十分简陋,总算还像个样子,路上的行人也较多,整个气氛已不似先前那样荒凉诡秘。黄宗羲惊魂稍定,松了一口气,但随后又感到十分气愤:"真是岂有此理!京师重地,怎么连流贼的细作混了进来都没人管?那些厂卫的缉事人都是干什么的?为什么不赶紧来个全城大搜查,把这些家伙统统抓起来,该关的关,该杀的杀!照这样子闹下去,万一流寇真的打进来,怎么得了!"

他越想越感到情况严重,觉得有必要马上向巡捕营报告,让他们派人先把茶寮里的那几个人抓起来。"对,可别叫他们跑了!"黄宗羲想,顿时亢奋起来。可是,巡捕营在哪里呢?他焦急地四处张望,想找个路人询问一下。没等他拿定主意,在街道的另一头,远远响起了一阵尖锐的呼啸。那是一种凄厉的、惊骇的声浪,仿佛是屠夫追逐着牛羊,又像是烈风摧折着树木。那呼啸越来越近,越来越响,渐渐变成了路人走避的脚步声,店铺关门的乓乓声,爹娘和儿女的呼唤声,以及东西被碰翻、打破的声音……黄宗羲被这突如其来的混乱景象弄糊涂了。他本能地打算跟着躲避。忽然,一切声音都停止了,路上的行人也全不见了。他正在不知所措,渐渐地又有了响动。不过,那是急骤的马蹄声,错杂而单调,一队人马风驰电掣般奔了过来。马上的甲士,个个衣履鲜明,神情冷傲,对于他们出现所引起的惊慌和混乱仿佛早已习以为常,不屑一顾。他们在离黄宗羲还有十来步远的地方突然停住,随即跳下马来。

黄宗羲定神一看:"咦,这不就是锦衣卫的缇骑吗?好了,这下可不用到处找了!"黄宗羲想,连忙驱马上前,打算向他们报告刚才遇到的情况。

缇骑们却根本没有注意他。他们一下马,就向路旁的一个带篱笆的院子走去。头里的一个一抬腿,"砰"地踹开了院门,其余的人跟着冲了进去。紧接着,屋子里就传出了喝骂声、哭喊声和乒乒乓乓摔家伙的声响。一个女人带哭的嗓音尖叫:

"天哪!我们可是本分人家,怎么敢去做强盗哇……"

黄宗羲吃了一惊:"怎么,莫非这里也藏着流贼奸细不成?"他连忙走过去,隔着篱笆往里瞧去,顿时呆住了。原来,这是一个靠种花出卖为生的人家。黄宗羲还记得很清楚,今天上午,他上徐石麒的衙门,行经这里时,还曾经怀着平静而愉快的心情,眺望过园子里的烂漫秋色,对那些五彩缤纷的秋葵、蓝菊、草本夹竹桃、海棠和璎珞鸡冠表示过由衷的喜悦。可是,如今这些花木正遭受着最无情的摧残,两个顶盔贯甲,全副武装的缇骑,正在不声不响地以最冷静而干脆的动作,对花园进行着彻底的破坏。他们用利斧砍倒花木,用铁锤砸毁假山,还用沉重的战靴在苗圃上践踏过去⋯⋯

黄宗羲被眼前的情景弄糊涂了。他直瞪瞪地望着那些断头折臂的花木,那些五颜六色、狼藉满地的花朵。其中,在一株被齐腰砍断的秋葵的光秆上,伏着一只白色的小蝴蝶,大约它在这一场突然降临的灾难中躲避不及,受了伤,飞不起来了。现在,它正抖颤着翅膀,在葵秆上艰难地爬行着,在它的身子后面,还拖着一条黏糊糊的"肠子"⋯⋯黄宗羲瞅着瞅着,渐渐眼前的景象变了,仿佛此刻在他面前的不是花园子,而是阴森可怖的诏狱。那些被砍倒在地的也不是花木,而是被锦衣卫拘拿入狱的东林党人。其中有杨涟、左光斗、魏大中、周朝瑞、顾大章、袁化中、周顺昌、高攀龙以及自己的父亲黄尊素,而且似乎连他——黄宗羲本人也在内⋯⋯他们有的断颈,有的折臂,有的拖出肠子在挣命。地上那些五颜六色的东西,就是他们流出的脓和血⋯⋯蓦地,黄宗羲发出一声低沉而钝浊的呼叫,用双手掩着脸孔,回头便走。他跌跌撞撞地奔到马前,爬了上去,挥动马鞭,直到跑回方以智的住宅,他都没有回头再看一眼。

第二天一早,黄宗羲就吩咐黄安收拾行李,跟着陆符搬到城西的万驸马北湖园里去了。

四

崇祯十五年九月下旬,也就是距黄宗羲搬走之后两个多月,方以智收到在丰台做官的一位同年送来的十几盆名种菊花。他赏玩之余,一时兴动,便备下酒席,写了帖子,邀请平日要好的两位同僚——詹事府谕德吴伟业和兵科给事中龚鼎孳过来饮酒赏花。吴、龚二位都是老复社成员，吴伟业还是复社领袖张溥的得意学生。三人在江南时，就已经彼此认识。不过，后来方以智到了京里，同吴伟业相处的时间久些，关系也比较密切。至于龚鼎孳，因为一直在湖北做官，不久前才调到北京来任职，过去方以智同他虽然有过联系，但是相知不深。而且对于这位合肥才子，方以智还说不上太喜欢，总觉得他过于八面玲珑，多少有点装腔作势的味道。不过，方以智也不是那种心地浅狭的人，他看见对方经常上门，对自己颇为尊重，再加上吴伟业当面背后都一直在说龚鼎孳的好话，于是对这位新朋友也就渐渐热乎起来。

如今，方以智同两位客人坐在书房的明间里。那十几盆名种菊花就分成两排，陈列在台阶下。其中有什么"醉杨妃""银鹤翎""鸡冠紫""留仙绉""霓裳羽衣"等等，名色不同，姿态各异，正在晴和的九月阳光下，舒展着五彩缤纷的花瓣。阵阵清香，随着清爽的秋风飘到筵席上来。三位朋友已经着意观赏赞叹过一回，还分韵赋了几首诗，如今一边坐着闲谈，一边继续饮酒赏花。龚鼎孳是个爱说话的人，更兼交游广阔，消息灵通，所以照例大部分时间，都是他和方以智高谈阔论。吴伟业则在一旁静静地听着，很少插嘴，清秀的脸上始终带着温雅的微笑。

现在，他们已经转移了好几个话题，因为是随意而谈，所以也没有什么次序，一会儿谈起七月中田贵妃的病逝和她妹子入宫顶替，一会儿又扯到抄手胡同华家的专煮猪头肉，扯到不久前南京皇宫所发生的一桩离奇的失宝案，然后又回到北京，说最近有人在田弘遇府上见到了陈圆圆，比在江南时仿佛清瘦了些，却是更美艳了。接着，他们就把陈圆圆同董小宛比较了一番。龚鼎孳认为董小宛无论如何比不上陈圆圆，冒襄皆因平日过于自负，这次落得了哑巴吃黄连，也怨不得谁；方以智却不同意，认为董小宛也许色艺稍逊，难得的却是人品端庄，没有陈圆圆那么多风尘气味。最后，照例是吴伟业出来打圆场，说陈董二人各有千秋，也正如眼前这菊花——"醉杨妃"和"银鹤翎"，观赏者可以各有偏爱，其实却未易轩轾，才把这场争论平息下来。这之后，他们就把话题转到战局方面，从不久前朝廷派出的援军在朱仙镇遭到惨败，谈到河南开封已经危在旦夕，又谈到兵部的昏庸无能。末了，话题回到眼下轰动朝野的那件大新闻——兵部尚书陈新甲一案上来。

"说来可笑之至！"方以智说，"陈老头儿自从在狱中上疏，乞求宽宥，被皇上驳回之后，如今又里外上下的一个劲儿送礼请托，昨儿竟送到我这儿来了！"

"那么，方兄必定是拒之门外无疑啰！"龚鼎孳微笑地问，白皙的脸上现出凑趣的神情。

方以智摇摇头："小弟是照收不误！"

"哦？"

"龚兄奇怪么？"方以智瞅了他一眼，一本正经地说，"据小弟看，陈老头儿今番自取其败，只怕是神仙下凡也救他不得了——只是可惜这一百两银子！他既然着人巴巴地送上门来，小弟若不受他，自必会有旁人承受。与其让别人承受，何如由小弟承受？譬如今日，小弟欲请二位老兄来此饮酒赏花，这银子便正好充作酒资，比之让那些俗物得了，拿去求田问舍，放债积谷，岂不胜似多多！何况，陈老头儿平素贪婪得紧，这银子本非光明正大之财，就算白送一点给我们，他也没有什么可埋怨的！"

龚鼎孳眨巴着眼睛，似乎一下子没听明白，随后就大笑起来。

"好，好！密之，亏你做了几年京官，原来一点儿没变，还是江南名士的本色！佩服，佩服！"说着，举起酒杯，同方以智对饮了一杯，又回过头，打算敦促吴伟业，却发现这位吴大诗人皱着眉毛，一脸不忍的神色。

"咦,骏公,怎么了,你?"龚鼎孳奇怪地问。

吴伟业轻轻叹了一口气:"陈大司马虽然有罪,却其实未至于死,你们又何必……"

"啊哈,这一回,只怕他是死定了!"龚鼎孳笑嘻嘻地说。

"倘若他果真已是难逃一死,"吴伟业温和地责备说,"你们就更加不该如此。"

龚鼎孳怔了一下,随即睁大了眼睛:"喂喂,这一次可是他咎由自取,怨不得我们!"

"可是……"

"可是什么?"龚鼎孳立即反问,他显然感到方以智的在场,而吴伟业的责备是冲着他们两个人来的,"可是我们不该幸灾乐祸,落井下石是不是?不过,只怕你可怜他,到头来他却未必感恩戴德,还要反咬你一口!"他尖刻地说。

"其实、其实他也没怎么得罪我们。"吴伟业红着脸分辩。

"没得罪我们?那么,'二十四气'之说是谁捣鬼?主使者又是何人?哼,你别看他面子上同我们敷衍,骨子里邪门着哩!我就从来不信他!"

龚鼎孳所说的这个"二十四气"之说,是指不久前,有人因周延儒再度出任内阁首辅后,起用了不少东林人士,心怀忌恨,于是编造了一个"二十四气"的假案,把包括吴伟业在内的二十四位官员罗织进去,指为私党,说得煞有介事,还到处散播。结果弄得皇上也知道了,降下旨来,命百官有则改之,无则加勉;其中还特别严辞责备了言官们一顿,弄得人心惶惶。这件事,至今也闹不清是谁捣的鬼。不过龚鼎孳本人是言官,职责又是监察兵部,加上前一阵子言官们对兵部的攻击尤其猛烈,所以他便疑心是陈新甲在暗中报复,其实未必有根据……

吴伟业不响了。他显然不善于争论,而且害怕争论。看见对方来势汹汹,他就气馁了。

"好,我们不谈这个,不谈了。"他委屈地、无可奈何地说,懊丧地低下头去,"其实,唉……"

龚鼎孳眼珠子一转,也立即表示同意:"对,算了,不谈,不谈!"他哈哈大笑起来,"喝酒,喝酒!"

在他们争论的当儿,方以智始终没有插话。吴伟业的责备,使他多少有点扫兴。固然,对于陈新甲,方以智没有丝毫好感,但是朝廷上无休无止的党争,说实在的也使他越来越厌倦了。不错,穷凶极恶的魏忠贤阉党,虽说早在十多年前就被打了下去,其后继起与东林为敌的前内阁首辅温体仁、薛国观等人也相继因罪垮台。周延儒复出之后,不少受排挤打击的东林旧臣都获得起用。但目前朝廷之上,各个山头派系的斗争,仍旧异常复杂激烈。就拿陈新甲来说,他虽然不属于温薛一党,但也并不买东林这边的账,而是凭借皇上的宠信,一直在自拉山头,竭力扩充本身的势力。更兼他身为兵部尚书,却指挥无能,丧师失地,又背着朝廷暗中向清军求和。这些,都引起东林方面的强烈不满,早就想把他轰下台,只是由于皇上一味回护,才无可奈何。现在好不容易来了机会,当然不肯放过。刑部左侍郎徐石麒之所以坚决主张惩办陈新甲,与此可以说不无关系。不过,方以智也明白,战局到了目前这一步,其实是由来已久、积重难返,绝不是陈新甲一人所能扭转的。陈老头儿固然不是安邦定国之才,可是换一个人,难道就有办法么?这样一想,方以智对于当前这一场党争到底有什么意义,就不能不感到怀疑。刚才,他颇有点玩世不恭,内心其实是苦闷的。正因如此,他现在完全能够理解吴伟业的心情。他不但不打算附和龚鼎孳,去讥笑这位好好先生的善良和软弱,相反有心替他打打圆场,说上几句慰解的话。

但是,他没来得及这样做。因为长班孙福匆匆走了进来,呈上一份拜帖,并禀告说:"兵部左堂冯爷的轿子快到门外了!"三位朋友一听,不由得你望我,我望你,都颇感意外。

"莫非是为的陈新甲?"龚鼎孳冒出一句。

方以智沉吟了一下,吩咐:"外堂奉茶!"随即放下杯子,站起来,走进里间换过公服,又朝吴、龚二人做了个"稍待"的手势,匆匆地迎了出去。

这位来访的"兵部冯爷",就是兵部左侍郎冯元飙。他是天启二年的进士,做过几任京官,也外放过许多次,仅仅三个月前,还在南京任通政使。他为人喜智术,有权谋,早年曾上疏弹劾周延儒,攻击不遗余力;这一次进京后,看见周延儒有改弦更张之意,他也就一反旧态,同周延儒密切交往,关系拉得很好。冯元飙目前是东林派中坚之一,而且一向以复社的后台自任。所以他突然来访,并没有使方以智感到惊疑不安。相反,当老头儿那又矮又胖的身躯和那张生动的、乐呵呵的圆脸映入眼帘时,方以智内心的愉快、亲近的感觉便油然而生了。

"哈哈,学生还愁着吃闭门羹哩!如此秋光,兄翁不去登高、赏菊、饮酒,原来还有耐性守在家里!"冯元飙一见方以智,就兴冲冲地拱着手说。

"发老来得正巧!"方以智一边还礼,一边笑着说,"饮酒、赏菊,却不须远求,眼下舍间便有,就请进去共饮三杯如何?"

"噢?"

"只因一位年友日前送来十几盆菊花,晚生见它尚属不俗,今日便备了几杯薄酒,邀骏公、孝升两位过来赏玩,如今他二人就在书房里。"

"原来如此!有此雅事,兄翁如何便忘了学生?厚彼薄此,该罚,该罚!"冯元飙摇晃着脑袋,又哈哈笑起来,满庭院都响彻了他洪亮的嗓音。

"晚生甘愿受罚三大杯!"方以智爽快地说,随即在通往书房的侧门前停下来,"那么,请叟老这就过去?"

冯元飚眼珠子一转:"嗯,你说孝升也在里面?"

"是的。"

"噢,那就罢了,那就罢了!"冯元飚忙不迭地说,拉着方以智往前走,又回过头来,狡黠地眨眨眼睛,"学生现今叨掌兵部,他是本科言官,在这当口上,还是扯开些为好!"

方以智"哦"了一声。他当然明白,龚鼎孳作为兵科给事中,职责就是对兵部衙门实行稽察,将其办事的情况、好坏得失,随时向皇上报告。双方的关系向来是既尖锐对立,又时有勾结,颇为微妙。如今陈新甲一案尚未了结,冯元飚作为他的副手暂掌兵部,对于龚鼎孳自然不便过从太密,以免招来闲话。不过,既然此刻是在自己的家里,而且彼此其实又早就是同一个圈子里的人,方以智就觉得冯元飚似乎小心得过分了。

冯元飚大概从眼神里瞧出他的心思,又哈哈笑起来:"兄翁,我学生是同你说笑话儿,其实哪有工夫饮酒赏菊!我这就要上周阁老那儿,经过这里,顺脚进来瞧瞧你,马上就要走的!"

这当儿,他们已经来到堂上,于是重新行礼见过,分宾主坐了下来。

"兄翁,这些天,可见到太冲么?"冯元飚一边接过小厮奉上来的一杯茶,一边言归正传地问。

"哦,前日他曾同恺章、道济二兄过访舍下,约晚生明日到天主堂去访汤若望,并说不日便返江南去了。"方以智回答,一边想起对方是浙东慈溪人,同黄宗羲也算得上同乡。

"嗯,听说,他今科又未考中?"

"是的。"

"今年是朱锐锦主考,私下走他关节的人听说多得很嘛,太冲怎么也不托人去说说?"冯元飙的表情很认真。他收起了笑容。

方以智苦笑一下:"太冲的脾气犟得很,他哪里肯做这种事。"

冯元飙摇摇头:"他这人就吃亏在什么都太认真!其实八股到了今日,哪里还考得出什么真才实学?不过是虚应故事罢咧!他这一认真,自己落第不算,朝廷也少了个可用之才。如今反让那些竞进无耻之徒占了便宜去,可谓不值!"

"叇老所见甚是。便是晚生也曾这等劝他来,惟是太冲不肯听从,也真教人无可奈何。"

方以智这样说了之后,好大一会儿,主客二人都没有再说话。冯元飙慢慢地捋着他那几根稀疏的黄胡子,仰着下巴颏儿,像在考虑什么。

"听说,太冲打算上书朝廷,可有此事?"终于,他又问。

"哦,叇老也知道了?"

"弟是听小儿辈闲谈言及,却未得其详。"

"这个,晚生倒曾看过。大抵太冲的意思,是国事至此,非急谋改革,不足以图存。而改革之急务,在于压抑豪强兼并,恢复井田之制,即:平均全国之田,按户授给,每户五十亩。剩余者,始由富民占有。此外,更须免除繁苛赋役。古时之田,不许买卖,国家十一而税;后世之田,准许买卖,则更可放宽,比如三十而税一。若谓当今战祸未息,为助饷计,赋税难以骤减,亦须严限于十五税一之内。如此,则富者不困,而贫者亦能稍稍安居。乱源一去,贼自易平,贼平国定,则建虏亦无能为矣!"

方以智说到这里,偷眼瞧了瞧客人,发现冯元飙皱着眉,抿着嘴,样子像是要笑,又像是要哭,便赶紧接着说:"太冲亦知当今南北交煎,天下糜烂,此议无法骤行。故拟议先于江南数省试行之。该处虽亦艰困日甚,所幸尚未经兵燹,或者较易收效也……"

他本来还要说下去,见冯元飙做了个制止的手势,便顿住了。

冯元飙摇摇头:"纯属空论！莫说朝廷必不采纳,即使采纳,照他这一套去弄,只怕江南就先自大乱起来——不过,有这么一份东西,总比没有的强。明儿,兄翁就让太冲拿来,告诉他,别忙着走了,由学生替他转给周阁老。老头儿也未必有工夫看,无非做个由头,学生再从旁撺掇,让他把太冲留下,分派个差事干干,总还是可以的!"说着,站起身来。

"哦,耺老,陈新甲之事,眼下不知怎样了？"方以智一边往外送客,一边问。

"听说皇上还有点踌躇,到底是他亲手晋拔起来的人嘛！老陈在狱中好像也听到点风声,正在到处送礼,托人说情。他的那些党羽也四出运动。学生已经对徐大人说了,此人不除,岂止国无宁日,亦终是我东林之患!——嗯,在这节骨眼上,朝廷公论还是顶要紧的。兄翁在内廷走动,也须警醒着点,该说的还是得说!"

方以智点点头,走了几步,忽然笑着说:"老陈一去,大司马一职,只怕就非老先生莫属了!"

冯元飙停了一下脚步,回过头来,眨眨眼睛:"噢,兄翁这样以为么？这是别人说的,还是兄翁自己这么想？"他随即继续往前走,一边摇着白发皤然的脑袋,叹息说:"若然果真如此,那恰是我所最最不愿的！试问十余年间,但凡坐上这把交椅的,哪一个有好下场!"

五

第二天,黄宗羲依约来到了。同他一起来的还有冯道济和他堂兄冯恺章。至于陆符,因为这一次乡试,他暗中买通了主考官的关节,果然高中举人。这几天又是拜房师,又是会同年,正忙得不亦乐乎,所以没有同来。

方以智把他们接进堂屋之后,先不忙出门,却把昨天冯元飙的那番意思向黄宗羲说了。谁知黄宗羲听后,脸上毫无喜色,只淡淡地说:

"殁老盛情,小弟感激心领。只是小弟归意已决,上书之事,也作罢论了。"

方以智怔了一下,还没有开口,坐在旁边的冯道济迫不及待地插了进来:

"哎,太冲兄,回江南有什么好?家父既肯开这个口,料想必定是有把握的。好不容易到京师来一趟,你就干脆住下,第三年后,再考他个头名!"

冯恺章也说:"不错,这一回没考中,不怨天,不怨地,更不是自家文章不好,就怨朱锐锦那老昏虫公行贿卖,暗通关节!如今外面骂声载道,听说有人在贡院门上贴出一副对子,道是:'不用孔子,不用孟子,只取公子;不要古文,不要今文,只取真纹!'话虽说得忒过分些,我们不也算公子?不是照样没考中?不过,这等老昏虫还是该骂骂他才解气!"

可是黄宗羲只是坚决地摇摇头,却不做声。

"太冲兄,莫非你听说是周阁老,所以……"方以智瞅着他问。

"噢,若是为的周阁老,太冲兄尽可放心!"冯道济又一次插了进来,"周阁老以往曾同我东林为难,这是不错的。不过他这次复出,却大异于前,对我东林倒甚是优礼。听家父说,上月有一次,他在御前讲读,皇上拿了一个奏本问:'张溥、张采是何等人?'周阁老当即答道:'读书的好秀才!'皇上又问:'张溥已死,张采小官,科道官如何说他好?'周阁老答说:'他胸中颇有学问,文章也好。科道官做秀才时,见过他的文章,今以用之而未尽其才,所以可惜。'皇上说:'也不免偏激!'周阁老说:'张溥、黄道周皆有些偏,只是会读书,所以人人惜他。'——你瞧,他维护复社也算尽心尽意了!"

冯恺章也说:"听说,幼老①这次得以复官,也全仗周阁老在皇上面前一席话哩!"

这些消息,黄宗羲大约是第一次知道。他仰起脸,呆呆地听着,神情变得柔和了一点;可是只一忽儿,又复归于冷淡,依旧摇摇头。

方以智很清楚黄宗羲的执拗脾气,知道一时也劝他不转,便站起来,说:"此事慢慢商量。时候不早,只怕汤若望等得久了,我们这就去吧。"

于是,四个人一齐出门,各自上马,穿过金井胡同,沿着上斜街,向东行去。

天主堂位于宣武门内东面城墙下的一个角落里,是万历年间神宗皇帝特许意大利籍耶稣会教士利玛窦兴建的。以后,就一直成为西方传教士们聚居并进行传教活动的场所。那是一座有着半圆形屋顶的罗马式建筑,当中一扇带石阶的门,四面开着许多窗子,周围装饰着许多稀奇古怪的花纹图案。天主堂旁边另建有宅邸,供教士们居住。当方以智等四人在院门外下马,通报之后,汤若望很快就出现了。

这是一位身材高大的德意志人,有着虬结的胡须和高高隆起的鼻子。突出的眉骨之下深藏着一双古怪的、碧荧荧的眼睛。不过,他那头金黄色鬈发,却按中国式样直梳上去,并且也像中国儒生那样,戴了一顶方巾,身上穿一件白色的布直裰。他曾经在北京专门学习,又在中国住了十多年,其间还到西安去传过教,一口中国话说得十分流利。

一见方以智,汤若望就大声欢呼起来:"啊,方先生,幸会,幸

---

① 幼老:指黄道周,字幼平。当时因罪罢官。

会,小弟已经恭候多时了!"又转向其余三人:"不敢动问这三位先生高姓大名?"等方以智介绍之后,汤若望又连说几声"久仰、幸会!"然后,他就按照中国的方式同大家一一作揖寒暄。

"道末兄,这位黄先生和两位冯先生今日一则是久慕尊颜,特来拜望;二则是意欲瞻仰贵教的宝刹,并一聆汤兄雅言。"方以智说。

"啊,不敢当,不敢当!倒是小弟亟望列位先生不吝赐教!"汤若望谦逊说,又殷勤地问:"不先过舍下奉茶么?"

方以智回头望了望,看见三位朋友都露出疑虑的神色,就说:"不必了,先瞻仰宝刹吧!"

"好的,那么,请!"

等大家移动脚步,汤若望在旁边陪着,一起穿过院子,步上台阶,进入天主堂内。

在这小半天里,黄宗羲很少说话。刚才,在方以智家里,他拒绝了冯元飙的建议和大家的劝说。这件事,至今还影响着他的情绪。是的,此时此刻,他不希望也不需要别人来怜悯他,哪怕是冯元飙这样的东林前辈。虽然自己这一次到北京来,可以说事事失意,一败涂地,乘兴而来,扫兴而归。但越是这样,他越觉得接受别人的任何怜悯和恩赐,即便对方出于真心诚意,对自己来说,也是一种羞辱,是没有骨气的表现。"哼,我自然还要来北京,可那得等考中之后,理直气壮,堂堂正正地来。眼下何必赖着不走,让人笑话!"他想。可是这种话,当时不便马上说出口,他本想等上路之后,再慢慢向方以智解释。谁知方以智仿佛有意作弄他,偏偏绝口不再提这件事,一路上只顾同冯氏兄弟有说有笑,弄得黄宗羲愈加气闷。

不过此刻,他的这种烦恼暂时被对于天主堂的好奇心所取代了。他发现,这幢按照西洋式样设计建造的大堂又狭又长,顶上装着天花板,看不见屋梁,两边排列着带雕饰的窗,正当中是一个用香灯和帐幔装饰起来的神龛,供着一幅耶稣的油画像。画中的那个耶稣,长得高鼻梁,大耳朵,须发蓬松,容貌清癯,头顶上有一轮"圣光"。他左手捧着浑天图,右手雄辩地向前方伸出,嘴巴微微张开,仿佛在热烈地讲述着什么伟大的真知灼见。

黄宗羲头一次看见耶稣的肖像。不过使他惊异的,不是这位西方救世主那种咄咄逼人的姿态,而是西洋绘画的准确和逼真。他有好一阵子目瞪口呆,疑心那不是绘画,而是一尊彩塑。接着,他情不自禁地走近去,细细观看。"啊,原来世上竟有这等神奇的写真妙技!可知世界之大,确实未可管窥蠡测!"他叹服地想。

这当儿,汤若望已经在一旁热心地布起道来。他从亚当和夏娃如何偷吃了伊甸园的禁果,由此繁衍出了有罪的人类说起,一直说到耶稣降生,布道救人,如何被钉死在十字架上,死后三日又如何复活升天等等。说得绘声绘色,煞有介事。方以智大约早已听过,虽然没有打断他,嘴角上却挂着一丝不以为然的微笑。冯氏兄弟则听得津津有味,不时要求对方讲得详细一些。至于黄宗羲,他是本朝大儒刘宗周的学生,历来主张"气外无物",包括天地鬼神在内。他对于汤若望这套说法,当然不相信。"这不过也如佛氏之有释伽,道教之有李老君一般,未必无其人,却是故神其说。其实所谓主宰者,纯是一团虚灵之气,草木之荣枯,寒暑之运行,地理之刚柔,象纬之顺逆,人物之生死,俱由这气自为主宰。鬼神之说,俱属其次!"他想,一边跟着大家,步入右侧的一间圣母堂内。

圣母堂的布置同正堂差不多,里面也供着一幅画像,上面画着圣母玛利亚——一位童贞女,怀里抱着一个婴儿。据说那就是刚刚诞生的耶稣。黄宗羲照例转了一圈,心想:"童女无夫而孕之说,中国也有,不过却是周厉王误失龙漦,童女践之而有孕,结果生下了个亡国的褒姒!中外传闻,竟是如此之异,亦可谓一奇了。只不知这位汤先生闻知,作何感想?"

参观完天主堂,汤若望又一再邀大家到宅邸里去用茶,二冯兄弟同传教士已经混熟,一口答应。黄宗羲踌躇了一下,也表示同意。于是大家又跟着汤若望往回走。

"太冲,你觉得如何?"方以智忽然凑上来悄声问。

黄宗羲瞥了他一眼,顿时想起一路上被对方故意冷落的那一场哑巴气。他有心回敬一下,急切间却想不出该说句什么才解气,只好沉着脸,一声不吭。

方以智显然心里有数,他狡狯地眨着眼睛,笑嘻嘻地说:"这——其实不算什么。待会儿,更有匪夷所思的呢!"

说话的当儿,已经进了宅邸的大门,从影壁转西,经前院进入二门,穿过方砖铺地的后院,来到北边正房的起居室里。

"弟是单身,没有家小。所以凡有客来,弟都请进这儿来坐。"汤若望解释说,随即请大家坐下。一个年轻仆人奉上茶来。黄宗羲看他也就二十多岁,青衣小帽,眉目清秀,分明是个中国人,胸前却悬着一个小小的十字架,同汤若望胸前所悬的一模一样。"瞧样子他是已入了教的。闻得已故徐阁老①、李之藻等人,均曾入其教,公行弥撒之礼,不知确否?"他想问,又觉得唐突,只好忍住了。

这时,冯氏兄弟已经被屋子里的几件新奇别致的摆设吸引住了。那是摆在墙边的一架风琴、炕桌上一个香盒大小的自鸣钟、方几上的一台显微镜和竖在墙角的一支滑膛枪。冯氏兄弟仿佛成了走进玩具店的孩童,不停地转动着闪闪发光的眼睛,脸上露出惊讶、狂喜的神情。等主人放下茶杯,微笑着发出邀请,他们立即站起来,一个奔向风琴,一个奔向滑膛枪,并且同时地提出一连串夹杂着惊叹的问题,弄得汤若望穷于应付,不知该回答哪一个好。正在不可开交,忽然传来了一阵悠扬的音乐,那乐声有点像鸟鸣,但

---

① 徐阁老:指崇祯初年内阁大学士徐光启。

鸟声没有它悦耳动听;像乐器齐奏,但周围又看不见乐队。而且那旋律有点奇特,全然不像中国的音乐。大家正在纳闷,就看见那个年轻仆人双手捧着一个闪闪发光的鸟笼,从隔壁慢慢走出来,小心翼翼地把它挂在门旁的一只铁钩子上。

大家仍旧呆呆地站着,显然不相信耳畔的这种美妙的乐声,同笼子里的这只小鸟有什么关系。

"噢,列位先生,这是一只会唱赞美诗的鸟儿,请过来欣赏它的歌唱。它在赞美全知全能的天父和基督哩!"汤若望伸出一只手,用感动的、热烈的声音说。

大家疑疑惑惑地围上去,仔细一看,发现不只笼子是用金属细丝编成的,连笼子里的那只小鸟也是金属制作的。它虽然张着嘴巴,站在那里,却一动也不会动。大家正猜不透这只假鸟怎么会发出声音来,音乐声忽然终止了。那个年轻仆人立即从怀里摸出一把式样特别的钥匙,插进笼子底座的一个小孔里,旋转了几下,音乐声重新响起来。

"啊,汤先生,贵邦之制作,可谓巧夺天工,令人耳目全新!只不知如此奇技,系何人所授?"冯道济又惊又喜地问,他显然已经佩服得五体投地。

"冯先生下问,小弟正欲奉告。"汤若望举起一根指头,庄严地回答,"这启迪我们以无穷智慧者,并非血肉之躯的凡夫俗子,乃系慈悲万能的上帝!是上帝教导我们一切,还谕示我们不应将此智慧据为私有,要传授给居处于世界之上、哪怕最遥远地域的人民!"

"那么,汤先生远涉重洋,长驱万里,来游中国,其意也在此啰?"冯恺章问,肃然地望着主人。

汤若望点点头,把炯炯的目光转向他:"正是。皆因我辈俱系天生之罪人,我们的灵魂都沾满邪恶与不洁。惟有慈悲万能之上帝能够拯救我们!"

在他们对答的当儿，黄宗羲在一旁默默地听着。他见汤若望一本正经、咄咄逼人的样子，心想："仁义之性，与生俱来。天下之理皆非心外之物。要拯救自己，也惟有反求本心，努力内省——'致良知'而已矣，又何必求助什么上帝！"不过，虽然这样，汤若望作为一位"夷狄僧侣"，为着传播和实行自己所崇信的"道"，不惜背井离乡，变俗易服，来做一名异国的臣民，时至今日，仍然保持着饱满充沛的热情，这一点，却使黄宗羲惊异之余，心中不无触动。"要是换了我，处于他的地位，能够这样做么？"他暗中问自己，随即又吃了一惊："哎，我为什么要这么想？为什么会这样想？"他隐隐约约感到，自己正接近一种可怕的、危险的想法。他不敢，也不愿意再深究下去了。

"哎，道末兄，这些话，还是留待你做弥撒的时候去说吧！"大约是瞧见黄宗羲的神色有点不对头，方以智从旁插进来说，"这位黄先生是位嗜书如命的人，阁下还是把那些奇书秘籍拿出来，让我们见识见识！"

汤若望正说到兴头上，忽然被打断，不免有点扫兴。他张了张嘴，似乎打算分辩，终于失望地摆一摆手，说："请稍候！"然后悻悻然走进隔壁的房间，一会儿，同那年轻仆人各自抱了一大摞书出来，都堆在桌上，说："请吧！"

黄宗羲听说有书可观，精神为之一振。他连忙走过去，先翻看一下书目。他发现这些书，绝大多数都是自己所不知道，或者仅仅听说过名字，却没有机会读到的。其中有徐光启与教士利玛窦合译的《几何原本》、李之藻译的《圜容较义》、徐光启的《测量法义》——这后两种是谈几何原理的实际应用的书，还有汤若望本人著的、介绍西洋光学的《远镜说》，教士熊三拔著的、专论水力机械的《泰西水法》，至于王徵与教士邓玉函合译的《远西奇器图说》则是介绍物理学中重心、比重、杠杆、滑轮原理及简单机械构造的书。

此外，还有介绍世界五大洲之说的《万国舆图》、介绍世界地理知识的《职方外纪》，以及介绍西洋天文学的《浑盖通宪图说》等等。黄宗羲越翻越兴奋。虽然有许多书他根本看不懂，但正因为这样，却激起了他越来越强的求知欲望，激起了他要把它们读懂、钻通的热情。"哎，这些都是经世致用之学！学者所须知。与那些个风琴、雀笼音乐真是不可同日而语！"他兴奋地想。随即，也不管还有其他人在场，先挑了一本比较容易读的《职方外纪》，退回椅子上埋头翻阅起来……

这一天，由于黄宗羲的坚持，他们在汤若望的宅邸里一直逗留到下午很迟的时候才告辞出来。汤若望留他们用了午饭，出门时，又殷勤地一直把他们送到路口，才挥手告别。

在夕阳映照的归途上，方以智拍马走到显得既疲倦、又兴奋的黄宗羲身旁，悄悄地问：

"如今，你不急着走了吧？这位老汤还精通火器制造，朝廷近日颇有用他督造火炮之议，听说他还有一部《火攻挈要》，更是当今一大奇书。哼，就为的读一读它，你也值得留下来！"

六

由于方以智和冯氏兄弟一再劝说，黄宗羲终于同意把那份上书交给冯元飙转呈周延儒。

半个月之后，他得到通知，说周延儒已经看到他的上书，并决定接见他。于是，黄宗羲在十月初八日下午申牌时分，依约来到周延儒的府邸。

如果在三个月前，黄宗羲得知他的上书受到这位当朝首辅如此重视，那么，尽管他对周延儒的为人有种种不满，也必然会大为兴奋,十分感激。不过,时至今日,情况已经不同了。他这一次从同意呈递,到依约来见,与其说是出于对自己那份上书依然抱有热情和信心,不如说主要还是出于对冯元飙的尊重,以及不想过于拂逆朋友们的一番盛意。事实上,自从七月的那一次,徐石麒把他找去谈话之后,黄宗羲的心情就改变了。他再也无法像先前那样盲目乐观和自我陶醉。而当他一旦用变得清醒了的目光环顾四周时,这个庄严肃穆的帝王之都那黑暗、腐败、病态、没落的一面,就立即清楚地显现出来。他发现,在这里居住着至高无上的皇帝,但是这位皇帝正处于内外交困、焦头烂额的境地,而且变得越来越刚愎自用,喜怒无常;在这里拥有着令人生畏的生杀予夺的大权,但这个大权却操纵在东厂和锦衣卫这样一些阴森可怕的衙门手里,被用来对付忠心谋国的人士和广大无辜的百姓;在这里聚集着来自各地的优秀人才,但这些人目前正卷入你死我活的党派之争,互相指责掣肘,以致少数有为之士也无法施展才干;这里还可以迅速听到有关时局的最新消息,把握朝廷决策的脉搏,但是这些消息却一个比一个倒霉,一个比一个更令人灰心丧气;至于朝廷的所谓决策,更是完全陷于仓皇应付,挖肉补疮,一片混乱……再加上这一次乡试,公行贿卖、徇私作弊的情况,比以往任何一次都要严重得多,而朝廷对此竟然毫无办法,听之任之。这更使得黄宗羲愤慨之余,感到深深的绝望。所以,直到此刻,当他越过一队又一队的轿车马匹,来到首辅官邸的大门前时,从表情到内心,都始终是冷淡而又迟疑的。

"哎,太冲,你到底来了!小弟足足候了你半个时辰哩!"一个喜滋滋的声音大声招呼说。

黄宗羲抬头一看,认出是周延儒的幕客顾麟生。

顾麟生是常熟人,今年也就三十出头,长得眉目挺拔,精明强干。他本是复社成员,因为他父亲顾大章是周延儒的老师,所以这一次周延儒复出，就把他聘作幕僚，参与机密之事，颇为信用。上一次就是他看到周延儒的来往书信，知道钱谦益密谋为阮大铖翻案开脱，写信告诉了冒襄，才把那件事彻底揭穿。黄宗羲同顾麟生本来就认识，而且交情不错，这次到北京后也互访过几次。他知道黄宗羲今天要来，所以先到门上来守候。

顾麟生这一出现，黄宗羲还不觉得怎样，周围那些先到的人却顿时骚动起来。他们都是为着各种各样的公事或私事来求见周延儒的。有的手本已经递进去好久了，始终不见答复，眼见时候不早，正在着急，好不容易盼出来个人，当然不肯放过，纷纷围上来，七嘴八舌地打听消息。

顾麟生显然十分熟悉这种场面。他板着脸，挥挥手，说声："周相公接客未完，请列位安心守候！"然后，挽着黄宗羲的胳膊，头也不回地往里走。

碰了这个钉子，多数人都泄了气，只有一个胖胖的、留着一把长胡子的绅士仍旧不甘心，他紧赶几步，在大门前赶上了顾麟生。

"顾先生，小弟并非求见周相公，乃是来访董先生的。相烦转知一声，不胜感激！"胖绅士赔着笑脸，乞求地说。

顾麟生回顾一下："哦，阁下要访董先生？"他问，停住了脚步。

"正是正是！"胖绅士连忙拱着手说，"小弟近刻得新书两部，意欲送上一部请董先生过目，另有一部——若顾先生不弃，就敬请先生指教！"

"这个……"

"尚希哂纳！"

在他们对答的当儿，黄宗羲只是冷冷地听着。他早就听说，周延儒有一个心腹幕客，名叫董廷献，为人狡狯贪婪，借着主人的权势，卖官鬻爵，贪赃受贿，早已秽声载道。这位胖绅士要找的，大约就是此人。至于所谓"送书"，无非是行贿的隐语，这些书后面，照例都附得有金子、银子,叫做"书帕"。这胖绅士不知急于谋求什么,如今竟打算连顾麟生也一并讨好拉拢。"哼,我倒要瞧瞧玉书怎么办!"黄宗羲想。

"好吧,我给尊驾转知董先生就是!"顾麟生回答得十分干脆,拉着黄宗羲继续往里走。

"啊,那么这书?"

"先寄在门房里,待会儿我来取!"顾麟生说,没有回头。

"玉书,"沉默着走了十来步之后,黄宗羲终于忍不住问,"这多半年来,你都是这样子的么?"

"什么?"

"自然是'书帕',还有……"

顾麟生"噢"了一声,满不在乎地说:"这算个什么?你不见姓董的,那才叫会家子哩!不管是谁,想谋个总兵、巡抚什么的,都得巴巴地先来拜他。要不,就休想办成!这些年,他可是捞得够肥了。别瞧那几本破书,只怕他未必就能看得上眼!"

"不过,这怎么可以……"

顾麟生"嘻嘻"地笑起来:"若说不可以,也真不可以。但要那样子,除非你不来这官场上混!如今的风气,人家倒不恨你要钱,却恨你不要他的钱。你一不要钱,得罪的人可就多了!"

"啊,怎么?"

"你要了钱,把事给办成了,他到地方上去,就能五倍十倍地捞回来,何乐而不为?你若不要钱,他的事办不成,岂非绝了财路,又怎能不恨你!"

黄宗羲不由得"哼"了一声,心想:"国先自伐,然后人伐之!政事之坏,就坏在这伙无孔不入的蛀虫身上!连顾玉书这样的人,初涉官场,便立时为习气所染,亦可见颓风之溺人,何等可骇可惊!"虽然他明知根由不在顾麟生身上,而且即使顾麟生洁身自好,也还有其他的人,他们比顾麟生恐怕更贪婪十倍,像董廷献之流那样。但是,黄宗羲仍然觉得有必要劝谏一下朋友,提醒他不要忘了做一个正人君子的准则。"嗯,等见过周阁老之后,我得好好说一说他!"他严厉地想。

这当儿,他们已经从前院东边的一道侧门走进了别院。当他们从一间花厅的门外经过时,黄宗羲看见三四个纱帽补服的官员正在那里默默对坐,像在等待着什么。顾麟生附在耳边告诉黄宗羲:陈新甲一案,由于主持审理的刑部左侍郎徐石麒坚持要按失误军机、私款辱国的死罪来论处,判定当斩,举朝为之震动。据说眼下皇上还在犹疑。花厅内的这几个官员,就是来求周延儒设法营救的。黄宗羲早就在徐石麒那里听说过陈新甲的案情,觉得此人确实罪大恶极,死有余辜;而且对于朝廷上至今仍有一部分大臣在替陈新甲辩护说情,极力开脱,心中颇为不满。他望了一眼顾麟生,淡淡地问:

"周相公可肯援手?"

顾麟生微微一笑:"援手是要援手的。不过周相公侍候皇上多年,皇上的脾气心思他比谁都摸得透……"他四面望望,忽然凑上来,压低嗓音说:"皇上其实杀心已决,只是他不想做丑人,所以……"

黄宗羲听他说得厉害,倒吃了一惊,连忙使个眼色制止他。顾麟生吐一吐舌头,马上住了口。

这之后,两位朋友便不约而同地沉默下来。又走过几道门,来到一所小斋前,顾麟生让黄宗羲在门外稍等,独自走进去。一会儿,他重新走出来,说:

"相公有请!"然后又咬着耳朵叮嘱说,"今日早晨,相公最心爱的一只波斯猫儿难产死了,直到这会儿还很不开心,外面丢着一大堆客人,他都不想见。是我再三替你说了情,他才勉强肯了。待会儿,他说什么,你都听着,千万不要辩驳,可记住了?只要他肯把你留下,往后一切都好办,有我呢!"

这时黄宗羲也多少有点紧张。毕竟,这是他头一遭来谒见这位当朝首辅。"嗯,不知道他是什么样儿?脾气怎么样?我该怎样对待他?"他匆忙地想。对于顾麟生的叮嘱,他听了进去,却来不及反应过来,只是机械地点着头,随着顾麟生步上台阶,进了小斋。

这是一间小小的、布置得异常雅洁的书斋。骤眼望去,斋内的一切,都以小巧别致为特色——小巧的屏风,小巧的桌椅,小巧的卧榻。当中一张古制的狭边书几,上面陈设有笔砚、香盒、熏炉之类,也无一不是小巧玲珑,式样别致。四面的墙壁看不见一幅字画,却有一个小小的佛橱,里面供着一尊鎏金小佛。因为已是十月之交,天气渐凉,椅子上都垫上了古锦褥,小榻上铺了一张斑斓的虎皮。

黄宗羲没有心思观察斋内的布置,他睁大眼睛,四处张望,希望能尽快见到主人。这时,响起了官靴踩地的橐橐声响,身穿一品补服、头戴纱帽的周延儒从屏风后面慢慢走了出来。他是个中等身材的人,虽然上了年纪,而且似乎有点闷闷不乐,却依然颇有风度,一张肌理细腻的长圆脸,再加上细长的眉眼,笔直的鼻梁,使人不难想到,这位当朝首辅年轻时必定是一个美男子。即使是现在,那梳理得一丝不苟的花白胡子,那始终不见发胖的腰身,也还处处显露出优雅。当然,作为身负重任的大臣,他同时又是自信而从容的。要在平时,他的目光想必坚定有神,但不知为什么此刻却毫无光彩,向前突出的下巴两旁,也现出两道深沟,使整张脸显得忧郁失神,缺乏它所应有的威严和气派。

黄宗羲愕然地望着这张脸,有片刻工夫,不大相信这就是周延儒。说来也好笑,大约是出于一种反感的心理,过去他一直把这位首辅想象成为一个瘦小阴鸷的人,一双蛇样的眼睛里永远闪动着贪婪和猜忌的光芒……不过,他很快就清醒过来,因为顾麟生已经开始介绍。于是黄宗羲松了一口气,怀着对周延儒的新鲜的,甚至有点可亲的印象,上前拜见,并在主人的搀扶下站起身,重新叙过礼,分宾主坐了下来。

"嗯,也许他并不如我想象的那样贪鄙刻?他既然两度入相,这后一次,还是东林方面给出的力,想必自有其过人之处。比如我的那一份上书,送上来才半个月,他就不仅看了,而且还立即予以接见,只这一点,就不容易!"黄宗羲一边继续打量主人,一边想。他的心情渐渐变得开朗了一些,觉得说不定周延儒当真对他的那个改革计划感到兴趣。他甚至开始考虑,要是对方询问起来,将如何对答。

"玉书兄,待会儿烦你替我翻检一下,把古人的咏猫诗找那么一二十首出来。我想瞧瞧他们是怎么写的。"宾主寒暄了几句之后,周延儒忽然回过头,对顾麟生这样说。

"是!"后者拱着手答应。

"什么?咏猫诗?他要咏猫诗做什么?"黄宗羲迷惑地想,目光不由得投向那张狭边书几。他刚才曾注意到,那上面的笔砚尚未收起,笺纸上还依稀有书写过的痕迹。蓦地,他记起顾麟生的那一番叮嘱,心想:"对了,听玉书说这位周相公死了一只什么波斯猫,伤心得很,这会儿想必正打算写诗哭它哩!"

由于忽然发现,直到此刻,周延儒虽然似乎是在和颜悦色地接待自己,其实他一心惦念着的,却是那心爱的玩物,黄宗羲不由得倒抽一口凉气,愣住了。随后,一股受到侮辱的感觉从心底里渐渐冒出来。他那瘦小的脸孔由于恼怒而涨红了。

"哎,太冲兄,你不知道,玉老此猫乃是去年粤督沈公从濠镜屿波斯商人处购得,专程送到京里来。本是一对,通体纯白,无一杂毛,缱绻依人,甚是可爱。那雌猫尤为奇物,左右两眼,颜色不同,一金一银,顾盼莹然,见者无不称异。不料今早竟死于难产,着实教人痛惜呢!"大概看见黄宗羲神情不对,顾麟生连忙解释说,一边朝他直使眼色。

黄宗羲却只装没有瞧见。他朝主人拱一拱手,直冲冲地问:"老师相,半月前晚生托请毁老转呈的那一封上书,不知已蒙钧鉴否?"

"哦,兄台的上书么?冯少司马已经转到了。"周延儒点点头,奇怪地瞧了客人一眼。

"不知已蒙钧鉴否?"黄宗羲又问。

"这个……嗯,我学生也曾拜读……其中见解,大体是不错的,不过……"周延儒含糊地说。

但黄宗羲毫不放松:"尚祈明教!"他又一次拱着手。

周延儒显然觉察到对方态度的咄咄逼人,而且对这种谈话的方式感到不快。为了使对方明白这一点,他挥了挥手,用变得威严的口吻说:"这个,以后再说吧!"

这样断然地把问题了结之后,他就立即把交谈转到了其他方面。他开始问黄宗羲最近读些什么书,问他有没有见过钱谦益,还问到江南的灾情,而不管是在询问,还是在听的时候,他都始终保持着一种淡漠的、莫测高深的神情,而且常常是不等黄宗羲说完,他就提出另一个问题来打断他。这就造成了一种印象,似乎黄宗羲所说的那些情况都是他早已掌握、毫无价值的,而他这样问,仅仅是出于一种礼貌而已。

起初,黄宗羲还十分认真地回答主人的问话。但是很快地,他就变得兴趣索然,而且越来越清晰地意识到,自己在对方眼里,其实是多么卑微和幼稚。他开始脸红心跳,局促不安,回答问题也一次比一次简短,最后只剩下"是"和"不是"。

看见这种情形,坐在一旁的顾麟生暗暗着急。他接连朝黄宗羲使了几次眼色,但黄宗羲固执地低着头,只装没瞧见。顾麟生没有办法,正想开口替他打几句圆场,忽然回廊里响起了脚步声,接着,长得又干又瘦的老幕客董廷献出现在门口。顾麟生只好临时咽住了。

董廷献先向斋内张望了一下,然后耸着肩,弓着腰,迈着轻而急的步子,走到周延儒身边,俯下头去,低声说了几句什么。

只见周延儒面无表情地听完,摆了摆手说:"让他们先等着,就说我这会儿还没工夫见他们。"

"是!"董廷献恭顺地应诺着,却不退下。他用眼梢斜了斜黄宗羲,稍稍提高声音:"不过听说徐大人已经入奏,就怕圣旨随时会下……"

周延儒横了他一眼,不耐烦地说:"慌什么?没见我这会儿有客人吗!"然后,他便不理会幕客,重新转向黄宗羲,堆起笑容问:"刚才,我们说到哪儿了?——对,听说钱牧斋到盛泽迎亲时,给人赶着飞瓦片,这可是怎么回事?"

"阁老大人既有要务,晚生就此告退了。"已经变得垂头丧气的黄宗羲,连忙站起来说。

"噢,兄台这就要走?"周延儒的表情有一点惊讶,也有一点惋惜,但是并不挽留,跟着站起来送客。直到走出门口时,他才眯起眼睛,欣赏地望着对面墙头上正在秋风夕阳里忽闪着的几根枯草,用漫不经心的口吻说:

"学生之意,是想奉屈兄台到阁里来,协理文牍之事——自然,这事也不急,先生回去权衡轻重之后,若肯俯就,便通知玉书,让他告诉我。"

第十二章

一

自从三月底回到家中之后,整整半年里,钱谦益的足迹再没有离开过常熟。

由于同周延儒之间的那桩秘密交易全盘失败,他对于起用的事已经心灰意冷;何况外间的舆论,对他又颇为不利,就更使他疑神疑鬼,轻易不想出门。

他也曾打算,干脆把拂水山庄着意改建一番,从此隐居养老,也就算了。偏偏柳如是竭力阻拦,坚决反对,结果只好作罢。

不过,说也奇怪,由于不再胡思乱想,钱谦益反而能专下心来过日子。他鉴于家里近几年亏空越来越大,下决心整顿财务;又自觉年纪大了,精神不济,便把这事同柳如是商量。柳如是也不推辞,把家里的财权一手揽了过去。别瞧她是个风尘弱质,女流之辈,行事处置,真还有点魄力。她用恩威并施的手法,先把一批地位较低但能干可用的管事人员收做心腹,让他们反过来监视何思虞、邹志之类的大管家;接着又制定出一套严格的财务制度,随时随地检查、督促;还杀鸡儆猴似地狠狠处置了几个桀骜刁顽的豪奴。就这样,不到两个月,她居然把原来混乱不堪、漏洞百出的账房整治得井井有条,使那些心怀不轨的人至少暂时不敢轻举妄动。至于朱姨太,因为眼见大势已去,加上在整肃财务的当儿,有好几件案子本来都牵连到她,柳如是却宽大为怀,不予深究,这使朱氏惊愧之余,不由得对柳如是顿生感激之意,渐渐反倒设法巴结起她来。看到这种情形,钱谦益心中十分欣慰,对柳如是也更加宠信。他既不用操这份心,便集中精力去做他的学问。他把自己早年所写的诗词文章,重新认认真真地修改润色了一次,分门别类地编排起来,分为一百一十卷,定名为《初学集》,准备一旦弄到款子,就拿去刻印出版;另外,又动手将佛教的有名经典《楞严经》详加注疏;闲下来时,就同柳如是写诗唱和,或是下棋作画,翻书赌茶,日子倒也过得优游自在。

这样,一直到了农历十月。

这天上午,钱谦益照例在匪斋里注释他的《楞严经》。当注到"于时世尊顶放百宝无畏光明,光中生出千叶宝莲,有佛化身,结跏趺坐"这几句时,心中油然涌起一阵感触:"是啊,佛家言一叶宝莲便是一世界,千叶宝莲便是千世界。而大千世界中的一切,都如梦幻泡影。人生在世,惟其能作如是观,便可少却无限烦恼!"正呆呆地想着,忽然,李宝送进来一批信札。钱谦益放下笔,随手捡起一封,见是苏州寄来的最新塘报抄件,就先丢下不看。因为近几年来,时局越来越坏,塘报上难得有什么令人鼓舞的消息——不外是哪个城镇又被"流贼"攻陷了,哪个官员又战死或者被杀了,以及损失了多少人马等等。不看还好,越看越令人灰心丧气,他老半天都舒坦不过来。虽然如此,钱谦益到底又忍不住,迟疑了一下,依旧把塘抄捡了起来,带着厌恶、冷淡的神情拆开,瞄了一眼。忽然,他的眼睛睁大了——塘抄上面,赫然写着一行大字:

潜山我师大捷

"什么?大捷!"他心头一喜,连忙看下去。消息的内容是这样:据凤阳总督行辕"加急飞递"送到的战报称,新任总督马士英率属下总兵官黄得功、刘良佐二军,于长江以北凤阳、庐州、安庆一线,与张献忠、左金王、革里眼等农民军相持两月,乘敌方并力进攻桐城之际,分进合击,转战十余日,已于九月二十四日大破张献忠于潜山县境,击毙闯世王、马武、三鹞子、王兴国等。目前,张献忠率其余部退走湖北蕲水,革、左残兵亦向北逃散,已不能再对江南构成威胁。历时一载的南京紧张状态亦因此宣告解除。

"啊,总算把张献忠赶跑了,谢天谢地!"钱谦益心中一阵兴奋,不由自主地站起身子,把塘抄仔细地又从头到尾看了一遍。直到证实没有理解错之后,他才如释重负地透了一口气,重新坐了下来。的确,自从今春以来,张献忠会合革里眼贺一龙、左金王贺锦两支农民军,连陷长江北岸的含山、和州、无为、庐江等地,并在巢湖操练水军,大有进兵江南之势,而明朝官兵屡战屡败。抵敌不住的时候,钱谦益实在很担心过一阵子。虽然他知道明朝在南京外围,还驻有重兵防卫,农民军未必就能攻得进来,但是战局如果发展到那一步,毕竟就很危险了。如今偌大一个中国,除了一些边远的地区,就只剩下江南这一小片尚可称做"乐土"。万一被那些杀人不眨眼的"流贼"攻了进来,像自己这种家大业大的官绅人家,别说安居乐业,只怕连可以逃跑活命的地方都没有。所以,前一阵子,钱谦益虽然煞有介事地在整顿财务,著书立说,内心却曾不止一次阴沉地想到:这其实是白费心机,说不定哪一天"流寇"一来,一切便都完蛋了账!甚至两个月前,他听到朝廷起用马士英,代替已经逮捕下狱的高斗光任凤阳总督时,也并不感到有任何值得乐观之处。然而,出乎意料,马士英刚一出马,就大破张献忠于潜山。

"嘿,瞧不出马瑶草还真有点本事,竟然一战成功!"钱谦益惊奇地想,同时,心里不期然地涌起一股酸溜溜的感觉:"是啊,这一下马瑶草该得意洋洋了!如今打个胜仗不容易,何况又是大胜。就凭这一仗,马瑶草这把凤督交椅不只算是坐稳了,没准儿还会升迁哩!"不过,也只是一会儿,随后他就想到,这其实也没有什么好羡慕的,十余年来,凭借剿"寇"有功而爬上高位的幸运儿固然也有一些,但更多得多的,却是在空前残酷激烈、没完没了的战斗中送了命。而那些侥幸爬上去的人,也并没能得意多久,便又一个一个地跌落下来,不是毙命于"流寇"的枪炮之下,就是因逃脱不了最终的惨败,而被震怒的朝廷逮捕入狱,纵然不死,也已是饱受凌辱。如今马士英虽然打了个胜仗,又怎知他日后不会因此而倒霉获罪,甚至不得好死呢?"哎,任他大千世界,苦乐人生,俱如梦幻泡影!"这样默默地叨念了两遍之后,钱谦益又变得心平气和,于是把塘抄抛开,伸手去拿另外一封信……

这一天,钱谦益在匪斋里一直工作到下午。当他把本日所做的疏稿检点一下,发现已经积有三千字之多,这才舒展一下身体,站起来,一边用手轻轻捶打着发酸的腰部,一边怀着愉快而充实的心情,慢慢下了楼,走过我闻室来。

我闻室里静悄悄的。由于柳如是身体本来就不大好,加上前些日子操持家政,过于劳累,结果病倒了。近一个月来,一直卧床不起。当钱谦益放轻脚步,走进庭院时,看见堂屋门帘一掀,红情从里面送出一位道姑来。那道姑有三十二三年纪,头戴一顶鱼鱿冠儿,脸上薄施脂粉,身上的杏色道袍纤尘不染,一条黑丝绦带,紧紧束住依然窈窕的腰身。她手里拿着一柄拂尘,虽无十分颜色,却也自饶风韵。钱谦益认得她叫潘灵飞,一年前才从别处云游来此,专门出入大户人家,讲经论道。刚好碰上南门外修静观的老道姑死了,她也不知使了什么法儿,就顶替做了住持。钱谦益平日见她眼波流荡,言语巧俏,有心勾搭她,只是未得机缘。

潘道姑一见钱谦益,就含笑站住,行着礼招呼说:"钱老爷……"

钱谦益知道她是来看望柳如是的病的,连忙满面春风地迎上去,彬彬有礼地客套了一番,这才目不转睛地瞅着潘道姑问:

"仙长瞧贱内这病……"

"老爷放心,夫人这委厥寒热之症,皆因以往疏于护理,身底子已是偏弱,加以近日又操劳过甚——不过也无妨,只须将息几时,再由小道传授她些导引之法,便可无碍了。"

钱谦益"噢"了一声,笑嘻嘻地说:"久闻得'导引神气,以养形魂,延年之道,驻形之术'。原来仙长深通此术。可知贱内毕竟有福,所以得遇高人!"

说完,他向我闻室那边看了一眼,又左右望了望,发现红情还站在一旁伺候着,就侧转身,做出送客的姿态。等潘灵飞走出七八步,估计红情听不见了,他才凑近去,悄声说:

"怪道仙长雪肤花貌,原来深谙驻颜之术。几时一并收我做个弟子,也好日夕领教!"

潘灵飞的眼睛闪烁了一下,乖巧地躲开身子,却用眼梢瞟着钱谦益,轻声说:"我这导引之术,须是人定之后,三更之时,来我观里,于密室之中,方可传授。只怕老爷未必有这份诚心?"

钱谦益一听,半个身子都酥麻了。他连忙赌咒说:"但得仙长垂怜,小生便是死了也甘心!"又结结巴巴地问:"那么,那么就是今夕?"

潘灵飞却只是微笑,并不回答。待到走出月洞门,她才转过身来,像是有意,又像无意地把手中的拂尘朝钱谦益轻轻一点,瞅了他一眼,随即飘然向外走去。害得钱谦益伸长脖子,睁大眼睛,目送着她的背影,好半天,才擦一擦鼻子,喜滋滋地回过头来。

二

当钱谦益匆匆穿过庭院,向寝室走去时,忽然想到,刚才自己那些举动,会不会被柳如是在屋子里看见了?于是,就怀了一份小心,放轻脚步,先隔着门帘偷瞧了一下。他发现柳如是依旧躺在床上,却把一张书案移到床头,案上堆满了一厚本一厚本的账册,她自己怀里也抱着一本,正在那里静静地翻阅,对于刚才屋子外发生的事似乎毫无知觉。钱谦益放下心来,正要撩开帘子走进去,忽然听见"啪"的一声,账本合上了,柳如是恨恨地骂:

"都是蠢货!没有一个争气的!"

钱谦益吓了一跳,本能地停住脚步。急切之间他闹不清这话是冲谁说的,迟疑了一下,只好硬着头皮往里走,一边小心翼翼地问:

"哎呀,你这是怎么了,好端端的又生谁的气?噢,还把这些破账册都搬来了!你身子不好,该好好歇着才对,又弄这些劳什子做什么?"他一边责备地摇着头,一边偷眼打量对方的神色。

"哼,不管,不管行吗?都快气死人了!"柳如是圆睁着眼睛,怒声地说。

"哎,到底是怎么回事?"

"怎么回事!前一回派出去的那四个人,原来都回来了,都不敢来见我。今日一查这账,才知道他们全都把本钱消折了!每人一百两银子出去,弄几个月,只剩得个三五十两回来,有两个还说留在行里,不曾结得账,只怕连这个数也不够!你说气死人不气死人!哼,亏他们临去时赌咒发誓地说得好听,如今折了我的银子不算,连我这脸也给丢尽了!"

钱谦益慢慢地捋着胡子。当弄清柳如是的火气不是冲自己而来,他就放了心。他知道柳如是自从接管了家中的财权之后,急于有所建树,前几个月亲自挑选了四个她认为得力可靠的家人,各带银两,分别到山东、浙江和福建去经商,满指望能大大赚几注彩头,一来填补家中的亏空,二来也显示她理财有方。谁知竟折本而回,也难怪她又急又气。不过,钱谦益这会儿却没有心思来管这种事,因为同潘道姑今晚的私会又开始来挑动他的思绪,使他不由自主地露出了微笑。

"哎,你倒是说话啊!"柳如是生气地嚷。

钱谦益错愕了一下,"哦,算了!"他摆一摆手,"如今时局不靖,生意难做,也未可全怪他们。何况这几个人,又不是惯做生意——自然,你亲自挑选的人,必定是得力可靠的。如今乡下有几个庄子,庄头都老了,我久想换下来,不如就委了这几个人去,却是正好。"

柳如是冷冷地说:"这几年不是水就是旱,光守着那几亩田,能有几多入息?而且也太慢!如今想快赚大赚,还得靠经商这条路!"

钱谦益摇摇头:"你别小看那几千亩田!说到底,那才是根本。有了它,吃喝穿用全有了。只要守得住,便是一辈子不出去,也冻不着,饿不死。出外经商不是不好,到底是没准头的事儿,若赚得到时便好,万一消折起来,倾家荡产也只是一年半载的工夫!如今都说徽州人善会经商,出了几个大富翁,便人人眼红起来,都要学他的样。不知徽州地方,向来山多田少,地又瘦瘠,不宜稻粱。为求活命,不得已才出外经商。由此暴富的也有,但本钱蚀尽,漂泊而死的又岂在少数?我们现守着六七千亩田,经不经商本属其次,又何必把这事看得太重呢?"

可是柳如是十分固执:"不管怎么说,我那几个人是决计不去做庄头的!"

钱谦益瞧了她一眼,无可奈何地说:"那么,你还打算让他们出去?"

柳如是点点头,沉思地说:"不过,这一回我不是让他们走内地……哼,我要打发他们出海!"她说,蓦地抬起头,目光闪闪地瞅住钱谦益。见他没有做声,她就用了突然兴奋起来的大声说:"听我说呀!如今内地是兵荒马乱,生意难做,可是海外不打仗,也没闹饥荒,正好做生意!顶多就是风波凶险一点。可是我派人分几起出去,这趟不着那趟着,只要有一起人回来,就不蚀本;两起回来,就是一倍的赚头!要是运气好,弄到些犀角、象牙、苏木、胡椒,或者别的什么稀罕宝贝回来,还怕不奇货可居!这样一年别说去三回,就是两回吧,已经非同小可。再营运数年,哼,我担保还你钱牧斋老爷一个货真价实的常熟首富,你信也不信?"

柳如是越说,越被这个突然闪现的诱人计划所激动。她一挺腰坐了起来,苍白的脸上现出两片红晕。仿佛她已经把一根魔力无穷的网绳攥在手里,只要轻轻扯动一下,大批的财富就会源源而来似的……

钱谦益见她这样子,却不由得暗暗摇头。出海贸易,那自然是最能获利的买卖。以往钱谦益也一直在做,还一度拥有过十多艘大海鳅船。可是后来几次出海遇上了风暴,那些船沉的沉、毁的毁,损失了大半,剩下几艘,前几年因为吃官司,急着要银子用,都卖掉了。以现在的经济状况,想重新去造船,真是谈何容易!而自己没有船,想要出海经商,就只能去搭伙。这样就得受船主和主商的剥削和控制,更别说还得缴纳很重的引税和水陆两饷了。而且弄不好,随时都会给人扣上"结盗""通番"的罪名,上一次,本县奸民张汉儒向朝廷诬告他,就是把这当成一条罪状,使他受了许久的追查。钱谦益是栽过跟头的人,实在再也没有柳如是那种雄心勃勃的劲头。不过,他也不想立即扫她的兴,只好含糊其辞地说:

"嗯,这也是个好主意……不过,再从长计议吧!"这样说完之后,为着转移话题,他就从袖子里把那份塘抄掏出来,"我倒差点忘了,这儿还有个好消息哩!"

"怎么?真的把流贼打跑啦!"柳如是接过塘抄一看,顿时欢快地叫起来,"这下可教人放心啦!你别说,前些时风声紧张那阵子,可把我担心死了,夜里翻来覆去净做些噩梦,真可怕!"

"哼,这回呀,马瑶草可是得意喽!"钱谦益冷冷地说,在一张椅子上坐了下来。

柳如是怔了怔,随即眼波一转,似乎明白了。她沉默下来,半响,问:"这马大人,不知相公可认识?"

钱谦益依旧沉着脸:"倒不曾见面,不过我知道他,他也知道我。天启时,我曾在徐元叹那里见过他给元叹集子写的一篇序,文章是会作的。"

"嗯,这马大人倒是一位不可小看的人物哩!"

"……"

柳如是微微一笑:"相公,说句你不爱听的话,妾觉着前些年,你未免把复社那伙书生瞧得太重。其实他们一无权,二无兵,光凭两片嘴皮子整天穷嚷嚷,到底成不了什么大事!"

柳如是说到这里,故意顿住了。钱谦益的眼睛却渐渐亮了起来:

"你是说,我应当下点功夫去联络马瑶草?"

"相公说呢?"

"唔,有道理,很有道理!"钱谦益把膝盖一拍,站了起来,"其实又何止马瑶草!如今天下方乱,真正有力量的还是那等手握兵权的将帅……对,这主意好!"他连连点着头,倒背着头,兴冲冲地在室内踱了几步,忽然又站住,"只是,我与马瑶草素无交往,这'联络'二字,却又从何措手?"

柳如是叹了一口气:"我的相公,你平日的聪明机警到哪去了?这眼前不就是绝好的一个题目么——潜山大捷!"

钱谦益不说话了。他捋着胡子,斜瞅着柳如是,仿佛在考虑什么,然后慢慢地踱开去,绕了一个圈子,又一个圈子……最后,他在书案前停了下来,随手拿起笔,蘸了蘸墨,在一张锦笺上很快地书写起来。

"嗯,你听啊——"他说,放下笔,兴冲冲地拿起锦笺,"《驾鹅行——闻潜山战胜而作》,这是题。下面是诗:

> 督师堂堂马伏波,
> 花马刘亲斫阵多。
> 三年笛里无梅落,
> 万国霜前有雁过。
> 捷书到门才一瞥,
> 老夫失喜两足躄。
> 惊呼病妇笑欲喧,
> 炉头松醪酒新蓺!

唔,就先把这诗给马瑶草寄去,算是祝捷。你看如何?"钱谦益说着,得意地把诗笺递给柳如是。

"嗯,把马大人比做东汉马援,仿佛高了些儿。不过既想哄他高兴,也只能如此。"柳如是一边看诗,一边说,"那么这花马刘想必是刘良佐了?何以相公独点出他来,而不及黄得功?"

钱谦益笑了一笑:"夫人果然心细!我自然有意如此。须知自崇祯五年,山东莱登巡抚谢琏陷于贼之后,一直废而不设,到去年才重新增置。莱登二州与辽东隔海相望,位置异常重要,我对此职瞩望已久,惟是苦于缺乏有力者推荐。这花马刘乃系前漕运总督朱大典之旧部,当年平定莱登一役,花马刘战功卓著。我若有朝一日出抚莱登,对此种人物自不能不加以留意。"

柳如是点点头:"那么,这'病妇'自然是说我了。相公送诗给马瑶草,却把妾扯进去做什么?"

"啊,这个么?"钱谦益凑过来,笑着说,"那是要让马瑶草知道,我这河东君柳夫人,乃是一位身在病榻,而心忧天下的奇女子呀!"

"啐,我可不稀罕!"柳如是撇撇嘴,随即佯嗔地板着脸儿说,"相公须得另外谢我!"

"行啊,请夫人只管道来!"

"真的么?你说这话可不许反悔——我要的是,你答应我派人出海经商!"

钱谦益的笑容僵住了。他本能地打算反对,可是一接触到柳如是变得冰冷起来的目光,他就决定妥协了。

"噢,可以可以!只要夫人喜欢。就是别太操劳,千万保重身子,才是顶要紧的!"说完他眼珠子一转,又赔笑说:"我还得赶紧写封信给马瑶草,连这诗一道寄去。另外,左良玉那里,我也想给他去封信。那么,今儿晚上我就歇在书房那边,不来陪夫人了?"

三

不知道是潘道姑的导引之术不灵,还是为着张罗派人出海的事操心太过,到十一月,柳如是的病不但没有丝毫起色,反而有加重的趋势,这使钱谦益不由得着忙起来。他虽然背着柳如是又勾搭上了潘道姑,但那不过是兴之所至,偶一为之——潘灵飞在钱谦益生活中的位置,当然绝对无法同柳如是相比。他眼看继续留在常熟就无法使柳如是安下心来静养,加上他本人自从觉悟到应当改变目标,设法去联系那些手握兵权的将帅之后,也有心出外走一走,所以,到了十一月中旬,钱谦益就带着柳如是,还有顾苓、何云、钱曾等几个心腹门客,乘船到了苏州,依旧下榻在阊门外的徐氏东园里。

本来,钱谦益以为,经过这半年来闭门不出,虎丘大会的那一场风波应当已经过去,自己又可以恢复正常活动了。然而,来到苏州之后,他才发现,士林当中,对自己持抵制态度的仍旧不少。他们不但不像过去那样争着来谒见这位"东林前辈",甚至钱谦益主动去拜访,有几次竟然吃了闭门羹。这使他颇为懊丧。幸而并不是所有人都这样子,何况钱谦益如今也不把士林的作用看得那样重要,所以,他一方面延请名医替柳如是治病,另一方面继续同那些气味相投的人来往。日子倒也不难打发。

这一天,钱谦益打听到吴江县的大名医郑钦谕到了苏州,现住在虎丘。郑钦谕是名门后裔,医术得自祖传,名为"带下医"。到了郑钦谕之手,他又把这门医术加以深入研究,发扬光大,如今在江南地区声誉很高,许多名公巨卿都争着延请他。此外,这郑钦谕还精研程朱理学,能诗会文,豪爽好客,又是个大名士。过去,钱谦益同他也有数面之缘;这一次听说他来了,自然十分高兴,本打算先去拜访,然后请他过来瞧瞧柳如是的病。但柳如是在徐氏东园里窝了许多天,早已闷得慌,听说上虎丘,就坚持要跟去。钱谦益拗她不过,只好吩咐收拾一只大船,又招呼顾苓、何云、钱曾三个也跟着,一齐在山塘河码头下了船,慢慢向虎丘摇去。

如今,柳如是被安顿在内舱里,由红情、绿意两个丫环伺候着。钱谦益同三位门客坐在前舱,一边品茶闲谈,一边眺望着两岸的景色。

已经是初冬时节,本来碧绿清澈的河水,开始有点发蓝,而且明显地浅落了。晴爽的天空却变得愈加高朗。随着寒霜不断施展威力,两岸树木的叶子纷纷掉落。西风掠过光秃的枝桠,发出呼呼的声响。幸而这儿那儿的堤坝上、码头旁,或是人家屋宇的背后,会冷不防冒出一株两株枫树,却依然殷红如火,好歹给这个萧瑟寂寥的天地,增添了一点色彩。

不过,即使如此,船舱内的客人也很快就厌倦起来。他们开始把更多的时间用在谈话上。他们谈到了前些时候的潜山大捷,还谈到了张献忠一度退往湖北蕲水之后,最近又重新袭破太湖黄梅二县,大有卷土重来之势。接着,他们又谈到了河南的重镇开封,被李自成的农民军重重围困数月之后,明朝援军于九月中掘开黄河堤坝,打算用水灌淹农民军;农民军也掘堤反灌,结果碰上倾盆大雨,河水暴涨。一日之内,朱家寨口和马家口同时溃决,洪水从开封北门涌入,穿东南门出,城中近百万户人家都被洪水席卷而去,只有周王府一家以及巡抚以下官民不到二万人侥幸逃脱,农民军也被卷走了一万余人,据说已经拔营而去。当大家谈到这一场骇人听闻的空前惨祸时,都感到垂头丧气,叹息再三。接下来,他们又谈到了陈新甲一案,没想到皇上的态度如此坚决,周延儒、谢升等阁臣交章求情,都毫无结果,最后还是用的押赴市曹,当众斩首的方式处决。大家虽然认为陈新甲死有余辜,但对于皇上的刻薄寡恩,也不禁摇头咋舌;只是随后谈到兵部尚书一职,已任命漕运侍郎张国维继任,而张国维又是钱谦益的门生,大家才又多少变得活跃起来……

在这阵子谈话当中,钱谦益绝大部分时间只是默默地听着,很少插话。不知为什么,近些日子来,他每逢听到这一类消息,心情总是变得很恶劣。而这种"恶劣",又不像过去那样,仅仅是对于明朝的前途、自身的命运感到担心和焦急而已。相反,这方面的担心,如今他倒是减轻了些,却增加了几许怨恨、几分冷嘲。他隐隐约约觉得,目前这种政治格局如果照旧不变地维持下去,他这一辈子恐怕再也难得有出头之日;只有出现大的变动,甚至当真闹出一场大乱子,他才有可能在权力的重新结构和利益的重新分配当中,扭转自己目前倒霉已极的处境。正是基于这样一种日益清晰起来的想法,如今钱谦益对于北京那个朝廷的命运,已经不再看得那样生死攸关,似乎没有它的存在就不行。"哼,如果它注定要完蛋的话,那么就让它完蛋吧!它完蛋之后,我们还可以凭借南京为中心,在江南富庶之地重新建立起一个朝廷,再度开创大明的中兴!"他内心深处曾经不止一次这样冷冷地想。而且事实上,据他所知,这种准备北方一旦陷落,便在江南谋求建立偏安之局的想法,也并不仅仅属于他钱某一个人。像南京兵部尚书熊明遇、南京都察院右都御史李邦华,以及福建帮官僚首领黄道周等人,都有这种想法。只不过彼此所抱的目的不尽相同,暂时还心照不宣罢了。所以,当钱谦益看见眼前这几位门生,还糊里糊涂地一心指望北方战局能够好转,指望北京朝廷能有什么非凡的作为,他就不禁在心里发出冷笑,有心想点醒他们一下,又觉得还不到时候,只好依旧沉默着,无聊地把脸转向窗外。

开始,他这样做只是为了消遣。然而,渐渐地他的目光就变得专注起来。因为他发现如今岸上的情况有点异常,一群人,少说也有三五十个,正聚在前边一个码头上,乱哄哄地谈论着什么,一边谈,一边回头张望。远处的河堤上还不断有人奔来。

"嗯,莫非出了什么事?"钱谦益想,目不转睛地瞧着越来越近的码头。忽然,站在高处的几个人齐声高叫:

"来哉!来哉!"

那群人顿时紧张起来,纷纷四散分开。有的人还抄起棍棒,一副如临大敌的样子。其中一个人——青衣小帽,长得浓眉大眼,敏捷地跳到水边的石阶上,大声招呼:"船,快,摆过来!"

现在,钱谦益的船已经撑到与码头平行的地方。顾苓等人也发现了岸上的情形,都停止了交谈,一齐望着舱外。

这当儿,只见两个汉子扛着一顶轿子奔到了码头。刚刚停下,旁边的人就拥上去,七手八脚地把一个女子从轿子里推了出来。那女子被绳子捆住了手脚,嘴巴也塞了布团,只是没有蒙脸。钱谦益骤眼一看,觉得有点面善,正疑惑间,隔壁内舱里的柳如是忽然惊叫起来:

"啊,小宛!"

钱谦益吃了一惊,仔细一看,果然像是董小宛。只见她被那些人从码头上扛下来,很快地塞进了一只小船里。那船显然是预先准备好的,待到那个粗眉大眼的汉子也登上去之后,艄公就立刻挥动长篙,迅速掉转船头,随即驾起大橹,飞快地向阊门那边摇去……

这一切,都发生在很短的时间里,没等钱谦益和他的学生们清醒过来,那只劫持者的小船已经驶出好远,岸上那群人也一声唿哨,纷纷走散,转眼都不见了。

"老爷,柳夫人请老爷派人上岸去,打听一下是怎么一回事。"红情的声音从背后响起。

钱谦益怔了一下,回过头来。他犹疑地瞧着丫环,却没有马上表态。因为一来,他不想多管闲事——他自己的事情就够多的了。二来,他还听人说过,董小宛打算嫁给冒襄。这使他想起大半年前的虎丘大会,最后就是由于冒襄拿出了周延儒的幕客顾麟生的那封信,才把自己弄得当场出丑,一败涂地。为此,钱谦益至今仍耿耿于怀,恼恨不已。不过,他还想到:董小宛同柳如是过去是手帕姐妹,上一次她遭到田弘遇的迫抢,躲进了徐氏东园,自己由于心情不好,硬是赶走了她。为这事柳如是一直不开心。这一次如果又拒绝……

"牧老,此处离董小宛的家已是不远,不如就让晚生上岸打听一下,如何?"也许是看见老师还在踌躇,顾苓便自告奋勇地说。

钱谦益又沉吟了一下,终于点点头:"嗯,也好,如此就烦云美辛苦一趟。"

于是,等船靠半塘,顾苓就独自上了岸。过了约莫半个时辰,他把事情打听清楚回来了。原来是这样:十天前,冒襄的一位拜把子兄弟名叫刘履丁的,受冒襄的委托,带着七百两银子和几斤人参,从润州来到姑苏,准备替董小宛还债、落籍。起初,刘履丁把事情看得很容易,待到把债主找来一谈,才知道这个"黄衫客""古押衙"并不好当。那群债主全是些地头蛇,又凶又刁。他们认定冒襄是个大阔佬,存心要狠狠敲他一笔。双方谈判了好几天,连个还债的方案都没谈成。刘履丁不禁焦躁起来,仗着自己是个官儿,就拍起桌子吓唬他们。这一下可就坏了事。那群债主显然早有准备,立即一哄而散,而且临走时连董小宛也绑架了去,大约打算把她藏起来做人质。刚才钱谦益他们瞧见的那一幕,就是这么回事。

大家听了,这才恍然。钱谦益拈着胡子,慢吞吞地说:"噢,想不到冒辟疆还真的肯娶董小宛。不过,他既有心娶她,就该让刘渔仲把银子带够,也用不着闹得这样人仰马翻!"

顾苓摇摇头:"我瞧辟疆其实也是半心半意,无非是被他那伙朋友逼狠了,有点无可奈何。听说,他这次一个子儿也没有出。那几斤人参,是刘大人从京里带来的;那七百两银子,是一位姓陈什么的大将军替他掏的腰包!"

钱谦益又"噢"了一声,却转口问:"听说刘渔仲在粤西的郁林做知州,怎么会到了这里?"

"哦,他三年前就因母亲辞世,回到漳州家中守制,今已满服,正在待缺候补,所以有空出来走动——对了,刚才他在董家,正一筹莫展,见了我,高兴得什么似的,还一个劲地问起老师。看样子,像是想求老师出面替他斡旋似的。"

钱谦益瞧了他一眼,皱着眉毛问:"你可曾告诉他我在这里?"

"没有。学生未知老师的意思,自然不会贸然告知他。"

"哼,我看他是活该!"没等钱谦益再开口,钱曾突然迸出来这么一句,随即又闭嘴不说了。

"哦,却是何故?"坐在他旁边的何云偏过脸,故作不解地问。

"士龙兄——"看见钱曾咬着牙不吭声,乖巧的顾苓插了进来,

"那还用问?要是他姓冒的不活该,可就轮到我们活该了!"他一边说,一边用眼睛去溜钱谦益。

何云却拿起杯子,呷了一口茶,说道:"过去的事,已经过去了!有道是'破甑不顾'——倒也不必再耿耿于怀,有伤和气!"

他这么一说,钱谦益和顾苓虽然都感到意外,但还没有什么表示,钱曾的脸色却陡然变了。他慢慢回过头,用那双能把人看得心里发毛的眼睛盯了何云一会儿,末了,"嘿嘿"地冷笑起来:"好吧,你就拍姓冒的马屁去吧,可我没忘记自己是钱门弟子!"

何云毫不着恼。他依旧不慌不忙:"话不是这等说。所谓'冤家宜解不宜结'么!何况同是清流中人,能解,还是设法解了的好。今日这番巧遇,据我瞧,倒不失为一个机会……再说,辟疆同宛娘的事,如今已是尽人皆知,八方瞩目,若因惧惮债主气焰之故,而终竟不成,也怕见得我们江南名士,未免过于无能哩!"

何云一边说,一边意味深长地注视着钱谦益,显然是暗示老师应该考虑出面干预这件事,以便通过笼络冒襄,进一步同陈贞慧那一伙人讲和。不过,看见钱谦益冷着脸不吱声,何云也就摸不透老师的想法。他正打算作进一步的劝说,忽然看见红情正从里面走出来,只好临时又顿住了。

"老爷,柳夫人请老爷内舱说话。"红情垂着手说。

钱谦益抬起头,瞧了丫环一眼,又瞧了瞧言犹未尽的何云,现出怫然不悦的神色,随即站起身,朝大家拱一拱手,向内舱走去。

四

吴江县的县城又名松陵镇,从苏州往南,要走上好几十里的水程。那地方紧挨着大运河,人烟稠密,商业兴盛,店铺子不少。董小宛被债主们绑架之后,秘密送到这里,囚禁在一座宅院内。这宅院又大又深,外人很难找得到她,何况周围还有人严密把守。不过,债主们也没有再特别为难董小宛,一到就替她松了绑,又派了一个叫田婆的老妇人来侍候她,每天照常供她吃喝,只是不许她擅自下楼。

债主们这样做的用意,董小宛自然是懂得的。所以,从被关进来的那天起,她就望眼欲穿地盼望着外面的消息。她估计,刘履丁既然受了冒襄和朋友们委托,照理不会因此就罢手不管,应当还会再来。然而,三天过去了,五天过去了,今天已经是第八天,刘履丁仍旧杳无音讯。董小宛就不由得着急起来了。

虽然,她一再说服自己:刘履丁纵然再来,也不能这么快。他也许还要回如皋去找冒襄商议,筹措款子,再赶回来,最快也得一个月才行。如今自己落到这个地步,只有耐心守候。但是,焦急和担心仍然越来越强烈地煎熬着她。特别是想到三个月前,她在南京关帝庙求过的那根签——"忆昔兰房分半钗,如今忽把信音乖。痴心指望成连理,到底谁知事不谐!"董小宛就更加感到心惊肉跳,坐卧不安了。

她是在南京乡试放榜之后,被冒襄又一次赶回苏州来的。本来,八月十五中秋节那一天,在桃叶河房里,冒襄已经当众题诗,正式许诺要娶她。当时,董小宛以为事情从此会顺利一些了。"哦,谢天谢地,那根签到底不灵!"她欣喜之余,曾经这么想。谁知仅仅过了两天,还没等她高兴过来,新的打击又接二连三地来了。首先是八月十七那天,冒襄突然不辞而别,连话都没留下一句。董小宛又惊又急,连忙雇船,拼命追赶,一直到仪征才赶上了。虽然最后弄清楚,那是冒襄的父亲冒起忠决定弃官不做,返回家乡,途经这里,派人把儿子召去见面。但已经把董小宛差点吓掉了魂……此后大半个月里,董小宛再不敢离开冒襄一步,就跟着他留在銮江上等候放榜。她想起陆卖婆的开导,有意改变以往过于文静端庄的态度,稍稍放出些狡狯轻狂的手段来对付冒襄。特别是在一次宴会上,她表现得那样泼辣,那样刁蛮,把座上的客人支派得团团转;还接二连三地大杯拼酒,一下子就压倒了所有的歌姬。这一手果然有效,她发现冒襄惊奇得睁大了眼睛,仿佛发现了什么稀罕事物似的,从此对她明显亲热起来……

谁知这一次仍然好景不长,到了九月初七,突然晴天一记霹雳——南京贡院放榜,冒襄的名字竟然落到了副榜上。副榜是正榜之外的附加名额,属于安慰性质。纵然被录取,也不能算做举人,下科仍须再考。与正榜相差甚远。董小宛至今还清楚记得,那天,冒襄正和汪汝为等一班朋友,在鉴江口的梅花亭子上饮宴,一边等候发榜的消息。当时,大家都说冒襄必中无疑,冒襄自己也显得很有把握,谈笑风生。甚至当报录人举着报帖,一路嚷着"恭喜高中",奔上亭子来时,冒襄仍旧自信地微笑着。然而一刹那间,他的脸色变了,愕然地瞅着报帖,仿佛不认识上面的字似的。随后,他的脸就涨红起来,渐渐又转为煞白,由于肌肉在发抖,他那张俊美的脸扭曲了,变得十分难看和怕人。末了,他猛地一拂袖子,扭头就朝亭子外走去。他走得那样快,当董小宛慌里慌张地跟着赶到江边时,冒襄已经吩咐开船。见了董小宛,他那铁青地板着的脸孔,就露出了憎厌冷酷的神情。只是亏了随后赶到的冒成不由分说,一下子就把她扶上了船,冒襄才没来得及说什么。可是,此后一路上,他都阴沉着脸一声不响,也不再搭理董小宛。看到这种情形,董小宛自然不敢再惹他生气,她想:"无论如何,他肯让我跟着他,这就够了!"

然而,她未免想得太顺当。当船到了如皋城郊的朴巢时,冒襄的逐客令就下来了。理由除了还债、落籍的老问题之外,又加上父亲刚从外地归来,未曾禀告;以及他自己考试失意,无心顾及其他等等。总而言之,要董小宛仍旧回苏州去等着。董小宛好不容易才争取到这一步,眼看就要进城,怎肯轻易返回?何况她还担心一拖下去,说不定冒襄又会变卦,所以放声痛哭,表示绝不离开。然而,冒襄的意志是不可改变的,一切眼泪、哀求都打动不了他的心。到头来,董小宛仍旧只有服从。

那时候,她是多么伤心哟!当船儿撑离码头,冒襄由一群仆从簇拥着,站在岸上,纯粹出于敷衍地朝她扬一扬手,就匆匆背转脸去,董小宛的心像被刀子扎一样,痛苦得几乎想往水里一跳,就此死掉算了。只是想到冒襄还没有彻底回绝她,似乎还存在一线希望;而负责护送她的冒成,又在一旁竭力慰解,她才勉强抑止住悲痛。随后,她就拿定了主意:从这一天开始,她身上的一套衣裳不再更换,要是到了冬天冒襄仍不来迎娶,她宁可冻死!她让冒成这样转告冒襄,也当真这样做了。回到半塘之后,她就天天守候着,一直挨到十月底,眼看冬天已经过去三分之一,冒襄那边仍旧全无消息。董小宛几乎已经绝望了。就在这时候,刘履丁忽然来到了半塘。他不仅带来了冒襄的问候,而且带来一大笔钱……如今董小宛已经记不清,一刹那间,她说了些什么,做了些什么。她只记得自己像是昏过去了,随后,又醒转来。此后一连好几天,她都像是生活在梦中似的——她笑,她哭,她收拾东西。她逢人便告诉冒襄已经派人来接她了。随后,就……

"啊,莫非,莫非我真的是在做梦吗?"董小宛想,心里一急,猛地站了起来,"不,不会,不是的!冒公子是托了人来要接我去,他还带了银子、人参,这是千真万确的。不,这不会是梦!"她在心里大喊。然而,当她向周围环顾的时候,又渐渐迷惑起来。"可是,如果不是梦,我怎么会到了这里?周围为什么一个人都没有?连田婆也不见了?这是什么地方?这到底是什么地方!"她着急地、出声地问,慌里慌张地奔向窗户。然而,在那里等着她的,只是一角幽暗的天空,一钩昏黄的淡月,和一片荒烟迷漫的废园,树木黑糊糊的影子在淡蓝色的烟雾中若隐若现。鸱枭一类的夜鸟不时发出几声怪叫,听来像是鬼魂痛哭,又像妖魔在狂笑,却依旧看不见一个人影。董小宛更加惊慌起来。她愈来愈担心这真是一个梦。如果真的是梦,那么醒来之后,就一切都没有了,没有刘履丁,没有冒襄的信,也没有替她还债落籍的事。她还得像几个月来那样,苦苦地守下去,守下去。"啊,不,不能!"她迷乱地想。现在,她觉得最重要的,就是要尽快弄清:这不是梦!她连忙捋起衣袖,把胳臂凑在嘴上,使劲地咬了一口。顿时,感到了一阵尖锐的刺痛,被咬的地方出现了两排深深的齿印,随后就渗出殷红的血来。她还不放心,又接连咬了两口,都感到疼痛,这才变得清醒了一点。"哦,不是梦,真的不是梦!"她喃喃地说,一边轻轻地抚摸着被咬过的地方,一边在椅子上坐了下来。

然而,这种平静并没有持续多久。渐渐地,她又想起了那根要命的签。不错,就算不是梦,就算一切都是真的,刘履丁是真的,还债落籍也是真的,可是,为什么结果仍旧这样倒霉呢……难道、难道真的像那根签所说的:"到底谁知事不谐"么?这样一想,董小宛又开始不安起来。是的,在过去,她一直以为,事情这样艰难的根源,就在于冒襄的高傲和薄情。所以她才决计用柔情蜜意去感化他、维系他,利用社会舆论去督促他,试图迫使他就范。大半年来,她可以说是费尽了心机,竭尽了气力。好不容易,冒襄总算答应了,甚至不管怎么说,他真的派人来办理迎娶的事了。然而,到头来仍旧办不成!这就不能不使董小宛怀疑:她是不是想错了?以往她屡受挫折,也许并不在于冒襄本人,而是冒犯了另外一种神秘的、命运的力量。过去冒襄的种种冷漠、狠心、不近人情,其实都是这种可怕力量所作出的安排,是想让她知难而退。她却毫不觉悟,一个劲儿地苦苦追求。因此,那种神秘的力量才在这最后一刻里再次发出警告……

董小宛被这新的、可怕的发现骇呆了。虽然,在过去,她也曾模模糊糊地想到过这个问题,但从来没有现在这样清晰而深入。一刹那间,她心里凉了半截,"啊,要真是命中注定,刘大人就算回来,又有什么用?而且,说不定他根本就不会再回来了!"她绝望地想,挣扎了一下,试图站起来,却出乎意料地感到那样疲倦、无力。终于,她颓然地靠在椅子上,用双手掩住脸孔……

现在,她觉得眼前一片黑暗,仿佛又回到了大半年前那个梦境当中:那位答应要带她回家的美少年,也就是冒襄,正在向天空飞去,而她只抓住了他的一根衣带,那衣带被坠得又长又细,成了一根细丝。最后,细丝断了,她急速地向下掉落。下面是一个无底的深渊,一群似人非人的妖怪,正在那里等候着,马上就要猛扑过来,把她剥光、撕碎、吃掉……

"啊哟,这可是怎么啦?哭什么哩?"一个尖尖的女人嗓音大惊小怪地问。原来,田婆回来了。这个老太婆,长得又干又瘦,有一双人称为"绿豆眼"的小眼睛,和一张向前啄出的、鸟喙似的嘴巴。她本是个插带婆,因常到这所宅院来走动,便被临时指派来服侍兼监视董小宛。她显然十分乐意这个差事,把董小宛管得死死的,不但不准她下楼一步,甚至董小宛站在窗前多瞧上一会,她都要干涉。至于平时拿班作势,冷言冷语就更不必说了。说是让她来服侍董小宛,倒差点儿没让小宛反过来服侍她。刚才,她不知跑到哪儿去了,而且喝了酒,这会儿红着脸走上楼来,却现出一副少见的兴冲冲的样子。

"莫哭莫哭,我说姐儿,你的造化到了!快,去换身衣裳,装扮装扮,跟我走!"田婆说着,伸手推了推董小宛。

董小宛只顾默默垂泪,没听清,也没搭理。直到"跟我走"三个字钻进了耳朵,她才蓦地一怔,抬起头来。

"快去梳头换衣裳,跟我走呀!"田婆又催促说。

"啊,上哪儿去?"

"你别问,去了你就知道了!"

"不,我不去!"董小宛忽然害怕起来。

"咦,这倒奇了!不叫你出去,你天天嚷着要出去,如今让你出去,你倒不肯了?"

"不,我不去,我不去!"董小宛站起身来,倒退一步,身子紧贴着桌子,惊恐地睁大眼睛,仿佛惟恐田婆硬把她拖出去似的。

田婆疑惑地瞅着她,随即绿豆眼一转,有点明白了。她说:"哼,敢情是怕那边把你甩了,这边留着你没用,才让你出去吧?告诉你,不是,是来了客人!"

"啊,莫非,莫非冒郎他……"

田婆撇撇嘴:"客人嘛,倒是有好几位,有没有姓冒的,我可不知道。"

董小宛怔怔地瞅着田婆,她的神情渐渐起了变化,一种兴奋的、狂喜的光芒从她的眼睛里闪现出来。

"是的,是的,一定是他!"她尖声叫道,猛地离开了桌子,"冒郎来了,冒郎接我来了!啊,这可好了——不灵!那根签到底不灵!"她一边嚷,一边慌里慌张地朝楼梯奔去,却被田婆一把揪了回来。

"你做什么?快让我走,我要见冒郎!"董小宛生气地说。

田婆冷冷地道:"瞧你这身打扮,能去见客人么?"

董小宛错愕了一下,低头瞧了瞧自己身上,虽然自从刘履丁来到半塘后,经过劝说,她已经重新开始替换衣裳。可是这几天,由于愁苦和绝望的情绪越来越重,她一直无心修饰打扮,这会儿确实不成样子,难以见人。

"啊,不错,可不能让冒郎瞧见我这模样!"她想。于是,连忙转过身,迅速地向妆奁匣子走去……

五

一顿饭工夫之后,打扮得整整齐齐的董小宛由田婆提着灯笼引路,喜滋滋地出了院门,沿着一条花树掩映的小径往前走。

"嗯,不知到底是刘大人来,还是冒郎也来了?田婆说有好几位客人,或许真有冒郎在内也未可知。不过,若说是刘大人回如皋去把冒郎请来,又绝不能这么快;想必是冒郎自刘大人走后,放心不下,随后亲自赶来。这么说,冒郎对我确是一片真心,从前他那样子,看来确是有为难之处,迫不得已。我竟是错怪他了!"这么一想,董小宛感到又喜欢,又惭愧,觉得自己以往徒然对冒襄一片痴情,其实却并不真正了解他,尤其不懂得体谅他。相反,由于自己的固执任性,给对方添了许多烦恼。"哦,从今以后,我一定不再这样,我一定要更加体贴他,顺从他。为着他,让我干什么都行,哪怕是死!"她偷偷用手帕拭着涌到眼角来的泪水,感激地暗暗发誓说。

这当儿,她们已经走完曲曲折折的回廊和石径,来到一处单门独户的小小院落里。董小宛不认得路,糊里糊涂地只跟着田婆走。如今她觉得这地方同囚禁她的那个地方一样,也颇为偏僻隐秘,离正院好像也很远。不同的是它并不荒凉,院子里的花木池石都布置得错落有致。一幢三开间的小平房,掩藏在浓密的树影里;低垂着的窗幔透出灯光,传来了叮叮咚咚的音乐声,那是一面琵琶在弹奏……

"原来冒郎不是在大堂上,却在这个地方候我。"董小宛想,跟着田婆匆匆踏上台阶,走进堂屋去。

这堂屋不大,当中一架曲屏,前面一张圆桌,桌上酒肴杂陈,三个衣饰华丽的人围坐在桌旁饮酒,下首坐着一个浓妆艳抹的瞎先生,怀抱着一面琵琶,正在那里边弹边唱。看见董小宛和田婆跨进门槛,酒席上的一个人"啊"了一声,站起身来,其余两人也一齐抬起了头。

也许因为太兴奋,加上从幽暗的院子忽然来到灯火明亮的屋子里。有片刻工夫,董小宛虽然觉得冒襄就在座位上,却分不清楚究竟是哪一个。她竭力睁大眼睛,把席上的三个人看了一遍,又看一遍,依然无法确定。她十分着急,正想开口叫唤。蓦地,她清醒过来,席上的三个人中,并没有冒襄。除了那个长着一把大胡子的胖老头是这所宅子的主人,她被关进来时见过一面之外,其余两个她都不认识。

"啊,冒郎呢?他在哪儿?他到哪里去了?"董小宛想,焦急地转动眼睛寻找着,却看不见。

这时,那个叫张员外的主人说话了:

"呵呵,难得小娘子光降草筵,幸之何如!快请入席!"

"可是冒公子呢?"董小宛迫不及待地问。

张员外一怔:"冒公子?哪个冒公子?"

"就是,就是如皋的冒公子,托刘大人替奴家还债的。他不是来了么,奴家要见他。"也许是忽然意识到自己的举止过于冲动,有失礼仪,董小宛脸红了。她低下头去,行着礼轻声地说。

张员外却越加摸不着头脑:"什么,冒先生来了么?怎么我不知道?"

这时,田婆在一旁插嘴了:"嗳,哪有什么冒公子!都是这妞儿自己想出来的。小妇人早先领了员外之命,去叫她来侑酒助兴。她就自作多情,以为什么冒公子到了,这不是笑死人了么!"

张员外这才恍然省悟。他点点头:"田婆说得不错。冒先生尚未有消息,更不曾光临寒舍。在下今晚请小娘子来,是因为这两位知交——"他指着坐在上首的一位白面长须的中年绅士,介绍说:

"这位是海盐冯江老。"又指了另一位高颧骨、尖下巴的青年人,"这位是毗陵杨世兄——久慕芳名,渴欲一晤。还望小娘子赏光,入席共饮三杯,一申积悃,请!"张员外说着,作了一揖。他这样彬彬有礼,显然是因为董小宛虽然身遭囚禁,毕竟是一位江南名妓,而且很可能不久要成为复社头领冒襄的姬妾,不便过于得罪的缘故。

这时,冯江老也站了起来,拱着手说:"在下久闻小娘子芳名,如雷在耳。只恨僻处海盐,未能一睹仙颜。今夕一见,方知盛名之下,绝无虚誉。就请入席如何?"

可是尽管他们婉言温语,又捧又哄,董小宛却似乎既没有看见,也没有听见。她失魂落魄地站着,脸色变得越来越苍白,嘴巴也闭得越来越紧了。

座上三个男人交换了一下眼色。张员外摸着络腮胡子,忽然哈哈一笑:"我知道小娘子的意思了。莫非你怕今晚同我们饮酒,万一传到冒先生的耳朵里,多有不便么?只管放心!这两位是我极信赖的知交,这位瞎先生——"他指了指那个弹琵琶的盲女,"又是长住我家的。其余也都是我的心腹,我包管不会传出去!何况,小娘子进府多日,在下尚未好生款待。如今就请宽心入席,尽此一夕之欢好了!"

在他说话的当儿,董小宛似乎终于从最初的打击中恢复过来。她慢慢地抬起头,绝望地瞅着张员外。终于,仿佛下了决心似的,等对方说完,她就行了一个礼,平静地说:"多谢员外美意,奴家虽是风尘陋质,却也知道为人须讲信义。妾身已许冒郎,便须矢志相守,虽暗室亦不敢有欺。今日之事,请恕奴家难以从命!"

张员外愕然地望着神色严肃的董小宛,不由得脸红了。"哼,要是冒先生经此挫折,便弃你而去,从此不来了呢!"他恼羞成怒地问。

董小宛呆了一下,惨然道:"若是冒郎果真见弃,奴家只有死而已!"没等把话说完,泪水已经涌了出来。她用袖子掩着脸,急急向门外走去。

"慢着!"张员外大喝一声。等董小宛站住之后,他却不立即说话,沉吟着在室内走了两步,这才转过身来,傲然地说:"你——听着!你历来欠我的债,连本带利,合共纹银一百二十八两。只要你今晚肯留下来,陪我们喝一夜的酒,这账就算一笔勾销,怎么样?嗯?"

张员外这话刚说出口,田婆已经在一旁叫起来:

"哎呀!这真是从何说起哟!陪一夜的酒,就是一百几十两的银子!天下哪有这样便宜的买卖?我说姐儿,你真是不知几生修得的福气,遇上了员外这样的大善人、活菩萨!像他这样轻轻易易就把这老大一笔账给你勾销了,我瞧着都心疼!咦,你还拖延什么?快应承呀!还要叩头谢恩。唉呀,唉呀,一百二十八两哟!我瞧着都心疼!"

田婆一边嚷嚷,一边手舞足蹈,急得什么似的,也闹不清她是为董小宛着急呢,还是为张员外心疼,还是为自己没碰上这好运道而不平。

这一次,董小宛没有立即回答。要在往日,这区区一百多两银子,她自然未必放在心上,可是现在她已经变得很穷,更主要的,这一次刘履丁之所以没能把事办成,不就是因为手头的银子不够,无法应付债主们的敲诈吗?如今只要自己答应陪酒一夕,就能省掉一大笔钱,事情也许就会好办得多,自己也能早日脱离苦海,同冒襄从此永远厮守了。相反,要是放弃这个机会,万一冒襄当真筹措不到款子,不得不停止迎娶,那么自己活着的惟一希望,就会被彻底葬送,落得个抱恨终天……但是,她又想到,自己已经明明白白向冒襄保证过,绝对不再接客,洁身相守,又怎能自毁誓约,做出这种对不起冒襄,有损他名声的事来呢?正是这样两种念头,在董小宛的心中激烈地争斗着,使她一时之间无法作出抉择。她好几次想横一横心,冲出门去,却到底拿不出勇气来……

"嗯,怎么样啊?"张员外不耐烦地催问了。

"算了,就破例这一次吧,就一次!要知道,这笔钱有多重要啊!"董小宛心忙意乱地想,转过身来。

然而,就在此时,她忽然听见了一声叹息。这叹息很轻、很柔,就像微风飘过,几乎令人觉察不出。但董小宛觉察到了,不仅觉察到,而且分明地感觉得出其中所包含的惋惜和失望。她不由得一怔,回过头去,却意外地发现,那位怀抱着琵琶的瞎先生正把脸朝着她。这位靠卖唱为生的盲女,有着一张善良而忧郁的圆脸,要是不瞎的话,她很可能还是一位相当俊俏的姑娘。现在她的一双眼睛却显得死气沉沉,毫无光彩。不过,虽然如此,她却似乎凭着敏锐的感觉,知道周围所发生的事情,而且洞察到董小宛的内心活动。正当董小宛打算迈出很可能是错误的一步时,她就发出了劝阻的信息。

董小宛站住了,她目不转睛地瞅着瞎先生那张善良而忧郁的脸。瞎先生似乎立即感知到了。她的嘴角轻轻一动,朝董小宛做出一个充满抚慰意味的微笑,仿佛在说:"你何必着急呢?我算准了,你的冒郎不会抛掉你,他一定会来接你的!"

董小宛的心忽然宁帖了。她定了定神,回头朝张员外和那两个客人瞧了一眼。"啊,不,他们是在骗我,他们想必是算准了:我不敢让冒郎知道这件事,那么,到时他们就可以赖账了!"她想,开始变得清醒起来。

她不再犹疑,默默地行了一个礼,又朝瞎先生感激地、轻轻地点一点头,然后转过身,向门外走去。尽管田婆气急败坏地提着灯笼从后面呼唤着赶来,她也没有放慢脚步。

六

"渔仲兄,现时会作诗的女子中,这黄皆令——阁下以为如何?"钱谦益把玩着手中的一把诗扇,微笑着问,同时,漫不经心地朝正聚在码头上等候的那群债主瞥上一眼。

这是他在赴虎丘途中,偶然碰上董小宛被劫持之后第九天的上午。由于柳如是的再三要求和督促,钱谦益终于接受了何云的建议,决定插手过问冒襄和董小宛的事。他们找到刘履丁,问明情况之后,已于昨天派人通知债主方面,让他们立即把董小宛送来。今天一早,钱谦益就约齐刘履丁,还有一班门客,分乘三只大船,浩浩荡荡来到了半塘董小宛的家门外,在码头上停泊下来,只等董小宛一送到,就开始处理债务。

"啊,秀水黄氏二女,皆德、皆令俱有才名。书、画且不论,这诗毕竟是好的。"刘履丁回答,同时瞧了瞧钱谦益。他显然有点不解:岸上的债主们纷纷云集,一场大争执已经迫在眉睫,怎么这位钱牧老还有闲心谈诗论文!刘履丁吃过债主们的苦头,知道这伙地头蛇的厉害。九天前,谈判决裂之后,他也曾想过回如皋去向冒襄求援,但一来当初自己夸下了海口,有些不好意思;二来也有点不甘心就此认输。加上考虑到一来一往,费时太久,所以才决定留下来,就地想办法。此后一连许多天,他四处奔走请托,哪知一听说是这么一件事,谁都摇头摆手,表示难轧得很,惹不起。刘履丁这才着急起来,颇悔当初自己过于孟浪。正在彷徨无计,忽然听说钱谦益愿意出面承担,干预这件事,刘履丁真是喜出望外。他知道钱谦益久住家乡,名高望重,同各方面都有联系,在这一带很有势力。他肯出面,局面自然大不相同。不过,刘履丁仍然担心,事情未必就能顺利解决。事实上,他本人也并非那种无能之辈,在郁林知州任上时,素有精明干练之称;可是碰上眼前这伙人多势众的地头蛇,竟然处处形格势禁,施展不开。这些人,不少都是惯打官司的老手,不只不怕见官,而且还能言善辩。上一次,刘履丁就领教过一个姓郝的讼师,那条三寸不烂之舌,真是波澜翻飞,能把死的说活,活的说死。刘履丁口才本来不错,也被他弄得张口结舌,穷于应付。所以这一次钱谦益到底能有多大把握,刘履丁始终暗暗悬着一份心。此刻见他临阵之际,仍旧兴致勃勃地谈诗论文,一副漫不经心的样子,刘履丁的疑虑就更重了。

"那么渔仲兄以为,这皆德、皆令两姐妹,是姐胜于妹呢,抑或妹胜于姐?"钱谦益接着又问。

刘履丁怔了一下,老实地回答:"皆德自嫁贵阳朱太守之后,深自韬晦,其诗遂少流传于世;而皆令身为杨氏之妇,仍时时乘舆四出,奔走于权势之门,名声亦因之而大噪。不过以晚生愚见,皆令未免有风尘之态,不若皆德冰雪聪明也!"

钱谦益瞧着手中的诗扇,微笑地听着,没有立即接口。过了一会,他才把诗扇递给刘履丁,说:"你瞧瞧,这也是皆令的诗,可有风尘之态?"

等刘履丁把扇子接过去,他就仰起头,捋着胡子,津津有味地吟诵起来:"'灯明惟我影,林寒鸟稀鸣。窗中人息机,风雪初有声……'这种诗,其声凄清,其韵寂寥,有如霜林落叶,午夜梵钟,何尝有半点风尘之态!贱内河东君曾说:'皆令之诗近于僧。'可谓确评!至于姚叔祥之辈,集古今名媛淑女,比拟皆令,全不识其神情气理,安可谓知诗,又安可谓知皆令!"说到这里,他瞧了瞧刘履丁,见对方低着头不吱声,钱谦益意识到自己只顾说得痛快,对刘履丁却未免有点不客气,就闭嘴不说了。

刘履丁这时也意识到过于认真会有损彼此合作的气氛,为着掩饰这种尴尬的场面,他笑了一下,接着对方的话茬儿说:"能诗会文之女子,虽说历代都有,惟是数量之多,却无过于本朝。尤其近数十年间,名门淑女不必论,便是青楼脂粉、商妇贫婆,竟然也拥鼻呻唔,讲什么'蜂腰'、'鹤膝'、平仄、拗救,而且颇不乏出类拔萃之辈,这也可算是一大异事了!"

钱谦益点点头:"这也皆因本朝文运昌明盛极之故。所以许多聪明尤物,便乘时而生。也不必远说,譬如辟疆兄的这位未来如君,便是不可多得的一位奇女子哩!"

刘履丁正为今天这事担忧,见对方提起董小宛,便连忙接口说:"不错,否则,以辟疆那心高气傲的性儿,又岂会轻易许诺于她?只是,那帮债主着实贪婪险狠,简直可恶之极,只怕未必便肯轻易就范。"

钱谦益摇摇头,不在意地说:"兄台尽管放心,此事包在学生身上。辟疆兄是我平日极爱重的一个人,论才华学问,当今世上能与他颉颃的,也就是那么屈指可数的三数子而已!所以,学生这次不只必定要为他玉成此事,而且,到时还要在虎丘大排宴席,遍邀四方名士,为小宛把盏饯行哩!"

"啊,劳烦牧老如此费心,何以克当!晚生先此代辟疆向牧老谢过了!"喜出望外的刘履丁连忙站起来,拱着手说。

钱谦益微微一笑:"区区微劳,何足挂齿?到时渔仲兄若是也去如皋,学生倒想烦你代我向辟疆兄致意哩!"

"这个自然,一定转达!"

这之后,刘履丁重新坐下来,两人又谈了些其他的事。终于,船身微微晃动了一下,只见顾苓兴冲冲地走进舱来说:

"牧老,宛娘的船到了!"

钱谦益"噢"了一声,回头朝刘履丁做了个谦让的手势,说:"请!"

于是两人站起来,走出舱门。

这时,岸上聚的人更多了,少说也有三五百,其中一部分是债主,以及他们的仆从打手之类,也有不少是赶来瞧热闹的人。看见钱谦益和刘履丁出现在船头上,本来正东一群西一伙凑在一块闹闹嚷嚷、指指点点的人们顿时静了下来,一齐回过头来,伸长脖子朝这边观望。

刘履丁到底放心不下,迫不及待地用眼睛寻找着。他发现载着董小宛的那只小快船已经靠了岸,却泊得很远,离自己这只船最少也有三四丈。两个仆妇模样的女人正在搀扶着董小宛下船,岸边还有五六个壮汉各执棍棒准备着。等董小宛一踏上码头,他们就立即把她严密护卫起来,完全是一派如临大敌的架势。显然,如果债主们的要求得不到满足,他们随时随地都会把董小宛重新劫走。

这时,钱谦益也已看清了形势,却不动声色,只是侧过头,向身边的顾苓低声问:"嗯,都准备好了么?"得到了肯定的回答,他就点点头,对刘履丁说:

"渔仲兄,且回舱中宽坐,看学生发落。请!"

等刘履丁移动脚步之后,他回头叮嘱顾苓:"一切听我号令行事,不可孟浪!"说完,这才不慌不忙地走回舱里。

刘履丁和钱谦益刚刚在各自的位子上坐下,就听见顾苓在外面大声叫道:

"岸上的人等听着:今日虞山钱牧斋老先生来到这里,是专门为的排解董家同各位的债务纠葛。钱老先生声望久著,信誉昭然,诸位想已知晓,不须在下多说。承他应允主持此事,实乃乡邦之福。各位尽可放心,保管人人满意,各得其所!如今,先请董姑娘上船说话。"

顾苓的话音刚落,就听岸上"哄"的一声骚动起来,几个声音同时高叫：

"不行,不能把人给他！"

"不把债还清,我们决不放人！"

"我们又不是三岁孩儿,谁会上当！"

刘履丁在舱里听见,心想:"光凭一句话就想让他们把小宛交出来,只怕未免把对手想得太驯良了！"

他瞧了瞧钱谦益,却发现老头儿神气安闲地捋着胡子,似乎一点也不紧张。等顾苓在外面同债主们又交涉了一阵,仍旧没有效果,钱谦益才回过头,对侍立在身边的李宝低声吩咐了一句什么。李宝答应着走出舱外。于是,只听顾苓不再坚持,却又大声说:

"列位必定要先清偿欠债,也可以。那么如今这里有三只船,为快当起见,决定同时清偿——二十两以下的,可以到左首这只船,由钱遵王先生发放；二十两到六十两的,可以到右首这只船,由何士龙先生发放；六十两以上的,请上在下这只船,由钱老先生亲自发放。请啊！"

听顾苓这样说,刘履丁又不禁暗暗摇头:"这样处置无非是想分其势力,各个击破,设想虽妙,只怕对方仍未必肯就范。"

果然,没等他想下去,岸上又早已嚷成一片。一会儿,只见顾苓气咻咻地一步跨进来,说:"牧老,他们还是不肯,说什么也要先应承一律按原定本息发放,方肯上船,怎生处置？"

本来,按原定本息发放,似乎也很合理,但这些放债的富人,大多是乘人之危,大肆敲诈,不少利率当时就定得过高,加上拖欠了许多年,利上滚利,竟有超过本钱好几十倍的。如果按这样偿还,刘履丁带来的那几百两银子和几斤人参,绝对不够应付。现在钱谦益既然不打算代冒襄掏腰包,惟一的办法,就是说服对方压减利息。但是看来债主们认定冒襄是个大阔佬,决不肯放过这个大捞一把的机会。上一次,刘履丁就是这样谈崩的。现在他眼看钱谦

益听了顾苓的报告之后,沉吟不语,就不由得着急起来,斜倾着身子说道:

"据晚生所知,这伙人中有个姓郝的,是个积年讼棍,一切坏主意全是出在他身上。此人伶牙俐齿,凶险狡诈,极难对付。"

钱谦益点点头,却没有答话。他又沉吟了一下,才对顾苓说:"嗯,好吧,让他们推出两个人来,上船议事!"

顾苓应诺着,到外面去传达了钱谦益的话。这一次,债主们没有再吵闹。过了一会,只听顾苓的声音说:

"噢,是你们二位哪,请!"

随着话音,船身摇晃起来,接着鱼贯走进来两个人。头里一个是五十开外的胖绅士,长着一把大胡子和一双金鱼样的鼓眼睛,正是负责囚禁董小宛的那位张员外;另外那一位儒生打扮,方脸大耳,显得精明强干的,也恰好就是那个姓郝的讼师了。

"学生张秀,拜见两位大人!"张员外似乎有点怕钱谦益,畏畏缩缩地拱着手说。

那个姓郝的讼师却显得沉着机警。他一进舱,就目光闪闪地打量着周围的情形。等张秀说完了,他才彬彬有礼地一揖,说:"在下郝思平,见过二位大人。"

钱谦益没有马上说话,默默地瞅着对方,把他们挨个儿掂量一番之后,他才满脸堆笑地站起来。

"哦,原来是二位先生,久仰!"他回着礼说,又回头瞅着刘履丁,"这二位,不知渔仲兄可曾会过?"

这两个人正是上一次代表债主方面出面谈判的头儿,又凶又刁,刘履丁一见他们就头皮发麻。他红着脸,悻悻地说:"怎么,张员外、郝讼师,又是你们二位,好啊,哼!"说着,一拂袖子,气呼呼地管自坐回椅子上。

钱谦益微微一笑,他既已弄清来人的身份,心里也就有数。于是不再客套,指一指椅子,让张、郝二人坐下,他自己也重新坐了下来。

"二位先生,适才学生听说列位东翁定要按原定本息发放,以冒辟疆先生之财力,实在难以办到,还望列位东翁压减一二才好!"钱谦益单刀直入地说,他知道对方必然不会答应,所以也不想多绕弯子。

果然,早有准备的张秀马上拱着手说:"哦,难得二位大人屈尊赏光,出面主持这事,实乃吾辈之福。适才压减息金之议,本当承命,惟是各券所定息金,俱系双方当时讲妥,两相情愿,更无异辞。时至今日,却要压减,只怕人情惊诧,徒滋纷扰,未易实行。"

"嗯,向来国家律例:私放钱债,每月取利并不得超过三分。如今我瞧这债目,不少竟高至四五分的;且更有将利做本,转算几年,便借一取百,未免太过!若不压减,又怎么成!"钱谦益板着脸说。

按照明朝的律例,确有月利限于三分,违者笞四十;并有不准以利滚利,违者以坐赃论罪,杖一百等条目。但实际上早已成为一纸空文,很少有放债者会去遵从。除非某个官吏出于这样那样的原因,想惩治一下放债者,才会偶尔把它抬出来。现在张秀听钱谦益这样说,一时弄不清他的真正意图。不过张秀知道这位钱老头儿可不是刘履丁,他在本地很有势力,同官府也勾结得很紧,若惹得他认真起来,真要这样干也不是不可能,所以一下子给唬住了,讷讷地不敢回答。

钱谦益看见三言两语就把对手给吓住,心中暗暗高兴。他正想进一步劝说,忽然,坐在张秀旁边的那个讼师郝思平哈哈一笑,开口了:

"钱老先生所见甚是!就债目而观之,息金果然定得高了些,理应压减才是。岂止应当压减,其实放债这事,每每足以助长豪强之家兼并之权,挫损小民生存之气,积弊颇多,简直就该严令禁止！"他一本正经地说，瞅了瞅座上的两位主人，发现他们都露出留神倾听的神气，就得意地微微一笑，接着说，"不过，话又得说回来，此事其实又是禁不得的，何故？因富者乃系贫者之母，贫者一旦有事，必要求助于富者；而富者则凭借日积月累，方能有所盈余。这一贫一富，也正如人之左右手，右不富，则无力助左。若禁绝放债，使富者不富，则犹如砍去右手，举国俱成废人矣！何况，国家之法，本在利民。如今凶岁连年，兵戈未已，穷民愈多而富民愈少；借债者愈多，而放债者愈少。若仍拘执于三分之薄利，势必令放债之家心灰意馁，将钱钞另谋出路。如此，富者或无大碍，而贫者从此告贷无门，生计俱绝矣！此压减息金之大害也，还望老先生三思！"

郝思平这么滔滔不绝地一口气说下来，连钱谦益听了，都不由得暗暗点头，心想："刘渔仲说此人巧舌如簧，不易对付，如今果然！"事实上，钱谦益又何尝真心维护三分利息的律例？他自己在常熟放债，也同样是实行高利息、利滚利的一套。不过，此刻他既要替冒襄主持还债，自然就顾不上许多了。现在，他看得更加清楚：张秀好对付，难轧的是郝思平这个讼棍，不尽快把此人制住，事情就无法进行。于是他瞅着郝思平，不动声色地问：

"郝先生果然辩才不凡，想必是位'状元'啰？"

他这样问，是因为苏州一带，打官司的风气十分盛行，讼师也最多，内中也分别等级，最高级的称做"状元"，最低的称做"大麦"。这伙人最喜招揽是非，操纵官司，从中发财。

郝思平怔了一下，拱着手说："不敢。"

"那么，董家欠下郝先生多少本息？"

"哦，董家与在下并无债务瓜葛。"

"然则阁下今日来此做甚？"

"这——是他们请在下来协理此事，所以……"郝思平似乎意识到对方口气不善，变得有点紧张，不像刚才那样神气活现了。

这时,钱谦益可就不容对方躲闪了。"胡说!"他猛地一拍桌子,黝黑的脸上顿时像罩了一层严霜,"你与董家既无债务瓜葛,便该回避远引,如今却硬来从中插手,百计煽惑,兴风作浪,竟至劫人做质,以图要挟,胡作非为,至于此极!分明是个刁顽不逞之奸徒。若不严惩,王法何在!"他回头叫:"来人哪!"

话音刚落,只听通往内舱的门里暴雷也似的应了一声,随即门帘掀起,四个衙役打扮的汉子如狼似虎地扑了出来,手中铁链一抖,把郝思平的脖子套住了。

这一手来得如此意外,不但张、郝二人猝不及防,就连刘履丁也惊讶得张大了嘴巴,半天合不拢。

钱谦益斜了一眼张秀,发现那大胖胡子脸色大变,浑身筛糠也似的抖个不住,便"噢"了一声,换过一副和颜悦色的脸孔,对他说:"学生知此事全是这姓郝的奸徒从中捣鬼,与尊驾无干。不过,尊驾若仍扣住人质不放,却也难免担着干系。如今就请去吩咐贵价,把人质送上船来,慢慢再谈不迟。"

张秀本来十分害怕,听说与他无干,心中顿时宽了一半,哪里还敢违拗,连忙走出舱外,大声招呼手下那几个仆人,把董小宛送上船来。

正聚在岸上等候消息的那群债主只听见船里大呼小叫,却弄不清发生了什么事情,忽然看见要放人质,有几个机灵的便大声鼓噪起来,表示不同意。但是负责看守董小宛的那几个汉子,是张秀的家仆,自然服从主人。他们反而大声叱喝着,用棍棒挡开那些拥过来试图制止的债主,把董小宛送上了船。

这当儿,钱谦益已吩咐衙役把恨得咬牙切齿的郝思平暂且押到后舱看管起来。看见董小宛走进船舱,他就喜滋滋地站起来。董小宛这一次绝处逢生,自然感激得热泪交流,呜咽着跪拜下去。钱谦益把她扶起来,着实抚慰了一番,然后吩咐跟上船来的董子将和寿儿,把她扶到内舱去歇息。

当做完这一切之后,他才回过头来,瞧了瞧张秀。发现那大胖胡子正愁眉苦脸地呆在一旁,钱谦益便同刘履丁交换了一个眼色,微微一笑,对张秀说:

"张兄不必过虑,钱某不才,尚能分清是非好歹。那姓郝的怙恶不悛,自应惩处;至于张兄,若不嫌弃钱某,倒想借重大力呢!"

张秀眼见郝思平被锁去,人质又被迫送回,今日已是一败涂地,心中正在七上八下,不知钱谦益下一步会怎样处置自己,忽然听见对方说出这么句话,他不由得一怔,疑惑地抬起头来。

"嗯,请坐着说话。"钱谦益指一指椅子,随即自己也坐了下来。

"弟素知张兄乃信诚君子,凡事都易商量。"钱谦益一本正经地说,目不转睛地瞅着张秀,"只是岸上那些人良莠不齐,其中难免杂有一二刁顽之徒。弟诚恐待会儿发放交割之时,此辈又来吵闹放泼,令人不欢。故此想请张兄届时在此作陪,助我督促弹压。以张兄在彼辈中之威望,此事当不难办到,不知能应允否?"

张秀本来正睁着一双金鱼般的鼓眼睛,疑惑地瞅着钱谦益。听了这话,他的脸色变了,猛地站起来,气急败坏地摇着手说:"啊,这个、这个……"他分明想拒绝,但在对方目光的逼视下,却始终不敢说出口。

坐在一旁的刘履丁,这时对于钱谦益的手腕和魄力已是由衷地信服。他看见张秀狼狈万状,倒也不想迫之太甚,便劝阻地说了一声:"牧老——"但是,钱谦益伸出一只手把他挡住了,同时斜眼看了看站在旁边的顾苓。

顾苓会意,走过来笑吟吟地说:"张兄何必见外?此事我们已核计好了。若然张兄应允时,阁下名下的这一百二十八两的本息,便仍按原券所定,照发不误。而且事完之后,另有酬劳。如此安排,不知尊驾意下如何?"停了停,他又凑上去,咬着耳朵补充说,

"这事只有此间局内数人知晓,决不会传到外间去!"

张秀听说他那份债券可按原定本息发放,眼睛先是一亮,随即又收敛起来。他没有说话,低下头,沉默了许久,终于,轻轻地点了一点头。

一直紧盯着对方的钱谦益,目光闪动起来,黝黑的脸上掠过一丝胜利的微笑,马上又变得异常兴奋。他敏捷地站起身,得意洋洋地望了刘履丁一眼,然后脸向着舱门外,用威严的大声说:

"来人哪!吩咐下去,开始发放!"

七

崇祯十五年闰十一月,黄宗羲回到了扬州。因为临离京时,方以智有一封信托他带给冒襄,所以黄宗羲没有立即过江,而是带着黄安,沿运盐河买舟东下,先到如皋去。他抵达冒家时,已是闰十一月十五日,冒襄听说他来访,十分高兴,立即把他迎进府里,两人各自谈了些别后的情况,其中自然也包括这次乡试的失意。不过大家都不愿多揭这块伤疤,互相安慰了几句,就把话题转到了别的方面,像南北的战局啦,冒襄和社友们在南京作弄痛骂阮大铖啦,黄宗羲来回途中的见闻啦,京里的新闻啦,如此等等。随后,黄宗羲就交出了方以智的信。

这封信其实也没有什么特别要紧的事,只不过方以智当日在镇江金山下同冒襄分手之后,一直记挂着董小宛的事,特意来信追问督促一下。冒襄自从上月底托刘履丁到苏州去处理这事,至今一直得不到音讯,也不知办得成办不成,正在心神不定,看了这封信只有暗暗苦笑。黄宗羲本想问一问信中说什么,但瞧见冒襄神色不佳,像是有什么心事,看完信后一言不发地折好,放进袖子里,也没有告诉他的意思,他也就不好问了。

到了傍晚,黄宗羲正在客房里看黄安收拾东西,冒襄忽然又走进来,说他的父亲冒起宗知道黄宗羲来了,很想见一见。今晚就在拙存堂摆酒,请黄宗羲过去见面。黄宗羲自然不能推辞,吩咐了黄安几句,便跟着冒襄走过拙存堂来。

冒家是如皋县的首富,除了城中的这一座大宅第外,城内城外的园林别墅还有好几处,其中最优美讲究的要算位于城东北的那座水绘园。前些年,黄宗羲曾经在园里住过几天,发现确实是因势出奇,极尽工巧。至今黄宗羲还记得那些林林总总的名目,什么妙隐香林、壹默斋、枕烟亭、寒碧堂、洗钵池、雨香庵、水明楼、小浯溪、鹤屿、小三吾、目鱼基、波烟玉亭、湘中阁、悬溜山房、因树楼、涩浪波、镜阁、碧落庐等等。当时黄宗羲就住在水明楼上。那楼由前轩、中轩、阁楼组成,其间用长廊连接,廊前、轩侧点缀着竹树和假山,非常别致;楼前就是洗钵池。那几晚正好有月亮。楼前伫望,但见滢滢的碧水荡漾着清冷的银辉,把庭院映照得明亮而迷蒙。当时,黄宗羲不由自主地念出了杜甫"五更山吐月,残夜水明楼"的名句,并为眼前的良辰美景所深深陶醉了……"哦,今日也正好是十五,水明楼前的月色想必依旧美好吧?可是当此疮痍满目、大厦将倾的时候,这良辰美景到底还能维持多久呢?"这突然涌起的思绪,使黄宗羲的心紧缩了一下,随即又变得沉甸甸的,脚步也迟缓起来,连冒襄同他说话,都懒得搭理了。

他们到了拙存堂,已经有两三个清客先在那里等候。彼此见过,谈了几句闲话,冒起宗就出来了。这位弃官归里的宪副大人,身材不高,两鬓已微微见白,穿着打扮一丝不苟。他的脸称得上清癯秀气,现在却显得有点憔悴。他由两个丫环搀扶着,从屏风后面慢慢地走出来,看见客人,他的一双细长的眼睛就在疏朗的眉毛下眯缝起来,露出蔼然的微笑。

黄宗羲一见，连忙趋步向前，口称"世叔"，跪拜下去。

冒起宗弯腰扶起，拉着黄宗羲的手，把他细细端详了一阵，又亲切地询问了他家中的一切情形。听说黄宗羲的母亲健康在家，四个弟弟宗炎、宗会、宗辕、宗彝都已成家立业，他就点点头，感慨地说："十余年间，宦途奔波，碌碌风尘，所历所闻，无一可喜。所幸者，便是故人之子，俱已长大成器。纵使来日大难，亦继起有人。老迈无能如我辈，可以从此息肩了！"

冒起宗一番话说下去，已是神色黯然。冒襄见了，连忙走前去劝慰说："爹爹，何须说这些？太冲兄远道而来，京里新闻，所知甚多，适才孩儿还来不及打听。如今就请入席，请太冲细细道来。"

这样说完之后，他就请黄宗羲和清客们先行，他亲自搀扶冒起宗，同大家一起步入西厅。

这西厅不大，紧挨着正堂隔壁，当中已经摆起了一席，顶上一盏六角形宫灯，四面还点着明晃晃的红烛。冒襄代表主人，奉觞送酒，客人们照例又是行礼，又是谦让，挨延了一阵，这才分宾主各自就座。

于是，大家一边饮酒，一边叙谈。冒起宗问起北边的情形，黄宗羲便把京中政局混乱、厂卫横行、朋党倾轧、民不聊生，以及皇上暗中同建虏议和、陈新甲因泄密下狱处死等情形约略说了一遍。大家着实咨嗟叹息了一番。黄宗羲急于了解南方的战局，他知道冒起宗不久前曾在湖北一带对农民军作战，必然十分熟悉那边的情形，于是，等有关北京的话题稍为停顿下来，他就迫不及待地问：

"小侄在京里时，常闻议论，说建虏固然可虑，而大明之心腹大患，实在流寇。前时听说开封之役，贼与官兵决河互灌，死者不下数十万，遂令数百载名城，一朝残破，心甚震悚。及至归抵扬州，复闻陕督孙公近有柿园之败，南阳为贼所屠。中原糜烂，一至于此！不敢请教老叔，这流贼所凭者何，竟能如此猖獗！莫非已是无法制御了么？"

有好一阵子，冒起宗都没有回答。他把弄着手中的酒杯，眼睛直愣愣地瞅着某个无形的东西，神情变得越来越忧郁，终于，叹了一口气，说："这事说来只怕也是天降妖孽，惩此下民。以往我亦是耳闻其状，未得亲见。直至去秋调职襄阳，日夕往来战阵之间，始稍知其详。大抵此寇横行肆虐二十余载，旋仆旋兴，久不能荡平者，富室暴殄，天灾盛行，固然是其根本；不过贼之魁首，实亦有非常过人之处。即以李自成而论，我曾询及贼之降将射塌天李万庆等辈，俱谓其不好酒色，不贪金帛，布衣粗食与部下共之，坚忍能忍，有容人之量，士卒乐为之死，故于众贼之中，势力日强，又造'三年免征，一民不杀'之语，四处播煽，愚民不察，风靡而从……"

"啊，'三年不征，一民不杀'，不知此贼果能实行否？"黄宗羲脱口而出地问，显然被关于李自成其人的这种闻所未闻的描述吸引，并感到惊异了。

冒起宗瞧了他一眼，似乎对他提出这个问题感到有点意外。

"世侄以为他能实行否？"他反问。沉默了一下，看见黄宗羲没有反应，他又缓缓地说："去冬襄城之破，闯贼怒贡生李永祺迎陕督汪公拒守，大捕城中士子一百九十人，削鼻断足，并尽屠永祺之族，彼又安能不杀！"

"哎，太冲世兄！"一个姓吕的老清客看见冒起宗似乎有点不高兴，赶紧帮腔说，"杀人放火，乃贼之本性；他若能不杀，这贼岂不就做不成了么？"说出这句自以为得意的"妙语"之后，他就捋着山羊胡子，嘿嘿地笑起来。

黄宗羲没有理他，眨了眨眼睛，又问："不过，适才世叔说，那李闯'三年不征，一民不杀'之语一出，四方愚民竟风附影从。若彼嗜杀如故，又安能至此？"

冒起宗想不到黄宗羲会这样提问，一下子倒被弄得张口结舌，不知怎样回答。加上他还不了解黄宗羲这种凡有疑问非要寻根究底不可的脾气,只当对方同情流寇,有意顶撞自己,于是把酒杯轻轻一放,脸色也跟着沉了下来。

坐在下首的冒襄却十分熟悉他的这位社友,看见父亲的神情不善,连忙插进来说:"太冲兄,怪不得人人都说你是个打破砂锅的性儿,什么都要问到底。不过,似这等显而易见之理,你怎么还想不透?"

"哦,小弟确实弄不明白。"黄宗羲老实地回答。

"此理至简单:闯贼之意,无非是归附者可以不杀罢了。我听说,闯贼每攻一城,束手迎降者不杀不焚,守一日者杀十之三,守二日者杀十之七,守三日则一城尽屠之。愚民畏死,所以便闻风归附了!"冒襄一边说,一边朝冒起宗使眼色。

黄宗羲这才恍然大悟。他点着头,朝冒襄拱一拱手说:"原来如此,承教了!"

这一下,倒引得冒起宗和清客们微笑起来。

于是,接下去冒起宗又说了一些同农民军作战的情况,并在黄宗羲的追问下,特别解释了农民军的"三堵墙"阵法,和"放进"攻城法。据他说,所谓"三堵墙",就是临阵时,以三万骑兵做前锋,分成三队,前队若擅自溃逃,后队就可杀之;若久战不胜,则诈败散开,让敌人追进来,由步兵三万,各挺长枪拒敌,骑兵再突然回头夹击,十分厉害。至于"放进法",就是攻城时候,不采用传统的架设云梯的办法,而是在城墙下挖洞,放置火药罐,把城炸开。没有火药时,就把洞口加深加大,大至可以容纳上百人;每隔三五步留一土柱支撑,待洞挖成后,就用粗绳拴住土柱,外面用几千人扯住绳子,只听惊天动地一声呐喊,立时柱折城崩。这个办法也相当厉害,李自成曾用它攻陷了无数城池。

冒起宗语调低沉地说着,其余的人都停了杯箸,静静地听,一个个脸上都现出悚然惊惧的神色。他们虽然不曾亲身经历这种境地，但是不难想象当时惊心动魄的惨酷情景；同时，不由自主地想到，有朝一日这种奇祸巨变降临到自己头上来时，将会是怎样一种可怕的结局，而事实上，这并不是不可能的……

终于，冒起宗不说了。他望了望大家，勉强地一笑，补充说："虽然国家不幸，生此妖孽，不过扰攘至今，此妖恐亦气数已尽，不久便当败灭了！"

说到这里，他停顿了一下。可是刚才大家的情绪被压迫得那样厉害，并没有因为这句话而立即解脱出来。冒起宗看见大家只是投来惊疑不定的目光，都没有做声，便举起酒杯，呷了一口酒，神情严肃地说："这事该算得已故陕督汪公的一件大功！据说，闯贼之祖墓，在米脂县万山中，其墓穴为异人点定，当年曾置铁灯一盏于墓室之内，并造语说：'铁灯不灭，李氏当兴。'汪公侦知后，申报朝廷，于是派人入山，百计查明墓址，掘开之后，果见灯火尚明，于是立时扑灭；又在其先祖骸骨脑后，发现一小洞，大如铜钱，有赤蛇一尾，盘曲其中，长约三四寸，有角，见日而飞，高达丈余，以口迎日色，吞吐六七次，然后返伏穴中。于是一并杀死。汪公命将此蛇腊制后，连同闯贼先祖之颅骨一道函封，送呈朝廷。你想，闯贼之能横行天下，实全仗此一灯一蛇护佑，如今已是蛇死灯灭，他还能长久作恶么？"

冒起宗这话一说出来，在座的人都不禁"啊"了一声，随即又不响了，仿佛在默默品味这个消息所包含的不寻常意义。渐渐，大家的脸色变得开朗起来，有的人甚至露出了微笑。终于，那个姓吕的清客首先站起来，兴冲冲地举起酒杯，尖声说：

"好！这叫做天亡逆贼，物极必反。大明中兴有望了！来，为东翁这非常喜讯浮一大白！"

"对，对！"其余的人也凑兴地举起了酒杯。

惟独黄宗羲坐着不动。他低着头,眉毛皱得紧紧的,一言不发,对于周围发生的情形,似乎根本听不见,也看不见。

"嗳,太冲,快来呀!"冒襄催促说。

黄宗羲仍然毫无反应。

冒襄同大家交换了一个莫名其妙的眼色,正想再催问,突然,黄宗羲抬起了头。

"可是,这难道是真的么?"他问,满脸都是苦恼的神色,"这样,李自成果真就会败亡了么?不急图改革,进贤用能,兴利除弊,救灾赈民,消弭祸源,光是毁掉一个李自成的祖墓,又有什么用?啊,又有什么用?"他的声音高亢起来,怒气冲冲地瞪着大家,眼睛却开始发红,并且冒出了泪水。

在场的人全都愕住了。冒襄瞧了瞧默然放下酒杯、慢慢踱开去的父亲,又转向黄宗羲,想劝解几句,急切间却不知道说什么好。正在犹豫的时候,忽然看见冒成的脑袋出现在窗棂上,朝他直打手势。冒襄只好暂且放下黄宗羲,向冒起宗禀告了一声,匆匆走出外间来。

"少爷,来了!"冒成一见他,就迎上来紧张地说。

"什么来了?"

"咦,刘大人呀!"

冒襄心中猛地一跳:"什么?刘大人来了?在哪里?"他急忙问。

"就在东厅里。小的见少爷正陪着老爷,不知好不好通报,所以……"

冒襄已经没有心思听他解释。他连忙迈开大步,迅速地向东厅走去。

刘履丁果然正在那里。也许因为这一个多月来着实辛苦,加上车舟劳顿,灯光下,他显得疲惫而憔悴,不过,表情仍旧是兴奋的。一见冒襄,他就兴冲冲地迎上来。

"幸不辱命,报喜来迟,尚祈恕罪!"他作着长揖说。

"嗯,她呢?"冒襄匆匆还过礼,问。

"别急嘛,莫非弟还能把她带到这儿来不成?我们的船到了码头,就派人向兄报信儿,却寻兄不着。阿嫂听说了,便即时派了丫环老妈,打了灯笼,抬了轿子来接,这会儿想已安顿好了——辟疆,不是愚兄夸奖,像阿嫂这等贤惠的,真是难得呢!"

"哦!"冒襄这才松了一口气。他定了定神,重新向刘履丁行礼道谢。

刘履丁摇摇头:"你可别谢我!应该好好谢钱牧斋才是。这一次,不是他热心出面主持,这事只怕还真的办不成。"

"啊,怎么?"

"一言难尽,你先看看信吧!"刘履丁说着,从怀里掏出一封信:"这是钱牧老托我捎给兄的。"

冒襄疑疑惑惑地拆开信,只见上面写着:

春侍生钱谦益顿首拜。双成得脱尘网,仍是青鸟窗前物也。渔仲放手做古押衙,仆何敢贪天功。他时汤饼筵前,幸勿以生客见拒,何如?嘉贶种种,敢不拜命!花露海错,错列优昙阁中。焚香酌酒,亦岁晚一段清福也……

"那份谢礼是我临时命人采办,用你的名义送他的。"刘履丁解释说,随即将这一次在苏州的一番周折大概说了一遍。看见冒襄默不作声,像在思考什么,他又微微叹了一口气,补充说:

"是啊,这件喜事来得有点不是时候,正碰上建房大举入寇,不知要乱到什么地步呢!"

冒襄没有做声,似乎还沉浸在自己的思绪里。蓦地,他回过神来:

"啊,什么,你说什么?"

"建虏已于上月初六分道大举入塞,京师戒严。朝廷下诏征诸镇率兵入援。塘报已于半月前到了。如今外间传说纷纷,道是长城已经失守,建虏分东西两路长驱直入,前锋已进抵蓟州了——怎么,兄还不知道?"

冒襄大吃一惊,像晴空炸响一个霹雳似的呆住了。过了好一会儿,他才摇摇头,倒退一步,颓然坐在椅子上;随即,又猛地站起身,也不招呼刘履丁,管自跌跌撞撞地向西厅奔去。

1981年5月—1983年5月初稿

1983年12月改毕

1994年10月修订